欧美文学史论题研究

易晓明 主编

北京大学出版社
PEKING UNIVERSITY PRESS

图书在版编目(CIP)数据

欧美文学史论题研究 / 易晓明主编. —— 北京：北京大学出版社，2023.1

ISBN 978-7-301-33468-3

Ⅰ. ①欧… Ⅱ. ①易… Ⅲ. ①欧洲文学 – 文学史研究 ②文学史研究 – 美洲 Ⅳ. ①I500.9②I700.9

中国版本图书馆CIP数据核字（2022）第186989号

书　　　名	欧美文学史论题研究 OUMEI WENXUESHI LUNTI YANJIU
著作责任者	易晓明　主编
责 任 编 辑	张晗　郑子欣
标 准 书 号	ISBN 978-7-301-33468-3
出 版 发 行	北京大学出版社
地　　　址	北京市海淀区成府路205 号　100871
网　　　址	http://www.pup.cn　　新浪微博: @北京大学出版社
电 子 信 箱	pkuwsz@126.com
电　　　话	邮购部 010-62752015　发行部 010-62750672 编辑部 010-62752022
印 刷 者	大厂回族自治县彩虹印刷有限公司
经 销 者	新华书店 720毫米×1020毫米　16开本　30.25印张　479千字 2023年1月第1版　2023年1月第1次印刷
定　　　价	75.00元

未经许可，不得以任何方式复制或抄袭本书之部分或全部内容。
版权所有，侵权必究
举报电话: 010-62752024　电子信箱: fd@pup.pku.edu.cn
图书如有印装质量问题，请与出版部联系，电话: 010-62756370

目 录

导论　回归基本问题 ································ 1

第一章　古希腊文学 ································ 16
基本问题概述 ································ 16
一、酒神与古希腊悲剧 ························ 19
二、女性的愤怒 ······························ 40

第二章　中世纪文学 ································ 70
基本问题概述 ································ 70
一、愉悦效应 ································ 77
二、中世纪的想象和记忆（上） ················ 92
三、中世纪的想象和记忆（下） ··············· 115

第三章　文艺复兴时期文学 ························· 135
基本问题概述 ······························· 135
一、文艺复兴概括性综论 ····················· 138
二、论文艺复兴时期的巨人 ··················· 151
三、意大利文艺复兴的"人"论哲学 ············ 168
四、英国文艺复兴文学论 ····················· 182

第四章　古典主义文学 ····························· 199
基本问题概述 ······························· 199

一、论逼真 205
　　二、论情节、时间与地点的三一律 209
　　三、论小说的起源（节译） 222
　　四、关于亚里士多德《诗学》的思考 230
　　五、《菲德拉》序言 234
　　六、漫谈古人与今人 236
　　七、关于郎吉弩斯的感想 247

第五章　启蒙主义文学 251
　　基本问题概述 251
　　一、丰富语言的计划 258
　　二、关于悲剧《俄狄浦斯王》的论说 261
　　三、关于各民族不同的趣味 266
　　四、论文风 274
　　五、致达朗贝尔论戏剧（节译） 282
　　六、理查森赞 288
　　七、论严肃剧（节译） 299
　　八、小说观（节译） 304

第六章　浪漫主义文学 307
　　基本问题概述 307
　　一、浪漫主义、批评与理论 312
　　二、《德国早期浪漫主义美学导论》译序 321
　　三、布莱克导论 332

第七章　十九世纪现实主义 344
　　基本问题概述 344
　　一、《欧洲现实主义研究》英文版序 349
　　二、文学与法律、法治社会与政治 367

三、性别政治与妇女权利 ··· 392

第八章 现代主义文学 ·· 413
基本问题概述 ··· 413
一、未完成的现代主义理论体系：基于知识形态的探源 ············ 416
二、工业化建制与现代主义文学思潮的兴起 ······················· 440
三、现代主义文学的文化性——重新认识现代主义文学 ········· 453

后 记 ·· 473

导论 回归基本问题

——外国文学史标准模式的突围

易晓明

文学史已经成为一种经典的学术研究类型与范例，各个文学学科方向都有自己的文学史，分为断代史、国别史等不同类型。文学史写作也是职业化批评最早的一个园地，文学史早已成为职业化批评的代表性范例之一。

一

法国批评家阿尔贝·蒂博代（Albert Thibaudet）指出，职业的批评"在19世纪的文学史里组成了一条延续最长的山脉和最为坚实的高原"。[1] 郭宏安先生也赞同这种说法，认为十九世纪职业批评的最高成就乃是文学史研究。

如果我们翻阅欧文·白璧德（Irving Babbitt）的《法国现代批评大师》（*The Masters of Modern French Criticism*），可以发现他列举的批评家的著作完全印证了蒂博代的说法。书中提到的十九世纪法国从事批评的人，绝大多数都著有文学史，著有多种文学史的不在少数，而且是各种类别的文学史，可见文学史确实是十九世纪职业批评的热门领域。如阿·弗·维尔

---

[1] 阿尔贝·蒂博代：《批评生理学》，巴黎：尼泽书局，1971年，第62—63页；转引自郭宏安《波德莱尔诗论及其他》，上海：同济大学出版社，2006年，第143页。

曼（Abel-François Villemain）著有《法国文学教程：中世纪和十八世纪法国、意大利、西班牙、英国的法语文学概览》（*Cours de litt. fr. : Le tableau de la litt. jr. au XVIIIe siècle et du moyen-âge en France, en Italie, en Espagne et en Angleterre*）；德西雷·尼扎尔（Désiré Nisard）著有《法国文学史》（*Histoire de la litt. fr.*）；斐迪南·布伦蒂埃（Ferdinand Brunetière）著有八卷本的《法国文学史之批评研究》（*Etudes critiques sur l'histoire de la litt. fr.*）及《法国古典主义文学史 1515—1830》（*Histoire de la litt. fr. class ique [1515-1830]*）等多种著作；阿·米歇尔（Alfred-Joseph-Xavier Michiels）著有两卷本《十九世纪法国文学思想史》（*Histoire des idées littéraires en France au XIXe siècle*）；阿弗雷德·克鲁瓦泽（Alfred Croiset）著有五卷本的《希腊文学史》（*Hist. de la litt. grecque*）；十九世纪初，皮埃尔·都农（Pierre-Claude-Francois Daunou）著有《法国文学史》（*Histoire littéraire de la France*）；十九世纪末二十世纪初，勒内·杜梅克（René Doumic）亦著有《法国文学史》（*Histoire de la litt. fr.*）；克洛德·富里埃尔（Claude-Charles Fauriel）著有三卷本的《普罗旺斯诗史》（*Histoire de la poésie provençale*）；奥古斯丁·戈泽埃（Augustin Gazier）著有《文艺复兴以来法国文学简史》（*Petite histoire de la litt. fr. depuis la Renaissance*）；尤金·热鲁泽（Eugene-Nicolas Geruzez）著有《文学史新论》（*Nouveaux essais d'histoire littéraire*）、两卷本的《法国文学史》（*Histoire de la litt. fr.*）、《法国文学略史》（*Histoire abregee de la litt. fr.*）和《法国大革命时期的法国文学史 1889—1900》（*Histoire de la litt. fr. pendant la Révolution [1789-1800]*）等七种文学史与史论著作；朱尔·朱西桑（Jules Jusserand）著有《英国文学史》（*Histoire littéraire du peuple anglais*）等；尤金·兰蒂拉克（Eugène Lintilhac）著有五卷本《法国剧院史》（*Histoire du théâtre en France*）；居斯塔夫·梅莱（Gustave Merlet）著有三卷本《法国文学概观 1800—1815》（*Tableau de la litt. fr. [1800-1815]*）等多种法国文学史；乔治·佩里西埃（Georges Pellissier）著有《十九世纪的文学运动》（*Le movement littéraire au XIXe siècle*）；路易·居里维尔（Louis Petit de Julleville）著有《法国戏剧史：神秘剧》（*Histoire du théâtre en France: les mystères*）等五种戏剧史；圣·吉拉尔丹（Saint-Marc Girardin）著有《十六

世纪法国文学图解》（*Tableau de la litt. fr. au XVIe siècle*）；安德烈·塞武（André Sayous）著有两卷本的《法国流亡文学史》（*Histoire de la litt. fr. à l'étranger*）。当然，伊波利特·阿道夫·泰纳（Hippolyte Adolphe Taine）的《艺术哲学》（*Philosophie de l'art*）是其中的一种类型的文学史。[1]

欧洲文学史的写作雏形，发端于十七世纪。

由于十七世纪西方现代民族国家意识的形成，关注文学产生的地理条件，独立的民族性等使撰写民族文学成为可能，所以，最开始出现的民族意义上的文学史都带有爱国主义的观念，事实上不是完整的文学史，而是一些传记性材料与史料的堆积。韦勒克认为，有两部书值得一提，即十七世纪末期意大利文学史家乔凡尼·玛里奥·克莱斯西姆贝尼的《民谣史》和十八世纪英国文学史家托马斯·沃顿的《英国诗歌史》，但韦勒克认为即使是这两部著作，同样"也是牵强附会、掺和众说的东西"[2]。这是因为十七世纪虽然有了民族国家的观念，但当时普遍缺乏历史意识。韦勒克说："十七世纪以前，希腊和罗马被认为是大致处于跟法国或英国相同的水准之上。维吉尔和奥维德，贺拉斯，甚至还有荷马，差不多被当成同代人来讨论。时代之间的时间鸿沟很少为人意识到。"[3]

韦勒克认为真正叙述性的文学史，或者说真正现代意义上的文学史始于德国施莱格尔兄弟，也就是说文学修史大约开始于浪漫主义时期。"直到十九世纪初叶，随着布特韦克、施莱格尔兄弟、维尔曼、西斯蒙第以及艾米利阿尼·奎狄西的出现，才谈得上有成功的文学史。"[4]

然而，施莱格尔兄弟的文学史是实施了赫尔德（Johann Herder）的观点，"施莱格尔兄弟直接受到赫尔德的启发，大胆勾勒出文学史的轮廓"[5]。所以韦勒克说："在我看来，声称赫尔德是近代文学史家的鼻祖，第一个

---

[1] 欧文·白璧德：《法国现代批评大师》，孙宜学译，桂林：广西师范大学出版社，2002年，第263—307页。
[2] 雷纳·韦勒克：《近代文学批评史》第1卷，杨岂深、杨自伍译，上海：上海译文出版社，1987年，第39页。
[3] 同上书，第36页。
[4] 同上书，第39页。
[5] 同上书，第261页。

具有历史感的人,未免言过其实。不过他肯定是世界文学史方面最明显可见的一位发端者。"[1]"从许多方面来说,他还是第一位现代文学史家,明确地设想了世界文学史的理想,概述了研究方法……赫尔德提出了文学史中许许多多的问题,对于应当做些什么、哪些问题应当解答也提出了意见。文学史应当追溯'[文学的]起源、发展、变化和衰落,以各个地区、时代、诗人的不同风格为根据'。"[2]因此,可以看出,赫尔德的文学史的思想奠定了现代的文学史观。

在赫尔德的文学史观的引领下,浪漫主义时期兴盛的文学史写作,使十九世纪成为文学史的世纪,批评家们对文学史产生了巨大的激情,上文提到法国绝大多数批评家都涉猎了文学史领域,文学史成为十九世纪批评聚集的中心。

从被史料淹没的境地中摆脱出来以后,人们对于文学史应具有怎样的观念,产生了各种争议。一种观点强调文学史的社会史性质;另一派认为文学首先是艺术,似乎写不成文学史。但概括起来,十九世纪的文学史的一个转向是将研究重点转到文学的历史背景上来了,"历史主义"从此成了文学史的正宗的辖制性立场。

韦勒克分析了这种"历史主义"文学史立场的起因,他指出:"造成这种过分倚重条件、环境而轻视作品本身的原因是不难找到的。现代文学史是在与浪漫主义运动的紧密联系中产生的,只有采用相对论的观点,即不同的时代需要不同的标准,它才能推翻新古典主义的批评体系,这样,研究的重点就从文学转到了它的历史背景上,也就是要采用这种方法来判断旧文学的新价值。十九世纪,文学竭尽全力赶超自然科学的方法,于是,从因果关系来解释文学成了当时一个伟大的口号。"[3]锡德尼·李说:"在文学史中,我们探索产生文学的外在条件与环境,也就是政治的、社

---

[1] 雷纳·韦勒克:《近代文学批评史》第1卷,杨岂深、杨自伍译,上海:上海译文出版社,1987年,第243页。
[2] 同上书,第258页。
[3] 雷·韦勒克、奥·沃伦:《文学理论》,刘象愚、邢培明、陈圣生、李哲明译,北京:生活·读书·新知三联书店,1984年,第145页。

会的、经济的因素。"[1]

围绕文学史出现了两种基本的"历史主义"的立场。一种立场是相对主义，即不同的时代有不同的文学观念与批评规范，每个时代都是自主性的单元，与其他时代没有可比性。因此，文学史就是要回到作家的那个时代。这种相对主义的观点的问题在于，由于不同时期的标准各不相同，那么，没有统一的标准，"其结果是一片混乱，或者无宁说是各种价值都拉平或取消了。文学史于是就降为一系列零乱的、终至于不可理解的残篇断简了"[2]。无论如何，相对主义回到历史语境的立场，为文学史提供了一个"历史主义"的支撑框架。与相对主义相反，另一种立场则是绝对主义。它关注文学史各个不同阶段可以通行的建构原则，譬如普遍性的人性，新托马斯主义与马克思主义等统一标准。这些外在的主义成为文学史不同时期统一标准的一个不好的结果是，它们经常使文学史被建构成非"文学"的面目。马克思主义学说进一步强化与推进了黑格尔派批评，强调社会进程的历史因素，推出社会发展中的历史唯物主义的观点，因此文学主要被看成是社会与历史的反映。因此，二十世纪的文学史，特别是我国的文学史，受到马克思主义历史观的指导，普遍被建构为社会史，"历史"在文学史中取得了"霸主"的地位。作品表现历史的或社会的广阔与真实，使文学获得最高价值，艺术性主要被看作传达历史与社会真理的载体。

社会与文学形成的"因果关系"，也可以看作是十八世纪以来科学方法所追逐的因果关系的一种，这种社会历史批评在文学史领域获得主导，被认定为"科学的"文学史观，能解决因果关系的问题。在这一原则的主导之下，文学史围绕社会，特别是围绕其中的经济、政治制度来建构，阶级斗争与阶级关系成为核心。作家的社会性、作品的社会内容及文学对社会的影响，本是无可非议的议题，但一些"庸俗的马克思主义者"会以作者的资产阶级或无产阶级的出身等因素，过分"历史地"、过分"政治

---

[1] Sir Sidney Lee, "The Place of English Literature in the Modern University," *Elizabethan and Other Essays,* Oxford: Oxford University Press, 1929, pp. 1-19.
[2] 雷·韦勒克、奥·沃伦：《文学理论》，刘象愚、邢培明、陈圣生、李哲明译，北京：生活·读书·新知三联书店，1984年，第35页。

地"使文学与社会的关系简略为阶级问题。

新时期以来,尽管庸俗的马克思主义立场被清除了,但国内文学史建构中"历史主义"的权威依然是主宰力量。改革开放四十年,中国出版的文学史或修订再版的各类文学史,仍主要以社会背景为前提,历史背景、文学概述、重点作家作品分析的文学史构成模式,一成不变。而二十世纪新的理论层出不穷,相对而言,文学史作为一个学术领域,显得乏善可陈。在比较文学、文化研究以及全球化的跨文化潮流已经叩击了文学研究的大门之后,新媒介的不断涌现也使得文学的边界在重新划定,而文学史仍然滞后地处于一种封闭自主的状态,呈现千篇一律的格式。如果说十九世纪是文学史的世纪,二十世纪则是理论的世纪,那么,非常有必要吸取二十世纪理论成果,将批评的视角融入文学史的建构,提炼出各个时期文学中值得注意的问题,打破固化的、单一的文学史范例!

二

客观地说,突破文学史的写作框架是很难的,因为文学史的困难是与生俱来的。其困难表现为:

其一,文学史的特殊性在于它不同于一般的历史,一般的历史是过去的,"史"是完成时,如政治史或经济史,然而"文学史"中的文学则既是过去的又是现在的,"文学史"既是完成时又不是完成时,文学可以无限地被阐释,常读常新,文学史永远既是历史的、又是当下的。历史过程中,读者、批评家、艺术同仁都在以自己的眼光重新解读过去的文学,因此有人说,没有什么文学史,只有作家的写作史。这也表明了文学史的一种天生的困境状态,就如 W. P. 克尔(W. P. Ker)所说的"根本不会有恰当的文学史"[1]。

其二,文学作品是一个高度组织的语言有机体,但文学语言又是日常交流的语言。文学脱离不了其社会环境,审美又不等同于社会环境,社

---

[1] C. Whibley, ed., *Collected Essays of W.P. Ker Volume I*, London: Macmillan and Co., Limited, 1922, p. 100.

会环境可以决定审美取向，但不能决定审美本身，也不等同于作家的主观性，所以，文学与日常混杂一体，任何人都没有办法将一部作品的审美结构单独分离出来，通常的情况是，文学史往往忽视审美，作品或现象被视为解读社会的材料，文学史的叙述大多成为日常条理分割的干巴叙事。

其三，韦勒克提出的"文学是一个与时代同时出现的秩序"的观点，从没有引起人们的注意，而这是我们应该树立的认识。它意味着时代与文学之间非决定关系，非从属关系，而是并列秩序关系。过去"历史主义"观点一直认为文学是被社会决定的，是从属性的。文学作品与时代的关系，不应被视为"时代精神"决定并渗透于每一件作品的简单化关系。在历史的权威下，依年代次序排列作品，作品成为历史进程的影子，时代理所当然地成为文学史建构的单元，这是十九世纪以来文学史体例一贯的编码范式。将文学与时代等同、对应的做法，生硬地切割了文学自身勃发、延伸与交错的网状形态，强行将文学塞进线性历史的直线轨迹中。比如，伏尔泰就被文学史归入启蒙主义文学时代，实际上他既是新古典主义者，又是启蒙主义者。歌德主要被视为十八世纪作家，实际上他的创作活动延续到十九世纪三十年代。但为了方便时段划分，文学史就出现这种分割的状态，两个时段之间的联系、过渡往往被忽视。这些切割，使丰满的个体、丰富的文学被强制纳入一个时代模式后，被带上了时代模式的面具，成为时代的主流意识形态的一种化身，作品也被阐释成时代的传声筒，没有了文学的肌质。这确实是文学史的局限。韦勒克尖锐地指出，这种做法除了实用价值外，实际上没有任何合理性。因为时代的概念成了一个对象的标签，成了一堆材料上的一个附加物，这种贴时代标签的做法，淹没了材料原来的丰富性与生动性。尤其是依据政治事件分期的做法，文学多多少少被政治统辖了。

马克思的文学繁荣与经济发展的不平衡理论，概括了西方发展史上政治经济的发展与文学的发展不一致的情况。显然，让文学史套上政治史与社会史的头套，是存在问题的，加重了文学认知的意识形态色彩。韦勒克将政治历史分期的文学史描述为："这种分期只不过是许多政治的、文学的和艺术的称呼所构成的站不住脚的大杂烩而已。"[1] 然而，尽管文学史的编码存在各种问题，但文学史必须有编码范式，这一前提又是不可更改的，因此，文学史与文学的冲突，就如同理论与文学的冲突一样，是普遍性的。如果文学创作是陌生化的、新奇的、令人感动的，那么文学史就如同理论一样，是对文学作品进行阐释，而阐释就有规则，规则就使对象常规化。海登·怀特（Hayden White）说："理解是把陌生事物或弗洛伊德所说的'怪异'事物表现为熟悉事物的一个过程；把陌生事物从被认为是把'异国情调'的和未分类的事物的领域移入另一个经验领域的过程，这个经验领域已被编码，足以被认为是对人类有用的、无威胁的或只通过联想才被认识的。"[2] 所以，作为理解的文学史与作为无意识的文学创作之间的矛盾也是先天存在的。

作为与时代秩序同时出现的文学秩序，后者并列于时代，它具有无所不包的复杂性与多义性。因此，文学与社会、历史、心理、经济、文化的复杂关系，使文学成为"千面人"，文学研究也有很强的跨学科视域。然而，目前文学史基本都建立在"历史主义"这个单一与统一的标准之上，切割了文学的丰富性。同时，文学被历史化地甚至意识形态化地编码叙述，不仅导致文学的陌生化的消失，甚至使文学的文化特质也被阉割掉。相对于历史，文学本来离自己的文类等形式传统与文化传统更近，作家之间的影响、文体的传承等，相比经济与政治的外部影响，是更贴近内部的因素。弗莱（Northrop Frye）的《批评的解剖》（*Anatomy of Criticism*）将西方文学中的形式进行了系统的考察，文学形式在现有的文学史中没有什么地位，文化方面的问题也没有被纳入文学史。

文学史的写作须适应某种统一的标准，所以文学史注定是不完美的学术种类。面对文学的复杂性、文学研究的跨学科的交叉性，任何一种文学史的叙述都是不足的。

上述困境从文学史体系建立的那一天便与文学史相伴而生，且难以

---

[1] 雷·韦勒克、奥·沃伦：《文学理论》，刘象愚、邢培明、陈圣生、李哲明译，北京：生活·读书·新知三联书店，1984年，第305—306页。
[2] 海登·怀特：《后现代历史叙事学》，陈永国、张万娟译，北京：中国社会科学出版社，2003年，第7页。

真正解决。因此,所有文学史都是不能令人满意的。韦勒克认为:"大多数的文学史著作,要末是社会史,要末是文学作品中所阐述的思想史,要末只是写下对那些多少按编年顺序加以排列的具体文学作品的印象和评价。"[1]

二十世纪的理论视角、批评视角应进入文学史中,这也是韦勒克的观点。文学史的建立基础恰恰在于阐释,历史必须由价值来判断。文学史应该减少追求所谓科学的因果关系维度,更专注于阐释文学及与文学相关的现象本身,减少以其他人类活动所提供的因果关系的解释为原则,当然,尚不可完全脱离,否则便无以为史。二十世纪理论与批评迅猛发展的成果,应该融入文学史的建构中来。

三

二十世纪随着新的批评流派的出现,社会历史批评已失去权威地位,文学史也应该顺应开放的学术时代,建构综合性的文学史。

如果说十九世纪的"历史主义"成为文学史整体化的码头,十九世纪成为文学史这面旗帜的激情世纪,那么,二十世纪理论与批评的兴盛与繁荣,甚至带来了文学的全新认识,导致文学边界的重新划定。然而我国目前文学史领域基本上因袭老的、固定的范式,重复炮制相同体制与范式的文学史,不只对文学史没有丰富与发展,而且会扼杀青年学生对文学的兴趣。

二十世纪西方有四种研究对文学史产生了直接的冲击,已经引起了西方文学史的变革,期待中国的文学史写作这棵老树,也能长出一点新绿。

关于四种冲击,王宁在《重划疆界:英美文学研究的变革》一书的序论中做了综合概括。他指出:"首先是接受美学的挑战,其次是新历史主

---

[1] 雷·韦勒克、奥·沃伦:《文学理论》,刘象愚、邢培明、陈圣生、李哲明译,北京:生活·读书·新知三联书店,1984年,第290页。

义的挑战,再者是比较文学的挑战,最后是文化研究的挑战。"[1]

接受美学将读者纳入文学范围,认为文学史应有读者维度,由此使文学史中"历史主义"的霸主地位、作者的权威地位、意识形态的核心地位都受到冲击,读者层面带来了文学史的民主性。

新历史主义则为文学经典的重构提供了合法性依据,它对从历史语境解读文学社会内容这一十九世纪所奠定的"历史主义"文学史模式构成颠覆,因为历史可以结合当前的语境被重构,这意味着历史的开放性。文学作品甚至历史自身都为重读与刷新提供无穷的开放性。二十世纪对历史的认识,克罗齐(Benedetto Croce)的一个观点很有影响力,就是"所有的历史都是当代史"。批评家认识到原本的历史变得不可追考,所有的历史都是叙述的历史。韦勒克也说:"我们在批评历代的作品时,根本不可能不以一个二十世纪人的姿态出现:我们不可能忘却我们自己的语言会引起的各种联想和我们新近培植起来的态度和往昔给予我们的影响。我们不会变成荷马或乔叟时代的读者,也不可能充当古代雅典的狄俄尼索斯剧院或伦敦环球剧院的观众。想象性的历史重建,与实际形成过去的观点,是绝然不同的事。"[2]他的说法着力于厘清历史与叙述历史的不同。霍米·巴巴(Homi Bhabha)在《民族与叙述》(*Nation and Narration*)中阐述了更具有穿透力的观点,指出以语言、宗教、地理或种族等特征为基础的本质意义上的民族是不存在的,民族是一种叙述或文本下的形象建构,被建构于各种流变性的压力关系之中。[3]历史观在二十世纪发生了根本性的改变,民族的历史也不是实体的历史,而是叙述或文本的历史,那么,文学史同理是叙述的历史,这样就废弃了历史本位立场对文学史的捆绑。

比较文学在二十世纪的兴起,使欧洲文学史增加了纵向比较与横向比较的维度,为文学史的民族内部的、线性的构架提供了新的参照系。

---

[1] Stephen Greenblatt, *Redrawing the Boundaries: The Transformation of English and American Literary Studies*, Beijing: Foreign Language Teaching and Research Press, p. 5.
[2] 雷·韦勒克、奥·沃伦:《文学理论》,刘象愚、邢培明、陈圣生、李哲明译,北京:生活·读书·新知三联书店,1984年,第35页。
[3] Bruce King, *The Internationalization of English Literature*, Beijing: Foreign Language Teaching and Research press, 2007, p. 230.

最大的冲击来自文化研究的浪潮。文化研究的去经典化，对以经典作家、作品为构架的文学史形成打击。文化研究使边界被打破，经典与文学的边界也不再确定，这使新的文学史的体例与范式建构成为关键性的问题。斯蒂芬·格林布拉特（Stephen Greenblatt）在《重划疆界：英美文学研究的变革》一书的导言中说："将边界问题推向前景已使我们想到，文学不是某种一旦被给定就一劳永逸的东西，而是某种可以建构与重建的东西，是转换的概念化的授权与局限的生产。"[1]他认为，文化研究带来的冲击，已经波及文学研究的所有领域，没有什么领域或次领域被遗留在不被修正的范围，因为所有领域都在被重构，一些总体上处于文学研究之外的领域以一个陌生的角度互相交叉，为了提供一个适合的、可理解的方式，这个领域就被重构，我们因此会被迫地强调有意义的偏离，而不是强调重要的延续，文本与语境发生分离，这种分离被维持在"文学性"理解的统一之下，跨学科化取代了学科化[2]。

由此可见，文学史的构建也被带入更加难以驾驭的综合状态。

首先，我们的文学史可以立足于文化，做成文化的文学史。文学是文化的一部分，文学与文化的关系比与政治、经济等都密切。赫尔德的文学史观被认为是文化史，韦勒克说，"在理论上看，赫尔德所谓的文学史是最广义的文化史"，"他心目中的文学史是那种视野宽广，范围辽阔，大胆概括的文学史"。[3]已有的文学史缺乏文学向文化制度与文化特质等方面的延伸，比如，由文艺复兴时期贵族赞助的保护人制度，到后来文学走向市场化的转变，这一转变过程的标志性人物是十八世纪的约翰逊，他写给柴斯菲德的那封著名的信一直被后人视为近代文人的独立宣言[4]，这些文学的文化现象在现有的文学史中都看不到。又如，十九世纪出现的小说的连载方式、小说的插图版、小说的市场化等现象也被忽略。再如，狄更斯到美国

---

[1] Stephen Greenblatt, Introduction to *Redrawing the Boundaries: The Transformation of English and American Literary Studies*, Beijing: Foreign Language Teaching and Research Press, 2007, p. 5.

[2] Ibid. pp. 3-4.

[3] 雷纳·韦勒克：《近代文学批评史》第1卷，杨岂深、杨自伍译，上海：上海译文出版社，1987年，第259、260页。

[4] 梁实秋：《读书札记》，刘天华等选编，北京：当代世界出版社，2007年，第34—36页。

朗诵作品、表演自己作品中的人物,这样一些重要的文学文化场景常被忽略,同一时代作家群之间的交往与互动,这些在文学史中同样被略去不叙。

其次,比较文学兴起以后,韦勒克提到,文学史中的比较意识主要建立在透视主义的立场上。这种透视主义将同一作品的不同时代的阐释带入作品之中,因为"文学的各种价值产生于历代批评的累积过程之中,它们又反过来帮助我们理解这一过程。……因此我们必须接受一种可以称为'透视主义'(perspectivism)的观点。我们要研究某一艺术作品,就必须能够指出该作品在它自己那个时代的和以后历代的价值"[1]。文学史既是作家作品的历史,同时也是批评家的阐释史,既是社会内容的历史,也是艺术形式的历史,文学史天生的综合性与建构标准的单一性形成永久的矛盾。

全球化时代使横向的民族文学与民族文化之间的比较,成为新的历史时期文学史建构的立足点。十九世纪斯塔尔夫人(Germaine de Staël)撰有《论德国》;伏尔泰讨论莎士比亚等英国作家,甚至涉及中国文学;赫尔德曾广泛谈论法国古典文学和以莎士比亚为代表的英国戏剧,为德国的民族文学与民族戏剧所做的比照,是民族文学进行比较研究的先声。到了二十世纪,各民族文化的多元化走向、全球化的密切交往、世界文学市场形成,也为文学的民族化视角带来新的开放性。

再次,社会学、媒介学等学科的视角,同样可用于审视文学史。法国诗人谢尼耶(Marie-Joseph Chénier)的文学见解,以《论文学艺术盛衰之因果》的片段形式发表出来,已被认为是采用社会学观点的文学史雏形,而斯塔尔夫人的《论文学》体现的正是社会学的文学史观。麦克卢汉将媒介发展划分为口头媒介、印刷媒介与电媒介三阶段,对应到文学"阶段",就是一个由媒介划分而自然生成的文学史。

最后,二十世纪末出现的非历史化的叙述史观,海登·怀特作为其代表性人物,他在《后现代历史叙事学》中指出:"在当代历史理论中,叙事的话题已经成为非常紧张的争论话题。"[2]这也关涉文学史,文学史也是

---

[1] 雷·韦勒克、奥·沃伦:《文学理论》,刘象愚、邢培明、陈圣生、李哲明译,北京:生活·读书·新知三联书店,1984年,第36页。
[2] 海登·怀特:《后现代历史叙事学》,陈永国、张万娟译,北京:中国社会科学出版社,2003年,第124页。

历史的一种。过去，文学史侧重紧扣社会演变的历史，有了后现代历史观照的视角之后，文学史的历史视角就遭到瓦解，因为文学本身更多地被当成叙述，因而也可以说主要是虚构的神话。尽管如此，客观地说，"历史主义"的文学史并不能被取代。套用詹姆逊的说法，历史批评是不可超越的地平线，它是各类批评的一个有效的参照。当然，以前的"历史主义"主导的文学史，其实并没能实现真正围绕历史来书写文学史，没有真正回到历史，而只是回到"历史主义"或历史观念而已，也因此被韦勒克称为一盘"大杂烩"。现在回到真正的以历史为基础的多元化的文学史建构仍然是必要的。比如，拜伦个人生活与道德化的英国的矛盾，使诗人离开英国，游历各国，最终客死他乡，但我们国内的欧洲文学史基本都不提他的私生活问题，只谈他的革命性。文学史遵从政治历史分期，使得意识形态成为文学史内在的组构标准，各个时期能够结合到政治斗争、社会主导价值观或接近革命立场的作家，被相对加大权重，文学史甚至基本只围绕这一点来叙述，而与政治斗争关联不密切的作家或现象则被忽略，这就形成了相对的单一性。比如中世纪的传奇、德国的霍夫曼、英国的玄学派等，在国内的文学史叙述中都是极其简略的。这种单一视角导致文学史的概念化与空洞化，既缺乏丰富的历史内容，也缺乏真正鲜明的问题意识。

四

本书试图对文学史的整一化范式做出补充，即从各个历史时期值得关注的文学问题或文学相关问题进入，尝试由论题建构文学史的参照系。旧的西方文学史遵从统一的社会历史批评，特别是以阶级与阶级斗争线索来建构。对于古希腊口头文学阶段的阶级社会早期以及二十世纪技术化带来的阶级关系遭到弱化的民主社会而言，阶级话题其实已经不是社会中，也不是文学文本中最核心的问题。中世纪是神学统治时期，阶级的观念同样不是社会的主导，也不是文学表现的主旨。只有真正从各个时期文学的基本问题出发，才能还原当时的关切，呈现特殊性的文学话题，比如酒神与希腊戏剧的关系及对后世的影响，应该说是古希腊最重要的话题之一。而愤怒是《伊利亚特》的主题，也是古希腊文学的重要主题，因为愤怒的话题存在与古希腊社会的深层联系，因而是一个相对重要的论题。对想象的阐释是中世纪文学、文化最重要的贡献，想象目前也成为新媒介时代极为显要的论题。再如十七世纪的古今之争，是十七世纪最显要的文化问题，很多作家卷入其中。这些在现有文学史中较少提到，甚至根本未提及。本书对各个时期显要话题的呈现，对丰富文学史具有一定的意义。

已有的文学史的框架，基本是依据政治事件确立的历史时期来划分阶段的，这种截然的分期，使一些跨越两个时期的作家被切割为单一称谓类型。实际上一些作家是跨越、兼有两种思潮的，截然的区隔忽略了文学演进是存在于联系中的。本书所选取的论浪漫主义文学与启蒙主义文学关系的论文，弥合了截然分割的情形。此外，威廉·布莱克（William Blake）是浪漫主义的先驱诗人，而我们的文学史将其忽略、排斥在外。伟大的批评家弗莱论布莱克的文章，显示出布莱克对英国浪漫主义的极为重要的奠基意义。

回到历史，在十七世纪与十八世纪两章表现最充分。十七世纪的三一律问题、戏剧的问题都回到了当时原本的论述。十八世纪转向现代建制，已有的文学史过于集中在启蒙思想，而本书展现了十八世纪文学自身的建制性，比如戏剧如何结合日常生活形成新的正剧，戏剧的风格问题，以及民族意识的文学开始出现等文学与批评问题，本章内容极为丰富。

文学现象常读常新，本书在回到历史的同时，还注重文学现象、文化现象的阐释。比如强调文艺复兴是伟大的文化高峰，揭示其复杂的多面性。本章的作者在广泛阅读史料的基础上，对文艺复兴时期研究的宏观论点进行了全面提炼与综述，为把握这个纷繁复杂的时代提供了全局视域，非常有价值。文学史问题的开放性在批判现实主义文学部分得到了充分体现，本章对于批判现实主义这一形成了固定理论范式的对象领域，在兼顾理论范式的同时，开掘出经济化社会日益复杂的社会关系的维度，突出了维多利亚文学中的法律关系与性别关系，这是十九世纪小说中新的复杂性维度，负载经济经历工业化新发展而带来的具体的新社会关系。

本书有意避开标准化与一统化，力求体现特殊时期的特殊问题，注重创新性阐释。本书反标准化的最典型体现，在于打破将现代主义视为现实主义的发展的观念所造成的对文学的社会批判的认知路径的因袭。现代主义一章重在揭示现代主义重心转向审美，强调与十九世纪批判现实主义的社会批判范式的分离。如果说认识论适宜于阐释现实主义，现代主义最适宜的已经不是哲学的认识论，而是审美论。审美论的有效知识领域是媒介美学与技术理论，因为现代主义的感知环境是新型的电媒介环境，它完全区分于十九世纪的印刷媒介对线性历史的倚重。电媒介不仅带来了新型的感官审美，也带来了系统化的技术管理型的工业体制社会。可以说十九世纪是阶级社会，二十世纪则是新型的技术社会。国内已有的文学史将十九世纪与二十世纪一同视为资本主义社会，侧重于意识形态批判。本书将现代主义视为新媒介环境的文学文化，需要确立有别于现实主义的理论认知体系。

回到历史本身，而不是坚守某种历史观；回到问题意识，而不固守时代背景；回到社会现实环境与技术媒介环境并重，采用各异的论题视域而回避统一的社会分析原则，使本书回归文学史应有的丰富性与论题的多样性。这对已有的标准化文学史范例是一个补充，对吸取二十世纪理论成果并融入文学史、创新对西方各个时期文学的认知等方面，有一定的推动性。

本书各章的作者、译者主要由剑桥大学的访问学者组成，还包括在德语国家获得博士学位的聂军教授，以及在美国普渡大学执教的鲁进教授，作者队伍保障了文章选篇基于学术视野的开阔性与开放性，他们都潜心于相应研究领域很多年，能敏锐而又有高度地把握学术论题。

本书具体分工为：国际关系学院王文华教授负责第一章；上海交通大学何伟文教授负责第二章；南京理工大学宋文副教授负责第三章；美国普渡大学鲁进教授负责第四、五章；四川外国语大学刘爱英教授负责第六章，本章也有西安外国语大学聂军教授加盟；温州理工学院张瑞卿教授负责第七章；第八章及全书统稿由首都师范大学易晓明教授负责。各章的"基本问题概述"由各章负责人撰写，本书的导论由主编易晓明教授执笔。

另外，格式上中世纪一章保留了解释性注释，对于这一章是必要的。

第一章　古希腊文学

基本问题概述

毋庸置疑，任何一位古典学者，只要妄图以简约的综述形式来概括古希腊的文化和文学的历史和基本特征，那都是不自量力。皇皇巨著如威尔·杜兰之《世界文明史·希腊的生活》，如与希腊两千年来古典学术研究的积淀相比，也不过是一个大略的概述和常识的介绍而已。

希腊的文化精髓之一，在于其种种探究活动背后的逻格斯（logos）精神动力和思维力量，它推动西方人精密细致地研究自然、研究世界，同时又让希腊人发明出一条完备的逻辑体系和探究事物的方法，成为希腊人和西方人认识世界的有力武器。现代西方思想领域的唯实论与唯名论，理想主义与物质主义，一神论、泛神论、无神论，女权主义和共产主义，康德式的批判，叔本华的绝望，罗素的原子论，尼采的非道德超人哲学，弗洛伊德的心理分析，基督教父们锲而不舍的精神追求，这种种哲学思想、梦想和宗教情怀，无不可以溯源到古希腊的精神宝库。这种逻格斯精神构成了各种希腊文明伟大发明的思想源头，应该说是西方文化的本质所在。希腊人最重要的一个特征就是理性思维，而这种理性思维最集中的体现，就是他们认为人是理性动物。

古希腊思想把世界，特别是世界的统一性、规律性当作自己探索和研究的对象，力图对世界的本原、本体进行形而上学式的思考，从一开始就表现为一种语言哲学意义上的探求和考察，集中体现在对语言的抽象性、概念性特征的把握上。这种概念性的把握主要表现在，人通过语词去除现实世界中的具体物体的特殊性，将一般性和普遍性从中抽象和剥离出来，使感性、具体的东西转变成为理性、普遍的东西。希腊人与众不同的地方就在于，他们能够运用语言的这种抽象性来解释世间万物的共同本质，这种做法实际上体现了一种创造概念化语言的企图，希望用某个最为抽象的概念来充当万物的本原和始基，从而将感性、具体的东西替换成抽象的世界理性。哲学探究发源于语言，或者说，正是由于语言所特有的这种抽象功能，才产生了最初的哲学。但是为何唯独希腊人能够充分发挥这一语言特点，发展出如此辉煌的哲学思想，却是一个令人深思的问题。总之，古希腊人这种人为地创造概念逻辑语言的努力，把有限的生活经验与无限的终极追求结合在一起，使人类的哲学语言从一开始就具有一种感性与理性、抽象与具体既对立又结合的二重性。

然而，希腊精神在呈现阿波罗理性精神的同时，我们还可以在古希腊文学艺术中看到另一个方面，即狄奥尼索斯的酒神精神。希腊文学表现出丰沛的感性，如果没有希腊原始宗教中的山林妖怪、女巫、诅咒，西方众多文学作品便会黯然失色。希腊文学的丰富性，如果与语词联系在一起来看，我们至少可以由其文类的语词归纳略见一斑，它们甚至奠定了西方后世的文类基调。西方文学的分类形式——抒情诗（lyric）、颂歌（ode）、田园诗（idyl）、小说（novel）、演讲（oration）、传记（biography）、历史（history）、戏剧（drama，包括悲剧 [tragedy]、喜剧 [comedy]、哑剧 [pantomime] 等）都是希腊式的，而且这些分类的语词也都是希腊语。

既然悲剧主要是一种以酒神狄奥尼索斯的名义进行的文化活动，那么，悲剧这一艺术形式到底在哪些方面体现了酒神特征？雅典人在塑造酒神的时候到底有何内在逻辑使其成为戏剧之神，尤其是悲剧之神的上上之选？是不是就像传统的观点说的那样，狄奥尼索斯的故事决定了悲剧的神话基础和情节模式？还是说，酒神的象征性特征——他者、旁观者、性别模糊、变动不居、捉摸不定——方便了人们的思考？又或者说，是酒神祭祀仪式的独特戏剧性特征——如面具、欢悦之迷狂、神秘的入教仪式——使然？要想回答这些问题，我们就需要从全新的视角来思考这个古老的问题。本章选取的《酒神与古希腊悲剧》一文，对酒神节表演以及酒神狄奥尼索斯独特性的辨析，对理解希腊悲剧的形式、渊源，对解析希腊文化中的酒神精神以及西方的非理性传统，无疑都是极其重要的。这是古代希腊戏剧的一个基本核心问题，同时也是我们现有的文学史一笔带过、从未展开过的问题。

本章选取的另一篇文章《"愤怒"的主题以及女性的愤怒》讨论的情感议题是愤怒。愤怒可以说是西方文学的第一词汇。著名的荷马史诗《伊利亚特》就被说成是一部以愤怒，尤其是阿喀琉斯（Achilles）的愤怒为主题的伟大史诗。直到《埃涅阿斯纪》（*Aeneid*），愤怒依然是其中的重要话题。亚里士多德《修辞学》专设一章篇幅对愤怒问题加以详细的探讨。当然，愤怒话题不仅限于史诗和哲学作品中，它还是雅典法庭辩论、悲剧、喜剧、医学（如医学家盖伦 [Galen]）所不断涉猎的主题。

《"愤怒"的主题以及女性的愤怒》能为我们理解希腊文学提供鲜活而具体的参照点。它主要讨论古典文学作品对女性人物愤怒情感的描述。这里"愤怒"一词不仅体现了古希腊人对人性情感的具体提炼、对愤怒的理解，同时，从《伊利亚特》中"阿喀琉斯的愤怒是我的主题"，到《美狄亚》中美狄亚的复仇等诸多涉及愤怒的文学作品可以看出，愤怒既是文学的重要主题，还折射了当时妇女与男性地位的差别，从中我们也可以了解当时妇女的具体生活状态与心态范式。可以说，愤怒为我们提供了观照希腊人的情感与文化的一面镜子，甚至通过它我们还能体会到愤怒作为情感表现所负载的不同文化背景与文化内涵。这些在以往文学史教材中往往仅被提到几句而已，缺乏具体的生动的阐释。这两篇文章的选取，旨在回归文学史的基本问题，同时加深对文学史内涵的真正具体的理解。

一、酒神与古希腊悲剧*
A Show for Dionysus

P. E. 伊斯特灵（P. E. Easterling）

自从尼采1872年发表了《悲剧的诞生》（*The Birth of Tragedy*）之后，酒神狄奥尼索斯（Dionysus）就成了学者心目中最为重要的希腊神祇。他的性格特征魅力四射但同时又扑朔迷离。在其激发下，人们进行了大量的研究和解读工作；而新近所发掘出的新的证明酒神秘密社团的证据，更加助长了人们对酒神研究的兴趣[1]。当然，并不是所有助长这一热情的因素都是学术方面的因素。比如，二十世纪三十年代，希特勒和墨索里尼就将无数的民众汇集到自己身边，从中我们再一次感受到了酒神的巨大威力（威宁顿－英格拉姆为了回应法西斯主义而撰写了他的开山之作《欧里庇得斯与狄奥尼索斯》[Euripides and Dionysus]）[2]。第二次世界大战之后，狄奥尼索斯在剧院演出中重新获得了艺术生命，这主要是因为，在当时，吸毒、摇滚乐、性爱、暴力，这种种现代人对快乐的狂热追求和崇拜，甚至包括足球迷等，都可以在《酒神的伴侣》（*Bacchae*）中找到对应关系。所以，对于当时的演员、导演和观众来说，这部古代戏剧根本无需多少解释说明

---

* 本文选自 P. E. Easterling, ed., *The Cambridge Companion to Greek Tragedy*, Cambridge University Press, 1997, pp. 36-53.

[1] 关于人们对酒神的兴趣，参见 Henrichs, 1984, 1993, 1994; Bierl, 1991, pp. 13-20；关于酒神秘密宗教崇拜的新考古发现，参见 Bremmer, 1994, pp. 84-97。

[2] 比较 P. E. Easterling, 1997, p. 269。关于威宁顿－英格拉姆（R. P. Winnington-Ingram），参见 M. L. West, 1994, pp. 584-5 的描述："在《欧里庇得斯与狄奥尼索斯》中并没有直接提到三十年代发生的事件。不过，在其[尚未发表的]回忆录中，威宁顿－英格拉姆公然声称，自己的这本书一直是在纽伦堡集会的阴影中撰写完成的。按照他的描述，欧里庇得斯对狄奥尼索斯的看法，在某种程度上与威宁顿－英格拉姆对希特勒的看法一致。" M. L. West 指出，威宁顿－英格拉姆与 E. R. Dodds 关系密切，他们的作品相互影响。Dodds 对欧里庇得斯的《巴库斯妇女》的评注（1944 年第一次出版）及其《希腊人与非理性》（*The Greeks and Irrational*, 1951）对二十世纪下半叶学界关于酒神狄奥尼索斯的解读产生了重大影响。比较 Lloyd-Jones, 1982, pp. 174-5。

就会自然而然地被视为一部应时之作。[1]

尽管我们将狄奥尼索斯放在古希腊生活背景中进行了非常细致的研究，并且取得了卓有成效的成绩，但是，我们依然不得不面对一些难以解决的难题。在雅典，悲剧本来是一种以酒神狄奥尼索斯的名义进行的一种活动，虽然后来人们也将悲剧加入其他神祇的庆祝活动中[2]，但总的说来，悲剧主要依然是祭祀狄奥尼索斯的活动。既然如此，悲剧这一艺术形式到底在哪些方面体现了狄奥尼索斯特征？雅典人在塑造狄奥尼索斯的时候到底有何内在逻辑使其成为唯一适合的戏剧之神，尤其是悲剧之神的人选？（喜剧的问题就没有那么尖锐，因为显然，喜剧比较适合在酒神庆祝活动中进行表演。）是不是就像传统的观点说的那样，狄奥尼索斯的故事决定了悲剧的神话基础和情节模式？[3] 还是说，酒神的象征性特征——他者、旁观者、性别模糊、变动不居、捉摸不定[4]——方便了人们的思考？又或者说，是酒神祭祀仪式的独特戏剧性特征——如面具、欢悦之迷狂、神秘的入教仪式——使然？[5] 不管我们采取哪种解释方式，所有这些因素都很难严格地一一区分开来，更无法做出非此即彼的选择。在某种意义上，所有这些解释都有其合理之处。但是，要想回答这些问题，我们就需要从全新的视角来思考这个古老的问题，其中尤其首要的就是思考：到底是狄奥尼索斯的哪些特征使其适合于悲剧表演？本文主要讨论两个问题，第一，在酒神之城庆祝活动中[6]，不同的悲剧表演，构成元素会有所不同，那么，这些表演的构成元素有何共同之处？第二，酒神狄奥尼索斯对悲剧的影响，有哪些是其他神祇没有做到的，或者不可能做到的？

---

[1] 比较 Cartledge, 1993, p. 176："欧里庇得斯的《巴库斯妇女》被当作反文化自由主义叛逆之风的颂歌。"（这是他 1974 年在柏林戏剧舞台 [Berliner Schaubühne] 对一场戏剧表演的评价）1995 年 8 月 27 日《周末独立评论》上的一篇文章将参加谢菲尔德"魅力九点钟服务"活动的人所表现出来的所谓的"狂热气氛"与酒神狄奥尼索斯崇拜相提并论。

[2] 参见 P. E. Easterling, 1997 第 9 章，第 223—224 页。

[3] 比较 Pickard-Cambridge, 1927, pp. 165-6. Seaford, 1994, p. 272。参见下文讨论（P. E. Easterling, ed., *The Cambridge Companion to Greek Tragedy*, Cambridge, 1997, pp. 46-7, 批评）。

[4] 参见 P. E. Easterling, 1997, pp. 44-53。比较其第 1、10 章。

[5] 同上。

[6] 关于酒神节的具体安排，参见 P. E. Easterling, 1997, 第 1、3 章。

1. 酒神节表演

雅典的大酒神节,也叫酒神之城,是公元前五世纪发展最为成熟、规模最为庞大的酒神节表演盛会,其内容主要包括:第一,酒神颂歌;第二,诗歌创作,并由五十名男子或男童通过歌咏和舞蹈形式展现出来[1];第三,悲剧表演;第四,公元前486年后又加入了喜剧表演,整个酒神节专门安排一天进行喜剧表演比赛。就悲剧表演本身而言,早期的悲剧表演与萨提尔剧(Satyr Drama)是不可分的。在每一次酒神节上,剧作家都要在悲剧和萨提尔剧两个方面进行比赛。所有诗歌和悲剧表演都含有歌咏和舞蹈两大要素,其中萨提尔剧的酒神元素最为突出,因为萨提尔剧的合唱部分比任何其他表演形式的合唱都要多,而且合唱队这个名称本身指的就是酒神的随从,而且,我们从希腊陶瓶绘画知道,早在戏剧表演确立之前,各类萨提尔随从就与酒神紧密地联系在了一起[2]。因此,要想了解悲剧表演的意义——悲剧在酒神节、民主意识、教化公民中的作用和地位,我们就时刻都不能忘记萨提尔剧。每一套悲剧表演都由三部悲剧构成,这三部悲剧的主题可以有所关联也可以没有关联。三部悲剧表演结束后还有一个短剧(剧终?)。短剧的合唱队由酒神的忠实随从构成,他们都是半人半兽的动物,嬉戏欢闹,暴躁激烈,淫荡放纵,其舞蹈、歌唱在语调、风格、音乐和服装上都与悲剧表演的合唱形成鲜明对比。最为重要的是,悲剧和萨提尔剧的表演者是同一组人[3]。因此,萨提尔剧的问题,不是由几个小丑和一些不相干的音乐演奏者进行一些滑稽可笑的表演,来将观众们从悲剧的严肃沉重的气氛中解脱出来的问题。

人们特别喜欢把萨提尔剧叫作"续后之作",但是,任何称呼,只要是在暗示萨提尔剧只不过是一种附加部分,那么它就是误导性的说法。实

---

[1] 参见 Zimmermann, 1992。

[2] Buschor, 1943; Brommer, 1959; Bérard & Bron, 1989; Lissarrague, 1990; Hedreen, 1994; Green, 1994, pp. 38-46, n. 43.

[3] 每一套悲剧表演(tragikē didaskalia)由三个悲剧和一个萨提尔剧构成,由同一组合唱队参与全部表演。这是大部分学者的看法。参见 Winkler, 1990, p. 44。Seaford, 1984, p. 4 猜测说,参加悲剧表演的合唱队与参加萨提尔剧表演的合唱队可能不是同一组人,但是他没有给出任何证据。他论证的主要目的是解释 Pronomos 陶瓶上的绘画只有十一个合唱者和 Silenus 一个人。关于这个陶瓶的研究,参见 Pchard-Cambridge, 1988, p. 236。Green, 1994, p. 10 也分析了悲剧与萨提尔剧是否有不同的合唱队表演的可能性,但论据不足,而且主要是猜测合唱队也许是出于体力不支的原因而才进行更换。

际上，我们越把萨提尔剧当作每位参赛的剧作家的全套作品的高潮部分来看待，我们就越有可能理解为什么这些戏剧在词汇表达、音步风格、人物塑造等方面如此接近所谓的悲剧。合唱队也许真的是由散居于荒野之间、滑稽可笑、放荡不羁的生命构成，他们起到的是娱乐观众的作用，而悲剧中的英雄们则可以保持其高贵庄重和仪态万方的姿态，其言谈举止也毫无喜剧中那种喧闹、猥亵、怪诞之态。

既然如此，萨提尔剧演出的目的究竟何在？为了吊起广大观众的胃口，让人们盼望着最后能够欣赏到一出轻松愉悦的表演，同时还为了有充足的机会展现高超演技吗？或者说，按照托尼·哈里森（Tony Harrison）——唯一一位模仿古代萨提尔剧进行现代戏剧创作的人[1]——的说法，是为了"让人们醒过来点神儿"，这样观众们就可以强烈地意识到自己的动物本性——除了对现实生活中的种种政治、道德和生活难题的关注之外，自己还对食物、饮酒、性爱、笑话充满好奇和爱好？或，也许是为了礼拜酒神？也就是说，展示狄奥尼索斯随从摆脱恶魔或者奴役他们的邪恶势力的控制，与酒神的忠实信徒舞蹈队（thiasos[2]）一道欢庆自由，为他们的神灵手舞足蹈？[3]

正如彼得·布里安（Peter Burian）[4]所言，观众的预期会决定人们对悲剧的看法。当古代的雅典人看到《奥瑞斯特斯》（*Oresteia*）或者《特洛伊妇女》（*Trojan Women*），以及与这些悲剧一同进行表演的其他剧目时，他们知道，萨提尔剧依然应当由同一组合唱队、同一组演员来表演，而这个萨提尔剧的全部意义必须在这个意义上来加以理解。托尼·哈里森就曾非常雄辩地说过："我们失去了这些[萨提尔]剧，所以我们也就从整体上丧失了理解希腊人思想的重要线索，同时也就丧失了理解希腊思想何以能够包容悲剧但同时又不被悲剧击垮的重要线索。在萨提尔剧中，随着悲

---

[1] 其剧作 *The Tracker of Oxyrhynchus*，1988 年在德尔菲首演，此后该剧改编本于 1990 年在伦敦国家大剧院（National Theatre）、约克郡索尔特磨坊剧场（Salts Mill）再次上演。参见 Harrison, 1991; Astley, 1991。

[2] 希腊文，指敬奉酒神的狂欢舞蹈队伍。——译者

[3] 参见 Seawford, 1984, pp. 33-44 对萨提尔剧所采用的常规主题做了介绍。Simon, 1982 对希腊陶瓶做过专门介绍。

[4] 参见 P. E. Easterling, ed., 1997 中 Peter Burian 撰写的第 8 章。

剧[所激发的悲剧情怀]在不知不觉中被消解,庆祝的精神迸发出来,变成一种释放,而释放就成为对这位主宰整个戏剧节日庆祝活动的酒神的崇拜。"[1] 这种解读非常吸引人,因为它突出强调了不同元素之间的内在联系,但是,其唯一的问题在于,这种所谓的"释放"会令我们不由得对悲剧总目(tragikē didaskalia,每位剧作家所创作的整个三部曲)的各个悲剧构成部分产生猜测:究竟在哪些意义上,这些构成部分可以说是"对酒神的崇拜"?

我们无法借用早期酒神节的表演历史来对这个问题加以解答,因为这个问题非常费解,争议丛生,几乎毫无可靠的证据,这一点在学界已为人所熟知[2]。当然,有些问题我们是非常清楚的,比如,酒神崇拜秘密教派所表演的萨提尔剧早在酒神节所有戏剧表演形式出现之前就已经出现了。但是,悲剧表演比赛到底是如何演变成由三场悲剧和一场萨提尔剧构成的竞赛的,对于这一点尚未发现任何文献记录。亚里士多德《诗学》1449a20节有一段著名的文字,该段文字暗示说,后世的此类悲剧表演的前身比较粗糙,情节简单,措辞粗鄙,它们的原初表演形式大致可以称为萨蒂利孔(saturikon),字面意思为"与萨提尔剧有关的"(也就是说,没有悲剧庄严高雅,比悲剧更加喧闹嘈杂?)。本书[3]第4章在引述该段文字的同时,将悲剧的源头追溯到一种可以"引出酒神颂歌"的表演形式[4]。还有一些资料,尤其是贺拉斯[5]称,萨提尔剧是在悲剧成为酒神节日表演的固定比赛项目之后才被加入表演节目中的。有些学者则认为[6],这种说法的目的不过是调和不同的观点而已。对于我们而言,最为重要的就是,在公元前五世纪,萨提尔剧已经被视为悲剧总目(tragikē didaskalia)的内在组成部分。普鲁塔克在评价吉奥的伊翁(Ion of Chios)及其同时代人伯里克利的时候,就间接地提到过这样的看法:"伊翁显然认为伯里克利应该具有这样

---

[1] Harrison, 1991, p. xi.
[2] 关于这个问题,请参见 Pickard-Cambridge, 1988, chapt. 2; Csapo and Slater, 1995, chapt. 2 with pp. 412-3.
[3] P. E. Easterling, 1997.
[4] Aristotle, *Poetics*, 1449a1.
[5] Horace, *Ars poetica*, 220-4.
[6] 比如新近发表的作品 Seaford, 1984, pp. 11-2; Nagy, 1990, pp. 384-5.

的美德,这就像是一个悲剧三部曲不能没有萨提尔剧一样。"[1]

但是,这样的表演模式并没有持续多久。萨提尔剧开始从这种三加一的表演模式上脱离出来。在公元前四世纪的某个时间,戏剧表演的安排发生了变化,悲剧表演由一出萨提尔剧引出,但这出萨提尔剧并不构成悲剧比赛的一部分[2]。其实,早在公元前五世纪就已经有这样的发展苗头了:公元前439—前430年前后,在勒纳艾(Lenaea)地区首次引进悲剧表演的时候,萨提尔剧就没有被包括在戏剧比赛之中。公元前438年,欧里庇得斯用《阿尔塞斯梯斯》(Alcestis)来取代萨提尔剧表演,这也许就反映出当时的一种观念——古老的传统并不是不可以打破的[3]。酒神节期间戏剧表演的具体节目内容不断发展变化,悲剧演员在农耕地区进行表演时,特别喜欢表演那些在城市酒神节庆祝活动中获得巨大成功的戏剧节目[4],这在学者头脑中不免会与上述新的发展趋势发生联系。公元前438年之后,古典神话故事在城市举办的酒神节庆祝活动中重新成为戏剧表演的主流,并成为戏剧比赛的组成部分。此时,表演的节目已经都是独立的单个悲剧节目(而非由三场悲剧构成的一套三部曲加一个萨提尔剧的形式了),这种变化似乎主要是出于悲剧演员对表演事业的追求。我们似乎不应该因此就说,这些变化的发生是因为人们把萨提尔剧视为一种"古旧的""原始的"民间传统的遗存:这些遗存下来的剧本其实都是一些非常成熟的作品,而且其创作形式并未完全过时,后世还有人尝试创作新型的萨提尔剧,并单独为萨提尔剧设立表演比赛[5]。但是,一旦这种"三加一"模式被取代之后,悲剧的含义也就发生了重大变化。显然,古希腊晚期的古典戏剧表演范式并不将萨提尔剧视为悲剧表演的天然组成部分,而且在一般情况下,戏剧表演中的萨提尔元素也不会触及此后人们对悲剧概念的认识。于是,萨提尔剧也许不过是一块主要讲述酒神故事、构成整个悲剧表演拼图游戏中的拼板,当然,验证这一想法现在对我们来说已经变得越来越艰难了。

---

[1] Plutarch, *Pericles*, 5.
[2] 比较 Pickard-Cambridge, 1988, pp. 123-5, 291; Csapo and Slater, 1995, pp. 41-2.
[3] 比较 Green, 1994, p. 38, pp. 45-8, with n. 43.
[4] 比较 P. E. Easterling, 1997 第 9 章第 213 页。
[5] Seaford, 1994, pp. 25-6. 喜剧的发展已经与此变化有关。

对于一个当代读者来说，假如他想要了解当时的观众是如何理解和欣赏酒神节悲剧表演的，他会发现，让人非常气馁的是，现存的古希腊萨提尔剧本，没有一篇与现存的悲剧剧本在同一年参加演出比赛且属于同一套节目。就我们所知，欧里庇得斯创作的《独眼巨人》（Cyclops）甚至也许根本没有打算在雅典进行表演[1]。除此之外，再没有任何一部现存萨提尔剧本是完完整整没有任何缺损，且表演日期明白无误的。但是，在现有的少量的古代残本中一定有一些内容我们可以梳理出来，为我们所用。

弗朗索瓦·利萨拉戈（Francois Lissarrague）[2]曾经依据公元前五、六世纪陶瓶绘画上的证据来解读萨提尔剧内容和萨提尔世界（"这是一个围绕狄奥尼索斯展开的想象的世界"，"萨提尔剧在重新表现希腊男性'正常的'价值观念和活动的同时又改造这些价值观念和活动，而它们在改造过程中所依照的规则从来不是随意的"）。他指出，萨提尔剧是围绕与悲剧相同的主题展开的。

> 举行表演的地方经常是乡村、田园或者富有异国风味、远离城市或皇宫的偏远地区。表演的主题似乎都是惯常的主题。其中充满各式各样的魔鬼、怪物或者巫师，而萨提尔则经常成为他们俘虏的对象。有时候萨提尔会装扮成运动员。萨提尔剧的主题经常与某一种新的发现或者发明有关：比如酒的发明、音乐的发明、冶金术的发明、第一个女人潘朵拉的发明，等等。也就是说，这一切好像是说萨提尔就是探索人类文化的手段，只不过是通过哈哈镜的方式表现出来的。萨提尔就是雅典城邦男性公民的原型，他们所展现出来的是一种颠倒过来的、古代城邦的人类学，或者毋宁说是男性人类学。

利萨拉戈非常让人信服地论证说，萨提尔剧与悲剧之间密切的联系依赖于萨提尔在严肃庄重的英雄世界中的存在，这是由合唱队的本质所决定的：

---

[1] Easterling, 1994, pp. 79-80. 西西里以及南意大利出土的公元前四世纪早期陶瓶上多展现萨提尔剧题材。
[2] Lissarrague, 1990, pp. 233-6.

[萨提尔剧]制作方法如下：挑选一个神话故事，加上萨提尔，然后你就观察效果吧。萨提尔剧之所以滑稽可笑就在于其荒诞不经，这样才能产生一系列令人惊诧的效果。比如，欧里庇得斯的《独眼巨人》一剧描述了酒的发明以及饮酒的仪式，这些都是雅典文化的基础。……萨提尔在这一神话中的存在打破了其连贯一致之处，从而颠覆了悲剧本身。悲剧提出了人神关系这一基本问题，或者说，悲剧是对献祭、战争、婚姻、法律之类严肃话题的反思。与此形成鲜明对比的是，萨提尔剧首先与文化保持一定距离，然后通过萨提尔这样的原型来重新塑造文化，从而最终达到了戏弄文化的效果。萨提尔剧的目的不在于解决争端，也不在于让人直面命运或者神灵。萨提尔剧的表现基调完全不同，它通过将构成世界和人的文化要素加以换位、扭曲和颠覆来进行表现。萨提尔剧重新拉开人与世界之间的距离，重新将狄奥尼索斯插入舞台的中心。

另外还有一种更为整体论的看法，这一看法的依据就是，极有可能参加所有这些不同类型表演的人完全是相同的一组人，这就意味着，悲剧与萨提尔剧一道提供了一种将相互对立的两种表演形式同时势均力敌地包容在一起的范本：假如说萨提尔剧是通过制造距离感、换位来表现的，那么，同样地，悲剧既通过其英雄式的剧情和人物来进行表现，同时也通过边缘化的剧情和人物来加以展现[1]。因此问题的关键也许与其说是将"严肃"与"扭曲"做对比，还不如说是将两个领域、两个世界的经验并列起来而已。这二者都不是从最直观的意义上展现出来的，而是说，它们在通过戏剧表演展现出来的时候，对酒神以及酒神的崇拜者来说都是具有意义的。（"表现的基调不同"也许是利萨拉戈最有启发意义的一个比喻。）这大概就是哈里森所谓的"希腊思想的整体性特征"的意义所在吧。

阿尔伯特·韩理奇（Albert Henrichs）[2]最近特别强调了舞蹈，或者说合唱队舞蹈（choreia）——合唱队且歌且舞的表演——对于理解酒神元素

---

[1] 比较 P. E. Easterling, ed., *The Cambridge Companion to Greek Tragedy*, Cambridge, 1997 第二部分内容。
[2] Henrichs, 1995, pp. 56-111.

以及悲剧气氛的巨大作用。他对合唱队如何吸引观众关注表演进行了深入研究，假如我们将他的研究应用到萨提尔合唱队上的话，他的研究会对我在下文所要提出的观点具有极大启发作用。韩理奇是在如下语境下提出自己的观点的：

> 古希腊文化中的合唱队舞蹈一般情况下都是仪式性质的表演，不管这种舞蹈是在戏剧节庆祝活动中表演，还是在其他宗教密仪或者庆祝活动中表演。表演的场地都选在酒神神殿内，或者是在酒神节特殊的酒神崇拜秘密社团的气氛中进行的，这就进一步加强了合唱队舞蹈在悲剧表演过程中的仪式作用。

合唱队有时会反过来评价自己的舞蹈表演，对此，韩理奇认为，他们是这样评价自己的舞蹈：

> 不仅是作为戏剧中的角色来进行评价的，而且也是以一个表演者的身份来进行评价的：他们在强调自己合唱队的作用和地位的同时也拓展了作为戏剧表演者的作用。实际上，他们的身份是一个非常复杂的戏剧表演身份，因为他们把自己的合唱队舞蹈表演视为一种对舞台事件的情感反应，与此同时，他们又起到某种参与祭奠仪式的作用，这就将酒神节的酒神崇拜秘密社团性质与悲剧表演所蕴含的宗教思想世界联系了起来。[1]

韩理奇还顺带提到，有些萨提尔剧的例子完全可以与他在悲剧研究中所详细探讨过的现象加以比较[2]。不过，这种比较我们还可以进一步向前推进。只要我们仔细地考察一下有些萨提尔剧片段，我们马上就会发现，里面的合唱队依然起着仪式的作用，而将最具酒神特征的萨提尔剧放在悲剧三部曲的最后，当作悲剧演出的压轴戏来进行表演，其中存在着一种我们

---

[1] Henrichs, 1995, p. 59. 比较 Easterling, 1993。
[2] Henrichs, 1995, p. 92, n. 14.

完全可以理解的内在逻辑[1]。

在索福克勒斯的《追踪人》（*Trackers*）一剧中，萨提尔们听到一种非常奇妙的声音——后来发现是一种新发明的竖琴弹奏出来的音乐——之后，感到非常紧张好奇，于是又蹦又踢，想要激怒发出这种声音的人（217-20）。他们说，"我要让大地合着我的踢跳共鸣"。他们的狂躁表现也许会让我们注意到，他们的表演其实就是一种特殊的萨提尔舞蹈，即所谓的希金尼斯（sikinnis）[2]。这些萨提尔的骚动引来了山林水妖居勒尼（Cyllene）。居勒尼就把他们的骚乱与酒神节庆祝的气氛进行了对比：

> 你们这些狂野的家伙，为什么你们要这样乱哄哄地冲到这片绿地和山林里来？这可是野兽出没的地方。你们这是干什么？你们先前服侍你们的主人的时候都是身穿鹿皮、手持酒神权杖，与山林水妖和山羊群一道追随你们的神，一边唱着圣歌一边护卫着你们的神。可是，你们现在变成了什么样子！

这与《独眼巨人》的第 35 节非常相似。在《独眼巨人》的第 35 节中，希勒努（Silenus）在介绍萨提尔合唱队的时候，就是先让人注意他们的舞蹈表演。希勒努与萨提尔们一道被巨人波利菲摩斯（Polyphemus）俘获，沦为奴隶，他是这样描述他们悲惨的奴隶生活的：他必须清扫独眼巨人的洞穴，而萨提尔则必须照看羊群。正在这时，萨提尔跟着羊群回来了："这是什么玩意儿？你们的节拍显然不是萨提尔通常所跳的希金尼斯的舞蹈节拍——不是你们与巴库斯的支持者们一同赶往阿尔泰阿的路上性感十足地合着竖琴舞蹈时的节拍？"这就为典型的萨提尔出场形式奠定了基调。但是，这次萨提尔出场的时候并不是像以往那样兴高采烈、醉意十足、淫荡好色地边舞边唱，相反，他们正忙着驱赶落队的羊只，并且神情

---

[1] 亚里士多德（Aristotle, *Poetics*, 1449a2-3）说，早期的悲剧作品（poiēsis）具有萨提尔性质（saturikē），同时更依赖于舞蹈（orchēstikōtera）。

[2] 关于这种舞蹈，参见 Seaford 对 Euripides, *Cyclops*, 37 的评论。Sophocles, *Trackers*, 237 对萨提尔欢蹦乱踢的情形还有进一步的描写。

忧郁地将他们现在的生活状况与以往跟随酒神时的生活进行了对比:"没有布鲁米奥[1],没有合唱队舞蹈,没有手持权杖的酒神祭司,没有鼓乐的节奏,没有潺潺泉水边摆放着的冒着泡的新酿美酒!我没有跟山林水妖一道骑在女撒(Nysa)身上为阿佛罗狄忒(Aphrodite)而欢唱'伊阿库斯(Iacchos)!伊阿库斯[2]!'也没有像往常一样跟脚穿白靴的酒神祭司一起向阿佛罗狄忒飞奔。"

在这几个例子中,剧情逐渐向自由解放、最终的胜利和庆祝推进。在《独眼巨人》中,萨提尔们最后终于重新回到自己真正的主人狄奥尼索斯的身边。《追踪人》的结尾部分没有保留下来,但是,剧中阿波罗承诺说,只要希勒努和萨提尔们能够找到他的丢失的牛群,他们就可以"获得自由"。我们可以据此推测,他们受到了不该遭受的奴役,他们正期望着返回狄奥尼索斯的身旁。这个情节是一个典型的萨提尔剧情节。

还有一些戏剧片段似乎也显示萨提尔合唱队的表演受到很大关注:在一首据学者们考证取自悲剧作家埃斯库罗斯的剧作《播散火种者普罗米修斯》(*Prometheus the Fire-Kindler*)的抒情诗中,诗人运用戏谑的语言描述了山林水妖载歌载舞庆祝普罗米修斯发现了火种的情景。这段描述很可能就是萨提尔合唱的一部分内容(片段 204b Radt,尤其是 4—5 节:"经常,当水妖听到我讲这个故事,她就会在炉火边追逐我")。普拉提纳(Pratinas)是埃斯库罗斯的同时代人,因其炒作的萨提尔剧而闻名,有一首著名的歌据说就是他写的。这首歌整个都是在描写合唱队的舞蹈和音乐伴奏的,有鉴于其如下的诗句,将其理解为萨提尔剧的一部分再合适不过了:

> 我的,布鲁米奥是我的:我要高呼,我要足蹈,我要跟水妖们一

---

[1] 布鲁米奥(Bromios),希腊原文为喧闹的意思,这是酒神狄奥尼索斯的别称之一。——译者
[2] 伊阿库斯(Iacchos),雅典艾琉斯(Eleusinian)秘仪庆祝活动中,有一个集体活动就是人们沿着神道从雅典游行到艾琉斯(Eleusis)。在游行过程中,人们边走边高呼"Iacchos!Iacchos!"。一说 Iacchos 是农业女神德墨特尔(Demeter)的儿子,另一说 Iacchos 是酒神的另一个名字,因为 Iacchos 与酒神的别名巴库斯(Bacchus)接近。——译者

道奔过山岗……[1]

假如我们返回到上文提到的韩理奇对合唱队自我评价的分析，我们就会更清晰地看到，悲剧的合唱与萨提尔剧的合唱在功能上有一定的相似性。这就意味着，因为萨提尔合唱队本质上由酒神随从萨提尔构成，所以，将萨提尔剧安排在悲剧表演的四部戏剧的最后一部进行表演，这就使萨提尔剧的表演者们无限地趋近于其作为"真实"的酒神崇拜者的地位[2]。

2. 狄奥尼索斯的独特之处

将一种特别具有戏剧效果的戏剧元素引入狄奥尼索斯庆祝活动中，这对于西方文化乃至整个文化史来说，都是一个意义非凡的事件。毫不奇怪地，学者们为这样一种看法所吸引，即公元前六世纪晚期、前五世纪早期的雅典人对酒神的理解一定有某种特殊之处，正是这种特殊之处才促成了这种新的戏剧元素的引入。假如我们能够对这种特殊之处有切实的了解的话那就再好不过了。但是，从《荷马颂歌》(Homeric Hymns)伊始，酒神狄奥尼索斯在人的心目中就是一位特别难以捉摸的神祇，学者们费尽心机、绞尽脑汁，依然无法把握他的实质。为了讨论的方便，我们也许应该将酒神的主要品格进行一一列举，阐述其影响范围，看看这些证据是否有助于澄清他能够成为戏剧之神的原因。

从文化、艺术、崇拜狄奥尼索斯的秘密社团的名称以及关于这些社团常规活动的记载来看，雅典人显然把狄奥尼索斯视为：（1）酒神，行使与酒相关的神迹的神，他将葡萄藤赐给人们，并教导人们如何酿酒；（2）荒野自然之神，尤其与茂盛的植物和野生动物（狮、蛇、牛）有关，他是阳具游行秘密社团的崇拜对象，该游行的目的就是展示酒神对性的控制力；（3）幸福迷狂之神，幸福迷狂的主要特点是酒神的女性崇拜者进入疯狂的

---

[1] PMG 1. 708 = Athenaeus xiv. 6176b-f. 这一片段的理解在学界多有争议，创作于何时也多分歧。比较 Campbell, 1991, pp. 321-3; Zimmermann, 1992, pp. 124-5. 另一相关片段摘自 Oeneus 剧本，收录于 Radt 编辑的索福克勒斯的 dubia et spuria（= 片段 1130）。比较 Lloyd-Jones, 1996, pp. 418-21。该处萨提尔们自称善于唱歌（12）和舞蹈（15）。

[2] 这是否有助于解释为什么萨提尔在陶瓶上出现得比在悲剧表演中更多？

幸福愉悦状态；(4)舞蹈之神，与萨提尔、山林水妖以及癫狂妇女为伴；(5)面具和伪装之神，在陶瓶绘画上经常以一副面具作为人们的崇拜对象出现；(6)秘仪社团所崇拜的神，他保佑崇拜者死后获得庇护和幸福。狄奥尼索斯的上述六大特征当然会有所重叠，但都与我们这里所讨论的狄奥尼索斯作为戏剧表演之神的特征有关。我们同样需要关注的是，有些酒神神话强调的是他的"他者"形象。据称酒神来自希腊之外的地方，面对潘休斯（Pentheus）[1]以及莱库古斯（Lycurgus）[2]等人的反对，将自己的秘密教仪引入了希腊。有人将酒神送给人类的礼物——葡萄藤和酿酒技术——与疯狂、破坏以及自由解放联系在一起。酒神还有另外一大（神秘）特征，那就是，酒神被肢解之后可以复活，这也是酒神如此神秘的原因之一。另外，史实证明，随着民主体制的确立，酒神节的重要性也在不断提升。酒神崇拜与城邦的自我认知之间似乎存在紧密的关系。

既然我们拥有如此丰富的相关研究资料，我们能否因此就确切地认定，到底是酒神的哪些特征（假如有的话）使他成为戏剧之神的唯一恰当人选？毕竟，并不是唯有酒神才是舞蹈之神、迷狂之神，也不是唯有酒神才与佩戴面具和秘密教仪有关[3]。我们所能做的就是将所有合理的、我们必须考虑的解释和方案都摆出来，然后逐一加以考察。

(1)学者们在研究悲剧的时候，由于对悲剧的来源特别感兴趣，所以丝毫不顾及这一点事实，即很难确证从古代以及拜占庭时期遗留下来的些许证据就是悲剧史早期的真实记录。即使著名如亚里士多德在《诗学》中的论断，尽管我们不能忽视，但他本人也很难追溯回到六世纪晚期并在那里找到确切的文献证明[4]。总之，一种复杂、连贯的文化传统，绝无理由可

---

[1] 按照欧里庇得斯的《巴库斯妇女》的记述，潘休斯是底比斯国王，因反对酒神崇拜，结果被处于酒神崇拜癫狂状态的母亲阿伽维（Agave）及其朋友杀死。——译者
[2] 莱库古斯，艾东尼斯国王，反对婴儿狄奥尼索斯及其保姆来自己的城邦避难，结果双目失明，发了疯，杀死自己的儿子，最后被野马活活吞食。——译者
[3] 比如，舞蹈与酒神、阿尔特米斯（Artemis）、阿波罗有关；迷狂与潘神和居贝勒（Cylene）有关；佩戴面具与阿尔特米斯有关；秘密教仪与德墨特尔有关。即使能够变形这一特征也不是唯他独有，其他神祇，如包括宙斯在内的许多神灵，都经常通过变形来伪装自己，这是希腊神话经常讲述的故事。而跨越界限不仅是狄奥尼索斯德专长，也是赫尔墨斯的专长。
[4] 关于此类证据的讨论，参见Pickard-Cambridge, 1927; Else, 1967; Privera, 1991; Csapo and Slater, 1995。

以简单地用一种单一的溯源理论就全部说清楚。戏剧舞台是一种常变常新的艺术形式，我们完全可以料想到，在公元前五世纪和前四世纪早期这样一个大事层出不穷、人们不断尝试新的解决问题途径的时代，其礼仪、社会、政治以及艺术功能也会发生迅速的变化[1]。

剧本本身，以及散佚剧本的标题和残存片段、陶瓶绘画等，都是我们的主要证据来源。在此，还有一个重要问题就是，我们不要过分奢望获得一个完美的戏剧范例。所谓现存剧本的全集（可能瑞索斯 [Rheusus] 是个例外）所覆盖的时期不过大约七十年的时间（从公元前472年，即《波斯人》上演的那一年开始算起），它所代表的仅仅是这一时期的一小部分剧作而已。即使其他上述辅助性资料能够让我们将我们的向后推进几年，甚或向前推进几代人的光阴[2]，我们依然很难据此对礼仪、神话以及城邦的结构变化之间的关系做一完整的、不偏不倚的描述[3]。

比如，有些理论将狄奥尼索斯的神话史视为以礼拜酒神为目的的剧作的主题来源[4]，但是从这个角度看来，这些理论就会有过分狭隘的危险，而且也找不到古代权威文献资料来支持这一看法[5]。当然，我们有充足的证据证明，希腊人创造颂歌是为了在特殊的礼仪场合下表演使用，是为了庆祝具体的某些神灵的特征和功绩，或者是为了通过讲述人们如何错待神灵（总会遭到惩罚）的故事来告诫人们。但是，就我们目前所知，为参加戏剧节比赛而创作的戏剧，其主题经常取材于更为广泛的神话故事，而

---

[1] 比较 Green, 1994, pp. 12, 42; Bierl, 1991, p. 20。

[2] 这里指的是 A. Nauck, *Tragicorum Graecorum Fragmenta*, eds. B. Snell, S. Radt & R. Kannicht. Göttingen, 1971, pp. I-IV 所搜集的散佚剧本的残篇而不是欧里庇得斯的剧作。关于欧里庇得斯的剧作，参见 Nauck; Austin, 1968; Collard, Cropp, and Lee, 1995。

[3] Seaford, 1994 曾经有此野心。而 Griffith, 1995 则对政治结构问题持有完全不同的看法。

[4] Seaford, 1994, p. 272.

[5] 学者们所讨论过的古代文献没有一条明确地说早期悲剧的故事情节都是与酒神有关的。王诺毕乌的一段文献资料（Zenobius, 5.40）讨论了"[戏剧]与酒神毫无瓜葛"这个说法，该段文字在举例说明与酒神无关的戏剧主题的时候，明确地提到了酒神颂歌，而没有提到悲剧。而该著关于苏达（Suda）的条目，提到了漫步学派学者卡梅隆（Chameleon），这就让我们对早期此类学术研究有所了解。这一条目粗略地介绍了"[戏剧创作]转而关注剧情和故事而不再提及酒神"这一具体转变过程。这在某种意义上就将剧情的运用与某种形式完全不同的东西——比如说，祈求神灵——对立了起来。比较普鲁塔克在 Symposium, 1.1.5, 615a 说的："福林尼库斯（Phrynichus）与埃斯库罗斯在剧情和苦难方面发展了悲剧（muthous kai pathē），于是人们就说：'这与酒神有什么关系？'"关于这一辩论的具体缘由和历史演变，请参见 Bierl, 1991, pp. 5-17; Silk and Stern, 1981, pp. 142-50; Henrichs, 1984, p. 222, n. 35。

非仅仅局限于狄奥尼索斯的神话故事。纵使戏剧在源头上与酒神颂歌之间确实存在某种联系——这一点大多数学者都会赞同,我们也没有理由说,戏剧是从酒神秘教团体所创作的酒神颂歌直接发展而来的。我们同样也不能说,戏剧表演是从与酒神崇拜相关的礼拜仪式上演变过来的。正如约翰·黑灵顿(John Herington)所言:"我们越从整体上考察阿提卡地区的悲剧——包括散佚作品的标题和片段——我们就越深刻地认识到,戏剧这种艺术形式,在其内容和唱腔上,尤其是在其早期发展形式上,是多么兼容并包。"[1]埃斯库罗斯比任何一位剧作家都关注与酒神直接相关的故事情节,即使是他,也只有大约十分之一的剧作是关于酒神神话故事的[2]。欧洲中世纪期间的《圣经》戏剧在故事情节和主题上也许与礼拜仪式有着更为清晰的联系:这些剧作通常以戏剧化的形式讲述《圣经》中的故事,从而达到圣餐仪式、宗教游行或者庆祝节日的目的。如果我们将古希腊的戏剧与这类《圣经》戏剧加以对比,恐怕也不是没有道理的[3]。

(2)为了探寻狄奥尼索斯与戏剧表演的内在逻辑关系——这种探寻无疑是完全合理、可以理解的——学者们力图发掘一个阐释学模式,从而在社会、政治、心理和宗教层面上将酒神与笼统的所谓阿提卡戏剧意识形态对应起来。正如韩理奇指出的那样,学者们喜欢把《酒神的伴侣》当作理解戏剧中酒神元素的一个关键文本,这种做法不免带来简化问题的毛病,因为这会产生"模糊狄奥尼索斯的地域性、功能性多样化特征,消除其神话形象与宗教崇拜形象之间的差异"[4]的危险,这就类似于说,如果我们仅仅将狄奥尼索斯定义为一个"外来者"、"他者"、混淆界限的神灵的话,那么,我们实际上就是在用一个过分抽象的模式来阐释极其丰富和多样的文本材料。

也许最好的阐释模式应该是一种兼容并包的模式,它能够使我们观察

---

[1] Herington, 1985, p. 69.
[2] 参见 Herington, 1985, p. 266, nn. 34 and 35. 关于以酒神故事为故事情节的戏剧,请参见 Bierl, 1991, pp. 10-3。
[3] Muir, 1995.
[4] Henrichs, 1990, esp. pp. 257-60, 269. Schlesier, 1993, pp. 90-3 对学界的最新研究做过非常有趣的讨论。关于酒神在神话形象与宗教崇拜形象上的重要差异,参见 Buxton, 1994, pp. 152-5. 关于确切理解希腊诸神的形象和意义的困难,参见 Silk and Stern, 1981, p. 167。

到狄奥尼索斯诸多特征之间的互动,而恰恰是这种互动非常有力地激发我们去进行模仿和表演。假如我们能够尝试避免企图描述戏剧是如何发展起来的、为何能够发展起来这样的做法,而集中关注戏剧是一种什么样的现象,那么,我们也许反倒可以在现存文本文献中找到许多证据,证明戏剧表演不仅在目的上是为了礼拜酒神,而且在诸多鲜明的细节上都与酒神崇拜有关。正如斯蒂芬·朗戴尔(Steven Lonsdale)在讨论酒神与舞蹈的关系的时候指出的那样,酒神"存在于具体的事物之中——存在于酒中,存在于吹笛(aulos)之中,存在于面具之中,存在于癫狂妇女的舞蹈之中,存在于酒神密教吟唱的酒神颂歌之中。酒神,这位变形之神,在诗歌中被塑造成舞者(chorēgos)的形象,在绘画艺术中,尤其是在储存、混合以及饮用酒神之酒的器皿的绘画上,也不断地反复出现"[1]。对于戏剧表演来说,这种多重的联系也是非常重要的,尽管我们无法将某一个具体特征确定为酒神的最具决定性的主要特征。

酒能让人解脱、让人疯狂,酒的这种作用在戏剧表演中多有展现:如,《独眼巨人》或者索福克勒斯现已散佚的萨提尔剧《狄奥尼索斯》等戏剧讲述了酒神发明酿酒的故事;而伊卡利乌(Icarius)和俄里根(Erigone)关于酒神的故事则让人非常不安[2]。无论酒的作用是正面的还是负面的,抑或是二者兼而有之,酒的作用总是跟酒神节戏剧表演者的疯狂状态存在着紧密的联系。酒的这种疯狂状态本身就是一个捉摸不定的现象,它既可以激发自然的本能和行为,也可以激发城邦的文化和礼仪。酒神颂歌诗人阿琪罗库斯(Archilochus)有个说法非常值得人回味:"当我的智慧被酒的闪电击中的时候,我非常清楚如何唱出一首美妙的酒神之歌。"[3]

确实,疯狂在通常情况下是酒神戏剧表演的核心要素,其主要代表形象就是萨提尔的出场。按照奥立佛·塔普林(Oliver Taplin)的说法,

---

[1] Lonsdale, 1993, p. 81. 比较 Frontisi-Ducroux, 1989, p. 152。

[2] 希腊神话故事里的人物。阿提卡人伊卡利乌非常礼敬酒神,酒神爱上了他的女儿俄里根。酒神将酒赐给伊卡利乌,伊卡利乌将酒送给自己的同胞。结果,他的朋友觉得酒味奇特,认为他在里面下了毒,就杀死了他。其女找到父亲的尸体后自尽而亡。Seaford, 1994, pp. 301-6 所讲述的故事类似。——译者

[3] Archilochus, Fr. 120 W.

萨提尔"是一种荒野里的生物，它们时刻有变成野蛮动物的可能"[1]。戏剧表演中疯狂的另一个代表形象就是萨提尔之外的其他类型的蒂亚索斯（thiasos）[2]，尤其是疯狂的妇女，虽然这些疯狂的妇女不像萨提尔那样在舞台上频繁出现，但她们对悲剧的象征形象具有深刻影响。她们那种疯癫迷狂的形象经常被用来比喻悲剧人物或者悲剧合唱队的暴力行为或经验[3]，即使在不以酒神为直接描述对象的戏剧中亦是如此。酒神与人的疯狂本性紧密联系，不管酒神节的庆祝活动是在城市里还是在乡村分区（demes）里举行，这种联系是酒神节特别突出的形象特征。在酒神节庆祝活动中，崇拜酒神的游行队伍抬着巨大的阳具模型穿过大街小巷[4]。这还算是酒神性法力的一种较为温婉的表现形式，因为酒神的这种性魔力从来就不是安全的、驯服的。酒神的出场，就像其他神灵的出场一样，永远都可能预示着危险。酒神的性魔力既可以带来东西[5]，也可以毁灭东西，一如他的疯狂既可以让人痛苦不堪，也可以带领大家进入神秘的世界。

　　酒神狂欢队伍中有一个非常有趣的特征是悲剧的主要演员——包括萨提尔以及疯狂妇女（或者山林水妖）——在"现实世界"里是不会以艺术或者戏剧中的表现形式出现的。萨提尔的动物耳朵和尾巴，以及疯狂妇女的疯狂习惯——头发里穿着蛇，撕裂野兽（sparagmos），生吃野兽的肉[6]，这些疯狂的举动将他们与现实世界里普通的酒神崇拜者区分开来，所以他们非常适合模仿表演，同时又能够非常轻松地向人们传达其象征意义。而进行模仿表演与表达象征意义的手段之一就是模糊"常规"社会界限。比如，正如郎戴尔指出的那样，在戏剧表演中萨提尔与疯狂妇女会一起跳舞，而希腊史实则并非如此。我们没有什么证据可以证明，在希腊城邦的

---

[1] Astley, 1991, p. 461. 关于疯狂，请参见 Gould, 1987; Segal, 1982。

[2] 希腊文，即酒神狂欢队伍。——译者

[3] 参见 Schlesier, 1993; Seaford, 1994, pp. 257-62; Henrichs, 1994, p. 57; 以及 P. E. Easterling, ed., *The Cambridge Companion to Greek Tragedy*, Cambridge, 1997 第5章，第105页。

[4] 参见 Cole, 1993。

[5] 普鲁塔克（Plutarch, *Moral Essays*, 365a）曾说，希腊人不仅把狄奥尼索斯看作是"酒的神灵和主人，同时也是自然界湿元素的主宰"。比较欧里庇得斯在《巴库斯妇女》（Euripides, *Bacchae*, 284）中说"在祭酒的时候把狄奥尼索斯倒出来"。Silk and Stern, 1981, p. 172 称，除酒之外，我们还应该将狄奥尼索斯与汁液、精子、血液联系起来。

[6] 比较 Henrichs, 1978, pp. 121-60; Henrichs, 1982; Hedreen, 1994, pp. 54-8。

传统风俗中存在这种混舞现象。但是，在戏剧表演中，酒神狂欢队伍的舞蹈设计并没有遵守这种日常生活中所遵循的性别分界。[1]这种象征意义使埃斯库罗斯《以斯米娅运动会观众》（Theoroi Isthmiastae）的一个戏剧片段具有一种独特的风趣活泼气息。在该段文字中，萨提尔是这样描述他们自己的面具"塑像"的："瞧，瞧瞧这幅塑像——这幅戴达鲁斯创作的肖像——还有什么比它更加惟妙惟肖、跟我一模一样呢？只消加上声音就够了。"[2]在表演的时候，这些"肖像"只不过是一些面具而已，跟表演萨提尔角色的合唱队成员所佩戴的面具一模一样。这些面具对于萨提尔来说至关重要，没有面具也就不会有萨提尔这种角色。因此，讨论"塑像"和"肖像"就像讨论合唱队舞蹈一样，自然就会让人想起戏剧表演的舞台表演性质和仪式性质[3]。

对于任何一个人来说，只要他想要理解酒神崇拜——通过陶瓶绘画[4]，我们对此已经非常熟悉，但同时不免会有神秘之感——或者戏剧比赛的酒神特色，那么，他必须考虑的一个最重要方面就是面具的使用。但是，面具本身就是一个歧义丛生、捉摸不定的东西。在戏剧表演中，佩戴面具可以让演员表演多个角色：每个演员在不同的戏剧表演中可以扮演不同的角色，而每一个合唱队成员则可以扮演四种不同的角色——在三场悲剧加一场萨提尔剧的每一场表演中都承担不同的角色。于是，潘休斯同时也是阿伽维（Agave）[5]，《复仇女神》（Eumenides）中的复仇女神同时也是萨提尔。尽管相同的表演者扮演着不同的角色，但是，面具本身是固定不变的，它从视觉角度告知观众，戏剧的本质是虚构[6]。但是，非常悖论性的是，就像现代观众在欣赏佩戴面具的戏剧表演的时候经常注意到的，在希

---

[1] Lonsdale, 1993, p. 94. 比较 Bérard and Bron, 1989, pp. 130-5; Seaford, 1994, p. 272。
[2] Fr. 78a, Radt.
[3] Green, 1994, pp. 45-6.
[4] 关于所谓勒纳艾陶瓶，请参见 Frontisi-Ducroux, 1989, 1991; Seaford, 1994, pp. 264-6。
[5] 参见 Herington, 1985, 266, nn. 34 and 35. 关于以酒神故事为故事情节的戏剧，请参见 Bierl, 1991, pp. 10-3。
[6] 关于面具在戏剧中的作用，参见 P. E. Easterling, ed., *The Cambridge Companion to Greek Tragedy*, Cambridge, 1997, p. 153. 同时请参见 Calame, 1986, p. 141（他强调面具能够起到演员"从自我到他者、从他者到自我的自然过渡"的作用）；Schlesier, 1993, pp. 94-7.

腊悲剧表演中，面具会产生一种面部动作和表情变化的幻觉。正是由于这种奇妙的感觉，悲剧演员显然都对自己的面具怀有某种敬畏。这种对面具的敬畏还体现在，悲剧表演结束之后，他们就会将面具挂在神殿里敬献给神。格林（J. R. Green）就说过，也许他们觉得有必要将这个为神创造的"他者""留在神殿里，让它跟神在一起，而不应该将它拿出来放到正常的社会之中。面具所代表的东西可能会非常危险，会给人带来伤害和破坏"[1]。

酒神与其狂欢队伍一道狂欢共舞，他是领舞者、伪装大师、狂欢活动的掌控者，他的这种作为表演者的形象，必须有一个相反的形象来加以制衡。这个用来制衡的形象就是其作为观众的形象，因为酒神是悲剧表演所要取悦的主要对象，他是悲剧表演的最崇高的观者（theātēs）[2]。酒神的这种双重性告诉我们，人们觉得戏剧表演能够在演员和观众之间产生一种互动反应，因此，这就可能与酒神崇拜密仪的作用之间存在某种重要的联系。参加密仪的人要想达到某种神秘的精神交流，那么很重要的一点似乎就是，他应该是一位可以看到未加入密仪者所不能看到的某些景象的观者（theātai）。假如说酒神既是造就神秘体验的力量的象征，同时也是观者的范本，那么我们会发现，戏剧表演与宗教密仪之间存在着某种共通的逻辑[3]。这就与根据神秘宗教团体的行为模式来探究戏剧表演的源头及其发展变化的做法大相径庭了。因为后一种做法必须解释为什么偏偏酒神与戏剧表演之间存在密切关系而德墨特尔（Demeter）则与戏剧表演没有如此深厚的关系（虽然人们认为艾琉斯密教的神秘仪式与有些剧作的语言之间存在深刻关系）。[4]

---

[1] Green, 1994, p. 79. 即使是在现在商业化非常发达的巴厘岛，土著表演者依然会向自己的面具献祭，好像这些面具带有超自然的能力一样（《泰晤士报》，1995年6月21日）。
[2] 当然，酒神不是唯一崇高神圣的观众，希腊诸神总体来说都是观众。比较 Lonsdale, 1993, pp. 52-68；Osborne, 1993 分析了希腊诸神对竞技项目的喜爱。酒神也不是戏剧演出唯一的指挥。有些具体的戏剧表演，其他神祇也是可以控制的，如《阿贾克斯》（*Ajax*）中的雅典娜，《希波里图斯》（*Hippolytus*）中的阿佛罗狄忒和阿尔特米斯（Artemis）。
[3] 比较 Segal, 1982。
[4] 比如《奥瑞斯特斯三部曲》，参见 Bowie, 1993 的研究。关于索福克勒斯，参见 Seaford, 1994, pp. 395-402。

在戏剧表演中提及酒神密仪，将酒神与死亡、来世以及何以获得救赎联系起来，这些做法当代学者已经比过去的学者更容易接受、更愿意看到了。这要归功于，我们已经找到证据证明，在公元前五世纪，酒神宗教密仪的传播范围比以往预料的要广泛得多[1]。这对于理解戏剧来说意义深远。这不仅是就理解《酒神的伴侣》而言的，虽然非常自然地，人们最为关注这一剧作。希福（Seaford）在其最近出版的一本书中基本上采纳了尼采的观点，他认为，神话中酒神遭受苦难，这是悲剧表演模式的核心[2]。但是，这种观点极易遭到人们的反对，因为现存的诸多阿提卡悲剧作品不容易仅从一个单一的核心主题模式上加以理解（参见上文讨论）。总之，酒神被肢解、起死复生的神话故事[3]——以及以此故事为源头的入教密仪，不仅是古代影响最为巨大的人神关系神话之一，同时还为剧作家进行古典戏剧创作提供了特殊的维度——古典戏剧创作的主题的多义性可以让剧作家们运用戏剧化的语言来讨论众多政治、社会、道德或者存在问题，但与此同时，对其含义又无需进行任何狭隘的阐释。对此我们已经有所认识，或许我们应该为此感到满足才是。

这当然也涉及另一个更为宏大的问题，即悲剧的内容问题。假如在人们眼中，酒神展现给我们的不是其既可以拯救人又可以毁灭人的伟大神力，而是他能够为人提供救赎的慈悲，那么，这与悲剧作品对暴行、苦难、愧疚、惩罚、生命的短暂以及人类的无能等问题的思考又有什么关系呢？毫无疑问，悲剧、萨提尔剧（以及喜剧）所探索的只是问题的一个方面，因为所有这些戏剧创造似乎依然遵循着某个与酒神颂歌相通的模式，我们仅仅指出这一点是远远不够的。也许我们应当返回到希勒努，这位萨提尔们的父亲和首领。柏拉图不就用他来喻指苏格拉底吗？根据神话传说（这个传说至少可以追溯到远古时期）富有的国王米达斯（Midas）派人把希勒努灌醉抓了起来，然后问他："世界上最好的事情是什么？"希勒努回答："世界上最好的事情莫过于没有出生。"接着，他还补充说，假如

---

[1] 参见 Burkert, 1987; Bremmer, 1994, pp. 84-97。
[2] Seaford, 1994，尤其第 8 章。
[3] 比较 Detienne, 1979; Burkert, 1987。

一个人不幸出生于世，那么，第二好的事情就是尽快返回到出生以前的地方。这种感慨生命之短暂的洞见和忧伤就这样明确地与这位被灌醉的萨提尔联系了起来。这一醉酒形象具有可以将多种对酒神本质的认识融合在一起的优点，而酒神的这种本质正是本文所探讨的问题。希勒努这位萨提尔在本质上就是一个酒神节戏剧表演者，他是酒神狂欢队伍中的一员，因此，他既是一个舞蹈者，又是一个佩戴面具者，所以可以有各种不同的伪装和身份。同时，希勒努又是荒野里的生灵，他对狂野的东西有特别的嗜好，但同时又与酒神的礼物——酒之间存在联系，正是由于酒的作用，人们才能够抓住他、质问他，他的回答却根本不涉及戏剧表演，更与庆祝无关，而是直指死亡[1]。逃避生命的短暂以及周而复始、反反复复的轮回变化的最极端的做法，就是干脆永不出生。作为一位宗教密仪的参与者，他寻求起死回生、弃绝死亡之路，但同时又意识到死亡终究难免，这或许就是他自己对未来的期许和焦虑的某种表达？在希腊传统中，死亡永远是悲剧的本质特征之一。酒神，这位酒神节庆祝活动——包括戏剧表演活动——的主宰者，与死亡世界存在着紧密联系，这也许并不是偶然的[2]。

尽管所有希腊神话中的神祇都很难进行简单的类别划分，但是狄奥尼索斯变化多端、捉摸不定的本质特征，使其在戏剧表演传统中显得异常深奥和复杂。随着时间的流逝，戏剧表演庆祝活动经常以神话故事为原型，这对戏剧观众的心理和思想构成很大的影响。其中，酒神狄奥尼索斯是最受欢迎的舞台艺术形象。当然，在戏剧表演产生之前，狄奥尼索斯早已成为宗教崇拜的对象和神话传说的主题。但是，假如人们将戏剧表演视为一种充分反映其独特人格的艺术表现形式，仿佛他从来就是戏剧舞台表演之神的话，那么，我们也不必对此感到奇怪。

（王文华　译）

---

[1]　尼采在《悲剧的诞生》第 3 章中认识到这个故事的重大意义，但是他运用这个故事的目的在于建立一个关于酒神的形而上学思想，这就不太容易立得住脚了。比较 Silk and Stern, 1981, pp. 148, 178 对此有所批评，不过该著似乎过分强调了希勒努的独特性及其与其他萨提尔之间的差异。

[2]　比较 Heraclitus, fr. 22B15, 27D-K："狄奥尼索斯与哈德斯是一样的。"比较 Segal, 1990, p. 418。但是，我们也无须因此用酒神神话来"弱化"悲剧故事的意义。

二、女性的愤怒[*]

The Rage of Women

W. V. 哈里斯（W. V. Harris）

本文论述内容关涉女性主义、奴役、血腥报复以及数百年来女性遭受的压迫，但是这些话题的讨论首先要先从语文学研究开始。既然本文分析的是男性主导的文化如何企图将某些情感的表达非法化，那么，我们首先就需要了解这些情感到底是哪些情感。因为目前，仍然有许多研究情感问题的学术和科学研究作品恰恰就忽略了情感问题的语义学研究，结果导致了非常严重的后果。甚至在近些年来，研究愤怒的科研人员对愤怒进行"跨文化"研究的时候，并没有考虑到他们所研究的这些对象由于使用的不是英语，可能会与英语语言通用的表达方式并不完全对应。所以，此处在研究愤怒这个问题之前，首先对情感问题有所了解，对我们的研究来说就显得更为必要了。[1]

与此同时，大约1980年之后，众多人类学家在情感问题的研究上取得了长足进步，他们开始关注和探究这样一个现象，即有些自然语言中表达情感的词语经常无法与英语中表达情感的词语形成有效的对应关系。他们的这种认识是通过研究菲律宾、乌干达等地的语言得来的[2]，不过，只要我们研究一下法语和德语，我们其实同样会得到这样的认识，因为任何一个人，只要他在讲解"愤怒"（anger）问题时面对的是来自世界各地的

---

[*] 本文选自 S. Braund and G. Most, ed., *Ancient Anger: Perspective from Homer to Galen*, Cambridge: Cambridge University Press, 2003, pp. 121-43。
本文作者 W. V. Harris 在其专著《压制愤怒》（W. V. Harris, *Restraining Rage: The Ideology of Anger Control in Classical Antiquity*, Harvard University Press, 2002）里曾专门用一章讨论这个问题。本文在某些问题上是对该章讨论的进一步拓展，并在撰写过程中采用了该章的部分例证和术语。作者在发表此文时专门提出感谢杜克大学 Elizabeth Clark 和牛津大学 Robin Osborne 等人对其论文提出的批评修改意见。

[1] 参见 S. Sommers, 1988, pp. 27-9; D. Matsumoto, 1990, pp. 195-214; Hupka et al., 1996, pp. 243-64; Fischer et al., 1999, pp. 149-79。

[2] Rosaldo, 1980; Heald, 1989; 比较 Harris, 2002, pp. 34-5。

人，那么他就马上会意识到，愤怒（anger）这个英文单词，不仅与法语中的愤怒（colère）不太对应（有时你可能还需要用到怀恨 [rancune]），而且与德语中的恼怒（Zorn）不完全对应（有时你也许还需要使用暴怒 [Raserei] 之类的词）。使用某一语言说话的人，当他们使用自己语言中最接近英语的愤怒（anger）的词汇的时候，他们所要表达的意思也许会与 anger 的意思或多或少有一些微妙的不同。可以说，一百年前，威廉·詹姆斯（William James）就基本上表达过这种看法[1]，但真正明确提出这一问题并有确凿证据证明的，还应该归功于人类学家米歇尔·罗萨尔多（Michele Rosaldo）、凯瑟琳·卢兹（Catherine Lutz）以及安娜·维尔兹毕卡（Anna Wierzbicka）[2]。

那么，这与古典时期的情况又有什么关系呢？学者们一般认为，本文所要讨论的最重要的希腊语词愤怒（orgē）与英语中的愤怒（anger）的对应关系是没有问题的；甚至那些本来应该对这些语义问题非常敏感的研究古典哲学的历史学家们也都是这么认为的。人们普遍对如何精确翻译希腊语和拉丁语中表达愤怒的词漠不关心，这种漠不关心导致了一些非常严重的后果，对于此种后果我将在下文中详加阐释。在这种漠不关心的潮流中，有三位学者属于例外。一个例外是韦恩（Veyne）。他对于法语愤怒（colère）何以无法充分翻译塞内卡思想中愤恨、愤怒（iral iracundia）的含义，曾经有过详细论述[3]。另一个例外是社会学家庄恩·艾尔塞特（Jon Elster），他不懂希腊语，曾经针对亚里士多德《修辞学》（*Rhetorica*）的译本尖锐地指出，把愤怒（orgē）与愤怒（anger）画等号一定是有问题的，而且他还尝试对古典时期关于愤怒的一段文字进行了文本分析[4]。

第三个例外，丹尼尔·阿伦（Daniel Allen）认为，愤怒（orgē）在古典希腊时期有时含有"性欲"的含义，所以这个词有"模棱两可"的毛

---

[1] 他至少提出过这样的看法："每个种族的人""用来表达某些具有细微差别的情感的一些名称词汇，在其他民族的语言中则完全没有任何区分"（"each race of men", has "found names for some shade of feeling which other races have left undiscriminated"），对情感无论进行什么样的归类划分都是恰当合理的。William James, 1890, 11.485.

[2] 参见 Michele Rosaldo(1980), Catherine Lutz(1988), Anna Wierzbicka (1992)。

[3] Veyne, 1993, p. 105.

[4] Elster, 1999a, p. 62.

病,或者毋宁说,好处[1]。我认为,这种观点恐怕是错误的。因为在公元前五世纪大部分时间里,愤怒(orgē)这个词的含义确实有一点模棱两可,即这个术语一直具有类似于"性情"(disposition)以及"愤怒"(anger)的含义,但却不是丹尼尔所说的那种模棱两可的含义。对该词的词源含义进行简单的猜测是不合适的,其实这个术语及其同根词出现过数百次之多,这已经足以将愤怒(orgē)的词义相当清晰地向我们展现出来了。当然,非常自然地,这个词有时也会与爱欲(erōs)[2]有所关联,因为愤怒(orgē)和爱欲都是指人内心中能够导致最终行为的某种心理状态,而且按照正统的男性认识,这两种情感都是女性应该加以抵制的。当然,在许多情况下,爱欲会导致一系列愤怒的情感。

古典希腊语中表达愤怒的词丰富多样[3],实际上,在很长的一段时间里,语言学者们普遍引用的作品中同样存在着大量的愤怒词语。在荷马史诗的语言中,主要表达愤怒的词是愠怒(mēnis)及其同根词,恼火(cholos)及其同根词,以及许多接近愤怒的其他词,如愠怒(nemesan)和暴躁(chalepainein)。但是,到了公元前五世纪,有些词发生了改变,用来表达愤怒的词主要是恼恨(thumos)和愤怒(orgē)。这两个词语经常可以互相替换,但是却并不同义,因为恼恨(thumos)的含义一直是"人内心愤怒、激情之所在"[4]或者某种接近愤怒的情感。

亚里士多德对愤怒有过一个定义,这个定义被后世许多人引用:愤怒(orgē)是"一种因他人对自己或者自己亲人表现出不应有的轻视而表现出的意图报复的、伴随着痛苦的欲望"[5]。当然,在古代,在大多人的眼里,要求进行适当的报复或者报复性惩罚的欲求是完全值得尊重的,有时甚至是必须的,人们无需对此感到难堪或羞耻。有些雅典人和罗马人对此

---

[1] "Fundamental ambiguity", Daniel Allen, 2000, pp. 54, 118.
[2] 古希腊语,"爱""爱欲",爱神就是这个名字。——译者
[3] 参见 Seneca, *De ira*, 1.4.2。
[4] "The seat or agency of anger and zeal within the person", Simon, 1988, p. 82.
[5] "The desire, accompanied by pain, for perceived revenge for some perceived slight to oneself or one's own", Aristotle, *Rhetoric*, 2.2.1378a31,译文见 Cooper, 1996, p. 255, n. 23; Harris, 1977。此段文字的译文经常出错。比较 *Eth. Nic.*, 5.8.1135b28。

持有异议，但是显然这些人为数很少[1]。毋庸置疑的是，愤怒（orgē）以及愤恨（ira），经常包含一种坦直的、意欲报复的欲望。

在给出上述定义之前，亚里士多德解释道，没有一个人会——

> 对那些自己的报复显然无法击垮的人或者比自己远为强大的人愤怒；对于这些人，他们并不感到愤怒，或者说不会那么愤怒。[2]

这句话的含义非常明显：虽然愤怒（orgē）仅仅是一种心理状态，但只有在它同时将会或者可能会导致最终行为的时候才叫作愤怒（orgē）；因此，假如一个人由于对方比自己"远为强大"而认为对其表现愤怒很不明智，于是对自己的情感加以克制，那么，这种受到克制的情感根本就不能算作是愤怒（orgē）。

基于上述解释以及大量的其他证据，我们可以说，按照我们现代的标准来看，古代历史中被描述为愤怒（orgē）的情感都是非常狂暴和激烈的。对于恼恨（thumos）以及恼火（cholos）来说，情况也是一样。这就有助于解释，为什么古代反对愤怒的人会坚持认为，我们应该完全排除任何愤怒（orgē）或者愤恨（ira），这种看法恐怕在当代西方不太会出现。一位生活在古代的人，假如他认为智者永远不应该愤怒（angry），他在持有这样的观点的同时根本无需放弃自己感到气愤的权力——更为重要的是，他根本无需克制自己，放弃惩罚自己的奴隶或者惩戒自己的孩子的念头。希腊语中还有一些其他词表达相对较为柔和的愤怒，比如暴躁（chalepainō）：马可·奥勒留（Marcus Aurelius）就声称自己没有愤怒（orgē），但是承认经常对自己的哲学朋友鲁斯提库斯（Rusticus）感到恼火（他使用的是chalepainō一词）[3]。所以，我认为古代讨论愤怒的对话主要是关于激烈的愤怒，正因如此，我使用了 rage 这个英文词汇，把我的研

---

[1] 许多著作对此问题有所论述，参见 Harris, 2002, pp. 183-4, 211-12。
[2] *Rhetoric*, 1.11.1370b13-15.
[3] *To Himself*, 1.1, 1.17.14.

究[1]叫作 Restraining Rage（《克制暴怒》），因为尽管这二者之间的差异经常比较含混，但我认为 rage（暴怒）要比 anger（愤怒）强烈些。

愤怒（orgē）的强烈程度，我们从它经常与疯狂紧密联系在一起这一点就可以看出来。希罗多德喜欢引用的狂怒的例子就是康比西斯王（King Cambyses），这位国王既愤怒又疯狂。索福克勒斯笔下的阿贾克斯（Ajax）也是既愤怒又疯狂。另一个戏剧家米南德（Menander）肯定对愤怒（orgē）有所思考[2]。他坚持认为，家庭成员之间的暴怒，尽管也许非常可以理解，但与间歇性的疯狂已经相差不远。盖伦写道："你可以看到，暴怒是指人们在暴怒中疯狂地做出某些事情的行为和举动。"[3]学者们认为，此类说法意在贬低愤怒可敬的一面。不过，尽管如此，现代意义上的愤怒只有在很少的情况下才会激烈到可以与疯狂相提并论的程度。

最后一点语言学讨论：除了上述语义学的讨论之外，还有一个问题比较难以回答，简单地说这个问题就是，何以古人们如此频繁地讨论愤怒问题？因为经常阅读希腊和拉丁文献的人很少会怀疑，希腊和罗马作家经常会使用表达愤怒的词。到底为何，确实很难说清楚。有些人也许会说，在希腊人和罗马人的言谈中经常会提及愤怒，是因为我们现代人所习以为常的有些其他概念在古代是缺失的。其中最明显的例子就是"情绪低落"（depression），表达这种情感的词在希腊和拉丁语词中是缺失的，当然这并不是说古典语言无法表达某人感到情绪低落这样的思想：《伊利亚特》中贝勒洛芬（Bellerophon）就可以说是情绪低落的原型[4]。（在我看来，希腊词 melancholia 与现代英语中的 melancholy[5]之间存在巨大差别。）而且希腊语中还有一个词我没有忘记，叫 lupē，这个术语经常指心理上的痛

---

[1] 这里指的是他的专著 Restraining Rage: the Ideology of Anger Control in Classical Antiquity, Cambridge, MA, 2002。后文多处引用和提及此著。——译者

[2] 他的第一部剧作名字就叫作 Orgē，其片段 nos. 303-11 被收录在 Körte-Thierfelder 本中。

[3] De propriorum animi cuiuslibet affectuum dignotione et curatione 5.2. De Boer: "they strike and kick and tear their clothes, they shout and glare, they do everything until...they grow angry with doors and stones and keys..."（他们砸东西，踢东西，撕衣服，大喊大叫，怒目而视……直到最后门、石头和钥匙都生气）比较 Soranus 2.8 = 19 (p. 31, line 90, Burguière et al.)。

[4] Il. 6.200-3. 参见 Kristeva, 1987, p. 7；比较 Heiberg, 1927, p. 3。

[5] "忧郁""忧伤"的意思。关于这个问题，古希腊人有著名的五种体液的说法。——译者

苦。但是，在希腊语和拉丁语中，似乎从来没有过一个单词可以用来表示"低落的情绪"或者"情绪低落"。这并不是说，古代的作家们在使用愤怒（orgē）或者愤恨（ira）这两个词的时候就真的是在指我们所谓的情绪低落的意思，而是说，很有可能存在一种情感状态，处于我们现代人所谓的愤怒与低落之间，它可以用愤怒（orgē）或者愤恨（ira）来表示。

要想对任何一种文化中的某种具体的情感进行完整描述，这不仅要求语义精确，同时也要求对这种情感是什么样的体验、如何表达等问题有一个细致的考察，这是显而易见的。但是仅就愤怒而言，学者们还需要在此基础之上进行大量的分析工作（在大多数其他情感中，爱欲 [erōs] 当然受到最多关注）。换句话说，愤怒究竟是一种什么样的经验或者行为——这是本文的主要论点——以至于古典时期的男性偏要将女性排除在外呢？

对于这个问题，我们可能马上会有这么两种回答。第一种回答是，属于"激烈的愤怒"的那些情感现象——恼火（cholos）、恼恨（thumos）、愤怒（orgē）——不仅存在于公民之间，而且存在于家庭中间：比如，米南德的剧作《愤怒》（Orgē）虽然已经佚失了，但是我们可以这样认为，他的这部作品是一部关于家庭内部的愤怒（orgē）的作品。所以，当我们讨论关于愤怒的社会规范的时候，我们并不仅仅是在讨论那些基本上将妇女完全排除在外的政治活动或者公民社会活动，也是在讨论他们的日常生活以及他们跟那些与其关系密切的人及家庭奴隶之间的关系（当时奴隶的生活场景一般来说是很难再现的）。第二种回答是，希腊人认识到，愤怒有时是非常持久的。他们认识到——这一点我们当代的科学经常会否认[1]——愤怒可能会持续好几个月或者甚至好几年[2]。所以，我们这里所要讨论的这种情感并不是，或者说并不仅仅是，那种爆发后很快就会停歇的坏脾气。

现在我们就来看看，在古典时期主流的行为规范是如何演变的，以及哲学家们提出的关于遏制愤怒情绪的主要思想有哪些。我们的这部分讨论只

---

[1] 比如 Ekman, 1992b, p. 185; Tafrate, 1995, p. 111。
[2] 我们可以找到不少古代证据，比如 Philodemus, De ira, p. 5, col. xxx.15-24（"有些人不仅处于持续的狂怒 [thumountai] 之中，而且还处于持久的、很难治愈的不断发作的愤怒 [orgē] 之中……"）。参见 Harris, 2002, pp. 40-2。

能非常简略。但是我们将要表明的是,尽管在整个古典时期许多希腊人和罗马人都倡导要遏制或者完全消除"激烈的愤怒"这种情感,并且在有些情况下所采取的立场在我们现代西方人看来非常极端,但是这种倡导和对愤怒的批评在很多情况下并不是绝对的,或者换句话说,他们同时也承认愤怒(orgē)、愤恨(ira)之类情感的合法存在——只不过仅限于男性而已。

荷马,或者说将我们现在所熟知的《伊利亚特》和《奥德赛》的最终形式确定下来的那位诗人,并不反对愤怒的情感,相反,他非常理解这种情感在英雄生活中的重要作用。我们经常会情不自禁地认为,《伊利亚特》的创作目的就是要展现愤怒的冷酷无情,尤其是阿喀琉斯的愠怒(mēnis)、恼火(cholos)的冷酷无情,当然作者在展现的时候对这种愤怒是持反对态度的。不过,欧洲历史上最早的告诫要对愤怒加以克制的文本是女诗人萨福(Sappho)的作品片段,只是没有任何上下文和背景材料。索伦(Solon)的诗篇、悲剧、旧喜剧、新喜剧,都反映了雅典人对这个问题的思考。希罗多德、修昔底德和波利比乌斯(Polybius)似乎对克制愤怒都有鲜明的观点和认识;希腊悲剧的批评家们似乎都反对极端的愤怒,历史学家们则将理智面对愤怒和完全任由愤怒(orgē)摆布这两种情况完全对立起来。

古典时期的雅典人普遍遵循的行为规范当然为愤怒(orgē)留下了空间。雅典公民对于愤怒的看法无疑在阿提卡的演说家那里得到了相当好的反映。一方面,他们,或者毋宁说他们的演说家代言人声称,一个人如果能够控制自己的愤怒,那么,他就是具有高尚品德、值得赞美的人。他们还说,愤怒与理智是矛盾的。安提丰(Antiphon)在其著名的演讲《论希罗德斯的谋杀》(*On the Murder of Herodes*)中就要求陪审团在毫无愤怒(orgē)和偏见的情况下做出判决,因为他说,最糟糕的是听从愤怒(orgē)和偏见的摆布。"一个愤怒的人是不可能做出好的决定的,因为愤怒摧毁了人赖以做出良好决定和判断(gnōmē)的手段。"[1] 著名希腊演讲家德摩斯梯尼(Demosthenes)就曾说过,"高贵的公民"——

---

[1] Antiphon, *On the Murder of Herodes*, 5.71-2.

> 不应该出于自己的利益要求一个为公众服务的陪审团警惕愤怒和仇恨,他走上法庭的时候不应该心怀这样的目的。他应该尽可能地在自己的本性中不带有这样的情感,但是,假如有必要,他应该平心静气、温文节制地控制自己的情感。[1]

德摩斯梯尼在陈述这样的观点的时候,并不怀有任何个人的目的和情感——埃斯钦尼斯(Aeschines)也采用过这样的观点[2]。但是,这样的说法如果未能反映大众普遍接受的认识和观点,那么它就没有任何意义。我们应该限制和节制表露愤怒(orgē),或者甚至干脆限制和节制这类情感的产生。当时的人们也认识到,愤怒(orgē)是犯罪的最常见原因之一[3]。一个人在立遗嘱的时候如果处于愤怒(orgē)的影响之下,那么他的行为就很可能违背自己的真实意愿,因此他的遗嘱可能会被不予采纳[4]。

愤怒(orgē)素有恶名,这在许多公元前四世纪的文献中都可以找到证据。比如,在伊索克拉底(Isocrates)这位教育公众关注公众事务的教师的道德训导中,就充满了对它的谴责之声。在他的题为《致德莫尼克斯》(*To Demonicus*)的演讲中就有这样的训诫:

> 有些事物,如利益、愤怒(orgē)、享乐、痛苦等,假如我们的灵魂被它们控制了,那就太可耻了。我们应该在所有这些事物上锻炼自制力。假如你在别人冒犯了你以后能够控制自己的愤怒(orgē),就像你希望别人在你冒犯了他们以后能够控制自己的愤怒一样,那么,你就获得了这种自制力。[5]

---

[1] Antiphon, *On the Murder of Herodes*, 18.278. 参见 Dover, 1974, p. 192。
[2] Aeschines, 2.3(他将火冒三丈的愤怒与"公正的论辩"加以对比,并认为德摩斯梯尼希望"煽动[陪审团]的愤怒(orgē),这样做不言之明地是非常坏的");3.4(他把自己的对手说成是,不依据法律来获得判决,而是依据法令规定,通过愤怒来获得判决)。
[3] 例如,Dem. 54.25。
[4] Isaeus, 1.13——我们都会因 orgē 而犯错(比较 10,18)。
[5] 1.21. 1.30-1:"在与人交往时要友好和善……假如你能够做到不争吵、不难于取悦,假如你能够做到不与人相争,假如你能够做到不粗暴地对待别人对你的愤怒,即使他们的愤怒是不对的,那么,你就是友好和善的。你应该在他们激动的时候顺从他们,在他们不在激动的时候再反驳他们。"

在社会名流中间,人们显然对表露愤怒(orgē)之情怀有一种羞耻感,起码在他们超过某种情感限度的时候会感到羞耻。

但是,人们普遍认为,一个人要想进行论辩和演讲的时候,他就必须煽动听众的愤怒。柏拉图在《斐德罗篇》(*Phaedrus*)中就对这种做法表示了反感。他让苏格拉底这样评价智者特拉许马库斯(Thrasumachus):"这位雄辩的卡尔西东尼安人(Chalcedonian)"——

> 通过在演讲中痛哭流涕来激起听众对老年及贫困的同情和怜悯而赢得了胜利,正如他说的,他也非常聪明,善于激发群众的愤怒,然后在群众愤怒万分的时候再将他们的愤怒安慰平息下去,他还非常善于诬蔑和诽谤他人,善于反驳别人的诬蔑和诽谤,不管这种诽谤是出于何种理由。[1]

另一方面,德摩斯梯尼,这种演说技巧的主要实践者,以及亚里士多德,这一做法的理论家和教育家,都坦承煽动愤怒(orgē)是必要的。德摩斯梯尼经常在议会或者法庭上公开地激发听众的愤怒(orgē)[2],而且他之所以演讲成功,在很大程度上也归功于他的这种煽动听众情感的能力[3]。他理所当然地认为,陪审团在听审他对梅迪亚斯的起诉的时候心怀愤怒(orgē)是正确、合理的[4]:

> 但是,雅典人啊,我的论辩对手的这个习惯,这种将采取正当程序为自己辩护的人纠缠在更多困扰之中的伎俩——也许你们大家都忽视了这一点——不仅仅让我个人感到非常气愤怨恨。不,绝不仅仅如此,我们所有的人都同样感到愤怒(orgisteon)。因为凡人都应该讲道理,都应该观察得到,只要让大家轻易地遭受恶待,哪怕只是那么

---

[1] Plato, *Phaedrus*, 267c-d. 比较 DK 85 B 6。

[2] 他在议会上演讲的例子有:*Third Philippic* 31, 61; *On the Crown* 18, 138; *On the False Embassy* 7. 265, 302 等。法庭上的演讲的例子有:21.57, 123, *passim*; 54.42 等。[Dem.] 45.7, 53, 67.

[3] 比较 Dion. Hal. *Dem.* 22; Quint. *Inst.* 6.2.24。

[4] 21.34, 46, 147, 226. 有人理所当然地认为陪审团心怀 orgē 愤怒是合理的,比如,Lys. 6.17; 31.11; Dem. 24.118(根据犯罪的严重程度来调整愤怒的程度)。下文的引文来自 21.123-4。

一点点，也是最卑鄙、最懦弱的；一个人只要行为傲慢（hubrisai），只要回避因此应该遭受的惩罚，雇用他人采取司法途径来报复他人，那么，即使这样的事情他只是做了那么一点点，那他也是为富不仁、令人憎恶的。所以，这样的行为是绝对不能忽视的。

许多与其同时代的演讲家都普遍将法庭上的愤怒当作正当的、应该采取的手段来使用[1]。

也许有人不禁会提出这样的假设，即道德行为规范许可的唯一一种愤怒（orgē）是那种代表城邦利益的愤怒（orgē），那种陪审团或者议会所感受到的愤怒。或者更可能的情况是，我们应该认识到，对于这个问题，公元前四世纪的许多雅典人与亚里士多德的观点相同，只不过他们表达这种观点时使用的语言是白话而已。这种观点的基础是一种处于暴躁易怒（orgilotēs）与毫无怒气（aorgēsia，即习惯性的无愤怒 [orgē]）或者说冷漠（analgēsia）这两个极端之间的中庸之道。这种中庸之道，亚里士多德最接近的说法是 praotēs[2]，这个术语最好的英文翻译就是 even temper[3]（脾气不偏不倚）（这个词还有"仁慈"的意思）。在亚里士多德看来，关键不在于我们应该完全回避所有的愤怒（他对报复持赞同态度），更不是说我们的性情应该处于暴躁易怒与毫无怒气的中间，而是说，我们应该对那些应该对其发怒的人、出于正当的理由去发怒，换句话说，我们应该对那些真正伤害了我们的人发怒，而且要方式得当、时机恰当、时长合理[4]。我们要想达到这种中庸之道，就必须满足这些标准。但并不意味着我们只能有适度的愤怒，因为有的时候适度的愤怒是应当的，但是在有的时候，按照亚

---

[1] 比如 Isocrates, 18.4, 36; 20.6, 9, 22; Dinarchus, *Against Demosthenes*, 2。公元前四世纪的雅典人，既包括雅典陪审员也包括雅典哲学家，都比较宽容地看待人们将 orgē 作为寻求减刑的一种手段的做法。关于这一点，参见 Saunders, 1991, p. 110. Allen, 2000, pp. 50, 348，对公元前四世纪雅典人接受 orgē 合法性的做法有过描述，但是他的这一描述过分简单化，很少提及或根本无视那些贬低或者谴责这种做法的文本材料。

[2] *Eth. Nic.* 2.7.1108a4-9; *Eth. Eud.* 2.3.1220b38. 严格地讲，这种中庸之道根本没有一个名称，不过，"因为都把走中间道路的人叫作 praos，所以就让我们把这种中庸之道叫作 praotēs 吧"。但是，亚里士多德认为，这种中庸之道"愤怒之气（orgē）略嫌不足"（*Eth. Nic.* 4.5.1125b28）。

[3] Horder, 1992, p. 44. n. 8.

[4] *Eth. Nic.* 4.5.1125b27-1126b10，基本上是从 *Eth. Eud.* 2.3.1221a15-17 拓展出来的。

里士多德的说法,对于挑衅的正确反应,也许应该是持续有力的愤怒或者和缓的怒气[1]。

与对待愤怒(orgē)的态度相比,对于恼恨(thumos)这种愤怒,亚里士多德表现得更为宽容。因为他坚持认为,毫无节制的恼恨(thumos)总没有毫无节制的食欲那么不光彩:

> 在某种程度上,恼恨(thumos)似乎还可以听从理性的呼唤,但是,经常会听错,这就好像是一个匆匆忙忙的奴隶,还没听清楚说什么就跑了出去,结果把交代给他做的事情弄得乱七八糟;或者就像一条狗,只要听到有人敲门就吠叫起来,根本不看看敲门的到底是不是一个朋友。所以恼恨(thumos)这种愤怒,虽然乐意听从理性,但本性上又急不可耐,虽然听到了声音,但是没有听清楚指令,结果只是匆匆地进行报复。我们的理性或者想象告诉我们,我们受到了侮辱或者轻视,恼恨(thumos)好像也在利用理性进行推理,告诉我们这样的侮辱或者轻视一定要反抗,于是马上暴躁(chalepainei)起来[而食欲根本不听从理性的召唤,因此更为可耻]……因为一个恼恨(thumos)不受任何约束的人,在某种意义上还是受到理性支配的……[2]

从亚里士多德那里,我们第一次听到哲学家们清晰地倡导"不动心"(apatheia)或者说消除所有情感[3]。不管这些哲学家是谁,也不管他们所谓的"不动心"到底是什么意思,这些哲学原则真正伟大的创造者和辩护者无疑是斯多亚哲学家了。

伊壁鸠鲁以及斯多亚哲学的创始人西提乌姆的芝诺(Zeno of Citium)都对愤怒伦理学表现出了兴趣,他们的继承人们也对愤怒伦理学颇有兴趣。于是大量论述抑制愤怒(orgē)和恼恨(thumos)的著作开始涌现,

---

[1] 参见 Urmson, 1973, pp. 225-6 = 1980, pp. 160-2。比较 Horder, 1992, p. 45。
[2] *Eth. Eud.* 6 = *Eth. Nic.* 7.6.1149a25-1149b27.
[3] *Eth. Eud.* 2.4.1222a3-5; *Eth. Nic.* 2.3.1104b24-5.

而且呈不断增长之势。第一个撰写专著探讨愤怒（orge）问题的人是公元前三世纪前半叶的波利斯泰尼特人彼翁（Bion the Borysthenite[1]）。公元前 60 年或者前 59 年，西塞罗曾针对这个问题向他的弟弟奎因徒斯（Quintus）进行过劝诫。在当时，任何一个受过教育的人都知道"有学问的人对于愤怒问题一般是怎么说的……你可以很轻易地找到许多作家的相关作品"。此时伽达拉的费罗德莫斯（Philodemus of Gadara）撰写的研究愤怒的专著很可能在坊间被人们广为传阅。这部著作因为是记录在赫丘拉纳姆（Herculaneum）[2] 发掘出来的莎草纸上，所以其中有不到一半的内容现在依然清晰可辨。此后还有大量类似作品涌现，其中有些作品已经散佚了，如有一部可能是塞内卡的老师索提翁（Sotion）撰写的作品就散佚了。有些作品则流传了下来，如塞内卡自己的《论愤怒》（De ira），大约成书于公元 49 或 50 年。再如，普鲁塔克（Plutarch）的《论不生气》（Peri aorgēsias），大约创作于公元 100 年[3]。其他关于情感问题的作品，比如西塞罗的《图斯库仑论辩》（Tusculan Disputations）[4]，尤其是盖伦的论文《灵魂激情的症状分析及其治疗》（On the Diagnosis and Care of the Passions of the Soul），都有很大的篇幅讨论愤怒问题。此类作品的作者并不仅仅局限于哲学家或者有哲学志趣的人，实际上远远不止。我以为，关于愤怒问题的学术探讨，不仅为大多数希腊化时代的上流社会所了解甚至熟知，也为共和国晚期的罗马上层贵族所了解或熟知。

在古典时期并不存在一个统一的愤怒道德规范，但是在思想上确实存在一种持续强大的、旨在约束或杜绝激烈愤怒的哲学传统。主张完全杜绝愤怒（orgē、iracundia）的观点不仅在斯多亚内部广为传播，这一观点

---

[1] 黑海与里海之间赛西亚（Scythia）地区的一条河流，现名 Dnieper 河，约 2253 公里长，流入黑海北端。——译者

[2] 赫丘拉纳姆城，地处现意大利埃尔科拉诺（Ercolano），是古罗马城市之一，规模较庞贝稍小，但更为富饶。公元 79 年由于维苏威火山爆发与庞贝城一同埋葬于火山灰之下。1981 年经发掘重见天日。——译者

[3] 关于此类作品的具体书目，参见 Harris, 2002, pp. 127-8。

[4] 该著公元前 44 年成书，共分五卷，主要讨论幸福问题，以 M 与 A 两个人物之间的对话形式展开，故称"论辩"。图斯库仑（Tusculum）为罗马附近城市，在共和国和早期帝国时期为时尚胜地，西塞罗在此建有私人别墅——译者

甚至还从斯多亚哲学传播到许多其他哲学流派中,如西塞罗和普鲁塔克。而且,显而易见,这种观点简单纯朴,吸引了很多人。另一方面,从帕纳艾修斯(Panaetius)时代开始,斯多亚哲学家们也将自己关于愤怒的训诫和言论缓和了不少,以至于像塞内卡这样的人也承认,即使是真正的智者,有时也会感到"一丝轻微的躁动",也会不可避免地感到一丝愤怒的冲动[1],而马可·奥勒留则避免谴责所有的愤怒,就像我们在前文说过的那样。爱比克泰德也许相对比较极端[2],因为毫无疑问总会有一些纯粹主义者,但是当时的哲学文化以及时代文化总体说来在很大程度上都承认,愤怒有时是合法和正当的。

在希腊和罗马男性的理解中,女性——就像野蛮人和小孩子一样——尤其容易发怒。必须强调的是,这种看法不仅仅局限于像阿摩格斯的塞莫尼德(Semonides of Amorgos)、朱温纳尔(Juvenal)之类著名的仇视女性或者反对婚姻的人身上。实际上,这是一种普遍流行的看法,从荷马以来一直如此。他们都认为,女性容易屈服于各种情感和欲望[3],同样,女性也很容易屈从于愤怒,而且基本上她们的愤怒来得毫无道理。

此类观点在许多类型的作品中都有体现。有的作家,比如说费罗德莫斯就有意回避这一话题,因此他们也就特别值得留意。不要简单地说这不过是一个老生常谈,虽然毫无疑问这种看法从一开始就对女性怀有一种敌视。

当荷马史诗中的英雄埃涅阿斯(Aeneas)在特洛伊的平原上与阿喀琉斯遭遇的时候,他对这位亚该亚(Achaean)英雄说过这样的话:

> 我们之间有什么争斗的必要?我们就好像是妇人一样,因为一场矛盾而变得非常愤怒,于是走到大街中央相互争吵。嘴里说出的话,许多是真的,许多是假的,因为是愤怒让她们说出这些话的。[4]

---

[1] *De ira*, 1.16.7; 2.4.2.
[2] Harris, 2002, pp. 116-8.
[3] Kurke, 1997, p. 142.
[4] *Iliad*, 20.252-5.

按照他的说法，这么争斗下去确实卑鄙可憎，没有男子汉味道。从中我们应该看到，从一开始，他用来打比方的这场遭到像他这样的男性贬损的女性的愤怒，不仅仅是针对自由男性的，实际上，所谓女人之间的愤怒这一说法本身就带有负面的贬损之意。

荷马史诗中最粗鄙最恶毒的话，大概应该是赫库巴（Hecuba）的话。在《伊利亚特》24章处，当赫库巴得知普里阿姆（Priam）决定派人与阿喀琉斯进行谈判的时候，她就说，她想把阿喀琉斯的肉生嚼着吃了。在《奥德赛》中，奥德修斯的奶娘尤力克利亚（Eurycleia）也表现得仇恨怨毒之至[1]。

同样值得我们注意的是，古代负责家庭复仇的神灵——复仇神，在形象上也是女性。在荷马史诗中，这些神灵通常代表的都是受到污辱的女性形象。但是有时候即使是男性，比如菲尼克斯（Phoenix）的父亲阿敏托尔（Amyntor），他的复仇神灵也被视作女性形象。复仇神作为女性神，当然是复仇神后期发展成熟之后的固定形象[2]。由于她们肩负复仇使者的责任，所以通常处于盛怒状态之下，自然就更符合女性的性格特征——这就是男性的看法。

对于古典希腊时期的男性，或者至少接受过一定程度教育的男性来说，他们马上想到的希腊神话中的愤怒女性的形象，主要是克吕泰莫涅斯特拉（Clytemnestra）[3]和美狄亚（Medea）。这两位女性都有充分的理由发怒。尤其是克吕泰莫涅斯特拉，基本上是一个恶魔，在埃斯库罗斯的《奥瑞斯特斯三部曲》里，自从她以一个愤怒的形象出现之后，她的形象就定格了。至于美狄亚，历代的哲学家和演讲家都特别喜欢提起她，不管是斯多亚学派的大哲学家克里西普（Chrysippus）还是西奈西乌斯（Synesius），诗人、陶瓶画家就更不用说了。无数的雅典悲剧都对女性的

---

[1] *Iliad*, 24.212-4; *Odyssey*, 22.407-12.
[2] *Iliad*, 9.454. 关于复仇女神的历史，参见 Lloyd-Jones, 1990。
[3] 克吕泰莫涅斯特拉，阿伽门农的妻子，因怨恨丈夫出征特洛伊时杀女儿祭奠风神，在阿伽门农远征胜利归来时与奸夫一起将其杀死。后来，其子奥瑞斯特斯及女儿合谋杀母替父报仇，但被复仇女神追踪逼疯，后经雅典娜调停，在雅典战神山法庭被宣判无罪，复仇女神原谅了他的杀母之罪。这就是希腊悲剧家埃斯库罗斯《奥瑞斯特斯三部曲》的基本内容。——译者

愤怒进行了分析和思考（下文我将主要关注《美狄亚》《赫库巴》以及现存的两种《厄勒克特拉》[Electra] 剧本）。也有一些人思考的是女神的愤怒（欧里庇得斯的剧作《希波吕图斯》[Hyppoclytus] 对阿佛罗狄忒含蓄地进行了尖锐批评[1]。阿尔科梅尼（Alcmene）是《赫拉克勒斯的后代》（Heracleidae）[2]最后一场的主要人物，她的复仇与本文讨论的问题也有一定关系[3]。

与女性负面形象相对应的是对人的正面劝诫。在埃斯库罗斯《奥瑞斯特斯三部曲》之一的《复仇女神》中，雅典娜要求复仇女神克制极端的愤怒，她说，即使是她本人，尽管权力很大，也要屈从于宙斯[4]。在索福克勒斯剧作《特拉西斯妇女》（Trachiniae）中，赫拉克勒斯的妻子戴阿内拉（Deianeira）面对丈夫的不忠，决心重新赢回他的心，但是，她声称自己并不生气，因为她说，她不知道怎么跟他生气（thumousthai）。稍后她又接着说，对于任何有理智的女人来说，发怒（orgainein）是不恰当的[5]。按照我个人的理解，遵照传统男性的观点，这才是正确的态度——这就使故事的最终结果更加可怕，因为她为了赢得丈夫的心，在使用人马兽奈索斯（Nessus）的魔法时，却在无意间杀死了丈夫[6]。

---

[1] Euripides, *Hyppoclytus*, 120.
[2] 《赫拉克勒斯的后代》，欧里庇得斯戏剧作品之一，描述赫拉克勒斯或者海格立斯的后代在神的应许下如何返回斯巴达并三分斯巴达的过程。阿尔科梅尼是赫拉克勒斯的母亲。赫拉克勒斯全家遭受阿尔戈斯国王欧里修斯（Eurystheus）的迫害，避难于雅典。所以，阿尔科梅尼心怀仇恨，坚持要在战场上打败欧里修斯后杀死他。——译者
[3] Euripides, *Heracleidae*, 941-1052.
[4] Aeschylus, *Eumenides*, 794-891. 参见 Allen, 2000, p. 114。
[5] Sophocles, *Trachiniae*, 543, 552-3. 与此非常类似的是，在欧里庇得斯的剧作 *Phrixus*（Nauck，片段 819）中，一位无名氏就把克制愤怒（orgē）和不发怒（dusthumia，即无 thumos）当作妇女的美德之一。在欧里庇得斯的《在桃里斯的伊费哥尼亚》（*Iphigeneia in Tauris*）剧中 993 处，伊费尼亚告诉奥瑞斯特斯自己并没有对死去的父亲生气（thumos）。鉴于这部戏剧的这层教化目的，西方学者提出这样一个疑问：在雅典戏剧表演的时候，是否有女性观众在场？对于这个问题，目前学者们还有没有得出统一的答案，似乎有证据证明，确实有一些女性观众（Henderson, 1991b 似乎比 Goldhill, 1994 更有说服力些）：可能会有一些异邦人家的妇女（雅典常住的一些异邦人，他们只有民事权利没有政治权利）来观看戏剧表演，同时也可能有少量的女性城邦公民。应该说，剧作家在创作的时候似乎并没有考虑女性观众，不过有女性观众在场会使这类戏剧演出更有意味。
[6] 人马兽奈索斯曾试图强好赫拉克勒斯的妻子戴阿内拉，但被赫拉克勒斯用毒箭射死。临终前，奈索斯让戴阿内拉保留自己的部分血，告诉她只要让赫拉克勒斯穿上用自己的血沾过的衣服，就会重新赢得他的爱。后来戴阿内拉依言而行，结果赫拉克勒斯中毒痛苦而死。——译者

古希腊愤怒思想史上有一个特别有趣的作家是希罗多德。其突出之处在于认识独特新颖（至少对于我们来说是如此）、一以贯之：他不仅把愤怒（orgē）说成是暴君、疯子或者半疯的波斯王的恶习，而且很少把自己赞许的希腊人描述成会产生愤怒（orgē）、恼恨（thumos）、恼火（cholos）之类愤怒情感的人[1]。因此他在描述愤怒的女性时的语言都是经过深思熟虑而绝不可能轻率采用的。我们可以看看居勒尼（Cyrene）的统治者菲利提姆（Pheretime）。她把人钉在尖桩上处死，残害人的肢体，使人沦为奴隶，希罗多德把这叫作"极端残酷的报复"，这是在"让人成为天怒神怨的对象"。[2]他在这一论述中选定的是一个女性，这绝不是偶然，因为菲利提姆刚出场的时候，她的行为就很明显"不像一个女人"[3]。希罗多德把愤怒这种情感归咎于女性，绝不是出于行为草率[4]。

在阿里斯托芬（Aristophanes）的喜剧《吕西斯特拉达》（*Lysistrata*）中，雅典女公民们表现出的愤怒已经是越权了。担当雅典警察的斯基泰（Scythian）弓箭手[5]对吕西斯特拉达和她的朋友们发起了进攻，但是都被击退。吕西斯特拉达对这些斯基泰人说："你们当初是怎么想的？难道你们以为你们在对付的是女奴隶吗？难道你们没有意识到，自由的女公民们已经在她们心中根植了愤怒（cholē，愤怒，斗争的意志）？"[6]我们应当记住，阿里斯托芬的剧作《议会妇女》（*Ecclesiazousai*）的高潮部分描写的是一个年轻妇女与三位老年妇女之间长时间的激烈争吵[7]。

与吕西斯特拉达同时代的现实生活中最有名的妇女是谁呢？也许应该是苏格拉底的年轻妻子克桑提普（Xanthippe）吧。在她身后的几个世纪

---

[1] Harris, 2002, pp. 175-6.

[2] *epiphthonoi ginontai*, 4.205.

[3] 4.162.5.

[4] 雅典议会议员吕西达斯（Lycidas）由于同意采纳马尔东尼乌斯（Mardonius）的和平提议，其妻子儿女被雅典妇女用石头砸死，这时候，希罗多德根本没有提到什么感情问题，他似乎认为雅典妇女的这种反应是非常自然的。

[5] 斯基泰人是雅典的奴隶，充当雅典城邦的警察。——译者

[6] 463-5. 438-48以及第550节说明这些妇女是愤怒的，她们也让自己的对手充满了愤怒（505）。

[7] 877-1111. 这是由妇女的统治导致的。而剧中较前的地方，雅典妇女似乎只在扮演男性的时候才会有愤怒（174-5, 255）。译者按，该剧描写雅典妇女出于气愤女扮男装，夺取议会的领导权，并通过了实行共产、共夫/妻制度的提案，结果导致了剧中几位妇女为了争夺一个年轻男子大打出手的局面。

里,她成了脾气暴躁的代名词。也许她不该得此恶名,但是根据色诺芬的记述,在她有生之年,公元前389—前380年,她的恶名似乎就已经开始成形了[1]。

我们换一种文学体裁看看,也许会注意到,中年的柏拉图在撰写《理想国》的时候,显然也很乐意认为,女性和男性一样不乐意恼恨(thumos),虽然他没有公开这样说[2]:

——那么,妇女到底是应该有哲学思想呢还是没有哲学思想呢?是应该发脾气(thumoeidēs)呢还是应该不发脾气(athumos)呢?
——应该有哲学思想,应该发脾气。
——既然如此,有些妇女就会有能力做城邦卫兵,有的就不能。因为这是我们挑选卫兵的品质要求呀。
——说得对。

但是,在《法律篇》中,柏拉图依然理所当然地接受女性容易发怒这一传统看法:我们应该怜悯那些尚可救药的罪犯,而不是像妇人一样愤怒地惩罚他们[3]。

比较来看,在希腊化时期之前,有没有希腊文献把女性的愤怒描写成正确和正义的,或者完全是以赞许的目光来描写的呢?下文我将尝试分析,欧里庇得斯的剧作《赫库巴》是否可能部分地宽恕了女主人公的愤怒(orgē)[4]。还有一个例子,对女性的看法远比《赫库巴》要清晰。这是一个很不寻常的例子,是帕西翁的儿子阿波罗多鲁斯(Apollodorus,

---

[1] Xenophon, *Memorabilia*, 2.2.
[2] Plato, *Republic*, 5.455d-457b. 下面的引文出自456a。在3.396d处,柏拉图谈及纠缠在一起吵闹的妇女,但同时也对如此行为的男性很不以为然。女性对公众事务的影响显然不是直接的,人们会怀疑女性通过教唆自己的儿子来发泄对政治的不满和愤怒,对此柏拉图可能也是不赞同的,参见Plaot, *Republic*, 8.549d。因此,雅典的父权制社会制度与冰岛散文体叙事英雄故事里的父权制社会制度似乎比较相似。根据W. I. Miller, 1993, p. 104的说法:"女性经常会教唆自己的男人进行报复,而男性则利用这种教唆行为来谴责女性的报复行为和不理性做法。"
[3] Plato, *Laws*, 5.731d (*mē akracholounta gunaikeiōs pikrainomenon diatelein*).
[4] 至少,在Euripides, *Hippolytus*, 682-712中,菲德拉(Phaedra)对保姆的愤怒还是很容易理解的。

son of Pasion）在反驳奈阿埃拉（Neaera）的演讲中发表的言论[1]。他首先抹黑奈阿埃拉的名声，说她是个婊子和老鸨，然后煽情地对各位陪审员说：假如你们宣判奈阿埃拉没有犯篡夺他人公民权利的罪，你回家以后该如何跟你们的妻子、女儿和母亲说呢？这些最为贞洁睿智的女性（hai sōphronestatai）难道不会因为你们宣判奈阿埃拉跟她们一道分享女性公民的权利而马上对你们大为气愤（orgisthēsontai）吗？[2] 但是，我想提出的是，这位演讲者所利用的道理对他自己以及众位陪审员来说其实是自相矛盾的：即使是行为最为完美的女性也会生气，也会大发雷霆，可是这些最为贞洁睿智的女性（hai sōphronestatai）通常情况下是不会愤怒（orgē）的。

希罗达斯[3]确认说，这种看法在公元前三世纪中叶的亚力山大港依然通行。在这篇一共八十五行、名为《嫉妒人》（zēlotupos）的简短故事里，女主人公是一个名叫庇提娜（Bitinna）的妇女，她跟自己的奴隶嘎斯特隆（Gastron）——"胃口先生"保持着性关系，她用非常粗鄙的语言指责这个奴隶对自己不忠。尽管他声称无辜并不断讨饶，她依然要命人用鞭子抽他并在他脸上刺字。故事的最后五行，在一个女奴的调停下，庇提娜同意将惩罚暂缓几天执行。按照希腊自由男性的道德观念来看，庇提娜是一个很不光彩的角色：第一，找奴隶情人；第二，当她认为自己的奴隶情人对自己不忠的时候，对他怒火中烧、残酷无情、毫不容情。所以可以说她在两个方面都是堕落的，只不过在最后的时刻才稍微缓和了一点。可以说，这又是一个让人嗤之以鼻的愤怒女性的形象。在后面的滑稽剧中，我们还可以看到更多的愤怒女性的形象，也都是很不光彩的角色[4]。其中有一行文字基本上代表了当时针对女性愤怒的官方说法："好女人可以忍耐一

---

[1] Pseudo-Demosthenes（《伪德摩斯梯尼》），59。
[2] [Demosthenes], 59.110-1. 关于阿波罗多鲁斯是否该讲演的作者，请参见 Trevett, 1992，尤其是 50—76 页。
[3] Herodas, 5.
[4] 6.1-11, 27-36.

切。"(gunaikos esti krēguēs pherein panta）[1]

还有一些现存的古代文本与上述的文献在主题上比较接近。比如一个无名氏的滑稽剧，描写的主人公是女奴隶主，她跟不止一个奴隶保持着性关系。这位女主人公是一个虐待狂，所以毫无疑问，讲这个故事的出发点就是要让我们反对[2]。希罗达斯[3]谈到一位女性的愤怒，似乎也是为了让人嘲笑她，虽然他的意图表现得不是那么明确和直接。该故事的女主人公梅特罗提美（Metrotime）想让老师鞭打自己上学的儿子，老师很愿意照做。后来老师打消了这个念头，可是梅特罗提美却依然不愿松口[4]。

这种对女性的传统看法自然也被彻底希腊化的罗马文人所接受。比如，罗马诗人贺拉斯（Horace）就写了一首典雅的诗，请求一个人不要生他的气，而这个人就是一位女性[5]。假如我们愿意，我们可以认为这个人可能是一个真人，虽然没有给出姓名。但更有可能的也许是，整个诗歌的背景都是想象出来的。假如确实如此，贺拉斯也接受了传统观念的影响。毫无疑问，罗马文学中的愤怒女性形象很多，不过最有名的应该是卡图卢斯（Catullus）作品中的阿里阿德奈（Ariadne）[6]。毫无疑问，愤怒的男性都处都是，但是假如在文学作品中出现的是女性，不管这位女性是杜撰出来的还是真实的，她就比男性更容易被人说成是脾气暴躁的。卡图卢斯故事的另一半是讲，这位罗马妇女无法克制对自己奴隶的愤怒[7]。

有位叫作泰阿诺（Theano）的妇女，她是哲学家毕达哥拉斯的妻子或者女儿，据说她也从事哲学研究。在她离世很久之后——具体是在哪个世

---

[1] 6.39. 简单地说，这些人物"设计出来仅仅是为了让大家发笑"（Zanker, 1987, p. 158）是不够的。另一个这类的例子是 Polyb. 15.30.1。

[2] Page, *Greek Literary Papyri*, no.77. 描述她的愤怒的地方有 13、25、28、35 等行。这个残本属于帝国时代早期，原来发表于 P. *Oxy*. 3.413, cols.1-3 等。Trimalchio 告诫自己的客人 Scintilla 不要嫉妒（zelotypa）一个奴隶（*Sat*. 69.2），Petronius 心中想的就是 Herodas 5 这样的文本。

[3] Herodas, 3.

[4] 参见 87—88、94—97 行，原文解读上有些问题，但这个意思依然是清楚的。

[5] Odessey, 1.16. 我这里依照的是 R. G. M. Nisbet 和 M. Hubbard 的解读方式。这首诗不是一种翻案诗（palinode）。

[6] Catullus, 64. 在 64.132-201 行，阿里阿德奈（Ariadne）咒骂特休斯（Theseus）。在 192—201 行处，她的愤怒最为明显。

[7] Clark, 1998, pp. 123-4 收集整理了女性对奴隶发怒的形象，其中包括 Ov. *Amores*, 1.14.12-18; *Ars am*. 2.235-44, Petr. *Sat*. 69; Juv. 6.219-24, 475-95; Apul. *Met*. 3.16。

纪我们无从得知——有人杜撰了一些书信，声称出自泰阿诺之手。这些书信把她描述成一位自制力非常好的人，也许是因为她跟毕达哥拉斯的关系吧。在其中一封书信里，她建议自己的一位女性朋友不要出于极度的恼恨（thumos）对自己的奴隶发怒[1]。但是，泰阿诺本人似乎也达不到这样的水平，因为她的下下一封信就写得很简短，充满愤怒[2]——作者似乎想让我们相信，女人们就是这么写信的。于是这种对女性的传统认识又在发挥着作用。

对于罗马时代的希腊知识分子来说，女性脾气暴躁总体说来还是比较常见的，比如，琉善（Lucian）提到过脾气暴躁的女性[3]，普鲁塔克也提到过脾气暴躁的女性[4]，尽管普鲁塔克观察到，婚姻家庭中的愤怒在很多情况下都发生在男性身上。盖伦的论文《灵魂激情的症状分析及其治疗》（*On the Diagnosis and Care of the Passions of the Soul*）主要讨论了愤怒（orgē、thumos）问题。他写道：

> 我不知道自己（是个孩子的时候）是个什么样的性情——即使让一个成人了解自己都是很困难的事情，更何况是个孩子——但是，我真的有幸有一个最不爱发脾气（aorgētotaton）、最正直、最有爱心、最和善的父亲。我的母亲则脾气暴躁，有时候她连女奴都咬。她总是冲着我的父亲尖叫，跟他打架，比克桑提普对苏格拉底还凶。[5]

接着，他讲述了自己的母亲"很不光彩的脾气"。当然，我们无从知道盖伦对自己母亲的批评是否公正，因为他有时候会拿一些传统主题

---

[1] Epistolographi Graeci, *Pythagorae et Pythagoreorum Ep.* 6 ed. Hercher (pp. 605-6) = 4 Thesleff (p. 198), lines 18-23.

[2] 8 Hercher (pp. 606-7) = 8 Thesleff (p. 200).

[3] *Abdicatus* 28: women have a great deal of irascibility (orgilon) in them and frivolity and excitability (?) (oxukinēton); they are more liable to various emotions including orgē than men are (ibid. 30).

[4] It appears from Marius 38 (the story of Fannia of Minturnae) that Plutarch regarded a woman who passed up an opportunity for revenge as unusual.

[5] *De propriorum animi cuiuslibet affectuum dignotione et curatione* 8.1 De Boer. 比较 Plutarch, *Ant.* 1.3.49.2。波菲利（Porphyry）在给妻子写信的时候告诫她生气的时候不要惩罚奴隶（*Ad Marcellam* 35）。

(topoi)来当作自己自传的内容[1],也许他对母亲的描述也仅仅是简单地采用了这类传统主题而非真实事件。不管实际情况如何,盖伦说自己母亲控制不住自己的怒气。

所以,要么有一位完美的女性以泰阿诺的名义写了一封信,要么这不过是一个浪漫故事里的主人公,总之,她是不存在的。在卡利同(Chariton)撰写的一个浪漫故事里,有一个太监代表巴比伦国王向女主人公卡利罗(Callirhoe)求婚。她的第一个反应就是想把这个太监的眼睛抠出来,不过:

> 她是一个受过教育、有理智的女人,她的头脑反应很快……她不再愤怒,而是很有技巧地向这个野蛮人做出了回应。[2]

很有可能大多数哲学家或者具有强烈哲学兴趣的人一般都会回避使用脾气暴躁的女人会说的话,或者总会有所保留[3]。亚里士多德坚持认为女性比男人低等,所以我们可以想见,他会指责女性过分感情用事。而且他确实说过,女性灵魂的理性部分"不占[灵魂的]主导地位"(akuron)[4],这就意味着说,女性比男性更感情用事。在另一处,他说,人们一般对自己相亲相近的人(philoi)要比对其他人更容易生气,他说,这是因为人们认为与自己相亲相近的人对自己有责任[5]。他也许还应该补充说,正是因为这个原因,妻子会更加脾气暴躁。不过,亚里士多德并没有说过这样的话。

在大家公认的不完整的著作《论愤怒》中,费罗德莫斯唯一一次提到女性,是他在抱怨男性总是喜欢毫无理由地跟妻子发脾气[6]。伊壁鸠鲁学派

---

[1] Harris, 2002, p. 12.
[2] Chariton, 6.5.8.
[3] 米南德的作品中有许多角色生过气,但是好像没有一个是女性,这是不是与此有关?
[4] Aristotle, *Politics*, 1.5.1260a13. 亚里士多德发表此言论的上下文是,他说,存在一种女性的美德、自制、勇敢和正义。他引用索福克勒斯的话说(Sophocles, *Ajax*, 293)"安静使女人美丽"(泰克美萨[Tecmessa]的话太陈腐了[humnoumena],292)。
[5] Aristotle, *Rhetoric*, 2.2.1379b2-4.
[6] *De ira* 5 (col. xxii.32-xxii.2):"男人们一旦结了婚,他们就会指责自己的妻子品行不正,草率地形成(对他们的)判断。"这应该就是希腊原文的意思,不过,在"判断"之后文字的脱落了。

的男性，他们在对待女性的态度上不能代表希腊的通常情况，一般情况下他们会反对传统的性别歧视态度[1]。巧合的是，西塞罗的哲学著作中没有这种歧视女性的主题出现。即使是塞内卡，尽管他会容忍社会的传统标准看法，但他恐怕也不太喜欢这种看法。最近有人提出观点，认为塞内卡支持两性在道德上的平等[2]。这大概有点言过其实了。在《论愤怒》中，塞内卡有一次说过愤怒是女性的恶习——"女人才会生气得暴跳如雷"，在其他地方他也说过类似的话[3]。鉴于《论愤怒》的篇幅较长，所以我们可以预期，说到女性愤怒的例子应该会更多，他提到那么多坏脾气的例子，其中也说到女性坏脾气的例子绝对不止一个。

但是，到了普鲁塔克，他似乎又回到了传统的对女性的看法：

> 人的身体，假如出现一块青紫，那是由于受到了沉重的打击，同样，对于那些极度敏感脆弱的灵魂来说，假如怀有折磨人的倾向，那么它会产生剧烈的恼恨（thumos），而且这样的灵魂越脆弱，产生的愤怒就越剧烈。因此女性比男性更加脾气暴躁。[4]

与西塞罗和费罗德莫斯一样，普鲁塔克也看到男性经常向女性发泄愤怒[5]，但是他仍然说，女性不应该有任何愤怒，或者至少不应该毫无缘由地发怒：作为妻子，"她不应该怀有任何自己的感情，而是应该与她的丈夫一道，随着丈夫严肃而严肃，随着丈夫游戏而游戏，随着丈夫冷静而冷静，随着丈夫欢笑而欢笑"。假如丈夫与一个女奴（hetaira）犯了一点小错误，妻子不应该大惊小怪或者不高兴（aganaktein, chalepainein），自

---

[1] 参见 Nussbaum, 1994, p. 194, n. 2. 有些斯多亚思想家依然会讲一些贬损苏格拉底妻子克桑提普的故事，参见 Antipater of Tarsus, fr. 65 (*SVF* 3.257)。

[2] Mauch, 1997.

[3] *De ira* 1.20.3 ("contra mihi videtur veternosi et infelicis animi, imbecillitatis sibi conscii, saepe indolescere... ita ira mulebre maxime ac puerile vitium est. 'At incidit et in viros.' Nam viris quoque puerilia ac muliebrai ingenia sunt"); *Clem*. 1.5.5.

[4] *De cohibenda ira* 8 (*Mor.* 457ab); 9 (457c).

[5] *Coniugalia praecepta* 2, 3, 39 (*Mor.* 139e, 143e).

然更不应该愤怒（orgē）[1]。但是同时，普鲁塔克对于婚姻的看法还是有一点新意的，他认为婚姻是一种伙伴关系。他对家庭生活中的愤怒的关注要超过所有前人，而且他也意识到，家庭中的愤怒有很大一部分都要由丈夫负责。

从一个希腊男性的角度来看，一个组织合理的城邦，其女性城邦公民应该能够充分认识自己在城邦中的位置。所谓认识自己在城邦中的位置，就包括要控制自己的愤怒。假如在雅典的悲剧舞台上出现了愤怒的、惩罚他人的女性形象，那么这些女性一般都具有男性气质[2]，这在大多数观众看来是绝对不合适的。因此，我在此处分析的对女性的传统看法就意味着，在古典时期的城邦中——不管是在雅典还是在任何其他城邦——根本就没有女性愤怒的合法地位。

传统的愤怒女性的形象，代表着一种力图将女性愤怒抹黑甚或将女性愤怒非法化的企图。道德家反对愤怒的思想传统只在部分意义上才是"绝对主义的"：许多愤怒，实际上即使是哲学家，尤其是柏拉图主义者以及漫步学派的人都是许可的。在希腊化罗马时代（更不用说在此之前的希腊和罗马），普通的受过教育的男性都是绝对不会反对任何男性的愤怒的，但只要涉及的是女性的愤怒，他们都知道自己应该是一种什么样的认识和态度。借用伊丽莎白·斯贝尔门的说法，我们上面分析的这些文本想要说的就是，尽管"人们认为从属群体的成员都会有自己的情感，而且也可以让自己的情感主宰自己的生活，但是，他们的愤怒是绝对不能容忍的"[3]。

也许有人会提出反对意见说，在古代文献中还有其他一些人群，比如老人，按照传统的看法也是不应该愤怒的。老人的愤怒不也是不合法的吗？在某种程度上，这么说也许也是对的，但是对于父亲的愤怒，古人的态度就非常复杂，假如一位老父亲生气了，那么人们一般会认为他的愤怒在一定程度上也许是正当的、有道理的。

---

[1] *Coniugalia praecepta* 14, 16 (*Mor*. 140a, 140b); cf. 28 (141f-142a). 据说在 *Coniugalia praecepta* 27 = 141f 处，在婚姻生活中愤怒（orgē）都来自妻子一方。
[2] Allen, 2000, p. 115.
[3] Spelman, 1989, p. 264.

因此，我们的观点是，在希腊文学中，女性的愤怒经常是不被认同的，或者被人唾弃嘲笑的，所以我们从中可以看到一种主流的将女性愤怒非法化的传统。但是，这个传统并不是说要把所有的女性愤怒都非法化，因为我分析的大部分文本都是关于愤怒（orgē）和恼恨（thumos）的，所以我的打击面并没有那么大。希腊男性的这个规则还没有严厉到说，希腊人的妻子绝对不可以对自己的丈夫时不时地表达一下气愤（chalepotēs）。

那么，希腊男性，也许还有罗马男性，到底为什么只允许他们自己生气发脾气呢？有人提出一个非常有创见的理论，认为愤怒的情感中包含着认知的成分——这种认知的成分在亚里士多德以及二十世纪晚期心理学那里得到了极大的强调，而且实际上大部分古代思想也将此视为理所当然——这就是说，愤怒是判断性的。这一理论称，一个人愤怒的时候，就是把自己放在一种审视和判断的位置上，而在父权制社会中，女性只能是被审视和判断的对象[1]。希腊男性是不愿意让女性审视判断他们的。

这种解释也许有点形而上，但不是没有道理。在任何时代，愤怒在一般情况下无疑都好像是对某些对象进行判断。在愤怒的时候我们毫无例外地，或者说几乎毫无例外地都会进行判断，但是，要把认知行为完全与判断行为画等号，恐怕我们都有所犹豫。男性使用愤怒，往往是为了提高自己对他人的控制力，增加两性关系中的控制力。希腊男性只不过想让自己的妻子——还有他们的妾、女奴以及女儿——都能够驯服，都履行她们的职责。有一个说法可以支持这一观点，那就是，他们不仅希望控制女性对处于支配地位的男性的愤怒，而且还想控制女性对奴隶以及女性与女性之间的愤怒。我们很难想象为什么希腊男性觉得自由的女性公民不应该审视和判断奴隶的行为，因为监督奴隶毕竟是家庭主妇的责任。这并不是说，男性需要确立自己对整个家庭的控制权[2]，而是说，他们这么做是为了到达双重目的。反对女性对奴隶发脾气是有历史教训的，因为女性的愤怒会阻碍奴隶制度的顺利运转（男性奴隶主有时候会向其他男性奴隶主解释，愤怒会激起奴隶可怕的报复）。同时，女性的愤怒也可以被用来重申女性性

---

[1] Spelman, 1989, pp. 265-70.
[2] Clark 1998, p. 124 中一直坚持这种观点。

格上存在弱点，比如希罗达斯的滑稽剧就是如此。

显而易见，这种男性愤怒的工具论观点，与认为女性过分多愁善感的观点不谋而合，这种认为女性多愁善感的看法可以追溯回荷马史诗时代以及海伦为妻不忠的故事。希腊悲剧中此种例证俯拾即是，亚里士多德只不过是无数个认为女性比男性更加多愁善感的希腊男性之一。在希腊人看来，愤怒，以及爱欲——愤怒显然必须有爱欲支撑——对于女性和男性来说遵循的规则是不同的。

人们预期女性应该履行自己的社会责任，而且对此不应有多少怨言。在我看来，雅典妇女尤其有理由发出她们的怨言，因为她们所处的社会制度不仅是男权制的，而且即使按照男权制标准来看，他们的社会制度也有点过分无视女性的情感。但是，重塑古典时期雅典人的婚姻生活几乎只能依赖猜测，所以为了避免不必要地将我们的讨论复杂化，我这里只能就我的研究做一大致介绍[1]。总之，在绝大多数情况下，在妻子与丈夫之间，愤怒的道德标准显然是不对称的。换句话说，在经过了漫长的一段时间之后，才有哲学家提出男性应该约束自己对妻子的愤怒的观点。依据现存文献，费罗德莫斯和西塞罗是最早提出此类看法的人之一（虽然他们不可能是第一个提出此类看法的人）。

伊壁鸠鲁学派也许排斥这种传统看法。不过，在他们之前很久，这种传统看法就遭到了雅典悲剧的批评和审视。

首先我们要说的是，尽管对这一点进行考察，需要对索福克勒斯和欧里庇得斯的那些静态的文本进行解读，但同时我们也应该接受这样的可能性，即在这些戏剧的实际表演过程中，演员们会尽力拓展愤怒的戏剧可能性。这就是说，在表演过程中，戏剧中的愤怒可能比在静坐阅读中所品味到的愤怒要强烈得多。

当然，将悲剧家对女性形象的描写过分简单地理解，也是非常错误的。比如我们应该留意的是，在索福克勒斯现存的悲剧作品中，女性角色的作用经常是平息愤怒而不是发泄愤怒。在《阿贾克斯》(*Ajax*)[2]中，泰

---

[1] Harris, 2002, 第12章。
[2] *Ajax*, 368, 588, 594，在这些地方，她的愤怒的对象显然是她的丈夫。

克美萨（Tecmessa）起到的就是这样的作用，在《俄狄浦斯王》(Oedipus Tyrannus)[1]中，左卡斯特（Jocasta）起的也是这个作用。最后，在后出的《俄狄浦斯在科洛努斯》(Oedipus in Colonus)中，安提戈涅试图平息父亲的愤怒，安慰自己兄长波利尼塞斯（Polyneices）[2]。这些剧情都非常简短，所以，我们不应将这些文字视为在传达什么重要信息，但是它们在某种意义上可以证明索福克勒斯及其同时代人是如何想象和认识女性行为的。

欧里庇得斯的三部剧作（按照创作的时间顺序分别是《美狄亚》《赫库巴》和《厄勒克特拉》）尤其向我们展示了诗人对女性愤怒这一主题的探索。这三部戏剧展现在我们面前的似乎是对女性愤怒的认识的进步，《美狄亚》描述的愤怒尽管出于非常充分的理由，但同时却非常可怕和邪恶，《赫库巴》描述了愤怒的女性如何进行群体报复，但非常悖论地，她们的报复得到某种认同，而《厄勒克特拉》中女性的报复行为非常可怕，同时又被人充分认同接受。

《美狄亚》充满了愤怒（orgē）[3]。同时，《美狄亚》对愤怒的大量描写也是为了描写另一种情感——爱欲（erōs）——而服务的[4]。美狄亚的愤怒的严重后果被淋漓尽致、毫无保留地向我们展现出来。对于欧里庇得斯到底是如何安排和组织剧情发展的，我们也许有很大的争论空间，但毫无疑问的是，他将美狄亚描述成一个如此暴虐冷酷的人物，这实在不是剧情的需要——按照传统观点，他根本无须将她描写成一个杀子的恶妇[5]。美狄亚的愤怒不仅凶狠冷酷，她对自己的愤怒也有非常清醒的意识。美狄亚的报复，尤其是她杀死自己的两个亲生幼子，似乎可以说是一个手无寸铁的女性所能做出的最为恐怖之事。她的愤怒已经将她变成了一只公牛或者狮子[6]。不仅如此，她的这种愤怒尽管出于自然之情，也是极端冷酷无情的。

---

[1] *Oedipus Tyrannus*, 634-702. 她力图调和丈夫与克利翁（Creon）之间的矛盾。

[2] *Oedipus in Colonus,* 1181-1203, 1420-43.

[3] Euripides, *Medea*, 38-9, 91-4, 99, 109, 120-1, 129, 160-7, 172, 176, 271, 319-20, 446-50, 520, 590, 615, 637-8.

[4] 关于美狄亚爱欲与愤怒的关系，参见 Friedrich, 1993, p. 225。

[5] Knox, 1977, p. 194=1979, pp. 295-6.

[6] Euripides, *Medea*, 92, 187-8.

最为错误的是，她对杀子的念头居然毫不犹豫[1]。尽管美狄亚具有这种"男性"的果敢和决绝，但是同时她又被塑造成一个典型的妇女形象："我们天生是女性，"她说，"做不出任何高贵的行为，但是在危害他人方面却可以极尽能事。"[2]

最后，当伊阿宋出场的时候，他还搬弄大道理，跟自己的妻子美狄亚说，他已经多次见过暴躁和愤怒这种恶习是多么不可救药，他还解释道，人不如"干脆忍耐强者的意愿"[3]。这些道理说来非常简单而且非常真实，但是这场悲剧还有另一个截然不同的主题，那就是，美狄亚也有话说。这可不是我们对美狄亚剧情的主观感受和反应，而是该剧的合唱以及巫术仪式把我们朝这个方向引。在该剧的最后一幕，美狄亚被雅典国王艾格乌斯（Aigeus）解救，就像许多悲剧人物一样，阿提卡成为美狄亚避难的最后港湾。格林多妇女的合唱称，伊阿宋遭受痛苦的折磨，这是完全正义的（endikōs）[4]。在公元前431年的雅典，报复还未遭到质疑，而颇具"男性特征"的美狄亚采取报复行动似乎也是应该的、不可避免的。

我们可以得出结论说，欧里庇得斯的目的就是要将自己的观众震惊得不知所措（他的这部三部曲在当时的戏剧比赛中排名第三，即最后一名——对于其中缘由，我们当然一无所知），他在观众面前血淋淋地展现了一个女性野蛮人的愤怒是多么具有灾难性，尽管她完全有理由气愤。任谁都不愿意将这部非凡的作品简单地归结为一条简单的公式，该剧的故事情节独特而怪异，根本不容我们做任何笼统的总结和结论。但是，我想我们从中可以看到，在欧里庇得斯的笔下，一位女性，尽管具有奥德修斯的决心和机敏——她完全明白刻意隐藏自己情感的重要性——最终却被自己冷酷无情的愤怒所控制。同时，她的愤怒完全是合理的，至少在她要杀死伊阿宋的新娘格劳塞（Glauce）的时候是完全合理的。

---

[1] 希腊原文为 *duskatapaustos*, Euripides, *Medea*, 109, 比较 878-9。
[2] Euripides, *Medea*, 407-9, 比较 908-13（伊阿宋说，处于美狄亚的位置，一个女人发怒是不奇怪的。然后，他出于一时的幻想，竟然相信了美狄亚的话，并夸奖她改变了想法）。
[3] Euripides, *Medea*, 446-7, 449。
[4] Euripides, *Medea*, 1231-2, 这是在美狄亚杀死自己的孩子之前。我们可以比较塞内卡戏剧非黑即白的简单的处理方式。

在《赫库巴》(Hecuba，大约公元前424年)中，有位女性的愤怒也导致了非常可怕的结果。该剧的后半部分讲述了赫库巴的儿子波利多鲁斯(Polydorus)，特洛伊最后一位王子，为了避难被送到了色雷斯(Thrace)国王波利莫斯托尔(Polymestor)的王廷，但是在特洛伊城沦陷之后，波利莫斯托尔图财害命将他杀死。赫库巴此时已成阶下囚，做了奴隶，但是她依然成功地对波利莫斯托尔进行了报复：她跟其他一同被俘的特洛伊妇女一道弄瞎了波利莫斯托尔的双眼，杀死了他的儿子们。一群残酷的妇女协力合作报复杀人[1]，这一定让那些男性观众感到更加难以接受。双目失明的波利莫斯托尔更发出惊人的预言说，赫库巴会变成一只长着血红双眼的狗[2]。

而阿伽门农的最后裁决站在赫库巴一方。实际上，他是赫库巴血腥报复行为的同谋，因此我们可以这样想，赫库巴的故事本来就是要博得大家的同情，虽然她被描述成了一个控制(kratos)男性的女性[3]。波利莫斯托尔所犯下的罪把赫库巴变成愤怒的复仇女性，她的决心比美狄亚还要大，但是她的愤怒并没有被视为非法，实际上恰恰相反。有一位现代的批评家提出一个非常具有代表性的看法：赫库巴让自己"堕落"[4]。但是，恐怕古典时期普通希腊人也可能认为，她的报复行为是正当的。非常有趣的是，尽管这部戏剧描述了许多愤怒，但是愤怒(orgē)这类的词却从来没有出现过。对比起来，这些词在《美狄亚》中则频繁出现。当阿伽门农看到盲眼的波利莫斯托尔的时候，他说，"干这件事情的人对你以及你的孩子们真是怀有深仇大恨恼火(cholos)"[5]。我们可以将这种措辞理解为，这是要告诉我们不应该将赫库巴的愤怒视为邪恶的。新近有人对赫库巴的报复行为是否道德有过详细的阐释分析[6]，我们也许会将这种不置可否的分析当作1990年代的时髦症，但是，仅就本剧而言，他的分析似乎恰到好处。这部

---

[1] *Hecuba*, 886, 1052, 1061-75, 1095-6, 1120, 1151-72.
[2] *Hecuba*, 1265.
[3] *Hecuba*, 898-904, 883.
[4] Kerrigan, 1996, p. 194 (她堕落到了自己敌人的水平)。此书写得非常精彩，但我对此观点不敢苟同。
[5] *Hecuba*, 1118-19.
[6] Mossman, 1995，尤其是第163—209页，对此问题的阐述堪称一流。

剧作确实让人感到恐惧,但是与此同时,在所有现存的希腊作品中,这部戏剧对女性报复的描写给予的同情和理解当属最多。

欧里庇得斯的《厄勒克特拉》(约创作于416年)向我们讲述的也是关于女性报复的故事。这位女主人公逼迫自己犹豫不决的兄弟杀死母亲克吕泰莫涅斯特拉替父报仇。她和弟弟奥瑞斯特斯一起手握长剑杀死了母亲[1]。他们杀死母亲后,双胞胎兄弟卡斯托尔和波里德斯[2]出现了,并非常方便地将杀人的罪过归咎在阿波罗的头上,然后向他们解释了如何才能结束这场血亲仇杀的循环。在这个意义上,厄勒克特拉的行为是合理的[3],可以说,这位血腥暴力的女性呈现在观众面前的时候,还是可以让人理解的。不过需要注意的是,该剧只是间接地提到厄勒克特拉对母亲克吕泰莫涅斯特拉的愤怒。也许在诗人以及观众看来,厄勒克特拉像男性一样做出的报复行为之所以可以接受,部分是因为这种报复行为并不是出于暴虐的、毫无理性的激情。

最后,我来谈谈索福克勒斯的同名作,该作创作年代稍晚于欧里庇得斯的剧作[4]。显而易见,厄勒克特拉的愤怒就是该剧的主题。她因为抵制自己的愤怒而赢得人们的称道,但又因为屈从于自己的愤怒而最后遭到人们的谴责。索福克勒斯明白,厄勒克特拉的报复行为必须建立在她的愤怒的基础上,所以他就没有毫无保留地充分展现这种愤怒。在戏剧刚开始的时候,合唱队告诉她,让她将愤怒指向宙斯。厄勒克特拉对自己的愤怒(orgē)有清醒的意识,也知道为什么不应该愤怒[5]。当克吕泰莫涅斯特拉转而愤怒的时候,她反倒冷静了下来[6],但是,在该剧的高潮部分,她敦促奥瑞斯特斯非常残暴地杀死克吕泰莫涅斯特拉[7]。此时她的决断已不再冷静,我们看到的只有厄勒克特拉愤怒的严重后果。在诗人和观众的思想

---

[1] *Electra*, 1225.
[2] 原文为 Dioscuri,指双胞胎兄弟卡斯托尔和波里德斯,希腊神话中双子座原型,故有此译。——译者
[3] *Electra*, 1296-7.
[4] 关于该剧作的年代考证问题,参见 Bremer, 1991, pp. 328-9。
[5] *Electra*, 176-7; 222; 331; 369.
[6] *Electra*, 516-629.
[7] *Electra*, 1414-15;比较 1483-4。

中，戏剧表演结束后，人们会像学者一样去继续追问，到底谁应该为此结局受到道德的谴责，但是，我们的诗人故意没有让双胞胎兄弟卡斯托尔和波里德斯或者其他什么人来为厄勒克特拉做任何道德上的辩解和开脱。

我们可以得出结论说，希腊时期从来就几乎没有男性认为女性的愤怒（orgē）有多少合法存在的空间。在此我们必须注意这一结论有其局限性，那就是，我们的讨论集中于强烈的愤怒，而不是一般的比较平和的气愤，而且这一结论也有例外，比如《反驳奈阿埃拉》(*Against Neaera*)。有些人——比如欧里庇得斯，以及观看其大酒神节戏剧演出的观众们——发现，只许可男性愤怒而不许可女性愤怒，这种倾斜是很荒谬的。

于是，这种对于激烈的愤怒情感的认识促进了雅典公民制度，不仅将妇女排除在政治事务之外，而且尽可能多地剥夺她们作为独立人格的基础，即剥夺她们可以拥有那最为危险的情感——愤怒——的权力。

（王文华　译）

第二章　中世纪文学

基本问题概述

在过去很长一段时期内，不少西方文学理论家认为，中世纪是西方文学批评史上的一个超过千年的近乎空白的阶段。有的学者不承认中世纪存在文学批评，例如乔治·萨斯布利（George Saintsbury）在《欧洲批评和文学趣味》（*A History of Criticism and Literary Taste in Europe*, 1900—1904）一书中宣称"中世纪当然不是一个批评的时代"，但丁被他看作是当时文化沙漠中仅有的一块绿洲，他把从古希腊亚里士多德、朗吉努斯那里继承的文学理论的火炬，传递给柯勒律治和圣波夫，其间历经千载。四十年之后，J. W. H. 阿特金（J. W. H. Atkins）在《英国文学批评：中世纪》（*English Literary Criticism: The Medieval Phase*, 1952）中挑战萨斯布利的观点，不过他也认为那是"一个在有关文学的事务上，人们思想混乱的时代"。温塞特和布鲁克斯（William K. Wimsatt Jr. & Cleanth Brooks）在1957年出版的《文学批评简史》（*Literary Criticism: A Short History*）中失望地表示，中世纪托马斯·阿奎那没有提出关于美、艺术或者诗歌的新理论，"中世纪不是文学理论和批评的时代……是一个在神权社会里的神学思想时代"。瓦特·巴特（Walter Jackson Bate）在《批评：主要文本》

(*Criticism: The Major Texts*, 1970）中在简述文学理论的发展时，对中世纪惜墨如金一笔带过："中世纪对文学思想相对冷漠。"更有学者干脆避开中世纪，从亚里士多德的《诗学》直接跳到西德尼爵士的《诗辩》，仿佛文学理论和批评的发展是可以跨越时空的。然而，正如 T. S. 艾略特所言，"文学史的过去因现在而改变，正如现在为过去所指引"。文学以及文学理论、批评的发展毕竟是一个演化过程，我们无法绕开中世纪。

上世纪七十年代以后，随着一批西方古典批评理论选本和论著问世，人们对中世纪文学批评的认识开始发生变化。在《古典和中世纪文学批评：翻译和解释》（*Medieval Literary Criticism: Translation and Interpretation*, 1974）中，编者 O. B. 哈德森（O. B. Hardison）等颠覆了数百年来学者们的一个认识误区，指出亚里士多德《诗学》在中世纪不是不为人知的，而是早在十三世纪就在巴黎大学甚为流行。上世纪七十年代还出现多部论述中世纪的修辞学、演讲术、新柏拉图文学理论的著作，它们打开了中世纪文学批评研究的新天地。上世纪八十年代至今，可以说是中世纪文学理论和批评研究的"黄金时代"，2005 年出版的《剑桥文学批评史·中世纪卷》（*The Cambridge History of Literary Criticism: The Middle Ages*）汇集了数十位学者的最新研究成果。

从公元四至十五世纪的漫长中世纪里，文学的繁荣出现在后期，即从十一到十五世纪"信仰的时期"。其间世俗文学蓬勃发展，诞生了一批以法语、德语、英语和意大利语等民族语言写成的文学名作，如《罗兰之歌》《神曲》《十日谈》《坎特伯雷故事集》等。就文学批评而言，中世纪后期仅仅沿用了罗马帝国衰亡之后几个世纪里形成的批评概念，基本无创新可言，"真正重要的是中世纪早期"。

中世纪文学批评可以划分为五个时期：第一是后古典时期（公元前一世纪至公元七世纪）；第二是理查大帝加洛林王朝时期（公元八至十世纪）；第三是中世纪全盛时期（公元十一至十三世纪）；第四是经院主义时期（公元十三至十四世纪）；第五是人文主义时期（公元十四至十六世纪）。显然，上述五个时期不仅第一和第五分别与古典时期和文艺复兴时期有部分重叠，而且后三个时期之间也存在交叉。

在后古典时期，公元四世纪之前，整个古典传统依然盛行，古典批评家的著作被全盘吸收和消化，西塞罗和昆体良（Marcus Fabius Quintilianus）的修辞学著作被直接重印，或者根据基督教的需要而被修改，贺拉斯（Quintus Horatius Flaccus）更是被持续不断地广泛阅读。相比之下，更为重要的后古典时期的著作是在公元四至七世纪之间出现的对古典著作的修订、注释和结集。当时基督教迅猛发展，吸收了多种古希腊罗马文化元素，在此过程中，原有的既被保存又被改变，被注入新的思想。一种优秀的文化不会被轻易地、完全地取代，尤其是当时兴起的基督教文化并不打算全盘摒弃它。当西罗马帝国在政治上衰亡之后，希腊罗马文化依然在此后的数世纪以多种不同的形式持存着，显示出顽强的生命力。当然，基督教即使是在它保存希腊罗马文化的模式时，也禁不住改变它触及的一切。古典传统中的有些元素被中世纪作者轻松自然地吸收，有些被忽视，或者在被吸收之前被改得面目全非，这种通过歪曲来吸收的过程是有意识的。早期的基督教徒不是茫然被动地朝一个新方向前行，而是充分意识到自己是上帝的选民，在很大程度上他们构建的新文化就是要符合新的教规。这就涉及他们对待异教文化的态度和文学批评的根本任务。

异教文化用奥古斯丁的话来说，犹如谨慎的希伯来人逃离埃及时带出来的金子，弃之可惜，留之堪忧，特别是异教诗歌和神话。拉伯努斯·马路斯在他的《牧师的基本原则》（Clerical Institute）里有一个形象的比喻，他说如果由于非犹太教诗歌或书籍不可抵挡的诱惑，我们想阅读时，对待它就应当像对待《旧约·申命记》中被俘获的女人："如果一个犹太人想让她成为自己的妻子，他应该剃光她的头发，剪去她的指甲，拔掉她的眉毛。当她被清洗干净之后，他才能像丈夫一样去拥抱她。当一本世俗之书落到我们手里，我们习惯的做法有着同样的特征。我们如果发现异教文化中有可用之处，便把它吸收进自己的教义，如果有关于异教偶像、爱或纯粹世俗的内容，则毫不留情地加以拒绝。我们剃光某些书的头，用锋利的剪刀剪去其他一些书的指甲。"存留的标准全看能否符合基督教的教义或者能否为基督教服务了。早期基督教神父特尔屠良（Tertullianus，160—230）拒斥古典戏剧，经学家、拉丁教父哲罗姆（Jerome，347—

420）称诗歌为"魔鬼的美酒"。奥古斯丁在《忏悔录》中回忆，他曾经沉迷于维吉尔的《埃涅阿斯纪》，为狄多的死哭泣。这并不是说他们对诗歌和戏剧一概排斥。在古典时期，诗歌被用来教人演讲术，现在基督教徒也需要同样的技巧，因此，基督教作家有自觉意识地吸收诸如贺拉斯的《诗艺》等，基督教诗人则为《圣经》题材采用古典诗歌的形式和风格。戏剧则几乎被全盘否定，与此相关的是古典文学理论中的许多重要成分遭到基督教思想的排斥，首当其冲的是柏拉图和亚里士多德发展起来的与戏剧相关的模仿概念。

柏拉图在《理想国》第10卷中指出艺术是对外表的模仿，与真实隔着两层，只能挑起人的灵魂中低等的部分。他说人的灵魂中那个不冷静的部分，也就是非理性的部分，给模仿提供了大量各式各样的材料，而"那个理智的平静的精神状态……不是涌到剧场里来的那一大群杂七杂八的人所能理解的"。柏拉图坚信真理存在于形式之中，亚里士多德修正了他的观点，认为普遍性的形式必须通过物质的、具体的东西来实现，因此戏剧的情节能够揭示真理。虽然他们对模仿的看法不一，但是共同发展了"模仿"这个文学批评史中最重要的概念之一。类似柏拉图对戏剧的清教徒式的思想，基督教神父竭力倡导禁欲主义思想，自然反对信众涌入剧场、放纵情感，他们把看戏看成仅仅能提供快乐而不能给人带来足够教益的事情。于是戏剧日渐沉寂，几近消失得没有踪影，直至中世纪后期才再次出现。模仿的概念也随之被人遗忘。由此可见，这一时期文学批评的主要目的是实用性的，而不是美学性的。

对异教传统的吸收还带来一个文学史方面的特殊问题。此前文学史上的作家基本上限制在古希腊和罗马作家之中，基督教作家认为他们有必要重写文学史，使之包含《旧约》和基督教文学的作者。这样做的直接后果之一就是对先前古典文学理论中的一个假设产生了质疑，即古典文学是自足的，它只受自身的影响。由于希伯来文学比希腊文学更为古老，它有可能对古典著作产生了影响，这种可能性大大鼓励了学者猜测《旧约》跟希腊和罗马文学之间或许存在一种对应关系。由于加入了大量基督教作家，文学史中的希腊作家渐渐消失，古典传统本身随之发生变化。

与中世纪"模仿"概念的尘封不同，古希腊关于修辞的理论知识被继承。这种知识被特别运用在诗歌创作艺术上，不过，实际运用中很少出现新思想，最多只不过是"把古老的修辞假设传递给诗歌，即先出现主题，随后出现有说服力的陈述"。相比之下，在中世纪文学中较为重要的是关于虚构的标准。从基督教的角度来说，古希腊罗马的神话纯属一派谎言，更有甚者，还会导致人们信仰虚假的神或者虚假的奇迹，唯有《圣经》才记录下真实的历史。在谎言和终极真实之间是否存在调和的可能性？正是在这里，中世纪最为重要的批评活动——寓言解释——找到了空间。

"寓言"（Allegory）源自希腊语，意为"它言"，也就是说寓言提供一层字面意思，而真正需要理解的是隐含其中的另一层意思。最早的寓言解释活动出现在公元前六世纪，在古罗马帝国后期这种方法被广泛使用。新柏拉图主义哲学家把具体独特的表面看成是代表某种终极真实的符号，芸芸众生混沌未开，自然不能由表及里，洞察入微，只有少数有哲学思想的人能够透过表面，看清这些符号的含义。柏拉图关于理念的思想为新柏拉图主义者开辟了广阔的阐释空间，他们不遗余力，试图挖掘隐藏在文学作品简单的情节和人物背后的奥义。与此类似，基督教也把世界看成是符号，基督本人就是通过寓言传教。此外，《圣经》的解释者还需要通过解经，把《旧约》和《新约》的不同的精神气质调和起来。

随着解经活动的进行，逐渐形成了一套在三至四个层面上解读《圣经》的体系，不过在字面意思之上，任何一个层面的多种不同的解读都具有同等效力，对所有可能的解释只有一个限制性标准，这就是奥古斯丁提出的"清晰原则"，也就是说所有的解释都必须与基督教教义吻合。虽然这个要求看上去好像过分宽松，但是由于《圣经》被认为是在圣灵的感召之下写成的，作者只不过是传递神圣旨意的一个渠道而已，这样就能解释为什么具体的每个作者的意图和水平都不相干。

用于《圣经》的寓言解释法在中世纪普遍流行，那么这种方法是否可以运用在世俗文学上呢？奥古斯丁和阿奎那等认为是不可以的，因为世俗文学的作者在创作过程中没有得到神圣的灵感，因此作品中也不存在更高层次的含义。不过，中世纪还是出现了寓言解释法被运用到解读世俗文学作品上的情况，特别是解读维吉尔的史诗。例如，《埃涅阿斯纪》中的第四首牧歌被认为是弥赛亚式的预言，预示着基督的诞生。维吉尔因此在中世纪被看成是拥护基督教的，因而是最伟大的诗人。

中世纪寓言解释常采用注释的形式，注释一般是用拉丁语写成的。拉丁语与用民族语言写成的文学之间存在着鸿沟，两者之间很少有直接的相互作用。但丁的出现改变了这一局面，他在给斯卡拉族的康·格朗德的一封信（*Epistle to Congrande*）和《筵席》第2卷第1章中强调，在《圣经》解释中的四层意思也可以在世俗的、用民族语言创作的诗歌中找到，它们分别是字面的、寓言的、道德的和秘奥的意思：

>　　为了说明这种处理方式，最好用这几句诗为例："以色列出了埃及，雅各家离开说异言之民。那时犹大为主的圣所，以色列为他所治理的国度。"如果单从字面看，这几句诗告诉我们的是在摩西时代，以色列族人出埃及；如果从寓言看，所指的就是基督为人类赎罪；如果从精神哲学的意义看，所指的就是灵魂从罪孽的苦恼，转到享受上帝保佑的幸福；如果从秘奥的意义看，所指的就是笃信上帝的灵魂从罪恶的束缚中解放出来，达到永恒光荣的自由。这些神秘的意义虽有不同的名称，可以总称为寓言，因为它们都不同于字面的或历史的意思。[1]

从这段文字看，这个例子显然不属于世俗文学，但是它并不因此而失其重要性。在但丁之后，薄伽丘在他的《非犹太教众神家谱》（*Genealogy of the Gentile Gods*）中从四层意思上解释古希腊神话，并在书的第14和15章中为诗歌进行辩护，试图把诗歌从中世纪相对卑微的地位提升到更高的地位，书名本身就充分暗示了它的象征性和寓言性的内容。英国著名文学批评家乔治·萨斯布利说此书展示了"他的文艺复兴一面的源头，这是毋庸置疑的"。

总之，中世纪是一个神权占主导地位的、神学思想的时代，这种社会

---

[1] 转引自朱光潜：《西方美术史》，北京：商务印书馆，2011年，第149—150页。

并不特别鼓励文学批评那种本质上属于人文主义的活动。中世纪是一个伟大的文学创作的时代，为未来的文学批评提供了肥沃的土壤，它本身的文学批评不如此前的古典时期和此后的文艺复兴时期那么辉煌。中世纪文学批评的最显著特点是构建了强大的解释体系，主要是运用在《圣经》的解释上，有时也被运用在世俗文学的解释上。

本章的《愉悦效应》和《中世纪想象和记忆》译自《剑桥文学批评史·中世纪卷》。

一、愉悦效应[*]

The Profits of Pleasure

格兰丁·奥尔森（Glending Olson）

无论中世纪的文学批评理论是以注释、评论、专题论文的形式出现，还是从推崇学习研究古典文学的方式出发，我们一般认为，它主要以研究书面体文学作品为中心。这种批评方法在现存的中世纪文学手稿中占有极为重要的地位。显然，它们反映了人们对学术及宗教的热忱与追求。然而在西方中世纪时，人们不但学习研究文学作品，还观看演出、阅读诗歌（朗读或默读）或讲述故事，为了丰富生活、获得快乐。公元734年，比德（Bede）[1]曾抱怨过一些主教们支持"世人沉迷于大笑、戏谑、讲述故事（fabulis）、贪欲及酗酒"的行径。据说公元1119年，冰岛盛大的婚礼宴庆活动包括"多种娱乐活动如摔跤、讲述长篇英雄史诗、游戏和舞蹈等等"。大约在公元1300年，有位女修道院长曾抱怨那些兴致勃勃的伦敦佬在前往观看"神奇剧和摔跤表演"的途中，破坏了修道院里的公共财物。我们从当代文学批评理论中学到的一个重要道理是：无可避免地，人们对文学所持的态度会受到社会价值及思想体系的影响和影射。以下简短的三段，作为研究中世纪文论的沧海一粟，表明了中世纪人们对文学评论的不同态度：若以更为现代的文学评价标准来衡量，中世纪每一种可被视为文学体裁的叙述或表现文本，都与其他种类的娱乐、休闲活动和社会活动密切相关。故事、长篇英雄史诗及类似题材被列为提供愉悦及休闲的一种或部分活动，而非文学作品。

虽然比德的抱怨让我们想起了有着大量文献记载的来自中世纪教

---

[*] 本文选自 A. Minnis and I. Johnson, *The Cambridge History of Literary Criticism, Vol. 2 The Middle Ages*, Cambridge: The Cambridge University Press, 2005, pp. 19-41。
[1] 比德（672—735），英国历史上第一位历史学家，他写了英国历史上第一部史书《英吉利教会史》，记载了基督教会在英国最早的活动。——译者

会的敌对态度，以及偶尔出现的世俗权威对于喧闹的节日欢愉的敌意。但是女修道院院长的抱怨，倘使"神奇剧"真如她所说是宗教戏剧，却也提醒了我们，并非所有的中世纪文学娱乐都必定是在世俗上或道德上存疑的。乔巴姆的托马斯（Thomas of Chobham）[1]早在十三世纪初期就已意识到，部分诗人以歌颂赞扬上层贵族的英雄事迹、传扬圣人贤哲的生活为故事主旨，并不热衷描绘撩人的情爱生活（《忏悔大全》[Summa confenssorum]）。因而他将吟游诗人分成了几类。然而他更为关心的是吟诵者的道德品质，而非文学体裁的种类及作品主旨。评判本土娱乐活动——歌曲、传奇故事、大型表演及戏剧的价值标准，主要基于它自身的外在表现形式及对观众产生的影响，而非文本本身。因而，本章节探讨的大部分文学评论将不以文学或文本自身为重心，而是通过心理和生理效应去理解、证明甚至赞美各类娱乐休闲活动产生的快乐及满足感。与中世纪传统注重教条的正统文化相比，这类作品更具有包容性，涵盖更多非教条文学成分。它们的出现为薄伽丘、乔叟等后来的文学大师们创作文学作品奠定了基础。

此类评论和原理均体现在神学家、哲学家及医学家的论著中，他们的作品反映了人们在不同的社会环境下的行为表现以及娱乐活动在他们生活中发挥的角色和意义。我将在三段中分别阐述这些观点：第一段主要从医学及心理学角度出发，挖掘艺术作品产生的有利于健康的乐感；第二段以伦理道义理论为主轴，探讨合理的戏剧表演（含文学艺术表演）的定义；最后一部分主要概述纯理论的文学原理，其中既研究了诗歌、故事与其产生的快乐与利益之间的关系，又包含了一些关键理念。

1.

我们还是先谈谈乔巴姆的托马斯吧。人们非常了解他在著作《神学大全》（Summa confessorum）中对表演者的分类方法，然而却甚少关注他对合理表演者的定义和理解。我们可以想象，当托马斯对歌颂吟谣英勇事

---

[1] 乔巴姆的托马斯（1160—1233），英国神学家，副主教，他的专著以阐述忏悔为要领，其代表作是《忏悔大全》。——译者

迹的诗人表示默认嘉许时，他往往以中世纪的评论标准——英勇事迹——作为诗歌叙述典范并以此为标尺，无论此事迹是激励世人或招致异议。然而，托马斯提出了它们对世人产生的心理作用，而非道义教条的指导意义：故事的叙述者们能为"生病和处于精神紊乱状态的人们带来安宁和舒缓的心理效应"。这里他可能部分考虑精神慰藉法，然而王子与圣人们的故事中所蕴含的哲理与智慧，不仅能启迪宽慰生病或抑郁的人们，亦能启发打动其他的听众。当托马斯谈到一些叙述歌谣尤其能抚慰紧张不安的心绪时，他似乎想到了表演活动中存在一股潜在的特定力量。

他的观点与传统观点不谋而合：音乐和故事都具有医疗作用。在医学发展的历史长河中，人们习惯把希波克拉底语料库作为西方理性医学的发展始源，并强调它在倾向身体疗法方面与非西方医学息息相关；然而长期以来，西方文化在一定程度上已注意到精神与肉体间息息相关而微妙的复杂关系，其中就包含了文字与音乐的治疗功效。说得通俗点，正如传统谚语中说道："笑容本身就是最好的良药。"近来整体一致认为，西方文化一直以来注意到了良好的身体状况与积极向上的心态之间的密切关系。至少从公元 1100 年起，许多基于盖伦提倡的非自然理念的养身疗法均公开承认两者的内在联系。非自然法涵盖六种元素关系——呼吸新鲜空气、合理有节制的饮食、运动与休息、充足睡眠、吸收与排解、健康的心绪。这六对关系能否处于平衡状态，决定了身体状况的健康与否。第六对非自然元素关系在一定程度上意指情绪或心绪，它指出了中世纪时人们已认识到不同的情绪和性情与身体的关系。养生法一般告诫人们不要心烦害怕、悲伤愤怒，因为这些情绪会危及生命，并建议世人培养和保持适度的愉悦心情（gaudium temperatum）。这种性情不但能非常有效地保持身体健康，还有治疗功效，能快速地恢复身体状况。此外，养生法还从生理角度解释了治疗原因——促进身体各个部位平均吸收热量与元气。

大部分养生法只是阐明了养生原理，并没给予任何实际建议。其中一些养生法包含了中世纪医学建议（提供了疾病案例的历史及医生对此的治疗方案）说明了该如何保持心情愉悦与消除过激情绪。这些方法有比如与朋友交流、在环境宜人的风景中徜徉散步、聆听音乐、欣赏故事。十四世纪，在巴拿巴的勒佐卡拉（Barnabas of Reggio）所编撰的养生法——《论保持卫生》(De conservanda sanitate)中，就如何缓解不安情绪提出以下建议："聆听悦耳的歌曲和乐器的优美旋律，就像阅读有趣的故事一样，不但能够消除愤怒，还能缓解抑郁悲痛之情。"《秘密的秘密》(Secretum secretorum)[1]一书也指出，聆听悦耳音乐和阅读有趣的书是一种促进消化、保持健康的养生之道。《中世纪健康手册》(Tacuinum sanitatis)[2]在一些和健康有关的术语中，把"闲谈者"（recitator fabularum）定义为：一个真正懂得谈话和说故事艺术的人，是以听众为中心，秉着打动和愉悦他们的目的，精心选材并用最佳表达方式表现出来，这样不但能净化听众的灵魂，还能促进消化吸收、提高睡眠质量。

　　大量材料从医学角度出发证明欣赏文学作品具有愉悦净化灵魂这一功能。对这一观点的生理及心理原因的解释，不但出现在许多关于健康的专题论文里，而且出现在许多阐述艺术性质及功能的文章中。圣维克多的休格（Hugh of Saint Victor）[3]在公元十一世纪二十年代编撰的《导论》(Didascalicon)中列举了与自由艺术体相对应的七种机械艺术，把第七条定义为"娱乐科学"，包含了戏剧的多种原始形式：运动项目、歌曲、舞蹈和各类舞台表演形式。休格说到先辈们之所以推崇此类表演活动，是因为它们"不但能促进体内热量循环，而且能振奋精神、愉悦心灵（laetitia animus reparatur）"。戏剧及表演活动能促进身心健康的原理，部分基于适度愉悦心情的复原功能。中世纪时，由于深受《导论》的影响，人们对戏剧展开了大量的探讨，尽管人们在对艺术表演形式的分类问题上意见不

---

[1] 《秘密的秘密》，阿拉伯人或叙利亚人编纂的一部关于民间传说与巫术的文集，流行于欧洲中世纪，当时就称它是亚里士多德著作的译本。艾撒克·牛顿于1680年曾把它译成英文，据说他的万有引力理论还从其中得到过不少启示，是真是假不得而知，但是牛顿确实翻译过这个拉丁文本。——译者

[2] 《中世纪的健康手册》，最早出现在十一世纪由阿拉伯人巴格达编写的医学论文中。它提出每个人要想维护健康必须满足六个要求：一、呼吸新鲜空气；二、合理有节制地饮食；三、适量的运动和休息；四、充足睡眠；五、吸收与排解；六、健康的心绪。——译者

[3] 休格（1094—1141），德国神秘主义者，哲学家，Saint Victor神秘学派的创始人，此学派曾在十二世纪下半叶主导了整个欧洲文化。不同于其他学派的是，此派不参与或举行任何危险或冒失的集体活动。休格反对辩证法，认为其不但缺乏事实根据而且极度危险，不同于他的追随者盲目鄙夷科学和哲学，休格认为知识并非只是一种手段，相反，它是通往知识殿堂的桥梁，他的代表作有《论艺术》。——译者

一，但理论依据却保持一致。圣文德（Saint Bonaventure）[1]在其专著《论学艺向神学的回归》（De reductione artium ad theologiam，写于十三世纪五十年代）中说到，戏剧表演的目的在于慰藉心灵，这点我们已在前面乔巴姆的托马斯提出的治疗术语中窥见一斑。在批评理论的历史传统中，文德的观点亦是最具纯文学性的理论之一：对他而言，娱乐表演活动包含歌曲、音乐、故事以及哑剧。多明我会的托钵修士——圣米纳诺的约翰（John of San Gimignano）的作品（作于十四世纪初期）与圣文德一样，也以艺术本身为中心，他指出当代社会的戏剧表演活动包括演唱、乐器表演以及其他表演形式，尽管他并没有特定类指历史上曾出现的某一种。表演活动意在抚慰心绪，约翰曾这样高度评价艺术表演者的价值："他们不但丰富了枯燥冗长的世间生活，振奋了萎靡的精神，还能够激励挫败者奋勇向前，慰藉抚平悲伤的心灵等等。"（《病例大全》[Summa de exemplis]）

中世纪后期，大量文章记录了娱乐活动具有医疗功能这一特性。法国一些韵文故事声称，他们能整治疾病并帮助人们忘记悲伤。有时他们的治疗方案是讲述或聆听一个有趣的故事，借以转移人们的视线，然而有时幽默生动的故事本身就能令人心情愉悦，这种好的心情能有效地治疗疾病。十三世纪韵文传奇《奥卡森和尼克莱特》（Aucassin et Nicolette）[2]序言传达了以上类似的医学观点："没有一个人在听到有趣的故事时不会心情愉悦并加快复原速度，无论此人此刻受到多大的困扰，抑或是多么悲恸、忧郁或遭受疾病侵扰。"但是，十四世纪的作家让·德·孔特（Jean de Condé）在厄诺的宫廷为诗歌辩护时，义正词严地说到诗歌能愉悦心情并有助于恢复身心健康，因而骑士们需要它们以便能更加积极地投身到保卫教堂和国家的工作中。劳伦特（Laurent de Premierfait）在赠予贝利公爵他

---

[1] 圣文德，1221年生于意大利巴热罗城。二十岁入方济各会，负笈巴黎，拜著名学者Alexander of Hales为师。毕业后，在巴黎大学教授神学和圣经学（1248—1257年）。他学识渊博，精通士林神哲学。他研究学问完全以追求天主的光荣和个人的圣化为目标，读书时不忘祈祷。他不仅是一位学者，更是一位虔诚的神修家。每天大部分时间，祈祷默想，操务神业。——译者
[2] 《奥卡森和尼克莱特》，法国中世纪一部以非韵文与韵文两种文体组合的故事集。此文体早在十二世纪时期发展成熟。此作品创作于十三世纪早期，作者不详，人们普遍认为这是一部骑士文学，讲述一个公爵之子爱上了一个奴隶女孩，由于两人地位身份悬殊，爱情之路坎坷离奇，最后在突破重重障碍之后喜结良缘的故事。——译者

翻译的《十日谈》(Decameron)译本时，曾提到阅读能深刻思想、升华灵魂（比如三个身体性的灵魂）从而使人益寿绵绵。

很明显，《十日谈》一书深受中世纪文学理论的影响，即文学作品具有医学治疗功能。故事讲述的是十个青年男女为了躲避佛罗伦萨爆发的大瘟疫而踏上逃亡旅程，一路上他们不忘苦中作乐、沿途欣赏乡村美景。在当时抵御黑死病的宣传册子上，这一故事曾被用作激励人心的典范。医生们通常建议人们离开受灾地区，这就是那一帮年轻的故事叙述者们（brigata）采取的第一步。此外，医生们还建议不要去总想那些受害人群，这一点亦是布里加达（brigata）理论的一部分，薄伽丘在其引言中强调，回想太多鼠疫爆发时候的恐怖事件会导致抑郁。最后在提到中世纪的养生法时，灾疫宣传册子提议，心情愉悦是抵御灾情的最佳精神武器，这包括讲述故事、聆听音乐、观看舞蹈和缓行于花园小道上。第十天的时候，国王指出，他们的娱乐活动意在驱散笼罩在佛罗伦萨的悲伤云雾，保持身体健康，使人们的生活重新步入正轨。

布里加达理论中的原理并不都是薄伽丘提出的，然而他在某专著的序言及结尾部分提到了欣赏文学作品时获得的快乐与满足，这一观点出自他提出的"灾疫快乐疗法"。他说到他的书是为了解救深受爱情困扰、身处忧郁状态的女士们，正如那十位深受灾情迫害而郁愤的逃灾者。比较布里加达与薄伽丘二者的观点，前者强调通过抑郁（noia）转化以达到平和稳定（allegrezza），后者意在丰富小姐太太们休闲平淡的生活，凸显文学医疗功能在其专著中的地位。薄伽丘在其编著的《异教神谱系》(Genealogia deorum gentilium)中提出了文学作品的医疗功能，而直到《十日谈》一书中才用故事的形式把理论付诸实践。

以现代的价值为尺度的话，《十日谈》部分序言及结尾属于读者反应理论，薄枷丘思索着促使妇女们在阅读时摆脱抑郁之情的内在原因。他倾向从心理和医学而非美学角度出发加以解释说明，这点和他许多早期读者的思想方式很相似，他们从一个或几个方面说明阅读或聆听故事可以振奋精神。劳伦特在其《十日谈》法语译本的前言（亦是一大篇幅的文学评论）中说到，薄伽丘意在安抚、慰藉疫情中幸存者。他们一方面有忍受着亲朋好友的罹难之痛，一方面提心吊胆地害怕死亡的来临。弗兰考·萨凯蒂（Franco Sacchetti）[1]的《故事三百篇》（*Trecentonovelle*）就深受前人观点的影响，在开篇时，他勾勒了一幅遭受鼠疫、战争及贫穷灾害的悲惨画卷。在这种情况下，人们尤其喜欢读一些"逗人发笑、幽默有趣的书苦中作乐"（《意大利文艺复兴故事》[*Italian Renaissance Tales*]）。在中世纪后期及文艺复兴时期，人们为了释放压力、稳定情绪，主要以天灾人祸为故事集主题。更为夸张的是十五世纪的一篇疫情预防宣传单，竟然把《十日谈》归为安稳心绪和抵御瘟疫的最为有效的文学作品之一。

从故事集中可以看出，中世纪关于文学作品和娱乐表演活动具有医疗功能这一观点，在之后也产生了一定影响。拉伯雷[2]和大量现代早期的笑话集、幽默故事集也曾引用这一观点。无论是思想深邃的文人墨客抑或平民大众，都认为娱乐——包括文学带来的娱乐——能促进身心健康。

2.

中世纪提出的文学具有愉悦功能这一观点，亦能在古典文学作品中找到根源。对其最为详细的解释要属亚里士多德的《尼各马可伦理学》（*Nicomachean Ethics*，译者按：以下简称《伦理学》）。在4.8节，该书定义并解释了戏剧、社会娱乐活动与道德品性的内在联系。《戏笑》（*Eutrapelia*）一文提到玩笑要注意分寸并把握有度，只有这样才能在两个极限之间找到最为合理的一种方式：既不能过分沉迷于戏剧与大笑玩乐中，亦不能古板拘谨到拒绝赏玩任何幽默元素。罗伯特·格罗塞特斯特（Robert Grosseteste）[3]在1246—1247两年间把通篇文章翻译成拉丁文后，亚里士多德的道德观在中世纪后期广为流传，大阿尔伯特（Albert the

---

[1] 弗兰考·萨凯蒂（约1330—1400）意大利诗人，小说家，创作多种体裁的诗歌尤其以十四行诗著称，并以短篇小说名满天下，其主要作品是《故事三百篇》。这些故事篇幅短小，情节凝练，叙述朴实，语言生动，而且，每一则故事都蕴含了道德教诲。它们为文艺复兴时期意大利文学的重要体裁——短篇小说的发展，提供了借鉴和基础。——译者

[2] 拉伯雷（约1494—1553）法国文艺复兴时期小说家，尤以幽默和讽刺小说见长，他开创了荒诞、怪诞小说，代表作政治讽刺小说《巨人传》（*Gargantua and Pantagrua*）。——译者

[3] 罗伯特·格罗塞特斯特（1168—1253），曾任牛津大学第一任校长，林肯郡主教。在介绍和传播亚里士多德主义过程中出力最大、影响最深，曾极大地推动了科学实验方法的应用。——译者

Great）[1]和托马斯·阿奎那（Thomas Aquinas）[2]在他们对《伦理学》的评论中进一步扩充了亚里士多德的思想。在此之后出现的中世纪的文学评论和道德专著论文，大量引用并以此为标准选出并界定合理的戏剧。其间最有影响力的可能要数阿奎那的《神学大全》（Summa theologica）对戏剧人物行为合理性的探讨。阿奎那依据《伦理学》提出的原理，解释了人们需要休息，而戏剧能平稳舒缓灵魂，由于戏剧表演受到理性的约束和指导，因而戏剧具有道德感。道德剧——体面、合理、适宜于特定场合的特定戏剧，不但能舒缓心绪、愉悦心灵，还能振奋精神，使人更加积极热情地投入重要的工作中。

阿奎那说到表演者（histriones）意在慰藉人们的心灵，安抚不平的心绪，因而他们发挥着合理的作用。后来人们往往在探讨亚里士多德戏剧观时引用这一论断，此外，它还发展成评判某些表演活动的标尺，这一点乔巴姆的托马斯早在该世纪初就有提及。并不是谴责娱乐的本质，只是以道德准则为重点，更加注重戏剧的体面性和合理性。因而让布里丹（John Buridan）[3]在《伦理学》评论中解答一个关于戏笑的问题时这样说道：表演者即使表演阅历丰富，也不能逾越道德界限，因为这是他们本职所在，如果他们使用低俗污秽的语言（lurpiloquio），或是超出预期的要求，就是违背了这一要求（Questiones）。亚里士多德的社会道德观深刻影响着中世纪吟游诗人和他们赞助者的思想。在尼古拉·奥雷姆（Nicole Oresme）[4]对《伦理学》的译作中，这一观点也影响着宗教剧（Livre de éthiques）。奥雷姆解释道，在"喜剧"中，作家们认为的"出色表现"就像是这样的，某

---

[1] 大阿尔伯特（1206—1280），经院哲学家、神学家、亚里士多德专家，托马斯·阿奎那的老师。主要著作包括《箴言四书注》《被造物大全》、晚年写作的未竟著作《神学大全》等。——译者

[2] 托马斯·阿奎那（1224—1274），意大利著名神学家和哲学家，其思想在西方产生深远影响，为此有人把他列入"世界十大思想家"。阿奎那著作卷帙浩繁，总字数在一千五百万字以上，其中包含较多哲学观点的著作有《箴言书注》《论存在与本质》《论自然原理》《论真理》《波埃修〈论三位一体〉注》，代表作为《反异教大全》《神学大全》。他对亚里士多德《形而上学》《物理学》《后分析篇》《解释篇》《政治学》《伦理学》《论感觉》《论记忆》《论灵魂》以及伪亚里士多德著作《论原因》做过评注。阿奎那无疑是中世纪最重要的哲学家，其理论不仅是经院哲学的最高成果，也是中世纪神学与哲学的最大、全面的体系。——译者

[3] 布里丹（1300—1358），法国哲学家、神父，为欧洲哥白尼革命埋下种子，作为中世纪晚期最著名且最有影响力的哲学大师之一，提出了"动量"理念，为后世提出"惯性定律"奠定了基础。——译者

[4] 尼古拉·奥雷姆（约1320—1382），中世纪末期法国著名的经院哲学家和数学家。——译者

个人去扮演圣保罗或犹大,并按照角色的要求说话。有时,这些剧本里也使用了一些污秽低俗的语言。在这里,奥雷姆的评论不仅反映了他对中世纪宗教剧院的批判,也进一步折射出在戏剧被视为一种社会消遣活动的中世纪,人们是如此轻率和简易地评价赏析戏剧及其他表演活动的现象。

当然,认为体面的戏剧是一种休闲娱乐活动的观点并不仅限于中世纪后期的亚里士多德派。早在西塞罗的《道德善》(De officiis)里就曾提及这一观点,在整个中世纪时期广为人知。此外,在教科书中《诗章》(Cato)的诗句"娱乐与工作有机结合,能让人更自如地承受辛苦的工作"里,也反映了这一思想。宗教思想里也体现出了娱乐活动心理效应的必要性。博尔盖伊的博德利(Baudri of Bourgueil,1046—1130),一位创作过多种诗歌的传教士,把他用拉丁文创作的世俗体诗歌视为一种消遣的娱乐活动;他甚至在告诫某公爵时引用了《加东格言集》(Disticha Catonis):"在考虑许多问题时应把诗歌的娱乐作用融合到具体事情中,这样君王会发现你因此而更加睿智和深刻。"但是他提出的诗歌具有娱乐功能这一观点,只针对特定观众而言,而且缺乏细致论证。直到十二世纪本土文学的兴起及十三世纪文学评论吸收并融合了亚里士多德的观点之后,这一思想才得以充分证明。

尽管文学的医疗功能和娱乐功能两则文学理论密切相关,两者的发展历史和重心却迥然不同。医学理论更关注文学怎样改善心态良好的人们的身体状况,而娱乐理论在关注身心健康的前提下强调欣赏戏剧时必须遵守的道德规范:戏剧表演本身就次于严肃正经的活动,只有当它能带动人们积极地投入工作之中的情况下,它才能得到尊重;当且仅当它符合道义教条规范的要求时,它才能找到自身存在的理由。医学家自身意识到研究讨论心绪和精神状况逾越出医学原本的疆界,融进了道德哲学领域。伯纳德·戈登(Bernard de Gordon)解释道,不稳定的心绪对身心都有害,因而这一问题既和医生们有关,也和道德家们有关(Lilium medicinae)。中世纪时期,许多文人为了证明戏剧的愉悦功能,曾经大量吸收传统医学和道德思想观点,却甚少关注到两者不同的发展曲线。而在论证文学的娱乐功能时,他们很显然只是依据它们其中之一的发展曲线。对文学具有娱乐功能做出的最为清晰的论证，要数十四世纪圣奥古斯丁修道院的主教写给一位朋友的信中的评论，在信中，他向朋友索要布永的戈弗雷（Godfrey de Bouillon）[1]和圣地征服的故事集副本。信中提到了该朋友习惯阅读的若干本书——"能将欢乐带进你的工作中"，正如博德利一样，这里也很明显地在回应《加东格言集》中的观点，倡导一种特定的阅读方式：即使是阅读宣讲基督主旨的长篇大幅，也可以带着愉悦感暂时沉浸其中，这种感觉对于从事烦闷冗长的办公室工作很有必要，也充分合理。

正如人们把诗歌创作视为一种社会娱乐活动或宫廷成就，中世纪后期，人们认为抒情诗歌具有娱乐休闲和促进身心健康两方面的功能。普罗旺斯的《爱情法则》（Leys d'Amors）第一版中说道，创造诗歌这一过程能使诗歌产生更多愉悦感，而这种快乐感能消除抑郁之情，正是通过"抚慰"和"释放"这两种途径，人们才能拥有好的心情，积极地投入工作之中。修订后的版本不但暗指了上述拉丁诗句，还进一步扩充阐明了愉悦感的医疗功能（《纪念碑》[Monumens]；《爱情法则》[Leys d'Amors]）。两个版本都说到诗歌能带来很多益处，其中最为显著的益处是它的娱乐功能。十四世纪后期，厄斯塔什·德尚（Eustache Deschamps）[2]在其《艺术德》（Art de dictier）——一篇关于如何用固定形式创作诗歌的短篇论文中，把抒情诗歌（无论以歌唱或念诵的形式呈现）定义为乐曲，并把乐曲视作七种自由艺术的"良药"。它醇美如霖，为疲惫的心灵洒上甘露，使人们更为积极地从事其余六种艺术工作。他的文章从文学批评角度出发，引用了文学评论历史发展中沿用的观点：艺术表演或诗歌赏析通常被视作公众娱乐活动，因而它和所有其他娱乐休闲活动一样，被归为公众消遣活动。

讲述故事亦是一种公众娱乐活动。在早期的一部重要的意大利佚事和故事集《古老故事百篇》（Il novellino）中，它曾这样定义道：故事是

---

[1] 布永的戈弗雷（1058—1100），法国的下洛林公爵，是第一次十字军东征最重要的领导人之一。——译者

[2] 厄斯塔什·德尚（1346—1406），中世纪法国诗人，也被称为厄斯塔什摩雷。他的诗大都很短，多是讽刺，攻击他认为是强盗国家的英国，反对富人压迫穷人，讽刺腐败官员和神职人员。长诗"Le Miroir de Mariage"共一万三千行，以讽刺妇女为主题。乔叟是德尚喜欢的为数不多的英国诗人，他称赞乔叟是一个伟大的哲学家、翻译、伦理学家和诗人。——译者

以"为我们提供娱乐休闲"为目标,并用最"真实"和"适当"的笔触记录下的一种话语(《意大利文艺复兴故事》)。它对自身的定义强调愉悦效应,把故事归为公众娱乐话语的范畴。亚里士多德曾在《戏笑》中提出,这种公众话语必须遵循道德规范和合理剧本中提出的一些相关术语,薄伽丘曾在《十日谈》结尾处详细探讨了这几种范畴。正如我们所知,他讲述的是人们在逃避瘟疫的旅途中还不忘苦中作乐,以说趣事忘记悲痛的故事,这个情节基于文学具有医疗功能这一事实基础上。作品的结尾也反映出文学作品的道德要素:故事带来的娱乐元素可以抵御住一些认为他的百篇故事不合理的抨击,虽然他承认其中一些故事对部分读者而言确实有些过分。薄伽丘解释道,应该在花园和一些轻松愉悦的地方讲述故事,而不是在教堂和学校;此外,应该由思想成熟、有辨别力的年轻人来讲故事,因为他们不易深受故事的影响,并且应该在适宜时间讲述故事。以上列举出一系列的条件,如地点、人物、时间,属于古希腊罗马时期及中世纪的人们在分析修辞和道德时对场合的界定和要求,这也是中世纪经院哲学及人们早期在分析挑选各种娱乐活动时必需的步骤。薄伽丘把这一观点运用到文学娱乐的提供者和读者身上:当且仅当故事是由无所事事的小姐们(故事服务的唯一对象)在恰当的时机阅读,故事才能发挥其愉悦功能。这种阅读条件的限制,保证了《十日谈》中十位青年人中提出的道德界限,以及薄伽丘就有限读者这一方面提出的艺术创作限制。

与当时提倡道德感和艺术性的文学作品不同的是一部以中世纪英语编撰而成的《论奇迹剧》(*Tretise of Miraclis Pleyinge*)。这篇文章写于十五世纪之初,倡导罗拉德(Lollards)的观点,猛烈抨击了当时一些宗教戏剧并批判一些倡导宗教戏剧的观念,比如戏剧的愉悦元素意在引导人们更加虔诚地膜拜宗教,而非引领世人享受休闲娱乐活动。该文从两点出发,指出上述观念不仅不符合戏剧的愉悦功能,而且有悖于中世纪经院哲学提出的"戏剧达到所有娱乐活动应该产生的娱乐效果"这一要求:戏剧意在引领人们追求从事更加重要和有意义的事业,然而这些支持宗教戏剧狂热者的所作所为,反映出他们不能提升人们的精神境界。该文强调了戏剧的愉悦性,全篇使用了"戏剧"一词,提出一个假设:"奇迹剧"本质上是一种娱乐活动。它的综合观点类似于宗教区分中的戏剧类型、亚里士多德的伦理分类和对游艺（Ludus）的百科全书式处理。由于该观点没有赋予戏剧优先的审美地位，尽管它承认戏剧确实具有某些独特的特征，因而当奇迹剧表演中融合了被《圣经》所谴责的非剧本形式时，就会受到批判。

即使只是简要谈谈文学愉悦作用与文学评论的相互融合，我们也有必要谈谈乔叟的《坎特伯雷故事集》（Canterbury Tales）。故事是以比赛的形式进展的，以"娱乐"和"游戏"的形式呈现，意在带来"愉悦"和"欢乐"：通过产生愉悦的心情，让通向坎特伯雷的朝圣之路更加生动快乐。此作品全文将讲述故事语境化为一种社会娱乐活动，此外，像《十日谈》一样，它部分地突出了作者有意提升本土故事和佚事的历史地位，使之进入文学的神殿之堂。乔叟在开篇序言描述的三位故事讲述者——善意的骑士、令人讥笑的米勒还有呆笨严肃的里夫，全盘展现出亚里士多德的戏剧观及其缺陷。然而，与论证或阐明文学作品的娱乐功能的观点相比，乔叟似乎对展现它们的缺陷更有兴致。故事中的各类朝圣者据其所需随意更改被中世纪经院哲学奉为理念的合理表演形式。这些朝圣者虽口里声称是为了愉悦大众才讲述自己的故事，但私底下却隐藏着更为私密、不怀好意的其他意图。如果《十日谈》使用文学的娱乐作用这一理论来孤立甚至排斥一些文学经验，那么《论奇迹剧》则使用了相同的文学理论驳斥这种孤立排斥现象，《坎特伯雷故事集》为读者展示了一幅中世纪描写中产阶层最为详尽的画卷，暂不提其他的文学概念，这里，文学的娱乐功能受限于各类暗含私心的叙述者。乔叟提出了"教诲"和"娱乐"两个问题——但考虑到此章的主旨，作者像薄伽丘一样，意在像思考故事怎样影响观众一样，思考"娱乐"是怎样产生的。

3.

尽管如上定义的文学理论一般只适用于公众场合的文学表演形式，宗教文化却没有忽视这一可能：一些学术专著亦能给人带来益处及快乐。贺拉斯在《诗艺》（Ars poetica）中谈到诗歌意在愉悦心情或带来益处，抑或两者皆有。正如赫施（E. D. Hirsch）所说，这一观点在文学评论历史的发展历程中，已成为最有影响力的文学评论之一。当然，此说在中世纪时期亦是人们耳熟能详的警世名言，赫施曾称之为文学的效应性，艾布拉姆斯（M. H. Abrams）则称之为文学的实用价值。十四世纪一篇针对奥维德的文学评论曾引用贺拉斯的观点：一些诗歌能给人带来欢乐，一些能为人谋福利，然而最好的诗歌是兼有这两种功能。这一观点的一些反对者有时承认这种纯粹的愉悦感，有人说，爱情"其用途就是愉悦"，有的人则说"其唯一用途就是愉悦"——据说此说法出自维吉尔的作品《酒馆舞女》（*Copa*）。考虑到中世纪提出的诗歌具有医学功能这一观点，我们现在需要弄明白的是，为什么愉悦感能给人带来益处。

中世纪文学评论的方法是，即使在同一部作品中发现蕴含使人愉悦的和对人有益的因素，也通常是单独分析这两种功能，而非试图探讨两者的内在联系。在对《爱情鱼饵》（*Eschez amoureux*，近来归为艾维哈特[Evrart de Conty]的作品）所做的大量文学评论中提到，诗歌的主题——爱情——能带来欢快愉悦之感，此外作者还加入了其他材料，不但给阅读者带来益处，还让人体会阅读爱情诗歌时得到的快乐之感。艾维哈特说，阅读古典文学时获得的愉悦感，不但能促进身体健康，还能修养身心。诗歌的主要目的在于塑造高尚情操，即使只是单纯地欣赏诗歌，读者亦能体味到其治疗功效。类似地，十五世纪，一篇关于查理曼的散文的序言开篇提到，阅读文学作品和识记英勇事迹能以理服人，接着又加了两句关于工作如何使人愉悦的话，第一句主要强调娱乐活动的道德价值，第二句说明了阅读产生的愉悦轻松的心理效应（《编年与征服》[*Croniques et conquestes*]）。

罗伯特·亨利森（Robert Henryson，活跃于1460—1480年）在《寓言》（*Fables*）的前言说，愉悦感和利益效应尽管在概念上相互分离，实际上却紧密相连。亨利森指出，人们在欣赏寓言时能获得极大的满足、愉悦感，而通过故事本身的比喻形象，亦能指正一些不道德的行为。他沿用传统寓言故事中的皮和核的意象，来阐述具有教育意义并令人心情愉悦的诗句，此外还进一步证明了诗歌的娱乐功能，即结合适量的运动不但能振奋精神，还能预防由于过度学习而导致的精神倦怠现象。很明显，形式和内容在此仍是单独分析的（正如赫施所说，在文学评论发展的历史进程中，此现象一直延续到康德提出把文学和美学价值等同起来）：品味修辞能获得喜悦之感，这就是给人带来益处的核心。但是亨利森特意称"诗句"与修辞为"甜美"。益处也是一种愉悦感：在表象的背后深藏重要真相，而挖掘面纱后的真相是一件愉悦的事情。正如但丁所说："任何的话语蕴含的精髓和美丽是不同且孤立的，因为精髓来自意义，而它的美源自辞藻，虽然两者都能给人以愉悦的享受，但是只有精髓能给人带来最深刻的愉悦感。"（《文学批评》[Literary Criticism, Haller 英译]）。

这里潜在说明了文学评论中融入了中世纪的心理效应。类似其他的感性材料，文学作品能激发引导听众或读者思考，使之探求或驳斥作品本身（对于喜爱在文学理论中所扮演的角色，参见前面的章节）。当然，当文本与表演活动激发观众理解探求表现内容时，它既能带来益处，也能带来坏处，这一点在宗教屡次批判有失体面的娱乐活动这一事实上即可体现。在谈到文学具有愉悦功能时，我并非要否认存在一些缺乏道义或精神实质的文学作品，它们曾在中世纪时期遭到很多抨击。我在这里主要关注两个重要的、密切相连的理论，它们曾出现在中世纪大量的实用文学评论中，文中指出的给人们带来一定益处的文学作品都不涉及道德教益，但是在此绝不是忽视并否认中世纪时期提出的文学具有娱乐功能这一观点。如果把教义比作药片，那么快乐则是裹在药片上的糖衣，它不但能加强人的鉴赏能力，还能进一步增进人对文体的敏感度。从这一观点出发，振奋精神和促进身体健康这两种功能也被归为效用。

最近人们开始采用音乐和诗歌疗法，并开始饶有兴致地播放特定电影和电视节目，使患者产生特定的心理效应，这些现象表明，中世纪提出的聆听故事和观看表演具有利弊两面性的观点，与其他就表演给观众带来的心理效应这一复杂问题所提出的各类观点相比，并不更幼稚、更无根据性。就上述问题，中世纪文学评论提出了独到见解，其中包括上文列举的欣赏文学作品具有娱乐和治疗双重功效。正如我们所见到的那样，这些观点在口语阐释性的语境中发挥着特别重要的作用。在该语境下，许多白话文学，诸如韵文故事、骑士传奇、戏剧、抒情诗以及薄伽丘和乔叟等老练作家的作品，得以被大众广泛体验和理解。这些观点是构成中世纪文学批评的一个重要部分，而且从更为历时的角度来看，它们在有关工具性问题和实用问题的领域里，构成了文学批评史的重要部分。它们对这些问题——思索当人们欣赏一个故事、一首歌或是一场表演时会发生些什么事——所给出的答案，与后期学者的努力相比（例如后康德美学、后弗洛伊德心理学，或是后现代主义的文本游戏思想），可能在历史局限性上既不多也不少。

（何伟文　董婷婷　译）

二、中世纪的想象和记忆（上）*
Medieval Imagination and Memory

阿拉斯太尔·米尼斯（Alastair Minnis）

柯勒律治在他写于 1815 年的理论著作《文学传记》（*Biographia literaria*，1817 年出版）中，对文学中的想象力进行了充分的阐释。在他看来，理想中的诗人能够根据思想和行为的相对作用及其相互影响，真正推动人的思维运转进行实际创造。柯勒律治进一步谈到，二者融合形成的神奇力量，正是我们特意称为想象力的东西。想象力和创造力之间的这种联系，一直沿袭到现在，并体现在今天我们使用的术语"想象力"（imagination）中，尤其是它的形容词形式"想象的，虚构的"（imaginative）。但是，柯勒律治背离了传统的关于想象力的观点：经验唯物主义者认为，文学中的想象力作为因联系而糅合在一起的记忆形象，与中世纪人对想象力的看法有更多相通之处。而且，柯勒律治对形成想象力的心理过程很感兴趣，中世纪的思想家们却在读者对想象力的心理反应方面表现出更多的兴趣。在他们看来，作者通过想象力形成的形象是作者本人和读者共有的"财产"，并且这些形象拥有超出创造者心理的鲜活生命力。

在百科全书式的《物之属性》（*De proprietatibus rerum*，1250 年前编纂）中，英国人巴塞洛缪（Bartholomew）恰到好处地总结论述了中世纪后期一些权威性的想象力理论。之后这本书被译成了数种欧洲语言而得以传播。巴塞洛缪解释说，人的大脑可以分为三个小的单元：第一单元是想象部分（ymaginatiua），大脑在这里对外部感官观察到的事物进行排序整合；中间是进行逻辑判断的部分（logica）；第三也就是最后的部分是记忆

---

* 本文选自 A. Minnis and I. Johnson, *The Cambridge History of Literary Criticism, Vol. 2 The Middle Ages*, Cambridge: The Cambridge University Press, 2005, pp. 239-57。

部分（memorativa），通过记忆，人们把观察并通过想象力和理性了解进而熟知的东西储存于记忆库中（在其解释后附有描述性说明，很明显，作者受到希腊名医盖伦[1]的影响）。他的这番解释说明的前提是一个心理模式，它设想通过人的五种外部感官进行一定的常识判断，加上感官带来的感觉刺激而引起想象力的作用之后，客观物体便会在人的脑海中形成思考时所必需的图像。由此形成的形象传输给人的理性，用来形成各种不同的观念。接着，不论有没有相对应的形象，这些观念均被传到记忆后储存起来。巴塞洛缪的想象力—理性—记忆三元理论得到同代人的广泛认可，不过，如同对想象力作用的不同处理一样，他们所用的术语可能大相径庭。然而，即使是那些认为想象力有相对较高价值的人，也对它表现出了明确的怀疑。而产生这一怀疑的原因对于理解中世纪文学理论中的想象力概念至关重要。

在对亚里士多德《论灵魂》（De anima）[2]的评论中，托马斯·阿奎那说，"想象"这个词本身起源于"看"或者"出现"。也就是说，这个希腊术语衍生自一个有"使明显清晰""导致出现"意义的动词。柏拉图在描述头脑中（自动）出现的形象时提到幻觉，在他看来，想象力是人脑的一种消极功能，甚至算不上是种明显的大脑功能。另一方面，柏拉图又承认想象力的积极作用，在其《斐莱布篇》（Philebus）中有篇著名的文章就描述了创作中的艺术家在对观察到的事物进行模仿时，往往认真地思考事物的相似之处，并把这种收获传输给理性。但可惜的是，柏拉图并没有进一步挖掘想象力的积极方面，且总体说来，他对此术语的运用带有一定的贬义，因为他同时用幻觉（phantasma）这个术语来描述非真实的形象，因而会让人产生这样的印象：想象的东西带有欺骗性和误导性，这种错误印象在中世纪十分普遍。

亚里士多德摒弃了柏拉图割裂现实世界和意识世界的做法，因为在他

---

[1] 盖伦（约130—200），希腊名医及有关医术的作家，其学说直到文艺复兴时期一直是欧洲医学理论的基础。——译者

[2] 《论灵魂》中，亚里士多德按其四因说在书中阐述了心理实质概念，认为灵魂、肉体是形式和质料的统一，犹如"刃"之于"刀"，没有质料，就没有形式。这是承认先有物质、质料，后有精神、灵魂的唯物观。但作者认为形式是最后决定者，它决定物体的性质，则又陷入唯心观。——译者

看来，既然知识来源于经验，人在思考时就无法避开幻觉。正如阿奎那所说："任何时候只要思维，我们的头脑中就会形成幻觉：与可感知事物的相似之处。"（《〈论灵魂〉评论》[de Anima comment]）尽管他确实使用了幻觉来描述官能感觉在头脑中留下的印象（在这一点上人和动物相同），并且像柏拉图一样怀疑想象物来源于感官体验，但是亚里士多德的贡献在于，他承认幻想是大脑的一种明显功能（既不属于感官功能，也不属于判断能力），继而推动了广泛意义上幻想理论的诞生。有了这一功能，就可以在头脑中再现客观物体，从而形成深层意义上的形象。

亚里士多德还探讨了想象力的道德蕴涵。从理性实用角度考虑，它之所以能在帮助规范行为方面起非常重要的作用，很大程度上是因为想象力能够让人联想起过去的或者不在眼前的东西，以及与将来事物有关的形象。"通过幻想或者头脑中的一些相关概念"，一个人"想象着一些好像看得见的东西"并且"认真研究将来或现在的事情"（《论灵魂》）。我们的"情感本性"如此影响我们对事物的看法，例如：对于本来是令人厌恶或害怕的东西，受到想象力和一些与此有关的观点的影响，可能会使我们立刻满怀希望或者感到难过。道德规范的蕴涵比较深远。通常我们不会经过抽象的思考，然后采取或者避免某种行为，相反地，我们会想象出一些令人高兴或厌恶的形象，继而采取行动，如同这种情形：羞愧阻止我们去做一些事情，因为我们能够想象得出如果做了不该做的事，声誉扫地的样子（《修辞学》）。因此，事物在头脑中形成的形象可以帮助改变人的意志，引导人的行为。正如我们所看到的，这构成了中世纪许多"道德诗学"和"情感虔诚"的基本观点。

想象最早（在昆体良和西塞罗之前这个词并不流行）代替幻觉在拉丁语中得到认可并流行起来，奥古斯丁[1]做出了不可磨灭的贡献。此外，他侧重强调了想象力的这一方面：想象力会自主地对感官经验做出联系判断，并把这一点与意志的自由、形象的形成完全成为"心灵之眼"的行为联系起来。这种内视能力，奥古斯丁宣称，在受到意志力的作用

---

[1] 奥古斯丁，古罗马帝国时期基督教思想家，欧洲中世纪基督教神学、教父哲学的重要代表人物，著有《忏悔录》《论三位一体》《上帝之城》《论自由意志》《论美与适合》和《论灵意与字句》。——译者

时，可能会变成增添和减少的能力。比如说，"如果大家都比较熟悉的乌鸦的形象出现在你的心灵之眼前面"，"通过消除某一些特征而增添另外一些特征"，它"可能会成为以前几乎从未见过的一种形象"（《信函》[Epistula]）。由此，想象力形成了一种此前任何感官都完全不曾观察到的形象，尽管其构成部分实际上仍来自观察到的事物，并且"来自各种各样的不同事物，例如：当我们还是孩子的时候，出生于内陆地区并在此被抚养，我们在脑海中可能已经形成了海的概念"，相反，"我们在意大利品尝这些水果之前，对草莓和樱桃的味道可能永远不会有任何概念"。奥古斯丁的追随者们给出了大致类似的例子，尽管他们对于具体是哪一种能力产生了这种效果（术语的种类和混乱可能令人迷惑）持有异议。阿维森纳（Avicenna）[1]对此问题的看法在十三世纪的基督教世界广为流传（参看博韦的樊尚 [Vincent of Beauvais][2]所著《自然之镜》[Speculum naturale]），他认为是"思考的力量"造就了一座金山（金子和大山的形象组合体）或者客迈拉（狮头、羊身和蛇尾的形象组合体）[3]。但是，大阿尔伯特认为，只有幻想才能使人们想象出有两只脑袋的人，或者想象出一个人身、狮首、马尾的生物（《造物大全》[Summa de creaturis]）。在这一点上，阿奎那与他的老师意见相左：既然幻想和想象实为人脑的同一能力，那么就是想象的力量在我们头脑中创造再现了我们不曾见过的金山形象（《神学大全》）。"想象力可以在我们的头脑中随意创造形象——比如说金山或者其他任何我们喜欢的东西——这些东西的形象好像就在我们眼前，这正是想象之能力所在；如同人们回忆过去的经历，也会随意地形成一些虚构的情景。"（《〈论灵魂〉评论》）因此阿奎那进一步废弃了阿维森纳对思考能力的分类，而且拒绝接受阿维森纳关于想象力是消极被动的这一观点。

---

[1] 阿维森纳（980—1037），原名伊本·西拿，阿维森纳为其拉丁名；阿拉伯哲学家、医学家、自然科学家、文学家。阿拉伯亚里士多德学派的主要代表之一，持二元论，并创造了自己的学说。肯定物质世界是永恒的、不可创造的，同时又承认真主是永恒的。主张灵魂不灭，也不轮回，反对死者复活之说。——译者

[2] 博韦的樊尚（约1190—约1264），法国学者和百科全书编辑人。所编《巨镜》可能是十八世纪以前最大的百科全书，原来包括三个部分：历史之镜、自然之镜和教义之镜。十四世纪由一佚名作者加上第四部分《道德之镜》。"自然之镜"依照上帝造物的顺序记录了所有的自然现象。——译者

[3] 客迈拉（chimera），希腊神话中通常被描绘成狮子、山羊和蛇的组合体并且会吐火的一种雌性怪物。——译者

相反，阿奎那认为想象力不仅不是消极被动的，反而是能够积极主动地形成事物的形象，而感官对此要么是不曾感知，要么根本就无法感知。英国人巴塞洛缪非常认同阿奎那的这一见解，在外部感官对事物的理解的基础上，通过想象力，我们头脑中就会形成客观事物的肖像和轮廓，如同我们仿佛看到金山或帕纳萨斯山（Mount Parnassus）[1]时，其实只是由于它们与其他山岗和山脉非常相似（而导致我们的这种视觉幻觉）(《物之属性》)。

显然，如果深入研究，这一学说很有可能发展为文学美学理论。奥古斯丁的名言清楚地表明了这种可能性：借助自己的想象力，在阅读有关文本时，他能够勾画出"埃涅阿斯、美狄亚、克瑞米斯[Chremes][2]或帕米诺[Parmeno][3]的相貌以及美狄亚成群的翼龙"(《信函》)。他接着说："塔尔塔罗斯的地狱火河（the Phlegethon of Tartarus），黑暗之国的五个山洞，支撑天国的北极以及一千个其他的天才诗人和异教徒等——这本都是想象，却变成了广为接受的事实，因为通过想象，在它们的形成过程中，智者合理利用了真理，抑或愚人捏造了很多迷信。"早在十四世纪，里夏尔·德·富尼瓦尔（Richard de Fournival）著的《动物爱情故事》(*Bestiaires d'amours*) 中就有对想象力美学作用的肯定描述：在肯定上述基本作用的基础上，进一步阐明了头脑中的想象形象和作品创造的艺术形象或者雕塑形象之间的普遍联系。在里夏尔看来，想象力"能使历史如同现在一样再现于人们眼前，并且人们可以通过绘画或者言语记录下来，从而实现这个目的。因为，不论是特洛伊的故事还是其他的故事，当它以图画的形式再现时，他们的英勇事迹虽然已成为历史，但如同发生在现在一样，惟妙惟肖地展现在人们眼前。通过语言记录下来的故事也是如此"。他接着说："因为当一个人听别人讲述故事时，听者通过想象力好像看到故事中描述的精彩事迹正在眼前发生一样。"

但奥古斯丁更多地在自己的文章中使用想象力的贬义，很清楚地表

---

[1] 帕纳萨斯山，希腊南部山峰名，传说为太阳神阿波罗及诗神缪斯的灵地，希腊传说中的诗人之山。——译者

[2] 克瑞米斯，古罗马剧作家泰伦斯的戏剧《自责者》中的人物。——译者

[3] 帕米诺，传说中的喜剧演员，擅长模仿猪的尖叫及打呼噜。——译者

明了为什么想象力美学没有发展成一套完整的理论。如：在虚构中对想象力进行真理性总结的哲人被拿来与满脑子迷信思想的愚人们相提并论；诗人被拿来跟异教徒进行对比。他认为想象力尽管有其美好的一面，但同时好像有很大的误导性；想象（空想）的影响如此之大，以至于它所实现的远非对人类道德行为提升的促进，反而致使人类违背自己的明智判断行事；由此，想象力取代了理性。同样地，不论在实际活动还是思维领域里，想象力可能经常起阻碍而非推动的作用。亚里士多德警告说，即使正被讨论的试验对象摆在我们眼前，当想象力告诉我们太阳的直径只有一英尺时，它仍然潜藏着很大的欺骗性。所以关键的是理性应控制好想象力，做出合理的判断。在中世纪，这种警惕过度想象的劝告无处不在。另外，在萨佛纳罗拉（Savonarola）[1]的追随者乔万尼·米兰多拉（Giovanni Pico della Mirandola）[2]的侄子吉安·弗朗切斯科（Giovan Francesco Pico della Mirandola）所著《论想象》（De imaginatione）中，我们发现一个关于想象力的尤其狂热的观点：如果想象力处在理性的引导下，可以"给人带来幸福"；然而，如果想象力不受理性的引导，就会"注定带来厄运"。"我们很容易确信，世间所有的善与恶都来源于想象力。"吉安·弗朗切斯科进一步推断说"错误的想象"可能会"毁掉人们所信仰并实践的基督徒生活"。

当一个人陷入强烈感情（例如愤怒或者渴望）、出现身体不适或者处于睡眠状态时，想象力容易失去有效控制。梦尤其危险。亚里士多德解释说，由于晚上感官和思维智力处于静止状态，想象力就会变得尤其活跃（《论梦》[De somniis]）。当幻觉涉及一些未来之事时，可以认为它们是一种预言吗？他认为这种预言并非令人难以置信，但是可信度很小（《论睡眠占卜》[De divinatione per somnum][3]）。类似的怀疑在中世纪时期十分流行，"日有所思夜有所想，所以不要相信梦"，对此进行了巧妙的概

---

[1] 萨佛纳罗拉（1452—1498），意大利僧侣、宗教改革家及殉道者。——译者
[2] 乔万尼·米兰多拉，意大利文艺复兴时期的一位哲学家，主要著作有《论人的高贵的演说》（Oration on the Dignity of Man）。——译者
[3] 《论睡眠占卜》，或译作《睡眠的神圣》，亚里士多德著。——译者

括,可以在《加东格言集》[1]中找到。那么是不是所有的梦都有神圣的起源呢?这个想法很荒唐,亚里士多德说,因为除了梦本身的荒谬外,你会发现"是普通人,各种各样的人——而不是最优秀最明智的人——会做梦"。他还对此进一步提出了一些理性解释,总结说大部分所谓的预言之梦都可被归类为纯粹巧合。通过对比可知,柏拉图的确相信通过在人的大脑中灌输幻象,神可以利用人的想象,与人进行思想交流。在《理想国》第9章中,他坚持认为,如果人可以使自己的激情部分安静下来,就会在睡眠中体验到神的力量:"最可能掌握真理,他的梦境最不可能非法。"在《蒂迈欧篇》(*Timaeus*)中,这种梦幻被认为是一种错乱或者疯狂:"上帝把预言占卜的艺术划分给人的疯狂愚钝而非理智部分。当人智力正常时,无法进行真理性的预言和启示。"而当人处于持续的狂乱状态时,"无法对自己看到的幻象或说出的话做出正确判断",只能等到恢复理智后才行。在亚里士多德看来,柏拉图很显然颠覆了人们一直以来对梦幻的看法;因此亚里士多德才说预言性梦想不会发生在"最优秀最明智的人"身上。恰恰因为柏拉图,哲学家才成了最具洞察力的人。

根据柏拉图《蒂迈欧篇》中的观点,梦呓般的幻想、精神错乱还有疾病的出现,是通过逐步地理解启示实现的,如此一来,它们完全超越了实证世界和人的正常的理性思维,并且向我们暗示了世界的物质性。由此,想象力能够勾画出理智所无法企及的梦境。在《斐德罗篇》中,柏拉图用情人的疯狂来描述幻想、洞察力或直觉的力量。只有哲学家、艺术家或者一些"音乐和自然爱好者"的灵魂,才能达到梦境的最高境界。这些人本身有最敏锐的洞察力,因为他们的灵魂在肉体成为其枷锁之前已经存在于现实世界,并且能够记住其中具有永恒魅力的东西。"在这个理论中,预言家、诗人及情人与想象力的关系,如同莎士比亚的疯子、情人和诗人之间的关系。"(Bundy,《想象力理论》[*Theory of Imagination*])尽管如此,在中世纪很长一段时间里,《斐德罗篇》仍然被认作是顶峰之作;而《蒂迈欧篇》(按卡奇迪乌斯[Calcidius]所译)的一部分,受马克罗比乌斯

---

[1] 《加东格言集》,中世纪学校通用的教本,加东是指公元前二、三世纪的古罗马政治家加东,《加东格言集》只是托名于加东而已,实非加东所作。——译者

（Macrobius）[1]对西塞罗《西庇阿之梦》(*Somnium Scipionis*)进行的新柏拉图主义注解的支持，却长期居于统治地位。马克罗比乌斯区分了五种不同类型的梦想（《西庇阿之梦》），它们分别是：谜一般的梦，预言性幻象，神谕性的梦，恶梦，幽灵。马克罗比乌斯说，既然最后两种梦没有什么预言意义，也就不值得去解析。当一个人处在半睡半醒的状态，而他本人却以为自己完全清醒时，容易幻想幽灵鬼怪正冲向自己，或阴库巴斯恶鬼[2]正压在自己身上，第五种梦就产生了。精神上（如梦到拥着自己的情人，或失去情人时）或者身体上（如由于吃饭或者饮酒过多而致）出现不适，或担心自己的未来（如梦到自己位高权重或权位尽失），就很容易导致恶梦。马克罗比乌斯接着说，维吉尔认为恶梦带有欺骗性，因此他让热恋中的狄多追问自己的姐姐安娜："有什么恶梦能让我感到恐惧吗？"（《埃涅阿斯纪》）对爱的关注总是"伴随着恶梦"。但是，其他三种梦对于预测未来却很有帮助。因此，虔诚而神圣的人或神会出现在神谕性的梦中，向做梦的人启示将发生什么事、不会发生什么事，以及为此该做什么、不该做什么。这样的梦给人们提供了清楚的信息，并且事实上也能最终实现。不过，"要理解"谜一般的梦，"需要我们去解析"，因为它"用奇怪的外形和面纱，晦涩地掩藏了梦中关于未来的一些预言"。柏拉图赋予情人的超常洞察力没有了，取而代之的是对人类泛爱的不信任。而且即使有时候有些梦被认为很有价值，对它们的解析却通常流于模糊，甚至容易引起争议。

当游弋在柏拉图的狂热和亚里士多德的怀疑之间进退两难时，基督教哲学家们经常引用马克罗比乌斯的观点。另一个经常引用的文本资料就是奥古斯丁《论灵意与字句》(*De Genesi ad litteram*)中的第12卷（第6章及其后）。书中就"精神的"观察对想象的非凡影响进行了讨论，这被看作是介于"肉体的"观察和"理智的"观察两个极端中间的一种方式。"肉体的"观察指人正常的视力，它可能具有欺骗性，如同航海者认为星

---

[1] 马克罗比乌斯，拉丁语法家和哲学家。其最重要的著作为《农神节》(*Saturnalia*)。生平不详，可能曾在西班牙任古罗马执政官的总督（399年），在非洲任地方总督（410年）。——译者

[2] 阴库巴斯恶鬼（incubus），梦淫妖，据说会趁女人熟睡压在女人身上并与其交配的恶鬼。——译者

星是移动的一样。当我们说看到了"真正的上帝"时,这是"理智的"观察在起作用,因为一个人的理性和智力可以使他构想出上帝的样子,这点毫无疑问;此时的上帝不再单纯是由相似或者想象形成的形象。当人看到的不是肉体,而是肉体的形象时,"精神的"观察就会综合"肉体的"和"理智的"观察共同起作用。很明显,想象力在此过程中起了关键作用,提供了两种形象:代表我们所看到的并且仍存在于我们记忆中的真正形象,或经过思考改变了的虚构形象。

这种划分在中世纪的《圣经》注释中非常流行。普瓦蒂埃的吉尔伯特(Gilbert of Poitiers)[1]似乎曾在《圣经启示录》序言里对此进行过总结。各种不同版本的《圣经》手稿都曾用它做标准序言,"巴黎圣经"也不例外,因而该序言在当时广为流传。在《幻觉的三重性》(triplex genus visionum)的记述中,据说当我们看到与某些事物相似的东西,而这些事物又预兆了其他事物,此时不论我们清醒与否,都意味着我们通过想象产生了精神幻觉;如同睡眠中的法老梦到正在成长的玉米穗一样(《创世记》41:5),或者醒着的摩西看到灌木丛正在着火,却没有被烧毁(《出埃及记》3:2)。通过对比,在理智洞察力中,由于神圣上帝的启示,人类思维可以并且能够领会精神上的神秘内涵。正如中世纪这一学说的众多传播者一样,其中非常明显的一个例子就是当圣保罗(Saint Paul)升入天堂的时候。但是令人吃惊的是,吉尔伯特认为这出现在圣约翰(Saint John)的《圣经启示录》中,原因是圣约翰不仅看到了这些形象,而且充分体会到了其中的意义。他的这一看法并没有得到完全认可——毕竟,奥古斯丁本人就曾经把《圣经启示录》归为一种精神上的(或者想象的)幻觉。不过吉尔伯特这样做的目的很明显:提升这一文本的地位,它在《圣经》有关神谕的文字中占据了最大篇幅。至此,我们会了解"想象性作品"如何借用幻觉理论来获得权威性——当然也伴随着范畴上的混淆,这是由基督教思想家试图借用异教思想融入自身的基督思想带来的固有冲突。

---

[1] 普瓦蒂埃的吉尔伯特(约1076—1154),哲学家、神学家。1141年任教于巴黎,1142年起任普瓦蒂埃主教,故得名普瓦蒂埃的吉尔伯特。——译者

当中世纪热衷宗教的妇女以及她们的男性支持者试图证明自己的幻觉经历时，他们经常引用集奥古斯丁教义之大成的作品《幻觉的三重性》。尽管女性在体貌上不具备神职人员的特征而不可能成为教士，但却被允许成为占卜家，前提是她们必须符合一些严格的条件。1373年瑞典的布里奇特（Bridget of Sweden）[1]去世后不久，阿方索（Alfonso of Jaén）就创作了《关于神圣统治的一封信》(*Epistola solitarii ad reges*)作为布里奇特档案的一部分，为她被封为圣徒辩护。书中对女性成为占卜家被问及的一些关于"心灵敏锐洞察力"的关键性问题进行了特别详细的说明。其中阿方索引用了《论灵意与字句》第12卷的内容，并且一再强调布里奇特的洞察力常超出通过想象产生的精神幻觉的范畴。当上帝唤起她的灵魂来观察或聆听天国的消息时，布里奇特就会失去理性而迷陷其中；这种经历正符合理智观察的标准。这可以与布里奇特的两个瑞典忏悔者普莱尔·皮特（Prior Peter）和马斯特·皮特（Master Peter）所著《生命》(*vita*)中的一段进行对比，书中描述了她第一次感受上帝神谕的情景：半睡半醒中，随着梦境和超自然的神圣的理性启示的显现，肉体陷入既非精神亦非虚构的狂喜和各种幻觉中，因为她看到并听到了精神的东西，并从灵魂深处感到了它们的存在。雅克·德·维确（Jacques de Vitry）[2]叙述了玛丽亚·德欧吉尼斯（Marie d'Oignies，卒于1213年）如何"在摒除一系列肉体的形象、幻想及想象后，在灵魂的深处，像照镜子一样感受上帝简单而神圣的形象"。翁布利亚修女，费理格农的安吉拉（Angela of Foligno）[3]，在去阿西尼城的圣·弗朗西斯教堂的途中，看到了钉在十字架上的耶稣形象高悬在自己眼前，而十字架旁并没有人。书中其他地方列举了一些更离奇的梦幻式经历："当处在那种狂喜的神圣状态中时，我无法判断自己是否站着，或者自己是否已灵魂出窍。"

---

[1] 布里奇特（1303—1373），瑞典修女，布里奇特勋章的创立者。——译者
[2] 雅克·德·维确，著名的巴黎传道士。——译者
[3] 费理格农的安吉拉（1248—1309），基督教作家，修女，神秘主义圣贤之一，创作以展现走向神性的精神之旅而著称。——译者

强调个人的宗教虔诚以及预言本身的属性，成为中世纪后期关于"灵魂的划分"理论最引人注意的特征之一。托马斯·阿奎那在《论真理》（*Quaestiones de veritate*）中关于预言的大量讨论里，就曾强调道德上的善对于预言来说并非必需，因为不道德的人可能也有预言的能力，如巴力邪神[1]。他坚持认为，与通过想象形成的预言相比，可以被人理解的预言更可贵。阿奎那提到，在预言过程中，必须使人的正常行为摆脱想象力的影响："当受到想象能力的影响而产生预言时，预言家就会因为狂喜而失去理智。"（《关于真理的争议问题》[*Disputed Questions on Truth*]）由此可以看出，阿奎那对想象力的评价并不高。但当预言家充分激发自己的判断力时，没有必要通过欣喜若狂来完成预言。这再次论证了人类本能存在差异这一问题。而且，并非所有对人类想象力产生影响的超自然力都是有益的。无论在预言里，还是在一些更为平常的情况下，一直试图扰乱人的理智的魔鬼，通过刺激人的想象力和感官欲望（《神学大全》），能够导致上帝的子民堕落。这里，阿奎那列举了因受诱惑而犯原罪的例子，亚里士多德在《论梦》中的叙述"最细微的相似之处就能把情人引向他／她的爱人"经常被引用以支持这样的观点：魔鬼能够激起感官欲望的热情，继而使人对假想的现实更为清醒。因此，即使"微弱的相似之处"也能产生难以抵抗的诱惑。想象力在很多预言中起着重要作用，但很明显，对其作用的评价毁誉参半。

阿奎那及其追随者非常同意有些预言属于自然现象的看法，比如想象力受到来自天体的影响——"那里早有迹象表明会发生一些不同寻常的事件"（《论真理》）。十三世纪七十年代早期，来自达西亚的"拉丁语阿威罗伊学者"波埃修（Boethius of Dacia）是巴黎大学艺术教员的主要成员之一，曾在其精短评论《论梦》中强调了引起梦的自然原因及预兆性事件的起因。我们的一些梦与未来的事件没有丝毫的联系，不过是巧合而已："即使在梦中不出现类似的事件，该发生的还是要发生的。"

身体的运动方式、浓烟和蒸汽的化合物以及它们升起的不同频率，

---

[1] 巴力邪神（Baalim），古代迦南人信奉的司生生化育之神。——译者

都会自然地促使梦形成。因此，深色的蒸汽可能让人梦到火焰、火灾或者黑衣僧侣（本笃会修士），"有些蠢人醒来后，发誓说睡着时他们见到了魔鬼"。另一方面，淡色的蒸汽可能会改变他们想象的力量，因而睡眠中的人"可能梦见自己到过金碧辉煌的地方，看到唱歌跳舞的天使。醒来后则发誓说梦中自己神魂颠倒，并且的确见到了天使。事实是他们完全被误导了，因为他们对这些梦的起因一无所知"。疾病也可能产生类似的效果。但尽管如此，波埃修匆忙补充说："我不否认，通过神圣的意志，天使或者魔鬼的确会出现在一个睡眠者的梦中或者病人的头脑中。"很快他又转向讨论我们因灵魂深处的原因而产生的梦。波埃修明显受到亚里士多德《论梦》第2章的影响，他阐释说："当睡眠者陷入强烈的感情（如恐惧或者爱恋）时，通过想象形成的形象（如敌人或者爱人的幻影）与他的情感一致。"试图从起因方面对梦做出科学的解释，并且取得了显著的成效，但有些解释过于倾向自然论。1277年主教斯特凡·坦比尔（Stephen Tempier）[1] 谴责的一系列命题中的第33篇，"除了通过自然，否则不会出现狂喜和梦境"好像指的就是波埃修的这篇文章。很明显，波埃修的抗议——正如上面所引用的，承认神圣的意志可以影响想象力——不够强烈并且有些为时已晚。

巴黎学派的谴责并没有阻止学者们对梦幻式经历的本质和意义做理性探索，这可以从尼古拉·奥雷姆的《论奇迹之源》（*De causis mirabilium*，约1370年）中看出，他是法国查理五世任命的所有翻译家兼评论家中最杰出的一个。对于很多明显的"奇异现象"，奥雷姆将其归为自然性原因。它们往往出现在极度癫狂、忧郁或受疾病困扰的人身上，因而这些人的想象力也异常活跃。"甚至很多圣人轻易相信奇异现象；是的，甚至很多非常有思想的神学家"，面对一些前因后果非常明显的奇异事物或现象，他们忘记了《圣经》福音书（《马太福音》10:16）中的教导"你应该像撒旦一样明智"等等，却因受众人的蛊惑而相信这些不该相信的奇异事物。奥雷姆当然"既不想完全否认奇迹一直以来在发生着并且现在还在

---

[1] 斯特凡·坦比尔，曾担任巴黎主教，并于1277年谴责了二百一十九条亚里士多德的命题，从而清除了关于创造问题的决定论和必然论观点。——译者

继续，也不想完全否认我们神圣的上帝有时候允许魔鬼恣意妄为或者附于人身"以及一些类似的事情。但是尽管如此，"我们仍然不应该不经思考马上相信这样的事情，既然奇迹——尤其是那些看似并非奇迹的奇异事物——并不是毫无原因发生的"。强烈的想象会产生很多自然性结果，例如它能使人发怒或者恐惧，一个想象脂肪的人可能会呕吐，一个想象女人的男人可能会勃起。但是奥雷姆相信想象的力量并非无限的，他反对阿维森纳认为想象力可以移动物体的看法清楚地表明了这一点。"当我自己不愿意动时，你的想象力却能让我移动一块石头，或者你的想象力本身能移动一块石头"，这样的观点"与亚里士多德的观点完全相反"。阿维森纳因认为想象之力量能使骡子摔倒，并因此受到批评。这句话的出处并不清楚。但是，阿-伽扎里（Algazel）[1]曾经讲过关于骆驼的类似故事，在1277年巴黎学派谴责的众多命题中，我们发现其中之一提到巫师仅用目视就可以使骆驼跌入陷阱。

鉴于以上对想象力的众多猜疑，对于文学中的梦幻现象，我们无法给出清楚的理论，也就是说，一个用来描述和证明因梦幻经历——这在《圣经》和其他无可指责的权威作品中都有记载——激发而产生虚构作品的理论，就不足为奇了。纪尧姆·德·洛里斯（Guillaume de Lorris）[2]的《玫瑰传奇》（Roman de la Rose），中世纪所有梦幻诗歌中最具影响力的一首，为此提供了最有力的证据。纪尧姆于1230年开始创作此诗，历经五年，直到1275年左右才由吉恩·德·蒙格（Jean de Meun）完成。此诗非但没有为梦幻现象作为流派理论进行自我辩护，相反却削弱了心理学家所主张的人类自身的功能是梦幻来源和机理的学说。吉恩特别明确提出自己对人类观察力和想象力的怀疑，并且试图找出一些异常现象的自然起因。这使我们想起吉恩生活和创作的时代——巴黎流派时期——产生了很多像他的同代人波埃修一样的思想家。

吉恩笔下的自然女神评论说，很多人受梦的误导，以至于大受其苦：

---

[1] 阿-伽扎里（1058—1111），伊斯兰最著名的神学家、法学家和哲学家"安萨里"。——译者
[2] 纪尧姆·德·洛里斯（卒于约1235年），著有《玫瑰传奇》，但是他未把全诗写完就去世了，由吉恩·德·蒙格（约1240—约1305）续完。——译者

梦游，起床准备去工作，甚至于骑马走很长的一段路程。当他们醒来后，觉得非常吃惊、不可思议，并且告诉别人，是魔鬼把他们从家中带到那里的。有时疾病、极度的忧郁或恐惧作用于想象力，也能引起离奇的后果。再者，有些默祷会使得"他们正在思考的东西出现在思想中"，并且"他们相信自己清楚客观地看到了这些东西，但事实上这只是谎言和欺骗"。自然女神满怀讽刺地说，这样的人与西庇阿有类似的经历：看到了"地狱和天堂，天空和空气，大海和陆地，以及一切你在那里可能看到的东西"。另外，他也可能梦到战争和马上比武、球赛、舞会，或者恋人拥在怀中的感觉，尽管她并不真正在身边，类似地，怀有不共戴天仇恨的人会梦到愤怒和战斗，等等。

这些观点使《玫瑰传奇》开场白部分异常引人注意。在得到那些认为梦幻不过是谎言和寓言的人的"恩准"后，纪尧姆·德·洛里斯引用马克罗比乌斯对西庇阿梦境的评论，来证明梦幻可能是真实的。吉恩好像认同那些怀疑者的观点，认为大多数的梦仅是寓言和虚构而已。这就降低了《玫瑰传奇》作为基本文学形式的权威性，至少出现了自相矛盾的地方。整首诗可被解读为一个叫阿德索的情人兼叙述者因爱而发的想象，尽管叙述者本人绝非"最优秀最明智的人"，却形象地阐释了睡眠中常常发生的失去理性判断的现象。对于这种可能性的解读，吉恩并没有给出自己的看法。但《玫瑰传奇》仍然是一部饱含"爱情的全部艺术"的作品，正如纪尧姆所说：是一部名副其实的中世纪《爱的艺术》（Ars amatoria）[1]。无论好坏，这的确是当时人们对此作品的看法（参看后面第 14 章我们对《玫瑰论战》[querelle de la Rose] 的说明）。因此，对于《玫瑰传奇》，抽象的阅读应予避免，而应尊重其中存在的前后不一致。因为一定程度上，是中世纪梦幻及想象力理论固有的矛盾造成了这种模棱两可。

受《玫瑰传奇》的影响，大多数本土诗人深知，在他们所虚构的情人的心理中，想象力非常重要。例如，纪尧姆·德·马萧[2]（Guillaume de

---

[1]《爱的艺术》，罗马诗人奥维德（公元前 43—公元 17）的作品，以对爱的研究而闻名。——译者
[2] 纪尧姆·德·马萧（约 1300—1377），法国作曲家、牧师、诗人、外交家。著有《命运的救药》（remede de fortune）。——译者

Machaut）认为，从女性形象身上可以获得安慰和希望："其中有多种方式：回忆、想象看到或听到自己的情人及其高雅的风度带来的快乐，回想她的一言一行带给自己的益处。"（《财富的治理》[Remède de fortune]）除此之外，如同乔叟在他的《骑士故事》（Knight's Tale）中描述的一厢情愿的恋人阿塞特如何备受想象幻觉之苦，想象力绝非带来快乐。尽管阿塞特的情况有些复杂，但很明显涉及忧郁对大脑的关键部分——想象力的所在——的影响。另外，在《商人的故事》（Merchant's Tale）中，老人吉钮瑞梦想娶到一位年轻的妻子，陷入过分的想象中，乔叟说，这好似取一面镜子并把它置于市场上。因此，他在脑海中一一"过滤"住在附近的众多少女。哥特弗里德·冯·斯特拉斯堡（Gottfried von Strassburg）在《特里斯坦》（Tristan，约撰于1210年）中构想特里斯坦和伊索尔特在山洞中尽享爱的乐趣时，深陷想象之中的不是情人，而是第一人称叙述者。"对此我很清楚"，他说，"因为我曾经去过那里"。但事实是，叙述者仅仅在想象中去过那里，既然他从来不曾去过康沃尔。读者从这段凭空想象的叙述中所得到的，正是当代评论家存在争议的地方。我们应该分享想象者的热情呢，还是把它作为一种危险的错觉而加以拒绝呢？

很多本土宗教诗歌常对想象力持肯定的态度。纪尧姆·德·德圭耶维拉（Guillaume de Deguileville）的《心路历程》（Pèlerinage de la vie humaine，1330—1331）以梦幻开头，生动地描绘了圣地耶路撒冷，远观像在一面巨大无比、难以测量的镜子里。而在中世纪的梦幻诗歌《卓越不凡》（par excellence）中，但丁借其叙述者之口力赞想象力，并认为它受神的力量而非感觉的推动：

    O imaginativa che ne rube

    Talvolta sì di fuor, ch'om non s'accorge

    Perché dintorno suonin mille tube,

    Che move te, se" l senso non ti porge?

          （Purg.17.13-16）

有时候虽然我们并没有注意到某些东西，但想象力却通过这些外在的东西使我们深陷其中，此时纵使一千只喇叭在我们身边吹响，如果感知不到，我们仍然会一无所动，继续沉陷于想象之中。

在《神曲》的高潮部分，叙述者感受到狂喜，但丁对此的描述使人想起了圣保罗升入天堂的情景。但丁曾经明确提到自己描述最高境界的精神观察，它需要完全的理解，而不仅仅是想象，但后来他又否认了这种说法。事实上，在诗的结尾，作者强调了人类思维无法感受（正如现在无法交流）神圣的梦境，因为他认为自己的高度幻想已经达到了极限。在这里，不仅仅是文学上的得体原则阻止了德圭耶维拉和但丁承认想象是上帝赐予的恩惠，由此便产生了不可调和的矛盾。德圭耶维拉宣布说，如果自己没有较好的梦想能力，应该让在此方面更优秀的人来纠正自己。神谕的权威性因其媒介而遭到质疑：

> Tant di aussi (que), se menconge
> I a aucune que a songe
> Soit repute, quar par songier
> Ne se fait pas tout voir noncier.
> （13521-4）

我也认为，如果有任何错误的话，可能是梦的缘故吧，因为事实上全部的真相未必在梦中得到揭示。

但丁中世纪的注释者可能会提出这样的疑问：他在《神曲》中描述的梦境是否真正发生在作者本人身上，或者它仅仅是一种杜撰？乔叟的《名誉之宫》（*House of Fame*）在创作时显然受到《神曲》影响，一开始就描述了叙述者对用来区分梦的传统术语和对它们成因的解释感到迷茫（很明显，此时叙述者身上有马克罗比乌斯的影子），因此他祈祷处理这个令人困扰的问题的优秀教士好运。

《农夫皮尔斯》（*Piers Plowman*）[1]引出了对梦境的不同阐释的问题，其中在拟人化的"热衷想象"（Ymaginatif）的影响下，虚构的梦幻者努力自创诗歌一样的语言，而不是默诵《诗篇》来为别人祈祷。合道德的想象（virtus imaginativa）竟然对这样富有想象的活动提出疑问，这看似很怪，但问题的关键不在于想象力本身，而在于有些人认为，如此使用想象力意义不大。诗中的那个梦幻者情急之下，从两方面为诗歌进行了精辟的辩护。一是，它具备了再创作功能，给教士以"创作"的机会，从而使他们能够更加完美；二是，梦幻者想学到更多关于如何一步步从好做到更好和最好的知识，他的诗歌看似可以引导他们达此境界。本诗节（至少就我所读来看）逐步向我们展示了想象的力量：在疑虑重重之地，指望普通个人得出明确的结论是不可能的，想象力却可以帮助人类在思维中找到多种可靠的解决办法。在我看来，这就是兰格伦对想象力作用的理解；并且，我不同意考尔巴赫的看法：阿维森纳的观点——想象力如此强大以至于可以移动骡子或者骆驼——影响了诗人兰格伦。

阿维罗伊–伊本·路西（Averroes Ibn Rushd, 1126—1198）[2]，阿拉伯学者，伊斯兰教哲学家，生于西班牙的哥多华，在对亚里士多德《诗学》所做的"中世纪注释"中提出了自己对想象力的看法，而这里提到的本土诗歌好像对此一无所知。1256年德国人赫尔曼（Hermann），一个住在托莱多的僧侣，将其译成拉丁语后，很快在西欧广为传播，尽管最初受到影响的主要是巴黎学派。无论是阿拉伯语版本还是赫尔曼版本，都应被看作是在中世纪文化价值体系指引下对亚里士多德文本价值的再加工，而不是对其原意的误解。相对于穆尔贝克的威廉（William of Moerbeke）[3]1278年更加精确的译本，阿拉伯语版本（或赫尔曼版本）较受人们欢迎

---

[1] 《农夫皮尔斯》，英国下级僧侣威廉·兰格伦（William Langland，1332—1400）著，英国梦幻文学的经典之作。这首长诗最大的艺术特点是将概念与抽象的事物具象化和人格化。——译者
[2] 阿维罗伊（Averroes）是伊本·路西德（Ibn-Rushd）的拉丁名。阿维罗伊主义者（Averroist）是十三世纪西欧以伊本·路西德（阿维罗伊）的哲学学说来反对托马斯·阿奎那某些哲学论点的学派。——译者
[3] 穆尔贝克的威廉，天主教多明我会的修道士，大主教和古典学者，曾将亚里士多德的作品和其他早期希腊哲学家和注释者的作品译成拉丁文。——译者

更足以说明这一点。因为中世纪的思想家发现：阿维罗伊或赫尔曼的论述——在他们自身的科学体系内，以及涉及长期形成的有关诗歌的修辞方法和民族目标的概念时——容易理解。

但要注意的关键之处是，模仿的概念很大程度上已经被想象力概念或意向主义的比喻——一种再现，可以通过引导观众遵循道德、远离邪恶来激发观众的感情——所取代；这创造性地阐释了阿维森纳给诗下的定义：诗是"想象性的言语"。阿维罗伊/赫尔曼声称，既然所有的比喻不是涉及美好的东西，就是涉及丑陋的东西，那么诗歌艺术就必须把"追求美好和拒绝丑陋"作为其目的。好人应该得到赞扬，而坏人应该受到谴责，由此悲剧被定义为"赞扬的艺术"；喜剧在沦为讽刺剧后，被认为是"谴责的艺术"或谩骂。（在这里，诗歌被比作富于辞藻的修辞学，作为其中的分支，主要是关于赞扬或者谴责某些个别的人。）诗歌似乎应该富有想象地突出一些与公正和邪恶相关的自然品质，从而确保读者正确地解读。这种道德影响当然必须一直持续下去，否则就意味着诗歌没有实现它恰当的功能。我们可以看一下注释者自己是如何理解净化的：悲剧引起人们的怜悯、恐惧和其他德行方面的感情，这并非泛滥，而是积极持续的感情，因而能够净化人的心灵。

在此理论基础上，"逆转"变成了"间接"或者"迂回"的想象，而"发现"变成了"直接"的想象或辨认。而且，"简单模仿"取代了"简单情节"，"复合模仿"代替了"复杂情节"。亚里士多德认为简单的情节代表着简单的戏剧化行动，也就是说，是"单一并且连续的"行为活动；在简单情节中，"没有逆转和发现，命运仍然发生变化"；而"在复杂的行为活动中，发现或者逆转带来命运的变化，或者二者同时起作用，导致命运发生变化"（《诗学》）。而阿维罗伊/赫尔曼认为，间接的想象代表了应受谴责的东西，而直接的想象代表备受褒奖的东西。单用直接的想象或间接的想象时，产生简单模仿；而复合模仿需要二者同时运用，以谴责开始，以褒奖结束，或者反过来。相对于简单模仿，复合模仿更受人青睐，而且在复合模仿中，以间接想象开始、以直接想象结束的模式更受欢迎。

本维努托·达·伊莫拉（Benvenuto da Imola）[1]运用这些理论评注但丁的《神曲》，分析了但丁如何以地狱中该受谴责的罪恶之徒开始全诗，继而提到炼狱中的众忏悔者（他们具备得到救赎的品质），最后以褒奖结束全诗：那些已经得到上帝恩赐的人值得赞扬，且应成为后来者效仿并超越的榜样。因此在从悲剧演变到喜剧的过程中，《神曲》是复合模仿的一个典型："没有其他诗人知道如何更好地谴责和褒奖。"

但是，像上文那样对"中世纪注释"理论的运用还是很少的。尽管在意大利的人文主义者及反对人文教育的经院学者（包括曼图亚的乔万尼 [Giovannino of Mantua]、萨鲁塔蒂 [Salutati]、萨佛纳罗拉、罗伯特罗 [Robortello]、塞尼 [Segni]、麦吉和伦巴第 [Maggi and Lombardi]）中很出名，该注释理论却没有取得深层的文化突破。曾在图卢兹和巴黎教授神学的彼特·俄瑞尔（Peter Auriol O.F.M，1321年受命担当普罗旺斯地区艾克斯的大主教）[2]，根据"在第一首诗"中的材料（它很明显是阿维罗伊/赫尔曼的版本），加上《以赛亚书》令人震撼的语言风格和谴责，认为可以将其第一部分看作悲剧。第二部分则因其令人欣慰的风格和规劝而可以被看作喜剧（《劝解和安慰》[exhortativa et consolatoria]，《圣经总体纲要》[Compendium totius divinae scripturae]）。而且，林克平的马修（Matthew of Linköping）[3]，后来曾向瑞典的圣布里奇特（Saint Bridget of Sweden）忏悔过，大约十四世纪二十年代，他在巴黎学习期间创作他的《女诗人》（Poetria）时，很明显借鉴了阿维罗伊注释的《诗学》。马修解释说，诗人完全可以被比作画家，"技巧娴熟的画家，通过对图画不同部分和色彩的合理布局"，创造出"比真实的东西自身更加赏心悦目的图画"，他继续说，"同样地，通过调动我们的想象力，去想象与事物特征相一致的东西，优秀的诗人带给人们无限乐趣"（根据事物的想象属性创造它们）。

---

[1] 本维努托·达·伊莫拉，与佛兰切斯科·达·布蒂（Francesco da Buti），他们两位都是但丁《神曲》最早的评注家中的佼佼者。——译者
[2] 彼特·俄瑞尔（1280—1322），又被称作 Petrus Aureolus。经院哲学家、巴黎大学神学家、方济各会的修道士。曾被任命为普罗旺斯的前首府艾克斯的大主教，但未上任便去世。——译者
[3] 林克平的马修（1300—1350），曾作 Poetria 和 Testa。林克平为瑞典一城市。——译者

诗歌中的想象力通过三种途径得以实现：再现、语调和格律。但只有再现是诗歌的精髓部分。马修把再现——这相当于赫尔曼的比喻——定义为事物的文字表现形式，这样我们要描述的事物好像就在眼前一样。"因此，在我看来，维吉尔之所以能够位列众诗人之首，在精湛的艺术风格和娴熟的图像再现技巧两者中，后者起了更大的作用。"诗歌通过图像再现，而其他学科通过理性的辩论实现其最终目的。

在阿维罗伊/赫尔曼的注解中，他们用修辞伦理诗学取代了唯美诗学。因为阿维罗伊认为诗歌是逻辑的一部分：亚里士多德的阿拉伯读者从希腊注释者那里继承了这种看法。《修辞学》和《诗学》分别归类于《工具论》（*Organon*）[1]的第七和第八部分，之前六部分为按级别排列的常见逻辑学论述。十世纪中期阿尔法拉比（Al-Fārābī）[2]创作了影响深远的《学科分类》（*Catalogue of the Sciences*），在他看来，修辞学希望说服读者，并喜欢运用省略推理法和例证，而诗学通过丰富的想象力再现事物，并以此作为目的；与修辞学不同的是，诗学更喜欢运用虚构的三段论法。同样地，阿维罗伊/赫尔曼的"中世纪注释"很清楚地告诉我们：诗歌中的形象再现引起心理上的认同，这代替了学术实证所提倡的理性认同；另外，诗歌希望通过虚构的三段论法去感动读者，而非证明给读者。十三世纪一匿名巴黎学派成员受"中世纪注释"的激励和启发，曾就诗歌的本质问题创作了《辩难》（*quaestio*），他认为在诗歌中，真正起作用的是个人的想象力和欲望，正因为每个人都尤其喜欢"自己本能的判断"并格外相信自己的想象能力，虚构的三段论法才得以合理运用。但是，既然人类整体的善比个人的善更重要，修辞学应该比诗学占据更重要的地位。无独有偶，布鲁日的巴黎学派成员巴塞洛缪在1307年评注赫尔曼的阿维罗伊式《诗学》时曾提出类似的看法。

那么，视诗歌为"想象艺术"的做法就有些自相矛盾：在其自身可操

---

[1]《工具论》，古希腊哲学家亚里士多德的著作，全书收集了亚里士多德六篇逻辑学著作：《范畴篇》《解释篇》《前分析篇》《后分析篇》《论辩篇》《辩谬篇》。——译者

[2] 阿尔法拉比（约875—950），生于土耳其，是第一位"伊斯兰的亚里士多德主义者"，在阿拉伯世界被看作仅次于亚里士多德的"第二位大师"。——译者

作范围（个人的道德行为）内，诗人可以充分发挥个人想象力，但大多数情况下，其可操作空间有限，例如在文化发展方面，相对于个人，社团拥有优先权（因而个人的想象力也就无从发挥）。对想象力类似的定位——只有处于严格意义上的从属地位时，想象力才尤为重要——尤其对于中世纪时期人们接受否定的伪狄奥尼修斯[1]（Pseudo-Dionysius）形象时更具重大意义：几个世纪以来，人们一直认为公元五世纪的这个狄奥尼索斯、新柏拉图主义的基督一性论者就是圣保罗在《新约·使徒行传》中记载的皈依宗教的那个哲学家。在中世纪后半期，如果说是亚里士多德的权威确立了想象力在认知论和心理学上的重要性，那么，在确立想象力在神学中的地位方面，伪狄奥尼修斯做出了比其他任何人更多的贡献。

　　《天阶序论》（The Celestial Hierarchy）的核心观点是《圣经》向我们展示了天国中的各种天使形象、组织构成，他们的形态、意象，各自的标志、象征物及其衣着（这些都是中世纪读者常用的词汇），借此来体现天庭里的等级制度。托马斯·盖勒斯（Thomas Gallus）[2]曾于1232—1244年间完成了关于伪狄奥尼修斯作品的大部分，根据他关于《天阶序论》所作的《提取》（Extractio）：《圣经》中之所以"使用实体天使形象和比喻性创作"，就是为了通过这些"易察觉的形态引导我们重新审视天国的道德天使们"，它们"作为没有实体的灵体永恒地存在着"。

> 因为，无论怎么努力，我们的思维都做不到模仿或者思考非实体的等级天使们，除非得到实体形象的引导，否则情况将不会发生改变。它很快会意识到视觉上美的感受其实是天国无形的美的形象化身，沁人心脾的芳香同样是来自天国无法感知的芳香，现实的光则是智者才能看到的光的形象……

---

[1] 伪狄奥尼索斯，狄奥尼索斯是雅典法官，据《新约·使徒行传》记载，他是使徒保罗在雅典传教时所收的弟子。公元六世纪，伪托圣狄奥尼索斯的著作在东部隐修院流行，后经考证及推测，它们的真正作者可能是生活在叙利亚的隐修士。这些著作包括《天阶序论》。——译者
[2] 托马斯·盖勒斯，以对伪狄奥尼修斯的思想评述和情感理论而著称，其神秘学理论影响了和未知之云的创作。——译者

此学说理解起来很难，圣维克多的理查德[1]《小本雅明》(Benjamin minor)对其中一部分进行了详细阐释，尽管他在此过程中（后来更多）也掺杂了一些其他学说。这部著作明显受到同是圣维克多的学者休格[2]关于酒神学说的影响。理查德赞扬了《圣经》经文中的想象手法，并补充说它们能激起读者的想象力：

> 他们通过可见的事物外形来描述不可见的事物，并且通过这些可见并且人们盼望得到的事物的魅力在人们的记忆中留下印象。因此，他们允诺人们"鱼米之乡"；有时候，他们用人们的歌声或鸟类的啁啾声来命名花草或某种气味，描述天国愉悦的和谐。读约翰的《圣经启示录》，你会发现神圣的耶路撒冷常被他描述为金、银、珍珠和其他珍稀宝石的圣地。我们知道耶路撒冷根本没有这些东西，但它仍然是个神圣美丽的地方。因为，尽管现实中这些东西那里一样没有，却有与它们"相似"的东西……并且只要我们愿意，可以想象它们的存在。想象力之于理智的作用，没有比这种时候更明显了。

但是也必须认清这种想象的局限：我们不应该仅停留在从物质世界获取象征物的水平上，或者把想象的东西与它们所象征的精神实在相混淆。如果完不成这个转变，如同未受过教育的人一样，就会想当然地认为：天国智者们多面多足，拥有公牛的野蛮、狮子的残暴或者雄鹰的钩形利喙等等。《天阶序论》在第 15 章中对此种意象进行了详细解释。为什么有时候天使会被刻画为裸体的形象？为了表明"他们是自由的，很容易摆脱束缚，并且也不会受到任何来自地狱的羁绊"。但是为什么在其他的一些场合，天使们又穿成神职人员的模样？那象征着"使天使们或神职人员履行上帝意志的力量"。另外，为什么他们会系腰带呢？因为腰带预示着"保存并集合自己所有的优点和精神魅力的力量"。为什么神圣的天国世界会

---

[1] 圣维克多的理查德（卒于 1173 年），十二世纪巴黎神秘主义神学的重要代表人物之一。自 1162 到 1173 年在巴黎担任奥古斯丁隐修院院长。——译者
[2] 圣维克多的休格，德国神秘主义者，理查德的老师。——译者

以马的形象出现呢？那是为了表明"天使们服从上帝并遵从他的所有意志，如同马在缰绳的控制下工作一样"。类似的例子不一而足。

（何伟文　王德美　译）

三、中世纪的想象和记忆（下）[*]
Medieval Imagination and Memory

阿拉斯太尔·米尼斯（Alastair Minnis）

在灵魂通往上帝的旅途中，所有的形象最终都必须被抛诸其后。因为在事实上，天国和天国的智慧与它们毫无共同之处，但这一事实并不会使这些形象变得毫无价值。相反，它们以一种"神秘"和"还原"的方式（即提升和超越的方式），使人们的心灵朝着简单（因为没有混合）而纯洁的事物上升。最终我们可能会"冥想神明和智慧的存在"，罗伯特·格罗塞特斯特在其对《天阶序论》所做的评注中解释道："如果我们不率先将引人向上的形式和物质形象一同加以使用，我们将无法达成这种冥想。"总而言之，理性和想象，就如同女主人和婢女一般，共同发挥作用。在灵魂通往上帝的旅途的早期阶段，此二者理应得到尊重，但在更高的触及冥想的层次，此二者则应被冷落。

恰恰是这种基于理性之上的最高形式的思考，引起了托马斯·盖勒斯的极大兴趣，他坚定地认为人的意志高于人的才智，喜爱和情爱高于人的理性。他在针对《神秘神学》（*The Mystical Theology*）所作的《阐释》（*Explanatio*）一书中，详细阐述了一种超越智性的理解上帝的方法。他认为存在一种超出智性的力量，即"第一情感"（principalis affectio），通过这种独特的方式，心灵的最高点（apex mentis）可以与上帝联合。第一情感是指感情中最纯粹、最崇高的活动，这一情感在神的恩典的帮助下，上升至最高的限度，远远抛开任何物质比较和尘世感情。与之相似，格罗塞特斯特也认为，心灵的高级功能是情爱（love）以及爱情（amor）。

写于公元十四世纪后期的《未知之云》（*The Cloud of Unknowing*）的

---

[*] 本文选自 A. Minnis and I. Johnson, *The Cambridge History of Literary Criticism, Vol. 2 The Middle Ages*, Cambridge: The Cambridge University Press, 2005, pp. 257-74。

无名英国作家因为同样强调爱与喜爱情感的重要作用,因此声名与盖勒斯并驾齐驱。这位作家还公开承认,在翻译《神秘神学》的过程中,他借用了许多盖勒斯对该书的注释。与此同时,酒神学派关于"神秘"联想的传统,也为我们理解《未知之云》的看似矛盾的含义提供了一把钥匙,因为云的神秘既可以攻击想象的真实,也可以提供大量丰富的修辞语言,这也是云自身不可捉摸性所最为显著之处,这种自相矛盾的抵触也成为酒神学派神秘联想得以进行的方式。

但是,当否定与对思考的升华作用发生联系时,《未知之云》的作用更显得非同寻常。比如当人们选择词汇来描述神时,一些不确定的词语比确定的词语显得更为恰当,我们往往会说神不是什么,而不会轻易断言他就是什么。所以我们会说神是看不见的、无法定义的,也是无法彻底理解的。正如在《天阶序论》中解释的,这是部分酒神学派神秘联想中"相同"或"相异"性比喻。第一种明喻中,上帝被描述成光和生命,因为神与这两种事物共有非实质性的特质,这种情况也暗示了上帝的确具有这种特点,虽然是最高层次上的。可是这种想象却有一种误导作用,使我们有可能忽视被创造出来的万事万物和造物主之间的距离和不同。尽管这些事物和造物主一样高贵。所以盖勒斯说:"上帝的神性远远超越了世上的万事万物,所以没有哪一种光亮能够再现这种神圣。"而否定的陈述则比肯定的表达具有优势。因为否定优于断言,有点神秘性的解释胜于机械的类推,"相异"胜于"相似"。当听到上帝被比作一份药膏、一个石块儿、一种野兽或者一条蠕虫时,人们会感到十分震惊,但人们的思维不会仅仅停留在这些形象上,人们也不会在这些事物上分解延伸出上帝的特质,因为这些事物与上帝的形象相差甚远,类推也就很难成立。鉴于格罗塞特斯特的解释,即便是对于那些可以轻信"天国的一切都闪耀着金色的光芒或者拥有着火和太阳的绚烂"的人来讲,"也会排斥认为天上的事物会像马、牛、狮子或者其他类似的事物的想法"。因为"这些形象的物质性和易腐性使得他们和神圣毫无关系"。而这样的一种想象可能因为想象的主题的丑陋使人们感到惊异,却不具有欺骗性。

恰恰是伪狄奥尼修斯本人十分推崇这种中世纪的读者很难接受的相异

性明喻。因为人们对肯定性的追求是如此强烈，在相似性的思考中寻找到的收获是如此让人愉悦。奥古斯丁教义中强调，从生物到造物主逐渐晋级的思想正被一点点蚕食，正如使徒信条中所总结的那样："从创世之初，上帝不为世人所见的那部分已经在他创造的万事万物中充分体现并被他的子民所理解了。"例如，《物之属性》的序言首次支持了巴塞洛缪的种种观点：除非通过物质的依托，否则人们的智力无法从精神层面上完成对天国的认识和把握。于是《天阶序论》中的思想才逐渐盛行并被人们接受。但是巴塞洛缪继而指出，除非人们在有形的实物上找到思路，否则无法完成对那些无形事物的思考。关于"否定的工具性作用"一个相似的解释，还能在圣维克托的某些篇章段落中找到，他断言"没有好的事物不存在于天国里"。而这些段落也恰恰印证了海尔夫塔的格特鲁德[1]（Gertrude of Helfta）的说法："除非借助一些看得见的和有形的意象，否则人们无法理解无形的和精神层面的事物，所以给这些事物覆上人的有形的外衣就是必需的。"这些与理查德的观点极为吻合，可是其中圣徒保罗式的外延却与伪狄奥尼修斯的精神相背离。

另外，盖勒斯从伪狄奥尼修斯的教义中总结出喜爱原则理论（principalis affectus），认为喜爱的倾向是一种纯心智的能力，这逐渐激发了中世纪后期笃信宗教虔诚的形式，而这种虔诚在今天被看作是情感的虔诚。前面提到的著作《未知之云》的作者主张全身心地侍奉上帝，当把其他一切凡事俗物抛弃一边的时候，人们就把自己和情感神会相分离，而这种神会恰恰是这个时期冥想论述的驱动力。他的论述在中世纪后期以拉丁语和当地方言两个版本发行，对当时整个反对革命的欧洲来说影响极为深远。此时一个典型的事例是，十四世纪早期一份同时有拉丁语和当地方言版本的方济各修会的一篇论述——伪文德（Pseudo-Bonaventuran）基督冥想（*Meditationes vitae Christi*，该论述可能出自约翰尼斯·考勒布斯[Johannes de Caulibus]之手，这点无从考证，存有争议），这份著作最早是写给一位"可怜的克莱尔"，论述中提供了一个叫圣西西丽亚的典范，

---

[1] 海尔夫塔的格特鲁德（1256—1302），修女，曾兼修科学、艺术和神学，能用拉丁语和希腊语熟练写作，把部分《圣经》翻译成德文。——译者

因为她日日夜夜苦思冥想"对基督耶稣最虔诚的方式"。这种持续的冥想过程使人们越发能抵制住人生中那些琐碎且短暂的事物的干扰。伪文德进而解释道，那些没有受过教育或者大脑简单的人更容易感悟神性，而且方济各（Saint Francis）本人也曾"通过冥想和基督进行过交流和对话"。在接下来的著作中，他详细地论述了耶稣基督生命中的事件，"犹如这些事件通过人们想象发生或者可能发生在人们忠诚信仰之中，根据内心对此的不同诠释，描述它们本可能发生的样子"。所以人们所知的"基督耶稣说过的话或做过的事"，如果没能在《圣经》中找到文本依据，"这些事件就只能用人们冥想的产物来加以解释了"。在尼格拉斯·拉夫（Nicholas Love）[1] 以中世纪英语翻译的《基督耶稣生活的镜子》（*The Mirror of the Blessed Life of Jesus Christ*，约 1409）中，他把这一教义加以改写，认为思维简单的人应该通过想象在脑海中构建基督耶稣的肉身形象，理解基督耶稣的受难和完成其真正意义的复活。异曲同工，雷金纳德·派考克（Reginald Pecock）大主教[2] 于 1449 年写道，每一个人都应该具有对神的"热爱"之情，耶稣基督应该是我们生命中的挚友，因为这位挚友拥有无形的特质，所以我们不妨想象一下他有形的身躯和看得见的形象（《镇压者》[*Repressor*]）。钉在十字架上的基督形象就很好地完成了这一任务。派考克同时还宣布了古时的基督教先例："以前的基督教信徒必须具有想象的能力"，虽然他们也明白他们"虔诚的想象"并不是那么"真切"。这里也为服务于对神的虔诚的觉醒和"热爱"历程的虚构创作提供了一种辩护。

　　绘画以及雕塑中所表现的依附物质性的神的意象与文字中表现出的神的意象是同样灵验的。每当费理格农的安吉拉看到再现"耶稣以及其受难过程的图画"时，这位信徒就无法承受，必会发一场高烧并生一场大病，以至于她的同伴们"不得不把那些画像藏起来或置之于安吉拉的视野之外"。在一次去圣弗朗西斯的波什科拉大教堂朝圣的途中，当安吉拉看到

---

[1] 尼格拉斯·拉夫（卒于 1424 年），约克省的修道士，译著《基督耶稣生活的镜子》。——译者
[2] 雷金纳德·派考克大主教（1395—1460），英国主教、作家，引起宗教思想和传统理论分歧过大，被斥为异教并离开教职。——译者

一面绘有基督拥着众圣徒形象的、污渍斑驳玻璃窗时，就立即大声叫喊并且哭得无法抑制。玛丽亚·德欧吉尼斯如果不陷入神迷的状态，则无法直视任何和十字架有关的东西。而对于玛格芮·坎普（Margery Kempe）[1]来讲，"一看到圣母的形象"，她就忍不住放声痛哭，好像她自己要面对死亡一样。约翰·利德盖特（John Lydgate）[2]则对上述情况做了更多冷静的思考和回应。他说圣母玛利亚以双眼流泪的形象出现，必然会让很多信徒陷入不快和忧伤的情绪。这使他立即创作了一系列民谣诗体，阐述圣母的十五种愉快和忧伤。在他另外一首同主题的诗歌中，他以基督的名义要求所有的读者"能把这种对神的热爱存放在记忆深处并稳固于心"。当谈及慈悲与怜悯的形象，利德盖特解释道，"这种相异之中展现的相同"一旦在人们的心里建立，"那么神和神圣的事迹就会和我们同在"。

圣格里高利（Saint Gregory the Great）[3]一句很有名的格言说，教堂里种种神的形象就是那些没有文字阅读能力的人的教科书。因而人们时常引用这句话为教堂里的绘画和雕像进行辩护。根据雅各布斯（Jacobus de Voragine）在其名著《黄金传奇》（*Legenda aurea*，约1260年）中的阐述："人们通常通过三种方式完成对上帝受难的记忆"，这种记忆分别出现在人的视觉、听觉和味觉感官中。"第一种视觉记忆表现在文字写作中，比如描述上帝的受难，而这部分对于人们来说是显而易见的。所以耶稣被钉于十字架或者其他类似的形象能够引起我们的回忆和虔诚的信仰，从而成为对凡人教化的工具和书籍。"第二种听觉记忆来自"有声的语言，也就是对上帝受难的布道，显然这就取决于人们的听觉能力了"。第三种味觉记忆"来自基督教圣餐，因为这个仪式非常象征性地表现了基督的受难，并直接刺激了人们的味觉"（《黄金传奇》）。但并非所有人都满足于接受这种解释，和伪狄奥尼修斯的顾虑同出一辙，因为害怕这种

---

[1] 玛格芮·坎普（1373—1440），英国神秘主义者，著有《玛格芮·坎普之书》，被称为第一部用英语写成的自传。——译者
[2] 约翰·利德盖特（1370—1451），英国诗人，主要作品有《特洛伊之书》《底比斯故事》等等。——译者
[3] 圣格里高利（1296—1359），德撒洛尼基总主教，撰有著名的《为静修者辩护之三篇》，此后又和圣山的其他修士合作编辑了被称为《圣山书卷》的著作，系统地阐明静修主义的正统性。——译者

想象会过分加重神人同形论在无神论者中的影响。约翰·威克利夫（John Wyclif）[1]的追随者们所持有的这种破坏偶像的态度，促使沃特·希尔顿（Walter Hilton）[2]写下论著《论崇拜式想象》（De adoracione ymaginum）为现状辩护。通过引用当时罗马教皇的权威观点，即认为如果《圣经》可以向教职人员揭示真理，宗教绘画同样也可以向俗人说教，希尔顿争辩说，基督教种种形象的存在是非常理性的。正如神职人员可以通过瞻仰各种雕塑感受上帝对人类所施的恩泽一样，那些凡夫俗子通过内心的想象和回忆，也能重塑上帝肉身形象以及上帝的受难过程。那些形象也为人们的想象活动提供了一些焦点，所以人们的思想才能在游离中达到精神的最高境界。那些有教养的人，包括虔诚的普通人，非常清楚他们所尊崇的不过来自一些石头或者木块，尽管如此，他们仍然怀着一颗纯洁的心去膜拜。但是教堂中也有一些有人性污点或者头脑简单的人，他们只有看到有形的和物质的东西，心灵才会有所收获，对神的崇拜夹杂着间接的企图。所以看到教堂里的雕刻或绘画，他们的思想也就集中在这些物体本身，而不是物体上所展示的神性精神。但是这种行为并不是罪不可恕，因为他们的崇拜过程是以神的名义，并在教堂的习俗监督下进行的。无知的人往往从有形的实物上推断神性，想象着上帝应该拥有和他们一样的身躯肉体。但是，教堂里往往用一些物质的手段展现精神的目的，所以对于那些浅薄之人，对物质外形的朝拜也就是整个精神之旅的终点。于是中世纪英文论著《财主和贫民》（book of peynture and of ymagerye）劝诫所有的基督徒，不要把对神性的膜拜当成对神像的膜拜，否则精神的崇拜就演化成偶像崇拜了。

事实上，一些人推测异教徒的想象可以服务于印证基督教的真理，因此不能简单地将其指责为邪教崇拜。威尔士的约翰（John of Wales O.F.M.，1260年牛津大学的教师）引证了奥古斯丁关于异教绘画的愉悦中的论述，他把这种绘画描述成坐在王座上的高贵女王，拥有着世间所有的美德，随时准备着发号施令。以上种种想象的阐述，某种情况下也可以

---

[1] 约翰·威克利夫（约 1330—1384），英国宗教改革运动的领导者，把《圣经》翻译成英文版。——译者

[2] 沃特·希尔顿（1343—1396），作品《灵程进阶》是中世纪晚期的重要灵修著作之一，也是首部以英语撰写的神秘主义作品。——译者

帮助人们理解为何有时美德反而会被滥用(《集锦》[*Florilegium*])。而这些方法被十四世纪早期模仿古典的学者大力发展和推崇，他们用"诗一般的图画"等词语来描述那种寓喻的意象。傅箴修(Fulgentius)[1]自己也用"修饰"这个动词来描述绘画的再现意象的作用，当然此时这种意义也已扩展到了言语的再现。在诸如约翰·瑞德沃德(John Ridevall)的《隐喻化的傅箴修》(*Fulgentius metaforalis*)，罗伯特·郝考特(Robert Holcot)的《道德寓言》(*Moralitates*)，还有无名氏的《图像化的富尔亨西奥》(*Imagines Fulgencii*)等著作中，作者都认为幻想是可说的而非可见的，正如贝莱·司茂丽(Beryl Smalley)[2]所述，一个艺术家需要一系列的缩影去掩饰丰富事物中的细微差别(Smalley,《英国修士》[*English Friars*])。我们所做的是在聆听布道时有副助听器帮助我们理解布道的精华，而非单纯听任对绘画和雕像样子的描述。但是想象的这种"绘画"效果也确实提供给人们一个视觉空间，从中人们的绘画创作能力被激发和释放。

"入画如诗"(此处有别于与文艺复兴时期的诗如画的概念)的传统影响了多部其他国家的作品，其中包括中古高地德语著作《来自伯曼的农夫》(*Ackermann aus Böhmen*)。该书为波希米亚籍的校长兼公证人约翰尼斯·泰普(Johannes von Tepl)于1400年后完成，还有古捷克语著作《塔德莱切克》(*Thadleček*，该书于1408年初编撰成册)。两本书中，前者包含对罗马教堂的一幅关于死亡的壁画的描述，这也直接影响了后者的文本创作，因为后者同样沿袭了想象再现的观点并评论罗马人"是世界上最智慧的人群，因为他们在基于对人类奇特行为把握的基础上，描绘出他们对我们的理解和了解"(《在古代被描绘》[*Antiquitus depingebatur*])。至少一些利用想象的作家深信，他们在模仿古时的精神肖像学传统，而且"想当然地"把"在罗马绘画中描述的看作神的形象，尽管大多数情况下这些绘画并不详细，也不固定"。在由查理五世的医生艾维哈特(约1330—1405)编撰的关于《爱情鱼饵》的神话评论中，古时候的诗人哲学家根据

---

[1] 傅箴修，早期的教父。——译者
[2] 贝莱·司茂丽，英国当代女史学家，著有《中世纪史学家》(*Historians in the Middle Ages*)一书。——译者

其个人特质描述出多种多样的神和女神的形象。"这种情况就如我们基督徒表述圣徒的形象一样。"艾维哈特进而宣称:"对于理性的人来讲,世界上没有任何一种美好的事物可以加以想象,所以古时的诗人作为智慧的哲人,并非意在描绘出各种各样神和女神的形象,他们也不认为这些形象具有真正的神性。"也有一些作家坚持对"埃及人掠夺"的正当性。于是不信奉上帝的人们便制作出真神坐在众神之中的图片,究竟谁是我们的神呢?借用皮埃尔·伯绥尔(Pierre Bersuire)[1]在为《道德化的奥维德》(Ovidius moralizatus)一书所作序言中的一句话:一个彻底的讽喻就是,所有的异教寓言反而被收集成册。可以推断的是,罗拉德派反对在布道时引用异教寓言,正如他们质疑在教堂里树立各种神的形象。

那么如果耶稣基督的事迹和圣徒的形象可以用画面加以再现,为什么我们不能采用戏剧的手法呢?更何况,戏剧形式的再现比死板的书本画册更生动直接。这种争论在罗拉德派[2]的《戏剧奇迹的论述》(Tretise of Miraclis Pleyinge,写于1380—1425年)中被反驳。而这本著作被称为"中世纪以后唯一保存下来的反对戏剧手段再现神性的作品"(巴瑞什[Barish]《反戏剧的偏见》[Antitheatrical Prejudice])。该书作者勉强认同,绘画如果不是过分渲染或引导人们陷入偶像崇拜,还是可以向信奉上帝的人们展示真理的。基于相同的考虑,戏剧"在某种程度上也会把神性的东西肉身化,因而也无法成为一个正当的手段"。智者深感人生苦短,于是虔诚热切地投身于各类工作之中,杜绝慵懒。那么如何解释戏剧强烈的感染力呢?毕竟男人和女人们,在了解了上帝的受难和他的信徒的种种作为后,就会生出对神性的热爱和怜悯而"潸然泪下"。对于这个问题,罗拉德派解释说:戏剧并没有提供给人们有感而哭的场合,相反,人们哭泣不是因为感到他们身上的罪过,而只是被舞台上的表演所感染,所以这种哭泣和伤心,某种情况下是应该受到责备的。该论述同时也宣称,这种舞台表演其实是一种谎言,因为戏剧只能带来视觉的冲击,很难在其他方面引

---

[1] 皮埃尔·伯绥尔(1290—1362),中世纪法国作家、翻译家。——译者
[2] 罗拉德派(The lollards),中世纪晚期英格兰威克里夫的追随者。该词源自中部丹麦,意思是"说话含糊不清的人",更早用于被怀疑为异教徒的欧洲群体。——译者

起人们的共鸣。费理格农的安吉拉对她曾欣赏过的一部再现基督耶稣事迹的戏剧印象极为深刻,"当舞台上的情景让人哭泣时,我却有种愉悦的激动,因为我和上帝开始了一种无法名状的交流,于是我失去言语能力,晕倒在地"。

一个可以预见的解释出现在约翰·利德盖特对基督圣体节[1]的反应上。在他看来,这种场合能激起人们的想象并去思考精神层面的问题。旁观者就必须在观察的同时用"想象"来思考,究竟上帝是如何为亚当所犯下的罪恶做出救赎和牺牲的,这样,这个仪式的功用也就被放大延伸了。当然,圣餐仪式也提供给即使是最卑微的教民种种机会,参加到上帝救赎的象征性戏剧中。而耶稣受难日[2]对十字架的膜拜,被派考克称为激起人们对神的"热爱之情"的方式。当信徒亲吻那些神像的脚趾时,他们的行为并不那么简单,因为他们已经充分认识到他们这些行为的精神内涵:信徒们此时已经想象出耶稣基督本人出现并以肉身存在于那里了(《镇压者》)。

如此虔诚的想象应该储存在记忆的宝盒里,因为一份收藏完好的记忆和训练有素的回忆习惯,可以帮助人们保持道德操守,并践行最虔诚的宗教信仰。而这种通过训练形成的人为的回忆,则可以"使人们对自己性格、价值评判标准加以塑造,形成对公民职责、虔诚等理念的理解"(卡罗瑟[Carruthers],《记忆之书》[Book of Memory])。特别值得说明的是,这种回忆也构成了人们审慎内心的一种美德,不然人们该如何对将来的发展做出明确的判断呢?"回忆是前车之鉴",所以也就成为以后"自省其身的基础"。当然在现实操作中,有人也表现得有些过火。《上帝子民的惩罚》(Chastising of God's Children)一书的无名作者就此现象表达了自己的忧虑。他认为人们对命运和神性预知的过分考虑,总是会将人们带入绝望的深渊。所以一些恰当的引导就成为必需的,而传教士们通过大量的

---

[1] 基督圣体节(corpus christi),又称"基督圣体瞻礼",天主教规定恭敬"耶稣圣体"的节日。弥撒时,供"耶稣圣体"于祭台上被称为"圣体发光"的器皿中。教徒手持烛火或彩旗花束,唱赞美诗或者朗诵经文,在教堂附近巡游一周。始于十三世纪比利时的一些教区,后渐渐推行至各地的天主教会。1311年教皇克雷芒五世定于三一主日后的星期四举行。——译者
[2] 耶稣受难日(Good Friday),即复活节(Easter Sunday)前的星期五。——译者

宣传册和详细的插图向人们展示这一点。引用罗马的亨伯特（Humbert of Romans O.P.）约 1277 年说的一句话："人们发现这些具有警戒性的图例远比单传的文字更具说服力，于是他们接受起来也就更容易，在此基础上形成的印象也就更加深刻。"此理论一个更详细的版本出自《各种事物预测的逻辑》（Tractatus de diversis materiis predicabilibus）一书的序言，该书由卜德范（Stephen of Bourbon O.P.）[1]于 1261 年写就。这些图例对简单粗俗人群的教化作用更是不胜枚举，因为这种教化可以帮助他们快速地在脑海中建立起神的形象，并对他们产生更加持久的影响。因此圣格里高利的话也就得到了印证：实物比文字更具教导性，事例比单纯的布道更具说服力。这也是为什么代表着神的全部智慧的基督耶稣，首先呈现给人们的是他的事迹，而不是他的话语，他的一切作为被覆上人的肉体的外衣，在这层外衣下面折射出各种不同的外貌、语言、奇迹和事例，这样基督耶稣的教义才能被人们接受并领会。可以说，越容易理解的东西，越会在人们的记忆里持久保存，那么在现实生活中就更易于贯彻执行了。

斯蒂芬进一步解释：尽管基督耶稣拥有无穷的智慧，他和凡世毫无相关而且不为人所见，但由于人们自身的局限，人们只能给他覆上凡人的肉体。"上帝拥有血肉之躯并和我们居住在一起。"这种理论为人们对物质的喜爱提供了最终的合理解释，也为真理在俗世中的传播提供了最有效的手段。于是聪慧的哲学家借助类推和事例，给他们的说理包装上俗世的色彩。而这种俗世的语言恰恰容易激起人们的想象，并完成由想象到记忆的过渡。

由于记忆的脆弱性和不可靠性引起的焦虑随处可见，因而记忆被称作是和遗忘展开的一场精神斗争。爱尔兰的托马斯（Thomas of Ireland）[2]在其所著的《繁花》（Manipulus florum）开头中写道："记忆是脆弱的，无法和瞬间消逝的时间相抗衡。"而这本很流行的参考书也成为帮人们形成良好记忆的助手。正如塞维利亚的伊西多尔（Isidore of Seville）在六百多年前说过的："文字应记忆而生，如果不和文字相联系，任何事物

---

[1] 卜德范（卒于 1261 年）。杰出的作家、传教士，也是中世纪研究异教的历史学家。——译者
[2] 爱尔兰的托马斯（约 1295—1338），爱尔兰作家。——译者

都会随遗忘的潮流而消失。"(《语源学》3.12)索尔兹伯里的约翰(John of Salisbury,约写于1154—1159年间)[1]推出更具有雄辩力的论断:我们对人生仅有的一点点认识,被遗忘一点点摧毁而消失,遗忘也通过对记忆不断的敌对欺骗人们对知识的接受。如果没有作家通过回忆加以再现,谁能区分亚历山大大帝和恺撒大帝?谁又会崇拜斯多亚学派[2]哲学家或者逍遥学派[3]的哲学家呢(《论政府原理》[Policraticus])?通过介绍其著作《特洛伊毁灭的历史》(Historia destructionis Troiae,成书于1287年),圭多(Guido delle Colonne)[4]指出,"尽管每天发生过的事件会被正在发生、将要发生的事情淹没或取代",但这些事件却因其持久的魅力,会更具有"记忆的价值,于是仅凭这种无形的侵蚀,时间很难将它们从人们的脑海中抹去"。而这种记忆的幸存多要归功于作家们的努力:

> 古时的文字作品是对传统的忠实记录,把过去的情景描述得就如发生在现在的一般。通过仔细阅读这些作品,人们可以赋予那些勇敢的英雄们以在人们想象中应该具有的气概和精神,从而使那些被岁月带走生命的英雄好像可以继续生活,犹如获得重生一般。通过不断地记录,人们用笔忠实再现了英雄的事迹,因此那些英雄的形象在人们的脑海里逐渐生动、鲜活,在世世代代的人们中间获得了永生。

书籍就是一种无声的语言,这种语言使那些缺席或已离世的人们可以开口说话,使那些事物保存下来,免于被时间摧毁。正如英国本笃会的僧

---

[1] 索尔兹伯里的约翰,十二世纪英国哲学家,中世纪著名学者。——译者
[2] 斯多亚学派(The stoics),公元前四世纪由芝诺(Zeno of Citium)于雅典创立的一个学派,研究重心是伦理德行学。强调人生应该追求的目的不是快乐而是德行,即"顺从自然"。在政治思想上,斯多亚派最早系统地论述了自然法,认为自然法就是理性,是至高无上、普遍存在的,是宇宙一切事物,包括国家和个人所必须遵循的法则;斯多亚派关于自然法、世界主义、人类平等和安于现状、顺从命运等观点,对罗马政治思想以及基督教教义的形成都产生了重大影响。斯多亚派思想的传播和影响,在希腊、罗马持续了约五个世纪。——译者
[3] 逍遥学派(Peripatetics),又称亚里士多德学派。由亚里士多德创立,主要是对亚里士多德著作的保存、流传和研究做出了重要贡献。六世纪初,拜占廷皇帝下令禁止亚里士多德学说的传播,该派因而瓦解。——译者
[4] 圭多,十三世纪早期的法理学家,诗人,拉丁语散文作家,作品中较著名的就是叙事诗《特洛伊战争》。——译者

侣拉夫海登（Ralph Higden）[1]所说："上帝已经通过历史这一手段帮人们弥补了记忆狡猾的特性。"此处的历史（书面记录的层面）是对"时间的陈述"，也是对"生命的回忆"；"用讲述的方式保留下即将消失的不朽，把死亡变成一种持续的永久"。

但是这种对历史的恢复既和人们再现事实的兴趣无关，也没有受与逝去之人相遇的渴望驱动。索尔兹伯里的约翰在此问题上一语道破：如果没有文字，那些值得人们去了解的事物就无法被人体验，"那么艺术就会消失，法律也将不复存在，信仰与宗教职责也会被颠覆，即使是正确使用的言语辞令也会走向衰落"。"我们先人的事例也就无法被人所知了。"中世纪的历史学家要从过去筛选并提供给他们的读者当前和未来都会注意、可以效仿的事例——这也是贯穿吉恩·弗洛伊萨特（Jean Froissart，约1337—1404之后）所著《编年史》（*Chroniques*）全书的一个主题。在文字作品中，"人们可以找到对以前善良且勇敢的人们的回忆，比如排除困难一往直前的九勇士[2]，如守护住通道与萨拉丁及其军队英勇作战的十二骑士，再比如英勇献出生命的法国十二贵族"。这些英勇的形象为他们后来的贵族继承者提供了可效仿的榜样。"有些人议论他们对平民的剥削"，"神职人员可能会记录下他们的财产"，但今天的骑士思考的却是如何去模仿先辈们所获得的成就。弗洛伊萨特鼓励他的这群骑士读者听从他的领导，利用想象回顾一下这个国家是如何处在各种力量之下，在何处以何种方式被统治抑或是政权不稳，从一个国家到另一个国家来回更迭，而掌握了这类信息，骑士们会更好地开展职业生涯。

上述这些中世纪后期历史参考书籍可以看作是信息超负荷时代的产物。但是此时的读者却想在文字中寻找到具体的东西，而非在一页纸张上花费数小时思考其中的精神内涵——这也成为解释当时苦行僧侣的精神炼狱向学者研究转型的一方面原因。在十三世纪，各种文字索引和概述陷入一种精细模式，编辑在格式上也越发严格和清晰。写下《巨镜》

---

[1] 拉夫海登（卒于1364年），英国本笃会修士，著有 *Polychronicon*。——译者
[2] 九勇士（The nine worthies），被中世纪认为展现了骑士精神历史的《圣经》、神话中的九位杰出人物，包括 Hector of Troy, Alexander the Great, Julius Caesar, Joshua, King David, Judas Maccabeus, King Arthur, Charlemagne, Godfrey of Bouillon。——译者

（*Speculum maius*）的博韦的樊尚就是当时作家中表现最为出色的。文森特的这部著作由三部分构成，被看作是当时的一本必备参考书，用于帮助读者应对当时因书籍泛滥而带给记忆的压力问题。书籍数量众多，有限的阅读时间和记忆的稍纵即逝，使得人们无法将所读文字全部收入脑海（《歌剧之辨》[*Apologia totius operis*]）。所以，"在长时间细心研读大量作品之后"，文森特就把他所读之书"精简摘要，编辑成册"（他并非单枪匹马从事这项工作，不少多明我会[1]修道士也加入进来，而这种书籍出版形式也是反映当时时代特征的一个信号）。与《巨镜》中反映的压缩书籍理念形成对比的，是罗欧·阿登特（Raoul Ardent）[2]在1200年临去世前还在创作的《宇宙反射镜》（*Speculum universale*），作者在该书中运用大量图表意象作为对著作内容的指南，但是很遗憾，这种方式远远不够充分，因为阿登特提供的信息量庞大且复杂，远非他所选的方式所能覆盖。今天能推断出的结论就是，中世纪早期的人们对记忆印象的热情，已经随着书籍出版技术的出现而逐渐消退。

但是对这样一个结论，一些人还是持机警和审慎的态度。玛丽·卡罗瑟（Mary Carruthers）[3]就极有见地地指出，记忆的价值在书籍出版技术变迁之后，仍保持着很大的存在空间。在两部关于中世纪记忆的专著中她写道："中世纪的文化实际上是以记忆为依托的，以至于可以说现在西方文化在某种意义上就是记录历史的文化"（《记忆之书》）。起先叶芝（Frances Yates）[4]就主张："经院哲学的年代使得人们的知识阅历激增，这也是一个记忆的时代，在这个年代里，人们不得不通过新的想象来记住新的知识……注重道德修养的人想自修其身、倾向美德，同时也会记住并避免罪恶，于是相比以前简单的时代，他们需要在脑海中打上各种记忆的烙

---

[1] 多明我会（Dominicans），亦称"布道兄弟会"，天主教托钵修会的主要派别之一。会士均披黑色斗篷，因此称为"黑衣修士"，以区别于方济各会的"灰衣修士"、加尔默罗会的"白衣修士"。1215年，多明我会由西班牙贵族多明我创立于法国图卢兹，1217年获教皇洪诺留三世批准。多明我会建立不久，就参与对阿尔比派的攻击，并受教皇委托，主持异端裁判所，职掌教会法庭及教徒诉讼事宜。至今罗马教廷的信理部及教会最高法庭仍由其会士掌握。——译者

[2] 罗欧·阿登特，法国传教士，吉尔伯特的追随者。——译者

[3] 玛丽·卡罗瑟，当代学者，研究中世纪文学、修辞和记忆技巧。——译者

[4] 叶芝（1886—1944），爱尔兰作家。——译者

印。"(《记忆的艺术》[Art of Memory])在这方面不乏类似的评论,大量关于如何处理记忆问题的技巧在中世纪早期得以普遍传播。托马斯·阿奎那对记忆的艺术了解颇深,而他本人也是记忆力超群。在阿奎那作品被追为圣典之后,伯纳德·贵(Bernard Gui)于1323—1325年出版了《生命》(vita),从这本书中我们可以得知,"阿奎那不但记忆丰富,而且记性极佳,基本上达到过目不忘的程度"。比如他就曾把自己到过的各样的教堂里看到的教父遗书通过记忆跃然纸上,出版成书《黄金链》(Catena aurea)。根据圣马丁的凯能(Canon of Saint Martin of Liège)于1261—1264年写成的关于蒙特凯尼纶的朱丽安娜(Juliana of Mont-Cornillon)的生平简介,后世可以得知这个虔诚的法国女士自幼开始学习圣诗集,因为上帝赐予了她完好的理解力和超群的记忆力。圣诗集是中世纪最难记忆的文字,但朱丽安娜凭着其性别和年龄优势完成了这一艰巨使命,这一事实也反映出她在精神上的虔诚和圣洁。在接下来的日子里,她又记下二十多场伯纳德关于圣歌评论的布道,在这些圣歌中,圣徒们似乎可以超越知识的局限,而她也把一切都交付于准确的记忆。

那么人们如何借助心理手段来完成这一记忆过程呢?圣维克多的休格的著作《论历史的三大主要状况》(De tribus maximis circumstantiis gestorum)给我们提供了可鉴的线索。如果记住具体段落在原稿中的位置,那么就会很容易记下该段的内容,所以借助段落提纲的划分、红色强调、旁注、阐述等手段,完成记忆似乎不是难事。另外,休格还主张运用栅格来圈定划分文章的内容,这样当人们想到栅格的意象,就会回忆出这些栅格所代表的内容。以下内容就给我们提供了一个用数字栅格来帮助记忆圣诗集的例子:

> 首先我列出共有多少首圣歌?一共一百五十首。我把他们一一熟悉知道哪个是第一首、哪个是第二首并依次类推。通过在脑海里构建这样一个数字栅格,我可以在回忆它们时将它们一一归位,从而记下圣歌的内容。

曾经这一结构式方法大大提高了人们的记忆能力，人们可以在脑海里索取到任何想要的信息：

> 我可以毫不犹豫地回答，因为有了这样一个清晰的结构，不管是顺序，还是跳过一两首，还是逆序从后往前，我总能辨认出第一首、第二首，或者第二十七首，再或者第四十八首，抑或是任何一首圣歌。

这种记忆方法相对简单，因而只适合新手应用。但是休格所奉行的原则，某种情况下也是当时经典理论《记忆之术》(ars memorativa) 的一种折射。该理论通过伪西塞罗《修辞学》(《给赫伦纽斯的修辞学》[Rhetorica ad Herennium]) 的第三册书，也被后来人们誉为"第二部修辞学"的著作，向中世纪人传达了关于记忆技巧的思想。休格的栅格理论背后，其实是《论公共演说的理论》(Ad Herennium) 的作者推荐的记忆方法，就是在构筑一定框架的基础上，给一些特殊的意象定位，那么记忆就很容易记这些意象，可以借助的框架如房子、栏间空白、凹陷还有拱形等等（《论公共演说的理论》）。能够引发想象的类似性帮助记忆的各种意象，可以归为两类：和文字相关，或与物相连。文字的记忆就是找到可以让人们回忆起所选文章里单词或内容的意象，而物的记忆则要把握文章的要旨、文章的论点和关键理念。根据《论公共演说的理论》的观点，"意象似乎越奇异越好"。因为越奇异的相似性，在人们的脑海中保存的时间越长。为了达到这种效果，我们必须构建一些异常美丽或丑陋的"积极意象"。比如我们可以修饰这些意象，给他们加上王冠和紫色的斗篷，也可以丑化他们，在一些形象上泼上血迹，弄上泥点，抹上红漆，使其外形更加骇人。作为选择，还可以加上点喜剧色彩。总而言之，任何可以确保我们的记忆日久弥新的手段，都可以被我们采纳。

这种理论十三世纪在大阿尔伯特、托马斯·阿奎那以及伪西塞罗学派的手上复兴，而后被吸收进亚里士多德学派的心理能力分析（《记忆与回忆》[De memoria et reminiscentia] 就是一个重要的来源）。阿奎那指出，人们会创建出一些意象和相似性帮助记忆，因为除非人们把精神的东西和一定的物质相连，精神的念头总是稍纵即逝（《神学大全》）。大阿尔伯特甚至把伪西塞罗学派认为的奇异和精彩的意象比寻常事物更容易进入人们的记忆的观点，与亚里士多德提及的一等哲学家用诗的形式表达思想这一观点相联系，因为由奇迹和奇异构成的寓言在听众中更具感染力。大阿尔伯特引用《论公共演说的理论》中的例子向人们阐明这种想象的过程：如何记住一个被指控下毒的案件？"人们可以记住被告站在一个临死的人床边，右手举着一个杯子，左手拿着一个写字板；一个医生站在一边，握着一只公羊的睾丸。而杯子就是死者饮毒的线索，写字板会让人联想起死者所立的遗嘱，医生可以让人想到原告，睾丸则会使人想起证人或从犯，公羊则使人们看到对该案件的辩护已经裁定。"如果继续寻找，我们还能在这部精神遗产中看到效仿古典的被修道士挚爱的如诗之画，是如何向我们展示那种深奥想象的魅力的。这种绘画藐视所绘主体的物质本原，只展现意象，从而帮助作者和观众记住重要的美德、罪恶或其他说教理念的特征。现在再回到大阿尔伯特和托马斯·阿奎那两人对《论公共演说的理论》中的观点进行复兴的一个重要方面，就是对人工记忆从修辞到道德规范的再定位（此处人工记忆也可以理解为一种通过心智培养训练出的记忆能力）：如今，审慎作为一种美德，在人们的心目中早已确立，使道德判断成为可能。大阿尔伯特说："记忆使过去发生的事情变成一种观点或者对我们的影响，从而在我们的心灵中存在至今，所以这些事情可以为我们对未来的判断提供借鉴。"阿奎那显然很赞同这种说法："我们对未来的设想和规划必须建立在过去发生的事情之上，因此对那些事情的记忆就成为我们良好规划未来所需要的。"

但是"第二部修辞学"中的记忆体系并未被广泛认同。索尔兹伯里的约翰和文瑟福的杰弗雷（Geoffrey of Vinsauf）[1]就发现这种记忆体系因为过于详细，所以现实操作性极低。杰弗雷和圣维克特的休格十分赞同把记忆内容分隔成短小易记的片段的做法——这与托马斯·沃

---

[1] 文瑟福的杰弗雷，英国修士、诗人，中世纪早期德文法学运动的代表人物，著有 *Poetria Nova*。——译者

雷斯（Thomas Waleys）[1]在他的《论布道的唯一组成部分》（*De modo componendi sermones*）中首次提及的技巧近乎相同，托马斯认为，一个人要避免话语冗长，就应当留意听众的记忆能力。而乔巴姆的托马斯对此做出的评论是："记忆胜于实践和勤奋。"（《讲道艺术大全》[*Summa de arte praedicandi*]）但是另外一种"证道的艺术"，比如弗朗西斯克·伊柯斯明斯（Francesc Eiximenis O.F.M.）[2]就批评西塞罗旧的记忆方式，他推介了一种新的方法，但是问题在于，这种方法过于强调对记忆内容构建的宏大结构模式，与先前提到的记忆位置的索取相比显然过于简单。想象有一条路由罗马通往圣地亚哥，在这条路上还有佛罗伦萨、热那亚、阿维尼翁、巴塞罗纳、萨拉戈萨和托莱多六个城市。这些城市因为著名，所以很容易被记忆，但是为避免混淆，我们还要区分彼此。如果我们要记住八个意象，那么我们最好把每一个意象用一种最佳的方式和其中的一个城市相联系，例如：和传教士相关的事物如果和罗马相联系，就会很容易再想起，因为罗马是一个宗教之都；而金钱与财富最好和佛罗伦萨相联系，因为这是个财经之城。如此类推，记忆就简化了许多。

"证道的艺术"在此方面的叙述，因以下两个原因而尤为显著。第一个原因，也就是比较正式的方面：大量关于如何记忆的布道，只主张建立良好的记忆框架，或对内容做细致的划分，从而树立易捕捉的意象。我们今天能得知的就是，这种结构的手法可以帮助平民大众在自我救赎过程中记住必须记忆的知识。比如圣母玛利亚的十五种欢乐和悲伤、信念十四章、十诫、七宗罪、圣礼、圣灵的礼物等等。这种记忆结构模式的形成，多取决于学校教育的培养。然而毋庸置疑的是，这些看似僵硬的框架结构最终帮助人们完成了所记事物的定位，从而完善了记忆效果。也许正是在此意义上，前文提到的诸如有毒的酒杯或者公羊的睾丸等等引起联想的意象，对于人们的回忆来讲并不是必需的。

弗朗西斯克的叙述显得不同寻常的第二个原因是，他志在帮助传教士记住他们的布道，其他"证道的艺术"的作者则更多关注如何让听众记

---

[1] 托马斯·沃雷斯（1318—1349），多明我会的修道士和神学者。——译者
[2] 弗朗西斯克·伊柯斯明斯（约1340—1409），传教士、作家，也是一位百科全书编纂者。——译者

住布道的内容。乔巴姆的托马斯就提到，一篇结构精巧的布道更易于听众把握和记忆。十四世纪早期，由圣吉米亚诺的乔万尼（Giovanni di San Gimignano O.P.）所作的《事物举例和对比大全》（Summa de exemplis ac similitudinibus rerum）一书中，就提出一种不寻常的对比模式，如被教士采用，他们的布道内容就很容易被听众接受。"与单纯精神的意图相比，运用一些相似性类推的方式去布道，记忆会更加深刻持久。"（叶芝《记忆的艺术》）此处也是人类记忆历史中的一个重要转折——我们开始把焦点由对说话人心理的关注转向对听众反应的重视，把对演讲者近乎私有化的记忆技巧（演讲者本人不能把这种技巧表露在外）作为一般的记忆方法推荐给平民百姓。

当然，分享和普及这种记忆方法的愿望并不仅仅存在于布道。圣文德在其作品《愈疮木》（Lignum vitae）中陈述的主题就是要求人们激起一种情感，帮助人们加深记忆在脑海中打下的印记。"既然想象可以帮助理解"，他就把所选记忆内容"规划成一棵想象之树"：第一层枝干描述的是耶稣基督的生平事迹，中间的部分是耶稣的受难和死亡，最顶端的内容是对耶稣的赞颂。但是读者不能被动地接受这种意象，相反，读者必须运用自己的想象能力，"在脑海里描述出这棵树的样子，用涓涓细流不停地加以灌溉和滋养"。

类似论述也并不仅限于宗教作品，从众多事例中选取一个来说，在写给法国国王查理六世的《战争树》（The Tree of Battles）的开头，霍诺雷·博内特（Honoré Bonet）[1]写道：

> 我尝试用明智的方式去想象，于是我在书的开头绘制了一棵哀悼之树。您也看到了，在树的顶端是经受前所未遇苦难的圣教统治者，其次是发生在国王和王公之间的冲突与争执，然后您就会看到社会各利益集团之间的悲痛与不和。为了和这棵树的结构相一致，我必须把书的内容分为四个部分。第一部分要描述在耶稣复活前教会面临的苦难境况……第二部分要介绍古时四个王朝的兴衰成败；第三部分讨论

---

[1] 霍诺雷·博内特（1340—1410），法国牧师，代表作为《战争树》。——译者

总体层面上的战争；第四部分就要分析具体的战役了。

这个哀悼之树的结构很容易记忆，而且该结构也使博内特著作的主旨一目了然。由此可见，把具体的文本材料结构化和人们记忆内容的意象化之间相互促进，最终将强化人们的记忆能力。

正如乔叟所说，如果人们不保留过去的书籍，那么记忆的钥匙就会丢失（《贞女传奇》[Legend of Good Women]）。另一方面，如果我们缺乏想象和记忆的能力，我们也无法撰写书籍，那么当然这些书籍对人们心智的发展也就产生不了什么影响。没有意象，人们无法思考；没有意象，人们也无法规划未来。此外，意象也可以在脑海中映现，或以绘画、雕刻等手法反映在物质载体上，又或以文字的形式跃然纸上。心理学理论于是成为相关文学和美学理论发展的原动力。首先，记忆和文稿并不相互排斥，相反，二者相得益彰，互相促进。由于视觉的准确，文稿可以被记忆。事实上，文稿本身也暗含着帮助人们记住其表达内容的玄机，随时等待读者个体把这些玄机和方法应用于他的发展智力和道德生活之中。通过有逻辑性的心理思考过程，抓住记下的每场辩论的要旨和所得出的结论，浏览记忆宝库里的信息，重新安排那些影响深远的观点，即使没有文本，记忆同样可以正常运作。但书籍本身也是一个记忆的宝藏，蓄满的书面知识是任何个人的大脑所无法容纳且保持的。因这种奇妙的神赋能力，人们可以交流那些随时会被岁月湮没的信息，而这种能力在信息爆炸的十三世纪显得越发重要，因为此时越来越多的信息等待着人们去记忆。

毫不令人惊异的是，在意象写作和书籍出版中归纳出的对想象和回忆的比喻性表述中，要旨和表述工具的界限被创造性地混淆了。乔叟在《修女故事》（Nun's Priest's Tale）里引用托马斯·布莱德沃丁（Thomas Bradwardine）[1]——也就是布莱德沃丁大主教——在《论人为的记忆》（De memoria artificiali，约1335年）中的话：记忆的训练必备两种素质，

---

[1] 托马斯·布莱德沃丁（1290—1349），英国数学家、神学家，就学于牛津大学默顿学院，后来在该院任学监并教授哲学、神学、数学。1333年起担任教会职务，并曾任英国基督教会中心坎特伯雷的大主教。布拉德沃丁也许是十四世纪英国最著名的数学家，同时还著有神学论著。在神学方面，他抨击贝拉基主义，支持奥古斯丁的恩宠论，并将这种理论与上帝的绝对预知联系起来。——译者

即"物质的意象和精神的定位能力"。基本上讲,这也就是《论公共演说的理论》的作者在一世纪的主张的最新诠释而已。布莱德沃丁进一步解释说,这种定位"就像我们在写字板上写字",而意象"就如我们写出的一个个字母",而且"定位是永久的。也是固定的,但是意象可能墨迹未干,随时可以被擦去"(《记忆之书》)。在《新生》(vita nova)中,但丁提出一种打破常规,与前人类似但更个人化的记忆手段。他谈及如何在他的记忆之书中将第一页保留近乎空白,书中以"从这里开始新生"(Incipit vita nova)开头的一章,在这个开头之后,"我发现我想收入这本小书中的单词,虽不能包容全部,但至少收入一部分它们的意思"。也就是说,他在记忆里搜寻到他的人生之书的开头,也就是"从这里开始"(Incipit),当看着正文的时候,他发现了他想继续收入书里所需要的词汇,而这本书被定名为《新生》。

但丁在完成其工作之后,面对的记忆不是开始于孩童时代,而是开始于人生中段,此时叙述者的灵魂终于享受了一种最高形式的神性,"从那以后,我的精神境界比言语所能表达的宽广很多,因为这种视野使语言失去作用,而超越语言的界限,记忆也随之失色"。诗歌的创作就此停止,那么就没有任何必要再通过记忆想要去表达、想象和保存的内容了。如果达到了"心灵的顶峰"(apex mentis)的境界,不管人们的才能如何振奋,如何鼓舞,人的心灵都要把记忆抛却一边,而此处恰恰存在着想象和记忆的心理状态的终极悖论。暂且不管它们与忘却和湮灭之间的永恒战争,如果想象和记忆想要发挥出最佳的状态,它们就必须联合起来,实现自身的冗余。因为超负载的要求会使记忆却步(Cede la memoria a tanto oltraggio)。

(何伟文　温晓梅　译)

第三章　文艺复兴时期文学

基本问题概述

　　文艺复兴是彼特拉克（Petrarch）所谓"黑暗时代"的中世纪与近代的分水岭，经历了欧洲思想文化领域的一次伟大变革，是具有旺盛创造力的时代。文艺复兴新旧原则交织，各种因素杂糅，领域渗透融汇，哲学与宗教无法清晰分界，文学艺术与新兴自然科学思想并行不悖，既是古典文学艺术的"延续与复兴"，也对现代性的诞生具有特殊意义。

　　恩格斯在《自然辩证法》导言中高度评价这场文艺复兴运动，称之为人类从来没有经历过的最伟大、最进步的变革，并指出：这"是一个需要巨人而且产生了巨人——在思维能力、热情和性格方面，在多才多艺和学识渊博方面的巨人的时代"[1]。文艺复兴在诸多领域创造的"巨人现象"值得我们研究。

　　"文艺复兴"这一概念由法国历史学家米什莱（Jules Michelet）在十九世纪中叶提出，他用这个词概括了一个崇尚和复兴欧洲古代文化的现代转型时代，强调欧洲文艺复兴的主要成果是"人和世界的发现"。同

---

[1] 《马克思恩格斯选集》第3卷，北京：人民出版社，1972年，第445页。

一时代的文化史家和艺术史家,出生于瑞士的雅各布·布克哈特(Jacob Burckhardt)在其著作《意大利文艺复兴时期的文化》(The Civilization of the Renaissance in Italy)中则创造了意大利文艺复兴这一流行的观念,肯定了意大利在文艺复兴时期的文化领导地位。二十世纪文艺复兴研究领域的权威人物,保罗·奥斯卡·克里斯特勒(Paul Oskar Kristeller)建立起对意大利文艺复兴的现代学术理解的基础,他把文艺复兴时期大致界定为十三世纪到十六世纪,指出"人文主义"(humanism)一词由"人文学者"(humanist)发展而来,十五世纪初,人文主义便体现为一系列教学课程——语法学、修辞学、诗学、历史学和道德哲学,所有课程都以阅读古典希腊和拉丁著作为基础,人文主义的"原点"是一套学术志趣和治学方法。据此,克里斯特勒建立人文学科和古典传统之间的学问上的联系。

除了古典文学的复兴,亚瑟·蒂利(Arthur Tilley)归纳文艺复兴的特点还有自由探索精神、审美的愉悦[1]。吕西安·费弗尔(Lucien Febvre)也认识到文艺复兴时代人们对于美、知识和上帝的追求。人文学者的治学方法甚至影响到宗教领域,将古典学术工具用于基督教文本。布克哈特认同人文主义和宗教融合的观点,"佛罗伦萨的柏拉图学院有意识地以调和古代精神和基督教精神作为它的目标。这是那个时代的人文主义中一个引人注目的绿洲"[2]。哈伊(Denys Hay)同样认为,文艺复兴几个世纪里,知识领域最明显的特征是它本质上既是世俗的也是天主教的[3]。克里斯特勒在《意大利文艺复兴时期八个哲学家》(Eight philosophers of the Italian renaissance)一书中明确指出,人文主义者并不站在自己的立场上来反对宗教和神学,而是"创造了大量的与神学和宗教共存的世俗学问、文学和思想"[4]。

尽管学者普遍认为人文主义从未或从未试图将自身定位为哲学,甚

---

[1] Arthur Tilley, The Literature of French Renaissance, Cambridge: Cambridge University Press, 1885, p. 5.
[2] 雅各布·布克哈特:《意大利文艺复兴时期的文化》,何新译,北京:商务印书馆,1979年,第491页。
[3] 丹尼斯·哈伊:《意大利文艺复兴的历史背景》,李玉成译,北京:生活·读书·新知三联书店,1988年,第36—37页。
[4] 保罗·奥斯卡·克里斯特勒:《意大利文艺复兴时期八个哲学家》,姚鹏、陶建平译,上海:上海译文出版社,1987年,第193页。

至大批人文主义者的著作与哲学无关,更别提形成一套独立成派的哲学观,但克里斯特勒等人高度重视文艺复兴时期的哲学研究,强调道德哲学是人文主义治学中唯一的传统哲学分支,但真正使文艺复兴哲学成为一门独立学科,并具有重要哲学史研究价值的思想家,当属卡西尔(Ernst Cassirer)。卡西尔彻底背离了黑格尔对文艺复兴哲学的轻视态度,在《文艺复兴哲学中的个人与宇宙》一书中,他充分探讨了库萨(Cusanus)、费奇诺(Ficino)、皮科(Giovanni Pico)、布鲁诺(Bruno)等人的哲学思想,论证了文艺复兴哲学并非过渡时期的产物,而是具有现代特质:主体性和个人自由,展示了这个时期哲学、艺术与科学的相互依存关系。卡西尔认为库萨已经最深刻地把握到了哲学上的观念论思想,主体和客体的统一。

其他视角与领域审视文艺复兴时期的观点同样精彩纷呈。面对各类视角下的观点,本章作者通过广泛阅读,从文化、历史、文学艺术和哲学思想四个方面形成两篇综述。第一篇是对文艺复兴代表性观点的全面综述,涉及文艺复兴观念的创造,"新精神"构建论、社会生活描绘、审美人文主义以及思想史梳理,对文艺复兴进行了几大知识视角的审视。第二篇综述则是对文艺复兴时期代表人物与代表群体的综述,涉及文学艺术领域、宗教改革领域与科学哲学领域的著名代表。具体有人文主义之父彼特拉克,宗教领域的人文主义者伊拉斯谟,科学与哲学先驱人物特勒肖与布鲁诺,意大利三位大师级艺术家达芬奇、米开朗基罗、拉斐尔,还有文学领域法国的拉伯雷、蒙田等有思想影响力的作家。

与两篇综述并列,本章还列有两篇译文。一篇是克里斯特勒《意大利文艺复兴的"人"论哲学》(The Philosophy of Man in the Italian Renaissance),围绕人的哲学,对人文主义、柏拉图主义、亚里士多德主义三大思潮进行阐释。另一篇出自北卡罗莱纳州大学英语系教授埃德温·格林鲁(Edwin Greenlaw)的《英国文艺复兴文学概述》(An Outline of the Literature of the English Renaissance),从现代美国的角度揭示英美两国之间文化和文学的传承与关联,具有宏阔的视野,论及这一时期英国作家之间的关系,如莎士比亚、培根、弥尔顿,对文学范型的建构具有突出意义。

一、文艺复兴概括性综论

宋文

1. 布克哈特的"文艺复兴"观念创造论

米什莱、布克哈特创造了文艺复兴的构想,后者在其名著《意大利文艺复兴时期的文化》中,开篇题为"作为一种艺术工作的国家",他发现文艺复兴时期意大利的各个城邦国家有不同于以往的政治形态,要在错综复杂的外交事务和各种政治斗争中立于不败之地,国家的治理便成了一门艺术。布克哈特称赞马基雅维利(Machiavelli)在《佛罗伦萨史》(*Florentine Histories*)中把其出生城市描写成为一个活的有机体,将它的发展描写为一个自然而独特的过程。布克哈特把佛罗伦萨视为世界上第一个近代国家,他推崇佛罗伦萨摆脱了暴君专制,具备批判主义精神的优越性,"那种既是尖锐批判同时又是艺术创造的美好的佛罗伦萨精神"[1]。马基雅维利也在《君主论》(*The Prince*)、《李维史论》(*The Discourses on Livy*)等著作中对军事、公民社会和共和国三者的关系详细加以论述。而卡斯蒂利奥内(Baldassare Castiglione)则在《侍臣论》(*Il Cortegiano*)里讨论当一名政府官员必具的职业素质。托马斯·莫尔(Thomas More)的乌托邦理想在关心人神关系的文艺复兴时代是十分流行的理论,伊拉斯谟(Erasmus)的社会理想就有很浓厚的乌托邦色彩。而十八世纪空想社会主义理论,就基本的思想框架来说,没有实质性的变化。

布克哈特首次勾画出了文艺复兴的现代性特征:人(个人)与自然的发现。他先是讲述"个人的发展",从国家的发展、特征、精神等分析转向人、个体,即个性的发展和个人精神的发展,指出意大利文艺复兴时期出现了新人、新文化。再次,他论述"古典文化的复兴",认为当时的文

---

[1] 雅各布·布克哈特:《意大利文艺复兴时期的文化》,何新译,北京:商务印书馆,1979年,第72页。

化创造者都在古希腊罗马的古典文化中寻求精神支柱。人文主义首先体现为文化人对古典文化，特别是希腊罗马文化的崇尚，文化人在古典作品中发现纯粹的美的形式，特别是人与自然、人与神的和谐美的形式，并以此指导文学艺术创作实践。文化人利用古典作品中的知识为现实社会服务，他们至少擅长于两项服务：为国家草拟公函和在公开而庄严的场合担任讲演。再者，布克哈特讨论"世界的发现和人的发现"，通过"意大利人的旅行""意大利的自然科学""自然美的发现"三章来描述外部世界问题。他有关"人的发现"的观点，来源于新柏拉图主义的"人是一个小宇宙的哲学"。在布克哈特看来，但丁之所以是近代第一位诗人，其真正原因就在于表现人、表现人的个性，就是要从这个时代的一切精力充沛的人物身上来了解时代精神，"文艺复兴于发现外部世界之外，由于它首先认识和揭示了丰满的完整的人性而取得了一项尤为伟大的成就"[1]。他称赞意大利民族"受想象力支配较任何其他民族为多"。布克哈特认为历史是人的历史，人通过具体的文化创造活动来体现个性和精神。总之，人之所以为人，就在于个性、精神和相应的文化。历史研究就是要展现事件表层背后的人、民族、国家等的个性、精神和文化。

克里斯特勒坚持布克哈特的核心观点，文艺复兴重要的文化发展源自意大利，通过意大利传播到欧洲其他国家。他特别论述了意大利文艺复兴的传播路径。克里斯特勒发现，意大利人文学者有机会出国，通过个人和职业交往传播他们的学术。他们也可以作为政府大使出使国外，或作为书记员和教授服务于外国。印刷术的发明给文艺复兴提供了技术保障。没有印刷术，希腊文化就不可能得以广泛记载并流传，更不可能传播到西欧。可以说，印刷术的发明打破了王公贵族独享手抄文稿的知识屏障，使古典文献的广泛传播达到了新的规模，并为下层人打开了共享知识的大门。克里斯特勒明确说："文化交流中的一个重要的因素是书籍和人员的交流。"[2]

---

[1] 雅各布·布克哈特：《意大利文艺复兴时期的文化》，何新译，北京：商务印书馆，1979年，第302页。
[2] 保罗·奥斯卡·克里斯特勒：《文艺复兴时期的思想与艺术》，邵宏译，南宁：广西美术出版社，2017年，第36页。

克里斯特勒总结道，人文学者的贡献就在于提出和贯彻教育计划，通过学校宣传古典学术。他们通过研习和模仿经典作品，已然带来学术与文学、艺术、科学的再生。当然，最重要的贡献在于，他们翻译和注解了大量古代文献资料，使哲学学者能够重新阐释柏拉图主义、斯多亚主义、伊壁鸠鲁主义和怀疑主义。古希腊关于数学、天文学和医学的著述，经由人文学者的翻译，促进了这些学科的发展。人文主义的学术研究也引导人们历史地理解罗马法律文献。人文学者对古代历史、神话和寓言的兴趣，丰富了绘画和雕塑的题材。总之，文艺复兴的影响力跨越了意大利的国界，从十五世纪中叶开始，整个欧洲都可以看到它的踪迹，并逐渐传播和渗透到几乎所有领域。直到二十世纪初，人文主义教育理想还在主导着西方的中学教育，至今还存在于 humanities（人文学科）这一术语中。克里斯特勒认为，文艺复兴人文主义是今天的文献学、历史学和文学研究的雏形[1]。

亚瑟·蒂利则从种族、地理位置、文明程度等方面具体分析文艺复兴之所以源自意大利的诸多原因。首先，自十二世纪开始，意大利的文明发展远早于周边国家。意大利的行政区已经发展到很高水平，政治上比法国领先一百年。但丁提炼了一种通用的文学语言——古体意大利语，为文学创作创立了统一的标准。意大利还具有地缘优势，其海岸线距离古代文明的发源地希腊最近。意大利同时还是古罗马的直系后裔。尽管古罗马帝国灭亡了，但留存的罗马国家制度和拉丁语的记忆从未彻底消失。

卡西尔留意到，以拉丁语作为几乎普遍使用的学术语言，带来了充分的国际性，现代的语言和民族界线被打破。查尔斯·G.纳尔特（Charle G.Nauert）也注意到，学拉丁文是出身中产家庭人士的一种上升通道，也是一种教育的筛选机制，拉丁语学习成为一种门槛，把低阶级成员挡在特权阶级之外。他揭示出人文主义文化"主流地位"的确立，集中围绕课程和教师设置、经典翻译和注解构成。人文主义者坚信，更多人文主义课程列入必修，更多人文主义者担任固定教职，就会把学校变成思想大本营，使人文主义在潜移默化中得以广泛传播。另一方面，他们挖掘古代异教经

---

[1] 保罗·奥斯卡·克里斯特勒：《文艺复兴时期的思想与艺术》，邵宏译，南宁：广西美术出版社，2017年，第26—37页。

典，抑或研究《圣经》和教父文学，追求成为语言的巨人，是翻译、注解的推动力量。他们翻译、注解的过程，也是"强制阐释""观念输出"，甚至是"再造语境"的操作。纳尔特的研究建立在某种实用性分析上，人文主义与统治阶层的人才培养暗自契合，才成为最重要的推动因素。

2. 西蒙兹的"新精神"构建论

十九世纪中叶的西方史学领域诞生了一部堪称文艺复兴史研究的拓荒之作，即英国诗人、历史学家约翰·阿丁顿·西蒙兹（John Addington Symonds）的《意大利文艺复兴》（Renaissance in Italy）。西蒙兹用"新精神"构建《意大利文艺复兴》框架的思想主轴，他在 1863 年于牛津剧场宣读其《文艺复兴论文》时，引用雪莱的诗作，首次提出世界的"更新"（Anew; Renew）概念。在撰写《意大利文艺复兴》时，他在第 1 章以"文艺复兴的精神"（The Spirit of the Renaissance）为题展开论述，其中提出文艺复兴就是"自我意识自由的获取"（attainment of self-conscious freedom）、"近代世界的精神"（the spirit of the modern world）、"理性的解放"（emancipation of reason）等论点。但真正明确使用"新精神"概念来总括文艺复兴时期的思想文化特征，则要推后到西蒙兹人生最后一篇论文，即 1893 年发表的《新精神》（New Spirit），该文副标题为"对十四、十五、十六世纪精神解放的分析"。根据西蒙兹的概括，"新精神"的主要内容有：其一，思想洞察力与道德独立性的复苏，通常我们也称为个体精神；其二，崇尚自然主义和理性批判精神；其三，异教精神。至此，西蒙兹将其长期探索的文艺复兴精神最终定名为"新精神"。西蒙兹对但丁、薄伽丘、米开朗基罗等文艺复兴时期的人物研究无不涉及上述"新精神"的因素。

西蒙兹也从性格文化史的思路来剖析文艺复兴时期的意大利。他把意大利民族性格论述为天赋、创造力、对完美的追求、对人体美的崇拜等，并认为是佛罗伦萨孕育了意大利审美情趣或艺术化的民族性格，他特别关注美第奇家族在这种性格培育历史过程中的作用。西蒙兹对柏拉图主义的阐释是其学术的重要环节，他指出米开朗基罗就深受柏拉图精神感召，评述"柏拉图式"精神恋爱现象,为艺术而生的情感,关注具有性倒错心理倾向的文学艺术家的性格(如忧郁、孤独、追求理想美等)与文化创作活动的关系[1]。西蒙兹还注意到,柏拉图主义的精神之爱在意大利文艺复兴时期逐渐传播,不仅推动了艺术家个人的艺术创作,也极大地推动了民族审美情趣之培养。西蒙兹的性格文化史研究理念始终包括两个方面,即民族性格与个体性格,通过艺术巨擘及其独具感染力的艺术作品,艺术化的民族性格才能在表层及无意识的深层固定下来,产生持续的文化效力。

1884年,西蒙兹出版《英国戏剧史上的莎士比亚前辈们》(*Shakespeare's Predecessors in the English Drama*)一书,将英国的民族性格与对英国文艺复兴的认识结合起来。西蒙兹明确提出,意大利文艺复兴时期最为世人瞩目的是绘画、雕塑、建筑等视觉艺术创作,这与以柏拉图主义为主体的审美情趣密切相关;而英国文艺复兴则以戏剧为中心舞台,呈现其文化的辉煌。他认为对于英国人来讲,戏剧提供了与伟大的兴味、充满激情的时代相当的形式,也就是说,英吉利民族的诗性冲动需要一种相匹配的文化形式,即戏剧来释放这种能量,同时,英语自身的特点是语言丰富且适用于口语,特别适用于戏剧艺术。西蒙兹还注意到一个现象,伊丽莎白时代英国诗人对外在的自然有更真实的感受。他认为,正是在英国,"所有艺术中的形而上学者——诗歌——只属于我们自己,诗歌还借着戏剧的载体传递英国人的灵魂"[2]。西蒙兹做了大量个案研究,对英国文人的性格进行文化解读,其中最为著名的是《琼森传》(*Ben Johnson*),他探索琼森如何深刻理解古希腊罗马作品,并将其融化在自己的创作之中,剖析英国戏剧广受欢迎的问题,由此,他通过琼森研究折射出英国戏剧文化的特点。

西蒙兹的文化历史研究因其诗人天分和诗性智慧而别具一格,他重视文化创造中的诗性因素。历史研究,特别是文化史研究,需要呈现作为历史主体的人的精神,而诗及诗人的创作是心灵世界的真切表现。他重视呈

---

[1] 周春生:《英国诗人历史学家西蒙兹的性格文化史研究——由〈米开朗基罗传〉〈惠特曼研究〉引出的历史思考》,《世界历史》2017年第1期,第139页。

[2] J. A. Symonds: *Shakespeare's Predecessors in the English Drama*, Totowa. N. J.: Cooper Square Publishers, 1967, p. 11.

现历史中诗性的一面。以特有的历史眼力来审视人的文化创造行为和人的个性，让历史著述充满人文情趣，成为提供人文养分的源流之一[1]。

3. 费弗尔的知识构成之法国文艺复兴生活描绘

吕西安·费弗尔是法国年鉴学派的代表人物，他以社会生活为焦点，对法国的文艺复兴进行文化史研究。通常年鉴学派的研究方法包括四点：对社会生活背景进行透视，对社会层面和风貌进行描述，对图片视觉艺术的运用，对人物内在世界的揭示。在《法国文艺复兴时期的生活》(*Life In Renaissance France*)中，费弗尔十分注重描述文明的组成因素及其精神特质，他表述道："生活在文艺复兴、人文主义和宗教改革时代，他们对知识、美和上帝的追求。"[2]

十六世纪，没有身份、幸运的白手起家者只需要一样东西——知识。学术是成功的手段和工具，不仅对新兴的资产阶级个人，而且对出身卑微但获得成功的社会各阶层来说都是如此。满足学术新需求的最佳方式刚刚被发明出来，即印刷术。越来越多的印刷所涌现出来，使古代伟大著作更容易被人们得到。费弗尔认为印刷术没有成就一批文艺复兴消费者，但造就了成千上万的教师，他们为任何想学习、希望提升经济和社会地位的人而教授[3]。古典著作对个人的崇尚，关于行动的人和沉思的人、自由存在的人的知识，在费弗尔看来，就是一种思想启蒙。古典时代的观念和思想突然显出巨大魅力，人们牢记自我意识和理性的自由运用。在1490—1520年间，人文主义盛行，古典思想开始得到表现和传播。

费弗尔认为文艺复兴既是一种知识现象，也是一种审美现象。意大利从希腊和罗马古典著作中不仅学到艺术的突出尊严，也学到了艺术真谛，艺术就是美。十六世纪的人们在转向古典的时候，也转向自然，并开始观察自然。十五世纪末的意大利艺术变成一门依靠透视法和人体解剖学的精

---

[1] 周春生：《在诗情与史实之间——英国诗人历史学家约翰·阿丁顿西蒙兹评介》，《史学理论研究》2015年第2期，第124—127页。
[2] 吕西安·费弗尔：《法国文艺复兴时期的生活》，施诚译，上海：上海三联书店，2018年，第1页。
[3] 同上书，第32—33页。

确原则的科学。"意大利艺术入侵"没有发生，古典文学被重新引进并开始改变人们思想，为他们提供对意大利艺术的理解、呼应，这才是法国艺术发生重大变化的真正原因。费弗尔总结道，生活是历史学的全部目的，"人类生活仅仅是趋同、一致、联系、综合，运动也是如此，各种相遇的力量经常相互碰撞，这种碰撞有时会产生奇异的火花"[1]。

文艺复兴也开启了对上帝的追索。1517年后，路德的声音响彻欧洲，其人格力量和巨大影响力，给各地风起云涌的宗教改革以动力。到1525年，中产阶级已经意识到自己的力量。由此，费弗尔强调这一宗教运动是一个既定社会的产物，在一个资产阶级时代，它基本上是一种资产阶级宗教感情的表现[2]。费弗尔指出：大多数信徒就是头脑清醒、逻辑严密、勇于创新的中产阶级，他们受过教育，相信教育的价值和人类知识的力量；他们因为拥有土地、房屋、金银而满怀自信；他们是时代的幸运儿，但他们的教会是形式主义的，强调权威、服从和愚昧无知；他们不愿意再接受这种宗教，因为当时的神学思想和他们的宗教情绪完全不一致[3]。费弗尔继而在艺术作品和修女院中找到这一宗教对抗问题的答案：宗教改革前，人们认为这是一个基督教走向崩溃的时代，但与此同时，修道院中的小密室实际上满是虔诚的基督徒，他们从没有教义的教堂和没有感情的学校隐退到修道院，在此寻求精神食粮和心灵安宁。另一方面，十五世纪的宗教艺术逼真、悲伤、人性化，费弗尔以马勒（Emile Male）的《哥特式图像》（*The Gothic Image: Religious Art in France of the Thirteenth Century*）为例，表明这种艺术是当时神学落后于时代的明证。他还以建于十三世纪和十五世纪、安装彩色玻璃和祭坛的小教堂为例，作为风格、人道、悲伤的真实而无可辩驳的证明。宗教改革的先行者呼唤一种更能满足他们的需求、更人性化、更接近内心世界的宗教[4]。

---

[1] 吕西安·费弗尔：《法国文艺复兴时期的生活》，施诚译，上海：上海三联书店，2018年，第64页。
[2] 同上书，第66页。
[3] 同上书，第74页。
[4] 同上书，第76页。

4. 佩特的审美人文主义论

另外一位十九世纪英国唯美主义理论家和代表人物沃尔特·佩特（Walter Pater），注重人的感觉与印象经验，融合了理性批判与个人经验，自称为"富有想象力的理性"。佩特的著作《文艺复兴》（*Renaissance*）避开对抽象美的界说，细致考察了欧洲文艺复兴时期代表人物的艺术杰作和哲学思想，其中包括皮科、波提切利、达·芬奇、米开朗基罗、乔尔乔内画派、温克尔曼，为我们勾勒出了他心目中的文艺复兴人文主义大家的全景图。佩特强调主体在审美过程中的重要地位，提出完整统一的审美方法，希望真正的美的艺术能够完善丰富人类的精神世界，而这正是审美的人文主义的基本特征。

在柏拉图的理论中，善是最高层次的道德范畴。佩特返回到哲学思辨源头，在柏拉图的美学思想中找到了"为艺术而艺术"与"至高的善"之间的平衡点，找到了美与美德的平衡点。因此，佩特看到了艺术在可见世界中的重要价值，它将不可见的"至高的善"与散布于我们周围的可见之美德相融合，这样"尽善尽美"的艺术比直接告诫我们要节制、勇敢、正义更能教人向善。

佩特将自己艺术思想所提倡的伊壁鸠鲁主义与柏拉图主义进行了完美融合，使得审美活动可以达到理性和感性的统一，这样一个理性世界正是佩特艺术思想所追求的目标。在《马利乌斯——一个享乐主义者》（*Marius the Epicurean: His Sensations and Ideas*）中，佩特以主人公马利乌斯为例，从虔诚中获得平衡和满足，活得有尊严，对人类和整个世界抱有责任感，甚至可以像早期基督徒那样做出自我牺牲，他所追求的"快乐"能够不断地提高和完善自我，并崇尚节制和宁静。佩特明确马利乌斯的"享乐主义"并不是对于庸俗快乐的追求，而是伊壁鸠鲁主义式的精神愉悦，和"Hedonism"（享乐主义）的使用有严格意义上的区分。哈罗德·布鲁姆（Harold Bloom）认为佩特深受伊壁鸠鲁主义的影响，强调感觉、知觉和印象，他评价《马利乌斯》是"一部美妙的历史小说"[1]。

---

[1] 哈罗德·布鲁姆：《影响的剖析：文学作为生活方式》，金雯译，南京：译林出版社，2016年，第161页。

《文艺复兴》的结语是佩特唯美主义思想的浓缩表达。佩特引用赫拉克利特的名言"万物流动,变化不息",来说明现代思想倾向于将事物和事物的原则看成变化无常的模式,他引用雨果的话"我们都被判处了死刑,仅仅有一段不定期的缓刑"来说明人生的短促,生命的无常。佩特渴望获得更多生命中的悸动,"能永远和这强烈的、宝石一样的光焰一起燃烧,能保持这种极度的喜悦,是人生的成功"[1]。他要以巨大的热情,体验生命力的奋发之感、爱情的狂喜与烦恼,以及其他各种热情洋溢的活动[2]。佩特认为"经验本身,而非经验的成果,才是目的",要用最细腻的感觉来领会所有应该被领会的东西。他在最后写道,对此短暂的一生,"有的人倦怠冷漠,有的人情绪高昂,最聪慧的人,至少是属于'尘世之子'的那些人,则把时间放在艺术和诗歌里。我们唯一的机会就是延长这段时间,尽量在给定的时间里获得最多的脉动……对诗歌的热情、对美的渴望和对艺术本身的热爱是此类智慧之极。因为当艺术降临时,它会坦言:除了在那稍纵即逝的瞬间,它会带给你美的极致的享受,此外不会再有什么"[3]。只有对诗歌的激情、对美的渴望、对为艺术而艺术的热爱,能够使人获得大量敏锐的感觉,由此,他表达了一种审美的享乐主义或享乐主义的审美观,艺术是智慧之极,它会在稍纵即逝的瞬间带给你美的极致享受。诚如中国学者高继海所说,佩特所要确认的是对此时此地的审美观照,是生命的充实,是接受力的拓展和提高[4]。

在《文艺复兴》一书中,佩特借古典文化复兴和基督教艺术之间的关系来思考如何促成人类的艺术信仰问题。正如奥斯博特·博戴特(Osbert Burdett)所言:"他转向艺术,企图创造一种以美为目标的宗教;实际上,对美的追求正反映出当时人们对丑陋的工业主义的强烈抗议。"[5]在《希腊研究》(*Greek Studies: A Series of Essays*)中,佩特也表达了这样

---

[1] 沃尔特·佩特:《文艺复兴》,李丽译,北京:外语教学与研究出版社,2010年,第301页。
[2] 同上书,第303页。
[3] 同上。
[4] 高继海:《从〈文艺复兴〉看佩特的美学思想》,《河南大学学报》1996年第6期,第86页。
[5] 华尔·佩特:《马利乌斯——一个享乐主义者》,陆笑炎、殷金海、董莉译,哈尔滨:哈尔滨出版社,1994年,序第6页。

的观点，他认为，正如文艺复兴运动融合了基督教和古典文化一样，希腊文化本身也融合了不同地区、不同形式的宗教传统。他借温克尔曼之口表明："当我们第一次看到希腊艺术时，它和希腊宗教纠缠交错在一起。我们已经习惯把希腊宗教看成是艺术和美的宗教，这一宗教崇拜奥林匹亚的宙斯和雅典娜·波利阿斯、以荷马史诗为圣经。"[1]可以说，佩特所热爱的希腊艺术是"艺术和美的宗教"，与宗教本身的实质无关，他只是欣赏宗教的艺术，并将艺术当作自己的信仰来崇拜。佩特认为对艺术的献身是一种无意识的宗教，他还指出："所有的宗教都起源于人的心灵，因此也在人的心灵深处达成和解。"[2]

佩特的《文艺复兴》始于中世纪两则法国故事，结束于温克尔曼，他认识到，温克尔曼的成就在于开创了艺术史这门学科，有史以来第一次追溯了各种艺术风格的兴起、发展和衰落，并且把它们与社会和文化联系起来。正是这种综合考虑艺术和历史的方式，构成了启蒙运动的人文主义遗产的另一个方面。由此，文艺复兴对后世的启发在于其有效地融合了古典文化与基督教艺术，将不同的思想产物统一于艺术这种包容一切的伟大信仰中，让心灵和想象得到尽可能多的人文精神的滋养。

5. 汉金斯的文艺复兴思想视角探索

克里斯特勒以意大利文艺复兴为例，概述了文艺复兴学术和文学各领域的关系。他总结了文艺复兴时期的人文主义带来的文学转型，首先是新拉丁文学的转型，其次是方言或民族文学的转型。文艺复兴人文主义与专业传统即人文学科有着密切的联系。到十五、十六世纪，人文学者代表着在大学和中学讲授人文学科的职业教师，通过在课堂传授，人文主义者能够影响几代受教者的性格养成。克里斯特勒特别注意到，人文学者逐步将古希腊文献全部翻译成拉丁文，做了大量艰苦的工作。到1600年，人文主义的译者已经向欧洲读者奉献出完整的古希腊文献的拉丁文译本。因为受雇于王族或城邦政府，人文学者们创作的大部分是书信，包括政治公文

---

[1] 沃尔特·佩特：《文艺复兴》，李丽译，北京：外语教学与研究出版社，2010年，第255页。

[2] Walter Pater, *Renaissance*, New York: Modern Library, 1919, p. 169.

和私人信函,人们还用信札讨论学术、文学及哲学话题。另一个与他们职业相关的文类是演讲稿。演讲出现在人生的各种重要场合、政治活动、法庭陈词、公众集会等。人文学者另一种主要著述是史学,为佛罗伦萨、威尼斯写史,为教皇或王公贵族写史。人文学者着力培养的另一历史文学分支是传记。克里斯特勒指出,"和肖像画一样,传记文学反映出所谓时代的个人主义,即对个人经验、观点和成就的强调,以及时人欲从文艺杰作里了解它的愿望"[1]。最后,克里斯特勒认为,有关道德和哲学问题的对话和论文写作,对于哲学和思想史学者来说最为重要。人文学者的道德论文是极其重要的文献。他们撰文讨论幸福、美德、高贵或命运,也探讨教育和生活问题,比较共和制和君主制,评述法学和医学的意义,以及古代和现代之争。

哈佛大学历史教授、文艺复兴研究专家詹姆斯·汉金斯(James Hankins)曾经是克里斯特勒的研究助手,著有《意大利文艺复兴时期的柏拉图》(*Plato in the Italian Renaissance*)。他提出,意大利文艺复兴时期的人文主义诞生于十四世纪中期巨大的文明危机中,是我们当今拥有的人文主义的直接源头。除了其他东西之外,这是一场合法性的危机,中世纪伟大而普遍的权威——帝国和罗马教皇——都已经不能激发基督教王国的普遍忠诚,前者是因为帝国太虚弱,后者是因为教会太腐败。

汉金斯主编《剑桥文艺复兴哲学指南》(*Cambridge Companion to Renaissance Philosophy*),该书上编主题为"延续与复兴",通过讨论柏拉图哲学的复兴、亚里士多德传统的延续与变化、人文主义和经院主义等重要主题,力图揭示文艺复兴哲学家与中世纪传统的关联。该书下编主题为"朝向现代哲学",探讨了文艺复兴哲学的现代性,以及它与现代哲学的紧密关联。汉金斯的工作既体现了克里斯特勒等学者对中世纪传统的重视,也糅合了卡西尔以来对文艺复兴哲学之现代性的强调,代表了当代西方学术界对文艺复兴哲学的整体态度。

在总结文艺复兴哲学的重要意义时,汉金斯指出,自二十世纪三十年

---

[1] 保罗·奥斯卡·克里斯特勒:《文艺复兴时期的思想与艺术》,邵宏译,南宁:广西美术出版社,2017年,第29页。

代以来，文艺复兴研究首次成为思想史一个独特的研究领域，思想史学家关心的是发掘深层次的、隐约意识到的思维模式，这些思维模式支配着个人理解自然和社会并付诸行动的方式。在文艺复兴时期，西方主权国家出现，共和主义和专制主义形成了截然不同的政治思想传统；基督教世界分崩离析，随着新教教派出现，天主教会逐渐失去权威，基督教文化在对待希腊罗马古代异教文化的态度上经历了一次重大转向；科学家们对控制自然界越来越感兴趣，而为自然界考虑得越来越少。新大陆被发现，以印刷术的发明为代表的新技术带来十五世纪的信息革命，从根本上改变了知识工作者运作的条件，以当时无法想象的方式和规模收集、整理和分析信息成为可能。大量新信息带来各种不同观点，加上宗教争论，不可避免地促进了怀疑主义和信仰主义的复兴。

哲学家和哲学史家对待文艺复兴的态度并非如此。对于哲学家来说，文艺复兴时期常常看起来像是两座山之间的山谷：一座山上端坐着阿奎那、司各脱、奥卡姆等伟大的经院哲学家、杰出的系统建设者和形而上学的分析家；另一座山上端坐着十七世纪伟大的制度建设者，如笛卡尔、霍布斯、莱布尼茨和斯宾诺莎，他们可以合理地被归属到现代思想世界；两者之间是一片沼泽地，居住着经院哲学家的追随者、道德家和评论家、文献学家和编辑家，以及激进的术士和自然哲学家，他们在传播新思想方面富有成效，却无力捍卫这些思想[1]。库萨、马基雅维利，可能还有瓦拉，各自以不同方式被奉为主要思想家，却无法挽回这一哲学荒原的名誉。库萨的著作似乎更多地与神学相关；马基雅维利更多地是一位政治科学家；瓦拉的主要哲学著作只有拉丁语版本，被置于古典语文学不熟悉的领域。

思想史学家和哲学家之所以对文艺复兴的思想价值有如此大的分歧，部分原因在于每个学术团体看待以往思想家的态度不同。思想史学家在过去寻找的是陌生化的东西，这是他们理解外来思维模式的最佳线索。而哲学家们想从过去得到熟悉的东西，用理查德·罗蒂（Richard Rorty）的话说，是"对话伙伴"，他们在大家们的思想领域中寻找启示，就已有立场

---

[1] James Hankins, *Cambridge Companion to Renaissance Philosophy*, Cambridge: Cambridge University Press, 2007, p. 339.

加以分类说明或进一步完善，本质上是在寻找思维形式与自己相似的思想家。对身心问题感兴趣的哲学家们能够和笛卡尔及霍布斯进行对话，但他们无法和费奇诺或帕特里齐很好地交流，因为后两者相信身心互动由细小的微粒圣灵来调控，却无法被现代科学仪器所探测。更糟的是圣灵理念源自奥古斯丁的三位一体心理。笛卡尔的松果体理论至少对身心问题的现代建构有影响，原则上它可被证伪，它既是哲学的也是科学的。费奇诺的圣灵则并不如此，他所称颂的人之为人的"微妙的结"，无法在激光显微镜下显现。

汉金斯曾把文艺复兴时期调侃为一个哲学荒原，克里斯特勒认为人文主义没有明确的哲学，道德哲学是人文主义治学中唯一的传统哲学分支。当彼特拉克赋予人文主义运动灌输美德和雄辩的目的时，人文主义运动首次获得了道德权威。人文主义与经院哲学的较量，大多涉及教育和课程设置，人文主义者原则上致力于培养社会精英的爱国主义精神、审慎精神和公民美德，他们崇尚古代英雄和圣人的理想化形象。同样引人注目和具有创新性的是文艺复兴哲学家对自己学科的历史和性质的关注。只有在这样一个时期，许多新的哲学体系和思想被引入，哲学家们才会对收集和分类有关哲学史的数据感兴趣。在十六世纪后半叶，这种研究方法出现了显著的爆炸式发展，使古代哲学史得以恢复，新的历史得以书写，失传的哲学著作的片段被收集和整理。费奇诺预言，一个新时代即将来临，柏拉图主义的复兴将使哲学和宗教重新统一。皮科对于亚里士多德学派有另一个答案：智慧在所有的时间和地点都是人类智慧可以利用的，并且意识到它自己的神性。最终，像布鲁诺、坎帕内拉、培根和笛卡尔这样的哲学家涌现，使得哲学的新进步远超古人。

二、论文艺复兴时期的巨人

宋文

1. 彼特拉克——人文主义之父

从彼特拉克开始，文艺复兴时期的人文学者讲授的是人文学科能提供道德训练和灵魂塑造，为成功的政府管理培养所需要的统治者和公民。人文学科若得到正确的理解、正确的讲授，并作为一种生活方式来实践，它能培养人的道德品质，实现思想的卓越，这些是被传统称作美德的品质。

彼特拉克认定，任何直截了当的政治改革并不能解决当时的问题。他的观点是，意大利乃至欧洲面临的真正问题是进入当今政府和军界的人的素质太差，意大利人似乎已经丢掉了早期罗马帝国建立时所拥有的卓越美德和实际智慧。就此，彼特拉克认定，意大利的问题说到底是道德问题，解决办法只能是道德解决办法，必须复兴古代的灵魂塑造工程作为治国工程的配套设施。通过复兴古代的教化精神（the paideia）来复兴古代美德和智慧，这便是彼特拉克改造基督教王国的长期规划，不限于古代基督徒后期发现有用并整理出来的七艺（可追溯到古代希腊的教学内容，包括"三科""四学"，合称"七艺"。"三科"：文法、修辞、辩证法。"四学"：算数、几何、天文、音乐）。

最终，彼特拉克和他的追随者们创建了新的教育课程，后来有各种说法，如人文学科研究（the studia humanitatis）、优秀文学作品（bonae literae）或者更有人性关怀的文学（literae humaniores），激发人们探索人性热情的文学，让人成为更好、更有人性的人的文学。按照文艺复兴学者的说法，人文学科的核心意义就是彼特拉克区分了尘世和永生这两个世界，前者属于我们这个时代，定位于此生——世俗生命——的暂时性终结；后者属于永恒领域，不朽的人类灵魂注定要进入地狱接受惩罚，或进入天堂享受神的恩典。如果从这个意义上理解，至少在表面上看，人文研究和基督教之间没有冲突的必要。它有能力克服人性中天生的自私，学会关爱他人。

彼特拉克觉察到，中世纪的历史观是连续的、无差别的。这种理解决定了中世纪对权威的认识停留在绝对的永恒真理上。他提出古代曾经有过"纯净曙光"的时代，接着是一个"黑暗"时期，后来一直延续到诗人所处的时代，他把历史分为三个时代：幸运的往昔和可能重现的未来，而夹在"中间"的时代尚未结束。在彼特拉克看来，罗马的废墟见证了罗马和罗马人旧日的辉煌，所以彼特拉克用"帝国的衰落"作为分界点来开启一种新的历史断代。他所谓的"黄金盛世"自然是在古代，但他还能够依稀幻想"黄金盛世"来日的再次临世。《阿非利加》（*Africa*）的诗行明确地显示出彼特拉克的历史断代观。正是一个"中间"的时代分割开了古代的黄金盛世和"现代"的"文艺复兴"。意大利"新生"（rinascita）的整个观念是与此前蒙昧时代的观念密不可分的。

纳尔特肯定人文主义的新历史观作为开辟时代的精神奠基的作用。他认为彼特拉克之所以成为"第一个人文主义者"，是因为他理解历史的方式是开拓性的。"世俗人类史不是中世纪思想家眼中无差别的时间长河和事件的汇集——哪怕才如但丁也如此认为。相反，它由多个独立的文化构成，每个文化都有独特的特质。任何文学作品或其他档案，都必须对照其特定时代的文化乃至具体环境来审视。"[1] 彼特拉克用一种偶发、断续和殊异性看待权威经典。正是沿着新史观，人文主义者通过系统化考掘、证伪、质疑和批判，几乎跨过中世纪，重新恢复了古典作家（尤其是维吉尔和西塞罗）的权威地位。古代的论辩术和道德哲学不仅成了参与公共生活的实用技能，也更好发展了共和政制，既可为封建君主、教廷内部服务，也可完成外交活动，成了贵族阶层新的学习风尚。

纳尔特认为，彼特拉克和瓦拉（Lorenzo Valla）抓住了文艺复兴的两个真正的新思想，彼特拉克发现了历史断续性，而瓦拉认为人类语言与物质世界中的一切存在一样，是人造的文化产物，所以语言也经历历史发

---

[1] 查尔施·G. 纳尔特：《欧洲文艺复兴的人文主义和文化》，黄毅翔译，北京：生活·读书·新知三联书店，2018年，第13页。

展，随时间而变化[1]。瓦拉的语言变化论是现代语言学的基础，他的《拉丁文的典雅》（Elegances of the Latin Language）是一本古典范式、用法和文法指南，目的就是确定古罗马拉丁语在语法、措辞和文体等许多方面的正确使用法，恢复拉丁语被野蛮人败坏之前的光荣和纯洁性。瓦拉对哲学的贡献主要包含在三本书中：《论自由意志》（On the Free Will）、《论快乐》（On Pleasure）和《逻辑的争论》（Dialectical Disputations）。在《论自由意志》中，瓦拉表明神意和人的自由意志能够和谐共处。在《论快乐》中，他讨论了快乐本身就是至善。克里斯特勒对《逻辑的争论》评价最高，瓦拉重建辩证法，从整体上简化逻辑学，把它还原到古典拉丁语的用法，把它和修辞学科联系起来[2]。

作为《歌集》（The Song Book，即《十四行诗与情歌》）的创作者，彼特拉克开创了崭新的诗歌体裁，即"彼特拉克"体，从而为世界文学做出了不可磨灭的贡献。但其同时代的人却认为他最大的贡献在于拉丁文作品，其中的拉丁文史诗《阿非利加》为时年三十七岁的彼特拉克赢得了罗马卡皮托桂冠诗人的头衔。该诗凸显了古典的理想，目的是教导同时代的意大利人将古罗马的伟大政治家、文学家当作榜样，作为未来时代的先驱，唤起意大利人心中遗产。在他看来，只有意大利人才有资格继承拉丁文化的遗产，而接受了这份遗产，就能让意大利同胞获得精神上的统一[3]。他也寄希望于后世所铭记的是他"虔心古典知识"的一面，正如他在《致后人书》（The Letter to Posterity）中所说："我身处其间的世道总令我感到乏味；要不是因为在古典知识中寻得挚爱，我倒宁愿生在其他任何一个时代。"[4]

彼特拉克生活在一个由中世纪转向现代的西方文明转型的时代。西蒙兹把彼特拉克赞誉为"这位新精神半岛上的哥伦布，是他发现了近代的文

---

[1] 查尔施·G. 纳尔特：《欧洲文艺复兴的人文主义和文化》，黄毅翔译，北京：生活·读书·新知三联书店，2018 年，第 33 页。
[2] 保罗·奥斯卡·克里斯特勒：《意大利文艺复兴时期八个哲学家》，姚鹏、陶建平译，上海：上海译文出版社，1987 年，第 40 页。
[3] T. E. 蒙森：《中世纪和文艺复兴研究》，陈志坚等译，上海：上海三联书店，2018 年，第 65 页。
[4] 同上书，第 85 页。

化"[1]。克里斯特勒用一个公式来概括彼特拉克：柏拉图的智慧、基督教的信条和西塞罗的雄辩。他的古典修养、基督教信仰以及他对经院哲学的抨击，这些都具有个人的和某种程度上的近代性质[2]。彼特拉克的传记作家英国人艾德华·塔特汉姆（Edward H. Tatham）称其为"现代文人第一人"。彼特拉克对人性的兴趣和探讨是他"现代"的一面，所有的作品，无论是诗歌还是散文，有一个共同的主题，那就是人的精神和智识、情感与艺术。他不仅关注一般意义的"人"，而且关注作为个体人的种种境遇，常以古代为镜审视个体，把每一个体都看作当代舞台上的一名演员。

2. 伊拉斯谟——宗教改革与人文主义的融合者

伊拉斯谟是欧洲那一代人里智识最为杰出、学识最为广博、影响力最大的人文主义者。他敏锐地发现，印刷媒体能帮助他把自己的改革计划和营造出的形象投射到所有受教育的欧洲人的意识当中，他让出版社成为王庭和大学之外的另一种具有影响力和声望的手段。他在巴黎学习神学时，人文主义修士罗贝尔·加甘（Lobell Gagan）给了伊拉斯谟最早的发表机会，即两封信函，附在加甘的两本书中作序言。伊拉斯谟随后发表了一本拉丁诗集，1500年首次出版了其主要作品《箴言集》，这本来自拉丁文学的寓言和警句合集，带有他讽刺和幽默的评论，为他确立了饱学和机智的名声。他于1506—1509年造访意大利，在威尼斯时，他直接在出版社和有史以来最杰出的古典学者团队合作，于1508年出版第二版《箴言集》，这部堪称十六世纪智识领域重要力量的新版本，可以作为拉丁和希腊语言和文学的学习指导。

伊拉斯谟把教育改革和宗教改革的实践统一起来，宗教改革就像是教育改革的回声、呼应，他是一个影响深远的融合者。从第一次造访英格兰开始，伊拉斯谟的研究方向就转向宗教改革，在他身上体现出人文主义学术和"基督教人文主义"的渴求之间的关联。在1501年他写出《基督

---

[1] J.A. Symonds, *Renaissance in Italy Vol II, The Revival of Learning*, London: Smith, Elder & Co., 1906, p. 62.
[2] 保罗·奥斯卡·克里斯特勒：《意大利文艺复兴时期八个哲学家》，姚鹏、陶建平译，上海：上海译文出版社，1987年，第20页。

教骑士手册》(*Handbook of a Christian Knight*)，提出一个理念：宗教的真义是内在精神体验，而研究《圣经》是获取真知的唯一方式。这本书被称为平信徒（layman）的基督式生活实践指南。1511年他写出杰出的社会、政治、宗教杂咏诗《愚人颂》(*The Praise of Folly*)，对当时的世俗和教会进行尖锐的批判。在他看来，神学是智慧性的学问，相对于系统知识，它显得谦卑，"愚"体现的是一个完整人的智慧，愚人（folly）是财富（wealth）和新奇（novelty）的女儿。伊拉斯谟理想中的基督徒是"内向的、属灵的、以圣经为基础，以道德行动为表现"[1]。而他批判的神学家和修士只追求金钱和权力。针对当时腐朽的教会，他开出的药方是从古代寻找精神启示以实现复兴，这已在当时的人心中激起共鸣。他从1511—1514年在剑桥大学讲授希腊语和神学。离开英格兰后，他的《基督教骑士手册》一再重印，并奠定了他"基督哲学"的理念，越来越多的追随者使伊拉斯谟设想通过基督教文艺复兴，来实现精神和社会的复兴。为此目的，他开始修订拉丁文《圣经》，包括《新约》拉丁文新译本，附带未发表的希腊文文本和注释。1516年希腊文《新约》出版，包括九卷本的圣哲罗姆（教父中最伟大的《圣经》学者）文集，使伊拉斯谟成为所有渴望改革教会、视人文主义学术和教育为改革方向的智识群体的领袖人物。"在新教改革前夕，伊拉斯谟一跃成为人文主义改革派的领袖人物，该派对中世纪的学术、智识乃至宗教传统大加质疑，追求由教会和世俗社会中最具启蒙精神的人物发起从上至下的改革。这一改革以古代最可敬的异教和基督教作者所提出的最佳原则为启迪，将带来更和平、更正义的世俗社会，以及播撒真实、内在精神和仁爱品格的教会。"[2]

究其本质，人文主义并非反宗教运动。很多新一代人文主义者演变成为新教领袖。1520年，路德发表著名的三檄文，公然否定教廷权力的合法基础，批判中世纪教会的整套圣礼体系。但伊拉斯谟从未打算和传统教会决裂，他相信路德有可取之处，但依然坚持认为对罗马天主教进行渐进改

---

[1] 查尔施·G. 纳尔特：《欧洲文艺复兴的人文主义和文化》，黄毅翔译，北京：生活·读书·新知三联书店，2018年，第161页。
[2] 同上书，第167页。

革才是自己的使命。马丁·路德算不上人文主义者，但他运用人文主义学术方法，从人文主义恢复古代语言文学的渴望，激发了他恢复古代基督教真教义的渴望，他意识到，用伊拉斯谟的人文主义学术中发展起来的语言比较-历史方法研究《圣经》，并用勒菲弗的《新约》评注和释义，能更深入地领悟基督教启示真义。后来，当伊拉斯谟的希腊语《新约》出版，路德购买后就依据希腊语《圣经》讲课。从1517年开始，路德以新视角解读基督教神学，向古代原初的基督教教义复归，引发一场被称为新教改革的宗教大地震。

然而，伊拉斯谟和路德复杂的关联，又指向一种难以弥合的分裂，他辛苦地调停斡旋路德与传统教会的两极冲突，反而使自己进退两难，失去了大批追随者，暗示着"基督教人文主义"的实现困境与最终破灭。

以人文主义为线索，将文艺复兴与宗教改革两种历史文化现象放在一起通盘考虑、分析，实质上就是以更广、更长时段的历史眼光来阐释意大利文艺复兴的整个进程，纳尔特考察了宗教改革中蕴含的人文主义因素：如何调和异教和基督教经典的对立，怎样把人文主义的"方法论"移用于基督教改革，实现教会清明和宗教复兴。人文主义者大多依然浸淫于宗教价值观，从彼特拉克到伊拉斯谟，他们其实都是置身于原有系统内的变革者，其观点的本质是一种人性论：人类是情感动物而非智识生物，人生的目的是在一个有血有肉的真实世界中行动，而非在纯精神思辨中寻求满足[1]。克里斯特勒在《意大利文艺复兴时期八个哲学家》一书中也明确人文主义者并不站在自己的立场上来反对宗教和神学，而是"它创造了大量的与神学和宗教共存的世俗学问、文学和思想"[2]。

3. 特勒肖和布鲁诺——近代科学和哲学的先驱

在特勒肖和布鲁诺的时代，自然哲学和科学同时发展起来，他们反对

---

[1] 查尔施·G.纳尔特：《欧洲文艺复兴的人文主义和文化》，黄毅翔译，北京：生活·读书·新知三联书店，2018年，第207—208页。
[2] 保罗·奥斯卡·克里斯特勒：《意大利文艺复兴时期八个哲学家》，姚鹏、陶建平译，上海：上海译文出版社，1987年，第193页。

亚里士多德主义，和人文主义者、柏拉图主义者关系密切，他们突破了传统和权威的框架，企图用独创的、独立的方法去探求自然界原理，被誉为现代哲学和科学的先驱。

贝尔纳迪诺·特勒肖（Bernardino Telesio）的主要著作《物性论》（*On the Nature of Things according to their Own Principles*）包括两个方面：宇宙论和生物学。他陈述自然哲学的原理，热和冷是万物的两个能动本原，物质是第三个消极本原。太阳代表热的本原，地球代表冷的本原，冷热的合一产生其他万事万物。他关于时空的论述也值得注意，他把空间定义为能够包含物体的东西，这种空间没有运动，能够离开物体而存在。他主张时间不依赖运动，所有运动以时间为先决条件，在时间中发生。

特勒肖认为人有两种不同的灵魂：从种子中产生的精神和上帝注入的灵魂。第一种精神的第一个作用就是感觉，精神使万物（包括动植物）具有感觉。外在事物对于精神的作用有助于精神的保存或腐坏，所以感觉是和快乐和痛苦相关：快乐是保存感觉，痛苦是腐坏的感觉。理性知识从感官知觉中获得：所有理智知识的基础就是通过感官而知觉到的相似性[1]。相对于动物，人有两个灵魂，一个神圣而不朽，一个世俗且会消亡，这就导致人有双重欲望和双重智慧，并具有动物没有的自由意志。在善恶观上，他提出温和适度的情感构成了美德，有助于精神的保存，而不适度的情感构成了恶，它们与有害的冲动一致，会造成精神的腐坏。

克里斯特勒认为特勒肖表现出相当大的独立性，表现为有自己的理论以及他对亚里士多德的详细批判两个方面。他承认冷热和物质是物理世界的本原，在克里斯特勒看来，这种见解是亚里士多德《物理学》（*Physics*）中关于物质、形式和匮乏的一种较为独特的说法。特勒肖的虚空理论和时空理论意义更大。亚里士多德把时间定义为运动的尺度，而特勒肖认为时间独立于运动，先于运动，这样他就朝着牛顿的绝对时间迈进了一大步。他的虚空的空间——所有物体都包含其中的概念接近了牛顿的绝对空间。他把时间和空间看成一对相属不可分的概念。特勒肖把快乐和痛苦看作是

---

[1] Bernardino Telesio, *De rerum natura,* vol.2, V. Spampanato, ed., Modena: University of Modena Press, 1910-1923, pp. 93-4.

与感觉密切相关的主要感受,这是对伊壁鸠鲁的怀旧,但他把美德与自我保存原则联系起来,这与斯多亚原则极为相似。他把知觉看作知识的唯一基础,这种极端的感觉论可以和斯多亚与伊壁鸠鲁派的思想相比较。他甚至从感觉来获得理性极其普遍的概念,是培根和英国经验论思想的来源和先驱。培根称之为"第一位现代人"。特勒肖区分两种灵魂显然是新柏拉图主义的看法。他把生物机能、感性知觉和记忆、自然对象的推理和认知能力分配给较低的灵魂,而把概念的或崇高对象的知识分配给较高的灵魂。克里斯特勒最后把特勒肖视为牛顿或洛克的直接或间接的前驱[1]。

乔尔丹诺·布鲁诺(Giordano Bruno)发展了亚里士多德的四因说,用于说明宇宙。他把形式因和质料因看作本原,在结果之内;而动力因和终极因是在结果之外。他把世界的动力因与宇宙的智慧等同起来,这个宇宙智慧是世界灵魂的最高的能力[2]。根据柏拉图的方法构想,布鲁诺提出只要每种形式都是由一个灵魂产生出来,那么形式与灵魂就是一致的。如果说质料组成世界的物质的本源,世界灵魂则组成了世界的形式的本原。由此,世界不过是以各种不同形式出现的一种永恒的精神实体而已[3]。在布鲁诺看来,宇宙是一和无限,是存在,是真和一,而所有具体的事物都仅仅是偶然现象,是必然要毁灭的。事物的杂多是由我们的感觉把握的表面现象,而我们的思维能够把握唯一的实体,即真和善。如此,宇宙和上帝的差别似乎消失了。但布鲁诺也区分了两种宇宙:为哲学家所了解的物理的宇宙和神学家相信的原型的宇宙[4]。

克里斯特勒把布鲁诺同他最喜爱的思想家普罗提诺(Plotinus)和库萨相比较,认为布鲁诺朝泛神论或内在论的概念方向更迈进了一步。布鲁诺意欲说明,个别的心灵是普遍的心灵的具体的表现形式,就像特殊的物体是普遍的质料的表现形式一样。在布鲁诺《论无限、宇宙和众多世界》

---

[1] 保罗·奥斯卡·克里斯特勒:《意大利文艺复兴时期八个哲学家》,姚鹏、陶建平译,上海:上海译文出版社,1987年,第129页。

[2] Giordano Bruno, *Dialogue metafistci*, trans. by S. Greenberg, *The Infinite in Giordano Bruno*, New York: Columbia University Press, 1950, p. 111.

[3] 保罗·奥斯卡·克里斯特勒:《意大利文艺复兴时期八个哲学家》,姚鹏、陶建平译,上海:上海译文出版社,1987年,第164页。

[4] 同上书,第165页。

对话录中，他陈述了哥白尼的宇宙体系，并赋予它以哲学的意义。他反对宇宙包含无数有限世界的看法，强调宇宙作为整体是无限的，由此将宇宙和世界相区别。他进一步主张，宇宙的无限不能通过感官来感知，只能通过理性的判断揭示出来[1]。他就脱离了特勒肖的感觉论，恢复到德谟克利特的观点。根据新柏拉图主义的传统，布鲁诺把星球运动的原因归之为其内在的本源或灵魂。而地球也处于运动之中。他否定宇宙作为整体存在绝对的中心，也没有绝对的方向。个别星球通过原子的流入流出不断发生变化，同时由一些内在及外在力量来保持自己的不变。他追随原子论者反对亚里士多德的宇宙论，而内在的力量源自新柏拉图主义。他抛弃了恒星的单一天的观念，并指出恒星离我们的距离都不一样。他把宇宙中的所有星球分为诸太阳和诸地球，认为整个宇宙都充满着以太，甚至在星球之间虚空的空间中也是如此。克里斯特勒高度评价布鲁诺的宇宙论，指出后者在许多方面预言了事实上被现代物理学和天文学发展的宇宙概念，他不仅是第一个采纳哥白尼体系的大哲学家，也是最早勇敢摒弃自然界由等级之分，事物由天上和尘世之分的思想家之一。克里斯特勒中肯地评价布鲁诺是近代科学和哲学的先驱而不是建立者，原因在于他并未意识到数学和经验观察在近代科学中将起的作用，他没能提出一种可以对他的主张加以检验或论证的精确方法。他的优点和局限性在于"他通过自己的直觉和想象力，预见到了许多思想"[2]。

4. 意大利文艺复兴三杰——人像创造者

意大利在文艺复兴时期诞生了许多超一流的天才，主宰舞台的是三位大师级艺术家：达·芬奇、米开朗基罗和拉斐尔。佩特阐释十五世纪的运动"一方面是文艺复兴，另一方面也是所谓的'现代精神'的到来，这种精神包含着现实主义和对经验的诉求。它由一种对古典的回归和对自然的回归构成。拉斐尔代表对古典的回归，而达·芬奇代表对自然的回

---

[1] Dorothea W. Singer, *Giordano Bruno: His Life and Thought*, New York: Greenwood Press, 1950, pp. 250-1.
[2] 保罗·奥斯卡·克里斯特勒：《意大利文艺复兴时期八个哲学家》，姚鹏、陶建平译，上海：上海译文出版社，1987年，第169页。

归"[1]。在对自然的回归中,达·芬奇寻求用自然永恒的变幻莫测来满足无限好奇,用精密技巧满足一种微观的完美感。这样的精确度也让他和研究自然科学的人联系密切。他在自然中不断需求自然之美,这让他得到了科学性的力量,有了许多科学性推论,更多是留下了逼真而准确的艺术作品,这也是自然给予他的馈赠。佩特强调,真正的艺术表现必然符合科学的原则;他推崇集审美能力和科学知识于一身的达·芬奇。纳尔特也注意到达·芬奇醉心于绘画的自然科学研究,他在笔记本里保留有大量解剖和机械草图,在视觉艺术和科学之间确立了密切关系。对于画家和雕塑家来说,了解透视法、解剖学和几何比例是必不可少的,而文学和古典知识也在为艺术家提供除宗教外的大量素材。

佩特总结达·芬奇天赋里两种基本的力量:好奇心和对美的渴望。达·芬奇的艺术如果要在世界上占有一席之地,一定要有更多自然的意义和人性的目的。因为自然是"高等智慧的真正女主人",于是他投入对自然的研究中,沉浸在对植物、星体和不同生物之间的思考中,到隐蔽的静修处追寻表现力的源泉。卡西尔注意到,达·芬奇作为艺术家,将大自然的面貌理解为一个活的大有机体,并以一些直观明晰的形象展现该面貌。佛罗伦萨生活的明丽形象穿过这样的画家的心灵,他新奇的想象力和构想优先在自然中表达,他想给高山凿洞,给河流改道,把圣乔瓦尼教堂那样的高大建筑举向空中。这一系列的奇思异想全部在乌菲兹美术馆的《美杜莎》里表现出来。特别是女人的微笑和强大的水流涌动的意象在其画作中反复出现。达·芬奇的绘画因用明暗对比代替线条表现人物轮廓而著称,他对人像脸部的勾画比前人和后人都要纯熟。他抛弃了中世纪绘画中典型的繁复细节,并延续文艺复兴艺术标志性的消失点透视技法。从《蒙娜丽莎》中可以看出,他能够"避免平淡的描绘,创作出理想化的肖像,同时仍然保留独特感和心理深度"[2]。他在暗淡的氛围里实现了一种几近于幻想的真实,把握肖像人物性格的原貌,并能精确地区分其界限。

---

[1] 沃尔特·佩特,《文艺复兴》,李丽译,北京:外语教学与研究出版社,2010年,第101页。
[2] G. R. 波特编《新编剑桥世界近代史》第1卷,北京:中国社会科学出版社,1988年,第93页。

西蒙兹在《米开朗基罗传》中将性格与文化互动过程中产生的美感文化成果及性格升华状态加以描述，指出米开朗基罗的艺术理想、艺术创作生涯又充实了这位文艺复兴艺术巨擘的个性，使其成为一个完美的人文主义艺术大师。纳尔特把米开朗基罗称为"神赐天才型艺术家的最高代表"[1]。米开朗基罗受到柏拉图哲学的影响，把创造人——人的形象——看作是他的一种使命。克里斯特勒指出，文艺复兴的一个显著特点是意大利从奇马布埃和乔托开始，绘画、雕塑和建筑等视觉艺术稳步兴起，在十六世纪达到高潮[2]。米开朗基罗是其中最为全能的代表，他的大理石雕像《大卫》给佛罗伦萨人带来极大的震撼，甚至被当作共和国的象征。他的罗马西斯廷教堂天顶画彰显英雄主义，美化人类，这都是文艺复兴艺术的典型特征。米开朗基罗同时也是一位建筑师，设计了美第奇家族的洛伦佐图书馆，并改造了罗马卡比托利欧广场，他为罗马圣彼得大教堂所建造的穹顶柱廊，为全欧洲公共建筑确立了穹顶的标准范式。他的绘画作品《圣母恸子》描绘了母亲对死去的儿子的怜悯，表达出人的丰富而纯粹的情感。这份对情感的感知力量也让人们联想到世界上所有的生命孕育的质朴温暖。在佩特看来，"米开朗琪罗风格：醇美有力、愉悦中伴随着惊喜、概念的能量好像随时都会突破美好形式的所有制约，一点点重新获得通常只在最简单的自然物里——从有力的醇美里——才找得到的可爱和美好"[3]。从他的伟大作品中，文艺复兴时期的人们感知到对充满智慧的事物和丰富想象力本身的热爱，对一种更自由、更美好的生活方式的渴望。

拉斐尔也擅长在绘画中表现真实的人性。佩特留意到他将乐天性——一种异教的快乐——出神入化地融入宗教作品中。拉斐尔早先描绘那些形貌细腻、理想化且有特色的圣母、贞女画像，在宗教"悲伤崇拜"中发现"微笑的天分"。到后来他主要从事肖像画创作，使这一绘画类别得到很大的发展。他在作品《教皇列奥十世和侄子》中创造了教皇高贵优雅的形

---

[1] G. R. 波特编《新编剑桥世界近代史》第1卷，北京：中国社会科学出版社，1988年，第97页。
[2] 保罗·奥斯卡·克里斯特勒：《文艺复兴时期的思想与艺术》，邵宏译，南宁：广西美术出版社，2008年，第214页。
[3] 沃尔特·佩特：《文艺复兴》，李丽译，北京：外语教学与研究出版社，2010年，第93页。

象,同时展现出这位美第奇君主的权力的傲慢。拉斐尔也具备文艺复兴艺术的关键技巧,即以简洁有序的方式来定义和组织复杂主题。纳尔特特别强调这三位文艺复兴巨子对文化史的重要意义,他们凭借其杰出的成就,"完成了一场社会迁移,从低微的、可鄙的手工艺匠人,摇身一变为举世公认、可与王侯比肩的天才,他们是受到天启的人像创造者,因此与创世者本人也有神秘的联系"[1]。

5. 拉伯雷——怪诞人文主义者

拉伯雷(François Rabelais)的鸿篇巨著《巨人传》(*Gargantua and Pantagruel*)可被视为法国文艺复兴散文中最早的巨著,尽管故事集延续了法国中世纪的低俗娱乐传统,但它们对古代典范的尊重,对经院主义和教士市侩的鄙夷和嘲讽,也显示出人文主义的影响。作者着力塑造了高康大、庞大固埃等力大无穷、全知全能的巨人形象,并揭示其巨人之内涵:"渴求知识,寻求真理,追求爱情。"

对知识的渴求与歌颂是这部小说贯穿始终的主题,也是人文主义思想价值所在。小说的开头,高康大一出生就用震耳欲聋的叫声喊出"喝呀,喝呀,喝呀"。他的儿子庞大固埃的名字是"渴"的意思。庞大固埃在航海探索中遭遇失败时,他点了食物和饮料,面对生活的矛盾复杂一筹莫展,但他拒绝悬而不决,食和色成为大刀阔斧地解决困难问题的好办法。在圣杯的启示里,海员探险的目的就是一个意义深长的字:"喝!"法国著名进步作家法朗士对这个情节的理解是,到知识的源泉那里,研究人类和宇宙,理解物质世界和精神世界的规律,"请你们畅饮真理,畅饮知识,畅饮爱情"。高康大曾接受五十年的经院教育,经文倒背如流,但越学越蠢,后来他接受了人文主义生动活泼的教育,才逐渐变得智勇双全。儿子庞大固埃去巴黎求学并周游列国。这些强烈地表达了人文主义的思想内涵:冲破中世纪的精神奴役,追求新思想新知识。拉伯雷崇尚一种更高层次的自由,除了一心追求物质享受的巴汝奇,拉伯雷书中的其他英雄形

---

[1] G. R. 波特编《新编剑桥世界近代史》第 1 卷,北京:中国社会科学出版社,1988 年,第 98 页。

象都同时拥有物质和道德、精神上的出发点。这和庞大固埃的理想主义所差无几。

拉伯雷表现了一个人是如何对同一文本或是现象进行不断的阐释，却越解释越糊涂。医生龙迪比里斯在他的文章里探讨婚姻和忠诚问题时援引了许多权威，他论述的知识大部分是虚构出来的，更具戏谑意味的是庞大固埃对永生的言论，或是作者本人对高康大从他妈耳朵里被拉出来的辩护。巴汝奇和他的同伴对巴汝奇的婚姻的预言做出的解释大相径庭，以至于解释本身显得荒诞不经。

拉伯雷借巴汝奇之口，咄咄逼人地宣称人类愚蠢，几乎带着狂喜：人都是愚蠢的，所有人都是笨蛋。巴汝奇的妄言放在拉伯雷探讨世界的愚蠢文本中，粗野和嬉笑谑浪的庞大固埃主义便有过之而无不及。此外，爱比斯德蒙对布里德耶法官通过掷色子裁决案件这一行为的辩护是多么讽刺。爱比斯德蒙以怀疑论者的许多严谨前提为基础，玩弄辞藻，因为他对自己的知识和能力产生了怀疑，也深知法律、敕令、习俗和条例的前后矛盾。由此，为避免一个明确裁决的危险性和复杂度，他情愿通过掷骰子来发现神的意志和乐趣。

拉伯雷对人类知识的批评建立在以下认知的基础上：知识只是一个虚无的消耗脑力的体系，既不能增进我们对世界的理解，也不能教会我们如何生活得快乐又高尚。拉伯雷并没有直接否认人可以获得知识，但他嘲弄所有已经获得的知识以及获得知识的方法。他对人类的信心来自内心深处的具有说服力的怀疑主义。

大多数人文主义者承认，人具有双重性格：人性中同时具备高尚和卑劣的品质。他们中的大多数会试图克服这个双重性，通过智力活动或是精神约束，推动人走向高尚的一端，而宗教会强调需要上帝的恩惠才能完成这项任务。然而对于拉伯雷和蒙田这些异教徒来说，他们不认为这样的分裂是令人满意的。他们欣赏对智力的运用，但他们也认为效果不佳。知识需要在现实里接受检验——很大程度上，是接受物质欲望的检验——只有在知识与人类本性协调一致后，才能被认可。

拉伯雷从人文主义者"尊崇自然"的信念出发，"反对基督教的禁欲主义",维护和歌颂人的自然欲望,以怪诞的方式宣扬人文主义精神。邱紫华从"怪诞"美学的角度把《巨人传》看作是一本奇书,称之为是中世纪民间诙谐文化同新的人文主义思想融合的产物:怪诞的人物和事件令人称奇,"狂乱的想象和汪洋恣肆的肉体生理欲望的描写令人惊讶",肆无忌惮的对传统价值观念的抨击和颠覆令人震撼!《巨人传》以怪诞的方式表达了人文主义理想和价值观念"以狂欢化的审美态度赞美自由的精神和人性",以嬉笑辱骂的方式颠覆神圣的基督教观念"以猥亵庸俗的语言亵渎宗教的神圣性"。[1]

拉伯雷把高康大和庞大固埃塑造成巨人是正确的,他只是赋予他们那个时代应有的特点[2]。作者通篇以巨人的形象和理念来赞美人类,强调人的巨大力量和无穷智慧。纳尔特看到拉伯雷身上人文主义和流行元素结为一体,形成一种特殊的流行文学类型,在智识精英和普通读者中都大受欢迎,以一种相对粗鄙、幽默的方式传播其思想,使其作品拥有经久不衰的魅力[3]。

《巨人传》中的人物强调实际经历的流动性和复杂度,和人类思想改写的定式的不完善之处。拉伯雷一部分是怀疑论者,一部分还是理想主义者。他强调人类与生俱来的深切的,或者说潜意识里存在的道德意识。人类获取知识和取得成功的能力,只是他的统一体存在中单一的微不足道的一部分。统一体中的兽性与神性同在,并且可能更强大有力、永恒不变。拉伯雷欣喜地接受了这个统一体。

6. 蒙田——人文主义怀疑论的代表

蒙田(Michel de Montaigne)的《随笔集》(*Essays*)汇集了十六世纪各种文化思潮与知识,是法国散文的杰出代表,开创了世界随笔史之先河。个人随笔,把自己设为著述主角这一文学形式,为蒙田所创造。他的依据是人,从人性出发开始探索。他的拉丁文造诣不凡,在《随笔集》中

---

[1] 邱紫华:《论拉伯雷的"怪诞"美学思想》,《武汉大学学报》,2004年第1期,第64页。
[2] 吕西安·费弗尔:《法国文艺复兴时期的生活》,施诚译,上海:上海三联书店,2018年,第42页。
[3] G. R. 波特编《新编剑桥世界近代史》第1卷,北京:中国社会科学出版社,1988年,第185页。

典故随处可见。其文风柔和、清澄，更接近希腊智慧。

如果说拉伯雷的人文主义建立在宗教信仰上，充分批判天主教会的腐败，提倡个性自由，希望纯洁教会，蒙田则从未借助宗教来表达看法，而是从人性出发来探讨包罗万象的真实生活。再者，蒙田不迷信权威，用理性态度来对待古典学问，尤其关注作品所体现的丰富人性。他从肯定人、发展到剖析人，深刻地解析人的固有矛盾和缺点。和当时的人文主义者歌颂人的伟大不同，他认为人是渺小的。在宇宙面前，人类相形见绌。

蒙田的《随笔集》受到塞克斯都·恩披里柯（Sextus Empiricus，二世纪古罗马哲学家）的皮浪主义思想的影响。塞克斯都是《皮浪怀疑主义大纲》（*Pyrrhoniae Hypotyposes*）的作者，主要通过比喻论述无法解决的智识难题，归结为悬而不决。他在伦理问题上倾向于有限的斯多亚主义。蒙田认为，人类对一切问题都存在着广泛的分歧，极端文化相对主义在他对古代文学的探讨中贯彻始终。他推许皮浪派的怀疑主义，借用塞克斯都证明一切肯定的断言都可质疑的比喻，指出定义和语言具有模糊性，思想无法控制，而一切人类知识的来源都是极不可靠的感官，所以知识本身也不可靠，由此，人类思想的力量非常弱小。蒙田进一步从唯名论者的角度探讨了经验。每个现象都是独一无二的，所以不可能得到一个知识的总括原理；我们试图从相像事物中得出的推论是不确定的，因为它们不是一直一致的，就事物的差异性和多样化而言，普遍的性质是不存在的。

与苏格拉底的"认识你自己"近似，蒙田在《雷蒙·塞邦赞》（*Apologie de Raymond Sebond*）中提出："我知道什么？"这是他全部著作的一个主题，体现了他的怀疑主义的精神实质，催生了笛卡尔"我思故我在"的观点。蒙田是一位较为温和的怀疑主义者。只有质疑，才能够有理性，才能够去探索这个世界中未知的部分。蒙田怀疑的原因在于人的判断不可靠。首先，蒙田认为人的判断力非常受限，人不可能认识自然界的奥秘。其次，蒙田认为，判断随时间和地点的变化而变化，因为人的判断受思维活动的限制，而人的思维活动又是极其随意的。再次，蒙田认为判断不可能公正，人的情绪影响人的判断，周围的环境同样影响人的判断，人的判断始终是主观的。最后，蒙田认为判断对象也不可靠，因为作为判断对象的人是捉摸不定的。

中世纪经院哲学极力证明上帝的伟大和人的渺小，把人当作上帝的工具、附庸。而文艺复兴时期则发现了个人，皮科在《论人的尊严》(*Oratio de hominis dignitate*)一书中揭示了人的尊严与幸福的合理性，充分肯定了人的崇高地位和个性价值。蒙田的《雷蒙·塞邦赞》一文就是为驳斥皮科而作，这篇文章集中体现了他的怀疑思想：蒙田怀疑人的崇高地位，认为这是极其荒谬的，人不仅不高于一切天体，也不高于动物，人只是宇宙系统中的一个组成部分。蒙田的思想对人类日益膨胀的自我中心意识无疑是一针解毒剂。

作为文艺复兴晚期的人文主义者，蒙田更多地不是颂扬，而是无情地揭露并抨击人的弱点。蒙田用他的怀疑主义对人类理性的种种虚骄做了猛烈的攻击。

蒙田怀疑任何知识的可靠性，他怀疑论的矛头直接指向经院哲学，因为经院哲学是当时占统治地位的意识形态，它们不仅被认为是人类智慧的最高标准，而且是人类行为的最高准则。蒙田宣布人类有权怀疑和不相信宗教权威。他也否定灵魂不朽、神造奇迹等天主教的传统观念。蒙田对经院哲学的批判沉重地打击了宗教神学的精神独裁，唤醒了人们的理性，解放了人们的思想。受到蒙田的影响，弗兰西斯·培根在著作《新工具》(*The New Organon*)中提出，哲学的主要任务就是要为人类认识自然、解释自然提供可靠的方法和工具。笛卡尔在他发表的第一部重要哲学著作《方法谈》(*Discourse on the Method*)中，把认识方法和思维方法看作哲学研究的首要问题。洛克（John Lock）更是明确地把哲学宣布为认识论，他的《人类理智论》(*An Essay Cocerning Human Understanding*)全面探讨了人的认识能力、知识的起源、确实性、范围等问题。

蒙田怀疑论的基本依据是人本身的不确定性。他以怀疑论思想作为立足点，促使人们破除对绝对真理的迷信，使人无止境地探索新知。他不仅摧毁了中世纪经院哲学的精神统治，而且催生了近代以经验论和唯理论为标志的哲学革命，他对人及其认识能力的批判，同其他人文主义者对人及其理性的颂扬一起，完善了人类的自我认识[1]。蒙田对人类自我发展的问题有着极清晰的概念，即让自己不受固有的约束，自在地生活。对人类独立的主张和对人性的含糊信念形成对立，看似构成了文艺复兴时期主要思想的双重潮流。

---

[1] 鲁成波：《蒙田怀疑论的个性特征》，《山东师范大学学报》2003年第3期，第26—28页。

三、意大利文艺复兴的"人"论哲学[*]
The Philosophy of Man in the Italian Renaissance

保罗·奥斯卡·克里斯特勒（Paul Oskar Kristeller）

  众所周知，意大利文艺复兴在美术、文学、史学、思想政治以及自然科学方面成就非凡，并且给我们留下了众多意蕴深远又颇有意趣的作品。如果我没有弄错的话，文艺复兴时期意大利对学术和哲学的贡献也许并不广为人知。可以肯定的是，十六世纪末，以布鲁诺为代表的一批自然哲学家受到关注，主要是因为他们促进了近代科学的发展。不过，今天我要集中探讨的是早期文艺复兴思想，这也是我多年研究的重点。同时，我强调的不是自然哲学，而是人的哲学。本文将简要讨论 1350—1520 年间意大利文艺复兴思想的三大潮流：人文主义、柏拉图主义和亚里士多德主义。

  如今，"人文主义"一词正因其模糊性而得以普及，已成为难以抗拒的口号之一。每个关注"人的价值"或"人类福祉"的人都可以称为"人文主义者"，几乎没有人不想成为或标榜成为这种所谓的"人文主义者"。如果你们指责我在讲座的标题中假借"人文主义"一词诱惑你们，我不得不低头认错。因为文艺复兴时期的"人文主义"与当今的"人文主义"大不相同。诚然，文艺复兴时期的人文主义者也强调人的价值，但这并不是他们关注的重点，他们聚焦于对古典希腊文学和拉丁文学的研究与模仿。意大利文艺复兴时期的古典人文主义主要是一种文化、文学和教育运动，尽管它对文艺复兴思想产生了一定的影响，但其哲学思想与其对文学的关注密不可分。文艺复兴时期古典主义运动的"人文主义"概念是由十九世纪历史学家提出的，但"人文学科"（人文治学）和"人文主义者"的用法则在文艺复兴期间就已产生。一些古罗马作家用"人的文学"（lstudia

---

 * 本文选自 Paul Oskar Kristeller, "The Philosophy of Man in the Italian Renaissance," *Italica*, vol. 24, No. 2 (Jun., 1947), pp. 93-112。

humanitalis）一词肯定有关诗歌、文学和历史的研究，早期意大利文艺复兴时期的学者也用这一术语来强调他们研究的学科中的人文价值，包括语法学、修辞学、诗学、历史学和道德哲学，这些学科被当时的人们重点关注。不久以后，这些学科的教师被称为"人文主义者"（humanista），这一术语最早出现在十五世纪末的作品中，在十六世纪得以普遍流行。

意大利人文主义的源头通常被归于彼特拉克，但人们普遍认为文艺复兴没有确切的开创者。不过毫无疑问，彼特拉克是意大利文艺复兴第一位伟大的人文主义者。然而，至晚在彼特拉克上一辈人，意大利就出现了对人文主义特性的关注和人文主义的趋势。在我看来，意大利人文主义的起源和兴起主要有两个因素，或者更确切地说是三个因素。第一个因素是中世纪意大利的修辞学传统，这种传统由教师和书记员掌握，并作为一种写信、起草文件和撰写演讲稿的技巧传承下来。第二个因素是所谓的中世纪人文主义，即对古典拉丁诗歌和文学的研究，这种研究在十二世纪的各大学派中，尤其在法国极为盛行，而其时意大利此类研究相对较少。直到十三世纪末，意大利学校才对拉丁古典作品进行研究，并与其修辞传统相融合而更具实践性。这时，对拉丁古典作品的研究才逐步开始，与此同时，此类研究能够帮助学者们成功模仿这些古典作家，并且更好地用拉丁语和方言进行散文或诗歌创作。第三个因素是十四世纪下半叶对古希腊文学的研究，这在中世纪的西方鲜有人关注，但拜占庭帝国对古代希腊文学的研究已经持续了几百年，后来由于政治、宗教和学术交流的增强，才从东部传入意大利。

研究兴趣相结合的成果，构成人文主义学习的主体内容，其中包括拉丁语和希腊语语法、雄辩术、诗学、历史学和道德哲学。人文主义者占据了大学所有这些领域的席位，他们强调这些领域相对于其他科学的重要性，并几乎获得了中学的完全控制权，语法学和修辞学一直是中学核心课程。

人文主义者在各行各业的地位，也让他们获得了相当大的威望和权力。因为人文主义者不仅仅是自由作家，正如人们常说的那样，彼特拉克的例子也绝非典型。大多数人文主义者属于以下三类专家群体中的一类，有时又身兼数类：他们可以是大学或中学的教师；或是君主或城邦的秘书；义或是贵族、富有的业余爱好者，将自己的商业或政治活动与当时流行的知识兴趣结合在一起。人文主义者这种专家的社会地位，很好地解释了其文学作品为何涉猎广泛，内容深刻。他们编辑、翻译、阐述希腊和拉丁古典作家，撰写语法学和文献学著作，也撰写演讲稿、书信、诗歌、历史著作和道德论著。这种人文主义文学的体量是巨大的，总的来说，比那些从未读过它的人乐意让我们相信的要有趣得多。虽然不是全部，但大部分文学作品都用拉丁语写成，这在一定程度上解释了近年来人们对其兴致不高的原因。有人指责人文主义者的作品中充斥着经典语录和修辞短语，这在某种程度上说得没错。然而，我们必须补充一点，人文主义者设法用这种古典的和修辞性的拉丁语，去表达他们的个人经历和当时生活现实之间的细微差别。一部描写十五世纪佛罗伦萨街头的比赛和打雪仗的新拉丁文学，同反映相似形式和内容的同时期绘画作品相比，虽然其表现手段可能不如绘画那样容易理解，但我们一定不能把新拉丁文学当作学术著作而予以忽视。

在文艺复兴治学的框架内，人文主义无疑占据了非常重要的位置。然而，如果像现代学者一样，认为人文主义展现了文艺复兴时期科学和哲学的全貌，甚至希望剔除并取代通常与"经院哲学"一词相关的所有中世纪学习传统，那就大错特错了。人文主义是在修辞学和文献学研究的有限范围内产生和发展的。在坚持自己领域的主张时，人文主义者往往在其他学科的同行面前积极主动，但他们也无法为其他领域提供新内容，使之能够取代现存的中世纪传统。人文主义过去是，现在仍然是一场受其古典和修辞兴趣束缚的文化和文学运动。它对自然哲学、神学、法律、医学或数学等领域，只能产生外部的、间接的影响。

然而，这种间接的影响在许多方面是相当重要的，在我们主要关注的哲学思想方面尤其如此。文艺复兴时期的人文主义运动为哲学家们提供了经典文学和历史批评的新标准，增添了额外的古典文献，并由此对旧有的古代思想和哲学理论做重新阐释，使之焕发新生，或将其与其他新旧学说相结合。此外，虽然人文主义本身并不致力于任何特定的哲学研究，但它在其纲领中包含了对文艺复兴思想至关重要的一些总体性理念，其中之一就是人文主义者的历史观和自身的历史地位。他们认为古典时期在很大程度上是一个完美的时代；接着是漫长的衰落时期，即黑暗时代或中古时期；他们自身所处时代的任务和命运，是完成古典主义或其治学、艺术和科学的重生或复兴。因此，人文主义者自己形成了文艺复兴的概念，尽管这一概念受到了某些现代历史学家的尖锐批评。

更为重要的是，在文艺复兴时期，人文主义者的文化和教育规划始终强调个人。我们作为当代的"人文主义者"，尽管有可能对文艺复兴先驱们的教育理想不甚赞同，但是他们对个人的强调这一点，就足以得到我们这些后人的敬爱。文艺复兴时期的人文主义者们将他们的研究称为"人文学科"或"人文主义治学"，表达出了这样的愿景：这些研究有助于培养出理想的人，而至关重要的是把人当作人。因此，他们主要考虑的是个人及其尊严，这一愿望在他们的许多作品中变得相当明确。我们称之为第一位伟大的人文主义者的彼特拉克，在一封著名的信中描述了他登上旺图峰顶的旅行，他为这神奇的景色而倾倒，然后从口袋里掏出奥古斯丁的《忏悔录》，随意打开，发现了这样一段话："人们去欣赏高山的崇高、大海的波涛、河流的河道、汪洋的海岸和恒星的轨道，却忽视了自己。""我被震惊了，"彼特拉克继续说，"我合上书，对自己很生气，因为我还在欣赏世俗的东西，尽管我早就该从异教哲学家那里学到，除了灵魂，没有什么值得钦佩，与之相比，没有什么称得上伟大"。[1] 因此，彼特拉克表达了他的信念：人及其灵魂是智力重要性的真正标尺。但在这样做时，他引用了奥古斯丁、基督教经典、塞内卡和异教经典的原话。

大约在十五世纪中叶，佛罗伦萨人文主义者吉安诺佐·马内蒂（Giannozzo Manetti）撰写了一篇关于人的尊严和卓越的长篇论文，作为对教皇英诺森三世（Innocent III）关于人类悲惨状况的论文的有意回应。马内蒂的作品处处引用西塞罗和拉克坦提乌斯[2]的典故。在后来的人文主义者中，人的尊严仍然是一个热门话题。他们中没有一个人比这位被称为世

---

[1] Francesco Petrarca, *Le Familiari*, vol.1, V. Rossi, ed., Florence, 1933, p. 159; cf. Augustine: *Confessions*, x, 8, and Seneca, *Epistles*, 8, 5.

[2] *De dignitate et excellentia hominis*. 感谢汉斯·巴伦教授为我转写这一珍稀文本。

俗人文主义者[1]的伟大作家更清楚地表达了这种对人的关注与对古代的崇尚之间的联系。马基雅维利在被迫退休时，便喜欢穿上晚装与伟大的古代作家神交。对古人的研究是有价值的，因为他们是人类的楷模，模仿他们的尝试并不是徒劳的，毕竟人类的本性总是一样的。

人文主义运动有着文学和文化的渊源和特点，对哲学思想的发展产生了间接却强大的影响，但文艺复兴早期的第二次伟大的知识分子运动，即柏拉图主义在其起源上是哲学的，并且对文艺复兴中的文学产生了偶发的又非常重要的影响。考虑到其文学作品的数量和追随者的数量，柏拉图主义不像人文主义那样是一股广泛的潮流，但其思想的丰富性和其追随者的反应却深刻得多。可以肯定的是，柏拉图主义在非正式的临时的圈子里有自己的中心，比如佛罗伦萨的柏拉图学院，以及十六世纪的某些文学学院和大学都设有柏拉图哲学讲席。然而，作为一个整体，柏拉图主义并不具备人文主义和亚里士多德主义所享有的强大制度和专业支持。柏拉图主义的影响，与其说源于其思想对思想家和作家个人的经历和见解的吸引力，不如说源于这种吸引力在深度和真诚度上各不相同，有时随着事态的发展，这种吸引力会退化为一种纯粹的时尚。

意大利文艺复兴时期的柏拉图主义由佛罗伦萨学院院长马西里奥·费奇诺（Marsilio Ficino）和他的朋友兼学生乔万尼·皮科·德拉·米兰多拉（Giovanni Pico della Mirandola）推至顶峰，在许多方面成为人文主义运动的一个分支。费奇诺和皮科都接受过全面的人文主义教育，并受到人文主义者的文体学和古典主义标准的浸润。他们对柏拉图的偏爱源于彼特拉克和其他早期人文主义者。费奇诺努力翻译和阐述柏拉图著作和古代新柏拉图主义者作品，这与人文主义者对其他古典作家的作品翻译和阐释不相上下。他试图重述和复兴柏拉图主义的教义，由此凸显复兴古代艺术、思想和制度的总趋势。在他的一封信中，他将自己对柏拉图哲学的振兴比作在其世纪完成的语法、诗学、修辞、绘画、雕塑、建筑、音乐以及天文学的复兴[2]。然而，文艺复兴时期的柏拉图主义在早期人文主义的传统和兴

---

[1] L. Olschki, *Machiavelli the Scientist* (Berkeley, Cal., 1945).
[2] *Opera Omnia* (Basel, 1576), pp. 1, 944.

趣之外还有其他的根源。其中一个根源是中世纪后期的亚里士多德主义或经院哲学，它继续主导着大学和中学的哲学教学。我们现在明确知道，费奇诺在佛罗伦萨大学接受了这种训练，而皮科无疑曾在帕多瓦大学和巴黎大学学习过经院哲学。这种学术训练给他们的思想和写作留下了深刻的印迹，使他们能够超越早期人文主义者业余和模糊的想法，转向一种严肃而有条理的哲学推论，从而可能会对受过专业训练的哲学家产生影响，甚至被他们的哲学对手认真考虑。因此，费奇诺和皮科放弃了早期人文主义者对经院哲学的浅薄论战，并欣然承认了他们对亚里士多德和中世纪思想家的认可。在与埃尔莫洛·巴巴罗（Ermolao Barbaro）的有趣通信中，皮科为中世纪的哲学家辩护，强调哲学内容比经文文体要重要得多[1]。文艺复兴时期柏拉图主义区别于人文主义的另一个来源，是中世纪神秘主义和奥古斯丁主义的传统。即便到十三世纪，亚里士多德主义在哲学和神学的教学中占主导地位之后，较老的奥古斯丁主义思潮在方济各会神学家中幸存下来，并且在日益增长的流行宗教文学中以一种模糊的形式，在平信徒的宗教协会中发展起来。种种迹象表明，费奇诺受到了这种宗教唯心论的强烈影响，皮科后来的作品和他与萨佛纳罗拉的关系表明，他也有类似的倾向。如果我们意识到在费奇诺的柏拉图学院以及许多方面类似的平信徒协会中，古典学识和世俗哲学都被添加上基本的宗教氛围，我们可以更好地理解这个学院在佛罗伦萨的美第奇家族的教育圈和后代想象者中的印象。

由于这些附增的哲学和宗教资源，柏拉图主义能够将早期人文主义者的一些模糊的思想和愿望转化为明确和复杂的思辨理论。特别是对人本身的强调，这是早期人文主义思想最典型的志向之一，也在文艺复兴时期柏拉图主义者的作品中得到了更系统的哲学表达。

费奇诺的主要哲学著作《柏拉图神学》（*Platonic Theology*）中有几段文章强调了人的卓越和高贵，人在各种艺术和技能方面都优于其他生物，运用思想和欲望穿过宇宙的各个部分，联系万物，分享万物。人的灵魂既指向上帝，又指向身体，也就是说，既指向理智的世界，也指向肉体的世

---

[1] *Opera Omnia* (Basel, 1572), pp. 351-8.

界。因此，它参与了时间和永恒。这些思想体现在费奇诺的宇宙等级体系中，在这个层次中，人类的灵魂占据着特权的中心位置：上帝、天使的头脑、理性的灵魂、质和身体。由于灵魂的中心位置，它能够在现实的上、下半部分之间，在理智和肉体之间进行调解。费奇诺从新柏拉图式的传统中借鉴了宇宙体系的许多元素，在决定性的这一点上有意识地修改了它，即人类灵魂的中心位置。"这（灵魂）是自然界中最伟大的奇迹。上帝之下的所有其他东西都是单一的存在，但灵魂是万物归一的。因此，它可以被正确地称为自然的中心，万物之中，世界系列，面对一切，宇宙的纽带和结合点。"[1]

同样的想法在皮科的著名演讲《论人的尊严》中得到了进一步发展。皮科特别强调人类选择生活方式的自由，因此，人不再在宇宙等级制度中占据任何固定的位置，甚至不再享有特权的中心地位，而是完全脱离了这个等级制度，并在自身之内构成一个世界。皮科用一个故事来说明这个概念，他讲述了当上帝已经把所有的恩赐分配给其他生物时，人在所有事物中是最后被创造的。"最后，上帝决定，凡是不能属于自己的都应给予，并且是以复合的方式，凡是万物所独有的都当给予……他对亚当说，我没有给你固定的地位，独属的形貌，以及你渴望的天赋，以便你可以为自己定位，有自己想要的外表和天赋……按照你的自由判断，我把你放在我的手中，你没有任何束缚，你将为自己确定你的天性的界限。我使你既不属天上，也不属地上，创造你的既非凡人，也非神仙。你自己就是塑造者和制造者……你可以向下衍生，进入低级的本性，成为粗鲁之人。你又可以从心灵的理智向上生长，进入神圣的人性高阶。"[2]

对人及其生命意义的关注也决定了费奇诺的另一个基本理论，即灵魂不朽的学说。他在哲学著作《柏拉图神学》（*Platonic Theology*）中用了最大的篇幅来阐述这一学说。费奇诺并没有谴责或贬低生活中的实践活动，但他非常强调人类生活的主要目的是沉思。他所理解的沉思是一种精神体

---

[1] *Opera*, p. 121.
[2] G. Pico della Mirandola, *De Hominis Dignitate, Heptaplus, De Ente et Uno, e Scritti Vari*, E. Garin, ed., Florence, 1942, pp. 104-6.

验，这种体验从我们的思想超脱于外部世界开始，经过知识和欲望的层层加码，最后达到直接认识和享有上帝。由于这种与上帝的最终结合在今生很少能达到，费奇诺假设在未来的生活中，所有那些在此生做出必要努力的人，都会以一种永恒的方式达到这一最高目标。因此，灵魂的不朽成为费奇诺哲学的中心，需要不朽来为其理解的人类存在作为一种不懈的努力思索的观点辩护。如果没有永生，这种努力将是徒劳的，而人类的存在将没有任何可达到的终点。另一方面，一个以不朽理论为中心的哲学主要关注的是人及其目的，包括今生和来世。这种对人和灵魂不朽的关注解释了费奇诺的某些言论，而这些言论使一些现代神学家感到震惊。因为他说，"人为了来生而崇拜永恒的上帝"[1]，有一次他感叹道："神学家，如果你不把永恒归于你自己，以便通过你自身的永恒来享有神圣的永恒，那么把永恒归于上帝对你有什么帮助？"[2]费奇诺还将不朽的学说与人的尊严联系起来，他认为，人是所有动物中最完美的，如果由于缺乏永生便被剥夺了实现其存在的自然目的的可能性，那么他将比野兽更悲惨[3]。

宇宙的中心位置和灵魂的不朽是潜在的每个人都能分享的特权，然而其实际意义取决于每个人独自的努力，及其享有的沉思生活。然而，在他的爱情和友谊理论中，费奇诺也赋予人际关系以哲学意义。当然，他并不谴责或无视性爱，但在他著名的柏拉图式的爱情和友谊理论中，他只关注两个或更多的人之间通过他们每个人共享沉思生活而建立的精神关系。他声称，在真正的友谊中，至少有三个合作者：两个人，以及建立起他们友谊的上帝[4]。这样，费奇诺在人类关系的最高形式和沉思生活的最亲密的个人体验之间建立了直接联系。因此他可以宣称，从这个意义上理解的友谊是将他的柏拉图学院的成员彼此之间，以及与他自己——这个共同的主人——联系在一起的精神纽带。这种柏拉图式的爱情和友谊理论对费奇诺的同时代人和十六世纪的历代人都有巨大的吸引力，他们用散文和诗句一

---

[1] *Opera*, p. 1754.
[2] *Opera*, p. 885.
[3] *Supplementum Ficinianum*, P. O. Kristeller, ed., Florence, 1937, 1, p. 10f.
[4] *Opera*, p. 634.

次又一次地称颂这种理念。"柏拉图式的爱情"这个词后来获得了一个有点奇特的内涵，当然也很难为文艺复兴后期的爱情论述中包含的所有变幻莫测的东西辩护。然而重要的是认识到，这一学说在起源时就具有严肃的哲学意义，它之所以被如此热切地接受，是因为它为受过教育的人提供了对其个人情感和激情的多少有些肤浅的灵意式解释法。这一理论的背景相当复杂，它源于古代的爱情和友谊理论，源于基督教的慈善和精神团契传统，源于中世纪典雅爱情概念，在所有这些思潮仍然非常活跃的时期，只会增加这一学说的受欢迎程度。

对佛罗伦萨的柏拉图主义者来说，人及其尊严的概念并不局限于个人的孤独经历和个人关系，它还通向团结所有人的自觉意识，这种意识对每个人都施加了明确的道德和智力义务。这种态度隐含在费奇诺对各种宗教的看法中。他强调，基督教是最完美的宗教，这是肯定的，但他也断言，宗教本身对所有的人来说是自然的，并将他们与动物区分开来。宗教的多样性促进了世界参差多态的美，而每一种宗教，至少以间接和无意识的方式，都与唯一的、真正的上帝有关。皮科更进一步强调，所有宗教和哲学传统都有一个共同的、普遍的真理。异教、犹太教和基督教的神学家，还有所有据称相互矛盾的哲学家，柏拉图和亚里士多德、阿维森纳和阿维罗伊、托马斯和司各脱，以及其他许多人，都对真理有不少见解。当皮科将所有这些作者的命题纳入他的九百篇论文中时，他的潜在意图是要说明真理的普遍性，这也是他努力纳入和捍卫这么多不同来源的学说的理由。最近的一项研究正确地强调了皮科的这种融合[1]，真正为一个宗教和哲学宽容性的广义概念提供了基础。

换种方式看，人类团结的思想体现在费奇诺的人文（humanitas）理念中，这个拉丁词汇语义模糊，因为它既代表人类，又代表作为个人美德的人文情怀。这种语义模糊反映了古罗马斯多亚派的人文主义思想，并结合了文化改进的标准：将他人当作同胞一样表示高度尊重。费奇诺采纳并进一步阐述了这种思想。他从一般概念出发，认为爱和吸引力构成宇

---

[1] E. Anagnine, *G. Pico della Mirandola* (Bari, 1937).

宙万物的统一力量，他特意将其应用到作为自然物种之一的人类身上。人类通过爱护他人、表现人性来证明自己是人类，当他失去人性、行为凶残时，他就脱离了人类社会，丧失了人类尊严。费奇诺在写给托马索·米内贝蒂（Tommaso Minerbetti）的一封信中问道："为什么男孩比老人更残忍？""疯子比聪明人更残忍？愚蠢的人比有创造力的人更残忍？因为他们身上的人性似乎比别人少。所以残忍的人被称为没有人性的、野蛮的人。一般而言，由于年龄的犯错、灵魂的堕落、身体的疾病或星座运势的不佳而脱离完美人性的人，将人类当作异己或怪物，对人类充满恨意，不予重视。可以说，尼禄不算人，而算怪物，他只是在肤色上和人类相似罢了。如果他真的是人的话，那他就会像爱护同胞一样爱护他人。因为每个人都信奉同一理念，属于同一物种，他们就像是同一个人。因此我相信，那些以人的名字命名的圣人们，在所有美德当中一定拥有这种美德：像同胞兄弟一样关爱、帮助他人，换句话说，这种美德就是人性。"[1]

就连费奇诺的永生理论也受到这种人性团结意识的影响。费奇诺承认，少数人可以在尘世生活中获得对上帝的直观认识，但这并不被视作一种对所有人固有的自然愿望的充分满足。为了实现这一愿望，必须保持对来世生活的期盼，即使不是为了所有人，至少也要为了那些致力于向上帝奉献的人。费奇诺在教授罗马帝国基督教神学家奥利金（Origen）时，提到他并没有承诺所有灵魂最终都会获得救赎，但是他留给了我们希望，即人类中有一定比例的人将获得永恒的幸福，而这是尘世存在和人类生活的真正目标。

文艺复兴早期的第三股思潮是亚里士多德主义，它植根于中世纪后期的教学传统。意大利的大学对亚里士多德思想的研究大约在十三世纪末获得了稳定地位。一开始，这项研究与医学而非神学有关，后来它开始关注自然哲学，将关注范围进一步缩小到逻辑学。这个学派以所谓双重真理论的倾向著称，这意味着既承认教会在教义神学领域的权威性，又在自然理性的范围内保护哲学思想的独立性。这些亚里士多德学派的哲学家们在许多问题上观点

---

[1] *Opera*, p. 635.

不一，分成了几个对立的学派，但是他们仍然面对同样的问题，共享同样的文献资料和研究方法。相较于人文主义学派和柏拉图主义学派，亚里士多德学派展现了哲学的坚实传统和专业取向。他们主导哲学教学，直到文艺复兴末期才结束。他们的许多评论和论文体现着这种教学方法和学术兴趣。他们在文艺复兴时期的智识生活中发挥的作用要比大多数学者认识到的还要大得多，而且他们对于通常所说的时代新问题也绝不陌生。诚然，文艺复兴时期的亚里士多德主义并未脱离中世纪亚里士多德主义的传统，但是它也吸收了同时代的人文主义和柏拉图主义的许多重要元素。

这一点我们可以很容易地从意大利文艺复兴时期最著名的亚里士多德哲学家彼得罗·蓬波纳齐（Pietro Pomponazzi）身上看到。他在帕多瓦接受了文艺复兴思潮的熏陶，后半生在博洛尼亚担任哲学教授，度过了一生中最富有成效的岁月。蓬波纳齐精通中世纪先辈的观点和著作，基于亚里士多德所著的文章，他用同一种推理方法探讨了部分相似问题。他也了解希腊的亚里士多德评论家和其他学派（尤其是斯多亚学派）的古典思想，这要感谢人文主义者的译介工作。他还探讨或借用了柏拉图学派著作中的一些观点。蓬波纳齐与同期人文主义者和柏拉图学派关系密切，尤其体现在他对人的理解上。

蓬波纳齐对人的关注体现在他最重要的一部哲学著作中，像费奇诺一样，他主要探讨了灵魂不死的问题。这部专著极具争议性的立场引起了亚里士多德学派哲学家和神学家之间长达几十年的激烈争论。在探讨这一问题时，蓬波纳齐与柏拉图主义者一同强调了人在宇宙中的中心地位。"我认为应该从这儿开始思考：人并非单一，而是多样化的，人也并非一成不变，而是人的本性并不确定，人处于终有一死与永生不朽之间……因此古人理所当然地认为因为人有两种本质，那么人既不会单纯地永生不死，也不会单纯地转瞬即逝，既然人居于不朽和瞬间之中，那人就有能力显露出任一本质。"[1]

然而，尽管有这样的出发点，蓬波纳齐接下来的分析在许多方面仍然与费奇诺大相径庭。诚然，就本质来看，人的理智并不是物质的，但知

---

[1] *De Immortalitate Animae*, ed., and tr. William Henry Hay II, Haverford, 1938, ch. 1, p. 1f., and III.

识完全限于有形对象。这就是人的智识介于纯粹的天使智力和动物灵魂中间的典型方式。没有任何证据表明，人在今生就能完全认识智知对象。因此，灵魂不死也没有合理证明，尽管人们必须认为永生是一种信仰。

因此，蓬波纳奇推翻了一定会在来世得到满足的沉思理想，转而代之以今世可得到美德的理想。这样，人的尊严不仅得到了维护，而且人在今世的俗世生活也被赋予了重要意义，不再依赖于来世的希望或恐惧。蓬波纳奇用质朴的语句陈述了这个观点，让我们想起柏拉图和斯多亚学派，以及斯宾诺莎和康德的论述。"有两种赏罚方法：一种是必然的、内在的，另一种是偶然的、外在的。德行的必然回报是德行本身就让人幸福。因为人的本性不能获得任何高于美德的东西。只有德行才能让人心安、远离一切烦恼……反之则适用于恶行。对坏人的惩罚就是因为恶行本身比任何东西都能让人更痛苦、更不快乐……偶然的奖赏比必然的奖赏更不圆满，因为金子没有德行圆满；偶然的惩罚比必然的处罚要来得轻。处罚是一种偶然的惩罚，而罪行是一种必然的惩罚。然而，罪行的惩罚比处罚的惩罚要重得多。因此，只要保留了必然性，即使有时忽略了偶然性也没关系。此外，当善行得到偶然的回报，其中本质的善意似乎就会减少，不再圆满。例如，如果有人行善并不求回报，而另一个人有求于回报，那么后者的善行就不如前者高尚。因此，相比得到偶然奖赏的人，没有得到偶然奖赏的人必然会得到更多的奖赏。同样，相比没有受到偶然惩罚的恶人，受到偶然惩罚的作恶者似乎受到较小的惩罚，因为罪行的惩罚要比处罚更重更糟，当罪恶受到惩罚，罪恶感就会减少。所以，没有接受偶然惩罚的人相比受过惩罚的恶人，必然会受到更为严酷的惩罚。"[1]

蓬波纳齐强调道德美德，是独立个体设定的一个人生目标，在一开始就是一种个人行为准则。然而，蓬波纳齐和费奇诺一样，始终坚持人类之间存在同心同德，认为每个人都通过自己的正确行动为世界的共同福祉做出了贡献。"我们必须假设并牢记，整个人类可以比作一个独立的个体。"[2] 正如我们身体的所有组织都为构成整个身体做出贡献一样，所有独

---

[1] *De Immortalitate Animae*, pp. 49, xxviii f.
[2] Ibid, pp. 43, xxiv.

立的个体都为整个人类的福祉做出贡献。"整个人类群体就像一个身体，由不同成员组成，这些成员发挥不同的作用，但在整个人类社会中都起到共同作用。"[1]

因此，确定的人生目标必须是所有人或至少许多人都可以实现的。这一考虑促使费奇诺假设在未来的生活中，许多人将得到上帝的神启，而在现在的生活中，只有极少数人能够体验。同样的考虑使蓬波纳齐断言，人类存在的最高目的在于道德实践，而不是诸如沉思的理智活动。这一论述更为有趣，因为它与亚里士多德的学说不一致。蓬波纳齐认为，所有人在某种程度上都有三方面的心智才能，即思辨的理性、道德的思维和技巧的才智。然而，对于每一个人来说，这三方面的理智发挥的作用是有差异的。亚里士多德认为，理性的思辨活动不是专属于人类的，而是属于神的活动。虽然每个人都可以进行理性思辨，但是没有人可以拥有或者说完全拥有思辨的理性。另一方面，技巧的才智也不属于人类特征，因为许多动物也有技巧的才智。"然而道德实践的思维确确实实是人类独有的，因为每个普通人都可以是一个具有完善美德的人。而且根据道德思维，我们可以绝对地区分人的善与恶，而根据思辨的理性或技巧的才智，我们只能从资历的某些层面上区分一个人的好与坏。因为一个人可以根据他的德行和善行被称为善人或恶人，然而一个好的形而上学家不能被称为一个善人，只能被称为一个好的形而上学家，一个好建筑师也不能绝对地被称为善人，他只是一个好建筑师。因此，当一个人不被称为形而上学家、哲学家或木匠时，他不会生气。然而，当人们说他是一个小偷，有放纵、不公正、愚蠢或诸如此类的恶行时，他最为生气。似乎做好人或坏人都是人性，且在我们的能力范围内，而做一个哲学家或建筑师既不在我们的能力范围内，也不是一个人所必需的。因此，所有人都可以而且必须是有道德的，但并非所有人都必须是哲学家、数学家、建筑师等等。关于人类特有的道德理性方面，每个人都必须是完美的，为了更好地保护整个人类社会，每个人都必须道德高尚，尽可能地远离邪恶。"[2]

---

[1] *De Immortalitate Animae*, pp. 43, xxv.
[2] Ibid, pp. 45, xxvi.

我意图表明文艺复兴早期的三大思潮都与人类生活的目的和人类在宇宙中的位置有关，这种关注不仅表现在明确的个人行为准则中，而且表现在人际关系和人类同心同德的强烈责任感上。从源头上说，人文主义运动缺少哲学意涵，却富于普遍的、仍有待厘清的思想与抱负，并提供了古老的原始文献资料。柏拉图主义者和亚里士多德主义者是具有思辨兴趣并接受过思辨训练的职业哲学家，他们接受了这些含混的思想，将其发展为明确的哲学学说，并使之在他们复杂的形而上学体系中占有重要地位。

十六世纪的前二十五年之后，知识分子的早期文艺复兴思潮继续存在，但它们越来越黯然失色，起初是因为宗教改革引起的神学争议，后来被现代科学和现代哲学的兴起所取代。然而，早期文艺复兴留下的遗产至少到十八世纪末都一直在起作用：文艺复兴人文主义在西欧的教育和文学传统，以及在历史学和文献学研究中依然存在；文艺复兴时期的柏拉图主义将柏拉图和普罗提诺的影响传给了所有试图捍卫某种理想主义哲学形式的思想家；文艺复兴时期的亚里士多德主义虽然部分被实验物理学和科学所取代，却为后来的许多自由思潮提供了灵感。我们现在的许多思想都起源于十九世纪，除了一些学术专家，那些古老的思想和传统基本上被遗忘了。在科学进步和物质成就的鼓舞下，现代实证主义似乎使所有其他观点或多或少都过时了。然而，我们这个时代的惊人事件动摇了我们"即使不相信实证主义的真理性也要相信它的充分性"的信心。我们想知道实证主义的原则是否足够广泛，足以解释我们的经验并指导我们的努力方向。我们对自己的成就越来越谦虚，因此更愿意以史为鉴。在众多的哲学家和作家构成的西方思想的历史和传统中，意大利文艺复兴早期的人文主义者、柏拉图主义者和亚里士多德主义者有着独特的地位。他们的许多观点仅仅是出于对有关历史研究的好奇心，但其中一些观点包含了永恒真理的核心，并可能因此成为当今意大利乃至全人类的要旨和灵感。

（宋文　译）

四、英国文艺复兴文学论[*]

An Outline of the Literature of the English Renaissance

埃德温·格林鲁(Edwin Greenlaw)

奥利弗·埃尔顿(Oliver Elton)在他的《现代研究》(*Modern Studies*)一书中评论道,对英国人来说,目前主要的批评任务是"回溯至英国文艺复兴时的思维状态"。这样的责任也落在了继承英国文学和思想的美国人身上。十六世纪,英美共同的语言——英语——呈现出现代语言的形式,其共同文学——史诗、抒情诗、戏剧、叙事——纷纷粉墨登场,是英国的文艺复兴将盎格鲁-撒克逊民族的政治思想与其他民族的区分开来。在信奉君权神授的斯图亚特王朝时,始于都铎王朝的专制主义显然达到了顶峰,这是不争的事实;民主理性在十八世纪晚期才出现。同样可以确定的事实是,在自然科学领域,培根的成就与十九世纪其他巨人相比是微不足道的;在文学领域,似乎只有莎士比亚在现代人的心目中占有举足轻重的地位,因为只有那些对戏剧史感兴趣的学生才会读莎士比亚同时代人所写的戏剧;对斯宾塞(Edmund Spenser),人们更多地是钦佩,而不是读其作品;而弥尔顿甚至早就和他的神学思想一起被现代人抛弃了。托马斯·莫尔的《乌托邦》(*Utopia*)和培根的《新亚特兰提斯》(*The New Atlantis*)只是些书名;斯宾塞的《仙后》(*Faerie Queene*)只是麦考利(Macaulay)未经细读就评论或推荐的一首长诗。而弥尔顿的《利西达斯》(*Lycidas*)已经变成一种折磨人的工具,它让高中生感觉英语像数学和希腊语一样难懂。

---

[*] 本文选自 Edwin Greenlaw, *An Outline of the Literature of the English Renaissance*, Chicago: Benj. H. Sanborn & Co, 1916, pp. 1-26。有删节。

1. 英国文艺复兴时期文学的定位

在英国文学或者文学史中，从来没有任何时期像文艺复兴这么接近当代。我们美国的本国历史应该教会我们看清这一点。文艺复兴形成于伊丽莎白一世时期文人们朦胧的政治理想主义；在英国的拓荒阶段得到发展；之后继续发展到培根指明并祈求，但未能目睹的征服自然时期；到目前已上升到民族主义的概念，这一概念对权力保持警惕，有希望彻底改革我们的思维模式，并消除我们自私的个人主义。我们目前的文明已经成熟到可以转型，很可能就是一种新生。这两种文明之间的对比是非凡的。都铎王朝时期的英格兰已经摆脱了封建主义，建立了强有力的中央集权政府，也已经摆脱了与世无争的观念，变成世界民族大家庭的一个成员；人们已经感觉到，不只是政界，普通民众也饱含着一腔爱国热忱。比如体现在德雷克（Drake）和罗利（Raleigh）行动中的爱国热忱得到霍林斯赫德（Holinshed）和哈克鲁特（Hakluyt）——他们行为记录者——的赞美；这种爱国热忱体现在朝廷大员斯宾塞的文学作品中，体现在属于和代表所有阶级的莎士比亚的作品中，还体现在戴伦埃（Thomas Deloney）那些谈及美德和机遇的技巧娴熟的作品中，同样体现在美国从一个联邦主权国家转变成一个全新的、重要的国家统一体，到现在变得具有更崇高的责任和权力感，放弃迂腐的隔离政策，准备插手世界事务。此外，民族主义在商业的发展中萌芽。都铎王朝时期的英格兰，受到伟大航海家的启发，建立了商业帝国，其远见卓识可以与同美国通商相媲美。

在文化领域，文艺复兴和当代也有很多有趣的相通之处。在十六世纪，英国文化在与古典文学的碰撞中获得灵感，继而借用古典文学中一切适合新环境的素材。柯列特（Colet）、莫尔和伊拉斯谟的人文主义与斯宾塞、莎士比亚、琼森（Jonson）和弥尔顿并不一样，但是，之后的人文主义从前人的成果中吸取精华，得到发展。在大学里，古典文学研究变得学究气十足，但是古典文学的知识得到了广泛普及，因此变得更具影响力。这也是一个翻译的黄金时代，无限量地拓展了本土语词汇；塑造了英国散文的风格技巧；丰富了古典文学以形成英国文化的特质。虽然美国教育目前的趋势看似远离古典文学，转向了所谓的职业课程，但是了解美国人个性的人不相信功利主义将会最终、彻底地霸占人文学科的位置。我们正在经历一个转型时期。方法上的改变是不可避免的，但人文学科不会彻底消失。文字可能会消亡，但它所代表的那种精神永远会是一束纯粹的、永不熄灭的火苗。

甚至在文字层面上，当今时代和文艺复兴也有相通之处。像现在的文学一样，十六世纪早期的文学像我们当代文学一样，醉心于缺乏生活的文学形式，或者专注于韵律和诗节中奇异的尝试，或者仅仅沉迷于模仿本身。但是当生活的洪流席卷英格兰，一种新的文学诞生了。由此英格兰文学获得了一种灵魂，她的声音变得清晰、嘹亮、真实。其戏剧、抒情诗、传奇、史诗讲述着这种生活。此时的美国也有了新时代的种种迹象。诸如充满希望的中西部州乡村小剧场运动；最先并充分体现在公共卫生、清理周、美化城市的活动中社区精神的复兴等，凡此种种都在培养一种意识：不仅公共卫生和经济福利是重要的，而且形色各异的社区节、戏剧、音乐都是复兴民间精神的自然延伸。正是此种民间意识，受到新民族主义的刺激，并在与他国文学的接触中，使莎士比亚时代的戏剧得到孕育，在某种程度上，也孕育了那个时代的荣耀的诗歌和散文。

除了这些相通之处，还有很多其他原因表明，如今研究英国文艺复兴时期的文学是有益的。首先，在文学史上，没有一个时期像它一样富含所谓的种族经验象征。这部分缘于伊丽莎白时代人们对寓言的喜爱，因为那时寓言已呈现出一种新形式，但从根本上来说，这是由于那个时代的人们看待生活的新方式。要研究那个时期，没有比马洛（Christopher Marlowe）的《浮士德博士的悲剧》（*The Tragical History of Doctor Faustus*）更好的样本了。这本书以古老的道德为框架：善与恶争夺人的灵魂；罪恶人生；用老人象征的最后努力，被改造，最终的灾难。但是，这些古老的象征呈现出新的生机。一方面，通过个人的提升，去探寻更深刻而丰富的经历，另一方面，通过我们已清楚地陈述过的，之后又被马修·阿诺德（Matthew Arnold）称为希伯来精神和希腊精神之间的斗争。希伯来精神强调良知的严格、罪恶的意识，在浮士德所受的折磨中得到体现。但是，希腊精神凸显文艺复兴时期对美、对更多彩的生活的激情，这种精神在以下段落可以

初见端倪:

> 难道我不是已让盲荷马为我唱歌了吗?

或是更痛快的爆发:

> 就是这张脸(在特洛伊战争中)令一千艘船开动
> 并烧掉伊利昂无顶之塔?

一方面是致命的七宗罪系列,另一方面是探寻事物本质的内心欲望仍然在迫使人们"攀登知识的极限"。因此,《浮士德博士的悲剧》承接了中世纪精神遗产的这种情节和形式,变得和寓言一样具有清晰的象征意义,它不仅应该作为英国早期的悲剧来研究,也应该作为一种文艺复兴时期人们理解生活的方式来研究。另外,斯宾塞常常借用一些传奇中的熟悉场景去象征他的政治理想主义,例如,阿特加防御伊雷娜的战争表明,在人们经历思想危机或国家理想跳跃式发展后思维极度活跃的时期,过去的故事和想法获得了象征性意义。有一些不能算作故事的故事,却因故事所象征的内容而进入人们心灵深处,虽然这些象征不具有济慈在希腊古瓮里看到的永恒的美丽,也不具有像莎士比亚的十四行诗一样不朽的诗行,也不具有雪莱的《阿多尼斯》(*Adonais*)所产生的永久的影响,但是这些象征却具有大自然般的神秘力量,呈现出新的形式。当人类在一些复兴时刻或处于危机之中,这些象征让人们竭尽全力去诠释生活。因此,斯宾塞版本的亚瑟王传奇立刻变成中世纪精神复兴的最好的体现之一,也是对它作为新英格兰经验象征的重新解读。《浮士德博士的悲剧》这本书也不仅由马洛一个人创造,它同时是一大批思想和观点的产物,换句话说,是整个民族的道德和寓言。如果说我们把"大学才子"派约翰·李利(John Lyly)的《恩底弥翁》(*Endimion*)比作道德或寓言中的任何一个,就可以清楚地明白这个道理了。李利的剧作较为花哨,因诙谐对白、优美抒情、对王室显贵的打趣而符合流行的口味。与之相对的,《浮士德博士的悲剧》是清教主义与科学探索新精神冲突的极端体现,也展现了这种恐怖的想法——人们以血订盟，把灵魂出卖给恶魔——和这种趋势——摆脱权威，探索生命的真谛，为灵魂无法企及的思想所困扰——两者之间的激烈冲突。斯宾塞《仙后》(*The Faerie Queene*)表面上看似《阿玛迪斯》(*Amadis*)或者《阿卡狄亚》(*Arcadia*)一样的传奇，但它也借用了中世纪的寓言、道德剧和骑士故事去暗示社会全貌，展现一连串变化无穷的观点，诠释通过迹象显现的伊丽莎白时期英格兰的起伏跌宕的生活。

还可以找到一些其他的佐证。弗莱彻（Fletcher）教授曾颇有学术见解地写过的那个非常有趣的"女人的美丽宗教"就算其中一个。在此，我们也利用中世纪主义来象征新的思想。一方面，这里有典雅之爱（the courts of love）和《玫瑰传奇》的想象寓言；另一方面，这里弥漫着很多中世纪的神秘主义。在意大利，从但丁的《神曲》和《新生》，到费奇诺的柏拉图主义和彼特拉克的十四行诗里对爱的赞颂的出现，一种关于这些寓言的文学出现了，并在《侍臣论》[1]的第四册书描写的邦波（Bembo）[2]所作的关于爱的演讲中达到高潮。寓言也体现在伊丽莎白时期的十四行诗和斯宾塞的圣歌中。一方面标志着从英国人早期对女人的态度向罗莎琳德、苔丝狄蒙娜、科迪莉亚、帕迪达、伊莫金这些不朽的形象过渡，另一方面证明了这样一个事实，即在一个有伟大成就的时代，在一个探索与发现的时代，想象力是如此精妙，以至于高高在上的哲学放下身段，体现在日常经验中，演化成"流行话题"——

> 虽然人类的真理暗自加盟
> 镶在神秘的框架中
> 在词不达意的地方
> 在故事中表达的真理
> 俯下身段

莎士比亚的伟大剧作也是种族经验的象征，这一点也不假。他的历史

---

[1] 作者卡斯蒂利奥内，意大利外交官，《侍臣论》使他成为文艺复兴时期贵族礼仪的权威。——译者
[2] 意大利文艺复兴时期枢机主教，仿照彼特拉克风格写诗，以"邦波体"著名。——译者

剧和悲剧堪与《浮士德博士的悲剧》《仙后》和伊丽莎白时期的柏拉图主义文学相媲美,因为他们都以中世纪故事为基础,这些故事的讲述方式,直接涉及英格兰人最关注的话题。因此,虽然莎士比亚避免使用寓言,虽然他在剧作里几乎不会直接谈及时事,虽然他明显对国家政策之类问题毫无兴趣,但他依然达到了和他的同时代人殊途同归的结果。例如,我们从《理查二世》和《约翰王》开始了对君主的一系列研究。首先,在马洛之后,王冠代表一种荣誉,王权是一种个人特权。然而,格洛斯特公爵的职业完全暴露了马基雅维利《君主论》的权谋哲学,最后成为迅捷的抗议女神涅墨西斯。《李尔王》和《理查二世》在很多情节的细节上是相似的,是对同一个主题更新更成熟的研究。而《麦克白》与《理查三世》也很相似。在所有这些作品里面,戏剧是对世俗地位和荣誉的一种感知错觉,也是对当时主宰欧洲、主要由马基雅维利的著作进行阐述的一种政治哲学的进步性批评。莎士比亚也探讨牧歌体,他虽避开其艺术元素,但他的大量剧作,包括《皆大欢喜》《辛白林》和《冬天的故事》,因都在讨论活力生活和沉思生活的关系而被紧密联系起来。又如,《暴风雨》不完全算是一个寓言,但它充满了象征,而麦克白是另一个浮士德。莎士比亚探讨了国王和王室,虽然他不具有民主思想,但是他写的国王和悲剧英雄象征着各种经验的各个阶段。他是"世界的""永恒的",不是因为他涉及传奇体裁,或者他是无与伦比的,或者他创造人物的力量,而是因为更深刻的原因。吉尔伯特·默里(Gilbert Murray)教授最近已经比较了奥瑞斯特斯和哈姆雷特,以便揭示在两部起源于古老传奇的戏剧中,我们怎么会有一种"奇怪的无法分析的潜意识的心灵感应,怎么会有一种欲望、恐惧和激情的暗流,他们长年沉睡心中,却是我们异常熟悉的,已经潜伏在我们最私密的情感深处几千年了,并被精心织入我们神奇的梦幻中"。因此,莎士比亚像他的同辈一样,在古老的被遗忘的事物中找到了他理解生活的素材。最近纪念他去世三百周年的活动甚至呈现出宗教般的虔诚。在莎士比亚的那个时代,强大的力量正在改变文明的进程。在我们这个时代,类似的泰坦尼克精神活跃起来。在这样一个时代,除了人精神本身的回归外,没有人类可以相助。那种精神被记录在过去的文学中——不是在过去所有的文学中，而是在爱默生称为"人类生存的大背景"的文学中——得到瞬间的呈现。思想要进入永恒，甚至比勒（Belial）[1]也不愿失去此类精神寄托，故事要传之后世。在二十世纪要读出《麦克白》《李尔王》或《哈姆雷特》的深刻内涵，像十六世纪人所认识得那么深入，我们便本能地转向斯宾塞所写的易变法则。

我在此详述伊丽莎白时期文学的这个方面有两个原因。第一个原因，我们通常把对这个时期的研究局限在戏剧上，甚至在戏剧的研究中，可能除了莎士比亚，我们的研究又缩小到只关注技巧问题。我们阅读了《仙后》节选，一两页《尤菲绮斯》（*Euphues*），几首十四行诗和田园诗，培根写的几篇散文，就产生了一种感觉：伊丽莎白时代的文学确实是浩瀚无边的，但我们并不愿意去探索他们。然而，假如我们努力理解英国文艺复兴思想是值得的，那么我们应该从其他角度来研究它，而不仅是研究莎士比亚的戏剧，以及正如我试图说明的，通过这样的研究路径，我们甚至能更好地理解莎士比亚。这样的研究不是无趣的，也并非不针对目前的问题。鉴于如今人们对古典文学越来越不感兴趣，人们可以研究一些非常有价值的主题，例如，从都铎王朝早期到弥尔顿时期人文主义的发展；还出现了文艺复兴文学批评的课程，这些课程并非无所收获，因为正是在这一时期，我们熟悉的大多数文学形式得到发展；至于培根，如果我们只局限于阅读他的几篇散文，忽视其伟大的专著《学术的进步》（*Advancement of Learning*），我们就只了解他的一个方面。他的政治理论甚至没有历史学家问津。他对大学教育的目标和方法的设想虽然非常振奋人心，却被大学生和大学教师所忽视。当时大学更多开设一般课程，如培训为政府服务的大臣的课程，设想宏大历史书写的课程，或者新科学研究的课程。在文学方面，要对短篇故事进行充分研究，却不易找到故事选集。戴伦埃写的关于中产阶级生活的风流韵事，和纳什（Thomas Nash）的《不幸的旅人，或杰克·威尔顿的生活》（*The Unfortunate Traveler, or the Life of Jack Wilton*）应该得到更多的关注，因为它们比《尤菲绮斯》更

---

[1] 比勒，基督教《圣经》中的魔鬼。——译者

有趣。游记文学、杰出的翻译、英国《圣经》的历史,所有这些都应给予机会进行研究。首先,都铎和斯图亚特时期的英国文学提供了熟悉其他文学的机会,正所谓自然的、合理的比较文学。如此有趣的来源,如马洛里(Malory)的《圣杯的全盛历史》(High History of the Holy Grail)、《高拉的阿马迪斯》(Amadis of Gaul);古典文学如维吉尔和忒俄克里托斯(Theocritus);意大利的杰作如《普林西比岛Ⅱ》(Il Principe)、《侍臣论Ⅱ》(Il Cortegiano)以及塔索(Tasso)的伟大史诗,这些都是文学领域的瑰宝。不错,我们是在研究弥尔顿;然而,我们很少把他作为英国古典主义时期无限的光荣来研究,或者认为其思想可以代表一个时代。因此,一个人若花一个学期或者花一生时间从某个立场观点去研究文学,而不是去研究戏剧发展史,他的辛劳可以得到丰厚的回报。

另一个原因,已经清楚地暗含在我所说的话中。近年来,英国文学方向的大学课程越来越强调技巧。抒情诗和韵文的技巧特征,以及戏剧、小说和短篇故事的技巧已经引起了关注。在一定程度上,这种趋势表明,研究者的主要兴趣出于效率和为了得到结果。例如,不止一个成功的杂志小说家已经承认,长期研究莫泊桑,是为了获得他成功的秘密。大学课程,甚至函授课程都在通告的字里行间标榜一个目的:让任何人成为成功的短篇小说作家。在戏剧课程中,这一目标也是显而易见的。易卜生和亚瑟·皮尼罗(Arthur Pinero)的技巧已经受到了研究。公然地或者无意识地,人们把同样的方法也用在一些不那么星光熠熠的戏剧家身上,目标是使汤姆、迪克或者玛丽变为成功的戏剧家。现在的问题不是那些已经有幸得到我们研究的剧作家是否还有一些作品要问世,而完全是关注使这些剧作家成功的方法。在写作和教授大堆成功的戏剧和短篇小说时,我们经常探讨那些只知模仿却从不知原著本身真谛的作品,可称之为人造珠宝,我们的学生模仿这些通过模仿写成的作品,有时会有喜人的成果,但大多数是一无所成。为了改编麦凯先生的稻草人肖像,我们每一季,在每一个舞台上看那些被纯技术转化成生活假象的戏剧,我们研究这些稻草人,并且鼓励我们的学生尝试相似的粗制滥造。这种生活的假象不能弥补技术远远落后于现在的古典戏剧的某些特质。虽然技术是有用的、重要的,但是为了回到艺术的源头，我们需要暂时忘掉技术，这是不可能的吗？例如，在蒲柏时代，有人研究技术的完善，这也是我们如今进行大量文学研究的目标。那个时代的作者难道不是在卖弄自己的优势并且傲慢地看待陈腐的、哥特式的过去吗？他们的主要兴趣难道不是经常在文字上而不在精神层面吗？他们的主要兴趣难道不是试图找出荷马、维吉尔和莎士比亚的"秘密"而不是灵魂吗？简而言之，他们的主要兴趣难道不是试图去做我们这个时代的技术人员在做的事吗？他们成功地实现了他们的目标，我们也实现了同样的目标。另一个事实是，虽然他们的文学作品在技巧上非常精湛，但是这些文学作品却只在文学史的课程中才会被阅读。

事情的真相是，伟大的诗歌和戏剧源自对旧时代文学的重新诠释。英国的文艺复兴正是对古希腊罗马文学的继承。这也适用于十九世纪最好的诗歌和散文。过去的文学不总是有力量去激发新的杰作。在太平盛世，当生活没有呈现出有趣的问题，过去的主题就会缺少龙牙[1]的魔力。但是在危机中，在过渡时期，在文明缺失的时代，人们本能地求助于过去的经历，正如灵魂求助于上帝一样。古老的象征获得了新的意义，根深蒂固于我们身体中的神秘的直觉再一次狂躁不安，拨动着我们早已遗忘的同情之弦。为了达到这一和谐，发声的天才再一次被需要。仅仅大学课程里的文学研究就能使文学重返黄金时代，这是一个不错的想法。然而，在全世界人们做出极大牺牲的时代，人们都在把自私的龙驱逐出维斯特曼森林[2]，在全世界人们又一次被悲剧震撼、为理想主义所激励的时代，新的诗人和剧作家奋力进入大学课堂成为经典。如果是这样，没有比英国文艺复兴更适合新诗人和剧作家的更好的沃土了。因为这个时期的文学不以今天我们写作中的很多完美技巧为特征，相反，这个时期的生活剧充满激动人心的场景，而这些场景由汲取了几千年人文精神的学人向众人加以解释。

---

[1] 龙牙，古希腊神话中英雄卡德摩斯战胜了森林中的恶龙，在雅典娜的指示种下了龙牙，最终长出一队武士，反而要杀害卡德摩斯。"龙牙"被视为引起灾祸之物。——译者
[2] 韦斯特曼森林（the woods of Westermain），位于英国的一片人迹罕至、幽深神秘的森林，可参考乔治·梅狄瑞斯（George Meredith）的诗歌《维斯特曼森林》，该诗以第二人称讲述了一群勇者闯入诡异不可知的维斯特曼森林，与恶龙搏斗的故事。——译者

2. 戏剧

伊丽莎白时代戏剧的参考文献太多，以至于这里只能涉及极少部分重要的条目。个人剧作家的特殊参考文献在《英国人物传记辞典》(the Dictionary of National Biography)里可以查阅名称，而完整的参考文献则在《剑桥英国文学史》(Cambridge History of English Literature)中。由 F. E. 谢林（F. E. Schelling）编写的两卷本中汇集了这一时期最有价值的历史资料。沃德（Ward）的三卷《英国戏剧文学史》(History of English Dramtic Literature)有助于了解情节概要。其他在综合类中的权威著作是克赖策纳赫（Creizenach）的《现代戏剧史》(Geschichte des neueren dramas)，早期阶段则是钱伯斯（Chambers）的《中世纪舞台》(The Medieval Stage)。塔克·布鲁克（Tucker Brooke）的《都铎王朝时期戏剧》(The Tudor Drama)是薄薄的一卷，论述却有趣而不同寻常。伊丽莎白时代最实用的文选由尼尔森（Neilson Houghton）教授编辑而成。涉及剧本多且包括珍本，可以参阅哈兹里特（Hazlitt）编辑的多兹利（Dodsley）版本《古英语戏剧》(Old English Plays)，也可以查阅关于早期英国戏剧协会的出版物和《英国都铎王朝传本》(The Tudor Facsimile Texts)。

除了一些老作品外，关于伊丽莎白时期的舞台戏剧可以查阅 H. B. 贝克（H. B. Baker）的《伦敦舞台剧历史》(History of London Stage)，最近的出版物如奥尔布赖特（Albright）的《莎士比亚舞台剧》(The Shaksperean Stage)，穆雷（Murray）的《英国剧团：1558—1642》(The English Dramatic Companies:1558-1642)，W. J. 劳伦斯（W. J. Lawrence）的两卷《伊丽莎白剧院》(The Elizabethan Playhouse)，T. S. 格雷夫斯（T. S. Graves）的《法庭与伦敦剧院》(The Court and London Theatres)。劳伦斯先生在《现代语言评论》(Modern Language Review)和其他杂志上发表过有价值的评论和文章。格雷夫斯教授则对《现代语文学》(Modern Philology)、《语文学研究》(Studies in Philology)等相关课题做出了重要贡献。另见 G. F. 雷诺兹（G. F. Reynolds）的专著和吉尔德斯利夫（Gildersleeve）博士的《伊丽莎白戏剧的政府规制》(Government Regulation of the Elizabethan Drama)。

关于戏剧类型，钱伯斯的《中世纪舞台》很好地展现了民间戏剧及其意义。R. L. 拉姆齐（R. L. Ramsay）在出版斯凯尔顿（Skelton）版本的《麦格尼芬斯》(*Magnyfycence*，早期英语文体研究会）时，在引言中对道德剧（情节结构、特征，寓言等）做了最好的论述。W. R. 麦肯齐（W. R. Mackenzie）的《英语的道德》(*English Moralities*）一书中也涉及这个话题。而要了解悲剧，则可以参照《文学类型》(*Types of Literature*）一书中桑代克（Thorndike）教授的悲剧章节。没有完整论述喜剧的专著，但巴斯克维尔（C. R. Baskervill）的《琼森喜剧中的英语元素》(*English Elements in Johnson's Comedy*）和弗依莱拉（A. Feuillerat）的《约翰·李利》(*John Lyly*）涉及喜剧的某些方面（另见米娜·克尔 [Mina Kerr] 的《琼森对英语喜剧的影响》[*The Influence of Johnson on English Comedy*]，以及 C. M. 盖莱 [C. M. Gayley] 所编的《英语喜剧集》[*The Collection of English Comedies*] 相关文章）。浪漫喜剧的技巧却很少受人注意。而关于假面剧，则可以参照 J. W. 坎利夫（J. W. Cunliffe）的诸篇论文及玛丽·沙利文（Mary Sullivan）的《詹姆斯一世的宫廷假面剧》(*Court Masques of James I*）。

新莎士比亚协会的刊物和德语协会出版的《年鉴》(*Jahrbuch*）提供了大量的素材，但质量参差不齐。而《年鉴》则是研究当前文论及伊丽莎白时期各阶段文学不可或缺的。

伊丽莎白戏剧本身就是一个庞大的文学体系，可以从各种角度去研究它。学生探求的出发点是要理解文艺复兴时期的思想，其次是了解技巧，再就是鉴赏单个戏剧作品或是单个剧作家作品的文学价值。这样，学生可从三个角度去研究文献资料。第一，在其他文学形式作品中重要的主题或议题，在戏剧中也能找到充分的例证。因此，斯凯尔顿的《麦格尼芬斯》很有趣，不是因为它是一个戏剧作品，而是因为它涉及了朝臣这一文学主题，相同的主题在托马斯·埃利奥特（Elyot）的《统治者》(*Governour*）、斯宾塞的《仙后》、培根的《随笔集》中都可以找到。或者可以说，李利的《恩底弥翁》不只是新英语喜剧的典范，也是用当时寓言的形式讲述古老故事的一种倾向，反映了一些当时的情况，以及作者对此的看法；从这个角度来看，它堪比《哈波斯母亲的传说》(*Mother

Hubberd's Tale）和《仙后》第 5 卷。再者，莎士比亚在《皆大欢喜》等剧中借用田园诗写作方式，或在《第十二夜》《罗密欧与茱丽叶》和《维洛那二绅士》中以十四行组诗处理"爱"的主题，这都可在文艺复兴时期找到同类。再或者，研究文艺复兴时期的古典主义研究则不仅包括人文主义作品、锡德尼（Sidney）的批评理论、培根的著述，也包括琼森的《大臣西姜努斯》（Sejanus）和莎士比亚的《安东尼与克莉奥佩特拉》。从这一点来看，研究伊丽莎白戏剧可以不将其看作是遵照一定技巧的一种特殊形式，而是阐释当时的作家和公众感兴趣的各种话题和主题的一种材料体系。

第二，戏剧是一种研究当时生活和习俗的宝贵矿藏。像《亨利四世》、《人各有癖》（Every Man in His Humour）、《鞋匠的假日》（The Shoemaker's Holiday）、《巴索罗缪集市》（Bartholomew Fair）、《炼金术士》（The Alchemist）、《海德公园》（Hyde Park）这些戏剧中，反映伊丽莎白和詹姆斯一世时期的日常生活和性格特征之处比比皆是。没有必要特别去关注这些戏剧的现实基调；像《第十二夜》《皆大欢喜》这样的浪漫喜剧也是很好的素材。

第三种研究方法更有价值。戏剧是伊丽莎白时期文学中伟大的作家对生活最精湛的表达。因此，戏剧文学之所以重要，不仅在于技巧，更在于它是理解文艺复兴时期的一种途径。研究这一点，最好是从马洛着手，尤其是他的《帖木耳大帝》（Tamburlaine）和《浮士德博士的悲剧》，反映了文艺复兴时期对统领权力、美、智慧的渴求。莎士比亚的《理查三世》和《麦克白》则是马基雅维利主义的反映；霍茨波是一个追求个性的史诗英雄人物；约翰·冈特和福康布里奇是英国新民族主义的呼吁者，而亨利五世是它的化身。奥赛罗则是一个道德故事——魔鬼墨菲斯托像《失乐园》所写的那样，与纯真和美丽交战，以追随浮士德或撒旦的灵魂。《李尔王》则是《帖木耳大帝》的补充；早期戏剧以追逐地位与权力的失败为最大悲剧，这是莎翁一系列戏剧的高潮，不管怎样，他展现文艺复兴时期对荣耀的渴求以寻求分析。换个角度看，莎士比亚的戏剧反映了十六世纪对个性特点的浓厚兴趣。在中世纪时期，人作为一个个体并没有价值；莎士比亚的作品和《仙后》《侍臣论》及文艺复兴时期作品，则普遍认为个人的个性发展是超越利益的。定义古代经济艺术（深受马洛的称赞）的概念时，除了民族主义和莎士比亚戏剧人物个性的研究，还应加入琼森的古典悲剧——大众悲剧类型而非个人悲剧，和他讽刺文艺复兴后期的物质主义的作品《狐坡尼》（Volpone）和《炼金术士》，以及马辛格（Massinger）和雪莉（Shirley）在《一种新方式》（A New Way）、《夫人游乐场》（The Lady of Pleasure）和《海德公园》中更加现实的批评。《狐坡尼》是经典喜剧都会塑造的野兽的寓言。《炼金术士》是对于马洛对财富和权力的欲望可能堕落的严厉审视；《一种新方式》则可冠以副标题"利剑"，因为它描写了一个白手起家的人认为用钱可以买到一切，而《夫人游乐场》则可以冠以副标题"出手阔绰的人"，讲述先驱帖木耳大帝后三代的败落和贾尔斯爵士一代的强弩之末。总之，研究体现文艺复兴时期思想的伊丽莎白戏剧包括以下作品：《帖木耳大帝》《浮士德博士的悲剧》《理查二世》《约翰王》《亨利四世》《亨利五世》《理查三世》《麦克白》《李尔王》《大臣西姜努斯》《奥赛罗》《狐坡尼》《炼金术士》《一种新方式》《夫人游乐场》和《海德公园》，以及其他一些作品。

3. 培根

培根全集的标准版本是由斯佩丁、埃利斯、希思（James Spedding, Robert Leslie Ellis & Douglas Denon Heath）出版的十四卷本。这个版本包含了培根的主要作品及一些信件与片段，可以让学生对不同版本的类似段落进行比较。培根是一个严肃而简练的作家，所以要了解他的确切含义，这种比较通常是非常必要的。例如，他有一句经常被引用却被误解的名言："我将全部知识纳入我的领域。"

对学生做研究来说，《培根随笔集》的最好版本由牛津的 S. H. 雷诺兹（S. H. Reynolds）编纂，而最完整的学生版本由 M. A. 斯科特（M. A. Scott）编纂。《学术的推进》（The Advancement of Learning）和《新大西岛》（The New Atlantis）是《世界经典丛书》中没有注解却引人注目的一卷。《学术的推进》最好的注解版由牛津的 W. A. 赖特（W. A. Wright）编著，而《新大西岛》由剑桥的 G. C. 穆尔－斯密斯（G. C. Moore-Smith）

编著。我们可以参考《英国人物传记辞典》中的文章对培根进行评价,也可以从嘉丁纳(Gardiner)《英国史》(*History of England*)中着重了解他的政治生涯。在《伟大的英国人》(*Great Englishmen*)中同样有一篇西德尼·李(Sidney Lee)的相关文章。

有许多不同的途径可以研究培根。从高等教育的角度来看,最好从人文主义开始:伍德沃德(Woodward)的《维多里诺》(*Vittorino da Feltre*),伊拉斯谟,阿谢姆(Ascham,最好的版本由剑桥经典英语的 W. 奥尔迪斯·赖特编纂),埃利奥特的《统治者》和吉尔伯特(Gilbert)的《伊丽莎白女王学院》(*Queen Elizabeth's Academy*)。卡斯提格里奥(Castiglione)的《仕臣》(*The Courtier*)进一步陈述了埃利奥特和吉尔伯特的人文主义立场。弥尔顿在文艺复兴时期将这一主题推至顶点。对培根而言,不但需要"论学习"方面的文章,更需要对其《学术的推进》的著述。为了清晰地理解他的观点,熟悉经院哲学的理论和方法论是必须的(桑迪兹[Sandys]《古典学术史》[*History of Classic Scholarship*])。由此,他对亚里士多德教育和科学方面的评价原因就显而易见了。在《学术的进步》中,不仅有对当时大学教育的批判,还预测了现代高等教育的根本要素,并且对大学生的理想主义有所启发。

与此主题相近的是,培根重视科学学习的设想。这种设想的产生可能是因为中世纪对待科学的态度:有关罗杰·培根(对照格林[Greene]的《修道士培根和修道士邦吉》[*Friar Bacon and Friar Bungay*])和浮士德的故事(对照马洛的戏剧)可供参考。培根自己的观点必须从他的著述中得知,同时人们会发现他关于实验室操作方法的预见,以及他对科学可以使生活变得更高效、更舒适的坚持也很有趣。

培根的政治理论可以从两点获知:第一,他和马基雅维利主义之间的关系贯穿了他的作品;第二,他关于王室和国会关系的设想。就第二点而言,了解他所处时期的政治环境是必须的,我们可以通过加德纳的《英国史》加以了解。

关于培根的个人性格,各种观点已经表明,他的《随笔集》和《学术的推进》已经提供了大量的研究素材,这些素材又由他的信件、政府公文以及他行为的记述加以补充。

其他可供研究的主题包括培根与其他伊丽莎白时期的文人相比较的写作风格，他的文艺评论，培根和蒙田比较，其随笔在1597、1612和1625年版本的衍变，想象的共同体，《随笔集》中的段落和其他著作中的段落的关系。

4. 弥尔顿

D. 马松（D. Masson）编辑了弥尔顿诗歌的精选集，共三卷，剑桥的 W. A. 赖特版；牛津的 H. C. 比钦（H. C. Beeching）版保留了弥尔顿时期发行的版本的拼写特点；以及霍顿学院的 W. 沃恩·穆迪（W. Waughn Moody）版。一个精彩的带标注版本《失乐园》由 A. W. 维里蒂（A. W. Verity）编辑。这篇文章能在伯昂图书馆中找到，有很多节选。带注解版的《论出版自由》(The Aeropagitica)，在《河畔文学系列》(the Riverside Literature Series)中，由牛津的 J. W. 黑尔斯（J. W. Hales）编辑。还有一些 R. 加尼特（R. Garnett）、W. P. 特伦特（W. P. Trent）等编著的传记。我们可以从罗伯特·布里奇斯（Robert Bridges）的《弥尔顿诗体论》(Milton's Prosody)以及马松版本的诗中找到他的诗律。可以从 J. H. B. 马斯特曼（J. H. B. Masterman）的《弥尔顿时代》(The Age of Milton)看到这一时期的文学史。其他主题下的重点研究包括：C. G. 奥斯古德（C. G. Osgood）的《弥尔顿英文诗歌的经典神话》(The Classical Mythology of Milton's English Poems)，古德（Good）的《弥尔顿传统研究》(Studies in Milton's Tradition)，一个有关弥尔顿声誉的课题由伊利诺伊大学发表。精彩的公开文学批评可以在 J. W. 麦凯尔（J. W. Mackail）的《缪斯的灵感源泉》(The Springs of Helicon)、伍德伯里（Woodberry）的《火炬》(The Torch)以及奥尔登·桑普森（Alden Sampson）的《弥尔顿研究》(Studies in Milton)中见到。E. N. S. 汤普森（E. N. S. Thompson）主要论述史诗结构和《失乐园》主题的文章《弥尔顿论集》(Essays on Milton)，近期由耶鲁大学出版社出版。在《耶鲁英文研究》(Yale Studies in English)中有对弥尔顿的《建立一个自由共和国的捷径》(Ready and Easy way to Establish a Commonwealth)，详细研究。同时也能在艾迪生（Addison）的《旁观者》（*The Spectator*）对《失乐园》的文学批评，以及柯勒律治的《关于莎士比亚和弥尔顿的七个讲座》（*Seven Lectures On Shakespeare and Milton*）中看到。

弥尔顿时期的英国文学，正如英国生活一样，贯穿了许多潮流。在1642年剧院关闭后，老戏剧已经消失了。杰出的抒情诗人赫里克（Robert Herrick）是世外桃源阿卡迪最后的牧羊人。诗歌已经失去了之前超越人类思想的权威。一个新的古典主义设想正在诞生，并且注定要引领一个世纪的英国文学。但是弥尔顿奏响了文艺复兴最后一个伟大的音符。在他的人生和著作中常常能看到对他所引领的时代最真实的、最终的注释。有一种中世纪精神，如同斯宾塞一样，来传递他的时代的思想；有一种如同马洛和莎士比亚一般的个人主义的宣扬；有一种异教徒和基督教思想的融合体现在他的田园诗歌中，在《赞美诗》以及《失乐园》中；有一种与本·琼森所代表的伊丽莎白时期经典作品的筋骨相连；有一种弥漫着文艺复兴思想的能人当报效祖国的信条；有一种经常被锡德尼和斯宾塞以及他们同代人所渲染的诗人使命的崇高理念，被弥尔顿的人生和著作完美地诠释，带给他预言者的名声。政治理想主义、对美好的崇拜、象征和寓言的运用、将史诗尊为最高等级的诗歌，这些是能从他作品中研究出的另外一些文艺复兴特点。

关于弥尔顿作品的分析，《英国文艺复兴文学概述》中提供了一些对研究主题的建议。这些主题可以被大略地分为四类：弥尔顿的学习经历，以及他作品的灵感来源；他的人格特点和他的个人主义的发展；他对诗歌功能的设想；他的风格。对第一类问题的研究，素材可以从一些传记和评论中获得。马松作品中一些弥尔顿手稿的复印件，以及他的一些信件和小册子，可以表明一些可能的研究课题。拉丁文挽歌以及许多英文诗歌包含了弥尔顿阅读的很多重要细节。《圣歌》（*the Hymn*）和《利西达斯》（*Lycidas*）给出了弥尔顿对中世纪素材的运用的例子，使他的宗教教条以及他融合异教与基督教素材的倾向更为具体化。就这一点，弥尔顿适合与斯宾塞做比较，研究重点是他对古典文学的学习以及运用。文艺复兴时期对经典的借用有以下三个方面：以都铎时代人文主义者为代表的对经典杰作的研究的复兴；在李利、莎士比亚、斯宾塞等作品以及其他地方出现的对经典故事的再创作，如琼森所言，是人文主义对生活的适应；弥尔顿则代表着第三方面，以《大臣西姜努斯》和《力士参孙》(*Samson Agonistes*)为例，应该分别和希腊悲剧、莎士比亚的古典浪漫主义、德莱顿和蒲柏的后古典主义进行比较。研究的关键是琼森和斯宾塞的关系。

第二点可以通过弥尔顿传记性质的诗歌、小册子，以及一些其他作品来研究其个性特点。这将会重塑他在文艺复兴的形象，就像锡德尼、本韦努托·切利尼（Benvenuto Cellini，意大利文艺复兴后期的著名雕塑家）、马洛、马基雅维利一样，虽然弥尔顿可能被他的清教主义所限。对这一点的彻底研究也会涉及弥尔顿构想的两个人物形象：撒旦和参孙。从研究的两个阶段来讲，马洛都是文艺复兴早期与弥尔顿进行比较的对象。

第三点涉及所有文艺复兴时期诗人的理念及其作用的回顾。以卡斯蒂利奥内的《侍臣论》、锡德尼的《为诗辩护》(*Defense*)以及斯宾塞的诗歌理论和他作品为例，再加上那些文艺复兴时期的政治理想主义诗歌，学以致用的思想，对美好的神秘主义设想，这些素材在弥尔顿的作品中非常丰富，特别应该注意他与锡德尼和斯宾塞的比较。

第四点可以被无限制地扩展。弥尔顿的作品具有文艺复兴时期特点的象征和寓言比比皆是：他的罪与死，反映了中世纪题材的形式化的象征主义；其《力士参孙》通过古老故事阐释当下情形。在此，研究的关键仍然在弥尔顿和斯宾塞作品的比较中。此外，弥尔顿关于史诗的构想，不但要通过和维吉尔比较，而且要和斯宾塞、塔索进行比较，也可以通过弥尔顿自己的阐述进行研究。弥尔顿的诗歌是文艺复兴时期的代表，他引领了那个时期诗体学的发展。这可以通过追踪他的叙事诗看到，从《失乐园》中前两本诗集显露的马洛的痕迹，经过《失乐园》和《复乐园》的不同阶段，到《力士参孙》中发展为灵活微妙的韵律。在这一点上，穆迪先生对弥尔顿古典悲剧的诗律的研究显得很有帮助。可参照包括马洛、莎士比亚、博蒙特（Beaumont）、弗莱彻、韦伯斯特（Webster）以及福特（Ford）的作品。通过比较德莱顿和蒲柏的作品，弥尔顿诗歌中伊丽莎白时期的水准可以得到印证。

（宋文　译）

第四章 古典主义文学

基本问题概述

从欧洲文学史的角度,广义的古典主义从文艺复兴开始,直到十九世纪初浪漫主义形成,才算彻底结束。因为在这段漫长的时间里,古希腊罗马文学始终作为典范,占有崇高的地位,包括大多数启蒙运动的代言人,从伏尔泰到狄德罗,都公开声言自己对古文化的尊崇。古典主义起源于十六世纪发现了亚里士多德《诗学》的意大利。法国理论家尤其受卡斯特维特罗(Lodovico Castelvetro)和斯卡利热(Joseph Scaliger)的影响。广义的古典主义可以分为三个阶段,尽管后两个阶段都以对前面阶段的激烈否定为特点,但实际上都存在着承继的关系,因为推崇古希腊罗马文化是它们共同的特性。在第一个阶段,十六世纪以龙沙(Pierre de Ronsard)、杜伯雷(Joachim Du Bellay)为代表的七星诗社(La Pléiade)致力于模仿古希腊罗马的诗歌体裁,丰富并造就法兰西文学语言。第二个阶段于十七世纪初以马莱伯(François de Malherbe)为开端,一代文学家制定了一系列构成古典主义学说的规则,其中最有影响的是夏普兰(Jean Chapelain)和多比尼亚克(François Hédelin, abbé d'Aubignac),大批古典主义文学的杰作也在这一阶段完成。布瓦洛(Nicolas Boileau-Despréaux)开创了第三个阶段，它从十七世纪六七十年代一直延续到十八世纪，从语言和风格上形成了古典主义趣味。狭义的古典主义通常是和十七世纪法国文学重合，从马莱伯到费纳隆（François Fénelon），以笛卡尔的理性主义为哲学依据。更狭义的古典主义相当于"路易十四的世纪"，1661—1715 年，这一时期法国文学达到了鼎盛阶段，古典主义的辉煌成就使路易十四统治下的法国成了欧洲文化众望所归的中心、古希腊罗马文明的继承者。古典主义源于意大利，继而又对英国、德国及其他欧洲国家文学都有深远的影响。古典主义文学和路易十四中央集权的政治体制有密切关系，宫廷用优厚的年俸供养当时的著名作家，法兰西语言也以宫廷优雅礼貌的风格为标准，逐渐形成了精炼、准确和优美的特点。

从理论上讲，古典主义文学强调教化功能，主张寓教于乐。而乐，或者说愉悦的原则，也说明不是所有古典作家都拘于规则，相反，正如莫里哀主张，最大的规则是愉悦教养良好的观众或读者。许多作家都认为，美不可能完全被分析和证明，因为正如文学理论家多米尼克·布吾尔（Dominique Bouhours）所说，它有不可言传（*je ne sais quoi*）的成分，因此诗人必须有天才，只有天才和艺术的结合才能造成完美的作品。模仿自然是古典主义的根本原则。这里的"自然"并不指具体的大自然，也不是指所有真实发生的事情，而是指事物的本质和合乎情理的事。在这样的定义下，模仿自然就是理性的功能，而古希腊罗马人在这方面是典范。因为古典主义相信并追求普遍性，因此模仿古人不意味着倒退，而是意味着遵循永恒的标准。要模仿自然，必须做到逼真（vraisemblance）和得体（bienséance）两点，基于这两点基本原则，才有了一系列的具体规则，其中包括很多人都知道的戏剧三一律。古典主义要求严格分清不同文学体裁的界限，因为只有把不同体裁区分开来，才有可能认识、制定并遵循各自相应的规则。

没有十七世纪的作家用古典主义一词来描述或定义当时的文学。古典主义这个概念在广义的古典主义阶段结束后才形成，于 1830—1850 年之间，路易大帝时代的作家逐渐被奉为经典，文学史上才开始用古典主义这个词来归纳概括那个时期的文学作品和理论。在古典文学中，诗歌就是文学，因此诗学就相当于我们今天的文学理论。诗歌的概念包括很广：史诗、戏剧诗、讽刺诗、田园诗、哀歌、书简诗、颂歌等，其中史诗和戏剧诗最受尊崇。布瓦洛的《诗艺》（*L'Art poétique*）是概括古典主义理论的重要作品之一。布瓦洛既是理论家，也是评论家和诗人，代表古典时期和启蒙时期文学理论和实践的紧密关系。那时许多著名作家尽管以创作为主，但在理论争论中也很活跃，写出了很有分量的论著。十八世纪中后期美学渐渐成为一个属于哲学的专门学科，最终形成了当今理论、评论和创作普遍脱节的现象。但布瓦洛不可能是古典主义的立法者。当《诗艺》发表于1674年时，古典主义学说已经形成了，《诗艺》中提到的古典主义所有的规则都早已被普遍接受。古典主义最杰出的作品，也就是当时和后世最尊崇的古典时期作家高乃依、拉封丹、莫里哀和拉辛的许多重要作品，都已经问世了。《诗艺》是对后世很有影响的总结性论述，但在理论上没有什么创新的建树。要找到古典主义形成时期最有影响的文学理论，还需要追溯到更早的时间。作为批评家，布瓦洛有很高的鉴赏力，影响了当时和后代的文坛。作为理论家的布瓦洛陈述的理论，夏普兰在五十年前早就提出了，而且已经得到广泛的认同和采用。在发表于1623年的关于史诗《阿多尼斯》（*Adone*）的序言中，夏普兰就明确提出了一套古典主义学说的基本法则：文学的根本目的在于其教化功能，要致力于表现普遍性，模仿自然必须做到逼真，并强调情节和时间（戏剧以一天为限，史诗以一年为限）的一致。对于史诗，地点的限制自然不存在。布瓦洛是杰出的讽刺诗人，《诗艺》采用诗歌的形式，简明易记，这是它流传广泛的原因之一，但并没有对各种原则和规则的来龙去脉以及它们之间的关系从理论上做出清楚的解释和证明。和《诗艺》同年发表的拉班（René Rapin）的《关于亚里士多德诗学的思考》（*Réflexions sur la Poétique d'Aristote*）更系统地阐述了愉悦与教化、规则与天才以及逼真与真实的关系。

   提到古典主义，很多人立刻会想到三一律。三一律作为戏剧规则，是基于逼真的原则，因此，要理解三一律，必须充分理解逼真。逼真和真实不一样，因为真实的东西可能出于偶然，或者尽管发生了，但是不应当发生。逼真指的是按照理性和情理应该发生的事情。多比尼亚克在《戏剧实践》（*La pratique du théâtre*, 1657）中对三一律有详细论述，并明确把逼真当作所有戏剧规则的根本原则。如果只知道三一律，而不知道它来源于逼真的原则，那就是本末倒置。悲剧应该保持情节、时间（一天）和地点（同一个地方）的一致，因为表演时间一般是两个小时，而且表演地点是不动的舞台，因此必须遵循三一律，才能展现观众认为可能在这么短时间内、在同一个地点发生的事。高乃依的剧本不尽符合三一律，最著名的例子是《熙德》（*Le Cid*）。在《论情节、时间与地点的三一律》（*Discours des trois unités d'action, de jour, et de lieu*）一文中，高乃依在遵循三一律的前提下，从戏剧作家的角度，根据逼真的原则，对时间和地点的一致提出变通的建议，他的观点未必代表古典主义的正统，但作为一个成功作家深思熟虑的结果，是很有价值的。相比而言，继高乃依之后把法国悲剧推向顶峰的拉辛的剧本就完全符合三一律。《菲德拉》（*Phèdre*）是拉辛本人最看重的剧作。尽管它取材于欧里庇得斯，但是与之相比，从人物塑造和悲剧理念上都有很大改变。我们如果知道拉辛在古今之争中是古派的中坚，就不会奇怪为什么他在序言中着重强调自己和欧里庇得斯是多么一致。值得指出的是，古典时期的文学标准不是独特，而是模仿。拉辛的《菲德拉》序言，尽管不一定反映他创作的真实过程和依据，却体现了这个当时最成功的剧作家对悲剧创作标准的理解。但即使是拉辛那样坚定的古派，对这出悲剧题材的处理和欧里庇得斯相比也有所修正，我们从《菲德拉》序言中可以看到这一点。

古典主义在法国取得了辉煌的成就，在不同的文学体裁方面都出现了众多的杰作。高乃依和拉辛的悲剧、莫里哀的喜剧和拉封丹的寓言，都代表了古典主义的最高成就。文学一词当时的含义比现代包括的范围大得多，因此一些不属于今天所谓纯文学的作品，也在文学史上有重要地位。帕斯卡（Pascal）既是数学家和物理学家，也是文学家和哲学家，他的遗作《思想集》（*Pensées*）以及为冉森教派辩护的《外省人书简》（*Lettres provinciales*）都是传世名作，在文学史和思想史上都有长远的影响。拉罗什富科（La Rochefoucauld）的《箴言集》（*Maximes*）、拉布吕埃尔（La Bruyère）的《性格论》（*Les Caractères*）、博须埃（Bossuet）的布道词和悼词、费纳隆的《忒勒马科》（*Télémaque*）等，都被奉为楷模。

十七世纪也是小说在法国蓬勃生长的时代，尽管像许多新生事物一样，不为保守的理论家所重视，但是已经出现了一批杰出的小说。著名学者于埃（Pierre-Daniel Huet）写下了欧洲文学史上的第一部小说史，对小说这个文学形式从理论上做了定义和总结。这篇文章很快被译成拉丁语和英语，对欧洲十七至十八世纪小说的发展有重要影响。于埃本着寓教于乐的古典主义文学观为小说定义，并把小说和当时最受尊崇的文学形式——诗歌——做了详尽的比较。于埃强调小说必须遵循逼真的基本原则，正如史诗和戏剧一样。在今天看来，该文最大的价值在于，它从理论上澄清了小说的定义，解释了小说对读者的魅力，在古典主义理论家和作家普遍看不起小说的年代，让小说在文学领域占据了一席之地。该文应该是研究西方小说史必读之作。

古典主义文学的杰出成就使许多人认为，法国路易十四时代的作家已经超过了古希腊、罗马作家，这就是贝洛（Charles Perrault）长诗《路易大帝时代》（*Le Siècle de Louis le Grand*，1687）的主题。这首诗引起了布瓦洛和拉布吕埃尔为代表的古派的愤怒。双方激烈的论战持续了七年，这就是著名的古今之争。在1694年暂时休战后，又于1713年重新爆发，这次论争的对手主要是古希腊专家达西耶夫人（Madame Dacier）和诗人、评论家拉莫特（Houdar de La Motte），以对荷马的翻译和评价为中心。

从理论上说，古典主义有两种基本倾向，理性主义和模仿审美，其中存在着内在的矛盾。今派通常是更彻底的理性主义者，倡导通过研究分析发现符合理性的法则，如封特奈尔（Bernard Le Bovier de Fontenelle）。从审美标准的角度，他们往往认为当今人的理性推理能力远远超过了古人，因此有权利以不断完善的理性为标准衡量古人的法则，或继承，或推翻，研究并发现新法则。欧洲自十六世纪以来，科学文化方面的飞跃发展使相当多的人相信人类文明的进步，这是今派的思想基础。在今派看来，法国十七世纪文学的巨大成就和法国在欧洲文化界的崇高地位，证明了今人可以胜过古人。他们主张发挥今人的才能，开辟前人没有走过的路，发掘新的艺术体裁，不拘于古人的权威。笛卡尔、贝尔（Pierre Bayle）和封特奈尔都以理性和批评精神为依据挑战古人。古派尽管也推崇理性，但他们的理性更接近所谓的情理（le bon sens），是有良好趣味的人的自然、直接和普遍的判断力。以此为出发点，古往今来趣味良好的人意见应当一致。布瓦洛在《关于郎吉弩斯的感想》（*Réflexions critiques sur quelques passages du rhéteur Longin*）中就把时间的检验和普世的公认当作判断文学作品价值的唯一标准。一直到十八世纪，古派经常指责今派趣味不良，过分追求才思。古今之争中讨论的中心问题始终是古典时期就存在的问题。这解释了为什么直到十八世纪，几乎所有作家都对古今之争做了表态。古今之争对于十七至十八世纪的文坛有重大的影响，当时的作家对这个问题都有表态，不管是直接的还是间接的。古今两派各自代表着一批在文坛举足轻重的作家。到了十八世纪中期，许多声称崇拜古人的作家也和今派一样承认，以高乃依和拉辛为代表的十七世纪法国悲剧的水平已经超过了古希腊罗马悲剧。只不过他们强调，模仿古人是这些作家成功的原因。许多百科全书派作家，如狄德罗和马蒙代尔（Jean-François Marmontel），又借用古人来反对古典主义文学中过分强调得体的倾向。整个十八世纪，古派显得占了上风，因为古典主义理论规则的维护者和一部分挑战者都以古派自居。由于古派的统治地位，除了古少数的今派之外，很少有人公开挑战古典主义的规则。

伏尔泰还在1730年撰写的《俄狄浦斯王》序言中明确支持三一律。一直等到十九世纪初，浪漫主义才和古典主义做了全面的决裂。雨果因而声称是自己领导了文学上的法国大革命。两次古今之争都限于继承希腊罗马文化的西欧文化，因为只有对属于同一种传统的文化，古今之争才有意义。随着古人地位的动摇，更多的注意力才投向了异国文化。今天我们可以看出，近几十年欧美学术界有关文学经典论争中的许多问题，在十七世纪末、十八世纪初的古今之争中就已经成为争论的焦点，可以作为借鉴。同时，本章的多篇节选都涉及古典主义时期对古代文学中的概念、古代诗论、批评家以及一些文学范式的理解。过去国内的文学史的古典主义这一章相对篇幅简短，内容简略，通过阅读本节，我们可以对古典主义与古代文化之间的关系获得非常具体而真切的了解。

一、论逼真[*]

De la vraisemblance

多比尼亚克（François Hédelin, abbé d'Aubignac）

逼真是所有戏剧作品的根本依据，人人对此都有一己之见，真正明白的人却很少。它是戏剧中发生的一切应有的普遍特征。总而言之，逼真（vraisemblance）可以说是戏剧诗的本质，离开了它，舞台上发生的事和说的话就不可能合情合理。

众所周知，真实并不是戏剧的主题，因为有不少真事不应当出现在舞台上，很多也不可能在那里表现出来，所以西奈西乌斯[1]说得好，诗歌和其他遵循模仿原则的艺术，它们并不追求真实，而是根据人们通常的见解和感情。

的确，尼禄下令勒死了他的母亲，还切开她的腹部观看自己出生前在哪个地方被怀了九个月。但这个野蛮行径，尽管让做的人很惬意，对观众却不但很可怕，也不可信，因为它不应该发生。在诗人想提取主题的所有历史素材中，没有任何一个事件，至少我不认为有，它所有的详情，尽管是真实的，都能出现在舞台上，如果把所有相关的事实都引进戏剧中，必然会对事件的顺序、时间、地点、人物，和许多其他特点产生负面影响。

可能性也不是戏剧的主题，因为有很多事情，或者由于自然机缘的巧合，或者人为的意外事件，是可能发生的，但是表现在舞台上却既可笑又让人难以置信。一个人可能突然死亡，这是经常发生的，然而作家如果为了解决戏剧冲突，让一个敌手中风而死，如同死于一种自然的常见病，他就会被众人嘲笑，除非经过很多巧妙的准备。一个人可能被雷电击死，但

---

[*] 本文选自 François Hédelin, abbé d'Aubignac, *La pratique du théâtre* (1657), Amsterdam: Bernard, 1715, 第二卷第二章, pp. 65-71。

[1] 西奈西乌斯，希腊哲学家和诗人（370—413）。本章译文中，法国作家和作品名字在括号中附上法文原文，相对不常见的古希腊和罗马作家、作品在括号中附上英文名称，以便读者查询。——译者

如果诗人以此来除掉他用在喜剧情节中用过的一个情人[1]，那就是败笔。

所以，只有逼真才能合情合理地建立、支持和结束戏剧诗。不是说真实和可能的事情应该被排除出戏剧，而是说，只有在符合逼真的情况下它们才能被纳入。因而，要把真事和可能发生的事引入戏剧中，必须去除和改变所有不具备逼真特点的细节，让戏剧所表现的一切都刻上逼真的特点。

我在这里不详论普通逼真和超常逼真，对此所有权威人士都有大量论述。人所共知，自然中不可能的事情，一旦加入神力，或魔法，就会变得可能和逼真；戏剧中的逼真并不限于仅仅表现凡人普通生活中会发生的事情，而是包括神奇的成分（merveilleux），以使事件更加高贵，因之不可预料，然而却符合逼真。在这点上我却注意到，很少有人知道逼真应当用在何处，因为人人都认为它应该用在诗歌的主要情节中，以及最粗俗的人也能感受的插曲中，但却没有想得更深。然而，我们要知道，戏剧表现的最小的情节也必须逼真，否则就完全是有缺陷的，不应该出现的。人类的行为无论多么简单，都是由各种构成它的背景相伴的，比如时间、地点、人物、尊严、意图、方式和动机。因为戏剧应当成为人类行为的完美图画，它必须对此提供完整的表现，各个部分都遵循逼真的原则。

当一个国王在舞台上说话时，他必须像国王一样说话，这是他的尊严这个背景决定的，他如果有悖于此，就不逼真了，除非有别的原因免除了这第一个背景，比如假如他以乔装出现。进一步说，这个国王在舞台上根据自己的尊严说话，当他说这些话时，必然在某个地方，因此戏剧也要反映他所在的场所，因为有些事情只能在特定的地点说和做才令人信服。此外，还必须表现并让人明白他在何时说话，因为不同的时间说的话常常是不同的。君王在战前说话，必然不同于他打了胜仗或败仗之后说的话。但是，为了在戏剧情节的所有方面都保留逼真的原则，必须了解戏剧诗的规则，并付诸实践，因为戏剧规则无非是指导我们如何让情节的所有部分都逼真，把它们表现在舞台上，为其提供完整和似真的画面。

---

[1] 指那种拙劣的剧本写法，一个人物在后面剧情没用了，剧作家就安排他被雷电击死，这就违背了逼真，尽管现实生活中有可能真有人被雷电击死。——译者

有人对此说，常识和自然理性足以判断所有这些事情，这我同意，但必须在熟知人们通过戏剧想达到的目的和为此需要注意的事项时，常识才能起作用。假设一个通情达理的人从来没有看过戏，也从来没有听说过戏，他肯定不会知道演员究竟是真正的国王和君主，还是活着的幽灵。即使他知道了这一切都是表演和化妆，他还是没有能力断定这出戏的优劣。他当然需要看好几出戏，做出大量的思考，才能知道一出戏是否逼真。毫无疑问，要想正确地评价戏剧诗，天然的理性一定要完全了解这种用来表现情节的形象，确切地知道怎样让这幅活生生的画面的各方面都保持逼真。然而，这只有经过好些人长时期大量的观察才能做到。古人正是从这样的观察中写出了戏剧的艺术，这门艺术的发展如此之慢，以至于从诗人忒斯庇斯（Thespis）开始，经过二百年才有了亚里士多德，忒斯庇斯第一个给古悲剧的歌队加上一个演员，在他之前歌队一直独立演出；亚里士多德第一个写出了悲剧的艺术，或者至少是第一个有著述流传至今的人。正因此，一个不加研究和思索就斗胆立刻当场评断戏剧诗而且自以为很高明的人往往出错，因为要想立时就自然地考虑到应该用来评判逼真的所有因素是非常困难的。常常有头脑聪明的人刚开始觉得某些剧情很合理、构思巧妙，但在具备应有的知识后却认为它们并不逼真，而是很可笑。

但奇怪的是，确有其事，我看见有些人长期致力于戏剧，却在阅读或者观看一出戏好几次后，还辨认不出剧情的时间和地点，以及其他最重要的情节的大部分背景，无法断定所有这些是否逼真。恩修斯（Daniel Heinsius）尽管是个很有学问的人，还为我们留下了一本关于悲剧写作艺术的书[1]，却错到认为普劳图斯（Plautus）的《安菲特里翁》（Amphitryon）的剧情时间有九个月，而实际上还不到八个小时，或者充其量限于午夜和同一天的中午。沃休斯（Vossius），当今最博学的人之一，十分精通古诗，也认为在这出剧本中，普劳图斯让赫拉克勒斯在一夜之间被孕育出生，虽然作者显然认定他在七个月前就被怀上了，而且墨丘利（Mercury）两次明确地说明了这一点。所以我在这里不得不告诫我

---

[1] De Tragica Constitutione（《如何写作悲剧》，1611）。——译者

的读者，这个优秀学者所写的东西里，人们尤其要提防他第一本书[1]的第3章，其中的主题是论述过往诗人的错误，试图纠正古人，因为他自己就犯了很大的错误。斯卡利热两次写到埃斯库罗斯笔下的普罗米修斯被雷电击死，然而他毫无疑问只是在风暴中被劫持，这一点在普罗米修斯的台词中就很明显，甚至墨丘利也清楚地提到了。有些人读了埃斯库罗斯很多遍，但却没有仔细思考他对作品的处理，甚至包括《阿迦门农》（Agamemnon）剧情简介的作者，竟认为埃斯库罗斯让这位国王死在舞台上，尽管歌队听见了国王在王宫里被杀时发出的喊叫声，正决定进去看是怎么回事，却被克吕泰莫涅斯特拉截回，她到舞台上讲述自己如何亲手犯下这桩致命的犯罪行为。很多学者都说泰伦斯（Terence）的第三出喜剧[2]时间持续了两天。斯卡利热、穆勒（Marc-Antoine Muret）、沃休斯、芒布朗（Pierre Mambrun）神父及其他人都这么认为，但它的剧情时间其实还不到十个小时，这一点我已经在《泰伦斯辨》（Térence justifié）里说明了。尽管梅纳日（Ménage）先生在这方面写的所有文章都纯粹是在恶意地歪曲真理，但他也不敢给这出剧超过十四或十五个小时的时间，而且他还为此不得不窜改雅典月份的顺序，以便缩短白天、延长夜晚，不惜颠倒自然的秩序，就为了挑剔这出剧的结构。还有一些我认识的人，我费了很大的力气去消除他们的错误认识，他们以为索福克勒斯的《厄勒克特拉》、欧里庇得斯的《腓尼基妇女》（The Phoenician Women）和阿里斯托芬的《云》（The Clouds）没有遵守地点一致。的确，在这门艺术中，正如在其他所有艺术中，自然理性必须运用对规则的掌握，才能评判作品的完美和缺陷。我甚至敢说，那些读了这篇论著的人，会指责一些他们从前觉得很合理的东西。

（鲁进　译）

---

[1] 指荷兰学者沃休斯（Gerardus Vossius）1647年发表的拉丁文诗学著作，*Poeticarum institutionum libri tres*（《诗学三卷》，Institutes of Poetics in Three Books）。——译者
[2] 指《自责者》（*L'Heautontimoroumenos*）。——译者

二、论情节、时间与地点的三一律 *

Discours des trois unites d'action, de jour et de lieu

高乃依（Pierre Corneille）

前面两篇论文和我的著作前两集包括的剧本探讨[1]，已经给了我很多机会阐释在这方面的想法，以至于如果绝对禁止我重复自己，那我就没有多少话可说了。

我已经说过，我认为情节的一致性在喜剧中表现为故事或者主要人物计划的障碍的一致，在悲剧中表现为主人公所面临的危险的一致，他或者遇难，或者脱险。我并不是说在悲剧中不能安排几个危险，在喜剧中不能有几个障碍，只要有一个必然带来下一个，因为如此一来脱离第一个险境并不能使情节完整，因为又面临下一个险境；一个困境的解决不能让人物安宁，因为他们又陷入新的困境。我不记得古代有任何这类例子中，几个危险顺次相连而没有破坏情节的完整一致，但我指出过《贺拉斯》（*Horace*）和《泰奥多尔》[2]（*Théodore*）中有双重独立情节的缺陷，第一个剧本中，贺拉斯不需要在胜利之后杀死自己的妹妹，第二个剧本中，泰奥多尔也不用在避免卖淫的厄运之后又主动殉道。如果塞内加（Seneca）的《特洛伊妇女》中波吕克塞娜和阿斯蒂娅娜克斯之死没有犯同样的毛病，我只好承认自己大错特错了。

其二，情节一致这个词并不意味着悲剧在舞台上只能展现一个情节。诗人选择的情节应当有开始、中间和结尾；这三部分不但包含和主要情节相连的各个情节，而且其中每个情节都可能同样包含附属的情节。应该只

---

* 本文选自 Pierre Corneille, Pierre Corneille, "Discours des trois unites d'action, de jour et de lieu" (1660), 见 Œuvres de P. Corneille, Paris: Hachette et Cie, 1862, pp. 98-123。

[1] 本文是高乃依三篇悲剧论文的第三篇，三篇均首次发表于 1660 年版的著作集。——译者

[2] 本文中凡是没有指明作者的剧本均为高乃依本人作品。——译者

有一个完整情节，让观众心神安定；但是情节要变得完整，必须通过其他几个不完整的情节作为过程，给观众带来愉悦的悬念。这是每一幕结束时都应该做到的，以保证情节的连续性。我们不必详细知道人物在两幕戏之间做的所有事，他们在台下时甚至也不必有什么作为，但是每一幕戏都必须让人对下一幕要发生的事有所期待。

如果你问我克丽奥帕特拉在《罗多居娜》(Rodogune)在第二幕离开她的两个儿子后，到她在第四幕和安提奥楚重聚之间的时间里做了什么，我还真不能告诉你，也不认为必须讲明，但是第二幕的结尾让我们准备看到两兄弟设法和睦执政，并努力让罗多居娜逃避他们母亲的刻毒仇恨。我们在第三幕看到了这个效果，而且结尾又让我们有准备地看到安提奥楚做出另一种努力，想把互相仇视的母亲和罗多居娜分别打动，而且让我们对赛勒库斯在第四幕的行动有心理准备，他的举动使得那位灭绝人性的母亲下定决心，让我们带着悬念等待她在第五幕会做的事。

在《撒谎者》(Le Menteur)里，第三幕和第四幕之间，人物显然是在睡觉，但是他们的休息并不影响两幕之间的情节连续性，因为第三幕没有完整的事件。多朗特在结束时，决定想办法赢得卢克莱丝的欢心；下一幕他一出场，就想办法和她的仆人说话，指望她一出现就和她交谈。

当我说不必讲清演员不在台上时在做什么，我并不想说任何时候都没有理由做交待，只不过是说，这不是非做不可的事，只有当台下发生的事有助于理解观众面前发生的事时，才有必要注意这个问题。我不提克丽奥帕特拉在第二幕和第四幕之间做了什么，因为这段时间她可以没有做任何对我安排的主要情节而言很重要的事；但是第五幕一开始，我就表明她用了两场之间的时间来杀赛勒库斯，因为他的死是主要情节的一部分。这就使我有理由指出，诗人不必展示和主要情节有关的所有具体情节：他应当选择最有意义的情节，或者因为戏剧场面精彩，或者因为它们激起了鲜明而热烈的激情，或者因为和它们有关的其他引人入胜之处；其他的情节则安排在后台，或者通过叙述，或者通过别的艺术手法让观众得知。诗人尤其要记得，所有情节都应当有整体联系，以至于后面的情节产生于前面的情节，所有的情节都来源于第一幕结束时的开场部分。这个规则我在第一篇论文中就确定了，尽管这个新规则和古人的惯例相反，却可以在亚里士多德的两段话中找到依据。第一段是："相继发生的事件，和有因果关系的事件，两者之间有巨大的差异。"在《熙德》中，摩尔人在伯爵死去之后到来，但不是因为伯爵之死而来；《堂桑石》（*Don Sanche*）中，渔夫在众人怀疑卡洛斯是阿拉贡的王子之后到来，但不是因为人们有这个疑心；因此这两个情节都值得批评。第二段更明确清楚地指出："悲剧中发生的一切，都应该必然或者可能来自前面的事件。"

我在关于《侍女》（*La Suivante*）的探讨中提到过，连接每一幕各场所有具体情节的联系，是诗歌的重要装饰，对形成戏剧表演的连续性有很大作用，但说到底，这只是装饰，而不是规则。古人并不总遵循它，尽管他们每一幕大多只有两三场，做到这一点对他们比对我们而言要容易得多，因为我们每一幕有时甚至有九场或者十场。我仅仅举两个例子证明他们对这个要求的蔑视：一个是索福克勒斯的《阿贾克斯》，主人公在自杀前的独白和前后两场都没有任何连续性；另外一个例子是泰伦斯《阉奴》（*The Eunuch*），剧中安提弗的独白和他进场时下台的克雷姆斯和皮提阿斯没有关联。本世纪的学者在给我们留下的悲剧里以古人为典范，对各场的连续性更加轻视。我们只需要浏览过布沙南（Buchanan）、格罗修斯（Grotius）和恩修斯（Heinsius）就会同意这一点，我在关于《波里厄克特》（*Polyeucte*）的探讨中也已经讲过了。我们的观众对各场的连续性已经完全习惯了，以至于一看到不连续的场次就认为是一个缺陷，在头脑还没有做出思考之前，眼睛甚至耳朵立刻就觉得反感。因为这个原因，《西纳》（*Cinna*）的第四幕不如其余几幕，通过反复的实践，这条从前不存在的规则现在被采纳了。

我在关于《侍女》的探讨中讲到了三种关联：我讨厌声音的关联，容忍视觉的关联，推崇以演员在场和台词作为关联。第三种关联中，我混淆了两种应当分开的关联。同时有演员在场和台词作为关联是最好不过的，但是不在场的台词和在场而没有台词，就没有达到同样的完善程度。一个演员藏起来不出场和另一个演员说话，在台词上有联系，但是缺了出场的联系，这样也不错，但是这种情况很少。一个人留在台上，就为了听上场的人说话，形成有在场而没有台词的关联，这就经常显得很拙劣、很做作，分明是为了满足一个被当作原则的要求，而不是出于任何跟主题有关的需要。因此，在《庞培》(Pompée)第三幕中，阿朔雷给沙蜜恩讲述国王把庞培的头献给恺撒之后、恺撒对他的态度，然后继续留在场上，看着恺撒和国王上场，就为了听他们说话，然后转达给克丽奥帕特拉。在《昂朵洛迈德》(Andromède)中，阿蒙为菲内做了同样的事，菲内看见国王和宫中众人到来时就退场了，阿蒙为了他留在场上。这些沉默的角色在剧中作用很少，微不足道，不能起到连续两场的作用。如果人物藏起来，以便听到重要的秘密，而说话人不知道有人偷听，那又是另一回事。因为在这种情况下，他们对谈话的兴趣，加上听到本来听不到的话带来的自然的好奇心，使他们在情节中起了很大作用，尽管他们不说话。但在我举的两个例子中，阿蒙和阿朔雷作为听众，在场上平淡冷漠，坦率地说，不管我给他们什么借口，他们留在那里只是为了和前边一场保持连接，两出剧里都用不着他们在那里。

尽管戏剧诗的情节应当保持一致，我们应当考虑两个部分，扭结和结局。根据亚里士多德，扭结一部分由情节开始时台下发生的事情、一部分由台上发生的事情组成。其余属于结局。境遇的改变分隔了这两部分。改变之前的部分属于扭结，改变之后的事属于结局。扭结完全取决于诗人的选择和巧妙的想象力。在这方面没有规则，除了应该用逼真和必然的原则安排一切，我在第二篇论文中已经讲到了这一点。我再加上一条忠告，尽量少纠缠在情节发生前的事情里。这类叙述通常都让人厌烦，因为没有人期待听到这些，而且干扰观众的心思，让他们不得不记住十年或十二年前发生的事，才能明白台上的表演。但是有关情节开始后在后台发生的事情的叙述总是有更好的效果，因为观众对此有好奇心，是表现的情节的一部分。许多著名批评家高度评价《西纳》，把它置于我其他作品之上的原因之一是，它没有关于过去的叙述，西纳给艾米莉讲述自己谋反的部分是带给观众享受的装饰，不是为了让他们懂得剧情所必须了解和记住的说明。艾米莉在开始两场中让他们很清楚西纳是为了她而反叛奥古斯都。即使西纳仅仅告诉她反叛者第二天就准备好了，他同样可以推动情节发展，和用一百行诗把他给他们说的话、他们听到后的反应告诉她，在情节上的作用是一样的。有些故事情节在主人公出生前就发生了，比如《希拉克琉斯》（*Héraclius*），但是这些需要观众精神高度集中，努力想象，常常使观众在前几场演出时得不到完全的享受，因为付出这么多努力让他很疲倦。

  在结局中，我认为有两件事应当避免。一个是纯粹改变主意，一个是机关布景。让一个在前四幕阻碍主要人物计划的人在第五幕退让，又没有任何值得注意的事件迫使他，这样结束一出戏不需要什么技巧。我在第一篇论文中已经讲过了，在这里不做补充。机关布景也不需要什么技巧，如果只是让一个天神在人物不知如何结束时降临下来解决一切问题。在《俄勒斯特》（*Orestes*）中，阿波罗就是这样做的。俄勒斯特和他的朋友皮拉德被坦达尔和梅内拉斯被指控杀死了克利泰内斯特，被判有罪后，抓了海伦和爱尔米奥娜，杀了或者以为杀了海伦，威胁如果不撤回对他们的判决，就要杀了爱尔米奥娜。为了平息这些麻烦，欧里庇得斯找不出更好的办法，只好让阿波罗从天而降，以绝对的权威命令俄勒斯特娶了爱尔米奥娜，皮拉德娶了厄勒克特拉。因为害怕海伦之死成为障碍，爱尔米奥娜不会嫁给刚杀了自己母亲的俄勒斯特，阿波罗对他们说海伦没有死，在他们以为杀了她时，阿波罗把她从他们手中救了出来，带到了天上。这类机关布置完全不得当，在全剧其余部分找不到任何依据，安排了一个有毛病的结局。但我觉得亚里士多德过分苛刻，把美狄亚报复克瑞翁后逃离科任托斯乘的飞车算入同一类错误。我认为这个结局有足够的依据，因为她是个魔术师，诗中还讲到了其他同样超出自然能力的行为。这辆飞车和她做的其他事——在科勒切斯为伊阿宋所做的事、在父亲艾森回来之后让他恢复青春、把无形火焰附在送给克罗丝的礼物上——相比，没有什么不可信，诗里也不需要为这个超常的效果做别的准备。塞内加通过美狄亚给乳母说的这句诗做了准备：

  可是你，可怜的没有知觉的尸体，我会把你抱在怀里[1]

---

[1] 原文为拉丁文。——译者

而我用她对雅典王艾热说的一句诗做了铺垫：

明天我会从一条新路追随你

因此对欧里庇得斯的批评可能是合理的，因为他在这方面没有留意，但是不能用在塞内加和我身上。我在这一点上不需要反驳亚里士多德来为自己辩护。

从情节讲到幕，每一幕都应当包含情节的一部分，但并不是平均分配，以至于最后一幕不能比前几幕内容多，或者第一幕不能比其他几幕内容少。在第一幕里，我们甚至可以仅仅描绘人物的道德特性，标明他们在将要表演的故事中处在什么位置。亚里士多德没有规定幕的数目，贺拉斯限于五幕，尽管他禁止少于五幕，西班牙人固执地坚持只要三幕，意大利人也这样。希腊人由歌队的合唱来区别各幕，因为我有理由相信他们有几出戏中歌队唱了不止四次，我不敢担保他们从来没有超过五幕。这种区别方式比我们的更不方便，因为观众或者注意歌队在唱什么，或者不注意。如果注意，那么观众的精神就太紧张了，没有一点时间放松；如果不注意，那么他的精力就会因为歌曲太长而分散，另一幕开始时，他必须在想象中费力回忆自己看过了什么，情节发展到了什么阶段。我们的小提琴没有这两个弊病，他们演奏时，观众的心神可以放松，甚至思考看过的部分，或赞赏，或责备，根据他喜不喜欢。因为让乐队演奏的时间很短，观众对剧情印象还很新鲜，演员回来时，他不需要努力回想，重新集中精力。

每幕所包括的场次数目没有任何规则，但因为每一幕必须有一定数量的诗句，以便和其他几幕成比例，我们可以根据各幕的长短安排或多或少的场次，以此占据整个一幕需要花的时间。如果可能的话，每个演员入场出场都应当有理由，尤其对于出场，我认为这个规则是必不可少的。演员仅仅因为没有台词就下台，是最拙劣不过的了。

我对入场没有这么严格，因为观众在等待演员。尽管舞台表现说话人的房间或书房，他要出现在那里还是必须从帷幕背后走出去，要说清他回家之前在城里做了什么，并不总是很容易，因为有时候甚至有可能他根本就没有出去。我从来没有看见任何人因为艾米莉在《西纳》开始时没有说清为什么走进自己的房间而表示反对，因为可以断定她在全剧开始之前就在那里了，只是因为戏剧表演的需要，她才必须从舞台后走到房间里。因此我对每一幕第一场很乐意免掉这个规则，但是其他场不行，因为一旦一个演员上了舞台，所有上台的人都应当有理由和他说话，或者至少有机会时就会跟他说话。尤其当一个演员在一幕戏中两次上场，不管是在喜剧还是悲剧中，他必须要么在第一次出场时让人明白他会很快回来，就像贺拉斯人物在《贺拉斯》的第二场和朱丽在《贺拉斯》的第三场一样，要么在回来的时候解释他为什么这么快就回来了。

亚里士多德要求优秀的悲剧作品美得不需要演员就足以让人欣赏。为了便于读者享受，我们应当像对观众一样，不要加重他的精神负担，因为他如果费力在自己头脑中想象和表现剧情，他的享受就会降低。因此，我赞成诗人用心在页边注上不值得用诗句来表述的细小动作，而且如果他屈尊去表达这些动作，还会有伤诗歌的尊严。演员在台上很容易补上这些动作，但在书里大家经常只能去猜，有时还会猜错，除非用这种方法标明了这些细节。我承认古人没有这个做法，但是也必须承认，由于没有这么做，他们的剧中有很多我们觉得含糊的地方，只有艺术大师才能阐释，而且我不知道他们是不是像自己以为的那样每次都理解对了。如果我们完全屈从他们的方法，我们就应当像希腊人一样不分幕也不分场。由于他们没有标明这些，我常常不知道他们的剧本有几幕，也不知道一幕结束后演员是不是应该下台让歌队演唱，还是在歌队唱歌时一动不动站在那里，因为诗人和演员都不屑在页边给我们写上任何注解。

我们还有一个特殊原因不忽略这个小小的方便，因为印刷使外省巡回演出的演员拿到我们的剧木，我们只能用这种方法提醒他们应当怎么做，如果我们不用注解帮助他们，他们会犯很奇怪的错误。结局圆满时我们会在第五幕让所有演员汇集在舞台上，他们就会不知所措，因为古人没有这个习惯。他们可能会把应该给一个人说的话跟另一个人说，尤其是同一个演员跟三四个人分别说话时。当有必须耳语的指令时，比如克丽奥帕特拉要劳尼丝去拿毒药时，如果不用页边注解，就必须通过旁白才能用诗句来表达，我觉得这比注解更难忍受。注解是唯一真正的方法，方便读者去想象舞台提供给观众的视觉画面，因此能达到亚里士多德的要求，让悲剧读起来和上演一样美。

时间一致的规则来自亚里士多德的这句话：悲剧应该把情节限于太阳起落一次的时间之内，或者尽量不要超过太多。这句话带来了一场著名的争端，究竟应该理解为二十四小时的自然一天，还是人为的十二小时。这两种说法都有很多人支持。至于我，我觉得有些题目实在太难限于这么短的时间，我不但给它们整整二十四个小时，而且还会利用亚里士多德的许可，超过一些，毫不顾忌地推到三十个小时。我们在法律上有个格言，要多施恩惠，减少苛刻。我觉得这条限制给作者带来相当大的妨碍，迫使一些古代作家编造出不可能发生的剧情。欧里庇得斯在《恳求者》(*The Suppliants*)中，让泰瑟从雅典带着一支军队出发，在相隔十二到十五里的底比斯城墙前打了一仗，下一幕就胜利归来，从他离开到报信人来讲述他的胜利，埃瑟拉和歌队只唱了三十六行诗。这么短的时间利用得可够好了。埃斯库罗斯让阿迦门农从特洛伊回来的速度更快。他和克利泰内斯特商量好，城市一攻下，他立刻用放在一座座山上的火把通知她，第一个火把点燃后，第二个一见到马上点燃，第三个看见第二个后也点燃，以此类推，通过这个方法，她当天晚上就能知道这个重大消息。然而，她刚从燃烧的火把得知消息，阿迦门农就到了，而如果我记忆不错的话，他的船还遇到了风暴袭击，船行必须和眼睛看见光一样快。《熙德》和《庞培》的情节尽管有些仓促，却远远没有这么过分。他们虽然在某些地方违背普通的可能性，但至少没有到如此不可能的地步。

很多人反对这个规则，认为过分专制。如果这条规则只是以亚里士多德的权威为依据，那他们就有道理。但我们应当接受它，因为它符合自然的理性。戏剧诗是一种模仿，或者更恰切地说，是人类行为的画像。毫无疑问，画像越像原型就越优秀。表演占据两小时，如果它表现的情节在现实中不需要更多的时间，那就是完美的模仿。因此，我们不要致力于十二小时或者二十四小时，而要把剧本的情节尽量紧缩在更短的时间内，以便表演和事件更相似，更完美。如果可能的话，只安排表演占据的两个小时的情节。我觉得《罗多居娜》的情节不大需要更多的时间，《西纳》可能也只需要两小时。如果我们不能限于两个小时，那就用四个、六个、十个小时，但是不要超过二十四小时太多，以免乱了章法，过分缩小画像，失去适当的比例，完全失真。

我尤其想让观众的想象力来判断时间长短，如果主题不需要，就不要明确指明时间，特别是像《熙德》这样的戏，逼真性有些牵强，标明时间只会提醒观众情节仓促。即使一出戏没有因为必须遵循这个规则而有任何勉强之处，有什么必要特意指出在戏开场时太阳出来了，第三幕时正是中午，最后一幕结束时太阳落山了？这么造作只会让观众厌烦。只需要让观众相信，这件事可能在这段时间内发生，如果有人在乎时间的问题，不用费神就很容易弄清。就是在那些情节时间不超过表演时间的戏里，如果要一幕一幕地标明过了半小时，也会显得拙劣。

我在别处讲过，当我们用了更长的时间，比如说十个小时，我希望多出的八个小时在各幕之间过去，每一幕戏表现的时间和表演花的时间相等，尤其因为每一场之间都是紧密相连的，两场之间不能有一点空白。然而，我觉得第五幕有个特权，可以加快一点时间，使得它表现的那部分情节可以占据比表演更多的时间，原因是观众急于看到结局，当结局取决于台下的演员，在等待他们的消息时，台上演员说的任何话都只是让人着急，让人觉得拖沓。毫无疑问，《希拉克琉斯》中，从福克斯在第五幕出场，到阿明塔斯上台讲述他的死亡之间，后台发生的事情需要的时间比希拉克琉斯、马提安和普尔切莉抱怨他们不幸的诗句更长。普鲁西亚和弗拉米尼乌斯在《尼科迈德》（*Nicomède*）的第五幕中，没有足够的时间在海上会合，共同商量，然后回来保护王后；在公主和莱奥诺尔、施曼娜和爱尔维尔交谈的同时，熙德没有足够的时间和堂桑石交手。我对这一点很清楚，但毫无顾虑地加快了节奏。我们大概在古人那里可以找到好些例子，但是我已经讲过，我这个人比较懒惰，所以仅限于以下的例子，泰伦斯的《安德洛斯的妇女》（*Andria*）中，西蒙让儿子潘菲勒到格丽塞娜家里，以便让老人克里顿出来，从他那里弄清儿子的情人格丽塞娜的身世，她其实是克莱默斯的女儿。潘菲勒到了那里,和克里顿说话,请求他的帮助,和他一起回去;从潘菲勒进家门、两人说话、再回来的时间,西蒙和克莱默斯留在台上,每人只说了一句诗,这点时间顶多够让潘菲勒问克里顿在哪里,不可能有时间和他说话,给他解释为什么他应该帮助自己,说出格丽塞娜的身世。

当情节的结尾取决于在台上的演员,不需要等待台下演员的消息时,第五幕就不需要这种特殊处理,就像《西纳》和《罗多居娜》一样,因为所有的情节都在眼前发生,如果第五幕开始后有一部分情节在后台发生,情况就不同了。其他四幕没有资格得到这个优惠。如果没有足够的时间让一个下场的角色回来,或者说清他下场以后做了什么,我们可以等下一幕再说,间隔两幕的音乐可以代表任何剧情需要的时间。但第五幕里就没有办法拖延了:注意力已经耗尽,全剧该结束了。

我还要补充一点,尽管我们应当把悲剧的情节紧缩在一天之内,这并不等于悲剧不能通过叙述——或者其他更巧妙的办法——让人知道主人公几年前做的事,因为有些剧本的扭结包含身世不明,需要弄清,比如《俄狄浦斯王》。我不想再重复,过去的事件越少,观众的负担越轻,就更能有心情专注于台上发生的事情,只需要记住看过的情节。但是我不能忘记,选择不同寻常、盼望已久的一天,是悲剧重要的装饰,这样的机会不是经常有的。到现在为止我的剧本里,这样的机会只有四个:《贺拉斯》里,两个民族要通过一场战斗决定谁主江山;还有《罗多居娜》《昂朵洛迈德》和《堂桑石》。在《罗多居娜》里,两个敌邦的君王选择了这一天签订和平协议,让两个敌人通过婚姻彻底和解,并且公布一个二十多年的秘密,有关两个双胞胎王子的长子继承权,这关系到国家的命运和他们爱情的结局。《昂朵洛迈德》和《堂桑石》选择的那一天也同样重要。但是正像我刚才说过的,这样的机会不多。在我的其他作品里,我只能选择因为偶发事件变得重要的日子,而不是因为公开的安排早就让它们重要的日子。

至于地点的一致,我在亚里士多德和贺拉斯那里都找不到任何教导。因此有人认为,这个规则是时间一致的结果,由此想象它可以延伸到一个人可以在二十四小时之内来回的范围。这个看法有点太过分了。如果我们让演员乘驿马旅行，舞台的两边可以代表巴黎和鲁昂。为了不让观众有一点别扭，我倒是希望在他面前两个小时表演的内容果然可以在两个小时内发生，在不变的舞台上给他看的情节也可以限于同一个房间或厅里。但这经常会很不方便，甚至不可能，因此必须扩展地点，如同我们延长了时间。我在《贺拉斯》和《波里厄克特》和《庞培》里严格遵循了地点一致。但要做到这一点，必须或者像《波里厄克特》一样只有一个女人，或者安排两个女人友情密切，利益紧密相连，以至于总在一起，比如《贺拉斯》，或者她们可能像在《庞培》里一样，天然的好奇心促使克丽奥帕特拉在第二幕、科莱丽在第五幕走出她们的套间，到王宫的大殿打听她们等待的消息。《罗多居娜》就不一样了：克丽奥帕特拉和罗多居娜的利益太冲突，她们不可能在同一个地点表达她们内心秘密的想法。这个剧本和《西纳》一样，总的说来，其中一切都发生在罗马，具体地说，一半发生在奥古斯都的住处，一半发生在艾米莉的住处。根据这个安排，这部悲剧的第一幕在罗多居娜的候见厅，第二幕在克丽奥帕特拉的房间，第三幕在罗多居娜的房间；但是如果第四幕可以在罗多居娜那里开始的话，克丽奥帕特拉先后对两个儿子说的话放在那里就很不恰当了。第五幕需要一个能容下一大群人的接见厅。《希拉克琉斯》同样，第一幕很合适发生在福克斯的住处，第二幕在莱奥婷娜的住处，但是如果第三幕在普尔切莉那里开始，却不能在那里结束，因为福克斯不可能在这位公主的住处讨论她兄弟的死。

我们的先人让他们的君王在公共广场讲话，很容易在悲剧中严格遵守地点一致。不过索福克勒斯在《阿贾克斯》中没有遵守这一条。阿贾克斯走出舞台去找一个偏僻的地方自杀，又在台上让众人眼看着自杀，这就明显说明他自杀的地方和大家看见他出去的地方不是同一个，因为他出去就是为了找另一个地方。

我们不会那么随便地让国王和公主走出他们的住处。因为那些住在同一个宫殿里的人经常有不同和相反的利益，他们不可能在同一个房间里吐露真情、公开秘密，如果我们想在悲剧中保留地点一致，就必须对此做一定的妥协，否则我们就不得不否定许多获得辉煌成功的剧作。

我认为应当尽可能严格地遵守地点一致，但是，因为它不适合所有的主题，我很愿意认为情节在同一个城市发生就符合地点一致。这并不是说我想要舞台表现整个城市，这范围太大了，而是城墙内的两三个具体的地方。因此，《西纳》的舞台不超出罗马，有时在奥古斯都宫殿的住处，有时在艾米莉的房子里；《撒谎者》发生在巴黎的杜伊勒利宫和皇家广场；《撒谎者续集》（*La suite du menteur*）发生在里昂的监狱和梅莉丝的住所；《熙德》里出现了更多地方，但是都没有离开塞维亚。因为在《熙德》这出戏里没有保持场次的连续性，舞台从第一幕就展现了施曼娜的住宅、王宫里公主的套间和公共广场，第二幕又加上了国王的房间，这些出格的地方可能过分了点。为了在不可避免的情况下弥补地点的不一致，我希望我们能做到两点：第一，决不在同一幕内换地点，仅限于从一幕到下一幕，就像《西纳》前三幕一样；第二，这两个地方不需要不同的布景，也不要具体说出这两个地方的名字，只说明大地方，比如巴黎、罗马、里昂、君士坦丁堡等等。这样有助于迷惑观众，让他看不见任何标明地点不同的东西，就不会注意到这一点，除非有人恶意挑剔指出来——很少有人会这么做——大多数观众都会热烈地关注他们正在观看的表演，他们从中得到的快感使他们不会故意去吹毛求疵，让自己觉得无趣。他们只会在过于明显时才会注意到，比如在《撒谎者》和《撒谎者续集》中，不同的布景使他们不得不注意到地点不一致。

然而，因为很难相信利益相反的人会在同一个地点说出他们的秘密，而他们有时会在同一幕里出现，各场的连续性必然导致他们要在同一个地方，这就有悖于严格意义的逼真原则，我们必须找出一个办法调和这个矛盾，看怎样能保留《罗多居娜》的第四幕和《希拉克琉斯》的第三幕，我已经讲过，这两处让两个敌人在同一个地方说话，是比较牵强的。法学家允许法律假定，我想根据他们的先例，采用戏剧假定，以便设定一个舞台地点。在《罗多居娜》中，它既不是克丽奥帕特拉的住处，也不是罗多居娜的住处；在《希拉克琉斯》中，既不是福克斯的住处，也不是莱奥婷娜、普尔切莉的住处，而是一个通向各个套间的大厅，我给它两个特权：

一个是，每个在那里说话的人都可以假定如同在自己房间说话一样保密；另一个是，有时候在台上的人本应去找那些在自己住所的人说话才得体，在这种情况下，后者可以到台上来找他们，而不违背得体的要求，以便保持地点的一致和场次的连续性。因此，罗多居娜在第一幕来找莱奥妮丝说话，尽管她本来应当召见她；在第四幕里，克丽奥帕特拉来找安提奥楚，而他刚刚在同一个地方让罗多居娜吐露了真情，尽管要严格服从逼真的原则的话，应该是王子去他母亲的住处找她，因为她对罗多居娜公主恨得太深，不可能到她住处来。如果我们不用我刚才的办法折中一下，而是严格按照地点一致，那么第一场发生在罗多居娜的住处，同一幕所有的场次就都应该发生在那里。

如果我们不接受任何调和，我的许多剧本就都不会符合地点一致。当我将来不能完全严格遵循这个规则时，我会始终满足于这个变通的办法。我只在三个剧本中做到了地点一致：《贺拉斯》《波里厄克特》和《庞培》。如果我对自己其他剧本太宽容，我对其他作者会更宽容，如果他们的作品在舞台上获得成功，而又显得基本符合规则的话。理论家很容易求全责备，但是如果他们想给观众十到十二个剧本，他们恐怕会对规则更放松，一旦他们从实践中认识到，他们的严格带来了多少束缚，把多少美丽的东西排除在我们的舞台之外。不管怎么说，这就是我的观点，或者如果您愿意这么认为的话，这是我对艺术基本规则的异端想法。我不知道如何更好地调和古代的规则和现代的乐趣。我不怀疑能很容易地找到更好的办法，我很愿意遵循它们，只要它们在实践中像我的方法一样成功。

（鲁进　译）

三、论小说的起源（节译）*

Traité de l'origine des romans

于埃（Pierre-Daniel Huet）

从前，小说这个名字不仅包括散文作品，经常还包括诗作。但今天相反的用法占了优势，严格意义上的小说专指虚构的爱情奇遇，用散文运用艺术技巧写成，给读者以享受和教益。我称之为虚构作品，以便和真实故事区分开来，并且是虚构的爱情奇遇，因为爱情应该是小说的主题，还必须写成散文，以符合我们时代的习惯。小说应当运用艺术技巧，遵循一定的规则，否则就是混乱一团，没有秩序，没有美感。小说的主要目的——至少它应有的、作者应当首先自己确立的目的——是教育读者，让他们看到美德受到嘉奖，恶行得到惩罚。但是，因为人的头脑天然厌恶教训，他的自尊心使他对教诲反感，所以要用娱乐去诱惑他，用有趣的例子来使严厉的告诫更容易接受，通过谴责别人的过错来纠正他的缺点。因此，高明的小说家看上去目的是给读者消遣，但那只是次要目的，主要目的是教益精神和改良风俗。

我在这里不谈诗体小说，更不谈史诗，因为后者不仅用诗句写成，还有和小说不同的根本区别，尽管小说和史诗有很大的关系，而且根据亚里士多德的格言，诗人之所以为诗人，最重要的是因为他构思的传奇故事，而不是他写作的诗句，这样我们甚至可以把小说家算作诗人。这个格言在亚里士多德之前就由柏拉图制定了，在亚里士多德之后又被贺拉斯、普鲁塔克和昆体良所遵循。佩特罗尼（Petronius）说，诗歌应当采取迂回婉转的手法，通过天神的作用，运用自由大胆的语句，以至于听上去像是

---

* 本文选自 Pierre-Daniel Hue, *Traité de l'origine des romans*, Paris: Thomas Moette, 1693, 7th edition, pp. 6-190。译者按，本文首次作为十七世纪最杰出的小说家拉法耶特（Lafayette）夫人的小说《扎伊德》（*Zayde*）的序言，初次发表于1670年。因为《扎伊德》当时由作家赛格雷（Segrais）署名，所以于埃的序言以给他的书信的形式发表。原文篇幅很长，本译文为尽量突出主题而做了选译。

充满狂兴的神谕，而不是确切忠实的叙述。小说更简捷，更平实，在构思和用词方面更直接。诗歌更神奇，尽管总是符合逼真的；小说更逼真，尽管有时也包含神奇成分。诗歌更有规则，布局更精练，运用更少的材料、事件和插曲，小说相比而言更丰富复杂，因为更平实、更直接，所以让精神更放松，可以承受更大量的不同思想。最后，诗歌的主题是军事或政治事件，仅仅偶尔涉及爱情；小说正相反，主题是爱情，有时附带政治和战争。我指的是正规的小说，因为大部分法国、意大利和西班牙旧小说都是爱情少而战斗多。日拉尔蒂（Giraldi）因此认为，小说一词源于一个希腊词，意指力量和勇武，因为那些书的目的就是颂扬游侠的力量与勇武。但是从下文可以看出，日拉尔蒂在这点上错了。我这里也不包括公认有很多错误的史书，比如希罗多德（Herodotus），尽管他错得其实比众人所说的要少得多，还有哈诺（Hanno）的远征，菲罗斯特拉特（Philostratus）所著的阿伯罗尼乌斯（Apollonius）传，诸如此类。这些著作总体真实，只是部分有错。小说正相反，整体是虚构的，只有部分真实。前者是掺杂错误的真实，后者是掺杂真实的虚假。我想说，在这些史书中真实胜过虚假，而虚假在小说中占了如此大的地位，以至于小说可以从整体到细节全部虚构。亚里士多德指出，最完美的悲剧应当从历史中提取著名的剧情，因为它比剧情完全虚构的悲剧更逼真，不过，他并不反对完全虚构。他的理由在于，即使一部悲剧的剧情来自历史，大多数观众却不了解，对他们来说就是新的，然而照样让所有人消遣。小说也是如此，但区别在于，当人物身份平常，我们更容易接受情节完全虚构的小说，比如滑稽小说，但是严肃小说中，主人公是生平事迹著名的君王和征服者，人们就不大容易接受了，因为很难相信这么重大的事件会不为世人所知、被历史学家忽略，而逼真尽管在历史中并不总是存在，在小说中却是必不可少的。那些完全不遵照史实、整体或部分完全捏造的历史，也不在小说之列，比如大多数民族——甚至最野蛮的民族——想象的起源，比如引起所有学者愤怒和蔑视的维特伯（Viterbo）修道士阿尼乌斯（Annius）纯属捏造的历史。小说与这类作品的区别，好比那些为了娱乐，毫无恶意地化装戴上面具的人，和那些盗用死者或外出者身份和服装，利用模样相似而窃取他人财富的恶棍是截然不同的。最后，寓言也不属于我讲的范围，因为小说是可能发生而没有发生的故事，寓言是没有发生也不可能发生的故事。

在确认什么样的作品严格说来可以被称作小说后，我要说它是东方人发明的，我指的是埃及人、阿拉伯人、波斯人和叙利亚人[1]。[……]

我把符合规则和不符合规则的小说区分开来。我称那些遵循英雄史诗规则的小说为符合规则。希腊人在大多数科学和艺术方面都达到了完美境界，以至于人们认为他们是发明者。希腊人也发展了小说艺术，在东方人原始野蛮的小说基础上，他们创造了更好的形式，用史诗的规则来制约小说，把从前小说凌乱无序的各个部分构成了完美的主体。[……]

因此西班牙和意大利从我们这里学到了这门艺术，它是我们无知和粗野的结果，也是波斯人、爱奥尼亚人和希腊人文雅的成果。的确，正如出于需要，当缺乏面包时，为了保存生命，我们的身体可以从野草和树根吸取营养，当人类精神缺乏它本身自然的养料，也就是对真理的认识时，我们也会用谎言来喂养它，而谎言是真理的形象。正如在生活富足时，我们常常弃置面包和平常的肉，寻求美味的炖肉，即使我们的精神认识了真理，我们还是经常会放下对真理的研究和思辨，在谎言也就是真理的形象中消遣，因为根据亚里士多德的理论，形象和模仿常常比真理更令人愉快。由此，两条相反的途径——无知和博学，粗野和文雅——常会导致同样的结果，让人致力于故事、寓言和小说。正因此，最野蛮和最文雅的民族都喜欢编造小说。美洲所有蛮族——尤其是秘鲁——的起源都充满了传奇，如同用古老的北欧字母刻在大石头上的哥特人的起源，我曾经在丹麦看过一些遗迹。如果我们还能找到古代高卢游吟诗人为永远纪念他们民族而创作的作品，我相信其中一定也掺杂着很多虚构成分。[……]

人所共有的对传奇的癖好，不是从推理、模仿或习俗中来的，而是天然的，其源头在于人类精神和灵魂的秉性，因为求知欲是人所特有的，和理性同样构成人与其他动物的区别。我们甚至可以在某些动物身上找到初级和原始的理性的火花，但求知欲只在人身上才有显露。我认为，这是

---

[1] 于埃认为小说起源于这些东方国家，从那里传到了希腊。——译者

由于我们的灵魂有太广阔的能力和浩瀚的容量,以至于不可能满足于眼前的事物,因此会在过去和未来、真理和谎言、想象的空间甚至不可能的事物中,寻找机会发挥多余的能力。感官能直接接触的事物就足以满足动物灵魂的能力,它们不大会超出这个范围,因此我们在它们身上不会看见人的精神里那种焦灼的渴望,让人不断去追寻新知识,以便找到和他能力相称的事物,得到类似平息极度饥渴的快感。这就是柏拉图在坡罗斯(Porus)和佩尼亚(Penia)的寓言——财富和贫穷结婚——中想表达的意思,两者的结合就会产生爱情。财富象征物品,它必须在使用时才会变成财富,否则就毫无用处,不能产生爱情;贫穷意指能力,能力只要和财富分开,就是贫瘠无益、焦灼不安的,然而一旦能力和财富相结合,快感就从中产生。这正是我们灵魂里发生的事情。贫穷,也就是无知,是它自然的状态,贫穷不断地追求知识,也就是财富,当它占有知识,爱情就会随之而来。[……]但这快感并非均匀不变,有时必须付出劳动和努力,比如当我们的大脑致力于艰深的思辨和深奥的科学时,因为我们的感官不能直接感知其内容,想象力的作用比理解力的作用要小得多,而与想象力相比,理解力更费力。因为我们自然不喜欢劳神,我们的灵魂除非为了得到某种结果,或指望未来的快感,或迫不得已,不会追求这些艰深的知识。对我们的灵魂更有吸引力、为之带来更大享受的,是不用费力就能得到的那种知识,想象力可以独自驰骋,对我们的感官而言很明显的知识,尤其如果这些知识激发我们的激情,而激情是我们人生最大的动力。这正是小说的魅力。我们不用集中精力就能理解小说,不需要复杂的推理,也不用花费记忆力。小说引起我们的激情,但最终一定会平息激情;激起我们的恐惧和同情,但最后我们担心和同情的人总会脱离险境和苦难;感动我们,只是为了让我们看到我们喜爱的人物得到幸福;让我们仇恨,只是为了让我们看到我们憎恨的人落到可悲的处境。总之,我们所有的激情都会愉快地被刺激和平息。因此,那些激情胜于理性、想象力高于理解力的人更容易受小说感动,尽管气质相反的人也会受感动,不过是出于别的原因。他们受艺术的感染,受来自理解力的魅力的感染。但前一种人,比如儿童和简单的人,仅仅受触动他们想象力和激发他们激情的部分感动，他们喜欢小说本身，不去思考更多的问题。可是，小说只是表面真实、实际虚构的叙述，头脑简单的人只看到了表层，满足于表面的真实，所以喜欢；而那些透过表面、看到实质的人，很容易厌恶虚假的东西。结果是，前一种人因为表面的真实而喜欢虚假，后一种人讨厌真理的形象，因为它掩盖了实际的虚假，除非这个虚构的故事创作精妙、寓意深刻、富有教益，包含优秀的创新和艺术。奥古斯丁曾经说过："寓意深长的虚构故事不是谎言，而是真理的象征，最有智慧和最圣明的人——耶稣基督本人——都曾运用过。"[……]

因为无知和粗野的确是谎言的源头，而北方蛮族涌入欧洲，让欧洲陷入极度无知的状态，以至于仅在大约两个世纪前才脱离无知，我们完全有理由相信无知在欧洲产生了它到处都有的效果，因此我们不必徒劳在偶然的历史中寻找人性中自然存在的原因，毋庸置疑，法国、德国和英国的小说，以及北方所有的寓言，都是当地的土产，不是从别处传来的，它们来源于远古无知时代传下来的充满谎言的历史，那时人没有足够的本事和好奇心去发现真相和写作历史的技巧。因为这些真假混杂的历史很受半野蛮人民的喜爱，历史学家就斗胆编造纯粹虚假的历史，也就是小说。我们公认，小说这个名称从前用来指历史，后来才指虚构的故事，这就不可辩驳地证明了小说来源于历史。皮格纳（Pigna）说过："小说在法国被公认为他们的编年史，因此他们的战争史都用这个名称发表，而其他人后来也给他们的作品同样的名称，不管多么虚构，远离真相。"斯特拉邦（Strabo）在我援引过的一段中说，波斯人、米堤人（Medes）和叙利亚人的历史不大可信，因为写历史的人看到讲寓言的人名望很高，就把历史当作寓言来写，作起小说来。因此我们完全有理由得出结论，我们的小说和这些民族的小说有同样的来源。

我们把话题再转回到普罗旺斯的行吟诗人，他们从十世纪末起就是法国的小说王子，他们的职业风行一时，以至于法国所有的省份都有自己的行吟诗人。在十一世纪及以后的世纪产生了无数的诗体和散文体的小说。因为我们在史诗和历史方面输于我们的邻国，我们在小说方面能达到如此高度，以至于他们最完美的小说也不如我们最差的，是很值得惊讶。我认为这个优势是因为我们对女性殷勤优雅，在法国，男人和女人有很大程度的自由接触。女人在西班牙和意大利几乎与世隔绝，和男人之间有如此多的障碍，以至于很难见到她们，几乎不能和她们说话。这样一来，大家就忽略了取悦她们的艺术，因为机会太少了，大家只努力克服和她们接触的困难，一旦达到这个目的，他们就充分利用时间，无暇顾及方式。但在法国，女子以自己的诚信为准，除了自己的内心之外没有别的屏障，她们却筑成了更坚固的堡垒，比任何钥匙、栅栏和女傅的警诫都可靠。男人因此不得不用各种技巧来冲破这个防线，他们殷勤备至、用心巧妙，形成了一套别国人无从得知的秘诀。正是这门艺术使法国小说区别于其他国家的小说，让人读来如此饶有兴味，以至于忽略了更有用的书籍。女人尤其受小说诱惑，她们专攻小说，完全不读古老的寓言和历史，对从前这类题材的作品闻所未闻。她们常常感到自己的无知，却不想因此惭愧，所以宁肯攻击自己不懂的东西，也不肯去学。男人为了取悦她们，也亦步亦趋，把学习这些知识当作学究气，尽管它们直到马莱伯的时代还是基本教养的一部分。在他之后的法国诗人和其他作家不得不屈从这个观点，某些人看到古代文化知识对他们没有用处了，就不再学习他们不敢运用的知识。这样一来，一个良好的原因却造成了很坏的结果，我们小说的魅力引起了对学问的轻视和无知。

　　我并不因此而反对读小说。世界上最好的东西也总会有弊端。小说还可能有比无知更严重的后果。我知道通常有哪些指责：小说减少宗教虔诚，引起放荡的情感，伤风败俗。这些都可能发生，而且有时的确发生了。但是思想邪恶的人拿什么不会滥用呢？薄弱的灵魂腐化自己，把什么都能变成毒药：不应当允许他们学历史，因为其中讲述很多有害的例子；他们也不能读寓言，因为寓言里天神就做出了犯罪的榜样。一座大理石雕像在异教徒中是公众虔敬的对象，可能会引起一个年轻人的爱慕、暴行和绝望。泰伦斯笔下的舍里亚看见一幅朱庇特的画就坚定了罪恶的计划，这幅画可能会引起其他所有观众的崇敬。由于写作时代的腐化，大部分希腊小说和法国从前的小说很少考虑风化的纯正。即使是《阿丝特蕾》（*Astrée*）及其以后的几部小说，还是有些放纵。但是当今的小说，我指那些好的小说，绝对没有这个缺点，以至于其中没有一个词和用语会让一个贞洁的人觉得刺耳，没有一个情节有伤风化。如果有人说由于小说对爱情的处理如此细腻含蓄，这种危险的激情很容易在年轻人的心中萌发，我会回答说，让年轻人了解这种激情不但不危险，而且可以说是必要的，以便他们能够弃绝罪恶的感情，不受其欺骗，学会怎样处理正派纯洁的爱情。经验证明，最不了解爱情的人最容易堕入情网，最无知的人最容易受骗。此外，好小说最能敏捷思维和陶冶性情，并让人通达事理。它们是无声的教师，接替学校的老师，教人言谈和生活，而且用的方法更有教益和说服力。贺拉斯对荷马《伊利亚特》的赞美也适合优秀的小说：它比最高明的哲学家更善于教导伦理。

杜尔菲（d'Urfé）先生第一个让小说从野蛮状态中摆脱出来，他无比杰出的《阿丝特蕾》体现了小说的规则，是当时最精妙最高雅的小说，使希腊、意大利和西班牙小说都黯然失色。可是，它并没有让后人失去继续创作小说的勇气，也没有独占公众的爱戴，使法国后来发表的众多优秀小说不能得到应有的赞美。其中值得惊叹的是一个女子的作品，她的才华和谦虚同样卓著，她借用另一个名字发表自己的作品，慷慨地放弃应得的荣誉，只以自己的美德为唯一的报偿，仿佛在为国争光的同时，还不想让男人们感到惭愧。但是时间最后还是归还了她自己谦让的荣誉，我们得知《著名总督依布拉里姆》（*Ibrahim ou l'Illustre Bassa*）、《伟大的西吕斯》（*Le Grand Cyrus*）和《克蕾丽》（*Clélie*）是斯居德里（Madeleine de Scudéry）小姐的作品。小说的艺术由于佛提斯（Photius）主教的赞扬和许多小说作者的卓越榜样，本来已经可以经得起最严格的批评，现在又通过她得到了认可。从前，写作小说的人包括哲学家，比如阿普雷（Apuleius）和阿特纳格拉斯（Athenagoras）；罗马大法官，比如西塞纳（Sisenna）；执政官，比如佩特罗尼；帝位追求者，比如阿尔比努斯（Albinus）；神甫，比如普罗德罗姆斯（Prodromus）；教区主教，比如希里奥多罗（Heliodorus）和塔休斯（Tatius）；教皇，比如写了优里亚勒（Euryalus）和卢克莱丝（Lucrece）爱情的皮乌斯（Pius）二世；圣徒，比如达马塞纳（Damascenus）。如今，小说又在这位贤德的女子笔下得到了新的殊荣。至于您，先生，像我已经讲明的，正如品达和普鲁塔克所确认，构思叙述精巧的小说是人类精神的最大魅力之一，您所著的《扎伊德》情节如此新颖感人，叙述如此合理文雅，理应获得巨大成功。

（鲁进　译）

四、关于亚里士多德《诗学》的思考[*]

Réflexions sur la Poétique d'Aristote

勒内·拉班（René Rapin）

七

诗歌这门艺术性质为何，确切地说目的何在，并不是很容易就能决定的。亚里士多德的阐释者各有所见。有些人认为诗歌的目的是愉悦读者，正因此，它才会致力于唤起各种激情，而激情的所有活动都是令人愉快的，因为灵魂陶醉于激动状态，它喜欢变换对象，以满足自己无尽的欲望。诗歌的确以愉悦为目的，但并不像某些人声称的那样，以愉悦为它主要的目的。其实，诗歌既然是一门艺术，它就必须是有益的，因为艺术的本质如此，也因为所有艺术必须从属于政治，而政治的总目的在于公众利益。这是亚里士多德的看法，也是他的首要阐释者贺拉斯的看法。

八

总之，既然诗歌的意图是要愉悦，它运用一切有助于此的方式。为了这个目的，它运用天然令人愉快的节奏与和谐；它借助于比散文更鲜明的笔触和更强烈的语句来增强生动性；它摆脱演说家常有的约束和克制；它给想象更大的自由；它经常描绘自然中一切赏心悦目的景色；它言必用比喻，使话语更有文采；它文思华丽，辞藻高贵，用词大胆不拘，行文热情奔放；它热衷于讲述超凡的奇遇，给最平常最自然的事情染上神奇的色彩，使之令人叹为观止，用虚构使真实更显突出。总之，正是为了这个原因，它才运用艺术所有的一切美妙手法，因为它的目的是愉悦。恩培多克

---

[*] 本文选自 René Rapin, *Réflexions sur la Poétique d'Aristote* (1674), Paris: Muguet, 1693, pp. 12-58。译者按，全书包括三十四个片段，本译文选择了与本章概述中主要问题相关的片段。

勒（Empedocles）和卢克莱修（Lucretius）没有像荷马和维吉尔一样掌握这门艺术，他们不是真正的诗人。荷马在《奥德赛》中描写拉尔特的猪倌的小棚、维吉尔在《农事诗》（*Georgics*）里讲到肥料和大蓟时，都给人美的享受，因为在天才诗人的笔下，一切都变得优美华丽。

九

然而，诗歌的主要目的在于有益，不但消除精神疲劳，使之更能胜任日常事务，用它的和谐和词句的优美减轻灵魂的忧愁，更重要的是它能净化风俗，因为它公开主张给人有益的教导。道德由于会以压制心灵的欲望来限制人心，自然是严峻的，伦理教育由于试图以教训来制约心灵的活动，必须寓教于乐，才能收到预期的效果。诗歌是达到这个目的的最佳途径。伦理用诗歌来医治人的毛病，像医生为了治好小孩的病，在他们的药中加上糖、去掉苦味一样。这门艺术的主要目的也就是把有益的东西变得有趣，在这一点上，它比那些只求有益却不努力令人愉悦的艺术更明智。即使是雄辩艺术，尽管辞令动人，也不如诗歌那么能够劝善，因为人们对道理不如对乐趣那么容易接受。因此，所有有伤风化的诗歌都是越轨和邪恶的。当诗人道德不纯时，我们应当把他们当作公众的腐蚀者和毒害者。柏拉图要驱逐出理想国的只是那些下流放荡的诗人。当然，通常也只有不成大器的诗人才会说亵渎神灵或低级下流的话，荷马和维吉尔从来没有。他们总是像哲学家一样严肃正直。真正诗人的缪斯像童贞女一样圣洁和正派。

十

诗歌令人愉悦的唯一目的是对人有益。乐趣仅仅是它用来教化的方式。因此，所有完美的诗歌都必然是教育人民良好风尚的公共课。赞颂英雄的诗歌提供大德和大恶的典范，好激励人们近德远恶。它让人们崇敬荷马的阿喀琉斯，蔑视忒耳西忒斯，它唤起人们对维吉尔笔下虔诚的埃涅阿斯的尊敬，对大逆不道的梅然斯的厌恶。悲剧引导我们正确运用激情，克制两种有碍勇气的感情：恐惧和怜悯。在索福克勒斯的《厄勒克特拉》中，当埃吉斯特斯享受犯罪成果十年后受到惩罚时，悲剧告诉人们罪恶最终会受到惩处。在欧里庇得斯笔下，当悲剧展现一个像赫卡柏那么不幸的王后如此感人地哀叹自己的遭遇时，它教导人们命运的宠幸、世界的荣华并不总是真正的幸福。喜剧作为普通生活的写照，让我们看到个别人缺点的可笑之处，以此纠正公众的缺点。阿里斯托芬在《公民大会妇女》(*The Parliament of Women*)中表现普拉克萨格拉愚蠢的虚荣心，只是为了消除雅典妇女的虚荣心。普劳图斯在他的喜剧《爱吹牛的军人》(*The Glorious Soldier*)中让观众看到主人公冒充好汉的荒唐行为，是为了让罗马士兵明白什么是真正的勇敢。

十一

但因为诗歌必须受人喜爱，才能达到有用的目的，对这门艺术来说，愉悦是很重要的。艺术必须遵循规则才能愉悦，因此我们要制订规则：诗人不能混淆事物，模仿那些贺拉斯所强烈指责的荒谬出格的手法，也就是说，把那些天然不相配的事物连在一起，混合虎和羊、鸟和蛇，用不同种的东西构成同一个身体，因而允许比病人的昏梦还乱七八糟的幻想，因为人们一旦没有原则，任何想象得出的错误都可能犯下。在文学作品中不遵循规则时，每一步都会出错。

二十三

神奇是和自然通常的进程相反的事情。逼真是一切符合公众意见的东西。尼奥柏[1]（Niobe）变成岩石是一件神奇的事，但是一旦天神介入，就变得逼真了，因为天神完全可能有这个能力。在《埃涅阿斯纪》第12卷里，埃涅阿斯搬动了十个人也挪不动的岩石，因为天神协助埃涅阿斯反对图尔努斯，这个奇迹就变得逼真了。但是，大多数作诗的人，因为太迫切地希望引起读者惊叹，没有足够用心去讲求逼真。

---

[1] 尼奥柏，希腊神话中得罪天神被变成石头的希腊女人。——译者

二十四

除了使人相信诗歌最神奇的部分外，逼真还能让诗歌所表达的境界显得完美，超过真实本身，尽管逼真只是对真实的模仿。真实表现事物本来的面目，逼真表现它应有的面目。由于构成它的各种特殊情况的掺杂，真实的东西总是有缺陷的。世界上产生的任何东西，无不在产生的过程中就远离了它完美的理念。我们必须在逼真、在事物的普遍原则中，找到未经任何物质的和奇特的东西扭曲的原型和典范。正因此，历史的描绘不如诗歌的描绘那么完美；亚里士多德认为索福克勒斯胜过欧里庇得斯，因为他在悲剧中表现人应有的模样，而后者表现人们实际的状况；贺拉斯对克南多尔（Crantor）和克里斯普斯的道德说教，不如对荷马的教训那么重视；琉善也称荷马为最优秀的画家。

（鲁进　译）

五、《菲德拉》序言*
Phèdre

拉辛（Jean Racine）

这又是一出取材于欧里庇得斯的悲剧。尽管我在情节的处理上采取了和他不同的途径，却毫不犹豫地用他剧中我觉得最精彩的部分来充实我的剧本。即使我仅仅向他借用了菲德拉这个人物的构思，我也可以说，我在戏剧创作中最合理的东西是归功于他的。我不奇怪这个人物会在欧里庇得斯的时代有如此圆满的成功，在当今也很受好评，因为她具有亚里士多德要求悲剧主人公具有的所有品质，能够唤起怜悯和恐惧。的确，菲德拉既不完全有罪，也不完全无辜。由于天神的愤怒，她在命运的驱使下陷入她自己首先就憎恶的非法激情。她做出一切努力去克服它，宁死也不肯向任何人表明。当她不得不吐露出来时，她是那样羞愧，让人很明白她的罪本是天神的惩罚，而不是她主观的意愿。

我还特意把她塑造得不如在古人悲剧中那么可憎，主动去诬告希波利特。我认为诽谤太低级、太丑恶，不配从一个起码具有高贵正直情操的王妃口中说出来。我认为这种卑劣行径更适合于一个保姆，其习性更卑屈，而且只是为了挽救女主人的生命和名誉才采取诬告。菲德拉之所以同意，完全是因为她情绪极度波动，不能自控，而且她很快就打算证实无辜，宣布真相。

希波利特在欧里庇得斯和塞内加的作品中被控确实强奸了他的继母，但是在我这里，他只是被控有这个企图。我不想让泰瑟受此羞辱，免得影响他在观众心里的形象。

至于希波利特，我注意到古人曾批评欧里庇得斯把他表现成一个十全

---

* 本文选自 Jean Racine, *Phèdre*, *Préface*，见 *Théâtre complet de Jean Racine*, Paris: Delagraves, 1882, vol. 4, pp. 31-5。

十美的哲学家，使得这个年轻王子的死引起的更多是愤怒，而不是怜悯。我觉得应当给他一定的缺点，使他多少有负于他的父亲，但又无损于他高贵的情操，为了维护菲德拉的名誉，宁可受冤屈也不肯告发她。我所说的缺点，就是他对父亲死敌的女儿和姐妹阿里希的爱情。

阿里希并不是我编造的人物。维吉尔说希波利特被埃斯库拉皮斯救活后，和阿里希结了婚，并生了一个孩子，我还从几个作家那里读到，希波利特和一位出身高贵的雅典女郎结了婚，带她去了意大利，她叫阿里希，意大利有一个小城市就以她命名。

我举出这些权威，因为我努力严格地遵照传奇故事，我甚至遵循普鲁塔克的泰瑟传记的原样。

从这个历史学家那里我得知，之所以传说泰瑟到地狱里去救出普罗赛宾娜，是由于他曾远行到靠近阿科隆河源头的艾比尔去找一个国王，庇利图斯想抢走国王的妻子，而国王处死庇利图斯后，将泰瑟俘虏关押。因此，我尽量保存历史的逼真性，同时又不失传奇故事的装饰，为诗歌增色。这个故事基础上产生的泰瑟死亡的传闻，导致了菲德拉表明心迹，成了她不幸的主要原因之一，如果她认为丈夫还活着，是绝不会有胆这么做的。

另外，我还不敢说这出剧是我最好的悲剧。让时间和读者去决定它的价值。我可以保证的是，我还没有写出任何比这一部更彰显道德的剧本。最小的错误在里面也得到了最严厉的惩罚，罪恶的想法和罪恶本身一样受到憎恶，爱情导致的软弱被看作真正的缺点，表现激情只是为了证明由此带来的混乱，罪恶被涂上展现其丑陋的颜色，让读者憎恨。这正是所有为大众工作的人应有的目的，这正是最早的诗人首先追求的。他们的戏剧是一所学校，教化道德不逊于哲学家的学堂。因此亚里士多德愿意制定悲剧的规则，最贤明的哲学家苏格拉底也没有不屑于和欧里庇得斯合作。希望我们的作品也像这些诗人的作品一样扎实，一样充满有益的教诲。近年来，很多以虔诚和教义闻名的人曾经反对悲剧，也许通过这个途径能让他们接受悲剧，如果作家在教化观众和娱悦观众方面同样用心，遵循悲剧的真实意图，反对者可能会以更赞同的态度去评价悲剧。

（鲁进　译）

六、漫谈古人与今人[*]

Digressions sur les Anciens et les Modernes

封特奈尔（Bernard Le Bovier de Fontenelle）

古人与今人孰为优胜的问题，归根结底是要弄清当初长在我们田野上的树木是否比今天的更高。如果确实如此，那么后世就不能与荷马、柏拉图、德摩斯梯尼相匹敌；但是如果我们的树和从前一样高，我们就可以赶上荷马、柏拉图和德摩斯梯尼。

让我们阐明这个反论：如果古人一定比我们更有才智，那么原因必然是当初的大脑结构更好，是由更坚硬或更灵敏的纤维组成，充满更丰富的动物精神（esprits animaux）[1]。可是凭什么那时的大脑会有更好的结构？那样的话，树也必须更高更美，因为如果大自然那时更年轻、更强壮，树木和人的大脑一样，也会感受到这种活力和青春。

古人的崇拜者应当留意，当他们告诉我们说，古人是良好趣味的源泉，注定要引导我们的理性和光辉，越是崇拜他们的人越有才智，大自然为了造就这些伟大的奇才已经精疲力竭，等等，他们简直是把古人当作和我们不同的另一类物种，而这些漂亮话和科学并不一致。大自然手中有同样的面团，她用千万种方法揉来揉去，造出了人、动物和植物。她肯定没有用比造我们的哲学家、演说家和诗人更精致更完善的泥土来造柏拉图、德摩斯梯尼以及荷马。至于我们的精神，它是非物质性的，我在这里只考虑精神与大脑的关系，而我们的大脑是物质的，是大脑的不同结构导致了人与人精神的差异。

不过，尽管各个世纪的树木都一样高，各个国家的树木却大相径庭，

---

[*] 本文选自 Bernard Le Bovier de Fontenelle, *Digressions sur les Anciens et les Modernes* (1688)，见 *Œuvres de Fontenelle*, Paris: Salmon, 1825, vol. 4, pp. 235-54。

[1] 笛卡尔哲学的概念：动物精神是一种流体，存在于大脑和神经中，将感觉传达到大脑，以维持身体与灵魂的合一。——译者

人的精神也有所不同。各种见解如同各种花草树木，并不能在所有气候中都生长旺盛。也许我们法国的土壤不适合埃及人的推论，正如不适合他们的棕榈树。不用说那么远，橙树在这里就不如在意大利生长那么容易，这就标志着在意大利有一种和法国不尽相同的气质。总之，由于物质世界各个部分的联系和互相依赖，不同气候对植物的作用必然会延伸到人的大脑，产生一定的影响[1]。

然而，这种影响不会那么大，也不那么明显，因为艺术和文化对大脑的作用远远超过对土地的作用，土地由更坚硬更难调理的物质构成。因而，一个国家的思想比它的植物更容易移植到另一个国家，在我们的文学作品中抓住意大利的特性不会像栽种橙树那么困难。

人们常说精神比脸庞更千姿百态，对此我不敢肯定。脸庞无论如何互相对看，也不会变得更相像；但是精神却会因为接触而产生相似性。因此精神，尽管本来和脸庞一样各不相同，会变得相差更少。

因为人的精神很容易互相学习，这就造成了各民族的人民并不会保持他们与气候相应的原有的思维习惯。阅读希腊书籍对我们具有与娶希腊妇女同样程度的效果。通过如此频繁地结成姻缘，希腊和法国的血液无疑会产生变化，两个民族特有的表情也会有些改变。

此外，我们不能断定什么气候对我们的头脑最有利，各种气候各有利弊，相辅相成，思维敏捷的人往往有失确切，依此类推。正因此，只要才智得到同样的培养，气候的影响可以忽略不计。我们至多可以认为酷热地带和两个寒带不太有利于学问，迄今为止，学问还没有光顾比埃及和毛里塔尼亚更热以及比瑞典更冷的地方。也许学问之所以限于阿特拉斯山和波罗的海之间，并非事出偶然。我们不知道这是不是大自然设下的界限，也不知道我们能否希望有一天会出现伟大的拉蓬[2]或黑人诗人。

无论如何，我认为有关古人和今人的大问题就这样解决了。各个世纪并没有带给人们天然的区别。希腊或意大利的气候和法国太相似了，也不

---

[1] 有关气候对人类及社会影响的理论，在欧洲十六世纪和十七世纪就很流行，封特奈尔之前由于蒙田的影响，在法国广为人知，十八世纪哲学家孟德斯鸠对此又有进一步发挥。——译者
[2] 拉蓬（Lapon），指瑞典、挪威、芬兰及俄国北部的土著居民。——译者

可能在希腊人、拉丁人和我们之间造成什么明显的差异。即使稍有不同，也很容易消除，况且也不一定对他们比对我们更有利。如此一来，古人与今人，希腊人、拉丁人和法国人就完全平等了。

我不敢保证这个论证会说服所有人。如果我运用了雄辩的修辞手法，如果我把对今人有利的历史事实和对古人有利的历史事实相对照，把赞扬今人和赞扬古人的段落相比较，如果我把那些称我们为无知肤浅的人当作食古不化的学究，如果我根据文人之间既定的规则同样以辱骂回应古人崇拜者的辱骂，恐怕人们会更欣赏我的证据。但我认为如此处理，事情永远不会完结，在双方发表大量高谈阔论之后，大家会惊奇地发现什么问题也没有解决。我认为在这个问题上更便捷的办法是参考一下科学，因为它有诀窍缩短被修辞学弄得无休无止的争论。

在这里，我们一旦承认古人和我们天然是平等的，一切问题就迎刃而解了。我们可以清楚地看到，无论什么区别都是外在环境造成的，比如时代、政府和总体状况。

古人发明了一切，在这一点上，他们的支持者洋洋得意，觉得他们比我们更有才智。并非如此，只不过他们比我们先到而已。这就如同赞美他们先喝了河里的水，又侮辱我们只不过喝他们剩下的水。如果把我们放在他们的位置上，我们也会发明；如果他们处在我们的位置上，他们也会在已有发明的基础上加以补充。这一切都不神秘。

在这里我所讲的不是偶然的发现，因为世界上最笨的人也有可能出于偶然得到这种荣耀，而是仅限于那些需要思考和努力的发现。很显然，这类发明中最粗糙的也只有超乎寻常的天才才能做到。如果阿基米德生活在最远古的年代，他最多不过能发明犁，但是生活在另一个世纪，阿基米德用镜子摧毁了罗马船队，如果这不仅仅是一个传说的话。

如果有人想用似是而非的华辞丽藻，他可以站在今人一边坚持说，最早的发现并不需要多少脑力，大自然本身好像就会把我们引到那里，但是进一步的发现却需要更多的努力，现有的发现越多，要在此基础上增添就相应需要更大的努力，因为问题已经被研究彻底了，剩下的可供发现的就不那么明显了。也许古人的崇拜者不会忽略如此高明的推理，如果这有利于他们一方。但我实在地承认，这不够扎实。

的确，要在早期发明基础上加以补充，常常需要比当初更多的脑力，但后人也有更多的方便条件。人们的思想已经被现有的发明开启了智能，我们既有自己本身的观念，又加上从别人那里借来的见解，如果我们超过了第一个发明者，也是因为他帮助了我们；如果他把属于他的那份抽走，我们手中剩下的不会比他多。

我尽量做到公正，甚至把古人的许多错误的观点、荒谬的推理和蠢话也算作他们的贡献。我们的处境就是如此，无论在任何事情上我们都不可能一步达到合理的见解。我们不得不首先在迷茫中探索，历经各种错误和谬见。现在看来，应该很容易就能认识到自然界的运作是由不同物体的形状和运动造成的。但是，在这之前，我们首先尝试了柏拉图的理念，毕达哥拉斯的数字，亚里士多德的性质，等这一切都被公认是错误后，人们被迫选择了正确理论。我说被迫，因为实际上没有别的选择了，而且我们好像尽量推迟接受真理。我们应当感谢古人把大部分错误观点都用尽了；因为必须向无知和错误献上古人所交的贡物，我们应该感谢他们为我们付清了这笔债。同样在好些事情上，我们不知道还会说多少蠢话，要不是这些蠢话已经被说过了，或者说，去掉了。不过，偶尔还有些今人拾人牙慧，也许因为说的次数还不够多。因此，我们既然受到了古人的观点甚至错误的启发，我们能超过他们也就不足为奇了。如果我们仅仅与他们平起平坐，那就说明我们的本质比他们要差远了，我们和他们相比简直就低人一等。

但是，今人要想不断超过古人，他们所致力的领域必须是那些还有待改进的。和其他艺术相比，雄辩和诗歌只需要少量有限的观念，它们主要取决于活跃的想象力，而人类可以在几个世纪之内积累这些观念，想象的活跃并不需要长期的积累，也不需要大量的法则，就能达到至善至美的境地。但是科学、医学和数学却由无数的观点组成，需要准确的推理，在这方面进步是非常缓慢的，而且会不断进步，常常还需要实际经验的帮助，那是偶然产生的，机缘未必凑巧。很明显，在这方面进展是没有止境的，当今的科学家或者数学家自然更高明。

实际上，哲学中最重要的就是能运用到各个方面的部分，也就是思维的方法，在我们这个世纪得到了极大的完善。我想未必会有很多人理解我所要讲的观点，但我还是要讲给那些懂得推理的人听。我可以自豪地说，为了真理甘愿招致其他数目不少的人的批评，是有勇气的表现。不管在哪个学科，古人的思维通常都不够完善。他们常常把一些牵强附会的证明、无关紧要的比较、肤浅的俏皮话和含糊不清的措辞当作证明。因此他们毫不费力就能证明。然而，古人轻而易举论证的事情，要是可怜的今人采用同样的方法，他就会遇到麻烦了，因为我们在推理方面的要求严格多了，它必须清楚、准确、具有结论性。概念或用词上有一点点模糊，都会受到恶意的挑剔，如果不够贴切，甚至最机敏的话也会受到无情的指责。在笛卡尔先生之前，推理起来方便多了。从前的世纪没有他真是太幸运了。我认为，是他带来了这种新的方法，他的方法比他的哲学本身更有价值，因为根据他自己教给我们的法则，他的哲学中有相当部分是错误的，或者是不可靠的。总之，不但在我们优秀的科学和哲学著作中，而且在我们的宗教、伦理、批评著作中，精确和严密也占了上风，这是前所未有的。

我甚至坚信这种风气会进一步盛行。即使在我们最好的书中，也不时会出现古式的推理，可是因为有一天我们也会成为古人，难道不应当轮到我们的后代来指正我们、超过我们吗？尤其是思维方法，它本身就是一门科学，而且是最困难、被研究最少的科学。

至于雄辩和诗歌，这是古今之争的焦点，尽管这个问题本身并不重要，我认为古人有可能达到了完美的境界，因为我说过，这只需要几个世纪，我不知道具体数目。我说，古希腊人和罗马人有可能是优秀的诗人和雄辩家，但他们真的是吗？要弄清这个问题，需要无休无止的辩论，而且无论如何合理和准确，也不会让古人的支持者心悦诚服。有什么办法和他们辩论呢？他们已经决定了原谅古人所有的错误。我说什么了？原谅他们？是无条件地崇拜他们。这是古文注释家的特点，他们是所有古人崇拜者中最迷信的，他们对古希腊罗马作者毕恭毕敬，哪个美人能让自己的情人对自己有如此强烈温柔的激情，不会觉得自己很幸福？

尽管如此，我还是要对古人的雄辩和诗歌做一点具体的评论，不是不知道这样表态的危险性，而是觉得自己人微言轻，所以尽可畅所欲言。我认为古人在雄辩方面的成就比诗歌大，德摩斯梯尼和西塞罗的雄辩术比荷马和维吉尔的诗歌更完美。原因是显而易见的。在希腊和罗马共和国里，雄辩是通向一切成功的途径，那时天生口才好就相当于今天生来就有百万年金。相反，诗歌却毫无用处，在任何政府统治下都是如此，这个弊病是诗歌特有的。我还认为，在诗歌和雄辩方面，希腊人不如罗马人，只有一种诗例外，罗马人完全比不上希腊人，我指的当然是悲剧诗。根据我个人的趣味，西塞罗胜过德摩斯梯尼，维吉尔胜过忒奥克里托斯（Theocritus）和荷马，贺拉斯胜过品达，李维和塔西佗胜过所有希腊历史学家。

根据我们前面提出的理论，这个顺序再自然不过。罗马人相对于希腊人是今人。但是雄辩和诗歌范围很有限，因此可能在一定时间内达到完美。我认为奥古斯都大帝的时代是雄辩和历史的时代。我想不出什么能超过西塞罗和李维。这并不是说他们毫无瑕疵，但我不认为有可能在具有如此巨大优点的同时有这么少的缺点。众所周知，当我们说任何人完美的时候，只能是这个意思。

世界上诗艺最美的是维吉尔，然而也许如果他有时间修改一下，也不会有坏处。《埃涅阿斯纪》中有非常杰出的段落，十全十美，我认为谁也不能超过[1]。至于诗歌的整体结构、事件的安排、设置令人愉快的意外、描写高贵的性格、多样的情节，这些方面如果有人超过维吉尔，我不会觉得奇怪。我们的小说可以说是散文诗，已经让我们看到了这种可能性[2]。

我无意进入批评的细节，只是想指出，既然古人可能在某些方面已达到完美，同时在其他方面不尽完美，我们应当不为尊者讳，对他们的缺点不加姑息，像对待今人一样对待他们。我们应该可以坦率地指出，或接受

---

[1] 古典时期的作家，无论今派还是古派，普遍推崇维吉尔。今派批评的对象主要是希腊文学，尤其是荷马。原因主要有两方面：希腊文化与法国古典文化的差异，当然比罗马文化和法国文化的差别大得多，再加上当时有文化的人都通拉丁语，因为在教育界占统治地位的耶稣会学校非常重视拉丁语言文学，但是却不教授希腊语。包括封特奈尔在内的文化人都从小就熟读拉丁作家。——译者

[2] 封特奈尔在这里没有列出任何具体的小说，但是我们知道他很推崇拉法耶特夫人的《克莱芙王妃》（*La Princesse de Clèves*）。小说在当时地位很低，封特奈尔是最早高度评价小说的作家之一。——译者

他人指出，荷马或品达有出言唐突的地方，应当有胆量相信凡人的眼睛能发现这些伟大天才的不足之处，应当能够忍受把德摩斯梯尼和西塞罗与一个有法国名字的人相比，甚至包括出身低微的人：这需要理性巨大超凡的努力！

在这一点上，我不禁嘲笑人们的想法有多么奇怪。同样是偏见，偏向今人应该比偏向古人更合理。今人自然会超过古人，偏向今人也算有根据。相反，偏向古人有什么依据呢？他们的名字更中听，因为是希腊或拉丁的；他们声名远扬，因为他们是所处时代里最伟大的人，这却只对他们的世纪才适用；他们的崇拜者数目有更多的时间增长。即使把这些都考虑进去，我们还是更有理由偏爱今人。但人们不但放弃理性、选择偏见，而且有时还会选择最不合理的偏见。

一旦我们认定古人在某些方面达到了完善的地步，那就让我们满足于说他们不能被超过，但不要说我们甚至不能和他们相提并论。为什么我们不能和他们有同样的价值？作为人，我们有这样追求的权力。我们常常无缘无故地自傲，有时却毫无根据地自卑，竟然需要在这件事上如此为自己打气，岂不好笑？这么说，所有可笑的事情我们都注定有份。

大自然大概应当还记得当初是怎么造出了西塞罗和李维的脑袋。她在所有的时代都造出了适合成为伟人的人，但时势并不总是容许他们发挥自己的天才。野蛮人入侵，对科学和艺术或反对或不支持的政府，各式各样的成见和想象，如在中国由于对尸体的敬重不允许解剖，以及世界大战，这些原因都常常造成长期的无知和趣味低下。再加上个人命运中的各种曲折，你就会看到，尽管大自然在世界上撒下西塞罗和维吉尔的种子，最后能成功的是多么罕见。人们常说，上天在产生伟大的君主时，也会产生伟大的诗人来颂扬他们，产生优秀的历史学家来为他们立传。事实是，任何时代诗人和历史学家都准备好了，君王只需要让他们发挥作用。

奥古斯都时期之前和之后的野蛮时代给了古人的崇拜者似乎是最好的道理。他们问，为什么这些世纪充满深重的无知？那是因为人们不再了解希腊和拉丁作家，不再读他们的著作。一旦人们重新看见这些优秀典范，理性和优雅的趣味就重生了。这是真的，但却不能证明任何问题。如果一个人，在科学和文学方面都有良好的基础，突然意外地得了一场病，把这些都忘记了，难道他就再也不能学会这些东西了吗？当然不是。他可以随时从头开始。如果有什么疗法让他恢复了记忆，那就更省力，他就会知道以前学过的所有知识，只需要从中断的地方继续学习。我相信阅读古人的作品驱散了上述时代的无知和野蛮，让我们即刻得到了真和美的思想，不用自己长时间去摸索，但是即使没有古人，我们最后还是可以通过自己的努力找到这些思想。从哪里找呢？古人在哪里找到的，我们可以在同样的地方找到。古人自己在找到之前，也反复探索了很长时间。

我们刚才把各个时期的人和一个人相比，这个比喻也可以用来启示整个古今之争的问题。一个受过良好教育的头脑可以说是具备了古往今来所有的知识，就像同一个人在这段时间里不断完善自己一样。因此这个人从世界的开始到现在，经过了童年，那时他仅仅关心生存最急迫的需要，又经过了青年时代，在形象思维方面有相当大的成功，比如诗歌和雄辩，甚至已经开始学会推理，尽管热情有余，思维还不够稳健。他现在进入了生命的全盛期，思维能力更强，更加明晰透彻。但他还可以更进一步，如果战争的狂热没有占据他那么长的时间，使他长期轻视学问，以至于到今天才终于回到学问中来。

遗憾的是，这个比喻尽管到此为止非常恰当，我不得不承认，人类永远不会有老年。他永远能够做年轻时候能做的事，也会做越来越多的适合于年富力强的人的事，也就是说，我们的比喻到此为止，人类永远不会衰退，所有思想家正确的观点都会和前人的知识积累在一起。

需要了解的不断积累的思想，加上所有应当加以实施的法则，会一直增加各门科学艺术的难度，但另一方面，新的突破也会弥补这些困难。让我举例说明。在荷马的时代，一个人能够使他的言语符合节拍，有长音节和短音节，同时再言之有理，那就很了不起了。诗人因此可以随心所欲，大家能有诗就觉得很高兴了。荷马可以在一行诗里用五种语言，爱奥尼亚方言不方便的时候他就用多利安方言，要是两者都不合适，他还可以用阿提卡、伊奥利亚方言，或者通用语，这就好像同时用庇卡底方言、加斯科尼方言、诺曼底方言、布列塔尼方言和普通法语。如果觉得一个词太短了，他可以把它加长，太长了，他会把它缩短，谁对此也没有非议。这种奇怪的混合语言，这种由面目全非的词合成的怪诞组合，在那时是天神的语言，至少不是人的语言。人们逐渐认识到诗人如此破格实在可笑，这些不合规格的做法一个个地被去除了。如今，诗人们不再有过往的特权，才不得不用自然的方式表达。这样一来，好像这个职业会不好做，作诗似乎会更难了。其实不会，因为从古人那里学来的丰富的诗歌构思也充实了我们的心智，还能从有关诗歌艺术的大量规则和思考中得到指导。因为荷马当时没有得到这些帮助，作为应有的补偿，他当然可以有很多破格的地方。但实话说，我认为他的处境还是比我们好一些，因为这种补偿并不精确。

数学和物理这两门科学对学者的约束总是越来越多，到最后似乎只好放弃，幸好方法也同时在不断改进。用新观念使某个学科更趋于完善的才智，也会改进并缩短学习方式，提供新的方法来掌握他给本学科扩展的领域。我们时代的科学家比奥古斯都时代的科学家要博学十倍，但是成为科学家也比以前方便了十倍。

我希望能像公正之神一样，用天平来描画自然，以便显示她如何掂量平衡她所给人的一切，幸福、才能、各种社会处境的好处与弊端，和不同思维活动的难易程度。

由于这类的补偿，我们可以希望被未来的世纪过度地崇拜，以便补偿现今世纪对我们的轻视。人们会努力在我们的作品中找出我们没有想到的美丽之处。即使是一个无法维护的错误，哪怕作者自己今天也承认的，也会找到勇气无比的辩护人。天知道和我们比起来，未来世纪的人们会如何轻视他们同代的文人，说他们可能是美洲土著人。因此，同一个偏见可以在一时贬低我们，又在另一个时候抬高我们，先是它的受害者，然后又被它奉若神灵。平心而论，这种游戏实在好笑。

我甚至可以预言更远一点。曾几何时，拉丁人曾是今人，他们也曾抱怨人们固执地崇拜古人，也就是希腊人。时间的推移使两者之间的区别相对我们来说消失了，他们都成了古人，我们如果通常更喜欢拉丁人，不会觉得有什么不对，因为古人和古人之间，谁超过谁都可以，但是古人和今人相比，如果今人超过了古人，那就乱套了。我们只需要有耐心，许许多多世纪以后，我们会成为希腊人和拉丁人的同代人，于是人们就会毫不犹豫地在很多事情上把我们置于他们之上。索福克勒斯、欧里庇得斯、阿里斯托芬最好的著作，也比不上《西纳》《贺拉斯》《阿丽安娜》（Ariane）和《愤世者》（Misanthrope）[1]，以及我们盛世的大量其他悲剧和喜剧。因为应当承认，盛世已经过去几年了。我认为《提阿热那与沙里克雷》（Theagenes and Chariclea）、《柯里托封与卢希普》（Clitophone and Leucippe）[2]，永远不能和《西吕斯》（Cyrus）、《阿丝特蕾》、《扎伊德》（Zaïde）和《克莱芙王妃》（La Princesse de Clèves）[3]相比。我们还有新的文学体裁，比如风雅书信、短篇小说、歌剧，每种题材都有一个优秀的作家，这是古人没有、后人也恐怕不会超越的。单单只提歌曲，尽管这种体裁可能会消亡，也不大为人注意，我们就拥有大量的数目，而且都充满热情和才智。我坚信如果阿纳克利翁（Anacreon）[4]知道了这些歌，他会宁可唱它们，而不唱自己的大部分歌。我们从大批诗歌中可以看出，当今诗歌韵律可以高贵如昔，但更加恰当精确。我无意拘于细节，也不想进一步炫耀我们的财富，但我相信我们就像大庄园主一样，通常懒得统计自己所有的财产，甚至有一部分自己也不知道。

如果当今世纪的伟人对后世有善心的话，就会告诫他们不要过分崇拜自己，至少要追求与自己平起平坐。没有什么比过分崇拜古人更妨碍进步，更限制思想。因为人们全心诚服于亚里士多德的权威，只在他高深莫测的著作中去寻找真理，而不是在自然中寻找，哲学不但没有任何进展，反而陷入乱七八糟晦涩难懂的话语的深渊，人们通过巨大努力才把它从中拔出来。亚里士多德从未造就任何一个真正的哲学家，反倒压制了一些如有机会可能成为哲学家的人。坏就坏在一旦这类荒唐念头在人们心中形成

---

[1] 《西纳》和《贺拉斯》是十七世纪法国著名剧作家皮埃尔·高乃依（Pierre Corneille）的名著，《阿丽安娜》是其弟托马·高乃依（Thomas Corneille）的著作，《愤世者》是莫里哀的剧作。——译者

[2] 这两部作品分别是希腊作家西里奥多尔（Heliodorus）和亚历山大大帝时代的塔休斯（Tatius）的小说。——译者

[3] 前两部小说分别是马德莱娜·斯居德里和奥诺雷·杜尔菲所著，后两部是拉法耶特夫人的小说。——译者

[4] 阿纳克利翁，希腊著名琴歌诗人。——译者

了，就会保持很久，要花几个世纪才能扭转，即使大家都公认它荒谬。如果有一天人们要固执地崇拜笛卡尔，把他置于亚里士多德的位置，也会造成同样有害的后果。

然而，话说到底，后世未必会像我们对希腊人、拉丁人一样，把我们和他们之间两三千年的距离当作优点。我们有充分的理由相信理性会进一步完善，人们总的说来不再会相信崇拜古代的粗浅偏见。或许这个偏见不会持续太久了，或许我们现在只是白白地崇拜古人，却永远不会因为是古人而受到崇拜。这可就有点糟糕了。

如果我说了这么多以后，人们还是不原谅我在《牧歌论》（*Traité sur la nature de l'églogue*）中批评了古人，那我只能说这是不可饶恕的罪过，我会从此缄口不言。我只想补充说，如果我对古人牧歌的批评冒犯了过往的世纪，我很担心我的牧歌也不会取悦于当今世纪。除了它本身的很多缺陷之外，它们总是表现一种温柔、细腻、专注、忠实以至到了迷信地步的爱情。据我所知，在这个世纪，描绘如此完美的爱情是不合时宜的。

（鲁进　译）

七、关于郎吉弩斯的感想[*]

Réflexions critiques sur quelques passages du rhéteur Longin

布瓦洛（Nicolas Boileau-Despreaux）

感想七

我们必须考虑后世对我们作品的评价。

——郎吉弩斯

的确，只有后世的赞赏才能确立作品的真正价值。不管一个作家在世时如何名噪一时，不管他受到什么赞扬，我们还是不能绝对肯定他的作品是优秀的。华辞丽藻、标新立异的风格、时髦的特性，都会让某些著作风行一时，而有可能下一个世纪人们会睁开眼睛，看不起从前崇拜的对象。有一个很好的例子，就是龙沙和他的模仿者，比如杜伯雷、杜巴尔塔（Du Bartas）、德坡尔特（Desportes）[1]，他们在上个世纪受到所有人的崇拜，如今却连读者都找不到。

同样的事情也发生在罗马作家纳维尤斯（Nævius）、李维和恩尼尤斯（Ennius）身上，据诗人贺拉斯所讲，在他的时代还有很多人崇拜这些作家，但他们最后都声名扫地。不要认为这些法国作家或罗马作家之所以失败，是因为他们国家的语言起了变化，其实是因为他们没能达到他们语言中扎实和完美的程度，这是作品流芳百世的必要条件。实际上，比如西塞罗和维吉尔所用的拉丁语，到昆体良的时候就有了相当大的变化，到了奥

---

[*] 本文选自 Nicolas Boileau-Despreaux, *Réflexions critiques sur quelques passages du rhéteur Longin*, 见 Œuvres de Boileau-Despreaux, Paris: Didot, 1800, vol. 2, pp. 165-70. 译者按，《关于郎吉弩斯的感想》共有十二篇。前九篇发表于 1694 年，是布瓦洛对贝洛和封特奈尔为代表的今派的反驳。本译文为第七篇。

[1] 龙沙和杜伯雷在十七、十八世纪得不到欣赏，直到十九世纪浪漫主义时期才重新得到重视。杜巴尔塔和德坡尔特至今少人问津。——译者

卢热尔(Aulus Gellius)的时代,变化就更大了,可是西塞罗和维吉尔那时比在世时更受尊敬,因为他们达到了我所说的完美的程度,可以说是用他们的作品规范了语言。

因此,并不是龙沙作品中老化了的词和用语降低了他的声望,而是因为人们突然发现他们以为美的地方其实并不美。在他之后的贝尔托(Bertaut)、马莱伯、德兰让德(De Lingendes)和哈冈(Racan)对此发现做出了很大贡献,他们抓住了法兰西语言严肃体裁类的真正特征。在龙沙的年代,法语远不像巴斯基尔(Pasquier)错误认为的那样达到了成熟的地步,它简直还没有走出稚童阶段。相反,讽刺短诗、回旋诗和朴实的书简诗的真正技巧在龙沙之前就被马洛(Marot)、圣热雷(Saint Gelays)及其他人发现了。他们这类的作品不但没有被忽略,反而在今天受到普遍尊重,以至于为了找到法兰西语言朴实自然的气度,人们有时还会借助于他们的风格。这就是著名的拉封丹先生成功的原因。总而言之,只有长久的年代才能确立一部作品的价值和真正的优点。

但当一些作家在很多世纪都受到赞赏,仅仅被少数趣味奇怪的人所轻视(因为总会有趣味败坏的人),在这种情况下,再想怀疑他们的价值,那就不仅是轻率,而且是疯狂。如果你在他们的著作中找不到美,你不要断言那里没有,而是因为你有眼无珠,缺乏良好趣味。大多数人不会长期错认作品的价值。到今天,荷马、柏拉图、西塞罗、维吉尔是否卓越的伟人,已经不再是问题,这是二十个世纪毋庸置疑地公认的。我们要知道的是他们绝妙在何处,以至于世世代代都仰慕他们。必须找到这一点,否则就应当放弃文学,因为你对文学既没有趣味也没有天才,因为你感觉不到所有人都感觉到了的东西。

当我说到这里时,我是假定你懂得这些作家的语言,因为如果你不懂,没有长期接触这种语言,那我就不怪你看不到其中的美,我只是怪你妄加评论。在这点上我们无论怎么谴责贝洛先生都不为过。他不懂荷马的语言,却斗胆因为翻译的粗俗而指责他,对许多世纪以来就赞赏这位伟大诗人的全人类说:"你们欣赏的东西毫无价值。"这就好像一个天生眼瞎的人满街大喊:"先生,我知道你们都觉得你们眼见的太阳很美,可是从来没有见过太阳的我向你们宣告，它很丑。"

回到我刚才的主题。既然只有后世才能断定作品的真正价值，无论一个现代作家显得如何令人仰慕，我们都不能轻易地把他和许多世纪以来一直受赞赏的作家相提并论，因为我们甚至不能肯定他的作品会流传到下一个世纪。其实，不用找远的例子，我们的世纪就有多少个作家曾经备受称扬，其声誉在很短几年中就低落了？三十年前，让－路易·盖·德·巴尔扎克[1]的作品多么受尊敬？人们不但认为他是当时最善于辞令的人，而且把他当作唯一善于辞令的人。他的确有绝妙的优点。没有人比他更精通自己的语言，用词更妥当，句法更恰如其分。至今大家还如此赞扬他。但人们突然发现他毕生致力的艺术正是他最不了解的，也就是写信的艺术。尽管他的书信才思风趣，用语精妙，其中却有和书信体最不相容的两个缺陷，矫揉造作和文笔夸张。人们不再原谅他费尽心机无论说什么都要与众不同，以至于梅纳尔（Maynard）当初用来赞美他的诗句如今成了反击他的评论：

无人说话像他一样。

当然还有人读他，但不再有人模仿他的风格，那样做的人都成了众人的笑料。

再举一个比巴尔扎克更著名的例子。高乃依是我们时代最引起轰动的诗人。人们曾经以为法国再也不会有诗人能和他平起平坐。的确，没有人有更高尚的精神，也没有人比他多产。经过时间的考验，到如今他的成就也就剩下八九部剧本受人赞赏，这些作品就像他诗歌的中午，其余早晨和晚上都不值什么。就在这几部好剧本中，除了相当多的语言错误，人们还开始发现很多以前没有注意到的文笔夸张的地方。因此，大家现在不但不觉得把拉辛先生和他比较有什么不对，还有不少人更欣赏拉辛。后世会断定两人中谁更胜于谁，因为我相信两人的作品都会流传下去。但在那

---

[1] 让－路易·盖·德·巴尔扎克（Jean-Louis Guez de Balzac），十七世纪作家，不要和十九世纪小说家巴尔扎克（Honoré de Balzac）混淆。——译者

之前，两人谁也不能和欧里庇得斯、索福克勒斯相提并论，因为他们的作品还没有欧里庇得斯和索福克勒斯作品所具有的印章，也就是几个世纪的肯定。

  此外，不要以为在世代推崇的作家人数中，我会包括那些尽管是古人，却声誉平庸的人，比如里克福龙（Lycophron）、诺努斯（Nonnius），以及西里尤斯·伊塔里尤斯（Silius Italicus）——假托给塞内加的悲剧的作者，诸如此类，我们不但可以把现代作家和他们比较，而且我认为公平地说，许多现代作家都超过了他们。在这个最高的级别中我只接纳少数卓越的作家，他们的名字本身就相当于赞美，像荷马、柏拉图、西塞罗、维吉尔等等。我对他们的崇敬并不是以他们的作品流传了多久，而是以他们作品受人仰慕的时间为依据。因此有必要提醒许多人，不要错误地像我们的批评者所暗示那样，以为我们赞美古人，只因为他们是古人；指责今人，只因为他们是今人。这完全不符合事实。有很多古人我们并不崇拜，也有很多今人大家都赞扬。一个作家不会因为古老就一定有价值；但当他的作品自古至今始终受人崇拜，那就是值得我们崇拜的唯一正确无误的证据。

（鲁进　译）

第五章　启蒙主义文学

基本问题概述

在文学史和思想史上，十八世纪通常被称为启蒙时期。实际上，启蒙可以说从十七世纪末就开始了，贝尔（1647—1706）和封特奈尔（1657—1757）都是启蒙运动的开山鼻祖。如果要给启蒙下一个简单明了的定义，就是坚持思想自由，崇尚知识和独立思考，主张以观察事实、经验感知和理性思维挑战政治上和宗教上的专权。所以在西方思想史上，是从启蒙运动才有了真正意义上的知识分子。十七世纪的法国文人，除了本身属于贵族阶层的那些，只能靠宫廷和贵族给予的年金生活，法国古典文学就是在这样的背景下产生的，也出现了很多杰作。贝尔可以说是第一个现代意义上的知识分子，他出生在当时受迫害的新教的家庭，不可能得到皇室资助，同时也因为自己的思想观点受到新教领导阶层的排挤，所以他是一个独立撰稿人，生活在荷兰，当时荷兰实行宗教宽容政策，成为许多受迫害的新教徒的避难地。由于法国的出版审查，许多作品或在荷兰出版，或伪托在荷兰出版。荷兰在传播启蒙思想中起了巨大的作用，使得法国许多禁书令禁而不止，促进了十八世纪知识分子的出版自由。狄德罗和达朗贝尔（Jean Le Rond d'Alembert）主编的集体著作《百科全书》

(*Encyclopédie*, 1751—1772）是代表启蒙思想的划时代巨著，它的目的是全面总结和普及人类在科学、艺术和各行各业方面的知识，用知识去战胜蒙昧与偏见，以哲学精神去分析、论证和重新评价一切现存的观念和信仰。康德的《什么是启蒙？》（1784）一文为启蒙运动做了总结性的阐释，把思想和言论自由看作是启蒙的根本原则。但是康德并不主张用武力推翻现存社会制度；正相反，思想家的公共言论自由和遵循社会秩序是康德文中两个相辅相成的方面。康德认为，用革命去推翻专制制度是没有用的，除非改变思想方式，否则新的偏见必然会代替旧的偏见，形成新的束缚。

启蒙运动以法国为中心舞台，但是遍及欧洲，那时的文人普遍认为自己属于一个跨国界的"文学共和国"（La République des Lettres）。由于当时的历史状况，这个共和国主要包括欧洲，但是欧洲人的视野也涉及中东、美洲和亚洲，包括中国。法语取代拉丁语成为欧洲各国上层人士通用的语言。欧洲各国文学之间有了更多的交流和互动，但是和法国有最多互动的国家莫过于英国。英国学者如洛克和牛顿对法国思想界有着广泛而深刻的影响，法国作家普雷沃（Antoine-François Prévost d'Exiles）、伏尔泰、孟德斯鸠、卢梭都曾亲历英国，渐渐也有更多的法国作家懂得英语，比如普雷沃、伏尔泰和狄德罗。伏尔泰早于1718年就开始关注英国，1726—1728年在英国生活了两年多，在此期间用英文写成的《史诗论》（*An Essay on Epic Poetry*, 1727），不仅涉及欧洲各国古今史诗，更重要的是他试图弄清普遍趣味和各个民族特殊趣味的关系。当人们不再把目光完全专注于古人时，他们自然会关注周围各个国家文学的状况。

学科专门化的过程在欧洲始于十八世纪。十八世纪上半期，文学一词还包括很广的范围，比如文学期刊就包括科学、哲学、史学、修辞、美文等，但逐渐发展到我们今天的专门定义。启蒙时期文学的重要特点之一，是作家的写作范围常常跨越狭义的文学的界限。鲍姆嘉通（Alexander Gottlieb Baumgarten）于1750年发表《美学》（Aesthetica）一文后，美学才逐渐成为一门单独的专门学科，在此之前，很多属于美学范畴的问题都在作家、评论家和理论家之间有广泛的讨论，美学问题属于文艺理论的领域。从文学史上说，十八世纪是一个转折时期。十七世纪末开始的古今之争在十八世纪再起波澜（1713），古派和今派的对立一直延续到百科全书派，其中最有影响的人物如狄德罗、达朗贝尔和马蒙代尔都公开站在古派一边。法语语言也处在一个迅速发展变化的过程中，费纳隆在《致法兰西学士院的信》（*Lettre à l'Académie*, 1714）中明确主张借用和创造新词，丰富法兰西语言，这个观点和今派是一致的，封特奈尔、马利沃（Marivaux）和孟德斯鸠都持有类似的立场。今派认为语言是表达思想感情的符号，因此必须丰富词语来表现今人深刻的思想和细腻的感情，马利沃在这方面贡献最大，受到的攻击也最多，因为古派坚决反对创造新词。马利沃在《哲学家的书房》（*Le Cabinet du philosophe*, 1734）中对古派的攻击做出反击，主张用新词和新的组合来表达独特的思想。今派发展的词语有相当多在现代法语里已被广泛接受，今天的文学界也在很大程度上接受并鼓励作家对语言的独创。今派在很大程度上推进了启蒙散文的独特风格：机敏而尖锐，刚劲而风趣，优雅而活泼。伏尔泰的散文正是这种风格，尽管他常常公开站在古派一边。从另一方面说，古典主义发展到十八世纪，的确过分重视得体和高雅，用很多清规戒律来束缚文学的发展。狄德罗和马蒙代尔作为公开的崇古派，实际上是借古人来反对这种倾向，因为他们正确地指出，古希腊罗马的作家没有这么多禁忌。总之，在十八世纪，古人既可能被古典主义当作崇拜对象和理论依据，也可能被当作反对古典主义的工具。因为古典文学的价值体系以模仿为原则，独特在当时并不是一个令人赞扬的优点。今派的代表人物封特奈尔和马利沃以独特自居时，受到过很多讥讽。卢梭是个非常独特的作家，但是他的对手常常讥讽他的特立独行。一直到浪漫主义，独特才毫无疑问地成为一种美学价值。

相当长的时间里，十八世纪继承了古典主义的文学观，认为史诗和悲剧是文学的最高形式。伏尔泰在当时以诗人著称，他的史诗《亨利纪》（*La Henriade*, 1728）和一系列悲剧作品奠定了他在文坛的崇高地位。当他的悲剧《俄狄浦斯王》于1718年问世时，文学界赞美年轻的伏尔泰"不愧为高乃依和拉辛的继承人"，这是十八世纪剧作家能够得到的最高评价。从表面上看，这出悲剧符合古典悲剧的一切要求：题材古老而重大，主人公出身高贵，遵循逼真和得体的原则，符合三一律。但是，从悲剧情感的角度上，这出戏就已经背离了古典悲剧的观念，而开了十八世纪哲学悲剧的先河。在伏尔泰笔下，俄狄浦斯和他母亲若卡斯特都是道德完善的人，他们的犯罪完全是由于天神违背了正义，故意为他们设下陷阱，因此观众和主人公一样，对天神充满反叛情绪。拉莫特明确批评希腊悲剧中命定犯罪的主题，在他的同名悲剧中给俄狄浦斯王安排了一定的过错，以便使结局合理化。启蒙时期其他各派作家，包括封特奈尔、卢梭、马蒙代尔、弗雷龙（Élie Catherine Fréron）和博马舍（Beaumarchais）都批评过这个悲剧题材，普遍弃绝由天神决定一切的宿命观。拉莫特是法国第一个主张散文悲剧的作家（1726），他的观点尽管在道理上无可辩驳，但却遭到当时文学界的普遍反对。直到五十年代，狄德罗才在《关于〈私生子〉的谈话》（Entretiens sur le Fils naturel, 1757）和《论戏剧诗》（Discours sur la poésie dramatique, 1758）中赞同市民家庭题材的散文悲剧。喜剧方面，贡献最大的是马利沃，他在十八世纪拥有的观众数量仅次于伏尔泰，他最著名的喜剧有《双重不忠》（La double inconstance）、《爱情与偶然的游戏》（Le jeu de l'amour et du hasard）、《爱情不期而至》（La surprise de l'amour）、《爱情的胜利》（Le triomphe de l'amour）等。马利沃致力于在莫里哀的喜剧之后不断创新。他的喜剧以精彩的对话、细腻的心理表现和独特的语言艺术取胜。莫里哀笔下尽管有恋人，但剧中并不表现他们是如何相爱的。马利沃善于细腻而深刻地表现男女主人公从无动于衷到渐渐相爱的过程。后世杰出的剧作家如缪塞（Alfred de Musset）和阿努耶（Jean Anouilh）都尊马利沃为先师。十八世纪戏剧的另一个重要发展，是介于悲剧和喜剧之间的正剧，它反映普通人的生活，充满上升时期资产阶级的伦理和情感。德都石（Philippe Néricault Destouches）、拉肖塞（Pierre-Claude Nivelle de La Chaussée）和格莱塞（Jean-Baptiste Louis Gresset）从三十年代起就开始探索所谓的"流泪喜剧"，它是正剧的前身。封特奈尔在1751年挑战古典主义严格区分体裁的基本信条，提出了戏剧序列的理论，用颜色序列做比喻，主张戏剧表现重大、可怕、怜悯、温情、逗乐、可笑各种类型的题材，而且倡导混合不同类型的体裁，比如可怕和怜悯、温情与逗乐、可怜与温情等。狄德罗亲自创作了正剧《私生子》(*Le Fils naturel*, 1757)和《一家之主》(*Le Père de famille*, 1758),这两部戏本身不算成功,他的贡献在于阐述了正剧的理论,并使正剧在文坛上有了广泛的影响。最杰出的正剧是博马舍的《塞维亚的理发师》(*Le Barbier de Séville*)和《费加罗的婚礼》(*Le Mariage de Figaro*),博马舍也在狄德罗等人的基础上写下了倡导正剧的论著《论严肃剧》(*Essai sur le genre dramatique sérieux*, 1767)。启蒙作家中唯一反对戏剧的是卢梭,《致达朗贝尔论戏剧》(*Lettre à d'Alembert sur le théâtre*)一文体现了他一贯的观点:道德是人内心深处在自然状态中天然具备的,科学和艺术不会让人更道德,戏剧的教化功能因此无从说起。他对法国悲剧的攻击和前人有许多相通之处,但能如此公开而强烈地挑战莫里哀喜剧,是需要特立独行的勇气的。很明显,卢梭为阿尔赛斯特(Alceste)热烈辩护,也是为自己辩护。然而,卢梭反对的不仅是悲剧和喜剧,更是戏剧本身。这篇文章在当时引起了强烈的反响,使他和伏尔泰、狄德罗和达朗贝尔的决裂不可挽回。

十八世纪也是小说飞跃发展的时期,尽管在法国为正统文学所看不起。伏尔泰就长期拒绝承认哲理小说《老实人》(*Candide*, 1759)是自己的作品。深受西班牙文学影响的小说家勒萨日(Alain-René Lesage)始终与巴黎文学界保持距离。马利沃既是剧作家,也是杰出的小说家,他在英国也有很深的影响,可以说是墙里开花墙外香,英国文豪菲尔丁(Henry Fielding)对他的评价比当时法国文学界对他的评价要高得多,把他当作古今最杰出的作家之一。《曼侬·莱斯科》(*Manon Lescaut*, 1731)可以说是法国现代意义上的第一部"畅销书",作者普雷沃尽管拥有众多的读者,却一直处于文坛较为边缘的地位。罗贝尔·沙乐(Robert Challe)的《法兰西名媛》(*Illustres Françaises*, 1713)长期被文学史忽略,现在则被公认为法国小说史上的杰作,它在小说叙事和描写艺术上有很多创新。小说杰作在小说还被人瞧不起的时候就已经产生了。在1750年之前,小说通常以别的名称出现:传记、生平、回忆录、忏悔录、信札等等。书信体小说在十八世纪始终广受读者欢迎,最著名的有孟德斯鸠的《波斯人信札》（*Lettres persanes*, 1721）、格拉菲尼夫人（Françoise de Graffigny）的《秘鲁信札》（*Lettres d'une Péruvienne*, 1747）、卢梭的《新爱洛伊斯》（*La Nouvelle Héloïse*, 1761）和拉克罗（Pierre Choderlos de Laclos）的《危险的关系》（*Les liaisons dangereuses*, 1782）、莎列尔夫人（Isabelle de Charrière）的《亨利太太的书信》（*Lettres de Mistriss Henley*, 1784）和《洛桑书信》（*Lettres écrites de Lausanne*, 1785）等。狄德罗的《理查森赞》（*Eloge de Richardson*, 1761）尽管对前辈和当代法国小说家评价有失公允，但提高了小说在法国文坛的地位，他认为优秀的小说在人心里种下道德的种子，理查森（Samuel Richardson）小说的道德意义胜过杰出伦理学家的格言警句，描绘人物胜过历史著作。他挑战古典主义趣味，赞美理查森细致的观察力，作品中的真实细节和笔下人物生动的对话，符合他们的各种身份、地位和处境。狄德罗如此推崇一个当代外国作家，这在当时的法国文坛是前所未有的，并且一反当时法国翻译界普遍存在的根据法国趣味任意修改删节外国作品的倾向，提倡翻译要忠实于原文。萨德（Sade）的《小说观》（*Idée sur les romans*, 1800）强调真实，反对滔滔不绝的说教，主张冲破伦理的桎梏，加深对人性的研究和表现。

十八世纪名望最高的诗人伏尔泰，在今天以启蒙哲学家和小说家著称。其他名重一时的诗人，如让·巴蒂斯特·卢梭（Jean-Baptiste Rousseau）、圣朗贝尔（Saint Lambert）、德里勒（Jacques Delille）等，现在除了法国十八世纪文学专家知道外，鲜有人知。后世公认的唯一杰出诗人是安德烈·谢列（André Chénier, 1762—1794），他死在雅各宾政权的断头台上时，只有三十二岁，仅仅发表了两首诗和一些政论文章。他的诗作手稿从1795年起逐渐问世，深受浪漫派诗人的推崇。谢列超越了古今之争，他从小受希腊文化的熏陶，主张在模仿古人的基础上融入新的思想，创造新的诗歌（长诗《创造》[*Invention*]）。谢列是启蒙之子，他想用诗歌的语言去表达现代科学的思想。他倡导在诗歌中运用大胆、新颖、独特的隐喻，是十八世纪唯一有胆识欣赏中国诗歌的法国作家[1]。死亡使他的

---

[1] 见鲁进《从谢列对中国诗歌的欣赏试论他的美学思想》（法文），《相切》2002年第68期，第103—119页。

生命局限于十八世纪，但他的作品使他和斯塔尔夫人、龚斯当（Benjamin Constant）一样，成为启蒙主义和浪漫主义之间的桥梁。本章的几篇文章对上述问题都具有直接的权威阐释，所选章节均出自大家之手。以往国内的文学史，对于启蒙文学，主要强调反封建、反教会和反迷信，较多地采用政治性的立场，本章的选篇对于全面理解启蒙文学理念提供了一个参照框架。

一、丰富语言的计划[*]
Projet d'enrichir la langue

费纳隆（François Fénelon）

出于过分的热心，我可以尝试冒昧地给这个如此高明的团体提一个建议吗？我们的语言缺乏大量的词和词组，我甚至觉得大约一百年来，我们因为想纯净语言，结果束缚了它，使它变得更贫乏了。的确，它当初还不大定型，太啰唆。但是，当读到马洛、阿密欧（Amiot）和多萨（D'Ossat）主教的著作时，从前的语言很让人留恋，不管是在最风趣的作品中，还是在最严肃的作品中，它都有一种说不出的简洁、朴实、豪放、活泼和热烈。如果我没有弄错的话，人们删除的词比引进的词更多。至于我，我希望一个词也不要失去，还要获取新的。我想要允许任何我们缺乏的词，只要它声音悦耳，毫不含混。

当人们仔细考虑词语的意义时，就会发现它们之间几乎没有完全是同义词的。还有很多词不能足够清楚地意指一个对象，除非再加上第二个词，这就造成我们经常使用拐弯抹角的说法。应当让语言简明化，用简单和确切的词来表达每样物体、每种情感、每个行动。我甚至想让一种东西有几个同义词，这种方法能避免含糊，变换语句，还有利于音调和谐，因为我们可以在几个同义词中选择一个和上下文相配声音最悦耳的。

希腊人造出了大量的复合词，拉丁人尽管在这方面更受拘束，但还是多少模仿了希腊人。这种组合起到简捷的作用，有利于增加诗句的华丽程度。此外，他们毫不犹豫地把不同的方言用在同一首诗中，使押韵更富于变换，更容易[1]。

---

[*] 本文选自 François Fénelon, "Projet d'enrichir la langue" (1714), 见 *Lettres sur les occupations de l'Académie Française*, Paris: Delagraves, 1897, chapt. 3, pp. 6-12.

[1] 费纳隆的这个观点与封特奈尔和拉莫特不一致，后者均反对古诗中的这种做法。——译者

拉丁人用本国语中没有的外国词来丰富他们的语言。比如，哲学在罗马发展很晚，他们缺乏哲学术语，通过学习希腊语，他们借用了科学推理的术语。西塞罗尽管很在乎语言的纯粹，还是毫不拘束地借用他需要的希腊词汇。开始时，希腊词被当作外来词，大家要请求被允许使用它们，然后允许就变成占有，再变成权利。

我听说英国人不拒绝任何给他们带来方便的词，他们从邻国那里到处任意取用。这样的借用是允许的，在这方面，词汇经过使用就会成为公用的。词语只是声音，人们任意规定它们作为表达思想的符号。这些声音本身没有任何价值，他们既属于借出它们的人民，也属于借用它们的人民。一个词在我们的国家里诞生，还是来自外国，又有什么关系？无非是动嘴唇和振动空气的方法，在这方面妒忌是很幼稚的。

此外，我们完全没有必要照顾这种虚荣心。我们的语言不过是希腊语、拉丁语和古德语的混合，再加上一点残余混杂的高卢语。既然我们用的只是这些借用词，它们成了我们自己的宝库，为什么不好意思通过自由借用，让我们彻底变得丰富？我们应当从各个方面取用我们所需要的词，让我们的语言变得更清晰、更准确、更简洁、更和谐。所有拐弯抹角的说法都会减弱话语的力量。

当然，只有趣味和见识都完全可靠的人才能去选择我们应当准许的词。拉丁语的词好像是最适合被选择的：它们发音悦耳，和已经在我们语言宝库中生根的其他词密切相连，我们的耳朵已经习惯它们了。它们只需要一个步骤就能进入我们的语言里：应当给它们一个好听的词尾。如果我们听任偶然、无知的民众或者女人的时尚去引进新词，就会出现一些不如我们希望的那么清晰优美的词。

我承认，如果我们匆忙而不加选择地在我们的语言里扔进大量外语词汇，我们会把法语变成一堆由特性相异的其他语言组成的粗劣丑陋的东西。消化不良的食物就是这样在人的血液中加入异质成分，不但不能保存血液，反倒会让它变质。可是不要忘了我们古老的民族刚刚走出野蛮时代：

> 我们的粗野很快被优美取代
> 但还能找到残留的痕迹
> 因为只在迦太基人被我们打败
> 屈服于我们的统治时
> 罗马人才心平气和崇拜希腊作品
> 开始读索福克勒斯和埃斯库罗斯[1]

有人可能会说法兰西学士院没有权力颁布法令、公告赞成某个新词，公众可能会反对。我没有忘记提贝尔王（Tiberius）的例子，这个罗马人生活中令人畏惧的主人，他想做主使用希腊词"垄断"时显得多么可笑。但是我认为公众对学士院是很恭顺的，只要学士院不过分。为什么我们做不到英国人每天都在做的事？

我们缺乏一个词，我们感到需要它，那我们就选择一个悦耳、毫不含混的音，只要它适合我们的语言，便于简捷地说话。大家首先感觉到它很方便，四五个人谨慎地在随便的交流中试用它，其他人因为喜欢新奇跟着说，它就风行起来了。当老路显得高低不平而且更长时，田野中踏出的小路就成为行人最多的路。

除了单个的新词外，我们还需要复合词和词组，把人们不习惯放在一起的词联合起来表达优美的新意[2]：

> 时间和地点的选择允许用词大胆
> 巧妙安置一词使它焕发新意[3]

[……]

如果以优雅著称的人致力于引入我们迄今为止缺乏的简单或形象的表达方式，我们的语言很快就会变得丰富起来。

（鲁进　译）

---

[1]　见贺拉斯《书简诗》第2卷第1篇。——译者
[2]　马利沃在写作中经常运用这种手法，并在《哲学家的书房》中详尽阐述了这种方法的必要性。——译者
[3]　见贺拉斯《诗艺》。——译者

二、关于悲剧《俄狄浦斯王》的论说 *

Discours à l'occasion de la tragédie d'Œdipe

拉莫特（Houdar de La Motte）

我在这里陈述几条关于俄狄浦斯这个主题的思考，可以说，是这些思考孕育了这出新悲剧。

首先我想安排俄狄浦斯有罪。我始终觉得索福克勒斯为我们留下的题材有缺陷，因为专横的命运把人卷入了灾祸之中，而他并没有犯下任何错误去招致灾祸，这样的思想只会让人陷入绝望。我们不但没有理由向人们暗示这种错误观念，即使我们不幸发现这是真的，也应该永远向人们隐藏这个悲惨的真理。

因此，为了维持这出悲剧的教育性，俄狄浦斯必须犯一点错误；但是，为了愉悦观众，他必须引起观众兴趣，他的错误尽管重大，却还是和崇高的美德相称。这个想法让我决定，除了过度的野心，不给他任何别的过错。偏见通常认为这个过错与伟人相配，甚至有时把它和英雄气概混淆在一起。

这些初步想法让我对其他境况也做了改动。我没有像索福克勒斯一样假设俄狄浦斯在宫廷里被当作王位继承人养大，在这种处境下，他的野心应该已经得到了满足。我让俄狄浦斯作为牧羊人长大，以便他的野心一方面更有英雄气概，一方面更难以原谅。我特意设计一道神谕，提醒他如果他不想放弃安宁和纯朴的生活的话，就绝对不能离开自己的国家。他无视神谕，过高估计自己的道德，为了实现自己的计划蔑视危险。我觉得这样一来，他就像我希望的那样，既有罪，又令人感兴趣。

---

* 本文选自 Houdar de La Motte, "Discours à l'occasion de la tragédie d'Œdipe" (1726), 见 *Les œuvres de théâtre de M. de La Motte*, Paris : Dupuis, 1730, vol. 1, pp. 188-208。译者按，译文删去了拉莫特有关自己这出悲剧细节处理的讨论，着重有关文学史上悲剧理论问题的论述。

但是这还不够。如果遭遇同样厄运的若卡思特（Jocaste）可以用她的无辜来指责天神，用俄狄浦斯的过错来为他们辩护有什么用？那样我就会让一个人物推翻了通过另一个人物建立的真理。

因此，若卡思特也必须犯一点不让人憎恶、能配得上观众怜悯的缺点。我为她选择了过度的爱情，这个缺点并不排除高尚的道德，女人还能以此博得尊敬和赞赏。

我认为这个安排纠正了题材的残酷性，避免给观众留下令人绝望的印象，好像天神乐于让最无辜的人承受不幸，让他们憎恨自己的罪恶。

古人究竟是什么意思，要在人类行为中想象出不以人的意志为转移的罪恶！从理性的观点看，俄狄浦斯没有犯杀父之罪，因为俄狄浦斯杀他时不认识他，是出于正当防卫；他没有犯乱伦罪，因为他不知道娶的是自己的母亲。因此，真相大白后，他只需要哀悼父亲，和母亲分开，但没有后悔，也没有绝望，因为他无可自责。无意罪恶这个观念本身就是自相矛盾的，因为罪恶的概念中就包含着意图，无意就绝对排除了意图。因此我们可以说，俄狄浦斯这个题材既可怕，又无聊。

至于我，尽管我一方面要让俄狄浦斯成为世界上最有道德的人之一，好君王、好丈夫、好父亲甚至好儿子，尤其因为他是出于责任而不是本能，他比常人更好，因为他以为是自己父亲的人其实不是。另一方面，我特意给他安排第一个罪，让他对自己有胆招致的其他罪有责任，以至于他有足够的罪，应该受到惩罚，但是罪恶太轻，不至于不配人们同情他。

[……]

因为和《俄狄浦斯》诗体悲剧同时，我还献给公众首先用散文写出的同一出悲剧，请允许我在这里解释没有冒险把散文剧搬上舞台的原因，同时陈述我的观点：创作散文悲剧是完全合理的。

两个原因阻止了我冒险把它搬上舞台。

第一：观众的习惯，他们只听到过诗体的悲剧。

第二：演员本身的习惯，他们没有演过别种的悲剧。

习惯的力量不会把什么当作原则呢？人们因此想象，诗歌的华丽和规则的音节以及韵律的铿锵对悲剧的庄严是必不可少的，没有这个支撑，重大的利益和强烈的激情就会失去大部分的重要性，好像普通的语言不能造成仰慕、恐惧和悲怆的效果。

我不敢触犯一个如此根深蒂固的偏见，一方面是审慎，我为了成功选择了最稳妥的路；一方面也是怯懦。我的先例，只要稍微有所成功，就会鼓励更高明的人。如果没有作者敢于为了丰富观众体验而冒不讨观众喜欢的危险，人们就不大会去尝试有用的新鲜事物。

演员的习惯更会增加上演的危险。他们演悲剧时如果不能用诗歌说话，恐怕会相当窘迫。他们的声音、举止和手势都配合着诗句。人们习惯尊敬的这个所谓天神的语言提升了他们的想象力。如果不得不使用普通的语言，他们自己也不会觉得自己有那么重要，而这个错觉对他们来说很有必要，以便更容易地给别人这种印象。

另外，音步和短句在诗句中通常更明显，有助于理解，演员更容易辨别其中的意思，以便采用更合适的声调，表达得更好。相反，要把握散文的长句中推理和激情需要的细微的声调变化，他们要有更精妙的艺术才能，并不是每个人都能做到。

然而，如果人们能够克服观众和演员的习惯产生的偏见和障碍，实行散文悲剧，我相信会有真正的好处。

首先，第一个好处是逼真，诗体绝对违背了逼真，因为让人做事时，为什么不让他们像人一样说话？冒昧地讲，让一个英雄或者一个公主说话时总要服从音节数量的限制，小心谨慎地安排有规则的停顿，在利益攸关和激情奔放时，还要通过既无聊又艰难的斟酌，严格重复同样的音韵，这不是违反自然吗？这种虚假的台词是多么奇怪！人们能够从中得到享受，这真是习惯的胜利。

如果运用散文，人物和情感难道不会显得更实在吗？情节不也会相应变得更真实吗？从前，所有剧作都用诗体写成，喜剧尽管具有通俗的本质，还是和悲剧受到同样的束缚。后来人们经常破格用散文写喜剧，根据作者的能力，喜剧经常因此而更生动更确切。

有人可能会说，和喜剧轻松的风格相比，悲剧雄伟的风格和散文相差更远，但那就错了，比例是一样的。的确，悲剧人物为了和自己的身份相配，说话应该比喜剧人物更庄严更优雅，但是他们同样应该自然，他们的尊严并不能让他们成为诗人。因此，一个明理的作家不会让演员说话时像史诗一样夸张。打破拉辛诗句的音节格律，取消韵律，台词中就只有自然的优雅，符合人物的身份、利益和感情。我们失去的只是矫揉造作的诗句，其弊病是让人从演员身上分心去仰慕诗人，如果以前从来没有听过诗句，任何通情达理的人都会觉得这样说话很不合理。

　　还很明显的是，一旦有选择和处理语句的自由，人们会更容易完善作品。人们再也不会故意用一个不恰当的词，因为无法按照自己的意思运用最确切的词。人们总是可以让说理更有分寸、更有力量，可是韵律的要求常常迫使我们加上一些说服力不强或者无用的东西。为了保留一句精彩的话，不得不允许自己保留一句平庸的话。顺序、精确、得体不会再受专横的规则支配，因为最杰出的天才也不总能驾驭这些规则。最后，作者不再需要以特例为借口允许自己犯真正的语法错误，读者也不再需要容忍它们。

　　此外，可能最大的好处是，修改会容易得多。最可靠的作家在写作正酣的时候也可能会出很大的错误。当他一旦经过自己的思索或者别人的批评意识到错误后，他想要去掉的部分和最成功的部分已经联系得太紧了，要改动是完全不切实际的，以至于他很快就放弃了，宁可把应当用来改正错误的精力拿去为错误辩白。用散文，他只需要划去一个字词，改为另一个，但诗歌里换掉一个词会损害一个巧妙的措辞、完美的诗句，以此类推，还可能牵连一大段台词[1]。

　　布瓦洛（Nicolas Boileau-Despreaux）先生本人曾经对我说过，他费了二十年时间修改一个押韵错误。我减去夸张的成分，但剩下的部分还是足以让我们惊叹人类的可笑之处，故意创造一门艺术，让自己常常不能准确地表达意思，或者更糟糕的是，为了满足理性没有规定的条件，牺牲表达最恰当的说法。此外，写作散文悲剧的人要防止掉入另一个陷阱：他可能

---

[1] 中文字是单音，法文词音节数量不一样，格律诗中换掉一个词就会影响到整行诗句的音节数，迫使诗人改动其他地方。——译者

会滥用文体的容易，过分满足于立刻想到的思路，一找到过得去的说法就不花足够的努力精益求精。我建议他遣词造句要花上写诗所需要的时间和精力。他可以确信，一定能够在自己的语言中找到语句来表达他能想象的最崇高最感人的思想，这对他应该是足够的鼓励了。

实行散文悲剧的最后一个益处，是能增加戏剧作者的数量，因为免去了一个很多聪明人不具备的才能。难道不会有作家具备足够的创造力，能够想象出宏伟的构思，也有足够的天才谋篇布局，有足够的理性和才思完成好写作，但是从来没有练习过写诗，或者很早就因为写诗太浪费时间而明智地放弃了？戏剧失去了这些人才岂不可惜！

如果费纳隆先生没有战胜诗歌必须由格律诗写成的偏见，我们就不会有散文诗《忒勒马科》，可是它在诗歌美方面如此出众，没有人指望去给它加上格律的装饰。让我们对戏剧有同样的想法，也许我们很快也会在这类体裁里有同样完美的作品。

（鲁进　译）

三、关于各民族不同的趣味[*]

Des différents goûts des peoples

伏尔泰（François-Marie Arouet Voltaire）

  我们几乎对所有艺术都制定了数量庞大的规则，大多数不是毫无用处，就是错误百出。说教比比皆是，典范却很罕见。以大师的口吻谈论自己做不到的事，是再容易不过的：每有一首诗就有一百篇诗论。我们只见雄辩教师，难得见到一个演说家。批评家充斥世界，他们连篇累牍地写注释、定义和区别，以至于把最清楚最简单的事也弄糊涂了。每一门学科研究都有晦涩的专门术语，似乎故意要让人望而生畏。就在不久以前，我们还在一个年轻人的头脑中塞满了别扭的名词和学究气的幼稚想法，花上一两年时间教给他错误的雄辩术，其实他只需要几个月读一些好书就能有正确的知识。我们长期用来讲授思辨艺术的方法，显然和思辨的才能背道而驰。

  但尤其在诗歌方面，阐释家和评论家更加好为人师。他们费力地写上成卷的书，去解释诗人用想象力在游戏中创造的几句诗。他们像暴君一样，想用自己的法令制服一个他们并不理解的自由国度，因此这些所谓的立法者经常只不过是把自己本想管制的国家搞得很混乱。

  本应用激情感受的东西，大多数理论家却只会呆板地论述。即使他们的规则很正确，又有多少是有用的？荷马、维吉尔、塔索、弥尔顿，他们遵循的不是什么教诲，而是自己的天才。这么多所谓的规则和羁绊，对伟人是妨碍，对庸才又无济于事。应当自由驰骋，而不是拄着拐杖挪动。几乎所有的批评家都在荷马史诗里寻找子虚乌有的规则，可是这个希腊诗人创作了两首截然不同的史诗，他们很难找到能同时解释荷马两首诗的说

---

[*] 本文选自 François-Marie Arouet Voltaire, "Des différents goûts des peoples," *Essai sur la poésie épique*（《史诗论》, 1728）第一章，见 *Œuvres complètes de Voltaire*, Paris:1877, vol. 8, pp. 305-14。

法。维吉尔相继而来，把《伊利亚特》与《奥德赛》的结构融合在一起，他们又不得不找出新的招数来让自己的规则适合于《埃涅阿斯纪》。他们有些像天文学家，每天都在发明虚构的轨道，动不动就造出或减去一两重水晶天。

如果某个被称为专家也自以为是专家的人来对你说，史诗是虚构的长篇故事，目的在于教诲道德上的真理，在史诗里主人公在天神的协助下用一年的时间完成一件伟大的事业，你应当这么回答他：您的定义错了，因为且不说荷马的《伊利亚特》是否符合您的规则，英国人有一首史诗，其中的主人公非但没有在一年之内在上天的协助下完成一件伟业，反而在一天之内被魔鬼和妻子欺骗，并且因为违背了上帝而被逐出人间乐园。然而英国人把这首诗和《伊利亚特》相提并论，很多人不无道理地认为它胜过荷马史诗。

你想问我，难道史诗就是一桩不幸事件的叙述吗？不是，这个定义和前一个一样谬误。索福克勒斯的《俄狄浦斯王》、高乃依的《西纳》、拉辛的《阿塔利》（Athalie）、莎士比亚的《恺撒》（Caesar）、艾迪生（Addison）的《卡托》（Cato）、马斐（Maffei）侯爵的《梅洛普》（Mérope）、基诺（Quinault）的《罗兰》（Roland），都是优美的悲剧，可以说各具特色，几乎是每一个都需要不同的定义。

无论对何种艺术，我们都应该提防这些迷惑人的定义，不要以它们为依据排斥我们不认识或者不熟悉的美。艺术，尤其是靠想象产生的艺术，和大自然的产物是不同的。我们可以为金属、矿物、元素、动物下定义，因为它们的性质是恒定的；但是人的几乎所有作品，包括创造它们的想象力，都在变化。最相邻的人民的习俗、语言和趣味也不一样，或者说，同一个民族三四个世纪之后也会不可辨认。在纯粹的想象艺术里，和在国家里一样不断有变革，它们千变万化，而人们总想去固定它们。

据我们现在所能判断，古希腊人的音乐和我们的有很大区别，意大利今天的音乐不再是罗西（Luigi Rossi）和卡里希米（Carissimi）的音乐，波斯曲调不一定会取悦欧洲人的耳朵。不用说那么远，一个习惯听我们歌剧的法国人，第一次听意大利宣叙调时会忍俊不禁，一个意大利人在巴黎歌剧院也会一样。两者同样错了，因为他们没有想到宣叙调就是咏唱朗诵，两种语言的特点有很大差异，语音语调都不相同，这个差别在会话中就很明显，在悲剧中更明显，因此在音乐中也会体现出来。我们大致都遵循维特卢乌（Vitruve）的建筑原则，但是帕拉蒂奥（Palladio）在意大利造出的房子和我们的建筑师在法国造出的房子，与普林尼（Pline）和西塞罗的房子并不相同，就如我们的服饰和他们的也不一样。

让我们回到更切题的例子：希腊人的悲剧是什么样的？歌队几乎自始至终在台上，没有场次的划分，情节很少，更不曲折。法国人的悲剧通常是五幕对话加上一个爱情故事。在英国，悲剧有真正的情节。如果英国的演员在活跃戏剧的动作之外，融入合情合理的自然风格，他们很快就会超过希腊人和法国人。

纵观所有的艺术，没有一种不从它们盛行的民族中得到特殊的表现方式和相异的天性。

我们应当对史诗形成一个什么样的概念呢？史诗一词来源于希腊语，意为讲话，习惯上特别用于讲述英雄行为的诗体故事。就像罗马人的 oratio 一词，本来也是指讲话，但后来仅仅用于雄辩的演说；imperator 一词，本指军队将军，后来专指罗马的君主。

所以，史诗本身是英雄行为的诗体故事。它的情节简单或复杂；时间在一个月、一年或更长；地点或在同一地方，比如《伊利亚特》，或者主人公在海上航行，比如《奥德赛》；他幸运或者不幸，像阿喀琉斯一样愤怒，或者像埃涅阿斯一样虔诚；有一个或者几个主要人物；情节或发生在地上、海上，或是像《卢济塔尼亚人之歌》（Luciade）一样发生在非洲海岸，像《阿洛卡纳》（Araucana）一样发生在美洲，像弥尔顿的《失乐园》（Paradise Lost）一样在天上，在地狱，在世界尽头之外，都无所谓，它仍然是一首史诗，一首英雄诗，除非人们给它找到一个适合它价值的新名字。艾迪生先生说过，如果您觉得给弥尔顿的《失乐园》以史诗的称谓不合适，那您随便给它什么名字好了，只要您承认，这部作品在它的种类中和《伊利亚特》同样令人赞赏。

决不要为名称争执不休。难道我会拒绝称康格莱坞（Congreve）或者卡尔德隆（Calderon）的戏剧为喜剧，就因为它们与我们的风俗不同？艺术的领域比人们所想的更为广泛。一个只读过古典作家的人，藐视所有现代语言写成的作品；只会本国语的人，就像从来没有出过法国王宫的人，以为世界上其余的地方都不值一提，看过凡尔赛宫就等于什么都见识过了。

但是问题的要点和难点在于，要知道文明国家在哪些方面相似，在哪些方面相异。无论何处的史诗都应当以判断力为基础，运用想象的美化。符合情理的事情是世界上各个民族通用的，它们都会认为，简单一致的情节和流畅渐进的发展不会让人的注意力疲劳，比一大堆混乱的怪诞奇遇更令人愉悦。总的说来，人们也喜欢有多种多样的插曲去装饰合理单纯的情节，就像强壮而匀称的身体有四肢去陪衬。情节越重要，就越能吸引所有人，因为人们的弱点是容易迷恋超于普通生活的事情。这个情节尤其要引人入胜，因为人心想要受到感动，一首诗即使十全十美，如果不能打动人，那无论在何时何地，它都是乏味的。它还应该是完整的，因为如果一个人只得到了被许诺的东西中的一部分，他是不会满意的。

以上差不多就是大自然对所有文学昌明的国家规定的基本准则。但是，神奇的布景，天神的干预，插曲的性质，所有由习俗或者被人称为趣味的本能所支配的东西，都是众说纷纭，没有普遍的规则。

您或许会对我说，可是，难道没有趣味美，能够同样地取悦于所有的国家吗？可能有很多。自从文学复兴以来，人们把古人当作典范，荷马、德摩斯梯尼、维吉尔、西塞罗，可以说已经把欧洲各个民族统一在他们的规则之下，把如此众多的不同国家变成了一个文学共和国。但是，在这样的普遍共识之下，各个民族不同的习俗也在各个国家引入了一个特别的趣味。

在最优秀的现代作家那里，您也能从对古典的模仿中感受到他们国家的特征。他们的花和果在同一个太阳的光照下成熟，但是他们却从养育他们的土地上接受了不同的滋味、颜色和形状。您从一个意大利人、法国人、英国人和西班牙人的文风中就能辨认出他们，就像从他们的面部特征、发音和举止能辨认出他们一样。意大利语的温雅与柔和渗入了意大利作家的特性中。华辞丽藻、隐喻和庄严的风格，在我看来，总的说来是西班牙作家的特点。力量、活力、大胆,为英国作家所特有。法国人拥有明晰、准确和优雅,他们很少冒险,不具备英国式的力量,也没有意大利式的温柔,前者对他们像是巨大怪异的力量,后者又蜕变成女性化的柔弱。

从这些差异中产生了各国相互的厌恶和藐视。为了从各个方面考察邻国之间趣味的差异,让我们看它们的文风。

在意大利,人们理所当然地赞赏《拯救耶路撒冷》(*Jerusalem Delivered*)第 1 章第 3 节:

> 因此,我们给生病的小孩
> 药杯边缘涂上蜜汁
> 他被骗而喝了苦液
> 因欺骗而获得生命[1]

把包含有益教训的故事的魅力,比作把苦药放在涂上蜂蜜的容器里给小孩子,这样的比喻在法国史诗里是难以容忍的。当蒙田说应当把利于健康的肉加上蜜糖给小孩,我们读起来很愉快。这个形象在他通俗的文风中令人愉悦,但是我们不认为它配得上庄严的史诗。

以下是另一段广受好评,也受之无愧的诗句,在《拯救耶路撒冷》第 6 章中,描述当阿尔米德开始怀疑情人逃跑时的反应:

> 她想大喊:负心人,你把我抛弃在哪里?
> 痛苦堵住她的声道
> 所以悲痛的话语向后退去
> 在她心中回荡

这四句意大利诗句很动人,也很自然,但是如果我们直译成法语,就是胡言乱语了[2]。

---

[1] 此处和下文塔索的诗原为意大利文,由我的朋友洛朗丝·马瑟(Laurence Macé)教授直译成法文,本人据法文译出。
[2] 此处省去伏尔泰法文译文,以免重复。——译者

让我们再举一个例子，我提到过的弥尔顿的杰作中最崇高的段落之一，是《失乐园》第1章中对撒旦和地狱的描写：

> 他凶狠的眼睛四处望去
> 看见一片苦难和惊恐
> 眼中充满狠心的骄傲和不可改变的仇恨
> 突然，在天使视野所及的范围，他看见
> 昏暗的情境废弃荒芜
> 一个恐怖的圆形地牢
> 像喷火的大锅炉，然而从火中
> 没有亮光，而是可见的黑暗
> 只照见灾难的景象
> 痛苦的地域！悲哀的阴影！和平
> 与安宁永不会居住那里！希望永不会降临
> 尽管她遍及万民[1]

安东尼奥·德·索利斯（Antonio de Solis）在他那部优秀的征服墨西哥历史中，提到蒙泰苏马求教天神的地方，是一个大型地下拱穹，只留有微小的通风窗，几乎透不进光来，并补充说：只透进看见黑暗所需要的一点光。弥尔顿的"可见的黑暗"在英国没有受到攻击，西班牙人对索利斯的说法也不加纠正。法国人肯定不会容忍如此不规范的说法。能为这些过分随便的说法辩白是不够的，法语的精确不能接受任何需要辩白的词句。

为了对这个问题不留下任何疑问，请允许我在以上例子之外再加上一个新的例子。我从讲道台上的口才方面找。如果一个像布尔达卢（Bourdaloue）神父一样的人在英国圣公会圣餐聚会时讲道，他用庄严的手势伴随慷慨激昂的演说，高声呼吁："是的，基督徒们，你们有行善的打算。但是，你们抛弃的寡妇的血，你们听任压迫的穷人的血，你们没有维护的命运悲惨的人们的血，他们的血要算在你们头上，你们良好的打算

---

[1] 此处据英文原文译出，省略了伏尔泰的法文译文，以免重复。——译者

只是让这血用更高的声音请求上帝报复你们的背叛。啊，亲爱的听众，等等。"这些慷慨激昂的话语高声地宣讲出来，加上夸张的手势，会让英国听众大笑，因为他们一边喜欢戏台上夸张的言辞和矫揉造作的抑扬顿挫，一边又欣赏布道台上朴素无华的质朴。在法国，讲道是一丝不苟地分为三段式的朗诵，充满激情地宣讲出来的。在英国，布道是扎实的论述，有时候还很枯燥，当众不加手势用平板的声音念出来。在意大利，那是一出风趣机智的喜剧。这就足以显出各个民族的趣味相差有多么大。

我知道，有些人不会接受这个看法。他们说，理性和激情无论何地都是同样的。这话不假，但是在各处表现的方式各不相同。每个国家的人都有一个鼻子、两只眼睛和一个嘴巴，但是五官的组合，在法国觉得美丽的，在土耳其却不见得迷人，土耳其美人在中国也不会受欢迎，亚洲和欧洲最可爱的人在几内亚可能会被当作妖怪。既然自然有如此大的差异，而在艺术的领域里，无常的习俗有那么大的影响，怎么可能让艺术受普遍规律的制约？如果我们想对艺术有广泛一些的知识，我们应该了解所有国家艺术的状况。要了解史诗，只读荷马和维吉尔是不够的，就像在悲剧方面，不能只读索福克勒斯和欧里庇得斯一样。

我们应当崇尚古人作品中世人所公认的美，我们应当赞同适合他们的语言和风俗的特殊美，但如果想亦步亦趋地遵从他们，那就犯了荒唐之极的错误。我们讲的不是同一种语言，宗教几乎总是史诗的基础，而我们的宗教和他们的神话截然对立。我们和围攻特洛伊城的英雄们的习俗相差之远，胜过与美洲人习俗的差别，我们的战斗、攻城和船队没有任何相似之处，我们的哲学和他们的处处相反。世界上近期的发明，火药、指南针、印刷术和其他技术，可以说改变了宇宙的面目。我们应该像古人一样用真实的颜色描绘，但不应当描绘同样的东西。

让荷马描述天神喝醉仙酒，没完没了地嘲笑伏尔甘火神不情愿地给他们斟酒的样子，这是很适合他们的时代的，那时他们的天神就像我们如今的仙女一样。但是肯定再也不会有人斗胆在一首诗里描写一群天使和圣人吃喝说笑。如果有一个作家学维吉尔引入哈尔比娅女怪，抢走主人公的正餐，把旧船变成美丽的水仙女，我们会怎么说？总之，让我们崇尚古人，但我们的崇拜不要成为盲目的迷信,不要对人性和我们自己不公,对人性遍布在我们周围的美熟视无睹,一味去欣赏她很久以前创造而我们如今已经不能同样准确评判的产品。

在意大利,没有比塔索的《拯救耶路撒冷》更值得旅行者关注的作品。弥尔顿给英国带来的荣誉,与伟大的牛顿可以相提并论。卡蒙斯(Camouens)在葡萄牙,就如弥尔顿在英国一般。对于一个思考型的人,研究产生于不同时代相距遥远的国家的不同形制的史诗,应该是一件乐事,而且会受益无穷。我觉得人生的高贵乐事,是看到这些希腊、罗马、意大利、英国的著名人物的生动画像,而且他们穿着各自国家的服饰。

我的能力远远不够给他们画像,我只想勾勒出他们的主要轮廓,由读者去补充我构思的不足之处。我只是提出我的观点,读者要自己判断。如果他用公正的态度去阅读,如果他既不听从自己从学院中得来的偏见,也不受盲目的自尊心影响,以至于轻视一切与本国风俗不同的东西,他的判断就是正确的。他就会看到艺术的产生、进步和衰落;然后他就会看到艺术从衰落中重生,观察它的各种变化,他会懂得区分超越时间和国度的美,和在某个国家受到推崇却在另一个国家受到轻视的地区性的美。他不会去问亚里士多德该怎样评价一个英国作家或葡萄牙作家,也不会去问贝洛先生如何评判《伊利亚特》。他不会受斯卡利热也不会受勒博绪(Le Bossu)的束缚,而会从自然和他眼前的具体例子出发找到规则,他会比较荷马的天神和弥尔顿的上帝、卡吕浦索和狄多、阿尔米德与夏娃。

如果欧洲的各个民族不再毫无理由地相互蔑视,而愿意对他们邻国的作品和风俗加以更深刻的注意,不是去嘲讽,而是取其所长,也许我们至今遍寻不得的普遍趣味,就会从相互的观察中产生出来。

(鲁进 译)

四、论文风[*]
Du style

马利沃(Pierre Carlet de Chablain de Marivaux)

我有时听见人谈论文风,我既不理解对某些人文风的赞扬,也不理解对他们的批评。

你常常会看见风雅的人对你说:这个作者文风高贵,这个作者文风矫揉造作,或者含混晦涩,或者平淡乏味,或者奇异怪诞。

总之,人们总是在谈论文风,而不是具有这种文风的人的头脑,好像这个世界上重要的只是词语,不是思想。

然而,一个掌握自己语言的作家或对或错,并不在于他的字词。

如果他的思想让我欣赏,我不会想到去赞美他选择了表达它们的文字。

正如我说过的,这个人掌握了自己的语言,知道这些词是被指定作为他具有的思想的特有表达方式和符号,只有这些词才能让人懂得他的想法,他就采用了它们。这一点也不奇怪,再说一遍,我不会因此而看重他,这不是他的价值所在,我只赞美他善于思考。至于表达思想的词语,他没有别的办法,只能用它们,因为只有它们能传达他的想法。

另外一个人正相反,他的想法不对,或者没有说服力,或者不确切,他所有的思想都很极端,这些我只能通过他用来和我交流思想的字词才知道。

我会说他的文风很差吗?我会归咎于他的词语吗?不会,词语没有什么可改正的。这个掌握了自己语言的人用了他所选择的词,因为它们是代表他思想的唯一符号。

---

* 本文选自 Pierre Carlet de Chablain de Marivaux, "Du Style," *Le cabinet du philosophe* (1734) 第六篇,见 *Œuvres completes de Marivaux*, Paris: Dauthereau, 1830, vol. 9, pp. 435-48。

总之，他很好地表达了他想到的东西，他的文风就应该是那样，他不可能有另外的风格。他唯一的错误是有那些想法，或者卑劣，或者平淡，或者牵强，使他不得不使用这些词，词本身既不卑劣，也不平淡，也不牵强，它们在另一个更有才智的人手中可以用来表达很敏锐很有力的思想。我所说的是不容置疑的，只要稍加思考就能领会。但是除非思考，什么也不会弄明白。

假设一个女人知道所有的颜色，她想象出一件家具，上面有四种颜色。她定做了这件家具，给她送来了。你在那里，你一点也不喜欢这件家具。

你会对这个女人说，这个没有做好，你不应该用这些颜色来做你设想的家具吗？不会的，那就不是在给她讲道理。因为这些颜色安排成那样，得到的是她想要的效果，她只能用这些颜色安排成那样，才能得到这件家具。

那她究竟错在哪儿呢？她错在想象了这种趣味的家具，是她的想象力一无是处，尽管这些颜色是好的，正确地反映了她的想象。

这些颜色在这里就好像内容的风格。内容是这样，风格也应该是这样。

为了彻底讲清我想说的话，让我们设立几个很容易理解的原则。

我曾经把它们讲给风雅的人，甚至讲给女人听，我让他们和我同样地认为，人们有关文风的这些谈论纯粹是空话，由于无知和恶意才风行于世，用来贬低杰出作品的价值。

这里提出的也是一个小小的论证，有关概念和思想，显得有些抽象，让人害怕，但我只有两句话说，我尽量讲清楚。

我把概念和思想区分开来，需要几个概念才能构成一个思想。

我把什么叫作概念呢？以下就是：

我看见一棵树、一根饰带等等，我看见一个人生气、妒忌、恋爱，我看见所有精神的眼睛和身体的眼睛能看见的东西，为了简化，我用概念这个词通用于有形体和没有形体的东西，能看见的东西和能感觉到的东西，尽管我知道它们的区别。

然而，看到这些不同的事物，我从它们分别得到了我称之为概念的东西，在我的头脑中有它们的形象或者感觉。

现在我对给了自己印象的不同东西都有了概念，当我想到一棵树时，我怎样才能让别人知道我在想一棵树，或者别的什么东西，尤其是这个东西不在眼前时？

人们互相之间对此已经有了办法，他们设定了符号，也就是词语，作为表达人们头脑中的概念的符号。人们约定了树这个词表明我们对树这个东西的概念，我一旦说出这个词，人们就明白了，以此类推。

在每个民族里，词或者符号的数量，和这个民族所具有的概念的数量相应。

有些民族词汇量很少，他们的语言很有限，因为他们只有很少数量的概念。是概念的贫乏造成了他们语言或者词汇的贫乏。

有些民族语言很丰富，是因为他们中间有大量的概念，每个概念都需要一个词，一个符号。

比如说，他们在人身上，在人的感情和心理活动中，辨别了许许多多另一个民族没有看见的东西，他们的头脑和视觉普遍灵敏精细，使他们不得不创造了和概念一样多的词。

如果法国出现了一代人，他们的头脑比法国和其他地方迄今为止的人都更细腻，那就需要新的词、新的符号来表达这代人有能力想出的概念，我们现有的词就会不够，即使它们表达的概念和人们获得的新概念有些相似之处，有时候是在人身上发现的程度更强的狂怒、激情、爱情或者恶毒，人们那时才觉察到这个更强的程度，就需要一个符号、一个特定的词去固定人们新得的概念。

但是我假定，也有可能是真的，我们今天具有人们能够具有的所有概念。

我说，各种类型的所有概念都有它的符号、代表它的词，我只要说出这个词就能让别人明白我在想什么。

这样我们就拥有了所有东西的概念，还有表达它们的方式，这就是词。

我们拿这些概念和它们的词做什么？

用这些概念，我们组成用词语表达的思想。我们把几个概念联系在一起来形成思想，从这些概念之间的关系和结合之中产生了思想。

思想就是把几个特别的概念互相联合起来。

我想到一个女人的魅力，这些魅力就是一个概念。

然后我想到另一个女人，另一个概念。我想到这个效果在我自己内心产生的东西，又是一个概念。

但这还只是有了概念。把它们联系在一起，形成随便一个思想："女人的魅力迷失理性。"

这个思想还只是在我的头脑中，没有表达出来。怎么把它表达出来呢？我用词，也就是我的每个概念的符号。

魅力的概念用"魅力"这个词表达，一个女人的概念，用"一个"和"女人"这两个词。

我对这些魅力产生的效果的确切概念，用"迷失"这个词表达，通过动词变位标志了时态，给了第三人称复数的"迷失"这个词，然后用"理性"这个词来表达我对迷失的东西的概念。

至于"魅力"这个词之前的小小的复数定冠词，和"理性"之前的单数阴性定冠词，都是人们想出的小小的连接词，有助于把几个概念组合在一起，我们学习这些词的时候，也学习了它们的用法。

因此我首先有了概念，每个概念都有相应的词。

用这些概念我组成了思想。

这个思想，我把它表达出来了，方法是用意指它的符号去代替每个概念。

因此，一个掌握自己语言的人，他知道构成这种语言的所有词、所有符号，和这些变位或不变位的词的确切价值，可能会有错误的思想，但是总能正确地表达他的思想。

现在来看我说的所有这些话的用途。

你指责一个作家文风矫揉造作。这是什么意思？你所说的文风指的是什么？

我看见一个有才情的年轻人在写作，因为害怕受到同样的指责，只是说些空话。他害怕细腻微妙的思想，因为他如果这么思维，他就只能用某些词来表达自己，但他怀疑你会觉得这些词矫揉造作。

因此，他放弃出现在他头脑中的任何细腻和有些深刻的思想，因为他一旦把它们表达出来，就发现自己不能不用的恰当的词，连自己也觉得矫饰。

可是它们并不矫饰，只是人们通常很少看见它们放在一起用，因为他表达的思想不同寻常，为了表达这些思想，不得不组合那十个或者十二个概念，通常也不会放在一起。

但是这个年轻人不会这么想。他听过你的批评，你没有给他讲那么多，只讲到文风和词语，他只注意他的用词。

结果会是怎么样呢？为了有平常的风格，他只敢用人们习惯看见的组合在一起的词，结果只能表达所有人都有的思想，因为这些词之所以通常在一起，是因为它们表达的概念之间的联系是人人都熟悉的。

但是，如果有人事先对他说：被指责矫揉造作的作者精通自己的语言，他的文风没有错；他所说的正是他想说的，他表达得很好，但是想法错了；这个作者的思想偏离了真实，在他所描绘的外物和感情中，加入了其中没有的东西，或者是不相干的，或者关系不够大。他没有把握他的题目的真正微妙之处，他按照自己的意思去描绘，而不是按照题目本身的实质，他的想法细琐，却不精妙；他臆造，却不模仿。这就是他的错，这就是批评家应当让你知道却没有让你知道的问题。

作品评论只讲到他的文风，可是在这方面他是无可指责的，至少这个文风的缺点——如果有的话——也只是他思想缺点的相应后果。

但愿文学批评给我们指出他思想的错误，不要去管风格，风格不可能是别样的，因为当这个作者思维更正确，当他的思想中不再掺入任何无用、过分、夸张、虚假的东西时，他的风格也就随之没有毛病了，他会显得善于表达，可是用不着学习如何表达，因为再说一遍，他精通自己的语言，永远不会比现在更精通；想要善于表达，只需要精通语言。因此这个作者即使想法错误，表达也很好。

但是他的思维果真有错吗？这是需要证明的。如果有什么可指责的地方，那只能是在这个方面，而不是在文风上，文风只是思想的准确图像。也许人们指责他的文风糟糕、造作、浮夸、矫饰，只是因为他表达的思想极其微妙，只能用一种独特的概念联系来组成，这些概念本身也只能通过把一些很少相连的词和符号组合在一起才能表达。

如果这个作者精妙的思想，造成别人想象他的文风有什么毛病，岂不是荒唐？

这完全可能发生。在这一点上，致力于思考的人经常会给那些猛烈攻击他文风的人很好的机会。

致力于思考的人钻研他探讨的问题，他深入了解它们，从中观察到极其精妙的东西，这些东西他一旦说出来，所有人都会感受到，但是在任何时候，都只有极少数的人才会注意到。他当然只能用很少用在一起的概念和词加以组合来表达它们。

请看批评家会如何利用因此而不可避免地产生的独特文风来攻击他：他的文风多么矫揉造作！他为什么要想那么多，甚至在人人熟知的东西里，发现极少人才能看见的方面，又只能用必然很造作的风格来表达？这个人实在错了，除非告诉他不要想那么多，否则就得要求别人容许他表达他所想的东西，容忍他运用唯一能表达他思想的词语，因为他必须付出这个代价才能表达它们。

等他把这些思想表达出来了，还得看大家是不是能理解。

这些思想晦涩吗？那么我们要跟他说：我们可以随便你把哪些概念，也就是哪些词连在一起形成你的思想，我们不在乎这些概念和这些词是常见还是罕见，我们甚至宁可你的组合很独特，因为这让我们能有新的、罕见的或者精妙的思想。可是你故作高深，觉得你的概念和你的词语需要这么奇特的组合，这只是给你换来了难以理解的思想，没有描绘事物真实的面目，掺入了本来没有的奥妙。所以还是让你的思想更清晰、更准确吧。

啊！这些指责很严重、很严谨、很合理，只要能证明它们是正确的。

唉！怎么证明呢？首先考察每一个思想，看它是不是清楚，因为它必须明晰清楚；然后再问，它是不是太长？能不能用更少的概念来组成它，因而就可以用更少的词来表达它，而没有减少一点微妙之处和它囊括的真实的范围？

然后再问，这个思想是真实的吗？它所描绘的对象在这个意义上是不是符合这个思想画出的图像？比如说："头脑经常是心灵的易受骗者。"

这是拉罗什富科先生说的。假设它只是由我们今天时代的某个作者说出来，人们难道不会指责他用矫揉造作的文风表达自己吗？很有可能会的。

某个批评家可能说，为什么不说头脑经常被心灵欺骗，心灵经常欺骗头脑？这是一回事。

我会回答说，不对，请注意，你完全没有明白，这就不再是作者确切的思想了。你减少了它的力量，你把它降低了。你的思想的风格（因为你讲到风格）只给我们表达了一个相当常见的思想。这个作者的风格给我们表达了一个更特别更精妙的思想，给我们描绘心灵和头脑之间有时候发生的事情。

这个头脑，如果简单地说它被心灵欺骗，没有给我说它常常被骗得像个傻瓜，甚至没有给我说它任凭自己受骗。人们受骗时，常常不至于被称作易受骗者；有时候有人狡猾地骗了我们，不等于人们可以指责我们轻信。这个作者想要对我们说，心灵经常随心所欲摆布头脑，它很容易让头脑倾向于它所喜欢的方向，它去除了头脑的洞察力，根据自己的利益支配头脑，总之，诱惑头脑，促使它同意心灵的理由，不是因为理由很扎实，而是因为它们太有魅力。这个作者想对我们说，头脑经常为了心灵的利益，软弱到把不合理、不可能、不真实的东西当作合理、可能和真实的东西，而始终不觉得自己有这个弱点。

以上这么多东西，易受骗者的概念都包括了，相对这个概念的词也把它们全部表达出来了。

然而，如果作者的概念是合理的，你对他用来表达这个概念的符号又有什么可挑剔的？

有些人在创作作品时，有时候不能准确地找到他们想和另一个概念相连的概念。他们找寻这个概念，他们在本能中、在灵魂深处有这个概念，但是他们不能把它表明，于是或者出于懒惰，或者出于不得已，或者出于疲乏，他们将就用另一个接近的概念，但那并不是他真正的意思。可是他们表达得不错，因为他们采用了一个确切的词来表达一个相近但更差的概念。

如果蒙田活在现在，人们对他的文风会有多少批评啊！因为他说的既不是法语，也不是德语，也不是布列塔尼语，也不是瑞士语。他只是思考，任随他那独特而敏锐的灵魂表达自己。蒙田去世了，他得到了公正的评价。正是他那独特的思想和因此而来的独特的风格，在今天形成了他的价值。

拉布吕埃尔也充满独特性，因此他也探讨过人的内心世界，那是充满独特东西的题材。

帕斯卡有过多少才华横溢的语句！

谁能找出一个著名的作者，如果他深入探讨了人心，在他对我们和我们感情的描绘中，没有运用奇特的文风？

（鲁进　译）

五、致达朗贝尔论戏剧（节译）[*]

Lettre à d'Alembert sur les spectacles

卢梭（Jean-Jacques Rousseau）

  有人说，戏剧在可能和应有的指导下，会使美德令人爱戴，罪恶令人憎恶。怎么！在有剧院之前，人们就不爱戴好人吗？不憎恨恶人吗？这些感情在没有戏剧的地方就更薄弱吗？戏剧表演令人爱戴美德……它能做到自然和理性没有它之前就做到了的事，真是个奇迹！恶人在舞台上受人憎恨……难道在现实生活中，人们认识到他们的本来面目后，会喜欢他们吗？我们能肯定这种憎恨是作者的功劳，而不是作者让他们犯下的罪行产生的效果？我们能肯定简单地陈述这些罪行会不如生动的描绘那样让我们厌恶？如果戏剧全部的艺术在于表现坏人让我们憎恨，我看不出这个艺术有什么值得钦佩，人们从中只会学到太多别的东西。我可以大胆地说出我的疑心吗？如果我们事先向任何人讲述了菲德拉和美狄亚的罪行，我想他观剧之前会比观剧之后更憎恶她们。如果这个怀疑有理，我们应当怎么看待戏剧的这个如此被人炫耀的功能？

  我希望有人能清楚地毫无赘言地给我说明，戏剧用什么方式能够在我们心中激起我们本来不会有的感情，让我们对道德人做出和我们的内心标准不同的评判。所有这些深刻而空洞的自诩是多么幼稚，毫无道理！啊！如果道德之美是艺术的产物，艺术早就把道德歪曲了。至于我，即使人们还会因为我有胆主张人天生善良而把我当作恶人，我依然这么认为，而且相信已经证明了这一点：我们对美德的好感和对罪恶的憎恶，其源头在我们的内心，而不是在戏剧里。产生这种好感不需要艺术，以此自夸才需要艺术。对美德的爱慕对于人心而言，如同自爱一样自然，它不是从舞台布

---

* 本文选自 Jean-Jacques Rousseau, "Lettre à d'Alembert sur les spectacles"（1758），见 *Œuvres de J. J. Rousseau*, Paris: Werdet et Lequien, 1826, vol. 11, pp. 27-52。

置中产生的,作者并没有把它放进人心里,他只是在那里找到了它,通过迎合这种内心纯粹的感情,让观众流下了感动的泪水。

[……]

法国戏剧尽管有它现有的缺陷,在可能的范围内却已经几乎达到了完美,不管是从趣味性还是从教益性来看,这两个优点在法国戏剧中已经达到了如此平衡的关系,以至于从任何一方面增加一点都会在另一方面减少更多,打乱现有的平衡,使法国戏剧更不完美。这并不是说一个天才不能创造比现存的更可取的戏剧体裁,但是这种新体裁需要作家的天才方能维持下去,必然和他一起消亡。他的继承人缺乏同样的才能,最终总会被迫回到平常的方式去讨取观众的兴趣和喜悦。我们这里的方式是什么呢?在悲剧中是著名的情节、著名的人物、大罪和大德,喜剧是要滑稽可笑,两者都要有爱情。试问这对道德风尚有何益处?

有人可能对我说,在这些剧里,罪恶总是受到了惩处,德行总是得到了回报。我回答说,即便如此,大多数悲剧情节纯属虚构,人们知道这是诗人创造的事件,因此不会带给观众强烈的印象。这些剧因为不断地表明要教育他们,最终失去了教益作用。我还要回答说,这些惩罚和报偿总是以如此超乎寻常的方式实现,人们在正常生活中根本不会指望类似的事情。最后,我否认戏剧惩恶报德这个说法:那不是事实,也不可能普遍存在,因为这不是作者创作剧本的目的,他们很少能达到这个目的,而且这个目的常常会成为成功的障碍。只要能用高贵的气派迷惑住人,恶或善有什么关系?所以,尽管法国舞台毫无疑问是最完美的,或者有史以来最规范的舞台,依然是大恶棍和大英雄同样受喝彩。

[……]

除了人是不自由的,上天惩罚它自己让人犯下的罪恶,我们从《菲德拉》和《俄狄浦斯王》里能了解到什么?我们从《美狄亚》里又能学到什么?无非是疯狂的妒忌能让一个母亲残忍和灭绝人性到什么地步。遍览法兰西剧院的大多数戏剧,几乎所有剧本里都有十恶不赦的妖怪和凶残的行为,要说有用,也就是能让剧情吸引人,让道德受考验,但肯定很危险,因为它们让人们的眼睛习惯了他们甚至不该知道的事情、不该认为可能存在的恶行。甚至不能说戏剧里凶杀和杀害尊长总是可憎的。运用不知道什么样的方便假设，戏剧让这些恶行变得可以允许，或者可以原谅。观众很难不原谅乱伦而且造成无辜者流血死亡的菲德拉；西法克斯毒死妻子，年轻的贺拉斯杀死自己的妹妹，阿迦门农杀女儿献祭，俄勒斯特杀害母亲，他们依然是很有意思的人物。加上作者为了让每个人根据自己的性格说话，必须把恶人的格言和原则放到他们口中，笼罩在美丽诗句的光彩里，用庄严和说教的口气朗诵出来，让观众受教育。

[……]

幸好现存的悲剧离我们那么遥远，展现的人物如此超乎寻常，如此浮夸，如此虚幻，其中罪恶的榜样并没有什么毒害性，就像其中的美德榜样也没有什么益处一样，悲剧越是不指望教育我们，造成的害处也越少。但是喜剧却不如此，它的风尚和我们有直接的关系，其中的人物更像生活中的人。其中一切都是有害的、危险的，一切都会对观众造成后果。因为对滑稽的喜爱本身也是建立在人心的缺点上的，根据这个原则，结果是喜剧越受人欢迎，越完美，对道德风尚的效果就越恶劣[1]。

[……]

我认为这出喜剧比其他任何剧本都更能显示莫里哀戏剧创作的真实意图，更能让我们评价其真实效果。因为他必须取悦观众，他遵循了构成观众人群的最普遍的趣味，在这个趣味的基础上，他创造了一个模型，在这个模型上，他列出了和观众趣味相反的缺点，从中提取了他的喜剧性格，然后把不同的特征用在他的剧本中。他想造就的并不是一个正直的人，而是一个上流社会人物；所以他并不想惩戒罪恶，而只是纠正可笑。正如我讲过的，他在罪恶本身里找到了适合成功的方法。因为他想让众人嘲笑所有和上流社会圆滑客气的人特点相反的缺点，所以在嘲弄了那么多别的可笑之处后，他还要嘲弄社会最不能原谅的一种：美德的可笑，这就是他在《恨世者》里所做的。

您不能对我否认两点：其一，在这个剧里，阿尔赛斯特是个正直、真

---

[1] 以下卢梭用法国最杰出的喜剧作家莫里哀的著名剧作《恨世者》为例，试图证明即使是最好的喜剧，对道德风尚也是有害的。卢梭对阿尔赛斯特的热烈辩护也可以说是对自己的辩护。——译者

诚、可敬的人，一个真正善良的人；其二，作者让他扮演了一个可笑的角色。我认为，这就足够让莫里哀不可原谅了。人们也许会说他嘲笑的不是阿尔赛斯特的美德，而是他真正的缺点——对人的仇恨，我的回答是，他并没有真的把仇恨给他的人物。不要让"恨世者"这个名字迷惑住了，似乎有这个称号的人是人类的敌人。这样的仇恨不是一种缺点，而是丧尽天良，是最大的罪恶，因为社会的一切美德都来自仁爱之心，没有什么比仇恨人类与美德更不相容。真正的恨世者是灭绝人性的妖怪。如果真有这样的人，他不会让人发笑，只会让人憎恶。您可能在意大利喜剧院看过一出名为《人生如梦》（La vie est un songe）的戏。如果您记得剧中的主人公，那就是真正的恨世者。

那莫里哀的恨世者又是怎么回事呢？他是一个正直的人，憎恨他时代的风尚和同代人的恶毒；正因为爱自己的同类，他憎恨他们相互的伤害，和造成这些伤害的罪恶。如果他对人类的错误不那么在乎，对所见的罪行不那么愤怒，他倒会更有人性？这等于是说一个慈父对别人的孩子比对自己的孩子更爱，因为自己的孩子犯错他会生气，但从来不对别人的孩子说什么。

恨世者的这些情感在他的角色中得到了充分的表现。我承认，他说过对人类极度憎恨，但他是在什么情况下说的？他看见朋友卑鄙地违背自己的感情，欺骗向他表示友情的人，已经很愤慨，正当最生气的时候，又被对方取笑。他自然气上加气，说出比自己冷静时的想法更冲动的话。况且，他为这种普遍仇恨解释的原因完全是正当的：

有些人因为他们恶毒
其他人，因为讨好纵容恶人

因此，他不是人类的敌人，只是憎恨某些人的恶毒，和其他人对恶毒的支持。如果既没有坏人也没有谄媚者，他会爱全人类。没有任何一个正直的人在这个意义上不是恨世者；或者说，真正的恨世者是不这么想的人；因为说到底，我认为没有谁比所有人的朋友更是人类的敌人，他们总是看见什么都赞赏，不断地鼓励恶人，用他们有罪的宽容去迎合造成所有社会混乱的罪恶。

阿尔赛斯特并不是真正的恨世者，其中一个确凿无误的证据就是，尽管他那么生硬唐突，他还是能引起观众的兴趣和喜爱。观众其实不想与他相像，因为这样正直很麻烦，但谁也不会不愿意和与他相像的人打交道：如果他是人类的公敌，就不可能是这样的。在莫里哀的其他喜剧中，可笑的人总是可憎或者可鄙的。在这出戏里，尽管阿尔赛斯特确实有缺点，大家发笑没有错，然而人们感觉从内心深处不由自主地对他有一种尊敬。此时美德的力量胜过了作者的艺术，这归功于他的性格。尽管莫里哀创作的剧本值得指责，但他本人是个诚实的人，一个诚实的人决不会给正直廉洁的特点染上可憎的色彩。再者，莫里哀让阿尔赛斯特口里说出了数量如此多的他自己的格言，以至于有些人认为他是想为自己画像。

[……]

然而，这个如此有道德的性格却被表现得很可笑。他在某些方面的确可笑，这就证明了诗人的意图确实是要把他塑造成那样，把他的朋友菲兰特的性格与之做对比。菲兰特是剧本中的聪明人，上流社会中教养良好的那种人，他们的格言类似骗子的格言。他们那么温和，那么稳重，总觉得什么都很好，因为他们的利益是什么都不要更好；他们对谁都很满意，因为对谁都不在乎；他们在放满美食的餐桌上坚持说，人民没有饿饭；他们钱包装得满满的，一边觉得人们不应该为穷人说话；只要他们自己的房子关得紧紧的，即使看见全人类被偷盗、抢劫、残杀，也不会抱怨，因为上帝给了他们值得嘉奖的温和性情，能够承受别人的不幸。

显然，菲兰特冷漠的推理恰恰会让阿尔赛斯特加倍发怒，显得滑稽可笑。莫里哀的错不在于把恨世者塑造成一个暴躁易怒的人，而在于让他为一些不值得激动的事情幼稚地狂怒。恨世者的性情不受诗人支配，而是由他最主要的激情决定，也就是对罪恶的强烈仇恨，它出自对美德的热爱，又因长期看见人的恶毒而被刺激。因此，只有伟大崇高的灵魂才可能体会这种激情，这种激情让人充满对罪恶的憎恨和蔑视，使感受这种激情的心灵远离罪恶。此外，长期观察社会的混乱使他不再关心自己，而把全部注意力集中于人类。这个习惯升华和丰富他的思想，去除他心中那些助长和吸引自尊心的卑劣癖好。这些因素的汇合产生了勇气的力量和高尚的性格，使他的灵魂深处只能容下值得他关心的情感。

这并不是说他就不是凡人：激情也会让他软弱、不公正、不理智；他可能会窥探别人行为中隐秘的动机，因为看见了他们腐败的心灵而暗自高兴；一个小错常常让他大发雷霆；一个高明的恶人可以故意激怒他，让他自己显得像个恶人。但无论如何，并不是所有方法都适合用来达到这些效果，方法必须适合他的性格，让性格发挥作用，否则就是让另一个人来替换恨世者，用别人的特点来描绘他。

这就是恨世者性格的缺点所在，这一点莫里哀在阿尔赛斯特和他朋友在一起的所有场景里都处理得很好。菲兰特冷漠的格言和嘲讽不断地激怒他，给他机会说出许多偏激的话。但这个暴躁生硬的性格，在某些时候使他暴怒和尖刻，同时又让他远离一切没有合理原因的怒气，远离一切不应有的过分强烈的个人利益。就算他对自己仅仅旁观的所有混乱发怒，都是符合他形象的新特点，但是他应该对和自己直接相关的冒犯处之泰然，因为既然已经向恶人宣战，他应当预料到他们会转过来对他宣战。他如果没有预料到自己的直爽会带来的害处，那就是冒失，而不是美德。即使一个虚情假意的女人背叛他，可耻的朋友侮辱他，软弱的朋友抛弃他，他都应该毫无怨言地承受：他看透了人。

如果这些区别是确切的，那么莫里哀就没有正确地理解恨世者。我们真的认为这是弄错了吗？恐怕不是。但是想拿人物取笑的愿望，迫使他违背人物性格的真实去贬低他。

（鲁进　译）

六、理查森赞*

Éloge de Richardson

狄德罗（Denis Diderot）

  小说一词，迄今为止都被人们理解成一连串虚幻而浅薄的事件，认为读小说对文学趣味和道德风俗都是有害的。我真希望我们能给理查森（Samuel Richardson）的作品另一个名称。他的作品鼓舞精神、打动灵魂、充满了良善之爱，人们也称之为小说。

  蒙田、沙宏（Charron）、拉罗什富科和尼科勒（Nicole）写成格言的所有道理，理查森都放进了情节中。一个有才思的人读理查森的著作时，经过思考可以重新写出伦理学家的大部分警句；而伦理学家用上所有这些警句也写不出一页理查森的作品。

  一句格言是一条抽象而普遍的行为规则，还得靠我们在实际中运用。它本身不能在我们头脑中刻下任何感性的形象。但是具体行动的人，我们能看见他，站在他的位置上，或者在他身旁，强烈地喜爱他或者憎恨他。如果他有道德，人们亲近他；如果他邪恶不义，人们愤怒地弃绝他。谁没有因为拉夫雷斯和汤姆林森的性格而不寒而栗？看见这样的无耻之徒用动人真诚的声调、纯朴庄重的神情和高深的手腕扮演各种美德，谁没有生出强烈的憎恶？谁没有在心底对自己说，如果有相当数量如此虚伪的人，他宁可远离社会，到森林深处避难？

  啊，理查森！人们不由自主地在你的作品中扮演一个角色，加入对话中来，人们赞美、责备、仰慕、生气、愤怒。多少次我突然发现自己像第一次被带入剧场的孩子一样大声喊："不要相信他，他在骗你……如果你去那儿，你就完了。"我的心一直处于激动不安之中。我多么善良！我多

---

* 本文选自 Denis Diderot, "Éloge de Richardson" (1761), 见 *Chefs-d'oeuvre de Diderot*, Paris : Lemerre, 1879, vol. 1, pp. 201-20。

么公正！我对自己多么满意！我放下你的书时，感觉就像一个人做完了一天的善事。

我在几个小时之间领略了大量的场景，恐怕最长的一生加在一起也提供不了。我听见了激情真实的言论；我看见了利益和自尊心的动机用无数种方式表演；我成了大量事件的观察者；我感到自己吸取了丰富的经验。

这个作家从来没有渲染鲜血淋淋的场面；没有带你到遥远的国度；没有抛下你让野人吞噬；没有藏身于秘密的淫乱场所；没有迷失在仙境中。他的舞台是我们现实生活的世界；他的情节的背景是真实的；他的人物有极强的现实性；人物性格是从社会中提取出来的；他的事件符合所有文明国家的风尚；他描绘的激情我有亲身感受；它们由同样的原因激发，和我所了解的激情一样强烈；他的人物所遭受的挫折和不幸，也始终同样威胁着我；他展示了我周遭事物普遍的进程。没有如此高超的艺术，我的心灵不会轻易接受虚幻的手法，幻觉只会是暂时的，印象也如浮光掠影。

什么是美德？不管从什么角度看，它都是一种自我牺牲。在意念中自我牺牲让人预先产生了促成我们在现实中自我牺牲的倾向。

理查森在人心里撒下了美德的种子，它们开始时处于休眠和静默的状态。它们悄悄地留在我们心里，直到出现一个机会唤醒它们，让它们萌生。于是，它们开始发展，人们感觉心中向善的决心从来没有如此热切，对不公平的事情也充满难以解释的愤慨。这是因为我们经常接触理查森，因为我们的心灵在没有利害冲突、最容易接受真理的时候，和这个正直的人有了交流。

我还记得第一次捧上理查森著作的时候，我正在乡下。阅读它们是多么甜美的经历！每时每刻我都觉得幸福减少了一页。很快，我的感觉就像那些长期亲密相处的朋友即将离别一样。最后，我觉得突然就剩下自己独自一人。

这个作家不断把人生的重要目标放到我们面前。我们越是读他，就越是喜爱读他。

是他把光明的火把带到了洞穴深处；是他教会我们辨别微妙而无耻的动机，尽管它们善于躲藏，首先把高尚的动机放在表面掩饰自己。他向站在洞口貌似崇高的幽灵吹气，面具背后的狰狞面目就暴露无遗。

他会让激情说话，有时因难以自制而激昂，有时又用它们在其他时候装出的诡诈温和的口气。

是他让各种身份、各种地位、处于生活中各种不同境况下的人说不同的话，使我们能认清他们。如果他表现的人物心灵深处有一份秘密的情感，好好听他说话，你会听见不和谐的音调把它暴露出来，因为理查森承认，谎言永远不能完全像真理，因为一个是真理，一个是谎言。

如果最重要的是让人确信，无论我们今生之后发生什么，我们在世时没有任何方法比美德更能让我们幸福，理查森为人类做出了多么大的贡献！他并没有证明这个真理，但是他让我们感觉到了。他书里的每行字都让我们宁可选择美德受迫害的命运，而不肯选择得胜的罪恶。谁愿意做拉夫雷斯，不管他得到了多大利益？谁不愿意做克拉丽莎，尽管她那么不幸？

我读这本书时常想："我甘愿献出我的生命来仿效她；我宁肯死去也不愿意像他。"

尽管私利可能干扰我的判断力，我之所以还能公正地分配我的蔑视和赞赏，这要归功于理查森。我的朋友们，反复读他吧，你不会再夸大对你有用的雕虫小技，不会再压制让你相形失色的杰出才华。

世人，来向他学习如何忍受人生的苦难；来吧，让我们一起为他小说中不幸的人物哭泣，我们会说："如果命运让我们备受苦难，至少正直的人会为我们哭泣。"理查森之所以想要引起我们的关切，是为了不幸的人。在他的著作中，就像在人世间一样有两类人：享乐的人和受苦的人。他总是让我的心向着受苦的人，在不知不觉中，我的同情心得到了培养和增长。

他让我长久沉浸在甜美的忧郁之中。有时候别人注意到了，他们问我："你怎么啦？你和平时不一样，发生什么事了？"他们打听我的健康、境况、家人和朋友。啊，我的朋友！《帕美勒》(*Pamela*)、《克拉丽莎》(*Clarissa*)和《葛兰底森》(*Grandison*)是三部杰出的戏剧！当我不得不放下它们去从事严肃的事务时，我感到不可抑制的厌烦；我丢下事情，重新拿起理查森的书。如果你有什么该尽的职责，小心不要翻开这些令人神魂颠倒的书。

谁读了理查森的书会不想认识他本人，让他做自己的兄弟或者朋友？谁不想给他各种各样的祝福？

啊，理查森，理查森，我眼中无可比拟的人，你的著作会永远陪伴着我！如果出于紧迫的需要，如果我的朋友陷入贫苦，如果我微薄的家产不足以给我的孩子足够的教育，我会卖掉我的书。但是我会留下你的书，和摩西（Moses）、荷马、欧里庇得斯、索福克勒斯放在同一个架上，我会轮流读你们。

人们越是有美好的灵魂，越是有优雅纯粹的趣味，越是了解自然，越是喜爱真理，就会越崇尚理查森的著作。

我听人指责他冗长的细节。这些指责让我多么生气！

做一个天才人物多么不幸啊！因为他冲破了习俗和时代对艺术创作的束缚，蔑视规范和俗套，他去世多年以后才能得到应有的公正。

然而，公平地说，对一个沉湎在无数消遣活动、二十四小时也不够填满他们日常娱乐的人民来说，理查森的著作应该是显得很长。正因为这个原因，我们不再有歌剧，很快我们的舞台就只会演出喜剧和悲剧的片段。

我亲爱的同胞们，如果你们觉得理查森的小说太长，为什么不缩短它们呢？不要自相矛盾。你们看悲剧几乎只去看最后一幕。马上跳到《克拉丽莎》的最后二十页吧。

理查森的细节让一个肤浅浮躁的人厌烦，的确如此也应该如此，可是他不是为这种人写作的。他著作的对象是宁静而孤独的人，他深知世间喧嚣和娱乐的空虚，他喜欢悄然过着隐居的生活，在沉默的感动中度过有益的时光。

你们指责理查森太冗长！你们忘了要做成一点点事情、结束一场诉讼、完成一桩婚事、达成一次和解，要费多少努力、精力和奔波。你们可能不在乎这些细节，可是如果它们很真实、能表现激情、展示人物性格，我就会对它们感兴趣。

你们说，这些细节太平常，每天都能看见。你们错了。它们每天都在你们眼前发生,可是你们从来看不见它们。你们要小心:你们批评理查森这一点,就等于是在批评所有最伟大的诗人。你们千万次看见落日西沉、群星升起;你们听见过原野上回荡着鸟儿响亮的歌声。可是你们有谁感觉到了是白天的喧闹使夜晚的寂静更动人?那么,对你们来说精神现象和物质现象一样:强烈的激情常常震动你们的耳朵,可是你们远远没有认识到它们的音调和语言中的秘密。每种激情都有它特别的表情;这些表情在一张脸上相继出现,却始终是同一张脸。大诗人和大画家的艺术技巧就在于向你展示被你忽略的转瞬即逝的情境。

画家、诗人、有趣味的人、正直的人,你们应当读理查森,要不断地读。

要知道读者的幻觉取决于众多的细节,想象它们很困难,描写它们更困难。动作有时和语言一样动人心魄,而且正是这些细节的真实让我们的心灵容易接受重大事件强烈的效果。这些细节暂时延缓了情节的进展,就像拦住洪水的堤坝,可是诗人一旦放开堤坝,你急切的心情会是多么汹涌奔放!那时,或痛苦沮丧,或欣喜若狂,你再也控制不住夺眶而出的眼泪,再也不会对自己说:也许这不是真的。这个想法已经渐渐远离了你,你现在根本不会想到它。

当理查森的小说在我脑海中萦绕的时候,我有时会想象自己买了一座古老的城堡,有一天在参观里面的房间时,我在一个角落里发现了一个很久没有人打开的柜子,把门撞开后,我找到了克拉丽莎和帕美勒凌乱的信件。读了几封后,我会多么热切地把它们按照日期整理好!如果有散落的信件,我会多么失望!你觉得我会容忍任何胆大包天(我几乎想说亵渎神灵)的手删掉几行吗?

那些只读过理查森优雅的法文译本的人,如果你以为了解他的作品,那你就错了。

你不了解拉夫雷斯;你不了解克莱芒蒂娜;你不了解克拉丽莎;你不了解豪小姐,亲爱的、温柔的豪小姐,因为你没有看见头发凌乱的她躺在自己朋友的棺材上,手臂乱扭,泪眼望天,她的尖叫回荡在哈娄家的住处,诅咒这个残酷的家庭;你狭隘的趣味会删去这些细节,你不知道它们的效果，因为你没有听到教区凄惨的丧钟随风传到哈娄家的住宅，在那些铁石心肠里唤醒了他们沉睡的悔意；因为你没有看见，当他们听见载着被他们害死的克拉丽莎尸体的车轮声时，是如何颤抖。就在这时，笼罩他们那忧愁的死寂，被父母亲的哭泣声打破；就在这时，这些恶毒灵魂的真正折磨才开始了，毒蛇在他们心中搅动，让他们心碎。能哭出来也是幸福的！

我注意到，在社交集会中，如果大家一起或者分头读过理查森的作品，谈话就会更有意思、更热烈。

我听到过有关这些作品的谈话，它们深入涉及道德和趣味最重要的问题。

我听到人们讨论人物的行为，好像他们是真实事件中的人物；赞美或指责帕美勒、克拉丽莎、葛兰底森，好像他们还活着，仿佛认识他们，对他们充满关切。

如果有谁在看书时不在场，看见随后的谈话如此真切、如此热烈，会以为是在谈论一个邻居、一个亲戚、一个朋友、一个兄弟姐妹。

我还要说什么呢？……我看见，因为意见不同产生了秘密的敌意、隐藏的轻视，总之，在和睦相处的人中产生了分歧，仿佛是有关最严肃的事情。于是，我把理查森的作品比作一部更神圣的书，比作一部福音书，带到地上来把夫妻、父子、母女、兄弟姐妹对立起来，他的书因此属于自然中最完美的作品。它们都出自一只全能的手和无限圣明的智慧，都有一定的弊端。现时的好处可能成为未来巨大痛苦的源泉；痛苦可能是巨大益处的源泉。

可是这一切有什么关系呢，如果多亏这个作者，我更加热爱人类，更加热爱我的责任；如果我对恶人只有蔑视，对不幸的人有更多的同情，对善良的人更加崇敬，对现有东西的使用更加审慎，对未来的事物更加坦然，对生命更少贪恋，对美德更加崇尚，这是我们对上天唯一能够祈祷、上天唯一能够应允而不会惩罚我们冒昧请求的好处！

我对哈娄一家的房子像对我自己的一样了解；我对我父亲的住宅不比对葛兰底森的住宅更熟悉。我在头脑中画出了作者描绘的人物的形象；我认识他们的面貌，我在街上、公共场所、房子里面认出他们；他们引起我的喜爱或厌恶。他的作品的好处之一是，因为包括了广大的范围，我的眼中总能看见他大画卷的一部分。如果有六个人聚集在一起，我很少不能找出理查森的某些人物与他们相似。理查森把我交托给诚实的人，让我远离恶人，教会我用迅捷而微妙的迹象来识别他们，有时候在我不知不觉中指引我。

无论何时何地，理查森的作品多少会让所有人喜爱，但能够认识到它们全部价值的读者永远不会太多，那需要太严肃的趣味，而且，事件多种多样，关系纷繁交错，情节安排如此错综复杂，有那么多的准备，那么多的照应，那么多的人物，那么多的性格！我刚读了几页《克拉丽莎》，就数出了十五六个人物；很快数量就翻了倍。《葛兰底森》里多达四十个。但是，让人惊叹不已的是，每个人物都有他的想法，他的表达方式，他的语调；这些想法、表达方式和语调随着环境、利益和感情变化，就像在同一张脸上不同感情的表情相继出现。一个有艺术趣味的人不会把诺尔顿太太的信和克拉丽莎姨妈的信混淆起来，也不会把豪夫人的便条和哈娄夫人的便条混淆，尽管这些人物相对于某些对象而言处于同样的位置、有着同样的感情。在这部不朽的著作中，就像在大自然的春天一样，没有两片树叶具有同样深浅的绿色。这里有如此多种多样的细微差别！如果读者已经很难捕捉它们，作者要发掘描绘它们该有多难！

啊，理查森！我敢说最真实的历史也充满谎言，你的小说却充满真理。历史描绘个人，你描绘人类；历史把一些人没有说过的话、没有做过的事归在他们身上，你归在人身上的事，他的确做了；历史只能涉及一段时间和地球的一个小部分，你包括了所有地点和所有时间。你以人心为模型，而人心是亘古不变的。如果我们用严格的标准去衡量最优秀的历史学家，有谁能像你一样经得住检验？从这个角度上，我敢说历史经常是一部拙劣的小说，而像你所著的小说是杰出的历史。啊，自然的画家！你从来不撒谎。

我常常赞叹你那不可思议的广博的头脑，能够安排三四十个人物的故事，每个人都严格地保留着你给他们设计的性格；要塑造这些人物，你需要拥有对法律、传统、习俗、风尚、人心和生活的惊人知识，还需要无比丰富的道德、经验和观察。

理查森作品的吸引和魅力让最内行的读者也注意不到其中的技巧。我好几次开始阅读《克拉丽莎》，想学习它的艺术手法，每次都读到二十页就忘记了自己的打算。像所有普通读者一样，我只是惊叹他塑造人物的天才。理查森描绘了一个非常贞洁谨慎的年轻姑娘，她步步走错，我们却不能责备她，因为她的家人毫无人性，她的追求者十恶不赦；他给了这个规矩的姑娘一个最活泼最任性的朋友，可她说的话和做的事总是合情合理，她的形象却不违反逼真的原则；这个朋友的求婚者是个正直的人，但他死板可笑，所以她拒绝他，尽管他得到了她母亲的许可和支持；在拉夫雷斯这个人物身上，理查森结合了最罕见的优点和最可憎的罪恶：既卑劣又慷慨、既深刻又肤浅、既暴烈又冷静、既通达又疯狂，把他塑造成了一个人们憎恨、喜爱、佩服和蔑视的恶棍，他不管以什么面目出现都会让人惊讶，他的面目却始终变幻不定。还有众多的次要人物，他们的个性多么鲜明！他们是如此多种多样！贝尔福特和他的朋友，豪太太和希克曼，诺尔顿太太，哈娄家的父亲、母亲、兄弟姐妹、叔叔阿姨，还有妓院里的众多人物。他们的利益和性情是多么不同！他们的举止言行多么活灵活现！一个年轻姑娘，一个人面对如此多敌人，怎么可能不被压倒！而她的结局是多么无辜！

在《葛兰底森》中，我们不是看到了在不同的背景下，同样有丰富多彩的人物性格，事件和艺术处理有同样强烈的感染力？

《帕美勒》的结构更简单，涉及面更小，情节更少，但不也显示了同样的天才吗？然而，他一个人创作了这三部著作，其中任何一部就足以让一个作家青史留名。

自从我读到了它们，它们成了我的试金石。那些不喜欢它们的人，我对他们的看法已经定了。当我向我器重的人讲起它们时，我总是生怕他们的评价和我不一致。每次遇见和我同样仰慕理查森的人，我都禁不住想紧紧拥抱他。

理查森去世了。这对文学和人类是多么大的损失！这个损失对我的触动，就好像他是我的兄弟。我从来没有见过他，只读过他的作品，但我从心底热爱他。

我每次遇见一个英国人，或者去过英国的法国人，我都会问："你见过作家理查森吗？"然后再问："你见过哲学家休谟吗？"

有一天，一个趣味和敏感超凡的女士还完全沉浸在刚刚读完的《葛兰底森》的故事中，她对一个要去伦敦的朋友说："请你代我去看艾米莉小姐，贝尔福特先生，尤其是豪小姐，如果她还活着。"

另一次，我认识的一位女士保持着一份她认为很纯洁的通信关系，被克拉丽莎的遭遇所警戒，刚开始读这部书就终止了通信。

[……]

我正和一个朋友在一起时，收到了克拉丽莎的葬礼和遗嘱这两个章节，法文译者不知为什么把这两段删去了。这个朋友是我认识的最敏感的人之一，也是理查森热烈的崇拜者，差不多和我一样。他拿过稿子，躲到一个角落就读起来。我观察他：开始我看见他流泪，不得不停下来哭泣；突然他站了起来，毫无目的地走动，发出痛苦的哀号，对整个哈娄家族发出怨恨的责备。

我本想指出理查森三部作品中最美的段落，但是怎么可能呢？有那么多！

我只记得第一百二十八封信是一篇杰作，那是哈维太太写给她侄女的。她不带一点做作，似乎很自然，用难以想象的坦率，打消了克拉丽莎和父母和解的希望，支持她的引诱者的计划，听任这个恶人的安排，让她决定去伦敦，考虑那些求婚要求。这封信收到了各种效果：它一边责备了克拉丽莎的家庭，一边又为之辩护；它让克拉丽莎明白自己必须逃离，一边又指责她不该逃离。像书中其他许多段落一样，我在这里不禁惊叹："神妙的理查森！"但想要体会到这种激情，必须从头开始读到这个地方。

我在我的书上第一百二十四封信旁做了记号，那是拉夫雷斯写给他的同伙雷曼的，很精彩的一段。在这封信里我们看到了这个人物所有的荒唐、放诞、狡诈和机智。他收买这个可怜的仆人的手段是多么高明！他叫他"善良的人"，"正直的雷曼"。他把事后的奖赏描绘得多么动人！"你会成为白熊客栈的店主；人们会称呼你妻子店主太太"，信末写道："我是你的朋友拉夫雷斯。"拉夫雷斯为了成功从来不计小节，所有对他计划有用的人都是他的朋友。

只有一个大师才能想到让拉夫雷斯和这群无耻堕落的人混在一起，这些卑劣小人用嘲讽怂恿他，鼓励他犯罪。虽然贝尔福特一个人站起来反对他邪恶的朋友，这个人物却远远不如拉夫雷斯。要安排这么多相反的利益又能保持平衡，需要多么高明的天赋！

作者为主人公设想了这么热烈的想象力、对婚姻如此的恐惧、对诡计和自由如此过度的欲望、如此膨胀的虚荣心、这么多优点和缺陷，难道我们能以为没有目的吗？

作家们，像理查森一样给恶人安排心腹[1]，以便分散减少他们的罪行引起的憎恶感；由于相反的原因，不要给正直的人安排密友，这样他们的善良就完全归功于他们自己。

拉夫雷斯的堕落和振作描写得多么有技巧！让我们看第一百七十五封信，里面充满了残酷的感情，猛兽的叫喊。信末的几行字突然就几乎把他变成了一个善良的人。

《葛兰底森》和《帕美勒》也是两部优秀的著作，但我更喜欢《克拉丽莎》，里面处处都是神来之笔。

可是，当人们看到帕美勒年迈的父亲步行整夜到达贵族主人的家门时，当人们听到他和家中仆人说话时，我们的心不禁受到强烈的震动。

《葛兰底森》中有关克莱芒蒂娜的整个情节都具有崇高的美。

克莱芒蒂娜和克拉丽莎什么时候变成两个崇高的人物？当一个失去了她的名誉、一个失去了她的理智时。

我每次想到这个场景都会浑身战栗：克莱芒蒂娜走进她母亲的房间，面色苍白，眼神错乱，胳膊上缠着带子，血顺着她的胳膊从指尖滴下来，她说："妈妈，你看，这是你的血。"这让我心痛欲裂。

为什么克莱芒蒂娜在精神错乱时如此令人关切？因为她不再能主宰自

---

[1] 这是法国古典悲剧常用的手法。——译者

己的思想和感情，如果她有任何可耻的念头，都会暴露出来。但她说的每句话都显出纯真和清白，她的状况让人不可能怀疑她说的话。

有人对我说，理查森曾经在社交界出入好几年，几乎没有和任何人交谈过。

他没有得到应得的声望。妒忌是多么可怕的偏见！她是最残酷的复仇女神，她纠缠有才能的人，直到坟墓边，在那里她才消失，时间的公正取代了她。

啊，理查森！你生前没有享受你应得的名声，可是当后世用我们看荷马的距离来看你的时候，你会显得多么伟大！那时，谁会敢去掉你崇高著作的一行文字？你在我们之中比在你的同胞中崇拜者还要多，我为此高兴。世纪啊，加快你的进程，把理查森应得的荣誉带给他！我要所有听见我说话的人做证：我没有等到别人做出榜样后才向你表示敬意，从今天起我就在你的雕像下鞠躬，我崇拜你，想在灵魂深处找出能够表达我对你深远敬意的词句，我找不到。我的读者，当你读到我不连贯、没有构思、没有次序、任随自己心潮起伏信笔写下的文字时，如果上天给了你更敏感的灵魂，你可以把它们擦掉。理查森的天才使我相形失色，他笔下人物的幽灵不停地在我的想象中游荡。当我想写作时，我会听到克莱芒蒂娜的哀怨，克拉丽莎的影子在我眼前出现，我看见葛兰底森在我面前走动，拉夫雷斯扰乱了我的心绪，笔从我手中滑落。你们，更温柔的幽灵，艾米莉、夏洛特、帕美勒、亲爱的豪小姐，当我和你们对话时，可以用来耕耘和收获成功的岁月流逝了，我走向人生的终点，却没有时间做什么可以让自己同样流芳百世的作品。

（鲁进　译）

七、论严肃剧（节译）*
Essai sur le genre dramatique sérieux

博马舍（Pierre-Augustin Caron de Beaumarchais）

严肃剧的本质是要展示比英雄悲剧更紧迫的利益、更直接的道德寓意，它的道德寓意应当比滑稽喜剧更深刻，如果其他情况都一样的话。

我听见千万个声音响起，大喊大逆不道，但是我只求大家在咒骂之前听我把话说完。这些想法太新，不可能不需要详细说明。

在古人的悲剧中，当我看到残酷的天神允许一个无辜的受害者备受痛苦折磨时，我的心中立刻不由自主地充满对他们的愤怒。《俄狄浦斯王》、《若卡思特》（*Jocaste*）、《菲德拉》、《阿丽安娜》（*Ariane*）、《菲罗克泰特》（*Philoctète*）、《俄勒斯特》（*Oreste*），还有很多其他悲剧，并没有引起我多大兴趣，更多地是恐怖。那些忠实而被动的悲剧人物，他们是天神的愤怒或者心血来潮的盲目工具，我对他们的命运更多地是感到害怕而不是感动。在这些剧本里，一切都是骇人听闻：激情总是狂纵，罪行总是残暴，完全违背自然，在我们的社会中也闻所未闻。人们只走在断垣瓦砾中，踏过血浪和成堆的尸体，结局总是来自毒杀、暗杀、乱伦和杀父。[……]

此外，命运不可避免的打击不能给人提供任何道德意义。当人们只能颤抖和沉默时，思考难道不是最残酷的事情吗？如果我们从这样的戏剧中总结出道德寓意，那是很可怕的，它会促使很多人以宿命为借口犯罪，还会让很多人失去遵循道德的勇气，因为任何道德的努力在这个体系里都无济于事[1]。如果没有牺牲就没有道德，那么没有回报的希望也就没有牺牲。

---

* 本文选自 Pierre-Augustin Caron de Beaumarchais, "Essai sur le genre dramatique sérieux" (1767), 见 *Œuvres choisies de Beaumarchais*, Paris: Didot, 1813, pp. 123-30. 译者按，本文首次和博马舍的第一出正剧《欧仁妮》（*Eugénie*）同时发表。译文删去了具体评介《欧仁妮》的部分，着重于关于严肃剧的总论。

[1] 这里博马舍与拉莫特 1726 年关于《俄狄浦斯王》的论说中的观点相呼应。——译者

任何对宿命的信仰都会剥夺人的自由，从而降低人的尊严，但是如果没有自由，人的行为就不存在任何道德意义。

另一方面，让我们看看英雄悲剧里严格意义上的英雄和国王在我们心里激发了什么样的兴趣，我们可能会承认里面表现的这些重大的事件，这些自命不凡的人物，只是给我们的自尊心设下的圈套，我们的心灵很少会参与。是我们的虚荣心从中得到了满足，能得知富丽宫廷的秘密，能进入即将改变国家命运的议会，能进入王后的内室，尽管我们连她的御座恐怕都没有资格看一眼。我们喜欢觉得自己是一个不幸的君王的知己，因为他的悲愁、他的眼泪、他的软弱，好像使他的处境和我们更接近，或者让我们不再因为他的地位之高而感到难过。不知不觉中，我们每个人都想扩展自己的地位，我们的骄傲之心因为能评判这些世界的主人而充满快乐，尽管他们在其他任何地方都可以把我们踩在脚下。人们自欺欺人的程度是自己所难以相信的，最明智的人如果更有自知之明的话，也常常会有让自己脸红的动机。但是，如果我们的心灵在我们对悲剧人物的兴趣中有一定作用的话，那不是因为他们是英雄或者国王，而是因为他们是不幸的人。梅洛普（Mérope）感动我，难道是因为她是美塞纳的女王吗？是因为她是埃热斯特的母亲——只有天性才能左右我们的心灵。

如果戏剧是世间万事的忠实画卷，它在我们身上激发的兴趣就和我们看待真实事物的方式有必然联系。然而，我经常看见一个伟大的君王处在幸福的巅峰，荣耀无比，有辉煌的成功，但只能引起我们冷漠的敬仰，这种感情和我们的心灵无关，只有在他遇到灾祸的时候，我们才会真正觉得他可亲。对好国王真正的赞美和奖赏是人民感人的热忱，但它只会在人民看见国王不幸或者害怕失去国王时才会突然产生。那时，人民对痛苦者的同情是如此真挚和如此深刻，可以说能偿清君王得意时的一切恩惠。因此心灵真正的关切、真正的关系，总是人与人之间的，而不是人与君王之间的。所以，地位的显赫不但不会增加我对悲剧人物的兴趣，反而会妨害。苦难的人和我身份越相近，他的不幸就越能抓住我的灵魂。卢梭先生说："让我们崇高的作者有时屈尊从他们高高在上的地方下降一点，让我们为人类的苦难感动，免得因为只会同情不幸的英雄，此外对谁都没有同情，这不是值得期待的事吗[1]？"

对我，十八世纪君主政体下的一个与世无争的臣民，雅典和罗马的变革有什么意义？我对伯罗奔尼撒的一个暴君之死和奥利德一个年青公主的献祭能抱什么真正的兴趣？这一切与我毫无关系，没有任何适合我的道德意义。什么是道德意义？是从一个事件给我们带来的思考中得到的有益结果和个人运用。什么是兴趣？是我们用来把这个事件联系实际的自发感情，它让我们把自己放在受苦人的位置上，进入他的处境。随便举一个实际例子就能向所有人说明我的意思。为什么三千里之外地震吞没利马及其居民的报道能震动我，而查理一世在伦敦被审理处死的消息只是让我愤怒？因为秘鲁的火山爆发可能发生在巴黎，把我葬身于它的瓦砾之中，可能对我还有威胁，而我永远不会害怕遭受和英国国王闻所未闻的厄运相似的事情。这种情感普遍存在于人心中，它是艺术的这个必然原则的基础：如果戏剧主题和我们没有无形的关系，就不会有道德意义，也不会引人关注。我们无论如何可以确信，英雄悲剧只有在接近严肃剧时才会感动我们，这时它描绘的不是国王，而是人；英雄悲剧情节的主题离我们的风俗太遥远，和我们的身份毫无关系，它引起的兴趣不如正剧那么迫切，道德意义不那么直接，更枯燥，经常对我们毫无用处，完全白费，最多能让我们不因为处境平庸而难过，因为它向我们表明滔天罪行和悲惨厄运是那些竟然想统治世界的人常有的际遇。

读了上文之后，我觉得不再需要证明严肃剧比喜剧更能引起人的兴趣。人所皆知，在同样质量的前提下，感人的主题比滑稽的主题对我们更有影响。我只需要讲述这个不变而自然的效果的原因，探讨比较两种体裁的伦理目的。

轻松的玩笑让我们消遣，以某种方式把我们的灵魂带到自己之外，散布在我们周围，所以我们只在有伴时才笑得开心。但是，尽管嘲讽可笑的轻松画面娱乐我们的精神，经验证明，让我们发笑的妙语绝对消失在它的受害者身上，从来不会反映到我们心里。自尊心小心地让我们不要联系到

---

[1] 原文引自卢梭《致达朗贝尔论戏剧》（1758）。——译者

自己身上，趁着众人的哄笑保全自己，利用满场的嘈杂不去想挖苦话里适合自己的地方。到此为止，坏处还不太大，只要公众嘲笑的对象只是一个卖弄学问者、自以为是者、卖弄风情者、荒诞不经者、愚不可及者或寻欢作乐者，总而言之，社会上所有可笑的人。但是，惩罚他们的嘲讽难道是人们应当用来抨击缺点的武器吗？开玩笑就能去掉它吗？不但不能达到目的，反而恰恰起了相反的作用。我们在大多数喜剧中都看到这种情况，让道德感到羞耻的是，观众太经常发现自己更关心骗子，不站在正直的人一边，因为他总是不如骗子有趣[1]。但是，虽然戏剧场景的玩笑能让我一时糊涂，我很快就会惭愧自己被风趣话和戏剧表演迷惑住，我离开时对作者、作品和我自己都不满意。因此，喜剧的道德意义或者肤浅，或者无效，或者适得其反。

感人的来自我们的风俗的正剧的效果就不是如此了，因为它来自我们的风俗。如果哄笑是思考的敌人，感动正相反，它是沉默的，它让我们集中心思，与外界隔离。在剧场哭的人是在独处。他感受越深，哭得越痛快，尤其那种正直而严肃的剧，它用那么真实和自然的方法感动我们的心灵。在观看一场精彩的戏时，人们常常因为感动，泪水滚滚涌出，和笑意交汇在一起，在脸上显出感动和快乐。这种悲喜交集的感情如此动人，难道不是艺术最完美的成功吗？难道不是感受到这种境界的敏感灵魂最美妙的状态吗？

感动和嘲笑相比还有道德上的优势，不管它针对任何对象，都会同时反过来对我们自身产生强烈的作用。

描绘正直人苦难的画卷震动心灵，轻轻地打开心灵，完全征服了它，很快就迫使它自省。当我看到美德受恶势力的迫害，但始终保持崇高、光荣，在苦难中还是远超一切，正剧的效果没有一点含糊，我只对美德感兴趣。这时，如果自己感到不幸，如果卑劣的妒忌试图诋毁我，如果它对我进行人身攻击，诽谤我的名声，谋求我的财产，我会多么喜欢这类的戏剧！我从中能吸取多么崇高的道德意义！主题自然把我带到这个境界，

---

[1] 卢梭在《致达朗贝尔论戏剧》一文中对喜剧有类似的批评。——译者

因为我只关心无辜受苦的不幸者，我会反省是不是因为性格轻浮、行为不端、过度野心和恶意竞争，自己招致了纠缠我的仇恨，我的结论必然是试图改正自己。这样，我从剧院出来时比进去时更善良，这是我感动的唯一原因。

如果人们对我的凌辱明显不公正，是出于他人的过错，而不是我的，感人正剧的道德意义对我会更甜美。我带着快乐审视我的心灵，在那里，如果我尽到了对社会的一切责任，如果我是善心的亲戚、公正的主人、乐于助人的朋友、正直的人和有益社会的公民，那么内心的感情使我不为外界的侮辱而困，我会珍视戏剧，因为它提醒我，贤德的人行善可以指望的最大安慰就是内心的满足，我会再次为受迫害的清白美德流下感动的泪水。

如果我的境况很幸福，以至于正剧不能给我任何联系到自己的想法，当然这种情况很少见，那么，它的道德意义就完全有益于我的同情心。我能为不可能威胁伤害到我的苦难而感动，这让我自己很满意，向我证明我的心地很善良，没有脱离与人为善的美德。我离开时会感到满意和感动，对自己、对戏剧都心满意足。

（鲁进　译）

八、小说观（节译）*
Idée sur les romans

萨德（Donatien Alphonse François de Sade）

在开始我们的第三个也是最后一个问题"小说写作艺术的规则是什么？"之前，我觉得我们应当回答某些挑剔易怒的人永恒的质疑，他们的心灵尽管常常远离道德，却想为自己涂上道德的油彩，不断地问你："小说有什么功用？"

小说有什么功用？虚伪而邪恶的人，只有你们会问这个可笑的问题。它们的功用是描绘你们，照你们本来的模样描绘你们，你们这些想逃脱画笔的骄傲的人。如果可以这么说的话，小说是恒久风俗的画卷，它对于想要了解人的哲学家来说，和历史一样必不可少，因为历史的雕刻刀只能刻画人暴露自己的时候，野心和骄傲在他的额头戴上一副面具，只向我们展示这两种激情，而不是人本身；小说的画笔正相反，抓住了人的内心世界，画出他取下面具时的样子。它是更有意趣的图画，也更真实，这就是小说的功能。不喜欢小说的苛刻指责者，你们就像那个双腿残缺的人一样说："大家为什么要画像？"

因此，如果小说的确有用，让我们别怕在这里写出几条相信会让这个体裁达到完善的必要原则。我明白要完成这个任务而又不给人攻击我的武器有多么困难。如果我证明自己知道必须怎样才能做好，一旦我做不好，不会罪加一等吗？唉！放下这些无谓的考虑吧，让它们为艺术之爱牺牲自己。

小说所要求的最基本的知识，当然是对人心的了解。然而，所有精于

---

* 本文选自 Donatien Alphonse François de Sade, *Idée sur les romans* (1799), Paris: Rouveyre, 1878, pp. 33-42. 译者按，本文和萨德的小说《爱情的罪恶》一起发表。译文删去涉及法国小说史以及对同时代小说家和萨德本人小说的评论部分，专注于有关小说理论的部分。

此道的人都会同意，这种重要的知识只有通过不幸和旅行才能获得。只有见识了各个民族的人之后才能正确地了解人，只有为人所害以后才能懂得评价他们。不幸之手一方面使它迫害的人的性格更高尚，同时也把此人放在一个恰到好处的距离来观察人们，此人从那个角度观察人，就像乘客看到风暴把汹涌的怒涛在暗礁上撞出细碎的浪花。但是，无论自然或者命运把他放在什么处境中，如果他想要了解人，那么和人在一起时一定要少说话。我们说话时什么也学不到，只有在倾听时才能增长知识，所以饶舌者通常都是蠢人。

想要从事这个艰难生涯的人啊！不要忘了小说家是自然之子，自然造出小说家，就是为了做自己的画家。他如果不能一出生就成为自己母亲的情人，就让他永远不要写作，我们也不要读他。但是如果他感受到想描绘一切的热望，如果他战栗地拉开自然的胸怀，想要找到创作的艺术和典范，如果他有天才的狂热和激情，就让他追随引导他的手吧，他猜中了人心，他要描绘人。他被自己的想象征服，就让他遵从自己的想象，美化所看见的一切吧。蠢人摘下一朵玫瑰后去掉它的花瓣；天才呼吸它的香味，把它画下来，这才是我们要读的作者。

但是在建议你美化的同时，禁止偏离逼真。读者觉察出有人想过分苛求他，他就有权利生气；他看出有人想让他当轻信的傻瓜，他的自尊心就会受到伤害；一旦怀疑有人想骗他，他就什么也不相信了。

不要受任何障碍的限制，随意使用你改动任何历史细节的权利，只要你为我们准备的乐趣要求你必须冲破这个束缚。再说一遍，没有人要求你做到真实，而只是要求你做到逼真。过分要求真实，会损害我们期待的享受，可是不要用不可能的事情去代替真实，你虚构的部分应当表达优美，人们原谅你用想象代替真实的明确条件是为小说增添光彩，让读者叹为观止。当我们能够畅所欲言，就绝对没有权利表达拙劣。如果你像雷某[1]一样，只写众所周知的事情，即使你像他一样一个月给我们四卷作品，还是没有必要提笔。没有人逼迫你从事这个职业，但是如果你着手了，就要做

---

[1] 指小说家雷迪夫·德·拉布勒托纳（Rétif de la Bretonne）。

好。尤其不要把它当作谋生手段，你会把你的弱点传给它，它会像饥饿一样苍白。你可以从事其他职业：可以做鞋，不要写书。我们对你的尊重不会减少，而且因为你不会让我们厌烦，我们可能会更喜欢你。

一旦草拟出梗概，就要充满激情地去扩充它，不要受提纲表面的限制，这会让你的作品单薄平淡。我们从你那里想要得到的是奔放的热情而不是规则。超越你的提纲，加以变换发展，增加丰富的内容。只有在写作的过程中你才会文思如泉。为什么不愿意认为写作时激发你的灵感不亚于提纲所预设的思路？我从根本上对你只有一个要求，就是要把观众的兴趣保持到最后一页。[……]

要避免矫揉造作的伦理说教，小说不是寻找伦理的地方。如果你提纲中必要的人物有时不得不说理，他们仍然要做到不造作，不要自以为是地说理。绝不是作者在说教，而是人物，而且只有在故事情境有必要时才允许他这么做。

到了结局时，它应该顺理成章，毫不勉强，毫无雕琢，而是各种情况的必然结果。我不像《百科全书》的作者们一样，要求结局"符合读者的愿望"。如果他什么都猜到了，还有什么乐趣呢？结局应该满足几个条件：为事件所铺垫，为逼真所要求，为想象所启示。[……]

自然比伦理学家给我们描绘的更奇特，随时会冲破他们设置的堤坝，它的计划总是同样的，效果总是没有规则的，它的胸怀总是激动不安，好似火山的源头，从中时而喷出用于人类奢侈的宝石，时而喷出毁灭人的火球。[……]

随着人类的精神更堕落、民族更古老，我们对自然会有更多的研究和分析，更多的偏见会被推翻，因此我们需要让人更加了解自然。这条法则适合所有的艺术。只有在前进的过程中它们才会得到完善，只有通过尝试它们才能达到目的。

（鲁进　译）

第六章　浪漫主义文学

基本问题概述

作为文学运动和文学思潮，浪漫主义产生于十八世纪末，在十九世纪上半叶达到鼎盛，成为欧美文坛波澜壮阔的文学景象。"浪漫"（romantic）一词原指"像罗曼司一样"（romance-like），"具有中世纪罗曼司文学的特征"。

十八、十九世纪之交，欧洲正处于历史上最大的变革时期。1789年法国资产阶级推翻了封建专制政权，建立了资产阶级统治。在大革命的震撼和感召下，欧洲掀起了此起彼伏的资产阶级民主革命运动和民族解放运动。而随着资本主义制度在各国的确立和发展，人与人、人与社会、人与物之间的关系不断恶化，引发了十八世纪启蒙思想的危机。面对政治中的黑暗、社会中的不平等、动荡不安的时局、启蒙理想的幻灭，进步的资产阶级知识分子开始抗争，而文学家们也在努力寻求新的精神寄托，浪漫主义文学思潮就是在这样的背景下出现的。

法国大革命不仅在欧洲和世界范围内产生了巨大的政治影响，而且给整个欧洲文化带来了新的变革，引发了深刻的文学革命。它所标榜的自由、平等、博爱的资产阶级理念对旧的封建文化秩序形成了毁灭性的打击。法国出现了以贡斯当（Benjamin Constant）和斯塔尔夫人为代表的自由主义思潮，宣扬保障个人自由和独立性，这正是日后浪漫主义文学的核心思想，也是浪漫主义作家抒发个人情怀的思想基础。表现在作品内容上，则往往是人与社会处于巨大的矛盾冲突之中，个性受到压抑，才情无法施展，愿望和抱负得不到实现，等等。通过表现人物在这种矛盾冲突中的思想感情、行为悲剧，浪漫主义文学家努力刻画以个人失望与忧郁为症候的"世纪病"，并颂扬以个人与社会的徒劳对立为表现形式的抗争。

大革命在摧毁旧的社会秩序的同时，也引起不同社会阶层人们的心理变化。其自由竞争的法则，让资产者和小资产者产生了达到权力和财富顶峰的梦想，也让那些大革命中的落魄贵族在悲观颓唐、人生虚幻的感慨中产生了改变自己的地位和命运的想法。这正是浪漫主义文学能够盛行的社会心理基础。

浪漫主义文学的思想理论来源主要有两个：一是德国古典哲学，一是英法空想社会主义。德国古典哲学家康德对本体和现象进行了区分，主张"自在之物"（即"本体"）不依赖于人的意识而独立存在，它是感觉的泉源，但又是不可认识的。康德认为，时空是"感性"的先天形式，是"感性"认识的必要条件。他提出，自然界（即"现象"）的一切规定性都取决于人的意识，并提出这些规定性是"知性"本身所固有的先天形式。在康德看来，在自然界或"现象"中，一切都是必然的，此为科学知识的领域；而在超自然或"本体"中，必须假定自由的存在，此为道德或意志的领域。康德认为人是自然法则的制订者，提出世界具有理想性质和神秘性质，为浪漫主义的非理性提供理论依据。康德深受卢梭的影响，同情法国革命，崇尚人的自由。其追随者费希特则否定"自在之物"的存在，认为唯一的实在是"自我"。"自我"是认识的主体，更为重要的是意识的或活动的主体，客体为主体的创造物，现实只是人的一种创造。德国哲学强调天才、灵感的主观能动性，把人的心灵提高到客观世界创造者的地位。事物的更替、发展、永恒的生命过程，就是绝对精神本身。简言之，德国古典哲学中的唯心主义色彩为浪漫主义文学的主观性提供了坚实的理论基础。作为另一个思想来源，法国和英国的空想社会主义为浪漫主义文学提供了一个崭新的视角。法国的圣西门和傅立叶深刻地揭露资本主义的罪恶，对其贫困现象、民主自由的虚伪、婚姻制度的腐朽和殖民掠夺的残酷性进行了有力的批判，并对未来的理想社会提出许多美妙的天才设想。受其影响，浪漫主义文学创作具有明显的乌托邦意识。

同其他任何一个文学思潮的出现一样，浪漫主义也与其之前的文学思潮和运动有联系。新古典主义、启蒙主义以及前浪漫主义都共同地为浪漫主义的发生、发展做了铺垫，或对立，或一致。十八世纪末，文学审美情趣开始转向，与古典主义和新古典主义的文学传统分道扬镳。在法国思想家卢梭抒发情感的主张中，在德国狂飙突进运动主将歌德、席勒对"古典诗和浪漫诗的概念"的区分中，在英国感伤主义文学的感伤情调中，都已经显现出浪漫主义的思想因素。

聂军为他翻译的曼弗雷德·弗兰克（Manfred Frank）《德国早期浪漫主义美学导论》（*The Philosophical Foundations of Early German Romanticism*）所写的译者序言全面概括了浪漫主义文学与德国哲学，特别是与美学的紧密关系。很多浪漫主义文学的特征，都能追溯到哲学家们的美学思想的根源。只有了解这些美学思想，才能全面理解浪漫主义的倾向，以及作为创作方法的浪漫主义。

浪漫主义的理论策源地在德国，但文学成就最高的却是英、法两国。彭斯（Robert Burns）和威廉·布莱克是英国浪漫主义文学的先驱，他们在英语诗歌文体和语言上做出了可贵的尝试。彭斯的《苏格兰方言诗集》（*Poems, Chiefly in the Scottish Dialect*）语言通俗易懂；布莱克的《天真之歌》（*Songs of Innocence*）和《经验之歌》（*Songs of Experience*）对现代英语诗歌的发展产生了重要影响。弗莱不仅论及英国浪漫主义，而且将布莱克视为代表性诗人，从其诗歌中提炼了想象原则，作为整个西方文学的想象原则。想象毕竟是浪漫主义时期倡导的重要话题，因而弗莱论布莱克的这篇导论，有其特殊的价值。

文学史偏重的是第一代浪漫主义诗人——被称为"湖畔派"的华兹华

斯、柯勒律治及骚塞（Southey）。1800 年，华兹华斯与柯勒律治为他们共同出版的《抒情歌谣集》（*Lyrical Ballads*）再版撰写了序言，提出了与古典主义规范相反的诗歌创作原则。诗人指出，情感和想象对于诗歌创作具有非比寻常的重要意义，好的作品必须摈弃创作的窠臼。这篇序言成为英国浪漫主义文学的宣言。第二代浪漫主义诗人济慈、拜伦与雪莱将英国浪漫主义文学推向高峰，与湖畔派诗歌的温婉清丽对比，其诗作更具战斗意识和政治倾向。

法国浪漫主义文学具有更加鲜明的政治色彩。其早期代表作家有斯塔尔夫人和夏多布里昂（François-René de Chateaubriand）；中期代表作家包括拉马丁（Alphonse de Lamartine）和维尼（Alfred de Vigny）；1830 年以后，雨果（Victor Hugo）成为法国浪漫主义文学的领袖人物，和雨果同时代的还包括乔治·桑（George Sand）、缪塞（Alfred de Musset）、奈瓦尔（Gérard de Nerval）以及大仲马（Alexandre Dumas père）。

德国早期的浪漫主义文学具有浓厚的神秘主义宗教色彩，代表作家有被称为德国浪漫主义理论奠基人的施莱格尔兄弟（Karl Wilhelm Friedrich Schlegel 及 August Wilhelm Schlegel），还有诺瓦利斯（Georg Philipp Friedrich Freiherr von Hardenberg 的笔名）、蒂克（Ludwig Tieck）。1805 年以后，德国出现了以布仑塔诺（Clemens Brentano）和阿尔尼姆（Achim von Arnim）为代表的"海德尔堡浪漫派"。1809 年以后，德国浪漫主义在柏林形成了另一个中心，主要作家有克莱斯特（Heinrich von Kleist）、霍夫曼（E. T. A. Hoffmann）、沙米索（Adelbert von Chamisso）。大诗人海涅（Heinrich Heine）早年也是一个浪漫派诗人，后来转向现实主义。

浪漫主义文学在不同的国家、不同的时代有着不尽相同的文学风貌。尽管如此，世界范围内的浪漫主义文学仍具有一些共同的特征：注重抒发个人的感受和体验，具有强烈的主观色彩；反对古典主义的清规戒律，强调思想和创作表达的绝对自由；偏重瑰丽的想象和夸张的手法；等等。这些特征已为文学史所关注。

然而，浪漫主义时期有一些为文学史所忽略的值得关注的问题，比如随诗歌的兴盛而兴起的批评视角。《浪漫主义、批评与理论》一文探讨了浪漫主义文学、批评与理论的关系，考察了浪漫主义推动浪漫主义批评这一重要现象。浪漫主义是一个连接广泛根基并且话题辐射广泛的流派，它不仅在文学史上占有重要地位，而且在政治领域、历史领域、文化领域都显示为一个重要的新开端。

一、浪漫主义、批评与理论[*]

Romanticism, criticism and theory

大卫·辛普森（David Simpson）

浪漫主义是个分期概念，在不同国家有不同界定，并且它的使用已促使了一种传统的形成，即一种试图定义浪漫主义或其核心元素的传统……概括地讲，浪漫主义指的是十八世纪晚期和十九世纪初期的写作。这些写作有着共同的历史背景，但并不一定是因任何某种本质的或约定俗成的特征而成为一个整体。依据传统，文学批评家和历史学家假定有特征存在，以方便他们辨别作品的"浪漫主义性"，以诊断作品究竟是早期还是晚期浪漫主义，是前浪漫主义还是后浪漫主义，是高度浪漫主义抑或是反浪漫主义。但这些假定都很难保持一致，且大多数被用于根据某一标准或其他具有示范性的历史性来证明一套偏好比其他偏好优越。

[……] 一般来讲，直到最近，浪漫主义都一直扮演着文学批评同盟者的角色，与其共同履行着贬低或否定理论作用的学科习惯。我们将看到，比起在美国，这一传统在英国更为强大。这一传统在讲英语的文化里生机勃勃，也正是在这些文化里，浪漫主义诗人们（连同莎士比亚）像忠实卫士一样，抗拒被描述为"理论"习惯的理性思维、精确分析及系统思考。另一种情形是，这些诗人们被奉为矛盾价值的典型，这类美德即热情的感性、人类及人道主义的温暖、逼真的混乱，以及自然对文化、乡村对城市和自发对预想的胜利。

然而，这很容易被说成是对浪漫主义写作不够广博的见解，是一种

---

[*] 本文选自 S. Curran, *The Cambridge Companion to British Romanticism*, Cambridge University Press, 1993, pp. 1-24。译者按，原文篇幅很长，旁征博引，限于本章篇幅，译文略去了一些已为读者熟知的概念，如文章标题中术语的定义及其历史衍变；还略去了与专题讨论相对较远的作家（如莎士比亚）和作品（如《失乐园》等的分析，从而让关于浪漫主义的讨论更加紧凑。所略去内容在文中均以省略号标识。

简化的"浪漫主义",但其合理性确为二十世纪最具影响力的文学批评家所强有力地证实。并且,在人文科学中,这种浪漫主义继续在按一定间隔重复出现的对理论地位的敌视中扮演其该有的角色。当然,浪漫主义写作本身也有其重点,即反对系统性的或深思熟虑的思考,即进一步反对理论。[……]

1789年法国革命前后的事件无疑加强了当时已经在英国占主导地位的意识形态,英国愈加愉快地与法国唱着反调。[……]这种对比是可以感受到的,英国宪法的荣誉不在于其理论组成,而在于对实践和先例逐渐且耐心的积累,更重要的是,在于其不成文性。这就是埃德蒙·伯克(Edmund Burke)所捍卫的独具英国特色的值得庆幸的宪法。对于大多数还心意未决的观察者来说,托马斯·潘恩(Thomas Paine)和那些激进派,及其对提议和成文法的偏爱,就显得太过法国化。亚瑟·扬(Arthur Young)用引人注目的、具有先见之明的语言,谴责了"法国理论",坚信"只靠经验",这在当时的英国主流社会中非常典型。

在这样的民族主义修辞环境下,那些还崇尚理论的人(激进派和民主主义者)无法成功地被视为"爱国者",因此我们必须了解文学研究者和历史学家眼中典型的浪漫主义的轮廓。从事文学的人一般不会选择与理论结盟,即便是在与激进的政见联姻时。换句话说,即使在他们要将自身置于占统治地位的利益的对立面时(很多人确实也这样做着),他们也会试图远离对理论的肯定,否则将使他们蒙上"非英国"之辱。甚至像布莱克这样以激进著称的诗人,也没有一点时间涉猎我们现在所定义的理论领域。通过乌里曾(Urizen)极度反面的形象,布莱克批判了对系统性和稳定性的过高估计,认为它们都是对人类身体和精神自由表达的禁锢。规律性、对称性和可预见性不再是布莱克的权威著作中的美德,而是暴君和压迫者的工具。雪莱、柯勒律治、华兹华斯、济慈及其同时代的人,在系统性思维的地位和意义的问题上持相当复杂的意见和立场,但他们各自对理论的评价,总的来说还是趋于大势的、消极的。因此,正如布莱克所说,多姿多彩、不落俗套方为美;华兹华斯说,详细分析必致情趣寡淡;济慈说,哲学会折断天使的翅膀。柯贝特(Cobbett),一个自诩为爱国的激进派,开始了他暴力仇法分子的生涯;约翰·克莱尔(John Clare)坚信人权价值,对法国宪法的宏大理论失去了信念。拜伦和成熟后的雪莱虽不仇视法国,但也不是理性主义者。在这些至今耳熟能详的作家中,唯有柯勒律治曾涉猎我们今天意义上的理论领域。[……]

这样,相比而言,最为权威和正宗的"英语"文学(而不仅仅是"英国"文学),越来越可以做这样的界定:总的说来,它最抵触的是理论典范和理论语言 [……] 浪漫主义者继承下来并涉足其中的那一文学联系,在后来的作家那里既得到扩大又得以进一步简化,他们期望在文学中找到鼓舞,进而找到安慰,求得情感的愉悦和放松,远离机械化世界的严厉与苛刻。约翰·斯图亚特·穆勒(John Stuart Mill)的《自传》(*Autobiography*)给我们提供了一个经典声明——反抗实用主义的智力训练、反抗使用价值的道德体系(受华兹华斯作品的激发)。穆勒在1869—1870年间的作品中回忆道,一开始读华兹华斯作品时是很随意的,从未期望会得到"精神解脱"。他没有发现拜伦吸引人的地方,因为拜伦愤世嫉俗和世俗老练的秉性太像穆勒正想逃避的自我;在华兹华斯的《远足》(*Excursion*)中也没有发现任何吸引人的地方(大多数后来的读者都这样认为)。但是在华兹华斯的抒情诗和各式各样的诗歌中,穆勒感到自己被交织在一起的"田园之美的力量"和"浸染着感觉的思考"所唤醒。他认为自己找到了一种"与斗争或不完美无关"的文学,这种文学展露着一种"平静的沉思中永恒的幸福",而这种幸福的能量足以影响那些即使是受过"最顽固的分析习惯"最严格训练的人。

穆勒承认,他自己很欣赏华兹华斯能把思想与情感结合起来,而不是用一个去置换另一个。[……] 马修·阿诺德(Matthew Arnold)发现华兹华斯的"哲学"主要是"幻觉";华兹华斯不是智者型的诗人,而是崇尚自然、表现感受的诗人(《论文集》第96、105页)。穆勒崇尚思与感的结合,而阿诺德推崇感受多于思考。[……] 帕尔格雷夫(F. T. Palgrave)认为,浪漫主义诗歌是英国诗歌的集大成者,而抒情诗正是浪漫主义的本质所在。在《金色财富》(*Golden Treasury*)一书中,帕尔格雷夫给了浪漫主义诗歌一半的篇幅,其分量相当于其他各时期英国诗歌的总和。在浪漫主义诗人中,华兹华斯再次领衔,书中有一半的诗歌都选自其作品。因此,阿诺德和帕尔格雷夫似乎共同列举出一个符合大众口味(或是其产物)的形象,凸显华兹华斯在浪漫主义诗人中,及抒情诗在华兹华斯本人诗歌中的突出作用。抒情诗总是与祥和、自发及偶然相关的。换句话说,它尽可能地远离那些可能同"理论"沾边的叙事化的连贯或解释的愿望。华特·佩特也认为,与其说华兹华斯是个智者,不如说他是个自然主义者。佩特在华兹华斯身上看到了"我们时代最深刻和最具激情的诗歌真正的先驱",发现了一种与柯勒律治"病态的思考"和"过度的认真"大相径庭、不相上下、肯定生命的自发性。对于佩特来说,真正的人文主义者不会为"理论"或"哲学公式"或任何企图的失败而"哭泣",也不会像柯勒律治那样误导性地"宣称艺术世界是一个充斥着规则的世界"。

[……] 在华兹华斯以外,还有一些典型的诗人,然而时至今日,他们仍未能加入经典之列。柯勒律治虽不赞赏但却认可华兹华斯,并认为复杂且自我损耗的华兹华斯为一条截然不同并且不那么具有人文主义积极因素的浪漫主义写作道路指明了方向。穆勒还指出,拜伦成为华兹华斯向读者提供舒适感的威胁,而这将被牢牢记住。但是,阿诺德却对拜伦大加赞赏。阿诺德于1881年写道,拜伦的"急躁""轻率"和"不和谐"无法掩饰他的"真诚"与"力量"(《论文集》第126、136页)。为了使拜伦成为同华兹华斯同样重要的(或仅次于华兹华斯的)另一个浪漫主义大家,阿诺德试图另外重新发掘一个浪漫主义,我们一直都很期待这一全新的探索。(具有讽刺意味的是,当这项工作真正开展时,却变成了对华兹华斯的另一番解读,其分量不亚于对拜伦的研究。)这个由近来的结构主义和社会历史批评所发掘的浪漫主义,对于自我意识能力及其文学表达的能力提出了质疑。当柯勒律治及其后继者们期望诗歌带来一种至少是个人意义上和通常情况下的(如果是试探性的)社会意义上的平静时,拜伦成分(如果可以这样称呼的话)主要导致自我怀疑和一种反讽的出现,这种反讽没有定论,尚没有什么解读策略能轻松地解释这种反讽。当然,没有一个作家,包括华兹华斯或是拜伦,可以用这些僵化的陈规进行充分的表达;拜伦有积极的一面,华兹华斯有疑惑的一面。实际上,我们最好认

为：大多数以复杂语言为工具的作家通常都会展现各式各样杂乱的范型，有时具有相对明确性或意识形态单一性，但有时却不尽然。济慈可以被解读成真与美的门徒，但也可以是传达中产阶级职业焦虑的媒介；华兹华斯可以是心灵的医治者，也可以是平静的破坏者；雪莱可以兼为柏拉图主义者和怀疑论者，这样的例子不胜枚举。

[……] 在任何众所周知的意义上，列维斯（F. R. Leavis）都不是反浪漫主义者，相反，他高度赞扬华兹华斯。他经过艰巨的努力去强调一种共同的"经历"，然而其结果却只是漠视了那些质问或者破坏"一致性"形象的作品。很明显，多数浪漫主义写作都是这样的。列维斯在华兹华斯那里发现了一种"人类常态"和"对心智健全和自发行为的专注"，它们把列维斯带入了他崇尚的十九世纪英国小说所描述的中产阶级行为道德准则和常识中。[……] 在《现代诗歌与传统》（*Modern Poetry and the Tradition*, 1939）中，布鲁克宣称现代诗歌严肃地质问了浪漫主义在文学史中想当然的重要性，同时还宣告，由于雪莱过分抵制"讽刺"，以至于他不能成为新诗学的典范。但是布鲁克对济慈和柯勒律治却赞赏有加，也绝不全盘否定浪漫主义。更有甚者，在布鲁克（Cleanth Brooks）晚期的书中，济慈和华兹华斯的诗歌继续充当焦点，吸引了持久不断的关注。[……] 哈罗德·布鲁姆也在浪漫主义中发现了现代性的端倪："现代英语诗歌是布莱克和华兹华斯的发明。"对布鲁姆来说，同特里林（Lionel Trilling）一样，这意味有责任发展一种积极的反文化个性，它与自然和文化均不合拍。布鲁姆的浪漫主义对理性本身的抵触还不如他对理性的工具及其社会化形式（"强制"及"意识形态"）那样强烈。浪漫主义的间离作用仍然保持着治疗功能：人感觉自己与众不同，从而心情舒畅，所借助的正是"一种意识通过复杂的创造行为而得以自愈的疗法"。布鲁姆为布莱克对"白痴提问者"的解散树立丰碑，并且表明自己对以讽刺和怀疑精神为内在动力的浪漫主义情有独钟。他可以在间离中以真实性来安慰拉摩的侄儿，使之重振旗鼓。对于布鲁姆来说，爱欲和想象一直都是完整无损的，它们对社会功能及一致性的缺失进行了适当的补偿。焦虑则仍是一个异常舒服的条件。[……] 然而，德曼（Paul de Man）与布鲁姆的观点却是截然

相左。个人浪漫主义对于德曼来说是压抑的而不是解放的。在其1960年的重要论文《浪漫主义意象结构的故意为之》("Intentional Structure of the Romantic Image")中，德曼刻画的十九世纪总是不由自主地重复一个注定要失败的计划。正如德曼所想，浪漫主义诗人们接受"自然之物本体优先"，便只能一次又一次哀叹文字与事物之间的无法对应。事物本质或意义的显露只能用语言表达，而且根据"对事物的怀旧之情"，充其量只是一次"意识的行为"。浪漫主义由此预示着深不可测的、让诗歌"经历持续的灭绝危机"的现代性，似乎这样的"经历"是某个希望唯一可及的途径。[……]到1969年，随着另一篇更具重要意义的论文《时间性的修辞》("The Rhetoric of Temporality")的出炉，德曼发现了一种形式历史语言，用以描述一种不可避免的失败，即浪漫主义所预示的人文主义自我调整的失败。德曼重申讽刺寓言的重要性，反对将象征手法作为浪漫主义表述行为的中心并使之典范化；德曼提出，讽刺是时间性、现世性及不可规避的差异性的显著特征。他主张以自然为先决条件的策略和平静的表面下的混乱。对那些持有这种观点的人们来说，浪漫主义的指导性比喻，一劳永逸地变成反讽的指导性比喻，一种由"距离和差异"构建的反讽，一种"没有尽头且无视整体性的"反讽。

与此番见解类似的最为详尽的文学评论（非理论的），是由杰弗里·哈特曼（Geoffrey Hartman）所著、于1964年出版的《华兹华斯诗歌，1787—1814》(*Wordsworth's Poetry, 1787-1814*)。传统把华兹华斯看成治疗者，把诗人看成接近自然的主体。而此书则带来了与传统最为明确和彻底的决裂。在"浪漫主义和反自我意识"中，哈特曼已经开始主张理解英国浪漫主义中"未知的自我意识"和"自我的分裂"。在对华兹华斯的研究中，比起常常与该诗人相关的宇宙和谐或是对人文主义的自我塑造的虔诚，哈特曼对作品中的错误和分裂更感兴趣。哈特曼同时看到了"想象中的感觉"和一种"急切的对清教徒成分的自我审视"，并且研究了两者之间的相互作用和关系。如同弗莱和 M. H. 艾布拉姆斯等一些更后期的批评家一样，哈特曼是考察浪漫主义作家最为博学的一个，这样，他以一己之力向世人提供了丰富的参考文献，研究本身就具原创性的浪漫主义批评。他的批评在揭示掩藏于浪漫主义自发性外表下的传统、习俗及体裁的诸多层面。耶鲁学派，因其内部的多样性，认为浪漫主义再也不能被看成是仅仅倡导或代表明智的消极被动、与大自然浑然一体。这个浪漫主义也不再是为一个饱受折磨的现代个体带来平静的使者。即便是布鲁姆，传统上三位批评家中最为积极的一员，也远不是一个简单的参与者。其活力论太过夸张，其主张宽泛无边而鲁莽，其选言命题总是那么粗糙，以至于读者无法从思想上或精神上得到放松。

布鲁姆、哈特曼和德曼分别从不同角度反对另一派批评的代表人物艾布拉姆斯。在其整个批评生涯中，艾布拉姆斯始终站在为我们确认什么是最值得赞美的"人性"的积极浪漫主义一边。同样，他忠实于那种标志着进入"现代批评思维"的决定性转变的浪漫主义形象。《镜与灯》(*The Mirror and the Lamp*, 1953)总结了长期以来传统上与浪漫主义有关的假定，并且使这些传统与文学理论语言相适应。同韦勒克一样，艾布拉姆斯看到的是一个"与众不同的浪漫主义批评"，其多样性的形成有赖于"坚持不懈地让诗人解释诗歌的本质及标准"。在宣称浪漫主义艺术"富于表达性"而不是"模仿性"或"实用性"的同时，艾布拉姆斯也削减了浪漫主义作为现实的代表（不管是客观的还是社会的）或渴望说教的功能。杰隆·麦甘（Jerome McGann）所称的"浪漫主义意识形态"把浪漫主义意识标举为"一个美好和幸福的地方"，艾布拉姆斯就曾是其主要拥护者。根据艾布拉姆斯自《镜与灯》以来的研究，这种幸福感来自虚幻的想象对政治满足的替换，想象中的世俗道德观念对宗教教条的苛刻束缚的替代。在1963发表的一篇文章中，艾布拉姆斯用"想象的天启"这一表述描绘了浪漫主义作品独有的成就。很少有人能反驳说这不是这类作品的批评要素；艾布拉姆斯宣称这是最为经典的部分，但这一评价也是一个他最终仍无法证实的判断。直到1986年，时隔他第二本主要著作《自然的超自然主义》(*Natural Supernaturalism*)出版十五年，他再次更加明确地指出："许多重要的浪漫主义诗人通过血腥的暴行抛弃了他们早期对于千禧年至福、恢复伊甸园的信仰，转而对自我的幻想性的转变深信不疑，这种转变能使人以新的方式重新审视旧世界并相应行事。我认为这是件好事。"这是诗人们写出"最好的诗歌"的关键。

艾布拉姆斯无疑在此传播着由十八世纪九十年代的保守主义者宣称的法国革命形象；而且想要找出英国的激进派是件很困难的事，更不要说找出始终坚信血腥的暴力是回归伊甸园的大道的诗人。相应地，艾布拉姆斯不出意料地同样抵制着超越《镜与灯》中形式历史主义类别的"理论"。至少在这个层面上，麦甘为"浪漫主义意识形态"正在进行的一切努力显得似乎可以信赖（对于"浪漫主义意识形态"，批评家肩负的责任比起浪漫主义作家可谓过之而无不及）。[……] 同一个浪漫主义，显而易见地"反对"理论，又是怎样被狂热地奉为这些形态万千的文学理论的基础的呢？当我们意识到从未有过叫作"浪漫主义"的实体存在时，这个矛盾顿然销声匿迹。[……] 而这个道理可以从对浪漫主义写作本身的解读中得出。很明显，十八世纪晚期的作品没有力争其绝对独创性，而是反常地大规模沉浸在对知识问题的研究中。受到关注的一个问题是，是否有可能在感知和表述中做到客观和准确，我们能否完整地认识任何事物。每次关于"是什么"的描述都会伴之以"谁在说"和"为什么"。过去与现在，自我和他者，不再充当公认的开端与结局，业已成为一场游戏中的机动因素，在游戏中它们相互追逐对方的踪迹。可以说"我站在这里"，但是一个人永远不会在同一个地方站立两次。

[……]

我所认为的浪漫主义写作使我们无法忽视知识的"理论性"问题。而新历史主义在其最纯粹的时期，被认为（因为它未曾这样宣称）提出或假定，这种知识的"理论性"问题是不存在的。当新历史主义试图使我们回归历史环境的直观性，试图灌输一种"在那里"的感觉时（新历史主义基本特性见于史蒂芬·格林布拉特的著作），它许诺满足对"在场"的渴求，一个被浪漫主义作品的怀疑特性所彻底扰乱的欲望。有时，这种对知识问题的强调归因于启蒙运动，正如麦克斯·霍克海默（Max Horkheimer）所说，在这样的文化里，去神秘化运动如火如荼而且彻底，以至于只能以败坏整个客观理性来终结自身。但是为了接受一种在浪漫主义作品中起作用的类似的症候而对确切的根源问题做出决断，这就没有必要了。[……] 在其重要著作《事物的秩序》中，福柯描述了十八世纪晚期被其称为"有限解析"的出现，其中提到人类作为"知识的主体和客体"同时且模糊地存在着。对于福柯，生物学、经济学和文学都表明一种侧重的转移，在这种转变中，知者的在场必须被囊括到对知识所做的所有断言之中；它们是置于时间性及其必然的讽刺性和不稳定性下的所有话语。在我们话题有限的术语中，这种理解要求所有关于浪漫主义的观念，无论它们自称理论与否，都必须涉及客观知识是否存在这一问题。只要理论仍因循守旧地对这种知识抱有热望，它必然将质疑自身的可信性。因此，那些使人们以及专家们认定为理论的东西，今天却陷入了质疑理论本身可能性的讨论中。没有人会乐于宣称我们掌握了真实事物的真实知识，由这场讨论所造成的问题和挫败感正好解释了过去二十年来解构主义的一些争辩。[……] 德里达持久而坚决的对术语的修改，对解构主义无限性的持之以恒，均暗示着对一个具有历史穿透性的分析的承诺和献身，即不寻求"真理"，只找寻具有影响力的相关之处。德曼更倾向于"真理"的存在，因而他最倾向于对具体化和形式化的谴责。但是要把这些理论家简单地仅仅称为晚期浪漫主义者，这无疑将会造成对我一直更乐于称为浪漫主义写作的浪漫主义（作为一个集合体，浪漫主义的整体性始终遭到质疑也始终无法被给予假定）和在其中浪漫主义一再被改写和重建的现行文化的具体化。浪漫主义文学充满了对上帝、大自然、真理、美以及灵魂的表现；同时，它也充满了讽刺、意图的戏剧化、时间性以及阐释的不稳定性。

（刘爱英　吴瑜　译）

二、《德国早期浪漫主义美学导论》译序*

聂军

德国浪漫主义作为十八世纪末期和十九世纪前半叶的一场文艺运动,具有非常深厚的社会文化背景。这场文艺运动以康德、费希特、谢林等人的唯心主义哲学理论为基础,以施莱格尔兄弟(August Wilhelm Schlegel, 1767—1845; Friedrich Schlegel, 1772—1829)、诺瓦利斯(Novalis, 1772—1801)、蒂克(Ludwig Tieck, 1773—1853)等一大批浪漫主义文人的艺术理论探索和创作实践为主体,创立了成就卓著的浪漫主义美学理论,奠定了西方近代美学的基础,对整个欧洲、乃至世界文学的发展都产生了巨大的影响。对于这一文艺流派的看法,学术界历来众说纷纭,褒贬不一。但是有一点是众所公认的:德国浪漫主义对艺术的本质和艺术家禀性的探索,关于天才、想象、情感、艺术创作自由等主观性方面的学说,无疑奠定了自身在西方美学史上的地位,并为西方现代美学的发展开辟了极为广阔的空间。这也是德国浪漫主义历时久远而经久不衰的重要原因之一。近年来,我国的文艺研究领域对德国浪漫主义文学及其美学理论表现出了浓厚的兴趣,各种学术刊物上出现了不少相关的研究成果。这一点表明了浪漫主义的审美倾向所表现出来的人文精神与当代文化背景下人们的普遍生活情感之间出现了某种契合点。另外,从我国学术界对浪漫主义的认识、评价和接受的发展过程来看,当前也确实存在着对这一文艺流派进行再认识和再评价的必要性。

德国浪漫主义产生于 1793 年,是德国近代文化史上继狂飙突进运动和古典主义之后最后一个理想主义流派,于 1830 年左右逐渐结束。这场文艺运动形成于法国大革命之后,发展于欧洲封建复辟时期,与欧洲的社会历史变革有着极为密切的关系。当时,德国还处于政治上分裂、经济上

---

* 本文原载于曼弗雷德·弗兰克(Manfred Frank)《德国早期浪漫主义美学导论》,聂军译,长春:吉林人民出版社,2006 年,译序第 1—10 页。本次经译者修订后收录。

落后的状况，贵族保守势力占据统治地位。但是整个社会受到了法国资产阶级革命的震撼，德意志民族的独立和统一意识逐渐增强。在当时的社会处于动荡不定的变革时期，各种思想流派相互对立、融合，纵横交错，每一个流派都试图用自己的理论学说来解释社会，探求新的人生出路。启蒙运动崇尚理性与科学，提出了理性至上的原则，从而限制了人性的自由发展；狂飙突进运动宣扬自我与天才，又把个人情感推向了极端；古典主义也以理性为基础，主张道德教育，强调理性与感情之间的和谐，从中营造出了一个高尚伟大、但远离现实的人文主义理想。浪漫主义者崇尚艺术，渴望宁静，反对变革带来的动乱，所以把宗教改革前的中世纪社会作为他们的理想世界。他们认为，现实社会受到理性的支配而变得功利、庸俗，致使艺术丧失了生存之地，人在现实中根本找不到美的理想。因此，文艺的目的并不在于反映外在的现实，而在于描写人的内心世界；诗人应该充分发挥自己的想象力，用艺术展示人的内心世界，在精神世界里塑造美的理想。总之，对现实的不满、对理性主义的反思、对古典主义艺术原则的批判、对个人情感的推崇以及对艺术本质的探索等因素构成了德国浪漫主义产生的土壤。

德国早期浪漫主义具有深厚的哲学、艺术和宗教背景，这正是这一美学流派影响深远的重要原因。总的看来，德国早期浪漫主义表现出以下几个特征：

1. 对艺术本质的哲学思考

德国浪漫主义美学深受康德、费希特、谢林等人的唯心论哲学体系的影响，把对艺术本质的探讨放到了哲学思维的范畴之中。非常重要的是，这种哲学层面上的审美思考引申出了一系列关键的美学概念，由此奠定了浪漫主义美学的理论基础。

康德的主观唯心论和费希特的自我创造非我的学说把人的心灵推到了世界的核心地位，从而突出了天才、独创性、灵感等概念；谢林的同一哲学把人的精神与客观世界视为一个绝对同一的精神实体，并从"绝对"和"永恒"之中探寻艺术的根源和美的原型，把艺术看成是绝对的、自由的、渐进的，进而推动了人对主观精神、想象力、自由、必然性等范畴的研究；施莱尔马赫（Friedrich Schleiermacher, 1768—1834）从宗教的角度出发，把人的信仰与审美感受结合起来，把宗教看作是人类在有限世界里把握无限精神、表达对世界原本依赖和向往的方式，从而把德国古典主义文学塑造的人文理想演变成了浪漫主义的精神理想。这些理论观点无疑促进了人对主观精神领域的认识以及对美的本质、艺术的本质和艺术创作规律的探索和论证。

（1）艺术与天才

德国浪漫主义崇尚天才，推崇想象力，可以说是其美学思想的起点。浪漫主义者认为，艺术是完美和永恒的体现，尤其是人的主观精神的完美体现。人通向完美有两条途径：其一是通过外部的充满生机的大自然，其二是通过内在的主观精神，即用艺术来开启心灵的大门，表现人内心所孕育的高尚和伟大的精神。但是要完成这一使命，并非一般常人力所能及，而必须由艺术家来担当此任，因为艺术家是天才，具有常人所不具备的非凡才能。这一思想可以回溯到康德的天才创造论。康德认为，艺术既不同于科学，也不同于手工艺，既没有固定的法则，也不可凭借逻辑推理而产生，因此艺术是天才的创造。天才是人与生俱来的心灵禀赋，是自然产生的，不可后天获得，自然通过天才给艺术制定法规。天才的创造既然是受命于天，那便是无法证明的。康德的天才论被其他哲学家和文艺理论家广泛继承并进一步发挥，不仅帮助了浪漫主义者理解艺术本质，而且对艺术家，即天才的禀性以及艺术创造的神秘性也做了说明。围绕天才这一概念，浪漫主义对艺术、艺术家的禀性和艺术创造做了深入的理论性探索和阐释。谢林运用了康德的天才论，把艺术看作是对绝对的美的描绘，进而把艺术家的创作看成是天才的内心冲动所导致的艺术行为。早期浪漫主义诗人瓦肯洛德（Wilhelm Heinrich Wackenroder, 1773—1798）把艺术视为神灵对艺术家的特殊关照；在他看来，艺术家较之于常人不同的是具有非凡的特殊才能，并且能够凭借这种才能感受神灵的关照，用艺术把这种感受表达出来。瓦肯洛德的这一思想被大多数浪漫主义者所接受，并且在许多文学作品和理论学说中表现出来。

（2）艺术的主观性

基于天才论的学说，德国浪漫主义者把对艺术本质的理解集中到了对人的主观能力的认识上来，具体地表现为，强调艺术创造的主观性，把情感和想象提到首要的地位。在这一方面，费希特的"自我"创造"非我"的思想以及审美自由等观点对德国浪漫主义的影响是颇为明显的。由于费希特把自我放到了造物主的地位，所以对浪漫主义者来说，自我既是艺术产生的动力，也是艺术表现的对象，也就是说，艺术家的感受处于整个艺术的中心地位。因此，弗·施莱格尔认为，诗人应该尽可能运用自己的主观能力，充分发挥想象力，随心所欲地在梦幻世界里描绘美的理想。诺瓦利斯曾对费希特的哲学思想做过深入研究，并从中演绎出了一个魔幻世界。他把这种随心所欲的"自我"看成是一个奇迹创造者和魔术变幻者。"自我"创造了"非我"——外部世界，并存在于"非我"之中，所以整个世界就是一个梦幻。如他所言："世界就是梦幻，梦幻就是世界。"梦幻是自我的自由世界，是艺术的无限空间。艺术家可以在这个空间里任意发挥想象力，创造出美的艺术。可见，费希特的"自我"概念在浪漫主义那里演变成了一种理想的主观世界。

当然，德国浪漫主义者强调艺术的主观性还受到其时代现实生活的影响。在他们眼里，他们所处的时代既是一个理性统治一切、社会趋于功利化、艺术丧失生存空间的时代，也是一个充满战乱、社会处于变革动荡的时代。理性压制情感使人忽略了美的理想，而社会变革的结果则破坏了社会的宁静。因此，他们对现实表示不满，并认为，现实生活丑陋、庸俗，不能成为艺术描写的对象，而高尚的艺术不在于反映外在现实，而在于描写内心世界，描写人的内心追求和美的理想。于是，他们把目光从现实转入内心，力图通过幻想来表现美的艺术，以此与现实相抗立。他们在这种思想背景下所创作的文学作品大多都突出了主观幻想的成分，同时也富于感伤忧郁的情调。正是由于这一点，浪漫主义长期受到各方面的批评，被称为消极的、复古的、颓废的甚至是堕落的文艺。但是也应当看到，浪漫主义这种理想主义的创作方式是基于蔑视现实的态度之上的，因而不可能完全脱离现实。如果说诺瓦利斯在他的小说里所描绘的"蓝色花"具有浪漫主义追求纯艺术的象征性意义的话,那么诗人艾辛多夫(Joseph von Eichendorff, 1788—1857)塑造的"无用人"的形象则表明了诗人以艺术家的"无为"对物欲和功利社会的反叛态度。此外,弗·施莱格尔提出的著名的"浪漫主义反讽"之说,意在表述浪漫主义对待主观艺术与客观现实之间关系的一种自觉意识。从某种程度上来说,浪漫主义者通过主观精神来展示纯艺术理想的做法是建立在哲学基础之上的,因而蕴含着丰富的审美意义。

(3)艺术创作自由

浪漫主义主张艺术创作自由,首先意味着要打破古典主义的一切清规戒律,反对用一个统一的创作原则和方法来规定和限制其他创作方法。德国浪漫主义在对艺术自由这一概念的探讨上更带有哲理的性质。康德、费希特等人在其哲学思想中对艺术活动的自由特征予以充分肯定,尤其是费希特的审美观,更是离不开自由的概念。在他的学说里,自我是绝对的、无限的,因而具有自由的特性;外部世界是自我自由想象的产物,所以自由是人的一切审美活动的前提。有了自由,人才能够体验到自身的"美的精神",才能够发现并感受到自然的美。德国浪漫主义者把艺术看作是创作主体自由个性的自由表现,具体地说,艺术创作不受任何既定法则的限制,艺术家应该凭借主观能力自由想象,充分表现自己的个性,发挥自己的独创性。可见,艺术创作自由在很大程度上意味着艺术家想象的自由。想象力是一种创造力,浪漫主义者推崇想象力,正是对艺术创作自由的肯定。在这一方面,弗·施莱格尔的言论具有纲领性的意义:浪漫的艺术"不受任何物质利益和理想风尚的约束,能乘着诗的遐想的翅膀,游荡于表现对象与表现者中间,并不断激励着思绪,像镜子的一连串无限反射一样,让思绪无限地延伸。[……]唯有它是无限的,正如唯有它是自由的一样;它认定的第一条法则,就是诗人的为所欲为、不受任何约束的法则"[1]。

---

[1] Hans-Jürgen Schmitt (Hrsg.), *Romantik I*. Stuttgart: Reclam, 1975, S.22ff.

(4)艺术创造的神秘性

德国浪漫主义者非常看重艺术的神秘特性,并试图从各方面对其加以说明。首先,康德的不可知论和天才创造论就对艺术的神秘性给予了肯定。天才本身具有神秘的特点,主要表现在其艺术创造受命于天、不知其所为之所以然,这就是说,天才是凭借灵感进行创造的,但在创造的过程中并不知道灵感是如何产生的,也无法对其加以控制。因此,艺术是一种精神产物,是不能通过逻辑推理和科学分析来把握的。谢林在提出了艺术创造是有意识活动和无意识活动的结合这一思想的前提下强调艺术的无意识特性。他的"创造冲动说"把艺术看作是一种"奇迹",是由天才,即艺术家在一种"创造的冲动"驱使下不由自主地创造出来的。这种"创造的冲动"是神秘的、不可理解的,由之而产生的艺术作品也同样带有神秘的性质。此外,强调艺术的神秘性也出自浪漫主义者的宗教意识。一方面,他们认为艺术是世界永恒、绝对的"美的原型"的反映,这种"美的原型"就是上帝,因此艺术就是上帝意志的体现,具有包容一切的整体性质,艺术家的使命在于通过艺术创造去发现美,由此不断接近这个"美的原型",即美的理想。另一方面,他们从人与自然的关系出发,强调天人合一的思想,指出人与自然之间最原初的关系表现为人对自然的敬畏和崇拜,人依靠一种朦胧意识把自然法则与神灵意志相联系。这种朦胧意识是艺术产生的本源,所以远古时代的神话和传说虽然大多含混不清,但人却能凭借情感领悟其中的寓意。在浪漫主义者眼里,民间神话传说是最淳朴的、最美的艺术。这也是德国浪漫主义者重视民族文化、积极收集和整理民间文学的重要原因所在。还有,德国浪漫主义者从人的内在机能方面来说明神秘性对艺术的作用。他们认为,人的内在机能表现为两面性:理性与幻想。"理性追求绝对统一,幻想则乐于纷繁多样之中,两者都是人的本性中共有的基本力量。"[1] 人凭借理性认识世界,但是却不能说明带有情感的东西,因为情感是神秘的,是一种生命的力量,是诗的源泉,只能凭接近去发现,而永不可用数字来说明。由此,浪漫主义者非常注重人的幻

---

[1] 曼弗雷德·弗兰克:《德国早期浪漫主义美学导论》,聂军译,长春:吉林人民出版社,2006年,第57页。

想、朦胧意识等非理性因素，诸如黑夜、梦境、灵感、人的心理活动等成为德国浪漫主义作家喜爱的创作题材。

2. 反思理性，崇尚情感

德国浪漫主义在形成的初期就对启蒙运动所倡导的理性主义提出了质疑。他们认为，理性主义虽然崇尚知识与科学的进步，肯定了人认识和把握世界的能力，但是理性的极端化却导致了人类价值观朝着实用化和功利化的方向发展，从而滋长了人的物欲。这种理性的功利化倾向实际上充当了一种大众化的社会经济原则，迫使人的行为都以这个经济原则为准绳，进而促使社会道德庸俗化，抑制了人的精神领域的发展，如个人情感的发挥和审美活动的体验等等。在理性与情感之间，浪漫主义更侧重情感在审美活动中的核心地位。

早在浪漫主义之前，德国的两位文艺理论家约翰·格奥尔格·哈曼（Johann Georg Hamann, 1730—1788）和约翰·戈特弗里德·赫尔德（Johann Gottfried Herder, 1744—1803）就对启蒙运动所倡导的理性艺术提出了异议。哈曼批评了理性文学美化自然的模仿形式，提出了文学是"人类的母语"之说。赫尔德也在其理论著作《论语言的起源》（Abhandlung über den Ursprung der Sprache, 1772）中提出了"语言来自心灵"的说法。他还在《论德国的方式和艺术》（Von deutscher Art und Kunst, 1773）一文中指出："我们几乎不再观察和感受了，而是一味地思考和冥想；我们的创作既没有表现一个活生生的世界，也没有深入其中，更没有深入表现对象——情感的洪流与交融——之中，而是要么苦思冥想出一个题目，要么议论处理这个题目的方式方法，或者甚至兼而有之，并且总是从一开始就不断地矫揉造作，最后使我们几乎丧失掉自由的感情；试想一个残废人怎么能行走呢？"[1]赫尔德认为，启蒙运动所推崇的理性文学由于过分强调文学的形式规则和教育功能而忽视了文学艺术的真正意义。理性主义驱使人们只考虑文学的道德教化目的，却由此把艺术引入了矫揉造作的境地。在

---

[1] Annemarie und Wolfgang van Rinsum, *Dichtung und Deutung – Eine Geschichte der deutschen Literatur in Beispielen*. München: Bayerischer Schulbuch-Verlag, 1983, S.95.

他看来，真正的艺术源于作家对生活的观察和感受，是真实情感的自然流露，因为人的情感是与生俱来的，是一个无法用理性把握的世界。

与赫尔德的观点相近，哈曼把文学、人类信仰和道德观念等一系列现象放到人的直觉层面上加以阐述，其观点与理性文学所主张的美化自然的模仿方式形成了明显对立。他指出："大自然的生机是通过感知和激情来体现的。如果谁伤残了器官，他怎能去感受呢？也可以说，麻痹的动脉还能运动吗？——你们那些充满道德谎言的哲学抹杀了自然，为什么还要求我们模仿同样的东西？——这样你们可以翻新花样，也让学生成为自然的刽子手。"[1] 理性文学强调模仿自然，但其自然概念是一种道德意义上理性与自然的结合体。赫尔德和哈曼则注重感官与情感的自然性，认为艺术家对世界的直接感受促使创造力的产生。这种创造力不仅在狂飙突进时期被视为"天才"，在稍晚出现的浪漫主义时期也同样适用。由此看来，浪漫主义在对待个人情感和作家主观想象的问题上和狂飙突进运动是一脉相承的。

此外，德国浪漫主义在反对古典主义的艺术教条方面也突出了情感的重要性，表现出强烈的反传统倾向。古典主义受理性主义的支配，强调人的自然本性，相信理性与感情的和谐、信仰与认识的结合是人性的完美体现，但是基于这种思想，古典主义不仅把艺术看作是对现实的合理模仿，更重要的是要通过艺术来体现普遍意义上人性的完美境界。为此，德国著名的文艺理论家温克尔曼（Johann Joachim Winckelmann, 1717—1768）针对古希腊雕塑艺术提出的"高贵、单纯、静穆、伟大"的审美思想被古典主义奉为美的理想，追求和谐、典型化、理想化成为古典主义最重要的艺术原则。古典主义的文学作品，尤其是戏剧作品，大多以古希腊罗马艺术为典范，在人物角色分配、场景设计、剧情安排以及语言运用等方面遵循着一套严格的戒律，比如三一律等。而浪漫主义则摈弃了这一审美学说和艺术信条，力求从整体意义上把握艺术的本质，主张艺术门类之间的融合与共通性，尤其强调对主观世界和情感世界的表现，这无疑为艺术开辟了

---

[1] Ulrich Karthaus (Hrsg.), *Sturm und Drang und Empfindsamkeit. - Die deutsche Literatur in Text und Darstellung*, Stuttgart: Reclam, 1977, S.12.

内心世界和情感这一广阔的表现空间。显而易见，德国浪漫主义文学的突出特点是强调艺术的主观性，主张个人情感的强烈抒发，在艺术创作手法上注重描写主观感受，提倡形式自由，崇尚艺术家的创造力，如弗·施莱格尔所言："一切古典艺术种类在其严格戒律方面都是可笑的。"[1]

德国浪漫主义者普遍把艺术看作是艺术家的感受、思想和情感的共同体现，一切表现对象都要经过艺术家心灵的感应和情感的陶铸才具有诗意。如浪漫主义诗人蒂克指出："我所描写的不是这些植物，也不是这些山峦，而是我的精神，我的情绪，此刻它们正支配着我。"诺瓦利斯也说："诗所表现的是精神，是内心世界的总合。"此外，他的"世界必须浪漫化"的言论也足以说明情感在艺术中的核心地位。[2]

3. 向往中世纪

德国浪漫主义者把宗教改革前的中世纪基督教社会看成是理想的世界，认为在这个社会里人性的纯精神理想能得以充分体现，艺术家的创作和想象力也能获得真正发挥的场所。所以，不少浪漫主义诗人在其文学作品中均以理想化了的中世纪社会为表现对象，借以表达自己的理想。这种回到中世纪的思想直接起因于他们对现实的不满，尤其是对启蒙运动的反思和批判。在他们看来，启蒙运动萌发于宗教改革运动的务实精神，注重发扬人对外部世界的认识和理解能力，但却忽略了生命的意义和精神的因素，从而破坏了美的艺术，使世界变得没有诗意。与此相反，中世纪社会的理想表现在人与自然的和谐和人对上帝的崇拜，并且在此基础上建立起来的社会道德风尚如荣誉、友爱、宽容等等，都是上帝的意志在人的精神价值中的体现，没有任何外在的目的。因此他们认为，人类生命的意义在于实现上帝的意志，而只有通过艺术才能接近这个理想。所以，他们便用艺术编制出一个幻想世界来与现实世界相对立，把中世纪描写成理想世

---

[1] Friedrich Schlegel, *Kritische Schriften. Herausgegeben von Wolfdietrich Rasch*, München: Carl Hanser Verlag, 1971, S.13.
[2] 曼弗雷德·弗兰克：《德国早期浪漫主义美学导论》，聂军译，长春：吉林人民出版社，2006年，第57页。

界的典范。值得注意的是，回到中世纪虽然表现出了德国浪漫主义者的复古倾向，但也不完全意味着他们乐于接受中世纪封建制度和天主教会的统治，而是将这一时代的精神状况看作是人的纯精神理想的体现，并把这种纯精神理想作为与本时代的功利化倾向相对立的一种途径。此外，对中世纪的向往也表明了德国浪漫主义在接受传统方面对中世纪民间文学的重视。当时一大批文人和学者积极从事民间文学的收集和整理，如赫尔德、格勒斯（Joseph Görres, 1776—1848）、阿尔尼姆（Achim von Arnim, 1781—1831）、布伦塔诺（Clemens Brentano, 1778—1842）和著名的格林兄弟（Jacob Grimm, 1785—1863; Wilhelm Grimm, 1786—1859）等在这一方面都做了大量辛勤而卓越的工作。中世纪民间文学大多为神话和传说、诗歌和民谣、童话等，其特点为想象丰富、淳朴自然、情感真挚、语言通俗，完全迎合了浪漫主义的审美趣味，因而备受推崇。由此可见，对中世纪的向往、尤其是对民间文学的重视，明显地表现了德国浪漫主义者的民族意识。

概括地说，德国浪漫主义的产生是建立在极为深厚的文化底蕴之上的，其美学思想突出地表现在对艺术的本质和艺术创作规律的认识，以及由此而展开的关于天才、想象、情感、独创性等一系列核心概念的理论探索，强调了艺术的主观性。这种内倾化的审美倾向不仅奠定了这一文艺流派在西方美学史上的地位，而且表现出丰富的现代审美意义。

德国当代文艺理论家曼弗雷德·弗兰克所著的《德国早期浪漫主义美学导论》一书，以讲座的形式系统论述了德国早期浪漫主义美学的核心理论。全书共分二十二讲，涉及美学与哲学的关系、艺术的真理性问题、美的概念、艺术与绝对、艺术的整体性构想、有限与无限、时间性与永恒以及浪漫主义反讽等一系列核心内容。作者首先以康德的《判断力批判》为出发点，详细阐述了《美的分析论》的主要思想，着重突出了康德的鉴赏判断的主观性以及审美理念的无穷丰富的意义；然后引述了继康德之后德国美学理论的发展，如席勒关于爱的美学以及对康德学说的继承和发展，荷尔德林和谢林对康德的二元论的超越等，分析了谢林的哲学著作《先验唯心论体系》和《艺术哲学》，对其同一哲学理论和美学思想进行了较为详细的论述；随后谈到了耶拿浪漫派的美学思想，以此说明德国早期浪漫主义美学的创立。在此，作者专门强调了诺瓦利斯、弗·施莱格尔和索尔格（Karl Wilhelm Ferdinand Solger，1780—1819）在哲学领域所取得的成就，并认为，他们的艺术理论早已是令人瞩目的了，而哲学方面的功绩却一直处于被忽略的境地。在最后的几讲里，作者用了大量的篇幅阐述了浪漫主义美学最重要的概念，即"浪漫主义反讽"，分析了这一概念的构成原理以及浪漫主义文人对这一概念的理解和运用。为此，作者还特意在最后一部分以诗歌和音乐为例，从形式上来说明浪漫主义反讽的内涵和意义。

  这本书论述细致，说理透彻，是一部具有相当理论深度和学术价值的论著。译者近年来在对浪漫主义的研究中发现，我国有不少学者把浪漫主义理解为一种文学创作手法，这样做当然自有其合理之处。但是必须看到，德国浪漫主义并不仅仅是一种文学创作手法，而主要表现为德国近代文化史上的一场文艺运动。尤其是早期浪漫主义贯穿着当时一大批文人对哲学、宗教以及艺术等领域的深刻思考，这些思考构成了德国早期浪漫主义的美学思想。正是在这一方面，曼弗雷德·弗兰克的这部理论著作可以为我们提供许多有益的思路和启示。

三、布莱克导论[*]

Blake's Introduction to Experience

诺斯罗普·弗莱（Northrop Frye）

文学专业的学生常常认为，布莱克这位作家既著有许多简明易懂的抒情诗，又留有一些最令人费解的复杂"预言"。这些预言成为许许多多阐释解读的母题，其中包含着正在撰写本文的作者的一种解读。这些解读都认为他的这些预言是一种专门的兴趣，甚至可能并不主要是一种文学上的兴趣。因为上述原因，普通的读者能够对抒情诗和预言做出清晰的区分，在他们的思想中经常有着一种模糊而相当错误的想法，认为这些预言比抒情诗出现得要晚，代表着某种精神崩溃。

实际上，无论布莱克多么多才多艺，作为一位艺术家，他在理论和实践中始终都是严格一致的。《诗意的素描》（*Poetical Sketches*）大部分是在他在十几岁时写的，包含了早期的抒情诗和早期的预言，两者有着大致相等的比例。在创作《天真与经验之歌》（*Songs of Innocence and Experience*）的同时，他也在创作那些预言性的对应物。当他在费尔珀姆[1]创作他那三个最为煞费苦心的预言的时候，他也创作了皮克林手稿[2]中的诗歌，其中包括了诸如《玛丽》（Mary）、《威廉·邦德》（William Bond）和《微笑》（The Smile）这样清晰明了的抒情诗。在某种程度上，这些预言本身就弥散着一种温暖而简单的抒情感受，可以被任何一个不羞于使用恰当名称的读者所欣赏。因此，在一些批评研究中，也包括我自己的《可

---

[*] 本文选自 N. Frye, "Blake's Introduction to Experience," *Huntington Library Quarterly*, 1957. 21(1), pp. 57-67。译者按，本文谈论的是布莱克《经验之歌》的序歌部分，标题可直译为《布莱克对"经验"的介绍》。由于本文的导引性质，考虑到全书章节的协调，故采用《布莱克导论》的译名。

[1] 费尔珀姆（Felpham），西维塞克斯的一个乡村和教区。——译者

[2] 皮克林手稿（the Pickring MS），这本手稿因其前拥有者 B. M. 皮克林的姓氏而得名。皮克林在 1866 年获得布莱克的手稿，并于当年出版，这些诗大概可以追溯到 1801—1804 年，而手稿本身的年代约为 1807 年。——译者

怕对称性》(*Fearful Symmetry*)一书中，采用的方法均是专注于预言，而忽视了抒情诗。其理由是抒情诗易于理解，不需要注解；但这可能会带来长期意义上的缺陷，即与关乎布莱克的彻底错误的观点相妥协。

　　我打算在这里做的是，分析一首布莱克最为短小也最为著名的诗歌，并通过这种方式来介绍布莱克思想中的一些主要原则。选择的诗歌是《经验之歌》(*Songs of Experience*)的"序歌"部分。出于许多缘由，这首诗对于研究布莱克而言是一个最为合乎逻辑的起点。我并不是要声称所有读者都必须以这种方式阅读这本书，但对那些有兴趣进一步研究布莱克的人而言，这是一种立论可靠的释读。

> 听吟游诗人的声音！
> 他现在、过去和未来都看见了；
> 他的双耳听见了
> 神圣的言语
> 曾穿行于古老的树林中。

　　这一节告诉我们许多内容，提及了布莱克对诗人的位置和功能的看法。第二行，在许多年后会在《耶路撒冷》(*Jerusalem*)一诗中得到重复（"我看到过去、现在和未来全都同时存在于我的面前"）；这里立刻确立了这样一个原则，即想象力借助让当下时刻成为现实的方式来统一时间。在我们日常的时间体验中，我们仅能意识到三种非现实感：一个消失的过去，一个尚未出现的未来，以及一个从未真正存在过的现在。时间的中心就是现在，但似乎从来没有像现在这样的时间。我们只能通过记忆将经验绑缚在一起，布莱克声称这一点与想象毫无关系。除了那些在过去已经消失的时间点之外，现在与其他任何时间点都没有接触。正如普鲁斯特所说，在这样一个世界里，我们唯一的天堂可能就是我们已然失去的天堂。对布莱克而言，就像艾略特在《四重奏》(*Quartets*)里所指出的那样，还有另一个维度的经验，一条垂直的无时间性的轴线在每一时刻与横向的时间之流的交叉，在那一刻提供了一个转动世界的静止点，一个既不在时间内部也不在时间之外的时刻，一个被布莱克在他的预言中里称为每日之中连撒旦也无法找到的时刻。

我们所能犯的最糟糕的神学错误，对于布莱克来说，就是自然神论者的错误：将上帝置于时间序列的开端，视其为第一因。这种观点在逻辑上导致了绝对的宿命论，尽管其拥护者自身基本不会这么讲逻辑。唯一值得崇拜的神是这样的，虽然他在本质上是非时间性的，但是他不断进入时间之中，并能将时间赎回。换言之，他是一个道成肉身[1]的神，一个同时是人的神。虽然在布莱克论述的圣父、圣子和圣灵中也存在着三位一体，但他极其严苛地遵循基督教的信条，后者认为圣灵来源于圣子，如果不通过圣子——这一上帝的人的形态，任何人都不可能了解圣父。试图直接接近圣父，就产生了布莱克所说的"无人之父"[2]。我们将在下一首诗《尘世的回答》（Earth's Answer）中再次遇见他，他是天空中那个脾气暴躁的老人，是我们努力形象化的第一因的结果。这些想要直接接近圣灵的企图，产生了布莱克所处时代中革命者们模糊的千禧年主义。后者认为，可以假定人类天性的存在状态将会在未来的某个时候臻于完美。布莱克意识到这点，他在《耶路撒冷》第三部分的散文式的引言中表达了他对此的看法。在布莱克看来，除了耶稣之外没有上帝。耶稣也是人，他既不像历史上的耶稣那样存在于过去，也不像犹太人的弥赛亚那样存在于未来，而是停留在现在，存现于真实的现在之中，真实的过去和未来都包含在其中。布莱克诗中的"永恒"，指的是当下时刻的现实性，而不是时间序列的不确定延伸。

现代诗人或"吟游诗人"因此发现自己身处希伯来先知的传统中，他们从基督那儿获得自身的灵感，并将其视为上帝的言语。他们的人生就是倾听和说出这些词语。根据基督教的观点，正如在《失乐园》（*Paradise Lost*）中记载的那样，不是圣父，而是耶稣创造了永不坠落的世界，他将人安置在伊甸园内，并且在"一日中的清爽时刻，行走于花园中"时，发

---

[1] 道成肉身，指上帝从神变成作为人的耶稣，即人中之神。该句指的是上帝具有人性。——译者

[2] 无人之父（Nobodaddy）是布莱克所造的紧缩词，与基督教信仰中的众人之父（father of all）相对。——译者

现了人的堕落（《创世记》iii.8），诗节的最后一行暗指了这段经文。

> 呼唤着失去信仰的灵魂
> 啜泣在夜晚的露水中
> 这可能会控制住
> 满是星光的极点
> 堕落，堕落的光焕然一新吧！

"呼唤"主要指基督，是花园中呼唤亚当的神圣言语，而"失去信仰的灵魂"可以推测就是亚当，虽然这个修饰词听起来很奇特。布莱克并不相信魂灵，而只相信存在精神的身体。"啜泣"这个词也主要指基督。除了神学理论外，无论是在《圣经》故事中，还是在《失乐园》中，在这些我们可能有所期待的地方，我们都没有强烈地感觉到基督因人类的命运而深受触动[1]。相较于弥尔顿（John Milton）对亚当做出的"仁慈而又不施以斥责的评判"而言，布莱克对《福音书》（the Gospels）中的耶稣做出了更确切的鉴定，后者曾因人的死亡而啜泣，其中以拉撒路死亡[2]的故事为典型。"呼唤"和"啜泣"二者都因吟游诗人的缘故而口口相传，先知的遣责以及诗人对于经验的哀婉幻觉都来源于上帝对堕落之人的关注。

在最后三行中，"这"的语法先行词是"灵魂"；因此，我们似乎被告知：如果人没有堕落，他将会拥有神明似的权力和命运。他现在将不再受制于一个与"自然"相关的不情愿的下属关系，也不会被后者交替地施以冰冻和火烤之刑。然而，再次审视的话，我们会发现布莱克说的不是"可能已然控制"，而是"可能将会控制"：征服自然现在已经在人类的权力范围之内了，诗人和先知用上帝的言语来召唤他们去征服自然。在这里，我们非常接近布莱克关于艺术的中心教义，也非常接近布莱克坚信"耶稣、他的使徒和门徒全都是艺术家"的原因。

---

[1] 这句话的意思是，在神学理论上，基督会因为人类的命运而感动；但是在阅读上述的文学作品时，读者并没有感觉到他被感动了，相反会觉得基督冷酷无情。——译者

[2] 拉撒路（Lazarus）出自《圣经·约翰福音》，其中记载拉撒路原已经病死，后耶稣率乡民前往拉撒路的坟墓，宣称拉撒路没死，并展示神迹，拉撒路果然如耶稣所言从坟墓中走出。——译者

我们所看到的日常世界,是一个由自动运行的秩序维系在一起的,缺乏心智的混沌:它是一个给人以深刻印象的废墟,其中仅仅存在着"昏昏欲睡的民众",而非人类想要生活其中的那个世界。人类想要在哪种世界之中生活,是以他们不断努力所创造的那种世界为指示的:它是一座城市和一座花园。但人类的城市和花园,不像《圣经》所启示的新耶路撒冷和伊甸园,不是永恒的或无限的;它们也不与上帝的身体完全相同。布莱克使用"艺术家"一词,所指的更像是慈善家,或是身上明显有着爱的人[1]。他是这样的人,此时此刻生活在同时是人类家园的真实世界之中[2],并试图让这个世界对其他人可见。布莱克敦促道:"让每一个基督徒,在全世界之前公开地、公共地参与到建设耶路撒冷的某种精神追求中去。"

第2节特别阐明了这样一个事实,即对时间来说正确的事物,对空间而言一定是同样正确的。正如时间的真实形式是"一种永恒现在的幻象",所以空间的真实形式是"此处"。再者说来,在通常的空间体验中,空间的中心,也即"此处",是无法定位的,只能模糊地知道存在于某个区域之内:所有被体验过的空间都是"彼方"。这就是为什么,当我们创造了诸如"无人之父"这样的神明时,我们把它们置于"遥远的彼方",在天空中,在视线之外。但是正如"永恒"意味着真正的现在那样,所以"无限"也意味着真正的"此处"。基督真实存在于空间中,也真实存在于时间里。诗人的想象力具有将此时此地的真实体验——上帝的身体存在——带入日常体验的功能。正如倘使上帝不同时也是人的话,上帝就不存在;所以若是没有既是人也是上帝的耶稣,真正的人也不存在。因此,诗人的想象力,通过使潜在的创造力变得具体而可见,重复着道成肉身[3]。

如果所有的时间现在都位于想象之中,那么所有的空间也都存在于这里。在亚当堕落之前,他居于天国的花园中,该花园将会在未来的某一

---

[1] 此处指艺术家和慈善家一样,身上有着可以看得见的爱。——译者
[2] 此处指人类家园与真实世界是同一个世界,也即人的精神世界与真实世界不是互相割裂的,而是交融在一起。——译者
[3] 此处的"道成肉身"可以理解为将神性赋予凡躯的过程。——译者

天复归于他；但是这座花园自从亚当堕于凡尘之后，就如耶稣所教示的那样，一直存在于我们之中，不是一处场所，而是一种心灵状态。因此，布莱克的《弥尔顿》（Milton）一诗就是通过将他自己的大脑言说为伊甸园的一部分来起始的，而他的艺术正试图在此世中实现伊甸园。在《圣经》中，伊甸园是一种想象形式，存在于历史中，并表现为埃及和巴比伦的暴政。与之类似，流淌着牛奶和蜂蜜的应许之地，也是历史上存在着的以色列神权政治的想象形式。英格兰，以及美国，也是在想象中存在着的亚特兰蒂斯王国的历史形式。想象中的亚特兰蒂斯包括这两国，但是现在它却伏于"时间和空间的海洋"之下，任其将堕落的心灵淹没。我们从这一点开始，看看我们现在所读的诗和著名的抒情诗《远古时代的脚步曾否？》（And did those feet in ancient time）之间的联系。后者作为《弥尔顿》一诗的序言，它的创作时间较我们正在读的诗晚了许久。就像所有想象性的场所都是相同的场所一样，亚特兰蒂斯、伊甸园和应许之地都是相同的场所；故而当基督在一日的清爽时刻行走于伊甸园之中时，他也行走在英格兰苍翠群山的心灵形式之中，置身在"德鲁伊"[1]的橡树林中间。我们注意到，布莱克在该诗的第一行所言的并不是诗人或者预言家，而是"吟游诗人"。后者在他的时代，几乎是一个专业术语，用以指代可以追溯到历史滥觞之时的不列颠诗人的传统。"最初所有人都有着一种语言，一种宗教：这是耶稣的宗教，永恒的福音。"

  啊，尘世，啊，尘世，复归吧！
  沾满露珠的小草创造了你；
  夜晚已经精疲力竭，
  而清晨
  从昏昏欲睡的民众中升起。

---

[1] 德鲁伊（Druid），古代凯尔特的祭司、法官和预言者，字面意义上是熟悉橡树之人，持万物有灵论思想。——译者

耶稣通过他的"吟游诗人"之口所说的第一个词，恰如其分地转引自希伯来的先知们。第一行部分提到了耶利米面对国王那不可战胜的愚蠢时的绝望痛哭："啊，尘世，尘世，尘世，听见主的词语！"（《耶利米书》xxii.29）在一个世纪之前，弥尔顿在耗费二十年时间捍卫英国人民的自由之后，无助地看着他们挑选了"一个船长以回归埃及"。他仅能在《建设共和国的现成和容易的方式》（The Ready and Easy Way）结尾处的一段中，用同样的说法来表达他自己。该部分也聚焦了布莱克所关注内容的来源：

或许我应该已经说了很多很多，尽管我确信我应该只是对树木和石头说过话，而且我除了和先知哭诉外，没有人可以哭诉，"啊，尘世，尘世，尘世！"告诉这片土壤自身，她那些倔强的住客在对什么装聋作哑。

回声也存在于《以赛亚书》的相同段落（xxi.11-2）：

他从西珥向我呼求，守夜人，你如何看这长夜？守夜人，你如何看这长夜？守夜人说，早晨来到，夜晚也来到。你们若求问，但问诸己：归来，前往。

在希伯来语和布莱克的用语中，"前往"也可以用"已往"来转译：光明和黑暗同时与我们共在，一个在"此处"，另一个在"彼方"，一个试图从内部闪耀，另一个则将我们环绕。因而，第三个《圣经》典故虽然看上去晦暗，但是牢牢地连接着另外两个（《约翰福音》i.5）："光明于黑暗中闪耀，而黑暗并不囊括光明。"所以，"堕落的光"就是我们所知的世界中的光明与黑暗的轮替；未堕落的光明将会是上帝之城的永恒之光，在那里不再需要太阳或月亮；在那里我们终于可以看到，正如布莱克在他的众多预言中阐释的，人类所拥有的创造性行为，事实上并没有真的因时间而消失。

我们注意到在这一节中，"灵魂"现在并没有被确认为亚当，而是被识别为"尘世",一个我们也可以在下一首诗中一眼瞥见的女性的存在。因此,"灵魂"(soul)是一种尘世间的灵魂(anima mundi);她不仅包括个人和"教会",还包括生活的总体性,是一个像保罗所说的完整的造物。她迄今一直在痛苦中呻吟并经历着辛劳。她的牙齿和爪子也天然是血红的,需要在动物的世界中为生存而挣扎。人类,在其堕落的方面,部分地塑造了这种生存状态。先知在每一个黎明中都看见了苏生的景象,后者将使世界升入另一种完全统一的状态。先知总是准备说"时间就在手边",但是世界上的每一个"远处彼方"的黎明都会渐渐衰落成日落,随着旋转的地球转身进入黑暗之中。

> 不要再转身了,
> 汝等何故要转身?
> 繁星点缀的地面,
> 水汽弥漫的海岸,
> 直至天方破晓都是赋予汝等之物。

我们看待"堕落的"世界有两种方式:一种是视其为堕落,另一种是视为对更为糟糕的事情的防范。可以想象,人类或许会陷入完全的混沌之中,或是非存在的状态;或是像提托诺斯[1]或斯威夫特的斯特勒尔布勒格[2]一样,他可能被强制要求生活在想要死亡而不得的情况下。这个世界充满了一种被我们称为自然法则的力量,而自然法则,不管怎样地缺乏心智而又自动运转,至少为生活提供了一个坚实的底部:它提供了一种可预测和可信赖的感觉。在这一感觉之上,想象力才得以建立。自然法则(在预言中被称为波拉胡拉[3])是想象性努力的基础,这就是布莱克在声称创造是"一种仁慈的行为"时于脑中想到的;时间的神启性这一方面,存在于

---

[1] 提托诺斯(Tithonus)是希腊神话中的特洛伊王子,宙斯赐予其永恒的生命,却没有赐予其永驻的青春。后来他因为衰老,被女友黎明女神所厌弃,被后者变成了蝉。——译者
[2] 斯特勒尔布勒格(Struldbrugs)是《格列佛游记》中的永不死亡之人,八十岁后会五感丧失,记忆衰退,无法与人交流,只能以乞讨为生。——译者
[3] 波拉胡拉即 bowlahoola,布莱克在诗中指半兽人的器官。——译者

它把一切事物都推向一个明显的非存在性状态之中，并在布莱克所评论的"时间是永恒性的仁慈"中体现出来[1]。在《圣经》中，与之相似的观念是认为被创造好的世界是一种反对混乱的保护措施。在《圣经》中通常以海为象征，视海为水中的天空，并在《约伯记》（xxxviii.11）的诗节中显示出来："你只可到此处，不可越过，你狂傲的波浪要在此处止住。"在布莱克谈及"水汽弥漫的海岸"直至最后的审判之前都是赐给尘世之物时，正是这段诗句存在于他的心灵中；上帝在彩虹的形象中给予挪亚的，也正是相同的保证。与之类似，天体自动运转的精确性，地球[2]当然也是天体中之一，为想象性的努力提供了最低限度的基础。对布莱克来说，牛顿式的科学相当易于接受，只要在处理自然的自动机制时，将其作为经验的"地面"而不是"天花板"。

可以这么说，在布莱克的预言中，关于人类的生活有两种观点。一种是悲剧和反讽的视角；另一种是将生命视为救赎性的神圣喜剧的一部分。悲剧视角通常采取循环叙事的形式，最为完整和清晰的内容可以在《心灵旅行者》（The Mental Traveller）和《天堂之门》（The Gates of Paradise）两部作品中看到。这里有两个主要人物，一个男性形象，他是《天堂之门》中的叙述者，也是《心灵旅行者》的"男孩"；一个女性形象。她在后一首诗里，随着男人的长大，变得越来越年轻了，反之亦然。她也在《天堂之门》中被描述为"前往坟墓的妻子、妹妹、女儿"。

《心灵旅行者》中的"男孩"是挣扎中的人类，在预言中被唤作半兽人。女性形象是自然，在一系列历史循环中，人类的文化部分地但从未完全地征服过她。他们之间的关系大体上是那些母亲和儿子、妻子与丈夫、女儿与父亲的关系。更粗略地说，这些关系中没有一个是相当准确的：母亲是个老的护理员，妻子只是暂时性的资产，女儿是个善变动摇的人。如布莱克所称呼的那样，"女性意志"除了在某个女人想以卖弄风情为事

---

[1] 这句话的意思是，时间虽然导致了非存在性的状态，但是这种非存在性的状态是时间神启性的基础，布莱克用"时间是永恒性的仁慈"这句话来表达这种观点。——译者

[2] 此处的地球也即是尘世，二者在英语中都写作 earth。考虑到在不同句子中表述的恰当性，所以本文分开翻译。而弗莱为了论述的一致性，所以都用 earth。但是需要注意的是，《圣经》中的 earth 并不适宜译为地球，而应译为尘世或者大地，因为《圣经》并没有认为地球是球形。——译者

业，或者像大自然那样行事之时，与人类女性并没有必要的联系，而后者则是人类的一部分。女性的意志更像是在外部世界中的那种躲闪的、隐遁的、神秘的遥远性。

《经验之歌》的"序歌"，尽管有着极其严肃的音调，但总体上呈现出救赎或神启性的观点。因此，这两个人物的关系是颠倒的，或者更确切地说，因为他们不是相同的人物，所以男性和女性人物的关系被用来象征对人的救赎，而不是束缚。这两个人物符合新郎和新娘在《圣经》中的象征意义。男性角色主要是基督或上帝的言语，延伸至包括先知和诗人，并最终将基督作为整个人类的创造性力量，在预言中"吟游诗人"被称为洛斯[1]，即从圣子那里发源的圣灵。尘世，这一女性角色，拥抱着基督想要救赎的一切，拥抱着那位被《旧约》中的先知们所宽恕的、一直在远离宽恕的娼妓。如上所言，在预言中这位娼妓没有名字，虽然她在不同方面有着不同的名字，她最重要的名字是阿哈尼亚[2]和埃尼翁[3]。一般说来，她就是布莱克所说的"显现之灵"，即人——更确切地说是人中之神——试图创造的整体形式。这个整体形式是一座城市，一座花园，一个家，又是一张爱之床，或是像布莱克所说的"是一座城，又还是一个女人"。这一整体形式就是耶路撒冷。但正如女性意志不一定是人类中的女性，因而尘世——这一基督的新娘——就像在教会的更为传统的象征之中那样，也包含着男性。

在尘世的"回答"中，她带着苦涩与一些轻蔑，拒绝了吟游诗人最后话语里的乐观基调。她不觉得受到保护；她觉得被囚禁了，如布莱克的诗歌《阿尔比恩女儿们的梦幻》(Visions of the Daughters of Albion) 中的场景一般。她回忆起伊娥[4]，被有着无数只眼睛的阿尔戈斯所看守；或是安德

---

[1] 洛斯（Los）在布莱克1794年出版的《乌里森之书》(Book of Urizen) 中是一名永恒的先知。他有一子，名叫半兽人（Orc），是革命精神的化身。——译者
[2] 阿哈尼亚（Ahania）代表对快乐和智慧的渴望。——译者
[3] 埃尼翁（Enion）代表性欲和性冲动。——译者
[4] 伊娥（Io），希腊神话中的彼拉斯齐公主，与宙斯相爱，却被赫拉发现。震怒的赫拉将其囚禁，并派百眼巨人阿尔戈斯看守。——译者

洛美达[1]，被锁在海滩上，持续不断地被想要独占的嫉妒所吞噬。尘世没有说话，她的话语也没有像一些评论家指责她的那样，认为若是情侣们学会只在白天交媾，一切都会好起来。她说，几乎全部的人类创造性的生活仍处于胚芽状态，在祝愿、希望、梦想和个人幻想的层面上，犹如死尸一样被黑暗笼罩。人被吟游诗人召唤去热爱这个世界，并让他的爱在人们面前闪耀。但是作为有着堕落天性的孩子，人的天性倾向是一种守财奴的倾向，他将爱联系到他自己身上的隐私性的和秘密性的财产。这种"阴暗的秘密之爱"，或更确切地说，爱的倒错，即布莱克所说的嫉妒。

将尘世一直禁锢的"自私的人类之父"当然不是天父上帝，然而，一旦人类将道成肉身[2]抛诸脑后，人们就必当想象出虚假的父亲。让上帝成为父亲，就是让我们自己成为孩童；如果我们按照《福音书》的观点去做事，我们就会以纯真的状态来审视这个世界。但若是我们以一个具有普通经验的孩童的视角来审视，我们的上帝就变成了普通孩童特性的投射，一种未成熟的人性的虚影。如果我们认为上帝是阴沉的、反复无常的、易怒的、缺乏心智地残忍的话，就像但丁意义上创造地狱的原初之爱那样，或是像弥尔顿的父-神那样，在律法上吹毛求疵，令人困惑不解，我们可能会有一个十分可怕的神，但我们没有得到一个非常体面的人。在我们从《福音书》中获得上帝也有人性的清晰启示之时，我们没有借口将上述没有人性的被造之物保留下去。

这一用来吓唬人的偶像始源于人堕落的天性：人从外部黑暗的世界制造了巨大的偶像，并被它的愚昧、残忍、空洞和机械的行为所深深影响，以至于人试图依照它所暗示的可怕的理想标准进行生活。人自然而然地假定他的神明会嫉妒人所坚持的一切。神明有着秘密的期待，欲使人放弃坚持，向其屈服；人们因此发展了一种牺牲的宗教。尘世称折磨她的人为"古代人类的父亲"，对此还有其他两个原因。首先，古代人类的父亲是在《新约》中被称为第一亚当的鬼魂。其次，他是"德鲁伊"们成群结队

---

[1] 安德洛美达（Andromeda），古希腊阿戈斯公主，其母向海仙女安菲特里忒炫耀女儿美貌，被安菲特里忒嫉妒。而后，安菲特里忒请丈夫波塞冬帮忙，后者派遣海怪刻托准备吞噬安德洛美达。——译者
[2] 该句指的是上帝具有人性，人也具有神性。——译者

地将人类献祭的目标神明,是他们信仰的雄辩象征。而其信仰本身相当真切地显示着他们的神明憎恨人类的生活。这个虚假的父亲依然存在着,他是牛顿式的科学投射在星辰之上的暗影,或是按照布莱克所言说的"可见灵体"。他是一个令人沮丧的天才,试图用经验世界的现实性和任何更好的事物的彻底不现实性向我们施压。他的主要武器是道德规范、性羞辱,以及那种总被证明是拒绝思辨的理性。如果我们能摆脱他的话就好了。"所有的事物都会如其所是地展现在人的面前,并展现其无限性。"

在这两首诗的三个人物中,我们可以发现三种生成性的力量。可以这么说,这三种力量包括了布莱克的全部象征。首先是吟游诗人,代表了布莱克在《弥尔顿》一诗中称为"堕落之人"的整个阶级,他们通过洛斯而得以拟人化。吟游诗人囊括了所有真正的先知和艺术家。他们之所以得到这个名字,是因为他们的正常的社会角色是被压迫和嘲弄的少数人。尘世包括"被救赎者"的整个阶级,或者那些能够回应"堕落之人"的人。在后来的预言中,布莱克倾向于使用男性化和纯粹的人类符号"阿尔比恩"[1]来代表先知想要救赎的东西。我们可以从我们正在研究的这些诗歌中,看到这种转变的部分原因:吟游诗人恳求着尘世,但是尘世提醒他,人需对自身的罪恶负责。若是吟游诗人想做任何事情来帮助尘世的话,那么他只应对人类诉说。

古代人类的父亲在《弥尔顿》中被称为"被召选的人",因为有着堕落天性的偶像崇拜会在所有的自然社会中投胎转世,换言之,化身成武士和教士的暴政。在《弥尔顿》中,堕落之人和被救赎者也都被称为"对立之物",因为他们之间的冲突是每个人都有义务参与的"心灵争斗"。被召选的人构成了一种"否定":与"星光点缀的地面",或者说与《福音书》所满足的想象性秩序的根基不同的是,他们是被福音所消灭的律法的一个侧面。

(沈翔宇 译)

---

[1] 阿尔比恩(Albion),在英国神话中一般指海神波塞冬的巨人儿子。在布莱克的神话中,阿尔比恩是原初之人,他的堕落和分裂导致了四位佐尼斯神(Zoas)的产生。——译者

第七章　十九世纪现实主义

基本问题概述

十九世纪中后期，欧洲兴起了声势浩大的现实主义文学主潮，产生了大批的批判现实主义大作家，形成了现实主义文学创作的高峰。这是文学史上一段群星闪耀的历史时期。在英国，产生了狄更斯、萨克雷、盖斯凯尔夫人、勃朗特姐妹，后期还有哈代等一系列的现实主义作家；在法国，有都德、梅里美、司汤达、巴尔扎克以及莫泊桑、福楼拜等等现实主义大师；北欧也出现了易卜生这样的享誉世界的戏剧家；俄国则产生了以果戈里为代表的"自然派"，实际上也是俄国批判现实主义的一个别称。从果戈里到陀思妥耶夫斯基，到屠格涅夫、冈察洛夫、涅克拉索夫、托尔斯泰以及契诃夫等，俄国出现了最强大的文学阵营。美国也诞生了以马克·吐温、杰克·伦敦为代表的一批杰出的批判现实主义作家。马恩文论基本引导了我国已有的文学史对这一时期的文学现象的概括、归纳与总结，对资本主义社会的批判、对社会历史进程的反映成为文学史演绎的焦点。

恩格斯赞扬狄更斯等英国一批杰出的小说家，认为他们在作品中提供的历史材料，比历史学家、经济学家、统计学家等合起来的还要多。马克思与恩格斯都非常推崇巴尔扎克，前者认为他"对现实关系具有深刻理解"，后者赞誉他作品中有着"了不起的革命辩证法"。恩格斯指出巴尔扎克"用编年史的方式几乎逐年地把上升的资产阶级在1816—1848年这一时期对贵族社会的日甚一日的冲击描写出来"。资产阶级的进攻与贵族的衰亡，被恩格斯称为人间喜剧的"中心图画"，指出"他描写了这个在他看来是模范社会的最后残余，怎样在庸俗的、满身铜臭的暴发户的逼攻下逐渐灭亡，或者被这一暴发户所腐化；他描写了贵妇人怎样让位给专为金钱或衣着而不忠于丈夫的资产阶级妇女。在这幅中心图画的四周，他汇集了法国社会的全部历史"。托尔斯泰则也被列宁称为俄国革命的镜子。他指出："托尔斯泰富于独创性，因为他的全部观点，总的说来，恰恰表现了我国革命史农民资产阶级革命的特点。从这个角度来看，托尔斯泰观点中的矛盾，的确是一面反映农民在我国革命中的历史活动所处的矛盾状况的镜子。"

在马列文论的历史反映论主导下，我国的外国文学史中侧重分析作家作品的社会批判性，揭示资本主义社会的矛盾，成为文学史的主旋律。而与此同时，也对资产阶级作家的人性论的基本立场与人道主义的思想武器的局限性进行批评。现实主义理论的代表性的理论家有卢卡奇，本章第一篇选取的是他阐释欧洲现实主义的文章。

卢卡奇抓住了现实主义的整体观与历史方向，侧重于现实主义文学的社会批判价值，无疑抓住了关键，但关键并不等于全部，十九世纪资本主义社会秩序的形成，一种全新的社会秩序下，兴起了很多新的领域与新的话题，有一些新的关系的凸显与新的范畴的形成，这些理当纳入这种新文学的基本问题，随着复杂经济化的资本主义社会的确立，对于现代的法律关系，在文学作品中有很多的相关事件的情节描绘。与此同时，妇女在这个时期开始进入社会，成为文学中的主角，而且十九世纪英国也出现了不少著名的女作家。新的法律问题、妇女问题都成为英国维多利亚文学中的重要领域，法律与妇女论题方面的文章，也展现了切入现实主义文学的重要视角。过去的政治性批评掩盖了对这些新型关系与问题的关注。

考虑到十九世纪具有重大影响的问题：法治社会的逐步健全和波及世界范围的女权主义运动，本章特选了约翰·R. 理德（John R. Reed）

的《法律、法治社会与政治》（Laws, the Legal World, and Politics）和希拉里·M. 斯歌（Hilary M. Schor）的《性别政治与妇女权利》（Gender Politics and Women's Rights）。《法律、法治社会与政治》全面追述了英国十九世纪法律、法治体系建立、健全的过程，如与《1832年改革法》《1867年改革法》和《1884年改革法》相关的普选权问题；《1918年人民代表法》与妇女的选举权问题；《腐败行为法案》与竞选拉票等腐败行为问题；《1869年债务人法》和《破产法》与债权人和债务人问题；遗产继承与继承权纠纷和犯罪问题；《已婚妇女财产法》的不断修订与妇女经济地位的问题；《离婚法》与妇女的子女监护权问题；律师行与律师培训体制；法律与犯罪等问题。这些方方面面的法律问题，如法律与政治、法律与金钱、法律与道德、法律行业以及法律与犯罪等问题，自然成为人们的现实生活的内容，也成为文学作品的再现对象。可以说，《法律、法治社会与政治》勾勒出一幅活生生的维多利亚时代普通人的法治生活全景图。文章的独到之处在于，巧妙地将法治的社会现实与文学的想象现实结合起来，通过小说中人物的生活经历来折射出维多利亚时期法律、法规的改革进程，牵动着众多维多利亚时期的小说家们所创造的小说人物的生活和生存问题，这些关乎公民的法律生活以及法律的不公正所引发的种种弊端和社会的丑恶现象，均在狄更斯、萨克雷、特勒罗普（Trollope）、迪斯雷利（Disraeli）、金斯利（Kingsley）、盖斯凯尔（Gaskell）、艾略特（Eliot）和勃朗特等维多利亚作家的笔下有过逼真的再现。十九世纪英国法律、法规的建立、健全过程，几乎与同时期英国小说的迅速发展、日趋繁荣的演进过程相照应，成为与文学艺术繁荣与时俱进的标杆，因而也是十九世纪中后期现实主义文学中的基本问题，开拓了一片独特的领域。因为将文学作品中的主人公作为探讨法律问题的对象，似乎不易为人们接受，这不仅因为法律的严肃、严谨和文学的虚构、浪漫有着天壤之别，更主要的是法律和文学是两种不同的文本。文学创作源于作家的心灵震撼、人生感悟，而法律制定源自集体理性所形成的"公意"，然而这种连接与互现已经成为文学中的普遍存在。因而，这种跨学科研究的尝试已经迅速发展成为一种独特的学术领地。

《性别政治与妇女权利》一文，主要以十九世纪女性作家的小说为蓝本，来探讨维多利亚时期所思索的"妇女问题"。希拉里·M. 斯歌从《简·爱》(Jane Eyre)入手，探讨这部小说所开创的理解维多利亚时期女性的范式，以及她们所面临的选择，进而推进到围绕维多利亚女性的更为广阔的历史讨论。它郑重思考了维多利亚中叶的英国知识女性的命运，提供了十九世纪所出现的女性问题的讨论背景，有关性别角色、有组织的女权运动以及女权主义叙事者的心声。勃朗特在《简·爱》中开始抨击一系列的问题：妇女受教育问题；拒绝培养女性担当重要社会角色的问题；将妇女排除在成为独立的正式公民之外的法律和财产限制；对于妇女的生活强加的一系列法律限制，其中最主要的是自相矛盾的婚姻结构，以及支持这种婚姻结构的法律，法律使妇女成为无力抵抗暴力、监禁、虐待的弱势群体。西方的法律制度从本质上讲都是父权制的。妇女最终不得不直面父权制法律的性政治。虽然法律从来不是妇女处于不利地位的唯一原因所在，但法律权威地界定了妇女遭受压迫的种种关系，从而构成压迫妇女的物质基础。

妇女权利的问题在这个时期很多作家的作品中得到表现——安东尼·特勒罗普（Anthony Trollope）的《你能原谅她吗？》(Can You Forgive Her?)，其主题是妇女财产问题；狄更斯在《小杜利》(Little Dorrit)中，讨论了已婚妇女财产的纠纷；科林斯（William Wilkie Collins）在《无名》(No Name)中，批评了有关私生子的法令；玛格丽特·奥利芬特（Margaret Oliphant）的小说《玛娇丽班克思小姐》(Miss Marjoribanks)、乔治·艾略特（George Eliot）的《米德尔马契》(Middlemarch)和乔治·吉辛（George Gissing）的《古怪的女人》(The Odd Woman)都论及妇女的权利问题。这些小说不仅提出女主人公该怎么办的问题，而且提出我们如何看待女主人公的问题。伊丽莎白·盖斯凯尔（Elizabeth Gaskell）在小说《北方与南方》(North and South)中回答了《简·爱》提出的问题：何谓女人恰当的本分（proper sphere of duty）？在父/夫权社会，得不到继承、得不到财产，特别是被剥夺了合法权利的已婚妇女，她能找到自己的生存之路吗？女人如何在浪漫爱情与智力和精神独立之间找到平衡？维多利亚小说对于女主人公的关注搅动了小说界的平静，折射出愈来愈强势的妇女争取权利的远动。到十九世纪末，许多压迫妇女的法律被废止或修正，实际上，有些促进妇女平等的法律得到构想和制定。

约翰·R. 理德和希拉里·M. 斯歌均以维多利亚时期的小说作为问题探索的对象，原因在于：小说是一种最适于展现社会变迁，挖掘人物内心情感世界，最有助于读者了解社会问题，体验社会变革的文学体裁。这是其他非文学文本和文学体裁无法企及的。此外，维多利亚时期是英国小说繁荣发展的时期，被称作"小说的时代"。正如安东尼·特勒罗普所言："我们已经变成一个小说阅读的民族，上至英国首相，下至厨房新来的洗碗碟的女佣。"事实如此，不仅大英帝国的伟大的首相之一，威廉姆·格兰斯通（William Glastone）是位小说爱好者，维多利亚女王也是位小说迷。小说的主人公多为女性，E. S. 达拉斯（E. S. Dallas）曾说："我们的小说家们突然发现女性角色是一座有待挖掘的宝藏。"

如果说浪漫主义是诗歌的时代，现实主义则是小说的时代，而且是反映社会问题的小说时代。法律问题与妇女问题都是这个时代最新浮出水面的新鲜而敏感的问题，它们同时也是现实主义文学中的新现象，就如同讴歌死亡成为浪漫主义文学中的新主题一样。本章所选的文章，为我们对现实主义理解的去政治化而回归问题本身，具有一定的推动性。《法律、法治社会与政治》与《性别政治与妇女权利》选自帕特里克·布兰特灵格和威廉姆·瑟森主编的《解读维多利亚小说》（*A Companion to the Victorian Novel*）。

一、《欧洲现实主义研究》英文版序[*]

Preface to Studies in European Realism

乔治·卢卡奇（György Lukács）

这本书里搜集的一些文章，都是约在十年以前写的。作者和读者都不妨问一下，为什么要在这个时候把这些文章重新发表。乍看起来，这些文章似乎都缺乏现实的意义。题目和论调跟目前相当多的一部分言论也似乎大不相同。但是我相信这些文章是有现实意义的，因为不需要进行任何琐细的论争，可以说它们代表着跟今天仍然占据十分显著地位的某些文学和哲学倾向正相反的观点。

先从总的气氛说起：一度用诗意的色彩和热情环绕在文学上一些现象的周围，并且在它们周围创造一种亲切而"有趣"的气氛的那种神秘主义的云雾，已经被驱散了。现在事物迫使我们面对一道明晰的锐利的光芒，这一道光芒在许多人看来也许是寒冷的、强烈的，这就是马克思的学说照射在他们身上的光芒。马克思主义探求每一种现象的物质根源，从它们历史的联系和运动中去考察它们，找出这种运动的规律，指明它们从植根到开花的发展过程，这样做，就把每一种现象从纯粹感情的、非理性的、神秘的迷雾中揭示出来，把它放在耀眼的理性的光芒之下。

这种转变一开始使许多人幻想破灭，然而这样做是必要的。因为正视赤裸裸的现实并非易事，没有人在最初的尝试中就顺利地达到这一地步。要达到这一步，不单需要大量辛勤的工作，也需要精神上的认真的努力。在这种心情变化的最初阶段，多数人将依依不舍地回顾他们即将抛弃的、对现实的虚幻而略带"诗意"的梦想。直至后来才清楚，要接受真理和它的严酷的现实，并且按照真理去行事，需要多么纯真的人性，因此也需要

---

* 本文原载于《卢卡契文学论文集（二）》，北京：中国社会科学出版社，1981年，第42—62页。本次收录稍有修订。

多么纯真的诗啊。

但是在这种心情的变化中所包含的问题远不止此。在此，我想到那深深植根于两次大战之间这一时期的社会状况下的哲学上的悲观主义。那时各国都出现了一些思想家，他们加深了这种悲观主义，并把绝望做一哲学上的概括，在这上面建立起他们的世界观。这种情况的出现不是偶然的。德国人斯宾格勒和海德格尔，以及最近几十年来相当多的其他一些有影响的思想家，都抱有这种见解。

当然，现在我们周围黑暗重重，正如两次大战时期的情况。那些愿意绝望的人在我们日常生活中可以找到充分的理由。马克思主义不回避困难、不低头围绕今天我们人类的物质上和精神上的黑暗来安慰任何一个人。不同的只是——但是全世界就依靠这个"只是"——马克思主义掌握人类发展的主要方向，认识它的规律。达到这种理解的人们，不管一切暂时的黑暗，都知道我们是从哪儿来的，我们将往何处去。理解这一层的人们发现世界在他们眼前发生了变化：在先前只有盲目的毫无意义的混乱围绕着他们的地方，他们看到了重大意义的进展。在绝望的哲学为一个世界的崩溃和文化的毁灭而嘤嘤啜泣的地方，马克思主义者们注意到一个新世界诞生时的阵痛，倾力减轻分娩之痛。

对于这一切，有人会说——我经常遇到这类反对的意见——这一切都属于哲学和社会学范畴，跟小说理论和小说史有什么关系呢？可是我们相信其中有很多的关系。假若我们按照文学史把问题提出来，就应该这样问：巴尔扎克和福楼拜这两个人谁是最伟大的小说家，十九世纪典型的古典作家？这样一种判断不单是一个鉴赏问题，它包含着作为一种艺术形式的小说在美学上的一切中心问题。问题的发生：作为一部小说伟大之处的社会基础的，是外在世界和内心世界的统一呢，还是二者的分离？现代小说是不是在纪德、普鲁斯特和乔伊斯的作品中达到了极点，还是在更早以前，在巴尔扎克和托尔斯泰的作品中就已经达到了极点，以致今天只有个别逆流奋斗的伟大艺术家——如托马斯·曼——才能攀登难以企及的高度？

这两种美学概念掩盖了把两种对立的历史哲学应用于推进小说和历史

的发展上面。因为，小说是现代资产阶级文化中一种主要的艺术形式，关于小说的两种美学概念之间的对比，使我们不得不去回溯整个文学的发展以至整个文化的发展。历史哲学提出的问题是：我们今天的文化道路，是往高处走呢，还是在走下坡路？不能否认，我们的文化已经并且正在度过黑暗的时期。在福楼拜《情感教育》中第一次恰当地表现出来的地平线上黯淡下去的情景，是最后注定了的一片漆黑呢，或许只不过是一个坑道，不管这个坑道有多长，总可以从那儿走出来重见光明，这些是应该由历史哲学来决定的。

资产阶级美学家和批评家们，包括这本书的作者在内，过去都不曾看到从黑暗走向光明的道路。他们把诗意当作内心生活的启示，对社会绝望的清楚的认知，充其量也不过是一种安慰，一种由外界折射出的奇迹。从这个历史哲学概念出发，逻辑上必然的结论是：福楼拜的杰作，特别是他的《情感教育》，被看作现代小说的最伟大的成就。这种概念被自然地引申到文学的每一个领域。我只举一个例子：《战争与和平》的尾声中真正伟大的哲学和心理学内容，是在拿破仑战争以后引导俄国贵族知识分子中最先进的少数——自然是极少数——走向十二月党人起义的过程，而十二月党人的起义是俄罗斯人民为自己的解放进行长期斗争的悲壮序幕。我自己过去的历史哲学和美学没有看到这一切。当时我认为，那个尾声只是保持了福楼拜式的绝望心情和柔和色调，青年人毫无目的的探求和冲动的挫败，以及在资产阶级家庭生活的灰色的无聊琐事中这些探求和冲动的沉滞。对资产阶级美学的几乎每一种详细的分析也是同样的情形。把马克思主义和最近五十年的历史观对立起来（其本质就是否认历史是论述人类连续不断地向前发展的一门学问），同时显示出的是世界观或美学上的一切问题客观上尖锐的不一致。任何人都不能指望我在这个篇幅有限的序言里，能给马克思主义历史哲学描绘出一个粗略的轮廓。但是无论如何，我们都必须消除某些寻常的偏见，帮助作者和读者互相了解，读者们可以公平地看待这本书，以及书中把马克思主义应用到文学史和美学的某些主要问题，在他们没有把应用马克思主义的方面跟事实对照以前，请不要对这本书下什么判断。马克思主义的历史哲学是一种综合的学说，涉及人类从原始共产主义到我们自己的时代所达到的必然的进步，以及我们沿着同一条道路进一步前进的远景，因此它也向我们指示历史的将来。但是这种指示——从认识支配历史发展的某些规律中产生出来的指示——并不是用以说明每一现象或每一时期的制法的烹饪指南；马克思主义不是历史的旅行指南，而是指示历史前进的方向的一座路标。它所提供的最后确切无疑的答案，就是使人确信，人类的发展不至于也不可能最后归于消失而且什么目的地也达不到。

当然，这些概括没有充分发挥马克思主义的指导作用，这种指导遍及当前生活的每一个问题。马克思主义把一贯地遵守着一个不变的方向和在理论与实践上不断容许迂回前进的道路结合在一起。它的定义明确的历史哲学，是以能伸缩能适应地接受与分析历史的发展作为基础的。这种显明的二重性——实际上这就是唯物主义世界观的辩证的统一——也是马克思主义美学和文学理论的指导原则。

根本不懂马克思主义的人们，对马克思主义只是一知半解或者道听途说的人们，看到有人发现马克思主义的真正伟大的代表人物对人类古典遗产的尊敬，看见他们不断地援引古典遗产，也许会觉得惊讶。我们不想过分详细地论述这一个问题，只举出哲学上的一个例子，就是跟最近一些哲学上的各种倾向相敌对的黑格尔辩证法的遗产。"这一切都早已过时了，"现代主义者嚷道。"这些都是十九世纪为人所不喜欢的陈腐遗产，"又有一些人说，这些人有意或者无意，自觉或者不自觉地支持法西斯主义的意识形态和它拒绝过去遗产的假革命姿态，而这种拒绝实际上就是拒绝了文化和人道主义。让我们不带偏见地看一看一些最新的哲学的破产，让我们来考察一下，我们时代的多数哲学家，一旦他们要谈论什么事情，这些事情甚至微微地碰触到当前生活的辩证的实质的时候，他们怎么被迫拾起残缺不全的辩证法的片言只语（这种支离破碎还是伪造的、歪曲了的）；让我们看一看现代对于一种哲学上的综合所做的尝试，我们将要发现这些尝试是对于现已束之高阁的旧日真正辩证法的不幸亦复可怜的讽刺。

伟大的马克思主义者们在美学方面和别的领域是我们古典遗产的小心翼翼的守护者。这不是偶然的。

但他没有把这种古典遗产当作复古；他们必须认为往者不可追，历史不会重演，这是他们的历史哲学的必然结果。尊重人类美学方面的古典遗产，意思就是这些伟大的马克思主义者在寻觅历史的真正的康庄大道，历史发展的真正的方向，历史曲折的真正进程，而这种进程的公式他们是知道的；正因为他们知道这个公式，所有他们不会像现代思想家们那样在图解的每一弧线上忽然离题，而现代思想家们由于在理论上否认有任何一成不变的一般的发展路线，他们倒是常常离题的。

就美学的范畴而言，这种古典遗产包含在那些把人描写成整个社会中的一个整体的伟大艺术之中，此外，它又是决定美学中的核心问题的一般哲学（这里指无产阶级人道主义）。马克思主义历史哲学把人当作一个整体来分析，把人类的进化史也看作一个整体，连同它各个不同发展时期的局部成就，或者毫无成就一并加以考虑。它力求揭露那支配着一切人类关系的潜在法则。因此，无产阶级人道主义的目的就是恢复人的完整个性，使之摆脱它在阶级社会中所遭受的歪曲和肢解。这种在理论和实际上的看法，决定了马克思主义美学用来建筑一道通往古典作品的桥梁，同时又是我们这时代的文学斗争当中发现新的典范作品时所依据的标准。古希腊作家、但丁、莎士比亚、歌德、巴尔扎克、托尔斯泰对人类发展的伟大时期做了充分的描绘，他们同时也成为恢复人的完整个性而进行思想斗争中的路标。

这样的观点使我们能够看出十九世纪文化和文学发展的本来面目。它们使我们看出，早在十九世纪那么蓬勃茁起的法国小说的真正继承者不是福楼拜，尤其不是左拉，而是十九世纪后半期的俄国和斯堪的纳维亚的作家们。本书搜集的我对法国和俄国现实主义作家所做的研究就是从这个看法上来考虑的。

如果我们把巴尔扎克和后来的法国小说之间的冲突（按历史哲学的意义来说）翻译成纯粹美学的语言，那就是现实主义和自然主义的冲突。这里说起冲突，在我们这个时代的大多数作家和读者听来，也许是一个与众不同的乖论。因为大多数今天的作家和读者都已习惯于那些摇摆于自然主义派的伪客观主义和心理分析派或抽象形式主义派的幻想主观主义之间的流行文学形式。但因为他们既然看到现实主义也有一点价值，他们便认为他们自己的虚伪的极端是一种准现实主义或现实主义的新品种。然而，现实主义并不是虚伪的客观主义和虚伪的主观主义之间的中间道路，相反，它是真正的、能够解决问题的第三条道路，是和那些不靠地图而在我们时代的迷宫中徘徊的人错误地提出的问题所引起的一切伪两端论法相对立的。现实主义就是承认这个事实：一部文学作品既不能像自然主义者所假设的，以无生命的一般性为根据，也不能以自身无丝毫价值的个别原则为根据。现实主义文学的主要范畴和标准乃是典型，这是将人物和环境两者中间的一般和特殊加以有机结合的一种特别的综合。使典型成为典型的并不是它的一般性质，也不是它的纯粹个别本性（无论想象得如何深刻）；使典型成为典型的乃是它身上一切人和社会所不可缺少的决定因素都是在它们最高的发展水平上，在它们潜在的可能性中彻底暴露，在它们那些使人和时代的顶峰和界限具体化的极端的全面表现中呈现出来。

真正的、伟大的现实主义就这样把人和社会当作完整的实体来加以描写，而不是仅仅表现他们的某一个方面。用这个标准来衡量，无论是由单纯的内省或由单纯的外倾来决定的艺术流派，同样都会使现实趋于贫乏并将它歪曲。因此，现实主义的意义就是给予人物和人的关系以独立生命的立体性和全面性。它并不否认必然随着现代世界一道发展的感情的和理智的动力论。它所反对的就是由于过分崇拜瞬息的心情而破坏人的个性的完整和人与环境的客观典型性。反对这种趋势的斗争在十九世纪的现实主义文学中获得了决定的重要性。在文学实践中出现这种趋势以前，巴尔扎克早就在他的悲喜剧《未名的杰作》里预见这全部问题，并且概述了这个问题的轮廓。一个画家想用十分符合现代印象主义精神的情感和色彩的忘我意境来创造一幅新的立体的杰作，他的这个实验引起了极大的混乱。悲剧主人公弗隆霍费尔画了一幅画，在一堆乱七八糟的颜色当中突出一只完全照模特儿画的女性的腿和脚，像一个几乎是偶然的断片一样。今天，很大一部分现代艺术家已经放弃弗隆霍费尔式的努力，并且甘愿凭借新的美学理论来为他们作品的情感的混乱寻找论据。

现实主义主要的美学问题就是充分表现人的完整个性。但是，正如在各种深奥的艺术哲学中一样,在这里,对美学观点追根究底也会把我们引到纯美学范围之外:因为艺术,正是在它最纯粹的意义上,充满着社会的和道德的人性问题。用现实主义方法来创造典型的要求,跟那些以人的生物本性、自卫和生殖的生理状态占统治地位的流派(左拉及其门徒)以及那些把人升华为纯粹精神和心理过程的流派都是背道而驰的。但是,这样一种态度,如果仍然局限在形式的美学评价的范围之内,毫无疑问是十分武断的,因为,没有理由可以说明为什么(单从好的写作的观点来看)恋爱的冲突及其附属的道德和社会的冲突必须比纯粹性欲的天然的自发性得到更高的评价。只要我们接受人的完整个性这个概念,把它当作人类必须解决的社会和历史的任务;只要我们认为描写这一过程的最重要的转折点以及影响这个过程的一切丰富的因素是艺术的天职;只要美学赋予艺术以探险家和向导者的作用,那么,生活的内容就可以有系统地分成比较重要与比较不重要的范围,分成阐明典型和照亮途径的范围与依然处在黑暗中的范围。只有在那时,人们才会看清楚,任何关于纯粹生物学过程的描写——可能是性行为,也可能是悲痛和苦恼,无论它写得如何详尽或是从文学观点来看写得如何周全——结果都会将人的社会的、历史的和道德的本质降低为同一水平,而且这种描写不是达到说明人的冲突的复杂性和全面性这个主要艺术表现的手段,反而成为它的障碍。正因为这个缘故,自然主义所提供的新内容和新的表现方法并不曾使文学丰富起来,反而使它贫乏和狭隘了。

显然类似的想法在早期针对左拉及其流派的论争中就已经提出来了。但是,那些心理分析家尽管在他们具体谴责左拉和左拉派的时候不止一次是正确的,然而他们是以另一个同样虚伪的极端来对付自然主义的虚伪的极端。因为人的内心生活及其主要特征和主要冲突,只有跟社会的和历史的因素存在有机的联系才能被正确地描写出来。心理分析派虽然和自然主义派有所区别,而且只是发展它本身的内在的辩证法,但它同样是抽象的,而且跟它所反对的自然主义的生物学主义一样,也歪曲而且减弱了关于人的完整个性的描写。

特别是从现代流行的文学形式的观点看来,心理分析派的主张乍看起来的确是不像自然主义派那样明显。每个人都不难看出，用左拉的手法来描写，譬如说，狄多和爱尼亚斯或者罗密欧和朱莉叶的性行为，两者之间相似的程度一定要比维吉尔和莎士比亚所描写的恋爱冲突大得多，维吉尔和莎士比亚的描写使我们知道了无穷丰富的文化上的和人的事实和典型。纯粹的内省显然恰恰是跟自然主义的降低水平相反的，因为它所描写的都是十分个别的、不可复得的特点。但是，正因为不可复得，这种极其个别的特点也是极其抽象的。哲斯脱敦的妙语在这里也很适用，他说：内心的光是一种最坏的照明。大家都可以看得明白，自然主义者猥亵的生物学主义和教条主义作家所描绘的粗糙的轮廓都使人的完整个性的真正图画变成畸形了。很少有人知道，心理分析家那种一丝不苟地探索人的心灵以及把人变成一团混乱的思想的做法，也一定会破坏用文学表现人的完整个性的一切可能性。乔伊斯式的漫无边际的联想正如厄普东·辛克莱的冷静安排的全好和全坏的定型一样，都不能创造出活生生的人。

　　由于篇幅有限，这个问题在这里不能充分发挥。这里只需强调说明重要的而在目前常被忽略的一点，因为它表明：只有作家企图创造典型的时候，才有可能生动地描绘人的完整个性。这里所说的这一点便是作为一个私人的人和作为一个社会存在、作为一个社会成员的人之间有机的、不可分割的联系。我们知道，这是今天现代文学中最难解决的问题，从现代资产阶级社会出现的时候起，就一向如此。在表面上，二者似乎是截然分开的，越强调个人独立自主的存在的状态，现代资产阶级社会就发展得越完备。内心生活、真正的"私"生活，似乎是按照它自己的独立的规律进行的，它的满足和悲剧，似乎越来越不受周围社会环境的制约。因而另一方面，它和社会的联系，似乎只会显示在冠冕堂皇的抽象概念中，那些抽象概念的适当用语，不是修辞，就是讽刺。

　　试把生活加以公平地调查研究，并把现代文学的这些虚伪传统撇开不谈，就很容易揭露真实情况，很容易发现十九世纪初叶和中叶伟大的现实主义作家们早已发现过的情况，哥特弗利德·凯勒曾这样表达过那种情况："一切都是政治。"这位伟大的瑞士作家并不是想要把这句话说成一切都和政治直接发生关系；照他的看法——跟巴尔扎克和托尔斯泰的看法一样——倒是人的行动、思想和感情，都与社会的生活和斗争——也即政治——有着分不开的联系；不管人们自己是否意识到这一点，也不管人们甚至拼命逃避这一点，而客观上他们的行动、思想和感情，总是起源于政治，并且归结到政治的。

真正伟大的现实主义作家们，不仅认识到，而且描写了这种情况——不但这样，他们还把它作为对人们的要求而提了出来。他们知道，这样对客观现实的歪曲（尽管那当然是由于社会的原因），这样把人的完整个性分裂成公众的和私人的两个部分，是使人的本质支离破碎。因此，他们不仅作为现实的画师，而且作为人道主义者，对资本主义社会的这种虚伪提出了抗议，虽然这种自然形成的表面状态是不可避免的。如果他们作为作家，钻研得更深刻些，以便揭露真正的人的典型，那么，他们就不可避免地，不得不在现代社会的眼前揭示出、暴露出人的完整个性的伟大悲剧。

在像巴尔扎克这样伟大的现实主义作家们的作品中，我们又可以找到第三种解决方案，这种方案跟现代文学中那两种虚妄的极端都是相对立的，那两种虚妄的极端已被揭露为一种抽象概念，和一种真正的生活的诗情的破灭，这第三种解决方案既反对平庸无力的好心好意的忠实宣传的小说，也反对华而不实的迷恋于私生活细节描写的作品。

这就使我们面对着今天伟大的现实主义作家们常常谈论的问题。每一个伟大的历史时期都是一个过渡时期，危机与恢复、破坏与再生的矛盾的统一，一种新的社会秩序和一种新型的人，总是在一种虽然矛盾却又统一的过程中出现的。在这样具有决定性的过渡时期，文学界的任务和责任是非常重大的。然而，唯有真正伟大的现实主义文学才能担当这样的重任；惯用的流行的表现手法，越来越妨碍文学完成历史所提出的任务。如果从这个观点来看，我们反对文学中个人主义的心理学派，那不会使任何人觉得惊奇。而这些研究对左拉和左拉主义表示激烈反对，却会使许多人觉得惊奇，是比较可以理解的。

这种惊奇，大致由于左拉是一位左倾作家，而且他的文学创作成果主要在左翼文学中占优势，虽然也绝不只是在左翼文学中。这么一来，我们似乎陷入了一种严重的矛盾：一方面要求文学政治化，另一方面又在暗中攻击左翼文学中最有活力的、最有战斗性的一部分。不过，这种矛盾也只是表面的。而由此阐明文学和世界观之间的真正关系，这倒是很适宜的。

恩格斯（且不说俄国民主主义文艺批评家）将巴尔扎克和左拉做比较的时候，首先提出了这个问题。恩格斯指出：巴尔扎克，虽然他的政治信念属于正统主义的保皇派，却无情地揭露了保皇派封建法国的恶习和懦弱，以壮丽的诗才魄力描绘了它临终时的痛苦。读者在这些篇页中将会发现不止引证一次的这种现象，乍看起来——而且看错了——又似乎是矛盾的。严肃的伟大现实主义作家们的世界观和政治态度，似乎是无关重要的事情。在某种程度上的确是这样。因为，无论从自我认识的现在的观点看来，或从历史和后代的观点看来，要紧的总是作品所描绘的画面；至于这幅画面跟作者的观点究竟符合到什么程度的问题，那是次要的事情。

这就自然使我们想起了一个重大的美学问题。恩格斯在谈论巴尔扎克的时候，把这个问题称为"现实主义的胜利"；那是深入现实主义艺术创作的真正老根的一个问题。这个问题已接触到真正现实主义的实质：伟大作家对真理的渴望，他对现实的狂热的追求——或者用伦理学术语来讲，就是作家的真诚和正直。一个伟大的现实主义作家，如巴尔扎克，假使他所创造的场景和人物的内在的艺术发展，跟他本人最珍爱的偏见，甚至跟他认为最神圣不可侵犯的信念发生了冲突，那么，他会毫不犹豫地立刻抛弃他本人的这些偏见和信念，来描写他真正看到的，而不是描写他情愿看到的事物。对自己的主观世界图景的这种无情态度，是一切伟大现实主义作家的优质标志，和第二流作家适成鲜明的对照，也有些第二流作家差不多总是使他们自己的世界观跟现实"和谐"，也就是硬把一种虚假的或歪曲的现实图景说成是他们自己对世界的看法。伟大的作家和渺小的作家在伦理态度方面的这种区别，是跟真创作和假创作之间的区别有着密切联系的。伟大的现实主义作家们所创造的人物，一旦在创造者的想象中构思出来，就过着他们自己的独立的生活；他们的行动，他们的发展，他们的命运，都受他们的社会存在和个人存在的内部辩证法的支配。如果一个作家能够随意决定他自己作品中的人物的发展，那他就绝不是一个真正的现实主义者——甚至连一个真正的优秀作家也说不上。

不过，这一切也还只是一种现象的说明。这可以解答关于作家的伦理问题：如果他以如此这般的见地来看现实，他将怎么办？然而，这却完全不能启发我们解答另一个问题：作家看到什么，以及他是怎么看的？而就是在这儿发生了关于决定艺术创作的社会因素的种种最重大问题。在这些研究的过程中，我们将详细指出作家们在创作方法方面的基本区别，这些基本区别是按照作家们和社会生活联系的程度——参加周围进行的斗争，或者只是事件的消极旁观者——而产生的。这类区别决定了也许会完全背道而驰的创作方法；甚至使作品得以产生的生活经验也会根本不同，因而使作品形成的过程也随之不同了。关于一个作家生活在社会内部，还是只是社会的一个旁观者，这个问题不是由心理学的因素，甚至不是由类型论的因素决定的；决定（当然不是机械地，不是宿命论地）作家的发展道路的，乃是社会的发展。基本上属于沉思一类的许多作家，受着所处时代的社会条件的驱使，热切参加了社会生活；而左拉，正相反，他是一个生性好动的人，而他的时代却把他变成一个纯粹的旁观者，当他终于响应生活的召唤时，为时已晚，对于他作为一个作家的发展过程已经没有什么影响了。

不过，甚至就连这一些也还只是这个问题的形式上的一面，虽然已经不复是抽象的形式上的一面了，唯有当我们具体地考察一个作家所采取的立场时，这个问题才显得更加重要而具有决定意义。他爱什么，他憎什么？这么一来，我们对作家的真正世界观就会加以更加深刻的阐明，就会接触到艺术价值和作家世界观的作用问题。原先我们所面临的冲突是作家的世界观和他对于所看到的世界的忠实描写之间的冲突，而现在这是作为世界观本身内部的一个问题来加以阐明，作为作家本人世界观的比较深刻的一面和比较肤浅的一面之间的冲突来加以阐明。

像巴尔扎克或托尔斯泰这样的现实主义作家们，在他们终于提出这些问题时，往往以最重大的、迫切的社会问题做他们的出发点；他们作为作家的激情，总是由当时最尖锐的那些人民苦难所激起的；正是这些苦难决定了他们爱憎的对象和方向，并且通过这些感情，还决定他们在诗意的幻想中看见什么，以及他们是怎么看到的。由此可见，如果在创作过程中，他们自觉的世界观跟他们在幻想中看见的世界发生了冲突，那么，实际上显露出来的真相便是：他们真正理解的世界概念，不过是在有意识掌握的世界观中很肤浅地形成的，而他们的世界观的真正深度、他们跟时代的重大问题的深刻联系、他们对人民苦难的同情，只有在他们的作品创造的人物的存在和命运中才能够找到适当的表现。

没有一个人比巴尔扎克更深刻地体验到向资本主义生产方式的转变使各阶层人民受到的痛苦，以及必然会伴随着社会各方面的这种变化而来的道德上和精神上极度的堕落。同时，巴尔扎克也深刻地知道，这种变化不仅在社会上是不可避免的，而且同时是有进步意义的。巴尔扎克企图将他经验中的矛盾构成一种体系，其基础是天主教正统主义，其装饰品是英国保皇党的乌托邦观念。可是这个体系却总是和他当时的社会现实以及反映了这种现实的巴尔扎克的幻景有矛盾。然而正是这种矛盾清楚地表现出深刻的真实：巴尔扎克对资本主义发展矛盾百出的进步性有着深刻的了解。

就这样，伟大的现实主义和人民的人道主义融成一个有机的整体。如果我们对那些在决定我们时代的本质的社会发展过程中出现的经典作家，从歌德、司各特起到高尔基、托马斯·曼为止，做一番考察，我们会发现这个基本问题的相同的结构会有一些改变。当然，每一个伟大的现实主义者从他的时代和自己的艺术特点出发，总是会对基本问题找到一个不同的解决办法。但是，深入他们时代的重大的带普遍性的问题，像他们所看见的那样无情地描写现实的真正的本质，在这方面，他们都是一致的。自从法国革命以来，社会向着那样一个方向发展，使这些作家的理想与当时的文学和公众之间不可避免会出现矛盾。在这整整一个时代，作家只有与日常生活的潮流做斗争才能变得伟大。从巴尔扎克的时代开始，日常生活对文学、文化和艺术的较深刻的倾向的抵抗已不断变得越来越强烈。然而总有一些作家，不管当时所有的抵抗，在他们毕生的事业中达到了哈姆雷特所提出的要求："举起镜子来反映自然"，并且靠着这样反映出来的形象，在一个性质如此矛盾——一方面使人的完整个性的理想得以产生，另一方面又在实际上予以扼杀——的社会里，推动了人类的发展，推动了人道主义的原则走向胜利。

只有在俄国才出现了法国伟大的现实主义者的杰出继承人。书中所提到的一切与巴尔扎克有关的问题在更大程度上适用于俄国文学的发展,特别是中心人物列夫·托尔斯泰。列宁在论托尔斯泰时(当时他还没有见到恩格斯对巴尔扎克的看法)阐明了马克思主义在真正的现实主义原则方面的见解,这绝不是偶然的。在这里重复谈这些问题没有必要了,而更重要的倒是指出对于俄国现实主义的历史、社会基础的流行的错误观念,这些错误在许多场合之下都是由故意歪曲与抹杀事实而造成的。在英国——欧洲别的国家里也一样——好学的读者很熟悉很爱读晚期的俄国文学。但是和别的地方一样,反动派总是竭力阻挠这种文学的普遍流传,他们本能地感到,即使一本本单独的作品不一定有明确的社会倾向性,但俄罗斯现实主义对所有反动的病毒来说都是一服解毒剂。

可是,不管俄国文学在西方流传得多么广,读者脑子里所形成的图景还是不全面的,而且大多是错误的。其所以不全面,是因为俄国革命民主主义的伟大战士,赫尔岑、别林斯基、车尔尼雪夫斯基和杜勃罗留波夫的著作都没有翻译,在不懂俄文的人里连他们的名字也只有极少数人才知道。直到最近,萨尔蒂柯夫-谢德林的名字才渐渐为人所知,虽然晚期俄国文学产生了一个像他这样的自从乔纳森·斯威夫特的时代以来世界上无与伦比的讽刺大师。

更加令人难以忍受的是,对俄国文学的概念不仅仅不全面,而且也是歪曲了的。伟大的俄国现实主义者托尔斯泰被反动意识形态据为己有,他们企图把他变成一个眷恋过去的神秘主义者,一个远离当前斗争的"精神上的贵族"。这种对托尔斯泰形象的歪曲还有着另外一个目的:使人们对俄国人民生活中主要的倾向得出错误的印象,其结果就出现了"神圣的俄罗斯"和俄罗斯神秘主义的神话。后来,当俄国人民1917年进行并赢得解放斗争时,认识界中相当大的一部分人认为新的自由的俄罗斯和俄国旧文学之间有矛盾。反革命宣传的武器之一就是荒谬地声称新的俄罗斯在文化的各个方面都出现了彻底的激变,它对旧日的俄罗斯文学加以摈斥,而且实际上是压制性的。

这些反革命论调早就被事实推翻了。白俄逃亡者的文学自称是所谓神秘的俄罗斯文学的延续，但是它一旦与俄罗斯土壤和真正的俄罗斯问题隔绝开，就很快显示出它是萎弱无能的。另一方面，有判断力的读书界不能不看到，在苏联，由于文学有力地描写了从国家的新生中涌现出的种种新鲜的问题，一种丰富而有趣的新文学发展起来了，眼光敏锐的读者在读这种文学时，自己也能看出它与俄国古典现实主义之间的关系是多么根深蒂固。（这一点，我们只需举出托尔斯泰的现实主义的继承人肖洛霍夫便足以说明了。）

这个反动的歪曲苏联的运动在第二次世界大战之前和战时达到了顶点，但是苏联的解放了的人民在抗击德国纳粹帝国主义的斗争中，向世界显示出他们在精神与物质文明方面拥有极大的力量和成绩，这就使老一套的毁谤与歪曲失去效力，反动的宣传运动就这样在战争期间垮台了。相反，许多人开始问道：战争中世界上所有的人都看到了一种强大的人民的力量，其源泉又是什么呢？这种危险的思想需要有相应的对策，而现在我们又看到一种新的毁谤和歪曲的浪潮在冲击苏维埃文化的岩石了。可是俄罗斯人民内心和外在的演进过程对于每个国家的读书界来说仍然是一个使人激动的有趣的问题。

在考察俄罗斯人民解放自己、巩固自己成就的历史时，我们绝对不能忽略文学在这些历史事件中所起的重要作用——这个作用大过文学对任何文明国家国运的兴衰通常所起的作用。一方面，没有别的国家的文学像俄罗斯文学那样具有强烈的公共心，另一方面，也几乎没有别的社会，像俄罗斯文学的古典现实主义时期的社会那样，能让文学激起那么大的注意，引起那么大的激变，因此，虽然广大公众对俄国文学已很熟悉，从新的角度来看待这个新出现的问题还不致是多余的。新的问题迫使我们要从社会与美学这两方面来深入探究俄国社会发展的真正的根源。

因此，我们想首先对不太为人所知的伟大的俄国革命民主主义批评家别林斯基、车尔尼雪夫斯基和杜勃罗留波夫做一阐述，借此弥补我们对俄国文学知识的巨大空白。与这个问题有紧密联系的是对有名的古典现实主义者的重新估价，或者不如说是介绍与鉴赏，这样说比较符合历史真实。过去，西方评论家和读者在研究托尔斯泰和别的作家时，总以这些大作家在文章、书信、日记之类的材料中所表达的社会、哲学、宗教和艺术等等方面的观点作为指导。他们企图拿这些表达得很明确的意见作为一把钥匙，用来了解那些不太熟悉的伟大的作品。换句话说，反动的批评界从托尔斯泰和陀思妥耶夫斯基某些反动的观点出发，从他们作品中一些所谓思想、艺术内容，来解释他们的作品。

我们目前所用的方法恰好相反。这个方法非常简单。首先，它要求我们仔细地考察托尔斯泰所赖以存在的真正的社会基础，以及影响了作家的人的个性和文学上的个性的发展的真正的社会力量。其次（这也是与第一点密切相关的），提出以下这些问题：托尔斯泰的作品里所表现的是什么，它的真正的精神的和知识的内容是什么，作家在为了合适地表达这些内容所做的努力中，是如何建立起他的美学形式的。只有通过不存偏见的研究，在揭露与理解这些客观的关系之后，我们才有可能正确地解释本书的作者所表达的那些观点，并且正确地估计他在文学上的影响。

读者以后会看到，在应用这种方法时，一个托尔斯泰的新的形象将会出现。这样的重新估价只不过对非俄罗斯的读者说来是新的。在俄国文学中，上述的评价方法有着久远的传统：别林斯基和赫尔岑是运用这种方法的先驱者，列宁和斯大林标志了运用这种方法的高峰。这本书的作者也正企图运用这种方法来分析托尔斯泰的作品。在这本书里，紧跟着托尔斯泰的是高尔基，这并不值得奇怪。论高尔基的文章也是与反动文学倾向的一种斗争，在某种程度上也是一个重新估价：这篇文章的主旨是说明伟大的革新者高尔基与他的俄国文学的先驱者之间有着密切的联系，并探讨高尔基在怎样的程度上继承与发展了俄国古典现实主义。阐明了其间关系的同时也就回答了下面的问题：旧文化和新文化之间，俄罗斯旧文学和新文学之间的桥梁在哪里？

最后，末了的一篇文章概略地论述了托尔斯泰对西方文学的影响，讨论托尔斯泰如何成为一个有国际地位的人物，并企图阐明他对世界文学的影响的社会的与艺术上的重大意义。

这篇文章不仅是对于俄罗斯现实主义的反动概念的进攻，同时也部署了同盟军的进攻：它说明德国、法国、英国和美国最优秀的作家们如何反对这种反动的歪曲，并为了对托尔斯泰和俄罗斯文学的正确理解而斗争。读者从这里可以看出，本书所提出的意见并不是一个单独的、与世隔绝的作家的毫无根据的定论，而是一种具有世界范围的、正在不断增强的思想倾向。

  在有关创作方法的意见里，强调的是那些文章所根据的社会倾向，却丝毫没有夸大文章的意义。然而这些文章主要着重在美学方面而不在社会方面的分析；研究社会根源只是作为完全掌握俄罗斯古典现实主义的美学特征的一种手段。这个观点并不是作者发明出来的。俄罗斯文学的影响不仅仅在于它的新的社会的和人性的内容，主要还在于它是真正伟大的文学。为了这个原因，单是根除那关于它的历史和社会的根源的陈旧而根深蒂固的虚伪的概念是不够的，还有必要从对这些历史和社会的根源的正确评价中得出文学和美学的结论来。只有这样才能了解伟大的俄罗斯现实主义为什么在四分之三的世纪里对世界文学起着主导的作用，并且一直是进步的灯塔，是反对文艺上公开的和隐秘的反动势力、反对伪装成革新的颓废派的有力武器。

  只有我们对俄罗斯古典现实主义的实质有了一个正确的美学概念之后，我们才能看清它在过去和未来对文学产生极为丰富的影响在社会上甚至在政治上的重要性。随着法西斯主义的崩溃和消灭，每一个解放了的人民都已开始新的生活。文学对解决由每个国家的新生活所提出来的新的任务起着很大的作用。如果文学真要完成这个任务——这个由历史所提出的任务，那必须有一个自然的先决条件，也就是创造文学的作家们在哲学思想上和政治上的再生。虽然这是一个不可缺少的先决条件，这还是不够的。不仅仅见解要改变，就是人们的整个感情世界也必须改变，而文学家们都是新的、正在解放的、民主的感情的最有力的宣传员。从俄国的发展中应该获得的最大教训正是一个伟大的现实主义文学所能够达到的有效地教育人民、改变社会舆论的程度。但是，这样的成绩只有真正伟大的、深刻的、包罗万象的现实主义才能取得。因此，如果文学是使民族再生的一个潜在因素，那么文学本身也必须从它的纯文艺方面、形式方面和美学方面进行革新。它必须与阻碍它的反动的、保守的传统决裂，并且拒绝把它引向盲目的颓废的影响的渗入。

在这种种方面，俄罗斯作家们对待生活、对待文学的态度是个典范，如果是为了这个而不是为其他原因的话，消灭被人普遍接受的对托尔斯泰的反动的评价，以及与消灭这种虚伪观点同时，了解托尔斯泰在文学上的伟大人性的根源，是极其重要的。而最最重要的是，表明这种伟大是如何来自在人性上和艺术上与广泛的人民运动一致的作家。作家在什么样的人民运动中发现自己和群众之间的这种联系，像托尔斯泰在俄罗斯农民阶级中生根，高尔基在产业工人们以及无地的农民们当中生根，这方面的问题不大。他们两人的灵魂深处都是和谋求人民解放并为之而斗争的运动联系起来的。在文化艺术领域和人民运动这样紧密联系的结果，在过去和今天都可以使作家克服他的脱离群众的状态、他的从属于纯粹旁观者的身份，否则他就会被资本主义社会的现状驱使到这些方面去。这样，他就可以采取自由的、公正的、批评的态度来对待今天的文化中那些不利于文学艺术发展的倾向。采取纯艺术的创作方法和仅仅在外表上运用新的形式来和这些倾向做斗争，是一种毫无希望的做法，正如西方伟大的作家们的悲惨命运在前一个世纪的过程中很清楚地表现出来的情况一样。另一方面，密切联系为普通人民的解放而斗争的群众运动，给作家提供了更为广阔的见解和丰富的题材，以便一位真正的艺术家可以从这里发展有效的符合时代需要的艺术形式，尽管这种形式和当前流行的肤浅艺术风尚相抵触。

有了这些非常粗浅的意见之后，我们才能下最后的结论。人类在历史上从来没有过像今天这样迫切地需要现实主义的文学。也许伟大的现实主义传统从来没有过像今天这样深深地湮没在社会偏见和艺术偏见的瓦砾堆中。就是为了这个原因，我们才把对托尔斯泰和巴尔扎克的重新评价看得那么重要。我们并不是想要把他们树立起来作为我们今天的作家们模仿的榜样。树立榜样只不过意味着：帮助正确地阐明任务并且研究顺利解决的条件。歌德就是这样帮助了瓦尔特·司各特，瓦尔特·司各特也是这样帮助了巴尔扎克。但是瓦尔特·司各特并不模仿歌德，巴尔扎克也不模仿司各特。作家获得成功的具体道路，乃在于对人民的热爱，对人民的敌人和对人民自己的错误的深切的憎恨，对真理和现实的无情的揭露，以及对人类和对他们自己的人民走向美好的未来的不可动摇的信心。

今天世界上普遍地渴望着这样的文学：它能够把光芒射进我们时代的丛莽中。一个伟大的现实主义文学对民族的民主的新生能够起主导的作用，这种作用至今一直是被人否认的。如果我们在这方面引出巴尔扎克来反对左拉和他的一派，我们相信自己是在帮助战胜那些阻碍许多有天才的作家对人类做出最大贡献的社会学和美学的偏见。我们知道曾经拖住作家们同时也拖住文学发展的潜在的社会力量：这就是二十五年来的反动的蒙昧主义，它终于扮出了一副祖护法西斯主义的卑鄙行为的穷凶极恶的丑相。

在政治方面和社会方面从这些力量下面解放出来，已经是既成的事实，但是群众的思想仍然被模糊他们视线的反动观点的云雾迷惑着。这个困难而危险的形势所提出的重大责任就落在文学家身上。但是，一个作家光看清楚政治上和社会上的问题是不够的。同样也需要看清楚文学上的问题，本书希望在解决这些问题上有所贡献。

（施界文　译）

二、文学与法律、法治社会与政治[*]

Laws, the Legal World, and Politics

约翰·R. 雷德（John R. Reed）

1. 法律与政治

维多利亚时期曾见证了巨大的政治变迁。强大的君主制渐由议会制统领的政府所取代，选举权由少数土地拥有者扩大到广大的男性公民，最初只用作农耕和乡村的土地，迅速被工业化和都市化进程所驱赶和占领。随着这一切改变的是适时变化的法律。新的法律条文的建立，以适应这种不断变化的新形势，特别是调整劳资利益、劳资阶层关系的法律法规的颁布。寻求建立人道的、在经济和道德上有效的方法，处理贫困以及严重、野蛮的刑事案件的新法案，正稳步朝着仁慈、更为公正的方向迈进。在维多利亚的统治时期，政治和法律领域发生了巨大的变化，这些变化在这一时期的文学作品中均有所反映。

在维多利亚女王登上王位的前几年，那些致力于扩大参与政治进程机遇的人们取得了令人瞩目的法改方面的胜利。这就是1832年的第一项改革法案（the First Reform Act）。早在十八世纪末，赞成扩大选举权的运动就风起云涌，到了拿破仑战争之后，这场运动已成波澜壮阔之势。1831年，议会提出了扩大选举权（franchise）的一项法令，但遭到上议院的否决。这一事件的后果是全国各地出现了公众抗议的呼声和接二连三的暴动，最为著名的是发生在布里斯托（Bristol）的抗议运动。之后的1832年，议会通过了一项类似的法案，重新发布了扩大选举权的内容。该法令

---

[*] 本文选自 Patrick Brantlinger and William B. Thesing, ed., *A Companion to the Victorian Novel*, Blackwell Publishing Ltd., 2005, pp. 155-71。

被称作"腐败选区"(rotten borough)[1]或"口袋选区"(pocket borough)[2]，因为这些选区由势力强大的贵族把持，选民人数受限，像曼彻斯特这样的新型大城市便是这类选区的代表。需要记住的是，尽管到了1832年有更多的人享有选举权，投票选举乃是公开的；直到1874年的全国选举才采纳了无记名投票选举制度（the secret ballot），在那之前，选民要在公开场合大声宣读自己的选票。其弊端是选民遭受恫吓的事件时有发生。商人、生意人以及租用土地的农民惹不起权势家族。因此，尽管第一项改革法案颇使小康的中产阶级受惠，特别是商人和生产商，然而权力大多落在了强大的土地拥有者的手中，他们属于贵族阶层。

第二项改革法案（the Second Reform Act）于1867年通过，更大范围地扩大了选举权；第三项改革法案（the Third Reform Act）于1884年通过，向着普选权的开明理想靠近。这一系列的选举权的扩大没有涉及妇女的权益，她们依然没有选举权。尽管英国的王位上坐着至尊的女王，在维多利亚英国的政治社会中，妇女没有公认的权利。或许她们对于英国的政治生活有着间接的影响，正如特勒罗普在其帕理塞系列小说（series of "Palliser" novels）中所表明的那样，她们没有合法权利。虽然在十九世纪最后二十五年的岁月里，发生了意义深远的为争取妇女选举权而进行的女权运动，直到1918年人民代表法（the Representation of the People Act）的出台，妇女才赢得了她们的选举权。甚至在那个时候，妇女的选举权仍然受到诸如年龄、婚姻状况等条件的限制。

在维多利亚时期的大部分时间里，始终存在着两个政党的争权夺利：辉戈党（the Whigs）和托利党（the Tories）。总体上说，辉戈党属共和党派；托利党属保守党派。两党均可能就某些特殊问题持不具其立场特征

---

[1] 腐败选区，有名无实的选区，该术语系指某些议会选区。由于人口迁移或他种原因，到十八世纪末，这些选区几乎不再有投票人，因此选举权完全掌握在富有的地主或庇护人手中。……由庇护人指定被选举人，必须顺从他的意愿。甚至公开出卖此等席位。1832年的《改革法》剥夺了很多此类市镇选举议员的权利。（《牛津法律大辞典》，北京：法律出版社，2003年，第986页。另见 David M. Walker, *The Oxford Companion to Law*, Oxford University Press, 1980）——译者

[2] 口袋选区，指定议员选区，不列颠议会制度改革之前的一些议会选区的统称。拥有全部——至少绝大部分土地的土地所有人因市镇土地保有权而享有选举权，所以他有权指定该选区的议员。（《牛津法律大辞典》第876页）——译者

的观点；两党均有他们各自激进的和保守的观点。譬如，迪斯雷利在托利党中是一位激进分子，而科奇兰勋爵（Lord Cochran）早些时候在辉戈党中也是位激进分子。在乔治·梅利迪思（George Meredith）的小说《毕奥单普的生涯》（*Beauchamp's Career*, 1875）中，内韦尔·毕奥单普（Nevil Beauchamp）以一位激进的共和党分子竞选议员。渐渐共和党便作为一个独立的党派出现了。在维多利亚时期，女王只是名义上的统治者，而真正的实权由首相及其内阁和议会掌握，它由国会两院（上议院和下议院）的成员组成。起初，议会在每年的 5、6、7 月份举行，这些月份在伦敦形成了一个"会季"（The Season），上流社会的人们在此期间寻欢作乐。"会季"依官方的要求是在每年的 8 月 12 日结束。从维多利亚中期到十九世纪末，议会的会期从每年的 2 月份一直延续到 8 月份。有时，"会季"还会延长，在少有的情况下还会召开特别会议。

在十九世纪上半叶，竞选活动往往会失控，甚至会出现暴力。竞选双方常常会恶言相向，有时还会结党雇凶，进行人身攻击。在迪斯雷利的小说《康宁思贝》（*Coningsby*）中，在米尔班克（Millbank）和理格比（Rigby）之间的竞选比赛中，莫戈戈（Mogog）、若斯（Wrath）以及比利·布拉克（Billy Bluck）等人物正是这种被人收买的暴徒的典型，尽管书中把他们描述为既能控制又能煽动竞赛双边党羽的势力。在乔治·艾略特的小说《激进分子：费利克斯·霍尔特》（*Felix Holt: The Radical*）中，竞选拉票的激烈竞争在酒精的作用下引发了一场大的暴乱。狄更斯在小说《匹克威克外传》（*The Pickwick Papers*）中，对发生在伊顿斯威尔（Eatanswill）的选举以喜剧的形式嘲讽竞选腐败。

十九世纪初，收买选票之风盛行，当下议院的某位知名人物接受调查时，国会开始严肃关注竞选腐败问题。这一主题在这一时期的文学作品中频频出现。在爱德华·巴尔沃－莱顿（Edward Bulwer-Lytton）的小说《佩勒姆》（*Pelham*）中，竞选活动发生的小镇的地名为巴伊默尔（Buyemall，购物中心——显然表达了当时的竞选腐败风气）。在巴尔沃－莱顿的另一部小说《我的小说》（*My Novel*）中，就活灵活现地展现了选举场景。尽管司法部门立法着手应对收买选票的罪行，但"拉票"之风仍吹遍了整个十九世纪。1854 年的"腐败行为法案"(the Corrupt Practices Act)并没能遏制行贿受贿案件的发生,虽然该法案对于各种形式的非法钱权交易做了详尽解释。安东尼·特勒罗普于 1854 年开始写作《桑尼医生》(*Doctor Thorne*),书中他直截了当地指出了"腐败法"的局限性。小说中罗杰·斯坎契尔德(Roger Scatcherd)无视法律的存在,竟然获得了竞选成功,另一方面,有人向法院递交了诉状,起诉他在竞选中做了手脚。最终,他被认定犯有收买选民罪而被革职。特勒罗普在《继承人拉尔夫》(*Ralph the Heir*)和《公爵的儿女们》(*The Duke's Children*)中,均提及类似的事件;在《公爵的儿女们》中,波尔班纳(Polpenno)地区的选民为他们的选票每人获得十个先令。《费利克斯·霍尔特》(*Felix Holt*)中的哈罗德·特兰瑟姆(Harold Transome)宣称自己不会为拉选票而收买选民,结果他竞选失败了。

在竞争激烈的选举中,竞选议员是一桩耗费金钱的事,候选人自己得有一个巨大的钱袋,或者有一位有钱的赞助人。这个问题出现在迪斯雷利的《康宁思贝》(*Coningsby*)中,小说中的同名主人公康宁思贝为竞选议员需要钱,这钱不是来自他富有的贵族叔父,就是来自一位制造商。由于他拒绝放弃自己的原则来求得叔父的资助,结果分文未得。他转而成功地得到一位制造商的赞助。迪斯雷利的小说《西比尔,或两个国家》(*Sybil, Or The Two Nations*)中的查尔斯·埃格利芒特(Charles Egremont)为支付成功竞选的花销求助于他的哥哥马尼勋爵(Lord Marney)。不过,即使像菲尼斯·芬(Phineas Finn)这样的候选人,在特勒罗普的同名小说中,虽然竞选顺利,也感到花费巨大。小说中所描述的竞选活动大多发生在小城镇,如乔治·艾略特的《米德尔马契》和罗伯特·瑟蒂斯(Robert Surtees)的《汉德利·克罗斯》(*Handley Cross*)以及《希灵敦大厅》(*Hillingdon Hall*),不过,某些竞选活动发生在伦敦,比如狄更斯的《我们共同的朋友》(*Our Mutual Friends*)和特勒罗普的《你能原谅她吗?》。

从现代的眼光来看,十九世纪的政治形势多半不平衡,有利于有产阶级。1799 年和 1800 年出台的"联合法"(The Combination Laws)认定工会组织是非法的。虽然后来经工人们的无数次罢工废除了此法。但是,工会组织所面临的阻力依然存在。譬如，制造商家们可以自由联合起来，做出有利于他们商业利益的决定，但是为改善工作条件，提高工资待遇，争取合法权益而组织起来的工人们向工厂主施压却遭到种种阻挠和限制。尽管如此，工会还是逐步组织了起来，主要以具体的职业行当为单位，著名的有矿工联合会。1869年的工会代表大会（the Trade Union Congress）的成立标志着声势浩大的工会组织的确立。

改革的一股强大势力来自1838—1848年间的宪章运动（the Chartist movement）。宪章运动的目的是争取公民普选权（universal manhood suffrage）；但在1839年，它未能迫使议会接受工人要求投票权和其他改革意见的请愿。伊丽莎白·盖斯凯尔在她的小说《玛丽·巴顿》（*Mary Barton*）中通过约翰·巴顿（John Barton）生动描述了围绕这一事件所产生的希望和憎恨。阿尔顿·洛克（Alton Locke），在查尔斯·金斯利（Charles Kingsley）的同名小说中，当听说宪章请愿失败时，他非常痛苦、激进，决心参加这场运动，为工人阶级加油。在迪斯雷利的小说《西比尔，或两个国家》中，宪章请愿遭致否决引发了工人阶级的一场暴动。所有类型的小说都涉及影响工人阶级的法律问题，包括特勒罗普夫人（Mrs Trollope）的《工厂男工：迈克尔·阿姆斯特朗》（*Michael Armstrong, The Factory Boy*）、迪斯雷利的《西比尔，或两个国家》、金斯利的《啤酒桶》（*Yeast*, 1854）以及盖斯凯尔的《玛丽·巴顿》和《北方与南方》。狄更斯的《艰难时世》（*Hard Times*）是这类小说中专门讨论工会问题的最著名的小说之一。查尔斯·理德（Charles Read）的小说《将心比心》（*Put Yourself In His Place*）关注的中心是工会活动问题。而乔治·吉辛在《民众》（*Demos*）中对这一问题倾注的笔墨不多。

进入这一时期的文学作品中的诸多法律法规中，1834年的"新穷人法"（The New Poor Law）意义特别重大。此法颁布之前，穷人得到当地教区的救济，往往是在当地牧师的监管下进行的。"新穷人法"把"应该得到帮助"和"不应该得到帮助"的穷人区分开来，不再补助那些实际上生活不困难的人。该法令包括一项个人经济状况调查，救济对象是那些无法靠家庭收入养活一家人的家庭。如果一户人家的户主申请了救济，所有的家庭成员都被视作穷人。所提供的帮助是贫济院的住所。在贫济院，妇女和孩子要与男人们分开住，也就是说家庭成员不能住在一起。起初，这些贫济院属于教区的慈善机构，但是不久被合并为区域"联合"贫济院（regional "union" workhouses）。那些寻求救济帮助的穷人感到这种托管方式是对他们的羞辱。尽管新穷人法的法规严苛，地方当局更使其加倍严酷。有些小说涉及贫济院和"新穷人法"的问题——但没有哪位作家比狄更斯更具批判性。他的奥利弗·退斯特（Oliver Twist）出生在生活条件恶劣的贫济院，在那里奥利弗因多要一点燕麦粥而遭到严厉的体罚。《我们共同的朋友》（*Our Mutual Friends*）中的贝蒂·希格登（Betty Higden）一想到要被送到贫济院就万分恐惧，以至于逃离了她的朋友和熟人，最终使自己心力枯竭而死去。特勒罗普的《杰西·菲利普斯》（*Jessie Philips*）中的弗朗西斯（Frances），精神上始终无法摆脱"新穷人法"贫济院（the New Poor Law workhouses）的可怕生活环境。

2. 法律与金钱

由于恐惧法律对于欠钱不还的债务人的严苛惩罚，中产阶级家庭非常害怕失去钱财或欠人钱财，这是十九世纪大半时间受到严肃关注的问题。特别是十九世纪初，法律视无力偿还债务的人为敌人。债权人很容易碰上这样的倒霉鬼，而不得已送他到拘留所（sponging-houses）。他被关押一段时间，以促使其设法筹钱还债。如果债务人筹措不到欠款，会很快被移送到负债者监狱，只有等到朋友们替他还上债务，或与债权人达成还款协议，他才能被释放出来。在萨克雷的小说《名利场》（*Vanity Fair*）中，蓓基·夏泼（Becky Sharp）设计使自己的丈夫罗登·克劳利（Rawdon Crawley）被关进负债者拘留所，目的是继续她与斯丹恩勋爵（Lord Steyne）的婚外情。她的理由是他在拘留所哪怕待一晚上也是安全的，然而克劳利得到了亲戚的帮助；当天就被放了出来，结果撞上了蓓基和她的情人在一起。这一发现导致了他们夫妻的分离。

关押无清偿能力的人的地方主要有三处。王座法庭（King's Bench）是来关押体面的绅士的；舰队（the Fleet）和马绍尔西（Marshalsea）监狱是来关押地位卑微人群的。随着十九世纪的推进，新的法令改善了无清偿能力的人的处境。考虑到一段时间的监禁起到了惩罚的作用，1808 年通过了一项法令：允许释放被关押了一年的、欠债低于二十英镑的债务人，同时也不再关押那些同意在出狱时清偿所欠债务的人。当然，欠债人被释放的时候，债务仍在利滚利地膨胀。1813 年的法令成立了"减免债务法庭"（a Court for Relief of Insolvent Debtors），为帮助无清偿能力的人，这为欠债人提供了一个请求获释的机会。大众的柔情继续把仁慈和宽容送给那些无力偿还债务的人，一系列法律措施大大改善了他们的境遇，直到 1869 年的债务人法（the Debtors Act）和破产法（Bankruptcy Acts）的颁布，废除了监禁债务人的做法，而将债务案件的司法权移交给了"破产法庭"（the Court of Bankruptcy）。破产成了无清偿能力的人逃脱惩罚的可行的办法。狄更斯在其小说中多次提到还不起债的人的情况，最有名的是《小杜利》（Little Dorrit）。小说中，威廉姆·杜利（William Dorrit）曾在监狱里被关了如此之久，以致他变成了所谓的"穷人贵族"（aristocrat of the poor），并被戏称为"马绍尔西监狱之父"（the father of the Marshalsea）。在小说《匹克威克外传》中，匹克威克先生出于道义，拒绝支付因未履行承诺而要求的诉讼费。在《大卫·科波菲尔》（David Copperfield）中，米考伯尔先生（Mr Micawber）时常处于欠债入狱的窘境。

有多种情况会使人深陷债务。最常见的情形是不理智地在他人的信誉书上签字担保，这属于一种体面的债务人。这种情况出现在特勒罗普的小说《弗兰姆雷牧师家》（Framley Parsonage）中的马克·罗巴兹（Mark Robarts）牧师身上。当这位好心人的住宅险些被法院的执行官查封的时候，一位有钱的贵族出面付清了债务，保住了这位牧师的家和前程。另外一种体面的破财是生意失败。《董贝父子》（Dombey and Son）中自大的董贝，由于他的管家詹姆斯·卡克尔（James Carker）的阴谋，损失了财产，丢了生意。尽管有过不少过失，董贝还是还清了所有债务。《名利场》中的塞德利先生（Mr Sedley）同样生意失利，在他从前的朋友奥斯本先生的眼里，塞德利先生已经脱离了上流社会。与这种体面的生意破产所造成的负债情况不同的是由于不负责任的行为，最值得注意的是由于无节制的商业投机。从十九世纪中期开始,英国的多数投机生意产生于股份公司的快速激增,并受铁路兴建高峰期的驱使。这一时期在铁路上暴富的代表人物是被称作"铁路王子"(Railway King)的乔治·哈德森(George Hudson),然而后来他在多家铁路公司的股票暴跌,最终破产。罗伯特·贝尔(Robert Bell)的小说《黄金梯》(The Ladder of Gold)中的主人公是以哈德森为原型塑造的,详尽描述了十九世纪四十年代围绕铁路工业所产生的投机和恐慌。狄更斯在《小杜利》中,通过刻画一位靠欺诈手段发了财的金融家默德尔(Merdle),把他作为投资世界欺诈行为的例子,谴责世人对股票的痴迷。特勒罗普在《我们现在的生活方式》(The Way We Live Now)中追踪梅尔默特(Melmotte)的诉讼案件。梅尔默特以欺诈手段敛财,谎称所集巨额资金是为了一项美国的铁路项目。

贯穿整个十九世纪,不断有新法案出台以应对花样翻新的投资诈骗和财金掠夺。投机生意是这一时期文学作品中经常出现的主题。早在塞缪尔·沃伦(Samuel Warren)的小说《年薪一万》(Ten Thousand A-Year)中,就涉及像"火药与纯净水公司"和"人造雨公司"这样的骗子股份公司。在 G. W. M. 雷纳尔德(G. W. M. Reynolds)的《伦敦之谜》(The Mystery of London)中,希蒂·曼(City Man)是一位靠商业投机活命的无赖。萨克雷在小说《纽可默一家》(The Newcomes)中,意义深远地加入了商业投资的内容。土地开发骗子对于查尔斯·莱弗(Charles Lever)的小说《我们时代的男人:达温鲍特·达恩》(Davenport Dunn: A Man of Our Day)的故事情节非常重要。有限责任公司的发展,通过更广泛的债务责任分担,限制了公司失败破产的可能性。

对于那些在上流社会注了册的人来说,获取财富的一种颇为常见的方式是财产继承,这同样是维多利亚文学的主题之一。长子继承权(primogeniture)是土地所有阶级信守的规则,这意味着长子继承大块的家族私有财产并负责照料家族其他成员的福祉。其家族成员成为受赡养者,除非他们有别的生活来源。从十七世纪中叶便形成了一套财产继承的约定俗成的做法并被严格遵守。其做法是名义上的财产所有者通过法律程序将财产赠与其长子,依次类推,这笔财产也要由其长孙来继承。这样的财产继承法使得名义上的庄园主及其长子成为变更财产权利受限的终身庄园居住者。当庄园主的长孙到了法定年龄，他会面临以严格的法律程序继承财产的压力。妻子因婚姻关系，经济上会得到法律的保护，其他子女通常会得到适当的补偿。依继承法，只有在没有男性继承人的情况下，女子才有继承权，除非在婚姻协议中有其他的财产赠与条款。在下层社会阶层中，情况有所不同，财产继承并不是严格按照法律程序，而往往依遗嘱进行。因此，虽然仍需要法律协助，但主要依据遗嘱内容做出决定。在这种情况下，女子同男子一样有望继承财产。事实上，有许多女子成为财产继承人，有一些还相当富有，譬如狄更斯的朋友及志同道合的慈善家安杰拉·伯德特·考兹。

在小说方面，财产继承可以用作多种故事情节的需要。有时，它与身份缺失相关——譬如奥利佛·退斯特不知道自己有权继承父亲的部分地产，他的同父异母兄弟芒克斯（Monks）恶意隐瞒他的身世。在科林斯的小说《无名》中，麦格丹伦（Magdalen）和诺亚·万斯彤（Norah Vanstone）在父母亲因事故丧生后，没有继承到家产，因为他们的父母亲未曾通过婚姻来确立他们的同居关系。麦格丹伦试图通过不正当的方式获取财产，结果没有成功，而诺亚（Norah）以极大的耐心和顺从，最终以真诚获得了麦格丹伦用欺骗无法得到的东西，她嫁给了成为万斯彤家族继承人的男人。谁来继承与伽黛斯（Jarndyce）及其案件相关的财富，是盘旋在《荒凉山庄》（*Bleak House*）所有活动之上的残酷问题。最终，伽黛斯案件毁掉了理查德·卡斯彤（Richard Carstone），正如它毁掉了其他人一样，它没能留下一分钱，甚至没有钱来清偿诉讼费。

有时，财产继承成为一部小说的核心，譬如夏洛特·杨（Charlotte Yonge）的小说《雷德克利夫的继承人》（*The Heir of Redcliffe*）或特勒罗普的小说《继承人拉尔夫》（*Ralph the Heir*）。财产继承在《我们共同的朋友》中成了一个重大复杂的问题。小说中，婚姻状况被老约翰·哈蒙（John Harmon）的儿子的命运附着在财产继承的问题上了。其子在小说中出现时已被人杀害，家产由老哈蒙忠实的雇员尼克丹默思·鲍芬（Nicodemus Boffin）来继承。然而，小哈蒙并没有死，只有在他证明自己无需这笔财产来发达时,他才最终获得了自己应得的财产。同时,毛迪默尔·莱特伍德(Mortimer Lightwood)和尤金·雷伯恩(Eugene Wrayburn)因为遵从父辈的遗嘱,所以暂时中断了他们的生活供给,这既是他们的选择,又是遵从了遗嘱。遗产继承同样使得艾略特的《费利克斯·霍尔特》的情节复杂化,小说中单纯、不事张扬的艾瑟·莱恩(Esther Lyon)偶然发现自己是特朗瑟姆(Transome)庄园的继承人。这一新情况没有减轻,反而加剧了她麻烦不断的处境。

以剥夺继承权的故事情节开场的小说很常见,若仅仅是短暂的,往往有一位主角独自奋斗。多数的情形是遗产继承常被用来犒赏那些料到自己或未料到自己获得财富的人物。萨克雷的《菲利普的冒险经历》(*The Adventures of Philip*),在小说接近尾声时,灵伍德勋爵(Lord Ringwood)的偶然发现,为这位有名无实的英雄提供了恰当的奖赏。常见的情形是遗产继承常作为一种出人意料的救星出现,如同在《简·爱》中,简·爱意外得知她在马德拉(Madeira)的叔父在其遗嘱中将财产赠与她。

偶尔,逼真的继承权纠纷会提升小说的表现力。在臭名昭著的迪契鲍恩(Tichborne Claimant)财产案件(1870年)中,一位从澳大利亚回来的男子声称自己是一大笔地产的继承人,并得到他的母亲和其他人的认可。然而,令人费解的是他说不出自己的出身背景,举止粗俗,既没有贵族的优雅举止,也没有高贵的风度。经对他进行的两次相隔很近的公开审判,最终,法庭宣布他名叫亚瑟·奥顿(Arther Orton),并因其蓄意诈骗被判监禁。这个案件引起人们的强烈关注,促使小说家们深入挖掘这一主题,其中有特勒罗普的《继承人拉尔夫》,查尔斯·理德的《漂泊的继承人》(*The Wandering Heir*)以及马科斯·克拉克(Marcus Clarke)的《为终其自然生命》(*For the Term of His Natural Life*)。

通常,继承权问题在一部较大的叙事作品中影响不大,正像在《米德尔马契》中,万德斯彤(Featherstone)叔叔在弗雷德·文西(Fred Vincy)面前炫耀他的财产,企图迫使他屈从于他的意志。玛丽·伽思(Mary Garth)拒绝协助躺在临终卧榻的万德斯彤修改遗嘱,从而"挽救"了弗雷德·文西。在小说《桑恩医生》(*Doctor Thorne*)中,玛丽·桑恩

（Mary Thorne）证明是罗杰·斯卡契德（Roger Scatcherd）的继承人，而格勒萨姆（Gresham）家族欠罗杰·斯卡契德大笔的债务。玛丽·桑恩嫁给了弗兰克·格勒萨姆（Frank Gresham），从而挽救了格勒萨姆家族的财产。

伴随继承权问题而来的是阴谋、犯罪以及其他不齿的行为。在舍利丹·乐·范（Sheridan Le Fanu）的小说《赛勒斯叔叔》（*Uncle Silas*）中，与小说同名的人物企图谋杀自己的亲侄女儿以夺得她的财产，不过没有得逞。在威廉姆·哈里森·艾恩斯沃斯（William Harrison Ainsworth）的小说《路克伍德》（*Rookwood*）中，路克伍德家族中合法的和不合法的家族成员均卷入阴谋，策划夺取遗产。冒牌的假继承人时常出现在维多利亚小说中。一个鲜明的例子出现在沃伦的《年薪一万》中。小说中那位自负的无能之辈蒂特尔巴特·蒂特毛斯（Tittlebat Titmouse）被宣布是奥布里（Aubery）庄园的合适的继承人，而庄园真正具有绅士风度、应该得到帮助的、可敬的查尔斯·奥布里（Charles Aubery）家族却被赶出庄园。这位暴发户肆意挥霍钱财。那些曾经使这个骗子的伪造生效的律师们最终被检举揭发；他们中的一位自杀，另外两位被检控入狱。蒂特尔巴特（Tittlebat）最后进了疯人院——而查尔斯·奥布里和他的家人重新成为庄园的主人。在科林斯的小说《白衣女人》（*The Woman in White*）中，波西沃尔·格莱德男爵（Sir Percival Glyde）将安妮·凯瑟里克（Anne Catherick）禁闭在疯人院，因为他惧怕她知道他非法占有他人庄园这一事实，他曾篡改了自己作为私生子的记录。冒牌继承人同样是理德的小说《可怕的诱惑》（*A Terrible Temptation*）的主题。

3. 法律与道德

生活的某些方面由于道德或宗教的束缚而变得复杂起来。譬如，在不幸的婚姻中饱受煎熬的男女很难解除婚姻关系，因为离婚需要议会法案通过，不仅耗费时间而且花费高昂。狄更斯的《艰难时世》使读者从斯蒂芬·布兰克普尔（Stephen Blackpool）的经历中注意到离婚的艰难。斯蒂芬·布兰克普尔不得已和他的酒鬼妻子生活在一起，无法摆脱这一可怕的婚姻，因为他是个工人，离婚对于他来说是一笔无法承受的经济负担。不过，即使那些负担得起离婚费用的人，所要求的条件也不利于离婚中的女子。1857 年的婚姻问题法案（The Matrimonial Causes Act）使得离婚成为与教会无关而与世俗相关的问题，成立了离婚法庭并且稍稍降低了离婚费用，因此这一法案使得相当富有的人，而非一般有钱的人，能够较为容易地离婚。对于工人阶级，甚至在《过去的穷人》（Forma Pauperis）中提出离婚的人，离婚费仍然贵得让人望而却步——约合三十英镑。在 1857 年的婚姻问题法案颁布之前，提请离婚的人需先顺利通过教会法庭（Mensa et thoro）的判决，而后获得准许男女分居的司法判决。这种离婚判决使得妻子得到了一定的法律支持，但双方都不准再婚。随后，男方或女方要在普通法法庭（a court of Common Law）检控配偶的情人对自己造成伤害的实例或证据。只有这样，一种容许再婚的离婚案（a vinculo matrimonii）才能先由上议院提出议案，再由下议院判决。这一过程可能会长达三年，耗费约一千英镑，在特殊的情况下会更加费时耗资。

尽管离婚法有所改进，但仍然有失公平。因为男方只有在证明对方通奸的情况下，方可判其离婚，女方得证明对方不忠并有其他恶行，比如殴打妻子、乱伦或婚内强奸。在乔治·梅利迪斯的《彷徨中的黛安娜》（Diana of the Crossways）中，黛安娜·华威克（Diana Warwick）在丈夫诬告她与她的朋友丹尼斯伯格勋爵（Lord Dannisburgh）有婚外情后——其实是发生在梅尔伯恩勋爵（Lord Melbourne）和卡罗琳·诺顿（Caroline Norton）之间的一段真实的故事——愤然与他分居，但她不能与他离婚，因而生活在恐惧中，害怕他强行与自己过夫妻生活。结婚后，妻子的财产完全归属于丈夫，除非夫妻间达成特别的协定。依普通法，离了婚的女子对自己的孩子没有监护权，并且不能与孩子生活在一起，除非经丈夫同意。在特勒罗普的小说《他知道他是正确的》（He Knew He Was Right）中，丈夫雇佣侦探跟踪妻子，以期获得妻子不端行为的证据，虽然这些证据起不了决定性的作用。通奸在维多利亚小说中并不是一个易于驾驭的主题。但是在卡罗琳·诺顿（Caroline Norton）的小说《得与失》（Lost and Saved）中，她展示了一个极端的个案。极具讽刺意味的是，尽管限制小说家们表现通奸和离婚这样的主题，每天的报纸头版都大篇幅地刊登离婚法庭的诉讼过程。

已婚妇女财产法（The Married Women's Property Acts）最初颁布于1870年，后来逐渐修改了早期的"将已婚妇女的所有财产归与丈夫"的法令，甚至在1870年以前，许多妇女通过婚姻协定仍然保留了她们的部分财产。另一项歧视妇女的法令是1864年颁布的传染疾病法（The Conagious Diseases Acts）。该法令强制妓女接受传染病的医疗检查，而对她们的顾客——那些驻扎在营房或港口城镇的军人——却不进行同样的检查。公众对于这一法令表现出强烈的不满，在约瑟芬·巴特勒（Josephine Butler）的领导下愈发高涨，最终导致该法令于1883年被废除。

4. 法律行业

如果说政治社会几乎是清一色的男性，那么所有的行当也都是如此，法律行业也不例外。虽然许多做了律师的男子最初都进过牛津或者剑桥，但这些大学都不授予法学学位。要获得法学学位，成为大律师，一位辩护律师/出庭律师/大律师（barrister）需入住律师学院（Inns of Court）[1]，或者进入衡平律师协会（Inns of Chancery）[2]，或者要成为初级律师/事务律师（solicitor），需在律师行做学徒。事务律师接待律师委托人，处理诉讼案件；辩护律师在事务律师的协助下，在法庭上提审案件。那些进过高等法院的大法官法院，或曾是律师学院学员的辩护律师"攻读法律"，或者说他们独立地或在导师的单独指导下修学法律。律师学院与普通法有关，高等法院的大法官法庭与衡平律师协会有关。这些机构都是为完善普通法而设立的，以法律案件的先例为依据，本着同情弱者和公平、公正的原则，因而具有酌情行事权（discretionary）。正是由于这个原因，孤儿的问

---

[1] 律师学院，伦敦有权授予律师资格的四个律师培训机构，英国大律师必须是其中的一个成员。（《最新简明英汉词典》，北京：外语教学与研究出版社，2005年，第770页）——译者

[2] 衡平律师协会，许多类似于但附属于四大律师学院的协会。这些协会是附属于林肯律师学院的莎维协会和弗尼瓦尔协会，附属于格雷律师学院的斯台普尔和巴纳德协会，附属于内殿律师学院的克里福德协会、克莱门特协会和莱昂协会以及附属于中殿律师学院的新协会。（《牛津法律大辞典》，第564页）——译者

题以及棘手的财产纠纷案件——正如在《荒凉山庄》中那样——通过司法程序来解决。婚姻问题同样通过法院来解决。未来的辩护律师必须在律师学院中"吃几顿晚餐",其中包括林肯律师学院(Lincoln's Inn)、内殿律师学院(the Inner Temple)、中殿律师学院(the Middle Temple)和格雷律师学院(Gray's Inn)四个在英国伦敦的培养律师的机构。它们有权授予学员作为大律师从业的权利。

辩护律师们属于享有独立经济收入的绅士;事务律师属于较为不确定的阶层。《荒凉山庄》中的沃尔斯先生(Mr Vholes)是属于他那个社会阶层中的地位较低的一位。事务律师通常不在法庭做辩护,而出庭律师们也不接待律师委托人——像狄更斯的小说《远大前程》(Great Expectations)中令人敬畏的嘉格斯(Jaggers)便是少有的例外。出庭律师或许期待成为皇帝或女王指名的法律顾问(KC or QC),这表明他已被认定是出庭律师精英圈中的王冠律师(the crown's counsel)。最高级别的大律师享有中士(Serjeant)的称号。大律师也许期待登上英国上议院议长的席位(Woolsack),成为上议院大法官(Lord Chancellor)。教堂法庭(the church courts)主要进行遗嘱认证以及处理婚姻纠纷和离婚问题,出庭辩护律师和事务代理人(advocate and proctor)的作用大体相当于大律师和事务律师。他们独立的律师学院(inn of court)是民法博士律师公会(Doctors' Commons)[1]。当大卫·科波菲尔在民法博士律师公会接受律师培训时,他的法律导师斯本罗先生(Mr Spenlow)突然去世。这里的律师培训一学年包括四个学期,与法院开庭时间相吻合:希拉里学期(Hilary Term,1月11日—31日);复活节学期(Easter Term,4月15日—5月8日);三一学期(Trinity Term,5月22日—6月12日)和米伽勒学期

---

[1] 民法博士律师公会,大约在1495年,理查德·伯劳德威尔主教成立了一个由法学博士和坎特伯雷基督教会律师组成的协会,该协会在佩特诺斯特街获得房屋,后来人们称该协会为民法博士律师公会。该协会在1768年作为法学博士团体合并到教会法院和海事法院,并在1782年购买了房产。加入该协会的条件是:已经在牛津或剑桥大学获得民法博士学位,已经得到了坎特伯雷大主教的命令或批准,并已被主教承认为律师,且已经具有一年的出庭经验。具备上述条件的律师才有可能被选为会员。民法博士律师公会成员由所有那些具有出庭资格的开业律师组成。其原则和习惯以罗马法为基础,该协会处理海事法院和主教法庭管辖的婚姻、遗嘱和遗嘱检举案件。民法博士律师公会管理其行业的各分支机构,但它并非教育机构。但该协会在海事法庭和主教法庭的垄断权被取消之后,在1858年被解散。(《牛津法律大辞典》,第335—336页)——译者

（Michaelmas Term，11月2日—25日），7月到10月是有名的大长假（the Long Vacation），此时法院休庭。

在维多利亚即位之前的数年里，英国法庭的章程已在逐步修订。譬如，已经废除了禁止被告在法庭上为自己辩护的禁令，不过直到十九世纪末才准许刑事诉讼案中的被告在宣誓讲真话之后出庭做证。大城镇的正常案件要由法庭裁决。往往，原告（plaintiffs）向地方法官（magistrate）或治安法官（justice of peace）控告某人，地方法官是位在社区有影响的人物，大可不必有法律方面的训练，不过，他会有一位精通法律事务的助手。地方法官能够裁决较小的案子。狄更斯在《雾都孤儿》和《匹克威克外传》中，举例嘲笑都市地方法官和省府南普金斯法官办案无能。对于较重大的案件，比如杀人、抢劫等重罪案，地方法官可以将罪犯取保候审，这意味着罪犯既可以在监狱里等待季审法院的审判，也可以由巡回裁判庭判决，也可以在朋友的担保下保释候审。《玛丽·巴顿》中的杰姆·威尔逊（Jem Wilson）被指控犯有谋杀罪，由于他是重罪犯，并且没有有钱的朋友帮他交保释金，他必须蹲监狱，等待利物浦巡回裁判庭的审判。巡回裁判庭是一个由律师和法官组成的流动法庭，一年两次游走于各郡首府，考察民情，听审案子。1846年颁布的郡法院法（The County Court Act）以新的国家郡法院制度取代了地方特别法庭。

5. 法律与犯罪

1794年，威廉姆·葛德文（William Godwin）出版了小说《一切依旧，或凯利波·威廉姆斯历险记》（*Things as They Are, Or the Adventures of Caleb Williams*）。在这部鼓动性极强的小说中，法律由等级制的、以贵族为主的势力所代表，法律机构成为专治当局操纵的工具。虽然在后来的几十年中，人们的态度发生了显著变化，但是对于法律的不信任仍然是维多利亚小说一种持久的特征。法律制度，在很大程度上处于混乱甚至不连贯的状态。法律条文的制定多基于先前的事例。在十八世纪的大半个世纪中，刑法的实施依据犯罪受害人的诉讼或地方法官的要求来定，因为没有授予公诉人起诉罪犯的权利。因此，犯罪受害人需通过张贴海报、在报纸上发布悬赏告示和雇佣职业或半职业侦探来协助自己,承担起调查、逮捕和诉讼罪犯的责任。总之,英国人抵制公诉人制度,因为他们害怕个人自由被侵蚀。

在相当一部分维多利亚小说中出现法庭审讯的场景。正像在《菲尼斯·利达克斯》(*Phineas Redux*)中的菲尼斯·芬(Phineas Finn)和《玛丽·巴顿》中的杰姆·威尔逊一样,小说《费利克斯·霍尔特》中的费利克斯·霍尔特被判谋杀罪。这类小说的一个有趣的特点是有女性证人在法庭出庭做证。在《费利克斯·霍尔特》《玛丽·巴顿》、特勒罗普的《奥雷农场》(*Orley Farm*)和《尤斯塔斯钻石》(*The Eustace Diamonds*)、理德的《格里菲斯荒原》(*Griffith Gaunt*)和亨利·伍德(Henry Wood)夫人的《哈利伯顿夫人的烦恼》(*Mrs. Halliburton's Troubles*)中,均有女性出庭做证。开庭审理的案子并不都是谋杀案。比如,《奥雷农场》和《尤斯塔斯钻石》所涉及的是财产。科林斯写了一部小说题为《法律与女士》(*The Law and the Lady*),其中包括一段虚构的法庭审讯的描写。小说由瓦丽亚·麦克兰(Valeria Macallan)为洗清丈夫的罪名而做的种种努力组成,她丈夫被卷入了未得到证实的"苏格兰裁决"("Scotch Verdict" of Not Proven)。

在整个维多利亚时期,法律的强制实施变得越来越确定。在摄政时期(Regency period)[1]的末期,有记载的死刑案件约有两百起,但是无论职业律师还是陪审团成员都不赞成实施死刑。在维多利亚统治的初期,正义呈现出严重的不公平:两位犯同样罪行的个体得到的惩罚可能会是天壤之别。1827年,罗伯特·皮尔(Robert Peel)先生开始着手改革刑法,到了1837年,所有针对财物案件的死刑罪都被取消了。逃避死刑(capital punishment)的一种方法是流放到澳大利亚(transportation to Australia)。死刑对于许多囚犯是一种极其可怕的前景,但是对于旁人却是件无关紧要,甚至是颇为欢迎的事情。

在文学作品中,最有名的流放以及非法潜回的案例是《远大前程》中

---

[1] 摄政时期,英国1811—1820年间,威尔士亲王乔治任摄政王,代替父亲管理国家。(《牛津高阶英汉双解词典》,北京:商务印书馆,2004年,第1452页)——译者

的麦格维契（Magwitch），但是对于流放的可怕描述是在马科斯·克拉克的《为终其自然生命》（*For the Term of His Natural Life*）一书中。1853年的罪犯劳役法（The Penal Servitude Act）规定，凡持有一种被称作放行证（ticket-of-leave）的"取消许可"的流放犯可以获释。1864年的劳役法规定，允许警察逮捕被怀疑的、无人担保的、持有"放行证"的犯人，可以将嫌疑犯缉拿归案。同时，1857年的劳役法废除了作为刑法的流放罪，取而代之的是苦役罪。持有放行证的犯人可以合法返回英国，许多犯人都这么做。文学作品中一个被流放到澳大利亚的罪犯合法返回英国的例子，是在汤姆·泰勒（Tom Taylor）的非常受欢迎的戏剧《持放行证的人》（*The Ticket-of-Leave Man*）中。

缉拿罪犯是件不容易的事情。十九世纪早期许多地方都有村保安员（village watchmen）或警察负责一个地区的治安。有时，地方法官或有影响的人物会雇佣地方警力维持治安，也有为了获得悬赏而抓捕罪犯的捉贼人（thief-takers）。多数打击罪犯的行动要依靠市民的力量，常常是民众提出"强烈抗议"（hue and cry）的事件。譬如，《雾都孤儿》中的比尔·塞克斯（Bill Sikes）被愤怒的人群追捕。在伦敦有弓箭街刑警（Bow Street Runners）、议院巡警（House Patrol）和归属于弓箭街、华平区（Wapping）以及其他地区警察局的警察。1829年，罗伯特·皮尔（Robert Peel）建立了职业都市警力（professional Metropolitan Police force），最终安置在著名的苏格兰场（Scotland Yard）[1]。1856年的郡/区警察法案（the County and Borough Police Act）规定，所有地方政府必须建立警察部队，不过，这一法令在许多地方执行得非常缓慢。

1842年，第一支刑侦队成立，以完善案件侦破的系统方法。侦探一般在警方的直接领导下工作，不过他们可以被雇佣作私人侦探。《荒凉山庄》中的巴克特（Bucket）警官直接为伦敦警方工作，而科林斯的《月亮宝石》（*The Moonstone*）中的卡夫（Cuff）警佐却听命于薇琳达夫人（Mrs Verinder）。《雾都孤儿》中的布拉瑟斯（Blathers）和达夫（Duff）是被

---

[1] 苏格兰场，伦敦警察厅（尤指其刑侦处）。(《牛津高阶英汉双解词典》，第155页）——译者

派去调查发生在伦敦郊区的一个案子的弓箭街刑警。布拉顿（Braddon）的小说《奥罗拉·弗洛伊德》（Aurora Floyd）中的约瑟夫·格利姆斯彤（Joseph Grimstone）是被伦敦警察厅派到约克郡的刑侦员。特勒罗普的小说《他知道他是正确的》中的路伊斯·特勒弗林（Louis Trevelyan）因怀疑妻子对自己不忠而雇佣私家侦探跟踪自己的妻子。由于侦探在小说中出现的频率过高，因此詹姆斯·费茨詹姆斯·斯蒂芬（James Fitzjames Stephen）在一篇题为"小说中和现实中的侦探"（1864）的文章中批评这种现象。然而，小说中的侦探神出鬼没，从《持有放行证的人》中的豪克绍（Hawkshaw），到侦探能力登峰造极的亚瑟·柯南·道尔（Arthur Conan Doyle）先生的夏洛克·福尔摩斯（Sherlock Holmes）。

尽管侦探在十九世纪后半叶颇受欢迎，但侦探及法律并不总是值得信赖和可靠的。小说《白衣女人》说明，法律永远都不可能达到个别业余侦探凭着个人努力而达到的正义。同样，在《月亮宝石》中，卡夫警佐被派去执行一项悬而未决的月亮宝石失踪案的秘密使命。直到过了很久之后，弗兰克林·布莱克（Franklin Blake）才运用自己和他人的非专业的方法侦破了此案。在《奥罗拉·弗洛伊德》（Aurora Floyd）中，一位侦探被邀请协同调案，但是小说的主要人物依然沿用他们自己的侦破策略。在《奥德丽夫人的秘密》（Lady Audley's Secret）中，罗伯特·奥德丽（Robert Audley）是一位侦探，来揭露他所认定的姑姑的犯罪行为。

法律本身常常遭遇严厉的批评。在《玛丽·巴顿》中，工人阶级将法律看作有钱人的工具。狄更斯在《荒凉山庄》中批评英国高等法院的大法官法庭（Chancery）的无能。《我们共同的朋友》中像尤金·雷伯恩和毛蒂默尔这样的年轻律师，抱怨在律师行无法建立正当的事业。鲍尔·克利福德（Paul Clifford）在巴尔沃-莱顿的同名小说中被指控为罪犯，他指责给他判刑的法官，原来正是这位法官对克利福德走上犯罪道路、他的父亲被解雇等事实负有不可推卸的责任。在威廉姆·约翰逊·尼勒（William Johnson Neale）的小说《鲍尔·波利文克尔；或者，抓丁人》（Paul Periwinkle; or, The Pressgang）中，一位无辜的人被定罪，险些为一桩"依情况而定"（circumstantial evidence）的谋杀案被送上绞刑，幸好被"一帮暴徒"（a band of ruffians）救下，而那些为这位无辜者代言并为他忙碌的律师们却如此无能，滥用英国法律，败坏法律行业，竟将这些"暴徒"流放到西印度群岛（West Indies）。

如果说缉拿罪犯不总是专业的，被捕罪犯的生存条件则更糟。多数拘留所，比如看守所或劳改营，都是临时拼凑的，既肮脏又不卫生。甚至像纽盖特监狱（Newgate）这样的伦敦大监狱都不干净、狭小、拥挤，少有锻炼的时间和场所。由于相当数量的维多利亚文学作品都以前维多利亚时期为背景，因此所提及的处罚形式多陈旧过时，比如让戴着镣铐的犯人上绞架，又揪拉又撕扯，并且把犯人囚禁在废弃的破船上，即退役的海军舰船被用作监狱。对于这种现象最著名的描写是狄更斯的《远大前程》，在小说的开头，罪犯麦格维契从这样的一艘破船上逃了出来，但又被抓了回去。

在维多利亚时期，开始按照较为卫生的原则建造新监狱。1795年重修了纽盖特监狱，在1858—1861年间又一次重建。米尔班克监狱（Millbank）在1816年开始起用，布里克斯顿监狱（Brixton）则在1820年。特德希尔·费尔德监狱（Tothill Fields）重建于1835年，本顿维尔监狱（Pentonville）和克拉垦维尔监狱（Clerkenwell）的新监狱分别竣工于1842年和1849年，接着万兹沃斯监狱（Wandsworth）竣工于1851年，而哈罗威监狱（Holloway）竣工于1852年。达特穆尔监狱（Dartmoor）最初是为战争犯设计的，在1850年成为已决犯监狱。在《监狱与囚犯》（*Prisons and Prisoners*，1845）中，约瑟夫·阿夏德（Joseph Adshead）强烈谴责了他在监狱中发现的种种滔天罪行，可是对于本顿维尔监狱（Pentonville）的新型监狱却赞许有加。监狱管理系统也进行了新的尝试，包括分离系统、单独监禁以及安静系统。狄更斯对于监狱改革产生了浓厚的兴趣，并走访了英国和美国的监狱。他不赞成某些更为宽容的革新，并在《大卫·科波菲尔》的结尾嘲讽了尤拉·希普（Uriah Heep）和利蒂默尔（Littimer）所待的模范监狱。查尔斯·雷德将监狱改革作为他的小说《亡羊补牢，未为迟也》（*It Is Never Too Late to Mend*）的主题。

在十九世纪早期，犯罪小说的所有次分类都得到了发展，巴尔沃-

莱顿的小说《鲍尔·克利福德》(Paul Clifford)和《尤金·阿拉姆》(Eugene Aram)的成功促进了这类小说的繁荣。这种小说被称作"纽盖特小说"(Newgate Novel),由纽盖特监狱和《纽盖特日历》(The Newgate Calendar)而得名。这部小说记录了有名的罪犯的生活。紧随巴尔沃-莱顿之后,威廉姆·哈里森·艾恩斯沃斯出版了两部关于十八世纪囚犯生活的小说。《路克伍德》描述了臭名昭著的公路强盗迪克·托品(Dick Turpin)的冒险经历,而《杰克·夏泊德》(Jack Sheppard)讲述了一位徒有虚名的人物的多次著名的越狱经历。狄更斯的《雾都孤儿》显然属于这类小说。

虽然十九世纪英国谋杀案的发生率并不高,但总有重大事件的新闻报道吸引大众。1824年的约翰·舍泰尔案件(The John Thurtell case),涉及残忍的同事谋杀,激起了人们的严肃关注。1833年的红磨坊谋杀案(The Red Barn murder),案中约翰·考德(John Corder)杀害了他心爱的女人玛丽亚·马丁(Maria Marten),引起了广泛的公众注意,并被很快改编成剧搬上舞台。一起极为恐怖的谋杀案是丹尼尔·古德(Daniel Good)谋杀并肢解了他的情妇。1849年,玛丽亚·曼宁(Maria Manning)和她的丈夫因图财枪杀了一名男子,被判绞刑。下毒致人丧命常是罪犯惯用的手法,并对小说产生了重大影响。有三桩谋杀案与医生有关,其中最恶名昭彰的是1856年威廉姆·帕尔默(William Palmer)的毒杀案,接着是1859年汤姆斯·斯默舍斯特(Thomas Smethurst)和1865年爱德华·普里查德(Edward Pritchard)的谋杀案。玛丽·伊丽莎白·布兰登(Mary Elizabeth Braddon)的小说《猛禽》(Birds of Prey)中的人物菲利普·舍尔顿(Philip Sheldon)的原型据说是这三位医生。

舞台剧常常以真实的犯罪为原形,并常以谋杀作为戏剧情节的主线。小说也将谋杀作为其叙事内容,从《雾都孤儿》中的比尔·塞克斯用重器残忍打死南希,到《荒凉山庄》中的霍尔登斯为复仇用枪击毙塔尔恳霍恩,到《马丁·朱兹利威特》(Martin Chuzzlewit)中的约纳斯·朱兹利威特(Jonas Chuzzlewit)竟丧心病狂地杀害了芒特格·蒂格(Montague Tigg),再到《我们共同的朋友》中的罗格·莱德合德(Rogue

Riderhood）和布兰德雷·汉德斯彤（Bradley Headstone）的共同谋杀案。这些仅仅是狄更斯小说中的几个例子。巴尔沃－莱顿的《尤金·阿拉姆》（Eugene Aram）中，那位极有天赋、或许会成为一名令人尊敬的学者的尤金·阿拉姆，由于他过去犯的一桩盗窃谋杀案而惶惶不可终日，过着提心吊胆的生活。托马斯·哈代（Thomas Hardy）的小说《德伯家的苔丝》（Tess of the D'Urbervilles）中的苔丝姑娘，因杀害亚雷·德伯（Alec D'Urbervilles）被处绞刑。之前在文中提到的小说中描写的其他谋杀案，有一些谋杀未遂，比如乐·范的小说《赛勒斯叔叔》（Uncle Silas）和玛丽·伊丽莎白·布兰登的小说《奥德丽夫人的秘密》（Lady Audley's Secret），小说中犯有重婚罪的妻子错误地认为自己杀害了第一任丈夫，并且徒劳地想杀掉追踪自己秘密的人，在威尔奇·科林斯的小说《阿默黛尔》（Armadale）中，丽迪亚·格维尔特（Lydia Gwilt）企图闷死睡梦中的阿兰·阿默黛尔（Allan Armadale）。一些杀人罪是在不经意中发生的，但仍然是要偿命的，比如在艾略特的小说《费利克斯·霍尔特》中，费利克斯·霍尔特在骚乱中杀死一名警察。

自杀以及自杀未遂都属于蓄意杀人罪（Homicide）。但法律制度对这类罪行很宽容。十九世纪早期的宗教反对自杀。自杀身亡的人不允许埋葬在圣地（sacred ground），虽然极少有人遵照旧的习俗把自杀者埋在十字路口。1823年以后，葬礼须在墓地举行，但直到1880年的埋葬法（the Burial Act）颁布后，才允许为死刑犯（felo de se）举行宗教葬礼。1882年以前，依法死刑犯的尸体要由警方秘密地在晚上9点到12点间埋葬。陪审团不愿意给犯人定死罪（a verdict of felo de se）是可以理解的，因为不允许为死刑犯举行宗教葬礼，死者的财产要全部没收归政府所有，并且人身保险作废。在文学和艺术作品中，一个熟悉的比喻词语常把堕落的女人和妓女与自杀联系起来，特别是通过"溺死"。乔治·克瑞克珊克（George Cruikshank）著名的蚀刻画系列《酒鬼的女儿》（The Drunkard's Daughter）刻画的是一个从桥上一头栽下去的女人，汤姆斯·胡德（Thomas Hood）的叹息桥（The Bridge of Sighs）讲述的是同一主题，在《大卫·科波菲尔》中有一个著名的场景：当堕落的玛莎（Martha）寻思着往泰晤士河里跳的时候，大卫和皮格逊先生看到了她。但自杀可能出自不同的原因，既牵涉到体面的人，也影响到不名誉的人。在《阿默黛尔》中，丽迪亚·格维尔特由于挫败的爱情而自杀。《尼古拉斯·尼克勒贝》(*Nicholas Nickleby*) 中的拉尔夫·尼克勒贝（Ralph Nickleby）由于一时的懊悔而自杀，《马丁·朱兹利威特》中的约纳斯·朱兹利威特为躲避公开处决而自杀。破产者偶尔也以自杀来逃避经济纠纷。《小杜利》中，事业失败的默德尔以自杀来摆脱困境。

另外一类谋杀罪是杀婴罪（infanticide），出人意料的是，这一罪行得到人们的同情。一方面，无知和贫穷可能是过失杀人或谋杀指控的可靠辩护；另一方面，法医科学还不够发达，不能为大量的案件提供确切的证据证实孩子死亡的真正原因。一个例子是"知情辩护"（privy defense），它是指初为人母的女人声称自己是在完全不知情的情况下将胎儿留在了便坑里，以致无法挽救。1803 年的反人类罪法案（the Offences Against Person Act）宣布杀婴罪是一种谋杀罪，然而只有在证明母亲有过错时，她才是有罪的。除虐杀婴儿之外，小孩子，特别在他们最初的几个月里，在太多的方面可能遭遇危害，会使普通人，包括律师、法官、医生对失去孩子的母亲产生同情而不是怀疑。维多利亚文学作品中，很少提到实际的婴儿虐杀事件。一个引人注意的例外是艾略特的《亚当·比德》(*Adam Bede*)。小说中赫蒂·瑟丽尔（Hetty Sorrel）将孩子丢弃不管，后被逮捕、审判，被判杀婴罪，虽然她的死刑罪后来被减刑为流放。在弗朗西斯·特勒罗普的《杰西·菲利普斯》中，杀婴罪构成小说的重要情节。文学作品中最臭名昭著的杀婴案当属托马斯·哈代的《无名的裘德》(*Jude the Obscure*)，小说中泰默小爹（Little Father Time）杀害了他的兄弟姐妹而后自杀——"我这么做是因为我们都是多余的人"。《雾都孤儿》中的婴儿农场（the Baby Farm）和《尼古拉斯·尼克勒贝》中的多舍堡斯堂（Dotheboys Hall）反映了现实中对儿童的残害，这样的恶行往往对儿童造成致命的伤害。同样，文学作品中几乎未提及堕胎，虽然在爱玛·卡罗琳·伍德（Emma Caroline Wood）的小说《海上悲哀》(*Sorrow on the Sea*) 中，堕胎暗指接生婆的行当，在科林斯的《阿默黛尔》中，堕胎是道德败坏的医生道恩莱特的工作。

在维多利亚登上王位之时，决斗（Dueling）被认定是违法的，并几乎在英国绝迹，然而在小说中，决斗仍然是一个活跃的话题，并常常带有喜剧色彩，如在《匹克威克外传》中不止一次提到决斗，在萨克雷的《巴利·莱顿》（Barry Lyndon）中也有决斗的描述。在这一时期的军事小说中，决斗是一个标准话题，最有名的是查尔斯·莱弗早期的小说。在弗兰克·E. 斯曼德利（Frank E. Smedley）的轻松活泼的小说《弗兰克·费尔雷》（Frank Fairleigh）中，哈利·奥克兰（Harry Oaklands）在一场决斗中几乎丧生。决斗是这一时期的许多较为严肃的小说的突出内容。罗伯特·贝尔在小说《黄金梯》中有整整一个章节描述一场决斗，G. A. 劳伦斯（G. A. Lawrence）的非常畅销的小说《盖·理文斯彤》（Guy Livingstone）中，有一场决斗的记录颇为可爱。在乔治·梅利迪斯的小说《理查德·费沃雷的考验》（The Ordeal of Richard Feverel）中，所谓的主人公在一场决斗中严重受伤。

为财物而犯罪，特别是盗窃罪（theft），在维多利亚小说中频频出现。特勒罗普在小说《巴塞特最后的编年史》（The Last Chronicle of Barset）中编排了一个虚拟的盗窃案情节：令人尊敬的乔西亚·克劳利（the Reverend Josiah Crawley）被怀疑偷窃了一张二十英镑的支票，可是他如此健忘，竟说不清楚支票是怎么到了自己手里的。最终他被宣判无罪，可是将一位信仰上帝的人看成窃贼，为这部小说引来了不少批评。更为有趣的是那些将优雅和神秘与偷盗联系起来的故事，一个杰出的例子是《月亮宝石》，小说中一枚钻石的失踪构成整个故事的核心。钻石失踪在特勒罗普的小说《尤斯塔斯钻石》中也是贯穿故事的主线。玛丽·乔曼德利（Mary Cholmondeley）的小说《丹弗尔家的珠宝》（The Danvers Jewels）很大程度上得益于《月亮宝石》，故事包括一桩珠宝首饰盗窃案和随后揭开的一个英国乡村庄园的秘密。

与法律相关的一个奇特之处是涉及精神病（Lunacy）的问题。仅根据某个人——某位家庭成员或其他具有某种权威的相关的人——的医疗证明，就可能将一个人当作精神病患者隔离起来。相当数量的维多利亚小说涉及不公正的精神病隔离的话题。亨利·科克顿（Henry Cockton）的小说《口技演员万伦泰恩·沃克斯的生平及其冒险经历》（*The Life and Adventures of Valentine Vox, the Ventriloquist*）多围绕这一主题，他在小说的前言中抨击私人精神病院的管理制度。小说中，由于哥哥和侄子伙同收受贿赂的医生阴谋陷害，格利姆伍德·古德曼（Grimwood Goodman）被囚禁在一家特别残暴的疯人院。他的侄子和哥哥想剥夺他的财产。古德曼逃出了疯人院，可是不久便去世了；而他狠毒的哥哥已先他一步自杀了。在弗雷德里克·马利亚特船长（Captain Frederick Marryat）的小说《单纯的彼得》（*Peter Simple*）中，彼得被误认为是精神错乱，被送入贝德兰姆疯人院（Bedlam），虽然送他进疯人院的祖父很清楚他只是由于生病发高烧，语无伦次而已。马利亚特指出，制造一个精神病病例很容易，而要纠正一个错误的诊断却很难。碰巧一位彼得的熟人来到贝德兰姆疯人院，认出了彼得，他才终于获救。以精神病为借口，非法拘禁他人的情节同样发生在小说《白衣女人》中，舍利丹·乐·范的《玫瑰与钥匙》（*The Rose and the Key*），以及查尔斯·理德的《现金》（*Hard Cash*）和《可怕的诱惑》等小说中，后者特别谴责了对于精神病证明的滥用，前者则表明一旦被送进疯人院，要想摆脱是多么艰难。

经常出现在海军和军队小说中的法律形式被称作军法（military law）。虽然决斗被认定是非法的，但是军队小说对此不以为然。不过，某些犯罪，比如殴打上级军官、开小差等会受到严厉惩罚。像弗雷德里克·马利亚特船长这样的海军小说家和查尔斯·莱弗这样的军旅小说家都特别反对上级军官和军事法庭施用鞭刑（flogging）。

还有许多其他形式的法律本可以在文中讨论，包括全面的监管法和行政管理法，除了《小杜利》中声名狼藉的间接证据事务所（Circumlocution Office）之外，小说中很少提到这些法律。同样，虽然某些法律或某些法律的缺失影响到小说家和其他作家，但是小说家们并不经常在作品中涉及这些法律。例如，狄更斯曾与其他作家一道为国际版权法的实施进行过长期、艰苦的论争，虽然他终其一生未能获得成功，但他并没有将这一斗争看作他小说创作的重要的一部分。同样，1857年的色情淫秽出版物法案（Obscene Publications Act）使得英国小说家对于某些主题很难处理，比如通奸。不过，在他们的小说中，对于这样或那样的出版物审查法（censoring laws）罕见任何实质性的描述。

（张瑞卿　译）

三、性别政治与妇女权利*
Gender Politics and Women's Rights

希拉里·M. 斯歌（Hilary M. Schor）

大多数维多利亚时期文学作品的读者是通过一段最为强有力的话语来理解十九世纪的女权主义和性别关系的。这段话发自夏洛蒂·勃朗特的女主人公，简·爱率直、富于挑战性的心声。当她站在桑菲尔德大厅（Thornfield Hall）的过道，对读者讲："假如我渴望能拥有一个更为广阔的天空……任何我喜欢的人都会指责我。"然而，正是简·爱本人告诉我们，并不是只有她一个人怀有这样的渴望："许多妇女命中注定要过一种比我的生活更为宁静的生活……"

简·爱所说的正是夏洛蒂·勃朗特的心里话，她不仅仅是在为自己说话，也是在为自己的同类说话，并活化了一类人的话题：女人。正是作为这一类人的一分子，她道出了自己的感受：

> 人们一般认为女人是麻木不仁的，但是她们像男人一样有知觉、有情感；她们需要像她们的兄弟们那样锻炼自己的才干，经营自己的专长；而她们所经受的是过度僵化的限制、绝对的停滞，而这些恰是男人所不会经受的；比女性更具特权的另一半却心胸狭窄，发出这样的声音：她们应该待在家里，制作布丁、编织长袜、弹钢琴、绣布袋。如果她们想要做得更多、学得更多，超出传统习俗所应允的"女人"应该的范围，她们就会遭到斥责或嘲笑。

鉴于十九世纪中叶围绕妇女角色所存在的强大的意识形态，维多利亚

---

* 本文选自 Patrick Brantlinger and William B. Thesing, ed., *A Companion to the Victorian Novel*, Blackwell Publishing Ltd., 2005, chapt. 10, pp. 172-88。

小说的读者对这种首次出现的异样声音显露出惊讶。人们对于女人的期待是：待在家里，以家庭为中心；行为检点，小心翼翼，谦逊得体；尽心尽责，乐于奉献。这实际上是为女性的生活设定了高贵的疆界。简·爱在小说中多次越界，显示出非凡的胆识。小说《简·爱》的开头有一段消极的话语（"那天不可能出去散步了……"）紧接着便是母亲们常常对女儿们做出的代替"我们的观点"（our opinion）的武断的代言："我从来不喜欢在外边长时间散步，黄昏时分回家对我来说真是太恐怖了……"简·爱则完全不同于维多利亚时期的女人，发出了异样的声音，她是一位敢于说出自己观点的女主人公。

但是这部小说向我们提出了更多的问题，超出了我们所欣赏的女主人公奋力反抗所能承受的限度：它要求我们郑重思考维多利亚中叶的英国知识女性的命运，尝试理解她自身的命运；它要求我们对十九世纪出现的对于女性问题更大的讨论背景下，有关性别角色、有组织的女权运动及其女权主义叙事者的心声的理解。这场讨论促使我们思考的不仅是十九世纪妇女的历史地位和角色变化，还有妇女的社会境遇对于维多利亚小说的情节、形式和结构的重要影响。我将从《简·爱》开始，探讨这部小说所开创的理解维多利亚时期女性的范式，以及她们所面临的选择，进而推进到围绕维多利亚女性的更为广阔的历史讨论，推进到随后的不同种类的现实主义小说。对于维多利亚小说，没有哪一个问题比十九世纪思索的"妇女问题"更为重要；对于今天我们仍然在阅读的小说形式所提出的质疑，没有哪一个比得上弗洛伊德在十九世纪末提出的问题更具影响力："女人想要什么？"

1.

自《简·爱》初版以来，它就既被当作文学佳作，又被当作社会文献，受到重大关注，并成为现代和后现代对于维多利亚时期性别问题重新思考的中心，成为从弗吉尼亚·伍尔夫（Virginia Woolf）到阿德丽娜·丽奇（Adrienne Rich）、桑德拉·吉尔伯特（Sandra Gilbert）和苏姗·嘉伯（Susan Gubar）这些读者喜爱的作家的作品中的突出代表。在此，我想问一个十分简单的问题：简·爱的故事在哪些方面反映出十九世纪中叶我们所了解的妇女在社会、政治和经济方面的境遇？当我们读完并合上这本书的时候，我们可以从历史的角度复述女主人公的故事：简·爱是一个孤儿；一位中上层阶级女士和她的牧师丈夫的女儿，她出生在一座工业城市，父母死于流行热病，在父母去世后，她被带到家境富裕得多的舅舅约翰·理德（John Reed）家，由舅舅的家人照顾，和她的表兄妹约翰（John）、伊丽莎（Eliza）和乔奇安娜（Georgianna）生活在一起。约翰·理德临终时要求他的妻子，一定要抚养这个孤儿和他们自己的孩子，她表面上答应，但是并不兑现承诺。她把简·爱看作闯入她的生活的外来者和依靠她抚养的累赘，对于她的孩子们对简·爱的欺辱，她放任不管，致使简·爱处于被人欺凌的可怜境地，甚至家仆都不把她放在眼里，因为仆人和理德家的孩子们都认为简·爱是一个不能自食其力的寄生虫。后来，在一场激烈的冲突中，这个敏感的女孩儿反击了她的表哥约翰，而被关在（她坚信）游动着她舅舅的鬼魂的红房子里。后来她被送进了寄宿学校。她（以一个受到过惊吓的孩子的机灵）推理道：如果她的表哥不喜欢上学，她自己很有可能会喜欢上学的。到了娄坞德女子学校，她决心开始一种新的生活。在这里她接受的是一种严苛的基督教教育，这种教育就是要把未自立的女孩子培养成独立的女子。毕业后，她当了这所学校的教师，但是她不安于只做一个"新的奴仆"（new servitude），因此发布广告寻求一份家庭教师的职位。后来她离开了这所学校，从而走入了大多数读者都无法忘怀的"真实的"简·爱的浪漫情节。

简·爱的家庭遭遇和所接受的教育铸就了她坚强忍耐的性格，这成为她极为鲜明的女权主义表述的中心，就是她对雇主罗切斯特（Rochester）先生讲的一段话，这段话促使他向简·爱求婚。当罗切斯特先生试探着、威胁说要娶另外一个女人，并声称要送简·爱到爱尔兰的毕特纳特区（Bitternutt Lodge）的黛妮瑟斯·欧格尔（Dionysius O'Gall）夫人家，给她的女儿们做家庭教师的时候，简·爱哭诉道："我，现在不是通过传统、习俗，甚至不是通过凡身肉体在和你讲话——是我的灵魂在和你的灵魂说话，它们仿佛穿过坟墓，来到上帝面前，站在他的脚下，我们，是平等的！"她气愤地喊道："难道你以为，因为我穷、我微不足道、我丑、我渺小，我就没有灵魂，没有心肝吗？如果上帝赋予我美丽和财富，我会使你离不开我，而不是现在你要我离开。"这场情感的爆发不仅赢得了男主人对她的尊敬，而且激发了他对简·爱更深的感情，他向简·爱示爱并向她求婚——然而，一段短暂的激情，不知怎么突然被冻结了。当事实——他已经结婚，他的妻子就是被锁在阁楼里的疯女人——大白天下的时候；简·爱出逃，千辛万苦去寻找新的家庭，后来竟意想不到遇到了她的表兄妹，并成为一桩久被遗忘的、刚刚去世的叔叔的财产的继承人。终于，她与她敬爱的男主人团聚了，他现在自由了，可是又瞎又瘸，但是简·爱依然爱着他。他们后来的婚姻堪称伴侣和平等的典范："我们整天都在交谈；我们的交谈不过是一种更富活力、更能够倾听到对方心灵的思想。"简·爱的尝试，她对于独立的追求，喊出了自己的强音，这一切在勃朗特的叙事中，完全与简·爱的浪漫追求和她与罗切斯特先生的成功婚姻融为一体（此外，他的视力得到了恢复，并且有了儿子——他们爱的结晶）。这标志着简·爱最初对读者提出的争取平等的愿望的实现。

浪漫情节贯穿于这部小说的主题，贯穿于这部小说的不断走红，而阅读这部小说首先带给我们的震撼是勃朗特对于社会尖锐的讽刺。小说中她的批评对象指向被宠坏的孩子、被惯坏的男孩（一类特殊的人群）、美丽而娇纵的女继承人、组织严密的传统宗教信仰，尤其是由一位像布洛克赫斯特先生那样顽固不化的神职人员所代表的宗教信仰，布洛克赫斯特先生最初的出现，正值理德一家人在餐厅吃早饭，他突然似一根电线杆一样杵在地板上。因为，简·爱所经历的孤儿受到压制并造成严重营养不良的罪责不仅在学校，也在于暗地里支持的所谓的宗教组织，但是学校所推行的性别角色受到抨击；她（或者是作者本人）一到达桑菲尔德大厅，就严厉指责对小男孩的优待、社交中的愚蠢行为、对家庭女教师的欺压，以及对小孩子的荒唐的理想化。但是勃朗特对于她所处的社会的批评的核心是一系列我们现在才确定的问题，是在写作《简·爱》的年月里开始被发现的问题——非常明确和具有进步意义的女权主义问题：妇女的受教育问题；拒绝培养女性担当重要社会角色的问题；将妇女排除在使她们成为独立的正式公民之外的法律和财产限制的问题；对于妇女的生活强加的一系列法律和想象的限制的问题，其中最主要的是自相矛盾的婚姻结构以及支持这种婚姻结构的法律，法律使妇女成为无力抵抗暴力、监禁和虐待的弱势群体。虽然《简·爱》饱含激情的浪漫主义，有童话般的结局，小说还是无情地揭露了维多利亚时期妇女生活的现实，以及她们在社会上到处面临的限制和压迫。

2.

当然，并不只有夏洛蒂·勃朗特一人看到了妇女生活所遭受的主要的种种限制：当简·爱宣称"许多妇女命中注定要过一种比我的生活更为宁静的生活"，妇女"像男人一样有知觉、有情感"，以及"她们需要像她们的兄弟们那样锻炼自己的才干，经营自己的专长"的时候，她便预见了更为明确的平等诉求，以及十九世纪五十年代以后的一系列女权主义活动。简·爱所确定的斗争领域（教育、法律、财产、宗教、服务、家庭）都处在维多利亚时期的英国妇女的作用逐渐扩大的中心。随着1848年女王学院（Queen's College）的开办和1849年贝德福德学院（Bedford College）的开办，高等教育向女性敞开了大门。因此，为下一代培养出重要的女权主义理论家和活动家做好了准备。然而，女权主义的活动已经在进行之中。1855年，才情出众的巴巴拉·雷·斯密思（Barbara Leigh Smith）组织了第一个女权主义委员会，书写了小册子《用直白的语言简要综述关于妇女的最重要的法律》(*A Brief Summary in Plain Language of the Most Important Laws Concerning Women*)，后经朋友将它交到了法律修正案协会，协会起草了一份决议和一份请愿书，支持有关已婚妇女财产法（Married Women's property）和相关的对剥夺妇女财产权法的法律改革，支持妇女成为独立的经济人，保护她们的工资收入，或者可以不经丈夫的同意确立遗嘱（令人吃惊的是丈夫可以在妻子去世后宣布遗嘱无效）。1857年，这一法案提交议会，同年首次提出修改离婚法和婴儿的监护权法的动议，这些法律严厉制止妇女提出离婚，并且规定离婚妇女没有子女监护权。正像已婚妇女财产法（the Married Women's Property Bill）一样，结婚与离婚法案（the Marriage and Divorce Bill）的提出是对由婚姻和家庭关系所维系的圣洁性、隐私和秩序的挑战——但是对于《简·爱》的当代读者来说，对于掌控婚姻、离婚、妇女财产等法律的批判似乎是不可避免的。

1857年通过了结婚与离婚法案，而已婚妇女财产法的通过经历了几十年——但是，促使议会考虑家庭关系（特别是有关妻子的法律，基于保护的原则，妻子没有独立的合法身份，是丈夫的合法财产）的这些重大变化的冲击持续了整整十年（十九世纪五十年代）。随着妇女投身于多种多样的社会活动，这使得她们摆脱了家庭生活圣洁性的观念，将她们带入了新的就业形式，并且人们对"传统习俗"（conventionalities）提出了更为激进的质疑。简·爱则以小说的影响力强烈地抨击"传统习俗"。这一时期出现了多种女性慈善组织，虽然这些组织没有明确的女权主义观念，却更为强烈地将妇女带入社会领域。而以巴巴拉·雷·斯密思为中心的妇女团体则更进一步，摇动着一台印刷机（a printing press），出版《英国妇女杂志》（The English Women's Journal），并且举办了一系列听众踊跃、影响广泛的有关妇女的公开演讲，其中最为著名的是安娜·杰姆逊（Anna Jameson）的《慈善的姐妹们》（Sisters of Charity）和《劳动共同体》（Community of Labor）等演讲。她提议妇女们要建立积极的"姐妹情谊"（sisterhood），这种情谊会为她们提供勃朗特所设想的姐妹们奋斗的"天地"。斯密思在朗翰·普雷斯（Langham Place）建立的中心提供了一幅具有非凡热情和想象力的蓝图。瑞·斯特拉奇（Ray Strachey）的《事业》（The Cause）对于当年出现的对女性社会角色的激进质疑做了精彩的描述：

> 为什么女性不应该关注法律问题？马上开办一家公司，雇用女职员。为什么女人不能做发型师、饭店经理、木刻艺术家、药剂师、家居装潢工程师、钟表师、电报员？走出去！走出去！让我们看看我们能不能做得到！……还有玛利伯恩（Marylebone）游泳浴场，为什么它们不对女性开放？难道主管说过女人不想使用这些浴场吗？废话，当然他们说过的。假如有三十位女子来了，浴场会向她们开放吗？很

好，应该来三十位女子；每个星期三的下午，年轻女子成群结队离开办公室来搅动这些浴场的水面。一切都不要错过，无论是渺小还是伟大，她们已经掀起了这场运动。

斯特拉奇的描述向我们展示了一种转变的强大感觉：妇女们不仅出发来"搅动浴场的水面"，而且掀起了一场运动；她们带着自己的文化和期盼参战了。这段话在其准确细节的美妙感觉（每个星期三的下午三十位女子定会成群结队离开，不然这个世界就不会运转了）及其更为突显的冲击力之间回旋，因此，这个世界一定要变，来满足这些女人的要求。这部小说开出的那个清单的技巧如此关键，那些构成日常生活的最平凡的事情（发型师、饭店经理、木刻艺术家、药剂师、家居装潢工程师、钟表师、电报员），当女人涉足其中的时候，就演变成了一场革命。

当然，小说不是开始于平常的事情，而是开始于不平常的事情；完全平淡无奇的事情不是小说所关注的。同理，女权主义也开始于走出平凡的女人；她们指责这个世界，要求世界不要依旧路前行。那么，小说如何回应女权主义的责难，将不平凡的女主人公推至小说责难的中心？我们如何能够将小说的注意力引向细节和现实，与女人颠倒这个世界的秩序的方式连接起来？要回答这些问题，我们得回到《简·爱》及其后的许多小说，来富有成效地迎接它的挑战。

3.

《简·爱》与现实生活的关系远比大多数读者注意到的要复杂得多。简·爱频繁回到原汁原味、未经修饰的自然环境，进一步为她的故事增加了可信度。正像她提醒我们的那样，她相貌不美；罗切斯特先生也不英俊；格雷斯·普尔拿着一罐儿黑啤酒；阿德利也不是个出色的孩子。但是简·爱也频繁移向远远超出或然律的某种程度的现实。伯莎·马森（Bertha Mason）首次露面时，看上去仿佛是个"不洁的、德国幽灵——吸血鬼"，而她最后在大庄园的城垛上的露相竟"如同巫婆般狡诈"；在路边，简·爱和罗切斯特都在等待着精灵或者魔兽[1]的出现；在小说的高潮，他们心灵相通，通过某种心电感应穿越英格兰遥相呼应，此时，简·爱听到"疯狂的、恐怖的、急切的……人类的声音——一个深爱着的、熟悉的声音——爱德华·菲尔凡克斯·罗切斯特的声音"，而罗切斯特则听到了他的呼喊的回应"一个声音——我不知道声音来自何方，但是我知道这是谁的声音——在回答我：'我来了，等着我'"。当简·爱回到罗切斯特身边，这个双目失明的男人亲吻、抚摩着她，但是只有在简·爱说出她继承了她过世的叔叔的一份遗产时，他才喊了出来："啊，这是现实——这是真的！"简·爱向我们提出一个类似的双重要求，一方面，要求"现实"如"真"（一如读者，当我们注意到这一要求的讥讽、辩证与激情，与正在进行的维多利亚女权主义者们的争论之间的一致），另一方面，我们视虚幻的、哥特式的、童话的阴暗面为真。以这种方式，简·爱的故事较少遵循某种绝对的现实性原则，而具有更多的小说般的别样冲动，在多种复杂的感觉中有一种"浪漫"的冲动：那种充满神秘事件的语无伦次的（wandering）、飘忽不定的叙事方式；那种女主人公对于完满的浪漫追求；那种对于其他地方的另外一个世界的渴望，那种莎士比亚浪漫剧的乌托邦式的冲动，这种浪漫在弗恩迪恩小山谷那个生气勃勃的世界里得到实现。在那里，简·爱故事的物质需求被置换了，为她与丈夫所创造的伊甸园般的美景留下了空间；简·爱，作为小说名又作为主人公，不仅散发者诱人的气息，而且洋溢着现实主义的精神。

那么，问题是，我们与夏洛蒂·勃朗特对于本世纪中期女性独立性的奇特描述有什么关系呢？那种对爱情的追求、对自主性的热望，使她与同时代大多数的传统思想相冲突，然而她内心思想的率真表露和任性固执（perversity，小说中的其他人物喜欢用这个词来形容简·爱）反而对于形成一种非常不同的本世纪中期的女权主义话语颇有助益。当代女权主义者更有可能被说成是要求平等权利，为自己的愿望而争辩的"简·爱"，但是小说并未一味徘徊在说理和争论的领地。如果我们要问哪一个是真正的

---

[1] 魔兽（Gytrash），一种神秘的野兽。——译者

简·爱，我们是否在问，利用任何具有影响力的维多利亚女作家的小说作为讨论十九世纪性别问题的要素，会存在什么样的局限性？或者，我们是否可以照搬表面上不合规则的文学技巧，小说《简·爱》的现实主义结构的纷争和女主人公蓄意的任性，作为重读维多利亚小说的一种方法来讨论妇女问题？

我可以借助一本写于《简·爱》之后几年的小说来回答这个问题，一本在某些方面不同于《简·爱》的主题、格调和结局的小说，但由一位同时代的女小说家写就，并被卷入了夏洛蒂·勃朗特的传奇故事——关键在于它的创造性。伊丽莎白·盖斯凯尔，勃朗特的亲密朋友和文学上的支持者之一（最终成为勃朗特去世后生平传记的作者）。她树立起自己的文学盛誉，不是通过挑战性别角色的期待（没有人告诉她的任何女主人公，其行为是"非女性化的"或"不自然的"），而是带领她的读者超越了中产阶级的惯例传统：通过揭开遮盖着英国都市北部的工业贫穷的面纱，通过高声捍卫那些或许被他们的文化剥夺了选举权的人们——工人、儿童、妇女。但是，这些问题并不会使我们偏离本章的主题，因为在她的小说中，特别是在她的第二部工业小说《北方与南方》（*North and South*）中，她回答了《简·爱》提出的问题：什么是女人恰当的本分（proper sphere of duty）？一位富于生活激情的女人如何能在拒斥女强人及其浪漫热情的社会找到她的同类？在得不到继承、财产和平等权利（特别是已婚妇女）的父/夫权社会，妇女能找到自己的生存之路吗？女人如何在浪漫爱情与智力和精神独立之间找到平衡？

小说《北方与南方》开始于一连串的变化：女主人公，玛格丽特·希尔（Margaret Hale）与生活在繁华伦敦的富有的亲戚暂住在一起，小说的开头就提到，她的一位优雅的堂姐即将举办婚礼。玛格丽特从一开始就被塑造成一位与众不同的女主人公，她"玫瑰花蕾般的双唇绝不会轻易吐出'是的，先生'和'不，先生'这样的应和"，而是抗拒如此富有女子气的任何形式和传统，偏偏喜欢位于海尔斯彤（Helstone）的一个英国小村庄的她的家人的简朴生活，参加完婚礼后她还要返回她的家乡。不过与其说任由自己沉浸在乡村、家庭和做个好女儿的宁静中，玛格丽特感到自己受到家庭和历史变化的冲击：她全家搬到弥尔顿北部（Milton-Northern），这是一座虚构的城市，仿照工业中心曼彻斯特的模型而建，玛格丽特不仅被卷入了制造商们和"弥尔顿"新近发财的作坊老板们创造的生活中，而且，被搅进了环绕她四周的聚集在街道上的工人们的日常劳作和烦恼中。她首先被吸引到一群女人堆里，她们晃动着明亮、灵敏的面孔，相互打趣开心；而后她注意到希金斯一家（the Higgins），父亲是一家棉纺厂的织工，女儿是这家工厂的工人，后因大量吸入飞扬在工厂空气中的棉花毛绒而死亡。玛格丽特通过与这样的人们建立起来的友谊，开始了解到"北方与南方"之间的不同，以及作坊老板（她在他们装潢奢华的客厅中见到的）与工人（她在他们阴暗、透风的住房里见到的）之间沟通和理解的困难。

小说《北方与南方》中最具革命性的因素，它回应要"搅动"水面的女权主义的方式，是那些巨大的阶级差异和快速的历史变化已经成为小说浪漫情节的核心，因为玛格丽特对于发生在她周围的变化的深入了解使她陷入了与一位势力强大的作坊老板的冲突之中，这位暴发户是她父亲教授古代经典的学生，他来到她家，任意评论她对于弥尔顿小城日常生活的描述。随着玛格丽特对于约翰·桑顿（John Thornton）发家史的了解，并追随他走过经济萧条和随后的工人罢工的困难时期，她渐渐成为桑顿和他无法理解的工人之间的中间人和沟通者，玛格丽特后来明白了，用贝西·希金斯（Bessy Higgins）的话说，"工人和老板之间"的关系是无法改善的。玛格丽特成为这两个都已经失去倾听对方的能力的阶级之间对话的桥梁。但是，社会的差别又为玛格丽特·希尔和约翰·桑顿之间的浪漫爱情关系提供了一个转折点，这发生在一次工人罢工中，玛格丽特冲到一群愤怒的罢工工人队伍的前面，用身体保护桑顿免受暴怒的工人们的伤害。一只飞出的鞋子砸在了她的头上，她一下子倒在了他的怀里，被这突如其来的疼痛和羞愧击倒了；他抱着她柔软无力的身体奔跑回家，他，连同在场每一位目睹这一情景的人都会认为，她勇往直前的动力并不是出于她要解救一位手无寸铁的人的热情，而是出于对他的爱情。而当她拒绝他的求婚，极力否认这一点，并宣称自己的行为是出于正义感和公平的时候，小说强烈地暗示：正是连接他们二人的这种爱情关系促使她走进公众领域，并且令人震惊的是，一个女人的政治行动和她的爱情冲动会迫使她超越她活动的传统领域。小说的其余部分追随着这对恋人，经一系列颇为传统而浪漫的误会和纷争，二人加深了了解，直到玛格丽特的父母和监护人相继去世，她在弥尔顿继承了一笔相当可观的遗产，并提议将继承的地产转租给如今已经破落的（the now-impoverished）约翰·桑顿，才使这一情节有了结果。既然低租金的提议在工业化的英国社会，似乎相当于求婚的提议一样，桑顿以拥抱回应她的提议并且"放肆地"想要拥有她。当所有对于财产和利益的讨论都停止了，我们有可能要求南方与北方的更强的融合、老板与工人更好的协作、男人和女人更多的理解和爱。

如果说女主人公的浪漫与社会变迁的交织缠绕构成这部小说的重要因素，那么一个不同的因素，那个似乎更直接地回应维多利亚时期女权主义论争的要素，迎来了婚姻情节的革命；正是女权主义斗争在这一方面的进展使得玛格丽特·希尔成为维多利亚小说中最令人关注、最具代表性的女主人公之一，一位认真对待自己如何度过一生的女主人公。在那个漫长而痛苦的章节，当她失去了所有的亲人，并以为失去了嫁给那位向自己求婚的男子的机会时，她"尝试去解决女人们面临的最困难的问题，多大程度上完全归依、服从于权威，距离真正的自由还有多远"。玛格丽特经过这一时期的反思，"完成了她的一个海边心愿，并将自己的命运掌握在自己的手里"，因为她"在这冷静思考的时间里，懂得了某一天她一定要为自己的生命负起责任来，并保证用自己的生命做出点事情来"。盖斯凯尔为她的女主人公不仅留出思考的物质空间，而且留出争取她自由活动的道德空间。玛格丽特充分利用这份自由，走访生活在伦敦的穷人，并居住在伦敦，她为自己的生活做决定，正像她逗她的姑姑，恐吓她说要做"一名女强人"（a strong-minded woman），一个早期维多利亚时期对于女权主义积极分子的委婉称呼。如同简·爱，当她向罗切斯特说明她已经继承了遗产，并打算在他的房屋旁边为自己建一处房子，设想着在这个世界按照自己的方式生活，玛格丽特不仅得到财产，而且期待自己拥有更为丰富的个性；与简·爱不同，直到小说接近尾声，抛开任何关系（甚至邻里关系）

不说，她要她所爱的男人包容她的个性，因而当她回到他的身边的时候，不是作为需要帮助的祈求者，而是作为土地拥有者、房东，这样，形成一种有趣的性别和阶层的颠倒。

因而，小说《北方与南方》在其对于维多利亚中期的女权主义中心问题的考察中，立刻与简·爱提出的最为有趣的动议产生了共鸣和阐释，特别是对于独立的女主人公的生活内容及其恰当的角色（女子气的或者道德的）的质疑；同时，《北方与南方》将这些问题进一步展开，这是勃朗特不曾预想的。玛格丽特对这个世界的好奇心使她对人类世界的探索在许多方面超越了简·爱，从而将这部小说更全面地带入一个复杂的社会世界；确实，桑顿吸引玛格丽特的地方主要在于，通过他，她可以接触到一个更为广阔的、可以行动、可以学习的世界，她那超出其本阶层的活动范围使她的女权主义斗争扩大到了女职员和她们的家庭。正是这种举动，正是女主人公探索新世界的那份好奇和社会对于她变革社会的追求的回应之间的联系，使得维多利亚女性小说成为留给本世纪的最深刻的记忆。

4.

令人惊奇的是有多少伟大的维多利亚小说沉湎于在今天看来显然是女权主义的问题——特勒罗普的《你能原谅她吗？》，其主题是妇女财产问题；狄更斯在《小杜利》中，讨论了已婚妇女财产分割的纠纷；科林斯在《无名》中，批评了有关私生子法令；后来十九世纪的许多小说集中于"新女性"形象，她们若不总是被看作女权主义的自由思想者的话，也会被看作在性经历方面的大胆尝试者。在此，我要强调的是有关知识女性的作为自我映射的小说种类，她们往往要做出艰难的选择——主要集中于玛格丽特·奥利芬特的小说《玛娇丽班克思小姐》、乔治·艾略特的《米德尔马契》和乔治·吉辛的《古怪的女人》，以及从十九世纪五十年代到世纪之交沿着这一轨迹写作的小说。这些小说不仅提出女主人公该怎么办的问题，而且提出我们如何看待女主人公的问题。众所周知，简·奥斯汀（Jane Austen）曾经谈到她在爱玛·伍德庄园创造了一位没有人喜欢的、只有自怜自爱的女主人公；然而，令人吃惊的是这种对于女主人公的否定被证明只能是一种激励，而不是一种劝阻。多萝西·布鲁克（Dorothea Brooke）从一开始就令批评家们困惑不安，吉辛的女权主义女主人公罗达·南恩（Rhoda Nunn）似乎有意使自己不开心，甚至像《玛娇丽班克思小姐》这样更为传统的小说，突显的恰是简·爱的评论家们所认定的"倔强"（perverse）个性；在所有这些小说中，女主人公不仅要面对同伴人物，而且要面对她们的批评家们。

但是，之所以如此，主要原因是女主人公们质疑对于她们的世界的限制。像简·爱和玛格丽特·希尔一样，这些小说的女主人公们拷问的恰是集中于其他书中的假说——像多萝西·布鲁克一样，她们不仅把自己幻想成女中英雄，而且想象自己能够通过行动与环绕在她们周围的反常现象和平共处。她们的斗争经历不仅暗示要过一种英雄生活的艰难（尽管多萝西幻想着"在这里——在英国"她会做得到），而且女主人公们自己对生活幻想的影响力是巨大的。对于这些女主人公，同样对于简·爱，她们的生活被自己强烈的、充满跳跃式的幻想——那种期待过上某种女性命定的更为绚丽的浪漫生活，想象某种更为广阔的行动空间——所束缚和扭曲，这恰恰将她们的故事情节引向不合情理、难以置信，使她们的性格变得让人捉摸不透。

女主人公如此，小说本身也反映出人物塑造的新问题。尽管早期的小说，像1855年的《北方与南方》和1866年的《玛娇丽班克思小姐》能够依靠叙事者，通过它们所创造的女主人公的眼睛基本上看清这个世界，然而随着女主人公的烦恼的复杂化，她的看法与围绕她的社会秩序格格不入，使得小说更不容易集中于单一的焦点。在《米德尔马契》中，当多萝西·布鲁克看到几乎所有见到的女人都愿意嫁给像爱德华·卡绍本（Edward Casaubon）这样既枯燥乏味又碌碌无为的男人时，乔治·艾略特对这种婚姻的共同性基础的可能性深表怀疑。写于十九世纪末，在卷入女权主义运动之后，乔治·吉辛的《古怪的女人》试图使"古怪的"（Odd，既表示异常的，又表示单个的，还表示多余的）女人成为他小说的中心，甚至当他的女主人公与传统的浪漫情节相抵触时也不放弃。对女主人公的关注远不是例行公事，它搅动了小说界的平静，我们只能把它看作骚动，这些骚动折射出愈来愈强势的妇女争取权利的活动，这些活动渐渐演变成妇女争取选举权运动（suffrage movement）的积聚和暴发，公园里的暴乱、大街上的游行队伍，甚至当众暴露因在狱中继绝食抗议后被强迫进食而暴死的激进分子的尸体。接下来，我只能表明发生在这一时期小说中的变革——其应对女主人公的挑战情节的方式，以及挑战所引发的巨变告诉我们：围绕维多利亚女权主义曾有过怎样的文化焦虑和文化可能性。

5.

虽然这类小说有过三十年的历史，创造出五花八门的小说类型，从喜剧类到思辨类，再到无情的讽刺小说，但是这类小说除表面形式的不同，内里有着更多共同之处。小说《米德尔马契》和《玛娇丽班克思小姐》均发生在距离伦敦很远的地方；在这两部小说中，乡村或者集市小镇多多少少要比节奏繁忙的都市小说有更多余地来造就性情古怪的女主人公。《米德尔马契》和《古怪的女人》非常反常地、更多地关注婚后的生活而不是结婚情节，并且都至少对一桩不幸的婚姻做过独到的描写。二者终究会联系到强大的改变现状的想法，从对1832年改革法的激烈论争（改革法的实施在《米德尔马契》中多次牵动故事情节的走向和波动），到《古怪的女人》中描述的女权主义远动；甚至更具喜剧色彩的小说《玛娇丽班克思小姐》，其最强有力的动力源来自女主人公要改革卡灵福德（Carlingford）乡村社会生活的努力，以及女主人公要为自己的管理才能寻找一个更为广阔的天地的热望。在这些小说中，那种女主人公要为自己赢得更多的施展才干的舞台的渴望，与当时的社会机构的某种危机强有力地联系起来，那便是：当代英国社会不会为个体提供足够的施展才干的空间。

恰是乔治·艾略特为生活在被女权主义及其论争所动摇的世界里的女主人公的转变及其故事情节做了最为有趣的比喻。在她的最后一部小说《丹尼尔·迪兰达》（*Danial Deronda*）中，小说中的叙事人边走边思索：女性意识竟会与世界历史事件交织在一起。

> 在人类历史上难道有比一个女孩的意识更细致、更微不足道的思想吗？她为那些细微的、能使自己开心的思绪忙碌。有时她会为千头万绪的新鲜的想法而心潮澎湃，普天下的亲情在呐喊：当生活在另一个世界的女人们不再为在共同的事业中英勇牺牲的丈夫和儿子们哀伤……有时，当一个男人无声跳动了几个世纪的灵魂被唤醒，直到生机勃发的灵魂脉动开始一种崭新的、可怕的或者是欢乐的生活。

艾略特的答案很清楚，妇女为一种更富于想象力的、更为道德的生活而做出的斗争，借助女性的历史来类比，是我们自己的南北战争。艾略特认为，女主人公的转变（期待走出自己的世界的渴望）是一种演进的变化形式，本身是一个世界历史的时刻。但是，重要的是要看到女权主义论争的方式，"女孩的意识"的细致的思想充斥于那些已经卷入社会变革而远不自知的小说。小说——无论是恐怖的还是快乐的——对于女主人公自我意识的情节构造都发挥着重要作用。

这种小说中的一本，写于《北方与南方》和《米德尔马契》之间，明显对女性和文化变迁有类似的关注，是玛格丽特·奥利芬特的小说《玛娇丽班克思小姐》，这部小说以喜剧式的语体风格详述了我们在本章一直在追寻的问题。像许多十九世纪的小说一样，这部小说由女主人公露西拉（Lucilla）母亲的去世开始，接着她回到了家乡，准备安慰她的父亲并成为家庭的主心骨。而令她沮丧的是，她父亲反感她最初的悲戚忧伤，送她去了一所女子学校，在那儿，她很快开始了政治经济学和家政管理等课程的学习，仿佛如果她不从政的话，便决心认真去做女人要做的事情——精通家庭生活。露西拉的家政管理才干，在她返回卡灵福德时着实发挥了一番，不仅延伸到佣人管理、室内装潢、庭院设计方面，而且举办了一系列音乐晚会、社交活动、婚姻介绍等等，并在整个过程中克服了来自打退堂鼓的寡妇们、牧师的干扰、动辄甩手不干的佣人的阻力。尤其是她一直抵御着婚姻情节的诱惑，直到小说的结尾她才考虑婚姻问题，而且这部小说的喜剧色彩多来自这样的感觉：玛娇丽班克思小姐一直拖着不结婚，直到所有别的事情都安排到满意为止，而后开始了一段让人感到荒诞不经，但又完全合乎我们的口味的婚姻。她要做的恰恰是这样的事情。

玛娇丽班克思小姐在放弃自己的姓氏（我们几乎可以认为，也是她的称号）时所做的开场白，属于那种极其严肃的讲话，让人回想起《北方与南方》结尾，玛格丽特·希尔的思索。她所思考的问题是：一位没有成功驶过婚姻情节的险风大浪的女人，如何能有个完满的结局？自我、社会以及责任的界限在哪里？这些问题表明除社会关系外，单身女性或女性身份的可能性困扰着维多利亚的想象力，这不仅是一个社会问题，也是一个文学问题。露西拉注意到自己处于"这样一种心境"，在这种心境中，"成熟女性的智力，由于天然缺乏经营一个育婴室和一个丈夫的能力，会转向内心，开始抗拒现存的社会秩序，并要求这个世界为其不当承担起责任——耗尽它自身"。露西拉感到"自己的能力远胜于自己的工作"，可是眼前又没有适合自己能力的事情做。因此，这个世界一片空旷，一如她自己的心境一样茫然。

"要求这个世界"，因未能给予知识女性"恰当的位置而承担起责任"，这种意识贯穿于十九世纪的小说，从《简·爱》到《无名的裘得》，再到《一幅女士的画像》（The Portrait of a Lady），但是没有哪部小说能够比得上乔治·艾略特的小说那样更强有力，没有哪部小说像《米德尔马契》那样更感人。这部小说不仅展示出《改革法》施行时期的英国全景，而且将犀利的笔锋指向女性教育的弊端、男女婚姻中的无知、科学以及新型的知识领域对妇女的排斥，以及来自法律方面的限制对于妇女的伤害（通过爱德华·卡少本所写的残忍的遗嘱，禁止寡居的多萝西嫁给她的堂兄威尔·兰迪斯劳 [Will Ladislaw]）。然而，多萝西·布鲁克的故事被精心安排，归属于"乡村生活的类型"（study of provincial life），这使读者很难分辨出妇女的社交缺陷与多萝西自身清教徒式的、充沛的想象力的强大影响之间的不同。直到小说的结尾，乔治·艾略特才对多萝西（以及罗莎蒙德）的成长环境的愚昧无知做了更加鲜明的批评：

> 在诸多对于多萝西所犯错误的指责话语中，米德尔马契的街坊邻里从来不曾说过：如果她所成长的社会不曾赞成一个病歪歪的男人娶

一个年龄不及自己一半的姑娘的婚姻——不曾赞成那些与其高声宣扬的信仰完全矛盾的行为准则的话，这样的错误本可以避免的。尽管这就是凡夫俗子呼吸的社会空气，依然存在像多萝西生活中出现的那样的冲突，在这些冲突中强烈的情感来自过失，坚定的信仰来自虚幻。

对于多萝西，她备受指责的阅读，如果说成是她特有的阅读的话，仅仅激发了她的想象力，却没有给予她一个清晰的概念，让她知道怎样实现她对更好的生活的向往。这样的教育不过是高贵的思想和匮乏的知识的最糟糕的混合物。到了小说结尾，她将热情投入与威尔（Will）的婚姻，以及他们要在伦敦的生活当中。在伦敦他要先做记者，然后参选议员，但是贯穿这部小说，跟随着她的行为过程的挫折感几乎没有减轻：

> 许多了解她的人们都认为，她那样一个自立、绝妙的人儿竟然生活在他人的阴影里，仅在一个狭小的圈子里为人知晓：为人妻、为人母，真叫人遗憾。但是没有人说得清她还有别的什么能力可以有所作为——甚至连詹姆斯·单特姆也说不清楚，他所做的只是消极地反对她嫁给威尔·兰迪斯劳。

正像多萝西本人就嫁给威尔之事所说的，"我从来都不能做我喜欢的事情。我也从来没有实施过任何计划"；她总是有这样的遗憾，"要是她能够再好一点点，再多懂得一点点，她会做得更好"，但是这部小说讲得很明白，在我们所生存的环境，我们所能做的只有牺牲（甚至更惨），并且多萝西的努力和挣扎永远都不可能被社会、她生活的环境真正理解。到小说的结尾，多萝西和利德盖特（Lydgate），这两位新来者的到来开始了这部小说，最终他们被逐出米德尔马契，被赶入更不为人知晓的生活，如果不是更有趣的生活的话。

多萝西和威尔·兰迪斯劳后来转向伦敦，那是个他们希望改变的世界，是乔治·吉辛的小说《古怪的女人》中的罗达·南恩的世界，那位公开宣称自己是女权主义者的女主人公。这的确违背了那时的隐匿（anonymity）——那种围绕妇女绝望的沉默，那种露西拉·玛娇丽班克思在眼前看到的"茫然"，那种罗达·南恩诅咒的麻木不仁。面对社会上"多余的女人"所经历的默默隐忍的苦难，她大声疾呼："我宁愿女孩们晕倒并饿死在街头，而不是爬回到她们的阁楼和医院。我希望这些暴露在光天化日之下的尸体能够让人们目瞪口呆……"多余的女人是小说《古怪的女人》的中心，那些被逐出卡灵福德世界及其社会，被排斥在令人欣慰的叙事之外的女人。这部小说追述了三位姐妹的命运：爱丽丝（Alice）、弗吉尼亚（Virginia）和莫妮卡（Monica）。故事讲的是三姐妹在父亲去世以后，她们是如何活命的，因为她们的父亲未能留给她们保证未来生活的钱。爱丽丝和弗吉尼亚做了家庭女教师（弗吉尼亚后来成了酒鬼），两姐妹越来越深地陷入不很体面的贫穷生活；她们漂亮的妹妹莫妮卡被她们儿时的一位朋友罗达·南恩收养。罗达·南恩与一个富有的女人玛丽·巴福特（Mary Barfoot）共同加入了一个对年轻妇女进行职业培训的远动。正像她所说的，要给她们进行"自尊的训练"（training to self-respect）。然而，莫妮卡没能抵御住一个颇有修养但年纪较大的男人威都森（Widdowson）先生的求婚，而他们的婚姻后来演变成一个妒忌和绝望的黑暗深渊。这段婚姻以莫妮卡悲惨地死于难产而结束，留下她的女儿由她的两个姐姐和罗达来抚养。

浪漫情节是吉辛在这部小说中主要刻画的内容，那种影响到各种性别关系的社会张力。罗达·南恩曾经爱上了玛丽的表弟埃弗拉德（Everard），结果同样陷入妒忌和不信任，最终罗达选择了不放弃自己的政治使命，尽管她还是那样强烈地爱着他——不过罗达不是唯一一位不能够轻易适应浪漫情节的人物。威都森曾经努力去理解莫妮卡渴望独立的心愿，在拒绝把莫妮卡看作独立于自己的人的同时，他又困惑不解地尝试着给她一些自由，这一段复杂的情感斗争描写得很感人。很显然，威都森是约翰·罗斯金（John Ruskin）的追随者，几乎不折不扣地追随罗斯金关于妇女要更加简朴和更具依赖性的建议，尽管他感觉到莫妮卡不仅比他聪明，而且比他坚强。然而，同样具有说服力的是吉辛就经济状况和社会地位对男女之间平等关系和性别关系方面自由选择的限制的描写。有着自由思想的埃弗拉德·巴福特（Everard Barfoot）拜访了他的老友麦克勒斯维特（Micklethwaite），麦克勒斯维特为娶到他忠贞的未婚妻足足等了十七年，在这期间两人都已经老了；现在他们要依靠微薄的收入，住在一套小房子里，和她的失明的妹妹生活在一起。在小说结尾，巴福特要举行一个传统的婚礼，只有他还有情趣调情并有能力结一个炫耀的婚。正像小说所暗示的，只有当经济关系更趋平等，男女之间（以及上层、中层阶级和下层阶级情人之间）的权力差异才能被跨越。

确切地讲，这些小说并不看好两性之间的关系——也不看好这些女主人公具备自主个性的可能性。这些小说中的女性在实现她们另外一种前景渺茫的生活时所遇到的艰难常使她们进退两难，成为不讨人喜欢的人物，并使小说在其现实主义、有用性甚至美学方面遭遇到各种批评；确实，有些时候乔治·吉辛决心要使他虚构的世界尽可能地残酷。但是有一种强烈的乌托邦式的改革倾向贯穿于所有这些小说，这种倾向的一部分渗透在某些情节的精神中，比如，玛娇丽班克思小姐与预期相反，嫁给了没有什么钱财的堂兄汤姆；而且，当多罗西·布鲁克嫁给威尔·兰迪斯劳时，含着眼泪说她要"弄清楚所有东西的花费"。在这些小说的结尾有一种小心翼翼的现实主义，一种有意安排的期望值的降低。

同时，这些小说的社会实验转变成了对于现实主义小说传统的尝试。正如简·爱打破框架，直接挑战她的读者们对女性情节的期待一样，《米德尔马契》的叙述者多次闯入，提醒人们知识的有限性和想象力的匮乏，两者都会被带入对社会和文学的解读。在此之后，小说的长篇的、反思的章节，甚至包括《丹尼尔·迪兰达》更引人注意的内省，我们可以感觉到徘徊在附近的亨利·詹姆斯（Henry James）和弗吉尼亚·伍尔夫的小说试验，两位小说家都把女主人公捉摸不透的内心世界看作他们最初的冲动。吉辛以一种非常不同的方式对小说主题的性质做了尝试：对于吉辛，甚至有些奇怪地，对于玛格丽特·奥利芬特，个体意识总是让位于某种集体或公共意识，一个人不是通过浪漫爱情或个人愿望来领悟事物，而是通过集体行动，特别是通过集体劳动来认识世界。奥利芬特，如同她的前辈伊丽莎白·盖斯凯尔在小说《克兰福德》（Cranford）中一样，有时似乎对勾勒城镇生活更感兴趣，而不大追求任何传统的浪漫情节叙述：她描写的婚姻情节仿佛受到改变结局的诱惑，转而继续流连于不大可能的事情。

　　随后的变化甚至超越了小说的不可能性。小说要求读者认识到现实世界存在着不同秩序的可能性，认识到世界（以及个体意识）是向前发展的。当简·爱站在桑菲尔德大厅的过道，她渴望一种"未来的展望的力量"带着她飞翔，带她到从未设想过的生活；从某种意义上讲，那种对更广阔领域的渴望，以其丰富的想象力和更多的模仿性的力量充满这一时期的所有小说。夏洛蒂·勃朗特在她生命最后的日子里，曾给她的朋友威廉姆·史密斯·威廉姆斯（William Smith Williams）写过一封痛心的信：

> 　　虽然我很孤独，可是我又能怎么样呢？假如上帝不曾给我从事某种事业的勇气——在漫长的、令人疲惫的两年里，我坚持不懈地恳求出版商，直到他们认可我，若不如此，又能如何呢？逝去了青春，失去了妹妹们，一个住在荒原教区的居民，那里没有一户人家接受过教育，我该怎么办？竟然没有我可容身的地方：一只在滂滂的洪水上空搜寻的渡鸦，找不到一片可以栖身的方舟，这就是我的处境。尽管如此，像希望和动机之类的信念仍然支撑着我。我希望您的所有女儿们——我希望英格兰的每一位女性也都心怀希望和动机。啊！可是有多少老姑娘连这两种信念都没有。

　　一种诸如此类的展望预示着《古怪的女人》的结局，当罗达宣称她的工作比以往任何时候都成功时：

> 　　我们像绿色的月桂树一样枝繁叶茂。我们需要更大的场地。顺便一提，你一定要读我们就要出版的报纸；第一期一个月后就出版了，虽然标题还没有选好。巴福特小姐的身体和精神从来没有像现在这样好过——我也一样。世界在前进啊！

　　这部小说的一段伟大的革命呐喊是玛丽·巴福特发出的："当我想到妇女们为传统习俗、她们的软弱、她们的渴望所奴役，处于被人轻视的悲惨境地，我就会叫出声来，宁可让世界在混乱中灭亡，也不能让这样的事情继续下去了！"最后的一句话如果同样是女权主义的回应，要更为平静些。罗达看着莫妮卡的婴儿（由孩子的姨妈抚养），亲切地说道："要把她造就成一个勇敢的女人。"

"一个勇敢的女人"这个相对朴素的愿望听起来很像夏洛蒂·勃朗特所祈求的"英格兰的每一位妇女"都应该怀有"希望和动机"。但是夏洛蒂·勃朗特却更进一步，她不是把自己想象成没能找到未被洪水淹没的干燥土地的渡鸦，而是想象成飞回诺亚方舟的鸽子，找到了一个新世界。以几乎同样的方式，每一位女主人公依次扩大她们的边界，达到她们的社会和小说本身所能想象到的最大限度。要理解维多利亚时代的人们，没有哪一个问题比这些小说提出的问题更为关键："女人需要什么？"没有哪个答案比他们反复给出的答案更具影响力，这也是他们向这些小说要求的：更多。

（张瑞卿　译）

第八章　现代主义文学

基本问题概述

　　发轫于十九世纪中后期的现代主义运动，被巴尔狄克称为新文化的开始，他说，二十世纪初，一些西方现代主义小说家们自觉地投身到一种"新文化秩序"的建构之中。那么，至于是什么样的"新文化秩序"，这个问题则很少被论及，因为现代主义通常被视为是新的文学艺术思潮。事实上，伍尔夫指出："1910年12月，或者说，大约在那个时候，人类的特性发生了改变。""所有的人类关系转换了——主人与仆人的关系，丈夫与妻子的关系，父母与孩子的关系。在人类关系发生改变的同时，在宗教、行为、政治与文学等方面也都发生了改变。"现代主义运动远远超出了文学艺术的范围，它是新的工业体制转型引发西方社会全面转型的综合反应，在人与世界的关系、人与人的关系，也包括文学与社会的关系都建构出反传统的价值尺度，使人们的思想观念、感知世界的方式以及个体与社会的价值标准都与过去形成了整体性断裂。就文学自身而言，现代主义反叛现实主义的理性文学传统，不是现实主义文学的发展，而是同样形成了"断裂"。

　　现代主义无论在主题、人物、情节等方面的建构，还是在叙述、语言上,都表现出反理性的特征,体现出转向形式的审美。而这种审美转向,得力于电媒介的技术感知的塑造,从而呈现出感官的艺术感知。从理论视角来看,转向形式审美的现代主义不适宜哲学的认识论,而更适宜用麦克卢汉的媒介审美理论予以审视,因而,本章提出了现代主义需要确立不同于现实主义的媒介审美、技术审美的理论体系问题,而且强调电媒介的感官技术与现代主义文学艺术兴起的感官艺术同根同源,都偏向空间与形式。新的电媒介环境已经不同于十九世纪文学的印刷媒介环境,这是需要考量的两个流派风格对立的重要根源之一。《未完成的现代主义理论体系:基于知识形态的探源》一文,就是强调现代主义自身的理论体系之所以不能完成,且依附于现实主义,依附于认识论的根基,根本原因就在于它的审美转向现象缺乏媒介审美知识的引入与支撑。从媒介角度认识现代主义,是以前的文学史所缺失的,审美论与认识论是不同的范畴,对转向审美的现代主义的认知遵从认识论走不通,必须寻求媒介审美理论与技术感官塑造的理论。因袭固化的知识形态不仅妨碍了对新型现代主义的认识,甚至形成了认知的瓶颈。所以,对现代主义的认知涉及对应知识形态的问题。本文揭示了媒介审美理论能打开对现代主义认知的有效途径。

对于现代主义文学的产生,过去文学史归因于资本主义的经济危机与世界大战,认为是资本主义走向帝国主义的产物。其实,现代主义的发生,既有电媒介的感知审美塑造的原因,还有电力带来的技术革新并应用到生产,由此兴起了以技术为基础的专业化社会,也就是出现新的工业社会建制的管理型社会这一重要原因。新的工业体制社会改变了过去的宝塔型阶级社会的组织方式,因而兴起了完全不同于之前文学类型的文学。

《工业化建制与现代主义文学思潮的兴起》一文,客观地探讨了现代主义的发生机制之一——工业化建制,它是人类历史上一场深刻的社会变革,带来了整个社会的全面转换,包括社会结构与人的心态结构的双重重大转变,甚至导致了对人的理念的颠覆。现代主义的产生与工业化建制及转型之间是对应的,现代主义与西方工业化体制之间呈现一种伴生而又对抗的奇异关系。本文的探讨有助于理解现代社会的转型、现代主义运动的发生、现代主义文学对传统文学的反叛,以及现代社会人的心态与文学的关系等，对之前以意识形态化的社会批判对待现代主义形式审美所导致的无效批评的问题，也有一定的修正。扩大到新的社会形态的心态体验与精神气质，可以看到，人被抽象为功能性的存在，传统的形而上学品质或实质性的人本精神被实用原则取代，实用价值取代了生命价值。现代主义文学艺术中人物的消极性的根源在于，生活变得彻底非神圣化与非精神化。

《现代主义文学的文化性》一文认为，现代主义文学是文学，更是文化，因为现代主义文学已经不再走在过去文学规范的轨迹上，它是横向联系二十世纪技术社会、管理社会、体制社会的新文学文化。实际上，现代主义已经成为技术社会新的文学文化。它不仅有匹配管理型社会的精神特质，符合技术感知的审美形式，而且在这个精神信仰消失的社会，以文学艺术审美化而具有了救赎的文化功能性，同时也承载了现代性的核心矛盾，就是艺术与科学这两个主导面的矛盾，这是它的文化承载。当然，如果侧重从文化性审视现代主义，那么它包含技术文化、新媒介文化、现代性文化、审美形式文化，以及反传统文化的反文化等多个新文化维度。现代主义是一种与之前的文学形成分离的新型文学文化。

一、未完成的现代主义理论体系：基于知识形态的探源

易晓明

现代主义的概念在不同领域被使用且含义存在差异，在政治学、社会学等领域，它有时作为一个现代价值观的代名词，有时指与现代化对应的新的历史阶段。而在文学艺术领域，现代主义指兴起于十九世纪末、流行于二十世纪上半叶的文学艺术思潮。克里斯多夫·查莱克（Krzysztof Ziarek）说："现代主义一直是一个复杂与复合的术语，不仅被匹配于历史时期，而且与审美相关，甚至广义地成为当代艺术的参照系。这个概念的困境，部分归咎于现代主义居于现代性之中，从历史角度与认识角度上，它都不稳定地联系于宏大的现代性概念。"[1]

现代主义文学艺术内部流派众多、门类交织、纷纭复杂。关于现代主义的起止时间就存在两种划分。一种认为终结于二十世纪三十年代，如马科姆·布雷德伯里（Malcolm Bradbury）与詹姆斯·麦克法兰（James McFarlane）编的《现代主义》（*Modernism*）持这种观点。本文采用后一种，即下限定在二十世纪六十年代末七十年代初，以 1972 年 7 月 15 日下午 3 点多美国密苏里州圣路易斯的现代建筑普鲁伊特·艾戈的爆破为标志。《现代主义的临界点》（*Critical Modernism: Where is Post-Modernism Going?*）一书将爆破事件表述为"现代主义的死亡"[2]。与此相应，日本的柄谷行人在研究西方现代建筑与城市设计的《作为隐喻的建筑》序言中，也提出了"后现代主义概念首先产生自建筑界"[3]。

现代主义文学艺术的外部关系同样复杂。首先，它与现代化、现代性、现代社会等大概念之间具有非稳定关系；其次，它与之前的现实主

---

[1] Krzysztof Ziarek, "The Avant-Garde and the End of Art," *Fllzofski Vestnik*, vol. XXXV, No. 2, 2014, p. 67.
[2] 查尔斯·詹克斯：《现代主义的临界点：后现代主义向何处去？》，丁宁、许春阳、章华译，北京：北京大学出版社，2011 年，第 25 页。
[3] 柄谷行人：《作为隐喻的建筑》，应杰译，北京：中央编译出版社，2017 年，英文版序言，第 1 页。

义、之后的后现代主义之间也存在纠结关系。现实主义与现代主义的关系曾是学界争辩的热门话题，最著名的是卢卡奇与布洛赫（Ernst Bloch）、布莱希特关于表现主义的论争。而随着"后现代主义"一词的出现，现代主义又陷入与后现代主义理不清的关系中，权威表述是，"现代主义要么是后现代主义所反对的，并因而界定为自己的对立面，要么是后现代主义永久保存的原型并从中演化而来"[1]。

技术具有与现代主义文学艺术的隐形联系，并给它带来新的实践维度，电媒介使与工业成品、艺术设计、城市空间、光电性品相连的创意旨趣兴起，促使艺术与技术合流的文化主导社会的格局出现，技术、艺术、文化、社会在二十世纪构成新的混合形态。包豪斯学校可算是一个范例。"沃尔特·格罗皮乌斯创立了'未来大教堂'的包豪斯学校，他在1923年用标准的纲领宣布——'艺术与技术：一种新的结合'——社会可以通过文化实现转型。"[2]这种转型，意即技术与艺术同构成为社会的新方向。由于现代主义文学艺术被确定为艺术自律的精英文化，因而它与技术的关系在研究中没有得到足够重视。

现代主义的各种口号、宣言及其先锋派实践，都以艺术形式的变革为宗旨，艺术自律意味着内部形式成为首要关切。然而，现代主义文学（艺术）又有着广泛而复杂的非稳定外部关系，后者牵制了现代主义研究，形成了外部研究对内部研究的分割与失衡。

首先，学界以风靡二百年的现实主义文学理论对比邻的现代主义文学进行认知。卢卡奇提出"作为一切艺术标准的现实主义"[3]，以现实主义社会历史批评所具有的总体认识论哲学根基的普遍性，取消了现代主义的特殊性。外部批评使现代主义的内部艺术形式被划分出来，并被仅仅当作艺术手法看待。

其次，"审美现代性"理论，本包括美学上的否定美学、救赎美学、

---

[1] Victor E. Taylor and Charles E. Winquist, ed., *Encyclopedia of Postmodernism*, London: Routledge, 2001, p. 251.
[2] 查尔斯·詹克斯：《现代主义的临界点：后现代主义向何处去？》，丁宁、许春阳、章华译，北京：北京大学出版社，2011年，第54—55页。
[3] 张西平：《卢卡奇》，长沙：湖南教育出版社，1999年，第153页。

艺术本体论的美学理论与创作上的现代主义思潮两个部分，但人们自然地将"审美现代性"的美学理论等同于现代主义文学理论体系。"审美现代性"美学理论，侧重于从文学艺术本体看其社会功用，是一种批判美学，它关注审美与社会的关系，同样遗失了现代主义的艺术感知及其瞬间感官呈像等首要问题。而且，哲学根基的美学理论与创作领域的对接，本身也体现了现代主义理论体系自身的不完备。

无论现代性框架还是文学史的框架，审美的现代主义都有外部性，因为审美感知与审美形式是现代主义自身的元问题，而审美与社会的关系、与现实主义等的关系则是次生问题。这从以下说法就可以看出来："现代主义者就像十六世纪的新教徒一样，寻求一种激进的审美纯粹主义。"[1]"现代主义关注的是一种特定的艺术语言——形式向度——自律和表达，而后现代主义则聚焦语义方面。"[2] 然而，外部研究与内部研究的分割，使现代主义的首要问题一直处于薄弱研究状态。一个重要原因是文学研究的人文知识本身，无法融通现代主义的外部关系与内部关系。美学理论看似能担负这一弥合任务，但论及现代主义的法兰克福学派的美学理论，主要作为一种社会美学，依然具有哲学根基。

现代主义文学艺术是技术社会的产物，它的审美塑造力不是来自哲学，而是来自技术环境，具体而言是新的电媒介环境，这是现代主义研究中被忽略的。现代主义被后现代主义取代，与二十世纪七十年代计算机开始能模拟非线性的生长系统，相应出现差异中的"褶子"等后现代思维有关。而现代主义思潮的出现，也与电力媒介及其环境所带来新的时空感的神话思维有关。新媒介视角是弥合现代主义内部研究与外部研究分割与失衡的有效途径，然而，它在现代主义研究中始终缺位。即使在世纪末随着文化研究与理论研究热而出现现代主义研究复兴——国际美学学会前主席阿莱斯·艾尔雅维奇（Ales Erjavec）引波德莱尔在《最后一瞥之恋》（Love at last sight）中所描述的，一个女孩于街角拐弯消失前的最后一瞬

---

[1] 查尔斯·詹克斯：《现代主义的临界点：后现代主义向何处去？》，丁宁、许春阳、章华译，北京：北京大学出版社，2011年，第50页。

[2] 同上书，第105页。

间与他目光相遇的这种恋情,以此隐喻现代主义消失时引起人们莫大的重视[1]——新一轮研究热潮中,依然没有出现媒介理论与技术论视角。

现代主义的位置决定了媒介与技术视角的不可或缺。媒介学最关注临界与转换,而相对于浪漫主义、现实主义与后现代主义,只有现代主义处于媒介转换——印刷媒介向电力媒介转换的特殊位置。因此,媒介视角对处于稳定的印刷媒介后期的浪漫主义、现实主义而言,对接续现代主义而同处于电媒阶段的后现代主义而言,都远没有对现代主义那么重要。对现代主义审美感知等元问题,媒介的感知偏向比哲学、历史等人文知识更具阐释力。

电媒技术感知催生和塑造了现代主义文学艺术的感官审美变革。麦克卢汉的电子媒介理论的感性美学倾向,契合于感官审美的现代主义。从媒介视角,能够揭示现代主义研究在知识形态上的守旧,以及技术社会新型知识的缺位导致理论体系存在缺失与局限。

1. 现代主义被寄寓于现实主义总体批评理论

现实主义的社会历史批评以认识论哲学为本体。哲学追求将世界描绘为一个总体的本体,因为只有上升到本体论,才能避免具体经验的局限,实现把握世界统一性的哲学目标。总体认识论哲学体系,始于近代黑格尔的真正完整的实在只有总体的学说。卢卡奇说:"黑格尔把这个观点凝炼成《精神现象学》序言中的这样一句名言:'真理是整体。'"[2]马克思将总体论推进到实践,形成以实践统一主客体的辩证唯物主义认识论。卢卡奇将他所理解的马克思主义总体观,与现实主义文学结合,提出了文学的社会历史总体批评:"文学的存在和本质、产生和影响只有放在整个体系的总的历史关系中才能得到理解和解释。文学的起源和发展是社会总的历史过程的一个部分。"[3]他继承了马克思主义的现实主义文论观,成为公认的

---

[1] 易晓明:《20世纪国际化的先锋派运动与美学革命——阿列西·艾尔雅维奇教授》,《外国美学》2017年第26期,第195—207页。
[2] 卢卡奇:《历史与阶级意识》,杜章智、任立、燕宏远译,北京:商务印书馆,1992年,译序第4页。
[3] 卢卡契:《卢卡契文学论文集(一)》,中国社科院外文所外国文学研究资料丛刊编辑委员会编,北京:中国社会科学出版社,1980年,第273—274页。

现实主义文论的代表。韦勒克就说过："在马克思主义者中，G. 卢卡奇提出了最严整的现实主义理论。他以马克思主义的意见，即文学是'现实的反映'为依据，认为，如果文学充分地反映了社会发展中的矛盾，也就是在实践中，如果作品显示出一种对社会关系和它对未来发展趋向的深刻洞察，它就是一面最真实的镜子。"[1]现实主义文论体系的内核是总体论、阶级论与社会反映论。卢卡奇确定"具体的总体是真正的现实范畴"[2]，认为"只有在这种把社会生活中的孤立事实作为历史发展的环节并把它们归结为一个总体的情况下，对事实的认识才能成为对现实的认识"[3]。由此，现实就等同于总体，现实的具体内容被规定为"阶级"与"历史"。原因在于，历史的改变需实践介入现实，而实践又不可能是个人活动或内心道德评判，只有阶级实践才能介入历史进程，因而推进历史发展的阶级与被阶级推动的历史成为社会现实的内核，简单概括就是阶级与历史发展方向。

客观地说，基于总体认识论哲学的现实主义社会历史批评，对文学具有深刻而广泛的适宜性，尤其对于十九世纪这个阶级意识被意识到的时期而言。卢卡奇说："随着资本主义的出现，随着等级制的废除，随着纯粹的经济划分的社会的建立，阶级意识也就进入了一个可能被意识到的时期。"[4]十九世纪文学也普遍具有阶级与阶级斗争话题，社会场域与文学场域阶级话语高度重合，两种话语可实现转换。比如围绕历史发展的先进阶级与落后阶级、历史的进步与落后等社会观点，在现实主义理论中，对应为"进步论""真实论""典型论""本质论"等批评话语。"典型"是阶级的典型代表，符合未来历史方向则符合社会"本质"，而与阶级价值无关的日常生活则为非本质存在。文学所反映的"真实"必须包括阶级与历史方向，相应又产生了的重大题材与非重大题材之分的题材论。社会与文学话语的相通，使现实主义作家经常进入政治家的著作，充当其理论的释例。现实主义文论将经济生产与政治关系引入文学批评形成总体论，立

---

[1] R. 韦勒克：《批评的诸种概念》，丁泓、余徽译，成都：四川文艺出版社，1988年，第239页。
[2] 卢卡奇：《历史与阶级意识》，杜章智、任立、燕宏远译，北京：商务印书馆，1992年，第56页。
[3] 同上书，第58页。
[4] 同上书，第115页。

足于普遍性。巴巴拉·W. 塔奇曼（Babara W. Tuchman）在《实践历史》（*Practicing History*）中描述道："在越来越多的特殊性中，人们得出普遍性的结论；在金光闪闪的圣杯面前，我们都在寻找历史的一般法则。"[1]他认为历史研究领域对历史普遍法则的寻求，丢失了历史事件本身。同样，文学领域确立社会历史批评为一般法则来统一认识文学，则抹去了各个时期文学的特殊性。卢卡奇甚至指出："对马克思主义来说，归根结底就没有什么独立的法学、政治经济学、历史科学等等，而只有一门唯一的、统一的——历史的和辩证的——关于社会（作为总体）发展的科学。"[2]他依据马克思的"一切学科都是历史学科"的观点，将社会总体论与文学领域结合起来。

  总体认识论哲学获得了相对其他学说的权威地位。卢卡奇说："在上几个世纪里，认识论、逻辑学、方法论一直统治着人们的哲学思维，而且就是在今天，这种统治也远远未被其他理论的统治所超越。"[3]同样，以总体认识论为根基的现实主义社会历史批评，也获得了权威的批评地位。

  然而，社会历史批评并非对所有文学与文学的所有方面都充分适宜。其一，它对五花八门的文学形式，难以深入阐释；其二，它对非阶级社会的文学，或阶级斗争特征不充分时期的文学，显出不充分性。前阶级社会的希腊口传神话是一个例子。马克思的《〈政治经济学批判〉导论》中关于希腊艺术魅力的著名论断，即"一个成人不能再变成儿童，否则就变得稚气了"[4]，揭示了希腊艺术的永久魅力出自人类童年时期，而不是出自阶级关系。社会历史批评对以阶级社会之前或之初的神话为基础的希腊艺术并不充分适宜。

  产生于技术社会的现代主义，以非理性抵制阶级意识甚至社会理性，总体论的社会历史批评对此也不充分适宜。卢卡奇陷入机械总体论，强调只有理性的文学才是文学，否定非理性的现代主义。他从社会历史批评考

---

[1] 巴巴拉·W. 塔奇曼：《实践历史》，孟庆亮译，北京：新星出版社，2007年，第55页。
[2] 卢卡奇：《历史与阶级意识》，杜章智、任立、燕宏远译，北京：商务印书馆，1992年，第77页。
[3] G. 卢卡奇：《关于社会存在的本体论》上卷，白锡堃、张西平、张秋零等译，重庆：重庆出版社，1993年，第4页。
[4] 《马克思恩格斯选集》第2卷，北京：人民出版社，1972年，第114页。

察以审美形式为本体的现代主义，这种方法存在隔膜。因为现代主义的生长语境是技术组织社会，它的历史总体的关系被技术组织破坏了。别尔嘉耶夫是这样说的："技术破坏了精神与历史实体的结合，这个结合曾被认为是永恒的秩序。"[1] 埃吕尔（Jacques Ellul）也认为"技术使政治完全失去了效用"，并指出二十世纪是技术决定一切的时代，"政治只能够决定技术上可行的东西。一切决策都是由技术发展的必然性决定的"。[2] 可见，突出阶级等政治性的社会历史批评，对技术语境中生长的审美现代主义的审美本体及繁多形式的针对性大为降低。

社会历史批评对现代主义文学的社会批判性而言，依然是一种强有力的批评话语，因为社会批判为现实主义与现代主义所共有。然而，现代主义与现实主义的分裂体现在：第一，两种文学形态极具不同；第二，两种文学所生长的社会形态极具不同；第三，两者的媒介环境完全不同；第四，前者强调认识，后者强调审美，而认识论与审美已属不同的知识领域。依从总体的文学发展论，强调现代主义是现实主义的发展，就掩盖了这些分裂或差异，无法充分阐释现代主义。所以，社会历史批评对十九世纪阶级社会中的现实主义文学具有巨大效应，而对现代主义则不然。卢卡奇理论针对现实主义的成功与针对现代主义的完全失势，也说明现代主义与现实主义是属性不同的两种文学。

二十世纪技术组织化的西方社会的流动性，技术应用所形成的市场主导，以及技术律令与技术目标等，共同打破了固化的阶级社会形态，如埃吕尔所说："一个完全相互依存的技术社会将是一个没有等级或阶级的社会。"[3] 而"技术原则是民主原则。技术时代是民主和社会化时代"[4]。二十世纪现代主义也相应得到了技术社会的重塑，它以审美性、心理性、形式

---

[1] H. A. 别尔嘉耶夫：《人和机器——技术的社会学和形而上学问题》，张百春译，《世界哲学》2002年第6期，第49页。

[2] Jacques Ellul, *What I Believe*, trans. by G. W. Bromiley, Grand Rapids, MI.: William B. Eerdmans, 1989, p. 135.

[3] 兰登·温纳：《自主性技术——作为政治思想主题的失控技术》，杨海燕译，北京：北京大学出版社，2014年，第159页。

[4] H. A. 别尔嘉耶夫：《人和机器——技术的社会学和形而上学问题》，张百春译，《世界哲学》2002年第6期，第50页。

性、神话性，分离、对立于现实主义的阶级性、典型性、社会性与历史必然性等。

沿用现实主义批评，对两种文学的社会语境不做区分，同样地视为资本主义社会，两种文学都被看作对资本主义社会的批判，这是总体论立场的必然结果。然而，事实上，其他领域对两者的社会语境已有界分。社会学领域，已有吉登斯（Anthony Giddens）在《现代性的后果》（*The Consequences of Modernity*）中将西方二十世纪与十九世纪界分为工业社会与资本主义社会。媒介学领域，有麦克卢汉将二十世纪视为电力媒介新阶段，而十九世纪属于印刷媒介阶段。在知识社会学领域，G. 科维奇（Georges Gurvitch）将二十世纪称为人工社会，十九世纪称为自由 – 民主社会。在文学艺术创作领域，一开始就有了现代主义与现实主义两种称谓。然而对现代主义的研究，却沿用现实主义的社会历史总体批评，立足于两种文学对资本主义社会批判的共同性，这样就取消了现代主义的新型文学的特殊性。二十世纪技术社会与十九世纪阶级社会具有本质性的不同，主导知识形态也有了巨大改变。不仅哲学从十九世纪占据主导的认识论演变到二十世纪以非理性哲学与存在主义哲学为主导，而且产生了无意识心理学、媒介学等新学科。依然采取社会历史批评，以内容与形式二元关系中内容为主导的尺度，来评判审美形式本体的现代主义，呈现的必然是跛足的现代主义。

2. 现代主义研究寄寓于其他理论

在现代主义兴起之初，其倡导者主要是作家艺术家群体，如马拉美（Stéphane Mallarmé）、埃兹拉·庞德（Ezra Pound）、T. S. 艾略特等。学术界的肯定，来自二十世纪三十年代的新批评，还有美国以埃德蒙·威尔逊（Edmund Wilson）为代表的年轻教授们，他们阐释与称赞现代主义诗歌的形式革新。然而，这类学院式研究，往往集中于对流派及作家作品的梳理与研究，美国弗吉尼亚大学的迈克尔·莱文森（M. Levenson）是一个代表。他有一系列现代主义研究专著，最综合的是《现代主义的谱系》（*A Genealogy of Modernism: A Study of English Literary Doctrine 1908-1922*）。

学院式成果基本遵从自亚里士多德《诗学》所确立的人物、情节、叙述等文学知识范型，以资料与史实为基础，无关乎理论体系的建构。

随着二十世纪末西方文化研究与理论研究渗透到现代主义研究，现代主义研究的文学内部框架被突破，然而，又出现了现代主义研究寄寓于理论霸权之下的情形。所谓理论霸权，指理论分离于文学，带着其自身立场与阐释目标，先入为主地介入文学，文学只被当作释例。女性主义批评、后殖民批评、族裔批评等文化研究，都带着文化研究固有的政治视角切入现代主义，客观上揭示出现代主义的诸多维度，但它们缺乏整体概括现代主义的理论目标，谈不上有建构现代主义理论体系的意图。就如同精神分析学派的哈姆莱特恋母情结说，与其说是在全面概括哈姆莱特的形象，不如说是用哈姆莱特作为自己精神分析理论的释例。

客观地说，社会学领域的阿多诺、本雅明、马尔库塞的"审美现代性"理论阐释，对现代主义贡献了不少有影响的理论观点，不过它们偏向审美与现代性、与社会救赎的关系。特别应指出的是，他们依据现代性框架，将自现代性以来的十八、十九与二十世纪的文学都视为现代性的对应物，并不严格以现代主义文学艺术为专门对象。可见，"审美现代性"理论，貌似可充任现代主义文学（艺术）理论体系，实际显然无法全部担负起现代主义的理论体系。当然，现代主义理论体系的建构，本身并非社会学家们的任务。应该承认，二十世纪社会学理论领域广泛论及现代主义文学艺术，而现代主义文学研究则显得封闭在文学知识范围，或寄寓于亚里士多德以来的文学知识范型，或因袭现实主义的社会历史批评理论，并没有广泛吸取社会学话题成果。一个典型的例子是波德莱尔的"现代性"定义，即"现代性是短暂的、易逝的、偶然的，它是艺术的一半，艺术的另一半是永恒和不变"[1]，在社会学领域被广为引用，而在现代主义文学研究领域却少有参引。然而，单从传统的文学知识，显然已无法完成新型的现代主义文学（艺术）的理论体系建构。

现代主义没有产生与现实主义理论家卢卡奇相当的理论大家。综而观

---

[1] 波德莱尔：《1846年的沙龙：波德莱尔美学论文选》，郭宏安译，桂林：广西师范大学出版社，2002年，第424页。

之,涉猎现代主义较多的文论家当推 F. 詹姆逊。他对现代主义认知的出发点,基本上依然是总体论。"詹姆逊的著名格言是'永远要历史化!'"[1]他的《马克思主义与形式》(*Marxism and Form*)一书有论卢卡奇的专节,有些思想与卢卡奇相似。例如,卢卡奇认定,作家只要在写作,就在谈政治,就属于一定的党派。《后现代主义百科全书》也这样评价詹姆逊:"他断言说每个文本'最终的分析'都是政治的。"[2]该书还指明,"政治无意识是 F. 詹姆逊所采用的一个概念,用来表示遭到压制、被隐没的阶级斗争现实的特征",并指出"这一概念是典型的'元叙述'或总体论思路"[3]。

《政治无意识》(*The Political Unconscious*)与《马克思主义与形式》都体现了詹姆逊对总体认识论立场进行的开放与调和。如 Satya P. Moanty 评述的:"对于詹姆逊,叙述作为一个调停的中间概念的优势在于,它提供了一种批评的综合性,而没有将文本或历史削减到理想化的虚构。"[4]这指的是詹姆逊通过叙述调和,使现实主义的理想化非直接化。"面对决定性的历史矛盾,文本的政治无意识必须在叙述的形式中,寻求某种理想的解决。"[5]这与过去的理想被作为单一的政治理想、社会理想,或形式上的理想人物等视野有了不同,然而,理想性在调和中被坚持了下来,理想性的根基未变。而现代主义的偶然与瞬间的感官经验与无意识心理,已经不预设理想。

詹姆逊被认为发展了马克思主义。"在《无意识:作为象征行为的叙事》中,詹姆逊发展了一种肯定历史或大写历史的马克思主义诠释模式。"[6]他试图将无意识与政治关联,将叙述的历史、心理的历史、政治的历史、真实的历史予以关联,显然是为历史总体寻求新的出路。本雅明感

---

[1] 弗雷德里克·詹姆逊:《论现代主义文学》,《詹姆逊文集》第 5 卷,苏仲乐、陈广兴、王逢振译,北京:中国人民大学出版社,2010 年,前言,第 7 页。

[2] Victor E. Taylor and Charles E. Winquist, ed., *Encyclopedia of Postmodernism*, London and New York: Routledge, 2001, p. 298.

[3] Ibid, p. 298.

[4] Satya P. Moanty, *Literary Theory and the Claims of History: Postmodernism, Objectivity, Multicultural Politics*, Ithaca and London: Cornell University Press, 1997, p. 102.

[5] Ibid, p. 104.

[6] Victor E. Taylor and Charles E. Winquist, ed., *Encyclopedia of Postmodernism,* Routledge: London and New York, 2001, p. 298.

悟到现代主义历史的意象化。詹姆逊也注意到象征作为非历史化的形式对历史所形成的抵制，但他的理论视线仍是历史的。只有麦克卢汉从技术角度出发，看到的是电媒速度对历史的瓦解："信息形成新的空间，每个地方与每个时代都成了这里与现在。历史已经被新媒介废除。"[1] 詹姆逊进行了历史与无意识心理学的调和，但他没有考虑新的技术社会形态与技术媒介对历史的冲击，依然沿着总体论思路，不可能建构现代主义理论体系，事实上他也没有建构现代主义理论体系的诉求。

3. 对社会转型及新兴知识领域的忽略

对现代主义认知的不足，根子还在于对西方进入技术社会的认识的不足。吉登斯以"工业主义"与"资本主义"界分二十世纪与十九世纪，强调"现代的社会制度在某些方面是独一无二的，其在形式上异于所有类型的传统秩序"[2]。而文学研究领域坚持文学的发展观，没有对十九世纪与二十世纪社会语境进行区分，而是强调它们同为资本主义社会，两种文学同为批判资本主义社会的文学，承认的只是两者艺术形式的差异而已。

依据马克思的的观点，生产方式决定了社会生活、政治生活与精神生活的总体特征，对现代主义，首先需重视二十世纪进入技术组织化的社会，其社会环境中的技术环境是不能忽略的。现代主义在电力应用于生产的十九世纪末期兴起，现代主义艺术感知与电媒技术感知同根同源，且同形同构，相互交合[3]。对于艺术家而言，新的电媒环境直接作用于人的感官，已上升为艺术的第一环境，而社会环境退居为第二环境。

二十世纪西方技术社会与传统社会的分裂是史无前例的。技术阶段与科学阶段的界分也是一个参照。李约瑟（Joseph Needham）在《文明的滴定》（*The Grand Titration*）一书中指明，现代科学是从文艺复兴时期伽利

---

[1] Marshall McLuhan, *Media Research: Technology, Art, Communication*, Michel A. Moo, ed., Australia: G&B Arts, 1997, p. 127.
[2] 安东尼·吉登斯：《现代性的后果》，田禾译，南京：译林出版社，2000 年，第 3 页。
[3] 易晓明：《艺术感知与技术感知的交合——论麦克卢汉的电媒感知与现代主义的艺术感知》，《文艺理论研究》2015 年第 1 期。

略那里开始发展起来的,而二十世纪才真正进入技术时代。[1]文艺复兴时期,科学还是作为科学观念出现,二十世纪技术社会新阶段的主导知识变为技术,对这一点传统学科并不敏感,只在知识社会学领域有所探讨。

接替涂尔干席位的法国索邦大学教授、社会学家G. 科维奇的《知识的社会学框架》(*The Social Frameworks of Knowledge*)一书,对西方各个社会阶段的主导知识进行了详尽的分析,阐明了七种知识范型——哲学知识、对外部世界感知的知识、科学知识、技术知识、政治知识、他者与我们的知识、共同感觉知识形态等在各个阶段影响力不同,并依据知识影响力将社会进行分期。

他认为,只有古代希腊与文艺复兴时期,哲学知识影响力才排在首位。尽管文艺复兴时期教育从神学分离,拉升了科学知识影响力的排位,但科学的影响力依然次于哲学。直到被命名为"民主-自由的社会"的十九世纪,科学知识才在认知系统中上升到第一位,"在这个时期我们看到了哲学知识的明显衰落"[2]。科维奇将二十世纪界定为人工社会,区分于十九世纪"民主-自由社会阶段"。与此对应,十九世纪排第一位的是科学,而二十世纪排首位的是技术,他认为"技术或经济的范型在这种结构类型与总体社会中扮演了决定性的角色"[3],而二十世纪哲学则进一步下跌到了第四位。

科维奇在书中对古代、文艺复兴、十七世纪、十八世纪、十九世纪、二十世纪的知识形态与阶段做了对应的分期阐释;而埃吕尔则从技术方面对十八、十九、二十世纪进行了技术阶段区分,他说:"十八世纪技术是本地化的、有限的,是文明中的一部分,而非全部内容。""十九世纪进入机器时代,意味着技术入侵式的非本地化。"[4]而"在20世纪中叶,

---

[1] 李约瑟:《文明的滴定——东西方的科学与社会》,张卜天译,北京:商务印书馆,2016年,第5页。
[2] Georges Gurvitch, *The Social Frameworks of Knowledge,* trans. from the French by Margaret A. Thompson and Kenneth A. Thompson, Oxford: Basil Blackwell, 1971, p. 189.
[3] Ibid, p. 187.
[4] Jacques Ellul, *The Technological Society,* trans. by John Wilkinson, New York: Alfred A. Knopf, 1964, pp. 64-79.

世间万物都适用的机器模式变得黯然失色了"[1]。这是因为"20世纪技术发明的特征表现为庞大的规模、复杂的相互联系以及涉及全系统的互相依存"[2]。埃吕尔将二十世纪的技术系统化时代区分于十九世纪机器时代。

从文学知识形态看，自亚里士多德《诗学》以来，文学一直与哲学、历史关联在一起。二十世纪的 N. 弗莱、德里达等都重述了亚氏的文学一旁是哲学，另一旁是历史的观点。然而，二十世纪技术社会生长的现代主义文学艺术，参照哲学，即使参照二十世纪存在主义、直觉主义哲学与尼采的非理性哲学，都难以完成全部理解。主要原因是哲学离二十世纪技术社会组织框架的位置较远，离得更近的知识领域是媒介学、社会学、无意识心理学等。现代主义研究不同程度地引入了心理学、人类学、社会学，却唯独丝毫没有引入与技术最靠近的媒介学。作为审美感知的现代主义文学艺术，媒介对感知的塑造问题就被忽略了，这从根本上影响了对现代主义元问题的进入，也形成了现代主义研究的瓶颈。

附带提一下，科维奇在该书中列"中央化国家集体主义的认知体系"专章，探讨苏联与1949年以后中国社会的知识体系，指出其社会结构中占第一位的是不同于西方任何阶段的政治知识与哲学知识的结合，具体是与马克思主义哲学的结合。这也为我们提供了一个认知视角。

十八、十九世纪确立了认识论哲学的权威地位。而弗洛伊德发现理性认识论躯体上的阿喀琉斯之踵，即它不能覆盖无意识，进而创建了无意识心理学。它被引入以解释现代主义的无意识心理。但二十世纪非理性流行的终极根源来自技术的非理性，可以说，包括弗洛伊德学说，其实也是技术非理性语境的产物。

科维奇立足二十世纪新型知识，对哲学与科学的霸主地位发难，声称"知识的社会学必须放弃科学与哲学的偏见，即认为所有知识依赖于哲学与科学知识。它们其实是相对地离社会框架最远的知识类型"[3]。他认为，

---

[1] 兰登·温纳：《自主性技术——作为政治思想主题的失控技术》，杨海燕译，北京：北京大学出版社，2014年，第166页。

[2] 同上书，第172页。

[3] Georges Gurvitch, *The Social Frameworks of Knowledge*, trans. from the French by Margaret A. Thompson and Kenneth A. Thompson, Oxford: Basil Blackwell, 1971, p. 13.

二十世纪发生了一次知识上的革命，哲学与科学离技术社会组织框架的位置变远了，因此轮换到离技术社会框架近的那些具体知识作为主导知识，它们颠覆了普适性的哲学与科学观念对知识的统辖与包办。科维奇对这一变化做了这样的概括："在古希腊，哲学知识与对外部世界的感知的知识居于首位，渗透到所有其他知识类型——如同科学知识渗透在一个竞争性的资本主义系统中。而在组织化与导向性的资本主义的深处所潜存的，实际上是主导并浸淫到其他所有知识类型的技术知识与政治知识。"[1]

十九世纪占主导的政治话语、科学话语已经描述不了二十世纪遵循技术律令的技术社会。兰登·温纳（Langdon Winner）说："技术是这样的结构，它们运作的条件要求对其环境进行重建。"[2]技术对环境的重建，通过技术互渗，把环境变成相互依存的组织的社会，比之前社会更复杂。人会调节自身以适应技术，如埃吕尔概括的："我们人类的技术必然导致人类行为的调整。"[3]而人的感知与现代主义艺术的感知，正是对电子媒介技术环境的调节适应的结果。受技术自行运行的影响，艺术与文化获得了技术的重塑，意义生成的模式，不再首先来自距离技术社会结构更远的哲学，而是来自离社会技术组织框架更近的知识领域，这就改变了历史与哲学对文学艺术意义生成的主导。阿多诺甚至说："不是现存从历史取得意义，而是历史从现存取得意义。"[4]新的意义生成模式应和了科维奇所说的，技术社会轮到离社会结构更近的具体知识发挥作用了。

科维奇的如下说法就显得颇具价值："知识社会学必须放弃最广泛范围的偏见，即认识价值必定拥有一种普世的有效性。一种判断的有效性永远不是普世的，因为它附着于一种适当的参照框架，常常对应于社会框

---

[1] Georges Gurvitch, *The Social Frameworks of Knowledge*, trans. from the French by Margaret A. Thompson and Kenneth A. Thompson, Oxford: Basil Blackwell, 1971, p. 23.

[2] 兰登·温纳：《自主性技术——作为政治思想主题的失控技术》，杨海燕译，北京：北京大学出版社，2014年，第86页。

[3] Jacques Ellul, *The Technological Society,* trans. by John Wilkinson, New York: Alfred A. Knopf, 1964, pp. 64-79, 235.

[4] 杨小滨：《否定的美学——法兰克福学派的文艺理论和文化批评》，上海：上海三联书店，1999年，第140页。

架。"[1]现代主义最大的价值是审美感知价值，对它的认识，单靠哲学是不够的，需要引入具体的技术知识。

詹姆逊也看到了认识论的局限，认为存在主义现象学覆盖面更大，他说："旧认识论哲学一贯倾向于突出知识，将其他意识模式统统贬到感情、魔力及非理性的层次，而现象学固有的倾向却是将它们联合为存在（海德格尔）或知觉（梅洛·庞蒂）这一更大的统一体。"[2]而"随着认识论作用的降低，理性模式与非理性模式、认识模式与情感模式间的区别似乎不再象以前那么泾渭分明"[3]。他追究二元对立思维削减的原因是认识论作用的降低，但没有再深入认识论哲学衰落的根源。哲学在观念社会被作为根源看待，在技术社会，它多少显现为一种现象，而技术才是二十世纪非理性兴起与理性的认识论哲学衰落的真正根源。

这关系到技术带来的知识扩容，同时迫使一些旧的知识观念失效与退场。德布雷（Régis Debray）说："一个特定媒介域的消亡导致了它培育和庇护的社会意识形态的衰退，使这些意识形态从一个有组织的活体力量衰变为幸存或垂死的形式。"[4]各种观念衰亡不断发生。"伟大的边疆历史学家弗雷德里克·杰克逊·特纳（Frederick Jackson Turner）说过，历史的路径上'布满'曾经众所周知并得到公认但却被后来的一代丢弃不用的真理之'残骸'。"[5]文学的人文知识框架有过几千年的权威，具有不可否认的真理性，但面对二十世纪技术社会的新文学文化，却出现了局限。那些接近技术社会组织框架的新兴学科对新现象更具有阐释性。现代主义研究需要新知识视角。别尔嘉耶夫说："机器不但有重大的社会学意义，而且还有重大的宇宙学意义，它非常尖锐地提出了人在社会和宇宙中的命运问

---

[1] Georges Gurvitch, *The Social Frameworks of Knowledge*, trans. from the French by Margaret A. Thompson and Kenneth A. Thompson, Oxford: Basil Blackwell, 1971, p. 13.
[2] 弗雷德里克·詹姆逊：《语言的牢笼》，钱佼汝、李自修译，南昌：百花洲文艺出版社，1995年，第41页。
[3] 同上书，第40页。
[4] 雷吉斯·德布雷：《普通媒介学教程》，陈卫星、王杨译，北京：清华大学出版社，2014年，第20—21页。
[5] 巴巴拉·W. 塔奇曼：《实践历史》，孟庆亮译，北京：新星出版社，2007年，第55—56页。

题。……令人惊奇的是，至今没有建立技术和机器的哲学。"[1]技术与机器哲学的难产，还有媒介学未被引入现代主义研究，这些或许存在传统人文知识占据人们知识视野的阻碍。

4. 现代主义理论的缺失维度——媒介美学

现代主义带来文学艺术大规模的审美转型，在历史上还是第一次。传统美学还依附于哲学，注重关系，因而也属上层建筑范围，如伊格尔顿所说，上层建筑不只是"一定形式的法律和政治，一定种类的国家……它还包括'特定形式的社会意识'（政治的、宗教的、伦理的、美学的等等）"[2]。只是在上层建筑之内，美学相对政治处于非核心的边缘位置，意识形态色彩淡一些。而现代主义发生了审美转向，它明确抵制意识形态，作家们追求"零度写作"（罗兰·巴特），感官审美与心理无意识完全无关乎意识形态企图。如果说现代主义文学遵从什么观念的话，那就是反社会观念价值，转向审美本身。芬克斯坦说过："从十九世纪的'先进'艺术向二十世纪艺术过渡的决定性转折就是，艺术同现实生活和人保持某种类似的脐带被割断了。画家或雕刻家创造了一个'他自己的世界'，由某种随意的色彩系统、线条韵律、他所使用的材料质地或空间的划分和容积的安排等所构成。"[3]现代主义个人感知对现实主义社会理性文化形成颠覆，意识与无意识、理性与非理性、可知与不可知、确定与不确定并存，且后者居于主导。意识形态与哲学联系，对于抵制意识形态等观念价值、转向形式本体的现代主义，哲学已不能成为最有效的阐释途径了。涂尔干也说过："我们的时代，早已不再是以哲学为惟一科学的时代了，它已经分解成了许许多多的专业学科。"[4]包括哲学与哲学根基的社会美学，对专业技术时代生长的现代主义，虽然依然还具有阐释性，但显然存在它们的阐释达不到的区域。技术自主的社会，人不再是中心，甚至"某些技术创新

---

[1] H. A. 别尔嘉耶夫：《人和机器——技术的社会学和形而上学问题》，张百春译，《世界哲学》2002年第6期，第48页。
[2] 特里·伊格尔顿：《马克思主义与文学批评》，文宝译，北京：人民文学出版社，1980年，第8—9页。
[3] 锡德尼·芬克斯坦：《艺术中的现实主义》，赵澧译，上海：上海文艺出版社，1985年，第177页。
[4] 埃米尔·涂尔干：《社会分工论》，渠东译，北京：生活·读书·新知三联书店，2000年，第2页。

本质上是'非人化的',它们侵害了人的本质"[1]。现代主义文学艺术带有技术及其主导社会的非人格化特征,因而具有非人化与反人道主义倾向。二十世纪技术社会人文知识明显衰落,新的专业学科勃兴,现代主义研究需要新的非观念化、非价值论的知识,而与技术相关的媒介学具有极大的应和性。

媒介学是一个综合性的交叉学科,既涉及物质技术,又涉及感知范型,还关乎审美。美学一开始是哲学的分支,但越到后来,人们越强调审美与认识论哲学不是同一知识范畴。朱光潜先生指出:"美感就是发现客观方面某些事物、性质和形状适合主观方面意识形态,可以交融在一起而成为一个完整形象的那种快感。"[2] 美感的"发现"与社会反映论的"反映",是两个不同知识领域的范畴[3]。卢卡奇在《审美特性》(*Die Eigenart Des Asthetischen*)中对审美的非社会化,做了相对于哲学的另一种区分,强调审美更接近人类学。王杰在《寻找乌托邦》中对审美的人类学属性也有专节综述[4]。现代主义无意识审美因其主观性,也被认为接近心理学。李泽厚强调过:"心理学(具体科学)不等于哲学认识论,把心理学与认识论等同或混淆起来,正是目前哲学理论与文艺理论中许多谬误的起因之一。"[5] 这应该也是现代主义认知中的问题。

最贴近现代主义审美形式的知识已不是哲学,更不是总体认识论哲学。对于电媒环境的现代主义的感官审美而言,最贴近的是关于感官延伸的媒介美学理论。现代主义所处的印刷媒介向电力媒介转换的临界位置是其审美转向的根基,所有现代主义文学艺术全都转向审美就是证明。法国媒介理论家德布雷说,"媒介学者是研究运动和转变的专家"[6],"不稳定总

---

[1] 兰登·温纳:《自主性技术——作为政治思想主题的失控技术》,杨海燕译,北京:北京大学出版社,2014年,第181页。
[2] 朱光潜:《论美是客观与主观的统一》,《朱光潜美学文集》第3卷,上海:上海文艺出版社,1983年,第71页。
[3] 劳承万:《审美中介论》,上海:上海文艺出版社,1986年,第36页。
[4] 王杰:《寻找乌托邦——现代美学的危机与重建》,北京:人民文学出版社,2016年,第123—193页。
[5] 李泽厚:《美学论集》,上海:上海文艺出版社,1980年,第560页。
[6] 雷吉斯·德布雷:《普通媒介学教程》,陈卫星、王杨译,北京:清华大学出版社,2014年,第51页。

是会引起媒介学者更多的关注"[1]。现代主义的先锋派就是不稳定转换期的必然现象。麦克卢汉敏锐创建的电子媒介的感官延伸学说，契合于同语境的现代主义审美。他立意于电媒技术与电媒环境的感官性，揭示电媒环境的艺术化，技术感知成为塑造艺术感知的力量，反过来，现代主义艺术感知也成为他的电媒技术感官性理论的启示。麦克卢汉的传记作家马尔切索说，麦克卢汉"将美学带入传播研究"[2]。他的理论是一种不同于社会美学的媒介美学，涉及文学的物质性层面。美学的基础意义就在于揭示人们怎样感受世界，体验所看到、感觉到与欣赏到的。麦克卢汉的阐释深入感官审美与技术物质的关系。他将自己的学说称为美学分析法，即"我一直想搞一种传播方面的实验……提出一些把各专门领域联系起来的建议，这个方法可以叫作多领域共同特征的美学分析法"[3]。他对艺术的认识与现代主义艺术家类同，他说："艺术作品的意义不是传递带或包装袋的意义，而是探针的意义，即'它传播感知而不是传递什么珍贵的内容'。"[4]探针指向新的意义生成模式。这与庞德的艺术家作为"天线"、伍尔夫的"隧道挖掘法"颇为类似。电媒对人的感官延伸，是现代主义感官艺术兴盛的基础。威廉·库恩斯在"麦克卢汉资料汇编：语录"中收录有这样的句子："我们向麦克卢汉学什么呢？——感知，感知，感知。"[5]技术、媒介环境、审美感知的连通，塑造了现代主义文学艺术的新感知，也兴起了麦克卢汉的感官媒介理论。麦克卢汉研究专家何道宽指出："质言之，技术、环境、媒介、文化是近义词，甚至是等值词。这是媒介环境学有别于一切其他传播学派的最重要的理念。"[6]媒介即艺术环境，媒介即审美，因为它成为新的诗学想象的来源。

---

[1] 雷吉斯·德布雷：《普通媒介学教程》，陈卫星、王杨译，北京：清华大学出版社，2014年，第53页。
[2] 丹尼尔·杰·切特罗姆：《传播媒介与美国人的思想——从莫尔斯到麦克卢汉》，曹静生、黄艾禾译，北京：中国广播电视出版社，1991年，第177页。
[3] 埃里克·麦克卢汉、弗兰克·秦格龙：《麦克卢汉精粹》，何道宽译，南京：南京大学出版社，2000年，第116页。
[4] 马歇尔·麦克卢汉：《麦克卢汉如是说：理解我》，斯蒂芬妮·麦克卢汉、戴维·斯坦斯编，何道宽译，北京：中国人民大学出版社，2006年，第64页。
[5] 埃里克·麦克卢汉、弗兰克·秦格龙：《麦克卢汉精粹》，何道宽译，南京：南京大学出版社，2000年，第406页。
[6] 何道宽：《媒介环境学：从边缘到庙堂》，《新闻与传播研究》，2015年第3期，第118页。

然而，对现代主义文学的认知却缺乏了媒介视角。这有客观的原因，那就是媒介知识从未被纳入文学知识或文学批评中来。M. H. 艾布拉姆斯的《镜与灯》提出"作家、作品、读者、世界"的文学四要素，划定了文学知识的边界，被尊为规范。近代以来的学科分割格局，也使新型媒介学科与文学分割而互不相干。

人文知识主导现代主义研究，导致了强化现代主义文学的社会批判偏向，而没有对审美形态及其形成原因等基础问题进行探源。麦克卢汉的媒介美学理论则可以扭转这个格局。

麦克卢汉依据媒介划分历史阶段的知识体系，奠定了现实主义文学与现代主义的分离，它们分别处于印刷媒介阶段与电子媒介阶段，这从根本上解决了依从文学发展观，将现代主义与现实主义放在同一语境的传统定位的问题。

媒介与美学关系的建立是麦克卢汉媒介理论与现代主义审美相通的基点。切特罗姆（D. J. Czitrom）说："在麦克卢汉思想中，审美范畴被置于首要地位。"[1] 他的理论本是从对马拉美、艾略特、刘易斯、乔伊斯等人的研究中产生，确立了现代主义艺术感知与电媒技术感知的同构。他有以《媒介与艺术形式》（Media as Art Forms）为题的论文，也说过"每一种传播媒介都是一种独特的艺术形式"[2]，还反复表示他的媒介研究基本是"应用乔伊斯"[3]。从媒介视角，可以揭示出现代主义的文学形式与电媒属性的相通，前者为后者所塑造。乔伊斯的意识流，T. S. 艾略特的逆时间的时空穿越，马拉美象征主义诗歌中的并置，卡夫卡小说象征的寓言性等，都与电媒的即时性与虚拟性的根基性相联系。现代主义的神话方法与新型象征也为电子媒介所促进，声音同时发生的空间偏向，也由电媒的空间偏向属性所塑造。意识流的方法，更是电力带来大量的产品、丰富的物资和影像

---

[1] 丹尼尔·杰·切特罗姆：《传播媒介与美国人的思想——从莫尔斯到麦克卢汉》，曹静生、黄艾禾译，北京：中国广播电视出版社，1991年，第186页。

[2] 埃里克·麦克卢汉、弗兰克·秦格龙：《麦克卢汉精粹》，何道宽译，南京大学出版社，2000年，第95页。

[3] Donald Theall & John Theall, "Marshall McLuhan and James Joyce: beyond Media," *Canada Journal of Communication*, vol.14, No.4, 1989, p. 86.

的信息环境中，人所形成的稀释信息的新感知范式。

新媒介是现代主义审美变革的前提与基础。媒介不只是工具，现代主义的媒介形式审美就并不止于形式的技术意义，不停留于技巧或叙述本身，媒介美学同样赋予它们社会意义。

第一，各种媒介都有固有的媒介偏向。尼尔·波兹曼说："每一种工具里都嵌入了意识形态偏向，也就是它以一种方式而不以另一种方式建构世界的倾向。"[1]德布雷也说："不同的媒介塑造不同的意识形态，每一个媒介域有一个相应的意识形态。"[2]电媒的意识形态倾向是一种反意识形态性，电媒放大了感官比，扩大了文学艺术的感官审美，降低了观念价值，形成了与现实主义观念价值不同的个体感官审美模式，瓦解了感觉与思想的集体性。它塑造了现代主义文学对意识形态的抵制，使之不再是观念价值的文学，而是审美文学。

第二，现实主义的社会审美也有媒介的形式性，而现代主义的媒介化形式审美也有它的社会性。就像齐美尔等从现代性碎片构想总体性意义一样，现代主义文学的碎片化感官审美，最终在作品整体上完成社会意义建构，实现否定式的社会批判。它的感官审美、形式审美，不同于现实主义直接的社会理性批判，文学的社会意义不再捆绑于社会理性，不停留于思想观念价值，因而现代主义稀释了认识论。因为电媒信息的马赛克，瓦解了统一的社会理性认识的历史时空。但这并不等于它完全不包含认识。麦克卢汉认为媒介环境是包含社会环境的，他提出媒介感知环境、媒介符号环境、单一或多重媒介环境和社会环境等媒介环境四因素，文学联系于环境，也必然联系于指向其中的社会环境。艺术家的感知同样是在"感知—符号—社会文化"的结构中，形成具有社会性价值的社会文化符号。

第三，德布雷认为有两种历史，一种是人与人关系的历史，包括阶级斗争，还有一种是人与物的历史，而媒介研究的是人与物互动的历史，或者说人与物的关系的历史。电媒对历史的瓦解，主要指向对线性历史性叙

---

[1] 尼尔·波斯曼：《技术垄断：文化向技术投降》，何道宽译，北京：北京大学出版社，2007年，第7页。
[2] 雷吉斯·德布雷：《普通媒介学教程》，陈卫星、王杨译，北京：清华大学出版社，2014年，第25页。

述的瓦解，它同时扩大和凸显了人与物的关系。这样，媒介视角扩大了对历史的认识范围。"在真实时间通过图像、声音的模拟所形成的事件的工业化制作，修改了我们同过去和未来的关系。"[1] 人与物的关系，通过电媒的虚拟，也使现代主义文学中过去与未来的时间、阶级视角、集体意识被改变，它转而关注技术组织社会与物统治下个体的生存境遇，这是新的社会意义建构模式。技术与物的统治所形成的"他者引导"（大卫·里斯曼[David Riesman]《孤独的人群》[*The Lonely Crowd*]）的社会，个体很难建构完整的理性自我。乔伊斯《尤利西斯》中的布鲁姆，卡夫卡《变形记》中的萨姆沙，加缪《局外人》中的莫尔索，都被表现为难以形成理性行动的人，这体现的是他者引导的社会的特质，本身就是社会批判。

媒介学揭示了媒介超出技术工具的文化意义，意义生产方式是媒介与人互动。麦克卢汉认为，没有一种媒介具有孤立的意义，任何一种媒介只有在与人的相互作用中才能实现自己的意义与存在。印刷媒介与人的活动结合，产生了大量的宣传活动与思想性的文学。电媒所兴起的现代主义呈现为感官的审美文学，感官性突出，思想寓于其中。这是因为媒介不像认识论给予对错的判断，所以，现代主义不再是致力于理性社会批判的文学，而更是一种开放交流的文学。

现实主义作为印刷媒介的文学，着力于思想性建构，呈现为"思想美学"，现代主义作为电子媒介的文学，偏向感官审美形式，呈现为"感官美学"。后者加大了感官比率，麦克卢汉说："技术的影响不是发生在意见和观念层面上，而是要坚定不移、不可抗拒地改变人的感觉比率和感知模式。"[2] 所以，对现代主义，直接谈作家作品的社会批判意义，显然是简单化的方式。在审美中介与感知形式上揭示其社会意义，是更恰切的方式。毕竟二十世纪西方社会体制变了，媒介环境变了，人的感知变了，文学对世界的叙述也变了。依据麦克卢汉所说的，新媒介带来新尺度，那么，新媒介对主体感知世界的方式构成了颠覆性。他说："所谓媒介即是讯息只不过是说：任何媒介（即人的任何延伸）对个人和社会的任何影

---

[1] 雷吉斯·德布雷：《普通媒介学教程》，陈卫星、王杨译，北京：清华大学出版社，2014年，第82页。
[2] 马歇尔·麦克卢汉：《理解媒介——论人的延伸》，何道宽译，北京：商务印书馆，2000年，第46页。

响，都是由于新的尺度产生的；我的任何一种延伸（或曰任何一种新的技术），都要在我们的事务中引进一种新的尺度。"[1]媒介与审美是问题的两个方面，媒介、技术、审美、文化在技术社会的混合，要求现代主义研究引入新的媒介知识。在媒介新尺度下，现代主义审美的宽泛意义可得到挖掘。

5. 知识形态之外的理论滞后的原因

现代主义理论体系的缺失或未完成状态，有知识缺位的原因，还有理论形态自身通常存在滞后的原因，尤其对技术引发的社会变革，知识的稳定性会导致理论总结的严重滞后。典型例子有十八世纪的"工业革命"与二十世纪的"科学革命"。

C. 韦尔奇（Claude Emerson Welch）在《政治现代化》中对西方两次技术革命这样总结："在十八世纪后期，几乎无人提到当时开始于英国的'工业革命'，以技术、大众产品、工厂为中心的生活，诸如此类的冲击是慢慢被意识到的，直到1884年阿诺德·汤因比的《工业革命》出版，这个用语才流行开来。一场同样深远的革命——'现代化革命'，现在作用于全球的所有地方，可以说也有着同样伟大的后果。"[2]"工业革命"这一概括，一般认为出自历史学家汤因比。有著作揭示，它最早是由汤因比的同名叔父提出来的[3]，而《工业革命》（The Industrial Revolution）一书使小汤因比（Arnold Joseph Toynbee）获得冠名权。韦尔奇提到作用于全球的"现代化革命"，是他对二十世纪技术革命的提法。这本政治著作论述二十世纪新政治体系，以"现代化革命"命名二十世纪国际政治变革。只是对于二十世纪技术革命，韦尔奇的"现代化革命"与C. P. 斯诺（C. P. Snow）的"科学革命"的提法都没有获得流行。

---

[1] 马歇尔·麦克卢汉：《理解媒介——论人的延伸》，何道宽译，北京：商务印书馆，2000年，第33页。
[2] Claude Emerson Welch, *Political Modernization: a reader in comparative political change,* Belmont, CA: Wadsworth Pub. Co., 1967, p. 1.
[3] J. R. McNeill, "President's Address: Toynbee as Environmental Historian," *Environmental History*, 19（July 2014）, pp. 434-53.

C. P. 斯诺的《两种文化》(*The Two Cultures*)一文，将十八世纪与二十世纪两次技术革命区分为"工业革命"与"科学革命"，强调两者的联系与区分，即"工业革命大约从十八世纪中期到二十世纪初期，指的是渐渐使用机器，男人与女人被工厂雇佣，农村人口变成主要在工厂制作东西的人口。而在第一种变化之外，生长出另一种变化，与第一种密切相关，但是更深、更快、更科学，这个变化就是将真正的科学应用到工业"[1]。他进一步指出："我相信电子的、原子能的、自动化的工业社会，在主要方面不同于任何之前已过去的社会，将更多地改变这个世界。它是这种转换，在我的观点看来，题以科学革命的名称。"[2]斯诺针对技术社会提出了"变化率"的概念，即"在所有人类历史中，这个世纪（按，指二十世纪）之前，社会变化率（Rate of social change）都是很慢的，如此之慢，以致它在一个人的一生中不被注意到地过去。现在不是这样，变化率已增加到如此之快，以致我们的想象跟不上"[3]。变化率成为二十世纪的尺度。他的科学文化与文学文化"两种文化"的提法，引发了与独尊精英文学文化的 F. R. 利维斯的文化之争。

文学理论家与文化理论家 N. 弗莱，在 1967 年论现代社会的《现代百年》(*The Modern Century*)中，描述工业革命阶段社会经济结构与旧政治结构分离的观点颇有启发性，却很少被人注意到。他说："现代世界开始于工业革命，工业革命在政治结构的身边又建立了一种经济结构，这样它实际上成了一种对立的社会形式。工业往往采取一种与国家形式迥然有别的组织形式，于是我们在自由竞争时期，就有了一种从所未有的、生活在两种社会秩序之下的强烈感觉。"[4]这对于我们认识二十世纪技术社会中文学艺术与社会的分离提供了参照。虽然弗莱没提及，但依照前一种分离，仿照弗莱的这一说法，二十世纪文学艺术走向自律，也可视为经济结构与政治结构分离后，再次发生文学艺术与政治、经济的分离。这种分离，形

---

[1] C. P. Snow, *The Two Cultures, And A Second Book,* Cambridge: Cambridge University Press, 1964, p. 29.
[2] Ibid, p. 30.
[3] Ibid, pp. 42-3.
[4] 诺斯洛普·弗莱：《现代百年》，盛宁译，沈阳：辽宁教育出版社，1998 年，第 60 页。

成的是艺术与社会的平行关系，改变了过去的所属关系。

技术引发的工业革命与二十世纪技术革命，具有空前的革命性。每次时间长达几十年甚至上百年才完成，因而理论总结都很晚才出现。十八世纪技术与生产领域的革命，广为接受的"工业革命"的概括，直到十九世纪中期（1844年）才被提出来。著名历史学家费尔南·布罗代尔（Fernand Braudel）在《资本主义论丛》（*Ecrits Sur Le Capitalism*）一书中甚至认为，对十八世纪英国的工业产业领域的社会巨变，以"工业革命"来界定不合适，因为革命通常是"一种快速运动"，而"工业革命是典型的慢速运动，初期几乎不被人注意"。[1]

技术社会演变初期的不被注意以及演变时间之长，加上文化与知识的稳定性带来的认知局限，都是理论滞后的客观原因。十九世纪末开启的二十世纪技术社会，社会学领域也是在二十世纪中后期，才出现逐渐获得流行的"后工业社会""晚期资本主义"等总结概念。电应用到生产是在十九世纪后期，而研究电媒的麦克卢汉媒介理论产生于二十世纪中后期。现代主义理论完善的滞后，也可以理解。

麦克卢汉指出，电媒时代知识形态是旋涡式的，突破了主题式的分类知识分类。因此，现代主义研究需要媒介美学理论与哲学、心理学、社会学、人类学、技术论、文学批评等一道，才能形成全面认识，而尤其应该注意到作为技术性自主社会中的文学，媒介理论与技术知识对于认识现代主义有一定重要性，现代主义作为技术与新媒介环境中产生的新的文学文化，单一的文学知识或权威的哲学知识都不足以阐释现代主义。缺乏媒介理论与技术理论视角的现代主义理论体系是不完整的。

---

[1] 费尔南·布罗代尔：《资本主义论丛》，顾良、张慧君译，北京：中央编译出版社，1997年，第114页。

二、工业化建制与现代主义文学思潮的兴起

易晓明

现代主义文学以陌生、另类、奇异的面貌横空出世,以"非连续性"实现了对文学的大改写,形成了文学史上前所未有的"大断裂"。因此,惊世骇俗的现代主义文学,刚出现时因其怪异而遭到受众拒斥。自诞生以来,它经历了被否定——被肯定——被推崇的历程。然而,一百多年后的今天,它无疑沉淀与凸显为文学史上的新经典,早已被公认为精英绽放的文学,成为值得我们不断审视与反思的最为复杂的文学现象之一。

在中国,现代主义文学也有过被视为资产阶级颓废文学而遭封杀的历史,直到二十世纪八十年代才被允许写进教材。开始一段时间,对它的研究因袭现实主义的批评话语,产生的是隔膜的无效批评。关于现代主义文学的产生原因,各类教材均雷同地归结为资本主义经济危机与帝国主义战争,以及资本主义走向帝国主义等,这类观点的意识形态性超出了学术研究的客观性。中国改革开放以来现代化进程的快速推进,使我们获得了对现代主义的体验式反思与审视的基点,有助于形成非意识形态的客观性立场,这对于研究强调艺术自律性的非意识形态化的现代主义文学,是一个必要的出发点。现代主义情绪的广泛蔓延,也说明它不是资本主义世界的独有经验。本文从这种客观立场出发,指出现代主义文学艺术思潮产生的根本的原因之一在于现代社会的工业化建制。

现代主义文学的复杂性,来自它与时代转型的微妙关系。它是现代社会工业化建制的反应式产物,植根于工业化社会的转型阶段。但它又不是主流意识形态的直接对应式的反映物与对等物。现代主义文学与其所处的社会主导潮流之间有着既一致又不一致的复杂性。一方面,现代主义文学确实是与新型的工业化社会建制相伴生的产物;而另一方面,它又以独立的身份,从艺术与审美的立场审视现代制度下人的生存境遇,质疑现代社会制度。现代主义文学与现代西方的社会体制之间存在一种混合纠结的奇

异关系。正如阿多诺所说的:"真正的现代艺术与其说是不得不设法对付发达的工业社会,还不如说是不得不从标新立异的立场出发承认发达的工业社会。"[1]

1. 工业化建制:工业主义区分于资本主义

现代工业社会的建制与转型,是人类历史上一场深刻的社会变革。它不只是一场社会文化的变革或所有知识事务的转变,更不只是艺术的基本概念及形式的变化,而根本上是一种制度的转换。舍勒甚至认为:"它不仅是一种事物、环境、制度的转化或一种基本观念和艺术形态的转化,而几乎是所有规范准则的转化——这是一种人自身的转化,一种发生在其身体、内驱、灵魂和精神中的内在结构的本质性转化;它不仅是一种在其实际的存在中的转化,而且是一种在其判断标准中发生的转化。"[2]它是一场包括社会结构与人的心态结构的双重重大转变的总体转变,导致了人的理念的颠覆。马克斯·舍勒说:"世界不再是真实的、有机的'家园',而是冷静计算的对象和工作进取的对象,世界不再是爱感和冥思的对象,而是计算和工作的对象。"[3]这种深刻的变革造成了社会价值观念的"断裂"（discontinue）。然而,这种断裂在其开始发生的初期,尚未受到人们的高度重视,原因之一是纵观人类历史,任何一场大的变革,都经历了激烈的政治斗争甚至政权更迭,然而这一次的深刻变革可以说没有口号,没有政权或反政权的阶级斗争,甚至没有意识形态领域的宣传,它是在非政治化中悄然发生与完成的一场工业化社会的建制转换。原因之二是受进化论思路的影响,人们习惯性地总结连续性与发展性,对历史中出现的这种"非连续性"与"断裂"则感到无所适从。

吉登斯深刻地总结了现代社会与传统社会的裂变,他认为"断裂"是"指现代社会制度在某些方面是独一无二的,其在形式上异于所有类型的

---

[1] 阿多诺:《美学理论》,王柯平译,成都:四川人民出版社,1998年,第60页。
[2] 马克斯·舍勒:《资本主义的未来》,刘小枫编校,罗悌伦等译,北京:生活·读书·新知三联书店,1997年,第207页。
[3] 马克斯·舍勒:《死与永生》,转引自刘小枫《现代性社会理论绪论》,上海:上海三联书店,1998年,第20页。

传统秩序"[1]。"断裂"具体体现为：其一，现代性时代到来的绝对速度；其二，社会巨变覆盖全球范围；其三，现代制度的固有特性。总之，"现代性以前所未有的方式，把我们抛离了所有类型的社会秩序的轨道，从而形成了其生活形态"，"确立了跨越全球的社会联系方式"。[2]

能在最初的时刻便感知到现代主义到来的，是最为敏感的文人与艺术家。最著名的代表性言论来自英国女作家弗吉尼亚·伍尔夫，她曾如此具体地写道："1910 年 12 月，或者说，大约在那个时候，人类的特性发生了改变。"[3]

人类特性的变化，现代价值观的兴起，当然不可能具体到某一时刻，因为它来自全球范围内的工业化社会体制的建构。过去，我国研究界将现代主义文学产生的社会背景归结到资本主义特别是其帝国主义阶段。究竟是源于资本主义，还是源于工业化体制，这里涉及资本主义与工业化建制之间的关系问题。吉登斯在《现代性的后果》一书中给我们做了区分。他主张将资本主义与工业主义看成是现代性制度的两个不同的"组织类型"或维度，而不是谁臣属于谁的问题。他的依据首先是马克思所说的，资本主义的出现先于工业主义的发展。吉登斯指出："资本主义指的是一个商品生产的体系，它以对资本的私人占有和无产者的雇佣劳动之间的关系为中心，这种关系构成了阶级体系的主轴线。"而"工业主义的主要特征，则是在商品生产过程中对物质世界的非生命资源的利用，这种利用体现了生产过程中机械化的关键作用"。[4] 具体地说，工业化建制的现代组织能够以传统社会中人们无法想象的方式把地方性和全球性的因素连接起来，而且通过两者的经常性连接，直接影响千百万人的生活，它的扩张性与影响力远远超出了资本主义所建构的阶级间的剥削关系。因此可以看出，现代生活的急剧变化，主要不是源自资本主义，而是源自工业化建制中复杂的劳动分工的强烈刺激、工业的开发、世界市场的形成等。那么，现代主

---

[1] 安东尼·吉登斯：《现代性的后果》，田禾译，南京：译林出版社，2000 年，第 3 页。
[2] 同上书，第 4 页。
[3] Virginia Woolf, "Character in Fiction," *Virginia Woolf: Collected Essays Volume III*, Andrew McNeillie, ed., New York: Harcourt Brace, 1988, p. 421.
[4] 安东尼·吉登斯：《现代性的后果》，田禾译，南京：译林出版社，2000 年，第 49 页。

义文学正是对工业化社会的回应,具体地在文学领域做一个区分的话,可以说《鲁滨逊漂流记》《欧也妮·葛朗台》等小说的兴起与繁荣,可视为对资本主义兴起的一种回应性表述。与它们所描绘的那个世界相比,现代工业社会则生成了象征主义、意识流与表现主义等新文学流派。

当然,资本主义与工业化是有联系的。资本主义是强化与推动工业化体制的巨大动力,因为,从它产生之初,资本主义在规模上就是国际性的。伊曼纽尔·沃勒斯坦(Immanuel Wallerstein)说:"从一开始,资本主义就是一种世界性经济而非民族国家的内部经济……资本绝不会让民族国家的边界来限定自己的扩张欲望。"[1]劳动力的商品化,包括抽象劳动力即技术设计等,成为资本主义与工业主义之间的一个重要连接点,也是社会快速发展的关键。资本主义社会中的工业企业保持高度的技术创新,在现代社会生活从传统世界制度方面分离出来的过程中,扮演了十分重要的角色,它们推动了全球性的扩张。

但是,工业化建制所产生的效率,其扩张的覆盖率远远超出了原初时期的资本主义,它以一种严密的体制而存在,以一定的秩序影响着政治秩序与文化秩序的协调一致,形成了一种胜过权力与意识形态的强力体制秩序。不可否认,工业化制度体系带来了世界经济的全面、快速发展,人类生活发生了巨大的改变。西方人在短短的几十年时间里享受到了这种体制带来的不断翻新的物质享受。中国最近二十多年也亲历了这种快速发展的进程。这确实是一个新的文明的历史时期,呈现出一派高速发展的世界图景。然而,与这种图景相伴随,所有人在这种理性化的工业化秩序中都沦为工具,人遭遇了被物化的命运。工业化体制所依据的经济价值的尺度作为社会的标准尺度,导致人格概念的实质结构在实用主义思潮中被经验量化,人的本质无从勘定。齐美尔看到了现代生活中货币的非人格性与无色性,现代的"货币经济如今已经产生了难以计数的联盟,它们要么只要求其成员在经济上出力,要么就是单纯就货币利润进行操作","货币就像

---

[1] Immanuel Wallerstein, *the Rise and Future Demise of the World Capitalist World System: Concepts for Comparative Analysis*, The Capitalist World Economy, Cambridge: Cambridge University Press, 1979, p. 19.

一层绝缘层那样滑入客观的联盟整体与主观的人格整体之间"。[1] 社会以货币经济所强化的这种量化标准的价值尺度，去度量所有人际关系与人本身，在这种标准之下，人的情感、修养、内涵等人性因素变得没有价值，人就处于被异化的处境之中。

2. 严密技术组织社会与人的受控性

工业化制度具有冷酷的理性逻辑，使现代社会呈现出种种特质。

首先是现代社会不可阻挡的越来越细的社会分工。细密的社会分工使绝大多数人都受制于同一专业领域里的重复劳动，受制于索然无味、冷酷无情的纪律与管理约束，人的全面发展的人性要求受到强迫性的抑制，传统的丰满人性被阉割，人沦为社会机器上的零部件或者说是螺丝钉，社会需要的不是一个完整的人，而是个体人的专门功能，这种功能如同零件的功能，能被同类产品取代。功能化的劳动者的重复劳动带来劳动的焦虑、生存的异化，在卡夫卡的小说《变形记》中得到了很好的表现，人被异化为甲壳虫。

其次是工业化体制，具备一种潜在的、深层的专制特征，它表现在官僚体制的庞大网络中。政治权力在这一体制中实际得到了强化。当然，它不是个人权力的强化。"专制主义"（despotism）似乎主要是前现代国家的特征，但事实上，极权的可能性包括在现代性的工业化体制之中。当然，封建皇帝那种个人至上的权力在现代社会受到了限制。现代社会的权力，表现为一种体制的合力，成为一张网，或者说一种坚固的结构。这是因为极权统治以更为集中的形式把政治、法律、意识形态、经济等各种权力连接在一起，也可以说实现了政治、经济与知识界等的联手或结盟。看起来，前现代社会统治者个体的绝对权力受到了削弱，而现代体制的合力却更强化地、更加没有遗漏地迫使所有个体的权力上交或被剥夺。

新兴资产阶级的平等的市场经济曾经取代了封建等级制，到了现代社会，这种平等的市场经济，又潜在地为新一轮的不平等——工业化中的

---

[1] 齐奥尔格·西美尔：《时尚的哲学》，费勇、吴蓉译，北京：文化艺术出版社，2001年，第96页。

新的社会等级制度——所取代。这种等级体现为经济企业内部的科阶官僚体制，企业之间大小差异所形成的各种权利差别，其实质就是一种新的特权，还有不容商量的垄断权。这种庞大的一体化社会，全球化的跨国企业、行业垄断、资本垄断等，甚至包括将一切进行量化的物化标准、资源与财富的占有所形成的话语权等等，它们使貌似平等的现代社会中隐藏着一种非公开化的、巨大的不平等。多尔迈（Fred R. Dallmayr）针对霍克海默的相关批判做出自己的总结："工业化和合作企业对小型企业的取代，恢复了社会等级制度，鼓励了经济特权，损害了生存机会的平等，淡化了乌托邦式的前景。同时，政府和企业的逐渐融合（或勾结），导致了用不断增长的对公众舆论的有效控制来取代社会的一致。""在知识领域中，实证的经验主义的兴起，促使人们将人等同于他的物理性质和经济占有……同时，由于丧失或抛弃了理性与人类目的的联系，理性被等同于抽象的运算，即一系列用来对任何选择对象进行公理化的运算规则。"多尔迈归纳说："如果霍克海默的上述评论正确的话，那么占有性的强化所导致的结果就是个人自己被逐渐地占有，其原因在于机械的运用和操纵的国际化。当代技术显示了这种控制关系。"[1] 人的地位、人的感受、人的行为导向或者说人的行为准则，在适应这些新变化与新体制中形成，个人与社会的联系得到了重新的调整，人的主体性变成了受控性。

这便产生了看似绝对王者的权力被削弱了，个体的基本权力被授予了，但实质上每一个体在现代社会的整体结构中都处于感到无能为力的状态。卡夫卡的《城堡》就表现了个体永远无法接近现代庞大、冷漠的官僚体制，它永远在云雾之中，K 试图去、努力去接近它，但从电话里传来的只是一些模糊的、毫无意义的嗡嗡声，这正是个体与体制关系的一种象征。卡夫卡的另一部小说《审判》描绘了法律体制的无上极权，其中无辜的人被莫名地强制执行。现代体制是一种严密的结构，在这种结构中，受压迫者找不到个体的压迫者或者是能与之对抗的对立的人物，繁复的结构使个体生命所付出的代价无声无息，没有任何人对此负有责任，怨恨没有

---

[1] 弗莱德·R. 多尔迈：《主体性的黄昏》，万俊人、朱国钧、吴海针译，上海：上海人民出版社，1992年，第14页。

对象。如 T. S. 艾略特所描绘的，生命的消失是"啪"的一声，那种声响不是清脆的，而是微弱的。现代社会个体生命表面上受到虚幻的尊重，实质上无人能控制的工业化社会结构是最为冷漠的、超出于人类之上的一架独自运行的专制机器，如卡夫卡《城堡》中的官僚机构、卡夫卡《审判》中的法律机构，在海勒的《第二十二条军规》中体现为军事机构，官兵们在第二十二条军规面前无能为力、任人愚弄，个体生命的存在与消亡任由军事机构机械判定，即使误判，也只能维持。丹尼卡医生明明活着，但已被军方错误地记录到麦克瓦特撞毁失事飞机的死亡名单中，他虽然有生命，却被等同于死亡，在实际生活中被排除在一切活动的名单之外。而那个住在尤索林帐篷里的马德已经死了，但由于没有他的死亡记录，军方的记录中他还活着，原因是他没有正式报到记录，也就没有死亡记录，因此他一直被当作活人看待。显然，对这种荒诞与混乱，个体无法做出申诉，因为个体能上诉到的人只能按名单执行，因此永远找不到人说理，永远没有人澄清事实，永远没有人负责，一切都交给貌似客观、公允的规章与机构，命运由它来定夺！现代社会组织结构是无视生命、抹杀生命的无人能操纵的权力巨兽，这是现代社会的根本特征。

现代社会强化科技思维与商品经济，物质利益以及与此相关的身体欲望的满足被合法化与合理化地推崇，造成精神价值失落，是现代社会的又一显著特征。在现代社会中，如舍勒所认识的，工商精神取代了神学——形而上学的精神气质，人格概念的实质结构在实用主义与急功近利的物质主义思潮中被经验量化。人从高贵的、有精神追求的动物降格为自然生命的动物，人的哲学被人的社会学取代了，人的实存本身发生了改变，以致他惊呼"在历史上没有任何一个时代像当前这样，人对于自身这样地困惑不解"[1]。

工商精神取代形而上学精神，实用价值取代生命价值，是工业化体制中机器与技术主宰世界所产生的后果。

马克思注意到机器存在的两个方面的矛盾性，他的"在《人民报》

---

[1] 马克斯·舍勒：《人在宇宙中的地位》，李伯杰译，贵阳：贵州人民出版社，2018年，导论第2页。

创刊纪念会上的演说"指出:"一方面产生了以往人类历史上任何一个时代都不能想像的工业和科学的力量。而另一方面却显露出衰颓的征象,这种衰颓远远超过罗马帝国末期那一切载诸史册的可怕情景。在我们这个时代,每一种事物好像都包含有自己的反面。我们看到,机器具有减少人类劳动和使劳动更有成效的神奇力量,然而却引起了饥饿和过度的疲劳。新发现的财富源泉,由于某种奇怪的、不可思议的魔力而变成贫困的根源。技术的胜利,似乎是以道德的败坏为代价换来的。随着人类愈益控制自然,个人却似乎愈益成为别人的奴隶或自身卑劣行为的奴隶。甚至科学的纯洁光辉仿佛也只能在愚昧无知的黑暗背景上闪耀。我们的一切发现和进步,似乎结果是使物质力量具有理智生命,而使人的生命化为愚钝的物质力量。"[1]

最早对技术进步进行反思的作家是波德莱尔,他反对把物质的进步与精神的进步混淆起来。他在1855年发表于《巴黎的艺术》的文章《批评方法,论应用于美术的现代进步观,活力的转移》(Critical Method-On the Modern Idea of Progress as Applied to the Fine Arts)中指出:"我说的是关于进步的观念。这盏昏暗的信号灯是现代诡辩的发明,它获得了专利证书,却并未取得自然或神明的担保,这盏现代的灯笼在一切认识对象上投下了黑影,自由消逝了,惩罚不见了。"[2]波德莱尔进一步具体描述道:"问问任何一个每天都在他的小咖啡馆里读他的报纸的好法国人进步是什么意思,他会回答说,进步就是蒸气,电,煤气照明,这都是罗马人所不知道的奇迹,这些发现充分地证明了我们胜过古人。这个可悲的头脑里是多么黑暗,那里面物质的东西和精神的东西是多么古怪地混在一起啊!这可怜的家伙被他的那些动物至上和工业至上的哲学家们美国化了,以至于失去了区分物质世界和精神世界、自然界和超自然界的概念。"[3]

技术在现代社会已不只是工具,它与价值、文化形成了一个体系,构

---

[1] 《马克思恩格斯全集》第12卷,北京:人民出版社,1962年,第3—4页。
[2] 波德莱尔:《1846年的沙龙:波德莱尔美学论文选》,郭宏安译,南宁:广西师范大学出版社,2002年,第318页。
[3] 同上书,第319页。

成了现代社会的权威，因此，技术权威也就成为社会的统治力量。在十九世纪，陀思妥耶夫斯基的《地下室手记》就表达过对技术专家的批判。二十世纪意识流小说的代表作家弗吉尼亚·伍尔夫在《达罗威夫人》中，通过主人公——精神病人塞普蒂默斯，对作为医学权威，同时也是社会权威的精神病医生予以深刻而独到的审视，让读者看到技术权威已经成为技术专家治国的统治层的中坚力量。伍尔夫描绘他们让社会平稳，让所有人归顺，他们的后面还有警察。这是因为专家与政治联手形成了包含其自身特殊价值的现代技术 – 政治框架。一些女权主义者也批评现代技术天生是一种"男权主义的"事业。

海德格尔对现代社会技术的统治特征做出了深刻的分析，他说："现代技术的突出特点在于这样的事实，即它在根本上不再仅仅是'工具'，不再仅仅处于为他者'服务'的地位，而是相反……具有鲜明的统治特征。"[1] 在全球化时代，技术超出于行政权力之上，谁控制了技术，谁就控制了世界。它第一次颠覆了几千年人们顶礼膜拜的统治者的荣光，因为在它以纯粹客观标准如考核、听证会、市场等的强势出场的情形下，"统治者不再随意决定命运"[2]。技术冲击了权力，也冲淡了既往高高在上的意识形态，因此，技术也能成为一种失控的力量。当然，这也不是绝对的，在发达社会中，技术起着控制权力基础的作用，它带来的是彻底改变传统和人类价值的一种全新的生活方式。这种改变不同于历史上历次统治阶级或王朝的更替所经历的那些轰轰烈烈的政治风暴，它只是"内在地""无声地"改变世界，甚至不受它们所为之服务的目的的制约，现代社会技术颠覆传统，使一切重新布局，历史形成了断裂，《共产党宣言》中描述为"一切等级的和固定的东西都烟消云散了，一切神圣的东西都被亵渎了。人们终于不得不用冷静的眼光来看他们的生活地位、他们的相互关系。"[3] 伯曼据此写了一本题为《一切坚固的东西都烟消云散了——现代性体验》的书，进一步分析现代性，在书中又总结马克思的这一思想并题为

---

[1] 安德鲁·芬伯格:《可选择的现代性》，陆俊、严耕等译，北京：中国社会科学出版社，2003年，第28页。
[2] 同上书，第31页。
[3] 同马克思、恩格斯:《共产党宣言》，北京：人民出版社，2014年，第31页。

第二章的题记："随着机械化和现代工业的诞生……发生了一场在强度和范围上都类似于雪崩的强烈入侵。一切道德和自然、年龄和性别、白天和黑夜的界限都被打破了。资本在狂欢。"[1]

社会学家更多关注的是人在技术统治的现代社会中的生存境遇。韦伯在1904年写的《新教伦理与资本主义精神》(*The Protestant Ethic and the Spirit of Capitalism*)中将整个"现代经济秩序的庞大宇宙"视为"一个铁笼"(陕西师范大学出版社的彭强译本注重的是这个铁笼的庞大，而翻译为宇宙："今天的资本主义经济，是一个庞大的宇宙。"第27页)。这里面的每一个人都要受到其铁栏杆的塑造，人都成了没有灵魂、没有心肝、没有性别或个人身份的存在物。韦伯说他的同时代人，都发生了如下改变："专门家没有灵魂，纵欲者没有肝肠，这种一切皆无情趣的现象，意味着文明已经达到了一种前所未有的水平。"[2] 马尔库塞认为这种生存境遇中的大众既没有自我，也没有本我，他们的欲求不是他们自己的，因而提出了他的著名的"单面人"理论：现代人都成了"单面人"。英国当代社会学家吉登斯深刻指出了科学与技术的悖论："有些被认为是将使我们的生活更加确定和可预测的影响，如科学和技术的进步，却经常带来完全相反的结果。"[3]

3. 现代主义是对工业化建制社会的回应

工业化社会本身形成了与前工业化社会的断裂，现代主义文学是对这一新型社会形态的回应。丹尼尔·贝尔(Daniel Bell)说："每个社会都设法建立一个意义系统，人们通过它们来显示自己与世界的联系。这些意义规定了一套目的，它们或像神话和仪式那样，解释了共同经验的特点，或通过人的

---

[1] 马歇尔·伯曼：《一切坚固的东西都烟消云散了——现代性体验》，徐大建、张辑译，北京：商务印书馆，2013年，第112页。

[2] 马克斯·韦伯：《新教伦理与资本主义精神》，彭强、黄晓京译，西安：陕西师范大学出版社，2002年，第166—167页。

[3] 安东尼·吉登斯：《失控的世界——全球化如何重塑我们的生活》，周红云译，南昌：江西人民出版社，2001年，第3页。

魔法或技术力量来改造自然。"[1]贝尔认为人的品格类型与社会关系的形成，是由他们所处的社会中的工作关系模式所决定的，他将社会分为前工业社会、工业社会和后工业社会。前工业社会主要是对付自然，劳动力起决定作用的自然社会。而工业社会取代农耕社会，演变出工业化的制作世界。

这个制作世界是由机器技术主宰的，它摆脱了与自然的密切关系，不再依存于一些自然的人性化的观念与标准，而以对物质的追求与对利润的追逐来组织社会，商品生产、科技进步、能源的利用与开发大大提高了生产率，改变了这个世界的结构。标准产品批量生产是这个社会的主要生产模式，因此机器便取代了劳动力而获得了这个社会中的主角位置，并且也取代了人在工业化之前的各个历史时期的主体地位。机器生产的工序与流程，分解为简单的操作步骤，由工人分段操作，这样将人降格为机器的附属物。当工程师设计创造出新机器，工人也容易跟随老机器被替代。机器排挤了人，机器成了世界的主宰，人成了机器上的零部件。卢卡奇从这种现象中提炼出人的物化的理论，也就是马克思的"异化"，主要指劳动的异化。丹尼尔·贝尔认为工业社会"是一个调度和编排程序的世界，部件准时汇总，加以组装。这是一个协作的世界，人、材料、市场，为了生产和分配商品而紧密结合在一起。这是一个组织的世界——等级与官僚体制的世界——人的待遇跟物件没有什么不同……这样，在人与角色之间形成了一种明显差异"[2]。人与角色是分离的，这种分离造成了现代人的精神分裂。人、人的劳动或者说人的工作，都成为机器化、组织化生产的附属部分，人的和谐、劳动的完整性与可靠性被瓦解，这便决定了人的精神的巨大变化。早期以人道主义为核心的充满强烈主体性的个人主义，具有个性的、带有正面品质的大写的人的理念就必然消失。这导致了工业化社会中人的心态体验的变化，这是现代主义思潮所直接表现的领域。

可以断言，现代主义文学正是对现代人的形而上学品质或人本精神本质的解体与消散的一种模糊的反应：困惑？无奈？质疑？批判？都有，

---

[1] 丹尼尔·贝尔：《资本主义文化矛盾》，赵一凡、蒲隆、任晓晋译，北京：生活·读书·新知三联书店，1989年，第197页。
[2] 同上，第198页。

各种情感混杂在一起,表现了现代人作为人自身的不适应,因为他们从古典人"存在本身唯精神"的理念的高位,被抛入"唯身体"的物化原则中。那么,被抛入原始层面的现代人,在困惑、迷惘中抓到了支持他们的稻草,那便是弗洛伊德的精神分析学以及二十世纪的非理性哲学,它们提供给二十世纪无精神维度的现代人的短视的、肉欲的生存方式以强力的支撑,像乔伊斯的《尤利西斯》中的女主人公莫莉的肉欲主义生活,这种为古代人所鄙夷的生活内容,也就堂而皇之地不只成为时代生活中现实生活中的主潮,甚至也成为文化作品中的主要内容。

可见,现代社会不是古代社会的承继或翻版,不是新的统治者代替旧的统治者,不是男人取代女人的统治或者女人取代男人的统治这种传统的二元对立转换模式,它是一种全新的奇异的社会景观。在其中,整个人类都已经成为社会机器中纯粹的齿轮和技术控制对象。社会分工使所有的人都职业化、技术化和片面化,人性的丰富与全面发展的要求被抑制、被镇压。现代技术所发明的现代机器,生成出现代工业,构建出了历史上前所未有的人口密集的工业化大都市。与大都市的工业化生产体制相伴而生,或者说与机器一同产生的是居住于这种大都市中的操作机器的雇佣工人。他们与其说是操作机器的人,不如说成了机器流程中的一个部分,他们本身就成了机器。用卢卡奇的术语来说,这就是人的物化,马克思的表达则是现代社会劳动的异化。新的机器被发明出来时候,大批老的机器工人就会随同老的机器一起被替换、被弃置。即使他们可以参加新的培训,这样也会形成紧张感、不安全感与恐惧感,因为人类个体随时都有可能被日益推进的技术所抛弃。况且,现代技术的发展速度愈来愈快,人们必须拼命追赶,异常疲惫与焦灼,最终都将成为追赶不上的人,被现代进程如同弃置生锈、老化或过时的旧物一般弃置。那么,此中最深刻的悲剧在于,传统的人的理念、人的尊严与骄傲,人之为人的价值在技术更新的铁律面前就被碾成粉末。这种早期产业工人的状况,已经广泛蔓延到各个领域,成为现代社会中的普遍现象,过去非雇佣性质的医生、律师、教授等光荣的职业群体,现在也都成为被雇佣者,同样可能在本行业的技术翻新之中成为陈品,成为过时的旧货。

在这种背景下，群体聚合力失散，成为现代社会的一种标志，即现代社会缺乏综合的、共同的文化理想，成为一盘散沙。传统神学的共同信念——上帝，随着尼采的"上帝死了"而崩塌。这种崩塌，不只在于对上帝的信仰的崩塌，还在于它是一种象征性的表征，它同时表述了后来取代了"上帝"的西方共同信仰的"理性"信念的崩塌，是对道德信念或者对一切的信仰的崩塌，甚至也可以说，这种象征性的意蕴还在于对一切可能产生与出现的信仰的一种死亡宣判，即形而上的共同信仰的时代已经一去不复返了。在强调个体、缺乏共同信仰的现代社会里，个体的孤独感就成为一种广泛蔓延的时代病症，无法医治。个人与他人的关系变成无法沟通的疏离与陌生的关系，如萨特的名言所表述的：他人即地狱。个人与世界的关系成为一种荒诞，如加缪的《局外人》所描述的经典主题：世界是荒诞的。异化感、孤独感、灾难感在卡夫卡的《变形记》《判决》《地洞》等作品中被塑造出来。现代社会孤独的个体丧失了精神家园，无家可归的生存体验，被 T. S. 艾略特在《荒原》中概括为生活在荒原上、处于精神被放逐中的"荒原人"，不知"我从哪里来，要到哪里去"。乔伊斯的《尤利西斯》也从另一个角度，以奥德修斯归家的神话为隐喻，描写了现代人寻找精神归宿的归家主题。这一主题在哲学上，由海德格尔的失去了神、失去了天的现代人寻求大地维度的"诗意栖居"来呼应。所有这些作品、思想与学说，共同表述了二十世纪现代人的精神困境。

舍勒指出，生活世界的现代性问题不能仅从社会的经济结构来把握，还必须通过人的体验结构来把握，现代现象是一场"总体转变"，在他看来："心态（体验结构）的现代转型比历史的社会政治经济制度的转型更为根本。"[1]因为心态是世界生活的价值秩序的主体方面，一旦体验结构转型，世界的客观的价值秩序必然产生根本性的变动，因此它是一种深层的评判标准，它所带来的是价值评判尺度的改变。舍勒将现代社会的总体心态体验归纳为一句话：实用价值取代了生命价值。现代主义文学是对这场"总体转变"的艺术呈现。

---

[1] 刘小枫：《中译本导言》，马克斯·舍勒《资本主义的未来》，刘小枫编校，罗悌伦等译，北京：生活·读书·新知三联书店，1997年，导言第6—7页。

三、现代主义文学的文化性——重新认识现代主义文学

易晓明

宏观地看,现代主义文学艺术被哲学、社会学纳入"审美现代性",说明它是新的文化现象。它所表现的强大的异质性,显示出它是一种新的文学文化。

现代主义思潮曾被解释为非理性哲学与无意识心理学影响下的产物,应该说,非理性哲学、无意识心理学与现代主义文学一样,背后有共同的生产力层面的根源,那就是电媒介及电动技术环境使社会进入技术化组织社会形态,同时兴起技术感知的非理性审美,冲击了过去占主导地位的社会理性及理性文学。

电媒介与印刷媒介具有不同的感知偏向,而媒介感知对文学艺术的塑造,主要体现在艺术形式上。例如,新兴的意识流,从电媒信息角度看,可视为电媒产生过量信息的信息稀释。电媒带来过量信息使感官对象瞬间频繁切换,伴随联想跳跃,完全可以有效解释意识流。感官对象并不能独立形成文学的形象价值、现实价值、社会价值等,主要具有"信息价值"的功能,由此引发联想。它是现代主义转向感官审美的基础。

M. H. 艾布拉姆斯在《镜与灯》中提出了文学认知的四个维度,即作者、文本、读者与世界。"当下,'世界—作家—作品—读者'的四要素文学活动说已经成了中西文论界特别是中国当代文论界解释文学现象通用的和处于主流地位的文学活动范式。"[1]文学一侧是哲学,另一侧是历史,这种人文知识框架自亚里士多德就提出来了,直到二十世纪文学研究开放到心理学与人类学等新兴学科。然而,媒介、技术视角则一直被排除在外。而新出现的电媒介对现代主义艺术感知的塑造非常直接,排除媒介维度的现代主义研究是有缺陷的。理解电媒介对现代大都市、对系统化控制的工

---

[1] 单小曦:《媒介与文学:媒介文艺学引论》,北京:商务印书馆,2015年,第45页。

业社会的形成的作用，给文学艺术带来的空间化感知以及感官化呈像的审美转向，是全面认知现代主义的基础。

事实上，现代主义的兴起就是在印刷媒介转向电媒介的转型临界点上发生的。现代主义与电媒介、技术及新的工业体制是合流的。媒介、技术、技术社会是把握现代主义、拓展文学认知边界的有效途径。其中媒介被认为是文学的第五个维度，那么现代主义正是由于具有明显的电媒文化属性而成为一种新的文学文化。

1. 现代主义感官审美的媒介文化属性

现代主义的土壤是十九世纪末兴起的电媒介及电媒技术应用到生产，形成大规模的现代都市，在此基础上建立的系统化控制的工业体制社会。电媒是技术社会形成的前提，而电媒的技术感知与现代主义的艺术感知同形同构，形成媒介、技术、文学、艺术的相同感知，对现代主义文学与对电媒分别出现了神话感知的表达就是一个例子。研究媒介理论的何道宽指出："质言之，技术、环境、媒介、文化是近义词，甚至是等值词。"[1]这是针对电媒技术而言的。电媒的感官审美，使现代主义文学转向非理性的审美，背离了印刷媒介时期现实主义观念文学的社会理性。现实主义属于认识论主导，电媒语境的现代主义是形式审美主导，认识论与审美不属于同一个范畴。现代主义与现实主义时间上承续，但理念与风格上则大相径庭，这也是卢卡奇基于阶级论等社会认识论对现代主义否定无效的原因，对于审美，很难从认识论否定。

现代主义转向感观审美与形式审美，形成文化转向。

C. 德里斯科尔（Catherine Driscoll）的《现代主义的文化研究》，对现代主义与文化研究予以互释。该书的第 7 章与第 8 章两次明确提到，现代主义是现代性中的"文化转向"[2]。而戴维·哈维（David Harvey）的《后现代的状况：对文化变迁之缘起的探究》（*The Condition of Postmodernity: An Enquiry into the Origins of Cultural Change*）一书，也有"时空压缩和作

---

[1] 何道宽：《媒介环境学：从边缘到庙堂》，《新闻与传播研究》2015 年第 3 期，第 118 页。
[2] Catherine Driscoll, *Modernist Cultural Studies*, Gainesville: University Press of Florida, 2010, pp. 188-99.

为一种文化力量崛起的现代主义"[1]的提法。

现代主义文学的文化价值是显著的,它是二十世纪新的审美文化的起点与标杆,标志从观念文化向技术与物质塑造的审美文化的转向,其根基在于电媒介的出现,电媒介使社会与艺术进入了崭新阶段。

十八、十九世纪科学影响了文学观念,但科学观还是一种观念文化。而技术则不同,它已经脱离观念文化,其对文化的影响主要不是观念价值,而在感知审美,它与观念价值造成一定的瓦解。因而技术常被视为文化的对立面,被排除在观念价值主导的文化之外。这是对现代主义的认知一直忽略电媒介与技术作用的原因。

电媒对感官的塑造力,兴起了影像文化新形态,其成像技术与即时传播,甚至带来了一切传播的审美化。这重塑了人的感知,艺术家们的感知过去以哲学和科学为主导,而二十世纪则转向了以技术与媒介为主导,而哲学,特别是理性哲学明显衰落。G.科维奇在《知识的社会学框架》一书中指出,二十世纪技术已排在影响力的第一位,而哲学下降到了第四位。然而,由于文学领域传统知识形态的惯性,对技术作为影响文学艺术的知识的认知一直滞后。

现代主义形式勃兴的审美现象,并没有被结合媒介进行理解,通常只是就形式而论形式,或者就此强调现代主义的审美自律,忽略了现代主义审美的媒介塑造。而媒介塑造作为技术,联通外部,打破了自律,现代主义的外部关系是复杂的,特别是媒介塑造不容易被感知到。

从社会角度看,形式本身既是审美的又是社会的。过去理解审美自律,偏重形式的自律而忽视了形式的社会性的一面。乔治·马尔库什(György Márkus)说:"形式是文学中真实的社会元素……是创作者与读者之间连接的纽带,是唯一的既是社会的又是审美的文学范畴。"[2]过去将形式审美视为单纯的审美,就走向了片面,也使现代主义文学研究走入了死胡同。现代主义文学形式与外部的联系包括与电媒环境与信息环境的联

---

[1] 戴维·哈维:《后现代的状况——对文化变迁之缘起的探究》,阎嘉译,北京:商务印书馆,2013年,第324页。
[2] 乔治·马尔库什:《文化、科学、社会——文化现代性的构成》,孙建茵、马建青等译,哈尔滨:黑龙江大学出版社,2015年,第526页。

系，"技术和技艺的发展[例如蒙太奇的技术]深刻影响了名义上也是自律艺术的'高级体裁'（例如小说或戏剧）的美学生产方式"[1]。

此外，卢卡奇也强调过形式的客观性，他认为形式包含一种世界的和思想内容的质的"内涵"整体[2]。这也说明形式与社会有所关联。现代主义走向形式的艺术自律，有远离社会机械管理、社会意识形态的一面，却也有社会的一面，即技术带来社会商业化与系统性，是文学艺术走上自律——也是一种系统化——的前提。人们理解艺术自律的文学艺术与社会的分离，然而，分离并不等于完全没有联系，分离只是不再是包含关系，分离使文学与社会一体化的反映论模式失效。

我们不妨采取 N. 弗莱的平行说来看分离。他认为工业革命以后，西方很长一段时间都存在新的经济结构与老的政治结构并存的社会局面，且是一种对立关系[3]。现代主义与技术社会的政治结构、经济结构同样形成分离，不是包含关系不等于没有关系，还存在平行与对应的关系。过去文学被包含在社会观念与阶级关系中，是反映关系，而现代主义文学艺术与社会分离，构成的是平行关系，是互喻关系，有了一定的抽象性。就像卡夫卡式的象征与寓言式表达，更多是对技术组织的社会的缺陷与悖论的寓指。科学技术推进社会发展与哲学、文学对它的反思同时存在，一起构成现代性新文化的两个方面，缺失哪一部分都是不完整的，互补的同时，两者充满矛盾与悖论，这就是社会现代性与审美现代性的并存。

2. 文学艺术作为现代性核心领域的文化功能

文化历史学家雅各布·布克哈特（Jacob Burckhardt）将文化定义为："文化与物质和精神的需求紧密相关。按照我们的理解，它包含了所有促进物质发展的因素，所有为了表达人们精神和道德生活而自发产生的东

---

[1] 乔治·马尔库什：《文化、科学、社会——文化现代性的构成》，孙建茵、马建青等译，哈尔滨：黑龙江大学出版社，2015 年，第 546 页。

[2] 徐恒醇：《译者前言》，乔治·卢卡契《审美特性》第 2 卷，徐恒醇译，北京：中国社会科学出版社，1991 年，第 3 页。

[3] 诺斯洛普·弗莱：《现代百年》，盛宁译，沈阳：辽宁教育出版社，1998 年，第 60 页。

西，所有社会交际，所有技术发明，以及艺术、文学和科学。"[1]现代主义联系于新的电媒环境、技术环境以及技术生产带来的物质环境、商业环境与消费环境，在一定程度上，也联系于系统化管理所带来的民主社会与大众社会形态。它本身承载上述文化，如布克哈特所言明，文学艺术与科学本身是都包含在文化中的。

从现代性文化看，艺术与科学是其中两个主要构成领域，相当于一个是审美现代性，一个是社会现代性，对两者的分离的强调，切割了审美现代性与社会现代性的联系，造成现代主义作为精英文学而被带入形式的象牙塔，忽视了它属于现代性文化整体。

这涉及现代性文化两个核心领域——艺术与科学的关系。由于两者的文化构成截然不同，导致它们矛盾性地共存。马尔库什说："文化现代性具有一个持久的结构，这个结构使它成为一个统一体，但却是一个矛盾的统一体。它的统一不是建立在主要成分渗透并约束所有其他实践的基础上。……统一体建立的事实基础是，不论在范畴上还是在制度上，文化中的两个最有意义的领域都以两极对立的方式构建在一起。"[2]对立的两极正是科学与文学艺术。这种对立带来"作为文化的现代性所具有的歧义性、不确定性和矛盾性"[3]。现代性不是基于自然关系的形态，而是被看作具有建构性的"特殊计划"（哈贝马斯），与生俱来就有其"困难"与"不稳定"，充满歧义，显示出"缺陷"。对现代性文化缺陷的反思一直存在，也是现代性文化的一部分，文学艺术属于反思的组成部分，有时被称为审美现代性。

马尔库什说："从广义的文化概念角度来看，现代社会似乎在本质上是有缺陷的。但同时——从同一个概念的角度来看——现代性具有范式或'最充分发展的'文化特征，因为它能够通过自我反思而知道自己是一种

---

[1] 雅各布·布克哈特：《世界历史沉思录》，金寿福译，北京：北京大学出版社，2007年，第25页。
[2] 乔治·马尔库什：《文化、科学、社会——文化现代性的构成》，孙建茵、马建青等译，哈尔滨：黑龙江大学出版社，2015年，第72页。
[3] 同上书，第617页。

文化。"[1]一方面,科学属于遵从单一理性不断向前的部分,即"科学在现代社会发展中发挥的核心作用往往笼罩着客观必然性和合理性的光环。但是,这只是科学变成单一功能的副作用。科学对于技术发展至关重要,成为现代性整个矛盾的动力因素赋予动能的条件,这意味着它也要为所有现代性的缺陷和弊病负责"[2]。正是科学技术单一效率目标的后果,即科学技术"突破自然的限制——一种不断进步的理念要把盲目的、抵抗的自然转变成驯服的自然、作为物质资料的自然;一步一步地接近无限遥远的绝对支配的目标"[3],这种现代性的走向使社会充满悖论与异化,现代性背离了"完整的人",产生了"片面的人"。

但另一方面,文化现代性的反思也从不曾停止,其中现代主义文学艺术属于现代性文化矛盾对立中的自我反思部分。技术的非人文化、非人性化与应用的逐利原则,排挤了人的中心地位,使社会的异化程度加深。机械化、系统化控制的技术社会被反人文的技术原则组织与主导,被追逐利润的工商精神与实用原则所统治,人的价值被漠视,有机的关系与自然秩序被排挤,个体之间新的支配原则是竞争原则,处于对抗性关系的个体越来越陷入孤独与茫然的消极心态,随之出现了这样的反思:"我们被一再告知,不断向定位于无限性的目标靠近是一个没有意义的想法,而且每一次操控的成功接踵而至的是其不可预见性结果的风险和不断加剧的恐惧。"[4] 这在现代主义文学艺术中揭示得最为集中,它对技术系统化控制人、消解人的内核,形成空心化的人、受动的人的隐喻式表达与反思,成为现代性语境中社会异化与人的异化的反光镜。

此外,一方面科学与艺术有矛盾,另一方面却又存在互补。"因为文化的两个主要领域被认为是互补性的对立面,所以每一个都可以作为补

---

[1] 乔治·马尔库什:《文化、科学、社会——文化现代性的构成》,孙建茵、马建青等译,哈尔滨:黑龙江大学出版社,2015年,第626页。
[2] 同上书,第73页。
[3] 同上书,第620页。
[4] 同上。

偿，来弥补被对方提升为内在价值的原则危险的片面性。"[1]"对于艺术来说，自律性意味着它们的去功能化，也就是说，没有任何要求它们或期望它们满足的预设的社会目的。"[2]"在这种处境下，艺术——主要由于它们的去功能化——可以发挥补偿的一般功能。艺术是现代性中最卓越的补偿领域。"[3] 因而它就成为一种救赎力量。据此，现代主义被作为"审美现代性"的组成部分，正因其超越性而被赋予了技术社会的审美救赎的文化价值。

宗教衰落后，科学成为一种新救赎。到二十世纪，"现代科学在其发展中，已经从本质上变成单一功能的存在。作为其专业化和专门化的结果，以及稳定的'科学世界观'理念的消解，由于在其基本学科中快速'革命'的演替，科学逐步失去了其启蒙和培养的作用"[4]。这样，科学作为救赎力量的使命进入终结，现代艺术以其自由与未来的想象力，作为现代救赎而存在。哈贝马斯关于"文化现代性"的阐释对此有所论及。

德里斯科尔的《现代主义的文化研究》，就引用过哈贝马斯的《现代性——未完成的工程》（*Modernity: An Unfinished Project*）中的"文化现代性"的提法，并指明其内核为"宗教与形而上学被三个自主的领域替代了，它们是科学、道德与艺术"[5]。

哈贝马斯在总结韦伯的观点时指出："马克斯·韦伯将科学、道德和艺术的分化，看成是西方文化理性主义的特点。"[6]这说的是过去的宗教与形而上学，在现代社会被其所分离出的三个自主领域，即科学、道德与艺术替代了。也就是艺术与道德、科学一起承担了过去宗教与形而上学所具有的功能。在同一文章中，哈贝马斯又提到贝尔的艺术与科学、道德的第二次分离的观点："在他（贝尔）的一本颇有意义的书中（引者按，注释

---

[1] 乔治·马尔库什：《文化、科学、社会——文化现代性的构成》，孙建茵、马建青等译，哈尔滨：黑龙江大学出版社，2015年，第73页。
[2] 同上书，第67页。
[3] 同上书，第73页。
[4] 同上书，第67页。
[5] Catherine Driscoll, *Modernist Cultural Studies*, Gainesville: University press of Florida, 2010, p. 166.
[6] 汪民安、陈永国、张云鹏主编《现代性基本读本》，开封：河南大学出版社，2005年，第113页。

说明是《资本主义文化矛盾》),贝尔提出了这样的论点:西方发达社会中的危机现象的根源可以归结于文化与社会、文化现代派与经济行政体系的要求之间的断裂。"[1]哈贝马斯的"文化现代派"正是指向科学、道德与艺术取代宗教与形而上学之后,艺术与科学、道德出现的第二次分离。科学、道德是理性主义的,科学受到质疑,道德受到遗忘,科学不再能承担现代性的社会救赎责任,随之历史、理性、道德、逻辑等都不能承担技术社会的文化组织原则时,唯剩下艺术审美担此重任。

艺术是一个无限制的自由创造领域,能够克服现代社会分工的异化。艺术表现人的整体性,表现整体的生活与整体的人。卢卡奇说:"审美的特性,即致力于唤起包含着人的整体性的感性现象世界,因此在模仿中是指向于现实的纯粹有序的丰富性。"[2]

艺术的拯救被认为与宗教的拯救具有相通的地方,在于它们给人一种幸福的满足感。"宗教给人许诺一种现实的满足,即来世的满足。……艺术创造一种现世模仿,它可以作为一种许诺或保证,作为来世的一种映像。"[3]艺术审美作为现代社会救赎力量,得到理论家们的认同。赫伯特·马尔库塞寄望于艺术的审美革命带来社会变革,他说:"由于具有美学形式,艺术对于既定社会关系大都是自主的。"[4]不是艺术参与并为政治革命服务,而是艺术中潜在包含了从自身引发的革命,社会变革潜存于艺术中。审美在这种意义上成为替代政治的力量,艺术革命乃艺术自身的革命,不同于宗教或道德从内容获取超越感,现代艺术是从艺术形式获得超越感,联动引发观念变革。

现代主义文学艺术,在失去形而上学与观念文化崇高价值的技术社会,成为信仰文化、价值论观念文化与理性文化失效后的补位与替代,它的超越性的审美功用被提升到了救赎位置,承担了失去宗教与形而上学,继而又失去科学、道德的文化权威后,技术社会的精神救赎责任。这充分

---

[1] 汪民安、陈永国、张云鹏主编《现代性基本读本》,开封:河南大学出版社,2005年,第113页。
[2] 乔治·卢卡契:《审美特性》第2卷,徐恒醇译,北京:中国社会科学出版社,1991年,第13页。
[3] 同上书,第10页。
[4] 赫·马尔库塞等:《现代美学析疑》,绿原译,北京:文化艺术出版社,1987年,第1页。

彰显了现代主义文学艺术的文化功能。

3. 现代主义文学作为新文化的六个维度

现代主义文学具有之前文学不具有或不突出的新文化维度，决定了其新文化属性，并支撑其作为一种新文化模式，代表整个西方世界的根本转型。

综观现代主义文学，具有以下六个新文化维度。

（1）技术塑造维度

由于人们习用了上千年的人文认知框架，不习惯将技术与文学扯上关系，往往将现代主义文学演变视为艺术家的创造，或归结为文学自身的发展。

二十世纪进入技术管理社会，人文学者多数执守人文价值，对技术予以批判，忽略了技术对人、对文化的塑造的一面。别尔嘉耶夫较早看到了"技术赋予人对大地的全球感"以及"技术具有极大的创造能力"。[1]

技术引发了二十世纪科学范式的革命——相对论与量子力学理论，改变了牛顿的机械力学理论所形成的思维模式。沃纳·海森堡（Werner Heisenberg）的测不准定律则是量子理论的核心。海森堡揭示了社会、知识等各方面与科学形成的新的一体化，他说："在科学领域，我们最终关心的是'真理'与'虚假'的问题，而在社会中或多或少更关心的是欲求。这可能有异议，但必须承认，社会领域的'真理'与'虚假'，可以被'可能'与'不可能'置换。……历史可能性因此成为正确性的客观标准，如同实验是科学中的客观标准一样。"[2] 因为技术的思路是非决定论的，技术带来思维与知识的改变，随之出现多元与可选择性的文化。保罗·戴维斯（Paul Davies）为海森堡的《物理学与科学》写的序言中总结说，海森堡的思想"不仅揭示了思维的改变，也揭示了可能的正确性的未

---

[1] H. A. 别尔嘉耶夫：《人和机器——技术的社会学和形而上学问题》，张百春译，《世界哲学》2002年第6期，第49页。

[2] Werner Heisenberg, "Changes of Thought Pattern the Progress of Science," *Across The frontiers*. trans. by Peter Heath, New York: Harper & Row, 1974, p. 158.

完成状态，必然会存在更深层的看不见的功能的可变性，作用于系统并赋予一种明显的非决定与不可预见性"[1]。这说明技术思维对决定论的颠覆，也涉及科学技术对哲学、政治、文学、艺术等的全面影响。在《现代艺术与科学中的抽象化趋势》一文中，海森堡指明现代艺术的抽象性与科学技术的一致："当今艺术比过去的艺术更抽象，甚至从生活中脱离出来，正好使它与现代自然科学和技术相连，后者同样地变得极为抽象。"[2] 他还说："在艺术中，我们致力于呈现对于地球上所有人都是共同的生命基础，对统一性和会聚性的追求必然导向抽象，这在艺术与科学中均无不同。"[3] 科学与技术带来各个领域的范式变革。

二十世纪文学艺术受科学影响，更受技术主导，电力技术的自主性与自身逻辑显示为新的文化原则。技术的自主，指技术按照自己的属性运行，比如技术的无目标漂迁、不确定和非故意性。一项技术的发明者并不知其发明在实际应用中的潜在意义，典型的例子是海森堡在《物理学与哲学》中对原子弹的产生作为科学家们的非故意结果的分析。新技术经常产生意想不到的多目的的情形，打破了原因与结果的单一关系因果律，不确定与无法预知被推广开来。因此，技术思维建构新的思维方式，取代了严密的原因与结果的科学思维。而技术漂迁的"非故意"特征，导致"行动后果的不确定和难以控制的性质对于所有技术规则而言都是一个主要难题。如果你不了解从一项创新中能涌现出来的全部后果，那么技术合理性的观念——手段适应于目的——就变得完全成问题了。手段所产生的结果远远超出我们有限的意图对它们的要求。它们达成的结果既非预期的也非被选择的"[4]。技术思维不仅取代了因果思维，而且也颠覆了序列思维的主导，呈现出比线性思维远为复杂的无序状况。实证主义受到了技术环境的削弱。埃吕尔在《技术社会》中指出："技术进步倾向于按照几何级数而

---

[1] Paul Davies, Introduction to *Physics and Philosophy*, New York: Harper & Row, 2000, p. xi.
[2] Werner Heisenberg, "The Tendency to Abstraction in Modern Art and Science," *Across The frontiers*, trans. by Peter Heath, New York: Harper & Row, 1974, p. 142.
[3] Ibid, p. 152.
[4] 兰登·温纳：《自主性技术——作为政治思想主题的失控技术》，杨海燕译，北京：北京大学出版社，2014年，第82页。

非算术级数的方式进行。"[1]兰登·温纳说:"自主性技术成了自然科学、人文学、新闻学甚至于技术专业自身的一个跨学科的重要假设。"[2]

技术工具也与感知有关。唐·伊德说:"新的工具化给出了新的知觉。"[3]他认为,"现代科学与所有古代科学的明显区别体现在工具上"[4],"现代科学从一开始就包含了一种具身在工具设备上的感觉上的可感知性的新模式"[5]。应该说,伽利略的望远镜与哥伦布的航海科学奠定了新工具与新模式。但进入电力技术社会后,大量光电技术形成系统化技术环境,技术的具身关系构成"人－技术"领域中的一种生存形式。尤其是"成像技术"的出现,"作为联系全球通讯系统和社会变化的文化力量的具身者(embodier),它们却具有极其重要的意义","这些技术既具有'再造'能力,也具有'制造'的能力"。[6]新工具与新技术及其系统化环境兴起了一种新文化。

首先,这种高技术环境成了人工环境,社会现实被技术中介、由技术构成或被技术转化,因而"我们的生存是由技术构造的"[7]。这带来技术控制自然的新的总体化,取代了将自然纳入文化的前现代有机总体化。它建立在技术攻击、贬低自然所形成的"技术－人"的文化形态,汉斯·约纳斯（Has Jonas）指出:"目光短浅,为了满足（人的）假定需求,随时准备牺牲自然的其余部分。"[8]人性价值随自然的受攻击而遭遇贬值。

其次,成像技术的去远性形成信息堆积的马赛克,呈现为复合文化,单一的地方文化与民族文化受冲击,国际文化思潮兴起,现代主义正是这种思潮之一。再次,"成像技术都有'再生'或'产生''图像'的能力",而图像"是真实的,有自己的显现,并不是必然完全属于'再

---

[1] Jacques Ellul, *The Technological Society*, trans. by John Wilkinson, New York: Alfred A. Knopf, 1964, p. 90.
[2] 兰登·温纳:《自主性技术——作为政治思想主题的失控技术》,杨海燕译,北京:北京大学出版社,2014年,第13页。
[3] 唐·伊德:《技术与生活世界》,韩连庆译,北京:北京大学出版社,2012年,第60页。
[4] 同上书,第124页。
[5] 同上书,第194页。
[6] 同上书,第198页。
[7] 同上书,第1页。
[8] Has Jonas, "Responsibility Today: The Ethics of an Endangered Future," *Social Research*, 1976, pp. 43-84.

现',而是一种独特的呈现"[1]。因而,审美摆脱反映论的模仿论转向创造。现代主义艺术家的逐新就是追求创造的表现。技术的含混性、技术的一因多果等不确定性,使新文学相应也有开放性结尾等新形式,表意也追求模糊性。

现代主义文学理念与形式,体现了技术思维与技术文化的感知特质。其中未来主义追求电动机器来反对传统,更是具有明显的新技术根基。

(2)电媒介塑造维度

如果说技术并不直接对接于文学的话,电媒介则直接塑造艺术家的感知。媒介的影响力,在波兹曼看来,远不止于塑造空间。他认为,"媒介就是认识论","任何认识论都是某个媒介发展阶段的认识论"。[2]法国媒介学家德布雷则认为媒介是连接、触发与转变的不断运作,是"媒-介"的互动呼应。他还强调传播与媒介都是以物质为基础,因而是另一种历史,分别于以前侧重的人与人关系的历史。

德勒兹在《关键概念》中,强调媒介形成的框定作用,而电媒造就感官性与具象性,框定出新的感观性的审美文化形态。印刷文本的直观文字与内容显现不同构,需要引入诠释学解读。电媒兴起直观与表象相一致的文化,不需深度解读,哲学意义模式随之衰落。现代主义文学转向感官审美,正是电媒赋予的表征。

然而,媒介学到二十世纪中期才真正建立起来,所以文学研究长期没有建立媒介的视角。

麦克卢汉发现了电媒感知及环境的人工化与艺术化。人造卫星使地球成为一个被看对象,自然、地球都艺术化了,麦克卢汉将其表述为"当给地球罩上人造环境时,地球就变成一种艺术形式"[3]。麦克卢汉说:"机器使自然转化成一种人为的艺术形式。"[4]自然与文化的对立消解。新的影像

---

[1] 唐·伊德:《技术与生活世界》,韩连庆译,北京:北京大学出版社,2012年,第172页。
[2] 尼尔·波兹曼:《娱乐至死》,章艳译,桂林:广西师范大学出版社,2004年,第30页。
[3] 马歇尔·麦克卢汉:《麦克卢汉如是说:理解我》,斯蒂芬妮·麦克卢汉、戴维·斯坦斯编,何道宽译,北京:中国人民大学出版社,2006年,第98页。
[4] 马歇尔·麦克卢汉:《作者第二版序》,《理解媒介——论人的延伸》,何道宽译,北京:商务印书馆,2000年,第27页。

媒介产品兴起感官化审美、时空的聚合，使线性历史叙事以及历史认知范式受到冲击。"技术破坏了精神与历史实体的结合，这个结合曾被认为是永恒的秩序。技术时代确实给很多东西带来了死亡。"[1]现代主义文学兴起空间小说形式。麦克卢汉指出："电讯时代作为秩序总体化的客体的相关联的关系而受到欢迎，这种秩序总体是对整个传统的基本的、纲领性的终结。……传统的总体已经变成甚至更是一种虚假的整体。"[2]电媒环境使社会历史整体化为虚假，如果说技术社会有什么新的整体的话，或许是碎片化呈现的日常生活以及各种意象的整体被推向了前台，意识流的一天小说形式（one day novel）就是对都市日常生活的空间化呈现。

电媒的即时连接，让联想与象征有了自发发生的语境，带来意象的勃兴。现代主义最早的流派是象征主义，所有其他流派都包含象征。现代主义文学与感官化经验美学相连，与以意象为基础的象征美学相连，也可以说与新的媒介美学相连。

（3）感官审美维度

电媒的塑造力超过了观念文化的塑造力，电媒使意象直接与符号连接而无需真实对应实物，意象审美随处发生，不像现实主义需要有现实或实际原型作为参照。现代主义审美脱离对应物而由想象与创造主导，审美勃兴，创造风行。

审美转向是现代主义的特征，也成为时代特征。海德格尔在《世界图像的时代》中，明确将艺术转向审美形式列为现代世界的五种现象中的第三个现象[3]，视之为二十世纪时代特征。现代主义并非为反对现实主义而出现，而是自有新的内驱力。哈维论及审美勃兴与技术现代化的关系时说："现代主义是对于由现代化的一个特殊过程所造成的现代性的一种不安

---

[1] Werner Heisenberg, "Changes of Thought Pattern the Progress of Science," *Across The frontiers*. trans. by Peter Heath, New York: Harper & Row, 1974, p. 49.

[2] John Fekete, *The Critical Twilight: Explorations in the Ideology of Anglo-American Literary Theory from Eliot to McLuhan*, New York: Routledge & Kegan Paul, 1977, p. 145.

[3] 海德格尔：《世界图象的时代》，孙周兴选编，《海德格尔选集（下）》，上海：上海三联书店，1996年，第885—886页。

的、摇摆不定的状况在美学上的回应。"[1] 可见,现代主义审美转向具有与语境的广泛联系。

审美转向来自电媒介感知塑造,感官化与直觉化形象成为新媒介属性,形象即美,新媒介传输的形象都是美的。这样的媒介传输,也是美的形象传输,可以说电媒自带美,一切被电媒所传播的,因形象而具有审美特征。这种感官形象审美影响到了所有领域。

苏珊·桑塔格(Susan Sontag)在《论摄影》(*On Photography*)中强调,一切现象在镜头面前获得了平等性,这使得对物质的感官体验被放大,感官的、身体的、物质的东西都平等地进入文学艺术中,弱化了道德等观念价值。重大题材论以及现实与理想等二元论被瓦解,新小说认为世界是一个平面,超现实主义追求超真实。未来主义的"速度"之美,超现实主义的"超现实"梦幻,新小说的"痉挛美",荒诞派与存在主义的"荒诞"等,都背离了社会理性。

现代主义的审美转型,与实践的大规模扩大也有关系。技术创造物质,即丰富的商品,包含有美的意象。现代主义的审美与工业设计、商品设计等包含的表象化与外观审美一道,形成美的潮流。电媒的感官化兴起表象价值,文学不再是超越于物质之上的理想王国,转而传播各种物质美的意象。它不像现实主义直接批判现实,而是通过审美进行否定,否定机械化的社会与标准化的管理,否定形而上学的观念价值与整体历史的虚幻,也否定庸俗的大众文化,甚至还形成对艺术自身的否定,因而现代主义也被界定为"否定美学"。现代主义作家过去被视为纯粹的创造者,其实他们的创造已受到技术、媒介、物质感官等的塑造。

新的电媒介还改变了过去文学的上层建筑属性,使之成为"穿越经济基础和上层建筑的整个界面"[2]的存在。马克·波斯特(Mark Poster)将电媒时代的文学艺术,归到整个信息化生产。他说:"我之所以将'信息方式'与'生产方式'相提并论,是因为我看到了文化问题正日益成为我们

---

[1] 戴维·哈维:《后现代的状况——对文化变迁之缘起的探究》,阎嘉译,北京:商务印书馆,2013年,第113页。
[2] 马海良:《伊格尔顿的文化生产论》,饶芃子主编《思想文综》第5集,北京:中国社会科学出版社,2000年,第85、97页。

社会的中心问题。""意义的建构已毋需再考虑什么真实的对应物了。"[1]媒介形成一种特殊的生产,即信息生产方式。在这个过程中,产品是如何生产出来的不重要,关键是形象、符号传送的传播方式、传达的感知模式,符号本身成为文化范型。而文学艺术同样被纳入了伊格尔顿所说的"文化生产"的视野,很难说信息就属于上层建筑。

新的媒介审美可以脱离对应物,以象征、感官化与符号化构成新型审美。卡尔·曼海姆(Karl Mannheim)认为,艺术的抽象化与大众民主社会形态相连,"在用于交流的符号的抽象性的增加与文化的民主性之间,有着密切的相互联系"[2]。其实,艺术的抽象更直接联系的是电媒拟像对应物空缺。海森堡看到艺术抽象与科学原则的协同,当电媒环境形成表象垄断,物品成为物品图像,构成外表性景观,环境就成为艺术化环境,表象审美与感官审美随处发生。艺术家以抽象化来制造反环境,以追求表象背后的东西,那么抽象化本身就是对媒介环境的反环境化,它成了艺术化的手段。

电媒对人的感官延伸的后果是:"以从未经历过的方式,一个人身体的在场对于行动的发生来说不是必需的。对事件的每种控制、表达、思考、移动和制造,都可以经由长长连线组成的远距离通路而发生。……因此,延伸的副产品是一种远离性。"[3]技术对感官的延伸,体现为对时空的塑造性,想象的非现实化以及对远离的聚合。

(4)"现代性"维度

现代性"是对现代社会与政治思想的一个主导框架,不仅发生在西方,而是伴随技术制度的扩大而发生在世界范围内"[4]。社会学家吉登斯说:"现代性是17世纪以来在封建欧洲所建立,而在20世纪日益成为具

---

[1] 马克·波斯特尔、金惠敏:《无物之词——关于后结构主义与电子媒介通讯的访谈—对话》,饶芃子主编《思想文综》第5集,北京:中国社会科学出版社,2000年,第267—269页。

[2] 卡尔·曼海姆:《文化社会学论集》,艾彦、郑也夫、冯克利译,沈阳:辽宁教育出版社,2003年,第202页。

[3] 兰登·温纳:《自主性技术——作为政治思想主题的失控技术》,杨海燕译,北京:北京大学出版社,2014年,第154页。

[4] Gurminder K. Bhambra, *Rethinking Modernity*, New York: Palgrave Macmillan, 2007, p. 1.

有世界历史影响的行为、制度和模式。"[1] 二十世纪随工业体制制度的确立，现代性进入新阶段，作为新的历史框架与社会框架，框定了新的文化形态。现代性在二十世纪兴起了对立面现代主义，它以"激进的审美，技巧的实验，空间与节奏胜过编年史形式，意识的自我反应，对人类作为中心主体的怀疑态度以及对现实不确定性的探询"[2]的姿态出现。作为对后期发达现代性的"一种审美与文化上的反应"[3]，现代主义是现代性的伴生物，它超出了纯文学的边界，是联系于社会现代性而又对抗社会现代性的新文化现象。

波德莱尔在评画家居伊的《现代生活的画家》(Le Peintre De La Vie Moderne)中，首次提出现代性定义："现代性是短暂的、易逝的、偶然的，它是艺术的一半，艺术的另一半是永恒和不变。"[4] 波德莱尔对短暂的认知，也关联到艺术注重表现偶然性。他的这一定义常为社会学领域所引用，而几乎未被文学研究领域引用，这是由于传统的文学的知识、人文知识都注重理性与永恒。波德莱尔从现代性体验中所认识的审美的短暂与瞬间的价值，改变了以往对非普世恒久性的贬低，是社会现代性的体验带来的。

"审美现代性"强调的正是反现代性，这让人忽略了现代主义与现代性的联系，以及它为现代性所兴起的事实。二十世纪现代性对进步的加速追逐，破坏了人们所依赖的社会稳定性；社会分工使信仰被专业追求取代，哲学、政治与宗教都成为专业领域的事情，社会丧失了精神向度。在科学的名义下，技术专家与政府联手形成合力的政治体制以及技术的隐在强制，使个体陷入消极被动处境。现代主义文学中的人物的受动状态，完全不同于之前的英雄或自主的个人奋斗者，让人感到主人公的残缺、不健全，是应付不了生活，甚至有点怪异的人物。这类受动与消极、软弱的形

---

[1] 吉登斯：《现代性与自我认同：现代晚期的自我与社会》，赵旭东等译，北京：生活·读书·新知三联书店，1998年，第16页。

[2] Peter Childs, *Modernism*, London: Routledge, 2008, p. 19.

[3] Ibid, p. 18.

[4] 波德莱尔：《1846年的沙龙：波德莱尔美学论文选》，郭宏安译，桂林：广西师范大学出版社，2002年，第424页。

象以卡夫卡《变形记》中的格里高利·萨姆沙为代表。现代人的"生活在根本上是不完善的"[1]。现代主义表现的异化，正是社会现代性生产出来的。

西方社会失去了精神，变成了一盘散沙，源自技术的发展带来社会的不断分化；也源于技术引发大规模实践活动，各个实践领域之间相互不具有同一性；还源于技术没有人文关怀。二十世纪个体独自面对变化的、不可掌控的外部世界，人与人形成的他异性，对外界疏离，退避到内心。技术社会的实用理性取代了人本理性，人处于非人性的异化状态。二十世纪现代性处境中的人，基本不再有反抗。最具反抗的形象，被认为是加缪《局外人》中的莫尔索，其实他并无反抗的言行，不过是以冷漠对抗世界而成的反荒诞英雄。文学的理想性下降，异化与荒诞成为基本面。

脱离二十世纪的社会现代性特征，无以理解现代主义，文化现代主义的定位，能建立联系、融合各大方面，改变只从审美自律出发而强调现代主义与现代性的对抗，实际从表征看，很多现代主义文学的表征都来自现代性。

（5）跨学科维度

电影、艺术、哲学、心理学、人类学等在二十世纪对文学形成交互影响。文学与其他知识领域的关系，在二十世纪兴起了新一轮的改变。政治、历史、理性哲学对文学的权威有些过时，尼采的非理性哲学、柏格森的直觉心理学、弗洛伊德的精神分析学，还有海德格尔的存在主义等都具有内在一致的精神，也与语言本体论的结构主义、与人类学等关系密切。现代主义对之的化入，如弗·卡尔所说："无论是作为意识现象的量子理论，还是弗雷泽的人类学，抑或无意识理论，现代主义者们都以迅雷不及掩耳的速度，将其化入艺术形式，如空间观念、非洲的假面舞会、色彩组合和事件概念等。"[2]

现代主义文学与各学科领域新型学说网状互联，不再是谁被谁决定，而是它们具有共同的土壤——工业体制社会与电子媒介语境，之间更多是

---

[1] 波德莱尔：《1846年的沙龙：波德莱尔美学论文选》，郭宏安译，桂林：广西师范大学出版社，2002年，第424页。

[2] 弗雷德里克·R.卡尔：《现代与现代主义》，陈永国、傅景川译，北京：中国人民大学出版社，2004年，第114页。

呼应、互证，而非过去教材所强调的哲学思潮等决定文学思潮。

显著的例子是，二十世纪初的尼采热和麦克斯·施蒂纳（Max Stirner）热，与现代主义呼应。当时英国的《自我主义者》（Egoist）等先锋刊物宣传尼采的自我哲学，同一时期文学领域相应出现了刘易斯为代表的倡导自我个体旋涡主义。施蒂纳的《唯一者及其所有物》（Der Einzige und sein Eigenthum）的自我优先与自私的合理，在二十世纪初引发了最强烈的关注，1900—1929年间被译成各种西方语言，一共出版四十九版[1]，其中两次被译成法语，1907年被译成英语。

其次，心理学领域也兴起了同样有影响的著作与文学交织的事件。当时定居巴黎的匈牙利心理医生马克斯·诺岛（Max Nordau），其反对现代社会的《我们文明的传统谎言》（The Conventional Lies of Our Civilization）难以置信地印了七十三版[2]。而其另一部著作《蜕化》（Degeneration, 1895），1913年出的英文版，攻击当代哲学与现代主义为艺术衰退与歇斯底里，将波德莱尔、王尔德、易卜生、尼采等都视为"极端自我主义者"（Ego Maniacs），并断言"当前的歇斯底里将不会持续"。[3]现代主义以个体感知为本位，体现了这一阶段的自我个体化的特征与这些思潮是交织的。

在表现手法上现代主义被认为吸取了电影的蒙太奇，最典型的是意识流，文学与电影的交集成为新范式。

（6）反文化性维度

未来主义等表现出极端的反文化，被批评为"反文化"的先锋派。然而，反文化本身也是一种新文化，它反的是技术社会之前的观念文化。由于未来主义的反文化口号以及破坏性，一时不被接受，因其异质形态让人难以意识到反文化本身也是一种文化。马尔库塞说："艺术中的反艺术的爆发已经表现在许多普通的形式中。句法的消灭，词和句的碎裂，普通语

---

[1] Michael H. Levenson, *A Genealogy of Modernism: A Study of English Literary Doctrine 1908-1922*, Cambridge: Cambridge University Press, 1984, pp. 66-7.

[2] Steven Matthews, ed., *Modernism: A Sourcebook*, London: Palgrave Macmillan, 2008, p. 145.

[3] Ibid, p. 146.

言的爆炸性使用……但是，这个畸形就是形式，反艺术仍然是艺术。"[1]弗兰科·费拉罗蒂（Franco Ferrarotti）说过："从一开始我们就必须面对一个不可思议的悖论：没有什么也许比各种反文化运动更具有文化倾向。"[2] 现代主义在激烈的反文化中树立起了新文化的大旗。未来主义赞美机器、赞美电光速度、赞美战争，立足机器的反人文主义，不仅对立于人文主义传统，而且追求表现反人化的技术文化品质，宣称要摧毁人类所有传统。当然，极端地对立于所有传统文化，兴起巨大浪潮的同时，其局限与极端使之难有持续生命力。

未来主义与机器、技术直接对接的审美，代表新审美的一个局部，是现代主义审美转向中的一个分支，无疑它显示出审美摆脱社会关系的自主性。审美革命是非政治革命。马尔库塞概括审美变革力量为"新感性"。他说："'审美'一词具有双重的含义，既'与感觉有关'，又'与艺术有关'，因此可以用来表达自由环境中的生产——创造过程的性质。技术既具有艺术特征，就可以把主观感受力变成客观的形式，变为现实。"[3] 这揭示了艺术与感觉、艺术与技术、技术与形式，感觉、技术与现实等多种交合的关系。

麦克卢汉注重技术的感官延伸的审美属性，那么马尔库塞强调建立在感觉与形式的"新感性"对社会的变革。在麦克卢汉那里，审美与媒介、与感官相连，而在马尔库塞这里，审美则被提升到实践与社会变革。"形式是艺术感觉的成就，这种艺术感觉打破了无意识的'虚假性''自动性'，即作用于一切实践。"[4] 前者是媒介美学，后者依然是哲学批判美学，它通过审美进入人的内在性，通往艺术的解放、人的解放、社会的解放。个人的自由与幸福，成为艺术革命的目标，也是现代社会获得解放的途径。"新感性"是新的审美，也是审美的社会变革的革命力量，被认为通往了解放的途径。

---

[1] 赫伯特·马尔库塞等：《现代美学析疑》，绿原译，北京：文化艺术出版社，1987年，第63页。
[2] Franco Ferrarotti, *Social Theory for Old and New Modernities: Essays on Society and Culture, 1976-2005*, E. Doyle McCarthy, ed., Lanham: Lexington Books, 2007, p. 27.
[3] 赫伯特·马尔库塞等：《现代美学析疑》，绿原译，北京：文化艺术出版社，1987年，第48页。
[4] 同上书，第6页。

现代主义的文化性是多方面的，其新文化功能是明显的，其新语境的文化构成是复杂的。对于现代主义文学作为新文化模式的认知，突破了线性历史框架，是一条认识现代主义的适宜途径。

后　记

　　本书的缘起是我们这些译、著者同一年在剑桥大学访学，当时我产生了大家一起编写一个欧洲文学史研究读本的想法，得到了学者们的积极响应。王文华教授是在古典系做访问学者，其他几位都是在剑桥大学英语系访学。国际关系学院外语学院王文华教授负责古希腊部分，上海交通大学外语学院何伟文教授负责中世纪部分，南京理工大学外国语学院宋文副教授负责文艺复兴部分，四川外国语大学刘爱英教授负责浪漫主义部分，温州理工学院外国语学院张瑞卿教授负责现实主义部分，首都师范大学文学院易晓明教授负责现代主义部分。本书还特别请到了美国普渡大学专攻法国文学的鲁进教授加盟，她负责古典主义与启蒙主义两章，还引入了维也纳大学博士、西安外国语大学聂军教授全面论述德国浪漫主义的论文。本书个别文章得到了在剑桥访学的北京师范大学文学院刘洪涛教授的荐篇。

　　本书在编写过程中，得到了我在剑桥访学的导师 John Beer 教授的指导，他做过大量的作家作品研究，特别长于各国浪漫主义文学的研究。还有幸得到了他的夫人剑桥大学杰出教授 Gillian Beer 教授的指点，记得当时她介绍自己主要在做文学史中的科学问题的研究，她的 *Darwin's Plots* 一书已经成为文学批评与文化史经典之作。她与我谈话是在 2005 年 6 月 8 日英国女王为剑桥大学英语系新楼揭幕的庆典会场。九十六岁的女王上个月去世，让我不禁想起当年的情景……

这本书见证了我们在剑桥的那一段求学时光，它能最后成功出版，是各方共同努力的结果。

首先要感谢首都师范大学文学院对本书出版的大力支持！文学院副院长冯新华博士推动了本书的面世！还有中国社会科学院外国文学研究所副所长吴晓都研究员，帮助联系了张佩芬研究员，使我们顺利获得卢卡奇一文的授权；四川大学文学与新闻学院金惠敏教授帮助联系了聂军教授；北京大学外国语学院刘意青教授为本书撰写党委审读意见。在此我郑重表达深切的感谢！

特别感谢北京大学出版社张冰老师的帮助与支持；特别感谢徐丹丽老师的耐心与包容，积极帮助处理书稿各方面的事务；特别感谢责编张晗、郑子欣的认真细致的工作与辛勤付出！

还要感谢我的博士生袁强、沈翔宇、樊宁、郭小霞、李波参与校对及核查原文的工作！

期待这个致力于文学史范式转换的成果能有所反响。

2022 年 10 月 6 日
第三次修订于松雅湖